dtv
premium

Ausführliche Informationen über
unsere Autoren und Bücher
finden Sie auf unserer Website
www.dtv.de

E. L. Greiff

ZWÖLF WASSER

Buch 2: In die Abgründe

Deutscher Taschenbuch Verlag

Von E. L. Greiff
ist im Deutschen Taschenbuch Verlag erschienen:
ZWÖLF WASSER, Buch 1: Zu den Anfängen (24914)

FSC
www.fsc.org
MIX
Papier aus verantwortungsvollen Quellen
FSC® C006701

Originalausgabe 2013

Umschlagkonzept: Balk & Brumshagen
Umschlaggestaltung und Illustration: Max Meinzold
Lektorat: Beate Schäfer
Karte: Guter Punkt, München/Markus Weber
Satz: Bernd Schumacher, Obergriesbach
Gesetzt aus der Arno Pro 11/13,75 pt
Druck und Bindung: CPI – Ebner & Spiegel, Ulm
Gedruckt auf säurefreiem, chlorfrei gebleichtem Papier
Printed in Germany · ISBN 978-3-423-24966-9

INHALT

VIER

FÜNF

SECHS

SIEBEN

ACHT

NEUN

ANHANG

Zwölf Wasser sollen fließen,
zwölf Quellen sollen sprechen
vom Werden und Vergehen durch die Zeit.
Zwölf Wasser sollen fließen,
zwölf Quellen sollen stillen
der Menschen Durst nach Menschlichkeit.
So soll es sein, so ist es nicht mehr.
Wasser sinkt. Wasser steht. Wasser schweigt.
Menschlichkeit versiegt und Bitternis steigt
auf in den Seelen, dunkel und schwer.

EINS

BRUDERKRIEG

1

Als sie anlegten, war es über dem Fluss noch dunkel. Der Tag kletterte nur zögerlich von den Hügelkuppen hinab, das Wasser des Eldrons glänzte wie Pech.

»Sind wohl nicht gerade Frühaufsteher«, sagte Strommed.

Marken schwieg. Die Aufgabe lastete schwer auf ihm – ohne dass er hätte sagen können, warum. Denn eigentlich war es einfach: Er, Strommed und die pramschen Soldaten waren der Begleitschutz für die Unda Smirn; sie wollte die kwothischen Quellen aufsuchen und das war kein unmögliches Unterfangen, im Gegenteil. Es war leicht. Die Hohe Frau zu eskortieren war eher Respektbezeugung denn Notwendigkeit, schließlich waren die Kwother alte Verbündete Prams und deren Nachbarn. Großes, reiches, sonnendurchflutetes Pram – dort waren Marken und seine Leute vor drei Tagen aufgebrochen und mit dem Kahn den trägen Eldron hinab bis nach Hal gefahren. Während dieser drei Tage war Markens Stimmung seltsam umwölkt gewesen. Er hatte es auf die Trennung von den Kameraden geschoben, das Reisen, den ungewohnten Aufenthalt auf dem Wasser.

Nun, in der kwothischen Hafenstadt angelangt, war Markens Stimmung so finster geworden wie diese Nacht, die dem Tag nicht weichen wollte. Er blickte sich nach Smirn um, ihre Augen leuchteten hell im dunklen Gesicht. Sie sieht aus wie der Fluss, dachte Marken. Zwei der pramschen Soldaten hatten das flache Boot inzwischen festgemacht, aber Marken zögerte noch mit dem Befehl, an Land zu gehen. Es war zu still hier. Sie mochten früh dran sein, das ja, dennoch wirkte es nicht, als ob der Hafen von Hal schliefe. Er lag da wie tot.

»Für jeden eine Fackel«, sagte Marken.

»Wird doch bald hell«, sagte Strommed.

Marken hielt kurz die Luft an, das genügte. Strommed lief zu einem großen Korb, schlug Segeltuch zurück, griff hinein. Das Boot schwankte leicht und das Öllicht, das von der Decke des kastenförmigen Aufbaus hing, pendelte. Im matten Schein der Lampe verteilte Strommed die Fackeln an die Pramer. Gute Männer, aber etwas zu träge, zu gleichgültig, fand Marken. Wieder wunderte er sich über den Missmut, den er wie einen bitteren Geschmack nicht loswurde. Es war kein Vergehen, etwas träge zu sein, denn was hatten sie schon zu erwarten? Sie würden von Stadt zu Stadt durchs Land der Kwother reisen und das war Freundesland, wenigstens für die Pramer. Acht Soldaten hatten sie Marken mitgegeben – Felts Trupp war wesentlich größer. Aber Felt zog auch in den unbewohnten Norden, während Marken eine wesentlich bequemere Route hatte: Über Hal und Gem-Enedh bis nach Jirdh sollte es gehen. In den Bergen nördlich der kwothischen Hauptstadt befanden sich zwei wichtige Quellen, das hatte Marken der schweigsamen Smirn entlocken können. Er hatte auf der Karte nachgesehen, die der Segure Telden ihm mitgegeben hatte, und gefunden, was Smirn meinte: Nördlich, genauer nordöstlich von Jirdh, entsprangen zwei Flüsse. Ihre gewundenen Läufe waren mit Globa und Naryn beschriftet.

Die Namen hatte Marken sich von einem der pramschen Soldaten vorlesen lassen und dabei ganz beiläufig getan. Während ihrer Flussfahrt hatte er dann immer wieder auf die mit feinen Strichen gezeichnete Karte geblickt und gedacht: Diese beiden Quellen sind also unser Ziel, die Quellen von Globa und Naryn. Er hatte aber keine rechte Vorstellung davon bekommen; die beiden Flüsse waren für ihn schwarze Linien und Kringel auf Pergament geblieben. Lesen war nicht seine Stärke und insbesondere der Umgang mit Karten bereitete Marken Mühe; er konnte die Abbildung nicht auf die Wirklichkeit übertragen.

Wohin genau mochte es die Kameraden verschlagen? Mehr als die groben Himmelsrichtungen kannte Marken nicht, die Undae hatten sich, wie so oft, bedeckt gehalten. Felt jedenfalls war mit Reva über den Pramsee nach Norden gezogen. Viele leichte Boote, die roten Segel gebläht, hatten den Wachmeister und seine Leute, Reittiere und Gepäck über den glänzenden See davongetragen, tiefblau und wolkenlos war der Lendernhimmel gewesen. Pfadmeister Kersted war mit Utate und seiner Gefolgschaft schon in der Früh zu Pferd aufgebrochen, sie hatten Richtung Nordwesten gewollt, ins Land der Steppenläufer.

Und Marken hatte am Kai gestanden. Nicht allein, sondern im Gewimmel der Bediensteten und Schaulustigen, die sich den Aufbruch der Welsen und Undae nicht entgehen lassen wollten, aber dennoch abgeschnitten von allem. Wenig später war er in diesen flachen, breiten Kahn gestiegen, der ihn und seine Leute den Eldron hinunterbringen sollte, das Herz schwer wie ein Klumpen Eisen. Drei Tage war das erst her? Es fühlte sich an wie eine Zehne. Oder wie eine andere Zeit. Nun waren sie in Hal, hatten die erste Etappe ihrer Mission ohne Schwierigkeiten erreicht. Aber die unnatürliche Stille über Stadt und Hafen ließ Markens Herz nicht leichter werden.

Im Licht der sanft schwingenden Öllampe wirkten die wartenden Männer auf dem Boot, als wären sie krank: gelblich die Wangen, dunkel verschattet die Augenhöhlen. Marken schaute wieder zu Smirn. Sie nickte und zog sich die Kapuze über. Wäre es nicht sicherer, sie bliebe an Bord? Marken verwarf den Gedanken, kaum dass er ihm in den Sinn gekommen war.

»Strommed, du gehst vor«, befahl er. Sie würden die wie ohnmächtig schlafende Stadt nun aufwecken, Pferde und Proviant kaufen. Mittags schon könnten sie wieder unterwegs sein und im hellen Tageslicht würden sie die Unbehaglichkeit dieses ausgestorbenen Hafens sicher bald vergessen haben.

Für Marken war das Morgengrauen ohnedies eine Zeit beängstigender Unruhe. Die Nacht kämpfte erbittert gegen ihr Erblassen, so schien es ihm, und die Schatten wurden so dicht, dass sie eine eigene Wirklichkeit hatten: Im Übergang zum Tag konnte es vorkommen, dass der Schatten eines Tischs sich aus dem eben noch gleichmäßigen nächtlichen Dunkel des Fußbodens erhob und echter, greifbarer wurde als der Tisch selbst. Danach erst holte das Tageslicht das Möbelstück langsam aus dem Dämmer, gab ihm eine Form und eine Farbe, machte es sichtbar. Hier in den menschenleeren Straßen von Hal steigerte sich dieses Verwirrspiel ins Unerträgliche. Strommed ging vorneweg, Marken als Letzter und die Schritte der Männer auf dem von der Nacht feuchten Pflaster waren verhalten. Sie wollten nicht wie Diebe schleichen, aber sie wollten beim Gehen gleichzeitig lauschen – wachte denn niemand auf, nicht einmal ein Hund? Nein, nichts rührte sich. Nur die Schatten. Die mehrstöckigen, aus Holz und Stein erbauten Häuser der Stadt waren über steile, außen angebaute Treppenaufgänge und Leitern miteinander verbunden und ineinander verschachtelt. Und dort saßen sie, unter die Treppen geduckt, in Nischen geklemmt, hinter Ecken versteckt: die schrecklichen, scharfen

Nachtschatten. Sie wehrten sich gegen den beginnenden Tag und das Licht der Fackeln. Als ob dies ihre Stadt wäre, die sie besetzt hielten und in der sie mit ihrer Schwärze alles andere Leben erstickt hatten.

Marken war erst missmutig gewesen, dann mürrisch. Nun jedoch kämpfte er mit Furcht; sie ließ sich ebenso wenig verscheuchen wie die lautlose Finsternis. Vom Hafen aus waren sie durch schmale Gassen auf breitere Straßen gelangt – niemand war da. Die Straßen hatten auf Plätze geführt – sie waren leer. Markens kleiner, fackelbewehrter Trupp war nicht mehr als ein glimmendes Stückchen Kohle, das Nächtens aus dem Herd gefallen war und nun durch die stockfinstere Stube rollte. Sie konnten diese dunkle Stadt nicht erhellen und nicht beleben. Allem zum Trotz hob Marken nun den Arm, leuchtete in einen Hof. Er sah nur die Umrisse der Dunkelheit, die durch die Bewegung der Fackel zu tanzen begannen – doch im Licht fand er nichts, das lebte. Mit Macht kam die Erinnerung zurück: Auch über das reglose Gesicht seiner Frau waren Schatten getanzt, es war wie ein Hohn gewesen, der Tod trampelte auf dem Leben herum und gaukelte Leben vor, wo keines mehr war. Das Licht war Marken aus der zitternden Hand gefallen und sofort erloschen. Dann hatten sich im Zwielicht zwischen Nacht und Tag alle Schatten gegen ihn erhoben und ihm zugeraunt: Du bist schuld.

»Das gibt's doch nicht, dass alle schlafen. Nicht mal Wachen sind da«, murmelte Strommed. Abrupt blieb er stehen. »Oder kann das … Eine Seuche vielleicht? Liegen die alle tot in den Betten?«

Ja, auch Markens Frau hatte tot im Bett gelegen. Kalt und steif war ihr Körper geworden. Aber gestorben war sie nicht an einer Seuche oder Krankheit. Er selbst war schuld gewesen. Marken zog sein Schwert. Er trat in den Hof. Diese Tür dort war nur angelehnt.

Sie lauschten. Kein Geräusch. Oder doch? Ein Atmen vielleicht? Ein Röcheln, das Stöhnen eines Kranken, eines Sterbenden? Marken nickte, Strommed drückte vorsichtig die schwere Tür auf. Sie knirschte über etwas, das am Boden lag, viel zu laut. Marken fluchte, stieß sie ganz auf, sprang hinein, Schwert und Fackel vorgestreckt. Zwei Fässer, eines davon leckte. Ein strenger Geruch. Tongefäße auf Brettern an der Wand, Scherben am Boden. Und kleine, dunkle Bohnen, in denen Marken stand und die unter seinen Stiefeln knackten. Eine Vorratskammer. Ein erschrockener Aufschrei – kleine Augen, geblendet vom Fackellicht, in einem schmutzigen, haarigen Gesicht.

»Was zum …?«

»Ein Schwein, es ist nur ein Schwein!«

Das Tier lief auf die Männer zu, begann, sich laut schmatzend über die Bohnen am Boden herzumachen. Strommed gab ihm einen ärgerlichen Tritt, das Schwein schrie wieder kurz auf, wich ihm aus, senkte dann aber den Kopf und fraß grunzend weiter.

»Wir teilen uns auf«, sagte Marken und trat wieder in den Hof, wo die pramschen Soldaten beklommen schweigend herumstanden, Smirn in ihrer Mitte. Sie wurden von ihren eigenen Schatten umzingelt, die als groteske Schemen an den Hauswänden ringsum entlanghuschten. »Ihr zwei geht da rauf, ihr zwei dort.« Er untermalte seine Worte mit knappen Handzeichen und bemerkte, wie dünn seine sonst so kräftige, in Wind und Weite gestählte Stimme klang. Marken sprach lauter: »Strommed, du kommst mit mir – und der Rest bleibt hier bei der Hohen Frau und rührt sich nicht von der Stelle, verstanden? Und haltet ja die Augen offen, Soldaten!«

Aber die Augen der Männer waren schwarze Löcher. An Bord des Kahns, im Licht der Öllampe hatten ihre Gesichter krank gewirkt. Nun sahen sie aus wie Gespenster. Diese entsetzlich scharfen Schatten werden uns umbringen, dachte Marken in einem kurzen Anflug von Panik, sie drücken uns schon die Augen in die Höhlen.

Er strich sich den Bart, zögerte noch und hoffte, Smirn würde etwas sagen, hätte irgendeine Art von Erklärung. Doch sie schwieg. Wenn es nur endlich hell wäre! Dann könnte Marken die Todesahnung überwinden, die nicht zum Beginn eines neuen Tages passte und ihn doch immer wieder genau dann heimsuchte. Er stieg die Stufen hinauf.

Die Treppe führte auf einen Absatz und wieder stand Marken vor einer Tür. Aber diese hier war nicht angelehnt, sondern geschlossen. Er hatte das Bedürfnis anzuklopfen – das wäre etwas Normales und höflich dazu. Aber hier war etwas Ungewöhnliches im Gange; hinter dieser Tür, hinter diesen Mauern, in diesem Haus, in dieser ganzen Stadt stand eine besondere Stille. Das war keine Nachtruhe. Er drückte die Klinke herab, gefasst auf beides: den Anblick toter Menschen und einen Angriff aus dem Dunkel.

Ein ungemachtes Bett, eine geöffnete Truhe. Wild verstreute Kleidungsstücke. Ein Wandbehang, scheinbar gewellt im flackernden Licht der Fackel. Ein kleiner, gusseiserner Ofen auf drei Füßen, darauf eine Kanne. Keine Menschen. Marken trat an den Ofen. Er war kalt, aber das musste nichts bedeuten, es war Lendern, man musste nicht heizen. Marken hob den Deckel von der Kanne.

»Und?«, fragte Strommed.

»Tee oder so was«, sagte Marken. »Aber alt.«

Sie durchsuchten alle Räume des Gebäudes, so hoffte Marken es wenigstens, denn die Bauweise der Kwother war verwirrend. Sieben verwinkelte Stockwerke saßen übereinander, die Zimmer waren klein, viele fensterlos und miteinander verbunden; es gab nicht nur Außentreppen, sondern auch Aufgänge im Innern des Hauses. Nach dem Aufenthalt im weitläufigen Pram und im Fürstenpalast mit seinen hohen Decken, polierten Steinböden und unzähligen farbigen Glasfenstern kamen Marken die Behausungen der Kwother eng und stickig vor. Aber vielleicht mochten sie es auch, nah beieinander zu sein – um diesen Hof herum wohnten entweder mehrere Familien oder gleich eine ganze Sippe. Strommed und er fanden viele Schlafkammern in den mittleren Stockwerken, mehrere Kochstellen, und als sie endlich auf dem flachen Dach angelangt waren, erkannte Marken, dass auch dieser Raum genutzt wurde: Leinen waren gespannt, Körbe standen herum oder waren umgestoßen, über einem Holzgestell hing ein Rest Trockenfisch. Aber kein einziger Mensch war in diesem Haus zu finden, weder ein toter noch ein lebender. Hier oben war nur der Tag, endlich, und er hatte einen leichten Wind mitgebracht, der die trockenen Fische knistern ließ. Marken warf seine Fackel in einen Eimer. Sie verlosch mit einem Seufzen und schickte als letztes Lebenszeichen einen Rauchfaden in den erblassenden Himmel.

»Was ist hier nur los?«, fragte Strommed. »Wo sind die alle? Ein Überfall?«

Marken bedeutete den pramschen Soldaten, die ebenfalls auf den benachbarten Flachdächern angekommen waren und die Köpfe schüttelten, wieder hinabzusteigen.

»An einen Überfall glaube ich nicht«, sagte er. »Ich habe weder Blut gesehen noch sonst irgendwelche Spuren eines Kampfes. Das sieht mir eher nach einem Aufbruch aus … einem sehr überstürzten Aufbruch.«

»Ihr meint eine Flucht? Aber wovor?«

Marken trat nah an die niedrige Ummauerung des Dachs und blickte über die verlassene Stadt. Wie viele Menschen mochten hier gelebt haben? Tausende, vielleicht zehntausend, mehr jedenfalls, als es Welsen auf dem Kontinent gab. Hal hatte im Morgenlicht seine klaren Konturen zurückerhalten. Allein es half nicht. Die Nachtschatten waren zwar vorerst besiegt, aber nicht sie hatten all diese Menschen in die Flucht geschlagen. Die Schatten waren Markens Hirngespinste, waren seine eigene, kleine Furcht. Was hier vor sich ging, war viel größer.

»Es muss etwas Großes sein«, hörte Marken sich dem Kameraden Antwort geben. »Nur etwas Großes, Ungeheures kann die Bürger von Hal dazu getrieben haben, ihre Häuser zu verlassen. Alles einfach zurückzulassen. Eine ganze Stadt.«

»Und sie sind wirklich alle fort?«, fragte Strommed seltsam hohl. Die Frage verklang und er erwartete keine Antwort mehr, er wusste, sein Offizier hatte keine. So starrten sie beide stumm über die flachen Dächer und an den toten Fassaden der Häuser stieg ein Grauen zu ihnen auf, das weder Nacht noch Tag kannte, sondern zeitlos war.

2

Wo sind sie? Wo sind sie bloß alle? Sind sie wirklich *alle* fort?

Um das herauszufinden, hatte Marken Strommed wieder losgeschickt – ihn und vier Pramer. Die anderen vier Soldaten hatte er an den Ecken des Dachs postiert. Von hier aus hatten sie einen guten Überblick, das Haus war eines der höchsten der Stadt und erinnerte an einen Wehrturm, wobei alle Gebäude von Hal mit ihrer verschachtelten Rechtwinkligkeit, mit engen Fensterschächten in dicken Mauern und massiven Holztüren etwas Wehrhaftes, beinahe Kriegerisches ausstrahlten. Hier konnte man sich bestens verschanzen. Warum also fliehen?

Marken wandte den Blick ab von den leeren Dächern, unbelebten Straßen und verödeten Plätzen. Seine Furcht war im hellen Licht wieder zu Nervosität und Missmut geschrumpft und er ahnte, woher der kam: Marken fühlte sich überrumpelt, von den Ereignissen überholt, und zwar nicht erst seit diesem Morgen im ausgestorbenen Hal, sondern bereits seit Zehnen. Angefangen hatte es an jenem Abend zu Beginn der Schneeschmelze, an dem die Undae die Offiziere zu sich in die Grotte befohlen und seit Menschengedenken das erste Mal gesprochen hatten: *Etwas geht vor. Eile!* Weitergegangen war es im Höhenlager, als die Sedrabras über sie hergefallen waren, und dann am Ufer des Eldrons, am Posten im grauen Ascheschlamm, wo man die Offiziere und Soldaten festgesetzt hatte. Marken hatte die Führung des Trecks innegehabt und ihm hatte stets das Gefühl zugesetzt, der Situation nicht gerecht zu werden. Felt wäre der bessere Führer gewesen. Schließlich hatten sie ihm das königliche Schwert geschmiedet, nicht wahr? Selbst wenn Felt nichts davon wusste. Marken lächelte, schmal und bitter. So, wie er Felt kannte, würde es dem Freund ganz ähnlich gehen wie Marken: Etwas ging vor und er hatte das Gefühl hinterherzurennen.

Und was genau ging nun hier vor? Warum waren die Kwother alle fort? Markens Augen folgten Smirn, die lautlos in langsamen Schleifen über die bräunlichen und sich allmählich erwärmenden Fliesen des Dachs wandelte. Ihr Gewand schimmerte silbern in der Morgensonne, sie hatte die Kapuze tief ins Gesicht gezogen. Nachdem sie auf seine Bitte hin mit den pramschen Soldaten die sieben Stockwerke hier hinaufgestiegen war – sicher ist sicher –, hatte die Unda ihn ernst angeblickt. Aber die wasserhellen Augen in dem dunkelhäutigen, narbengeschmückten Gesicht blieben für Marken unergründlich; falls sie ihm stumm etwas mitteilen wollte, verstand er es nicht. Smirn war fast immer ernst, fast immer schweigsam, Marken hatte sich daran gewöhnt. Aber seitdem er sich von den Kameraden hatte trennen müssen, fiel ihm wieder auf, *wie* wortkarg

Smirn war. Keine der drei Undae war geschwätzig, aber in den Augen der schönen Utate lag eine beinahe mütterliche Geduld, wenn sie über die Quellen sprach und etwas erklärte. Reva, noch kleiner als Smirn und so zartgliedrig, dass es fast beängstigend war, lächelte oft. Dann spürte man ein Wohlwollen, die gute Absicht hinter allem, was die Hohen Frauen taten, ob man es nun verstand oder nicht. Smirn aber half Marken nicht mit Schönheit, Geduld oder Güte – sie forderte ihn. In ihrem Ernst, ihrem Schweigen erkannte Marken den hohen Anspruch, den sie an ihn hatte. Und nichts hätte ihn mehr anspornen können. Smirn beschränkte sich auf das Wesentliche, weil sie sich darauf verließ, dass Marken alleine zurechtkam. Und das kam er auch, er war schließlich Welse. Er glaubte fest daran, dass man mit Willenskraft und Disziplin jedes Problem in den Griff bekam. Zur Not gab es immer noch den schönen, schwarzen, scharfen Stahl. Aber konnte all das helfen, wenn die Quellen versiegten, wenn der Menschheit die Menschlichkeit abhandenkam?

Ein enger Gurt zog sich um Markens Brust zusammen und er griff unwillkürlich nach dem kleinen Lederbeutel, der ihm um den Hals hing. Der eigenartige, plappernde Hüter Torvik hatte ihm diesen mit Quellwasser gefüllten Beutel geschenkt; Felt und Kersted hatten auch welche erhalten. Es war noch nicht lange her, dass sie bei der Quelle der Hoffnung im Wald von Bosre gewesen waren. Marken erinnerte sich gut an die schwirrenden großen Insekten mit den gläsernen Flügeln, an die Magie des Orts, seine Kraft. *Die Hoffnung ist ein guter Antrieb* – das war Smirns Antwort gewesen auf das, was Marken selbst gesagt hatte: *Wir geben niemals auf.* Ja, nicht aufgeben. Sondern hoffen und weitermachen. Bei der Quelle hatte Marken es mit voller Überzeugung aussprechen können, heute kam es ihm vor wie eine Floskel. War das so, wenn die Quellen ihre Wirkmacht verloren? Kam einem dann jede Regung, jedes ehrliche Gefühl, jede eben noch feste Überzeugung hohl und leer und sinnlos vor?

Einer der Posten an den Ecken des Dachs machte eine knappe Meldung und riss den Waffenmeister aus seinen trüben Gedanken. Marken spähte hinab in den Hof; unten kamen Strommed und die anderen Männer des Erkundungstrupps zurück. Der pramsche Soldat an der Dachkante, ein junger Bursche, hielt die Augen angestrengt geradeaus. Er hatte Angst, Marken konnte es förmlich riechen; ob es aber an der Höhe lag oder ob es die Leere war, das stumme Entsetzen, das durch die Gassen von Hal kroch, konnte Marken nicht entscheiden. Hier oben, mit Blick über die Stadt vom Fluss im Osten bis zu den westlichen Hügeln, die als gelbgrüne Welle vor dem wolkenlosen Blau des Himmels standen, wurde einem das Ausmaß dieser gähnenden Stille erst richtig bewusst. Für einen Pramer, der nur den Trubel kannte, der in die Fülle, die Lebendigkeit geradezu hineingeboren worden war, musste es noch unheilvoller sein als für einen Welsen, der am Rande der Welt lebte und es gewohnt war, dass außer dem frostigen Wind oft niemand durch die Gassen Goradts strich.

»Meldung: Mensch, nein. Pferde, nein. Essen … viel.«

Der pramsche Soldat des zurückgekehrten Trupps bemühte sich, Welsisch zu sprechen, und für das, was Marken mit den Pramern zu besprechen hatte, war es ausreichend – er hatte nicht vor, ihnen seine Gedanken oder Befürchtungen mitzuteilen oder seine Entscheidungen zu diskutieren. Das würde Marken nicht einmal mit Strommed tun, der einer seiner besten Männer war und den er schon von klein auf kannte. Der Hellste war Strommed zwar nicht, aber zuverlässig und selbst für einen Welsen außergewöhnlich groß und kräftig. Der Hunger schien Solder um Solder an ihm vorbeigegangen zu sein; Strommed konnte Kraft aus einem Atemzug eiskalter Luft oder einem Schluck Gansetee holen. Und er war ein Waffennarr, das hatte Marken ganz besonders für den Jüngeren eingenommen – Strommed liebte den Stahl und beherrschte sein Schwert ebenso wie eine Axt oder einen Speer. Als er nun neben den pramschen Soldaten trat, um ebenfalls Meldung zu machen, tat dieser unwillkürlich einen Schritt beiseite. Strommed war ein Hüne verglichen mit dem Pramer.

»Melde gehorsamst: Keine Menschenseele zu finden. Paar Tiere haben sie dagelassen, aber nichts zum Reiten. Und auch keine Waffen.«

»Nicht eine?«, fragte Marken. »Hast du die Waffenkammer gefunden?«

»Waffenkammern habe ich gefunden, mehr als eine.« Strommed überlegte kurz. »Sechs waren's. Aber leer. Nur in einer war so was hier.«

Er hielt Marken ein Axtblatt hin, der Waffenmeister nahm es und verstand: Dieses klobige Stück Eisen zählte nicht. Was Marken in Händen hatte, war eine so jämmerliche Kopie welsischer Schmiedekunst, dass man sich in Goradt sogar geweigert hätte, das Blatt einzuschmelzen und weiterzuverarbeiten. Aber warum versuchten die Kwother überhaupt, eigene Waffen herzustellen? Wozu brauchten sie mehr, als sie kaufen konnten? Vielleicht gab es Spannungen zwischen Pram und Jirdh, von denen Marken nichts ahnte. Die Kwother waren die Hauptabnehmer der Axtblätter, die in den welsischen Schmieden am Berg gefertigt wurden. Aber der Handel lief über pramsche Einkäufer. Seit der großen Feuerschlacht vor über hundert Soldern kontrollierte das mächtige Pram den Handel mit Waffen aus Welsenstahl und somit praktisch den Waffenhandel des gesamten Kontinents. Pram hielt die Welsen damit klein und stärkte die eigene Position – bisher erfolgreich, wie Marken sich in der großen, reichen Stadt hatte überzeugen können. Nun aber änderten sich die Zeiten, nun ging etwas vor. Etwas, für das die Kwother mehr Waffen brauchten, als Pram bereit war, ihnen, den ehemals engsten Verbündeten, zu liefern. Oder etwas, wovon Pram gar nichts wusste, nichts wissen sollte? Etwas, das verborgen bleiben musste. Eine Heimsuchung, gegen die man nicht kämpfen konnte und bei der Verschanzen nichts nutzte. Etwas Ungeheuerliches, vor dem man nur davonlaufen konnte. Marken ließ das unförmige Axtblatt zu Boden fallen, es klirrte auf die Fliesen. Das Geräusch erstarb und die Furcht war wieder da, lautlos war sie herangepirscht, still stand sie nun zwischen den schweigenden Menschen auf dem sonnigen Dach und ihr Grinsen war entsetzlich. Marken holte tief Luft, wollte etwas sagen. Musste etwas sagen, um die Stille zu brechen, wusste aber nicht, was.

»Wir sollten gehen«, sagte Smirn, die seine Not bemerkt hatte. Ihre dunkle, immer etwas heisere Stimme stellte sich schützend zwischen die Soldaten und die furchteinflößende Stille. Wenn Smirn sprach, schien sie zu wachsen. Sie wurde dabei nicht größer, sondern wirklicher. Es war, als ob sie alle Aufmerksamkeit auf sich versammelte, und man konnte sich nicht mehr vorstellen, auch nur einen Wimpernschlag seines wachen Lebens nicht an diese Unda zu denken. Bis man den Gedanken wieder loslassen konnte, weil sie einen losließ.

»Wir finden in Hal keine Gründe«, fuhr sie erklärend fort. »Wir können hier nur das Ende von etwas sehen, aber nicht den Anfang. Also sollten wir weitergehen, denn es ist noch weit bis Gem-Enedh und zu Fuß wird es dauern. Vielleicht finden wir dort den Grund für die Flucht, vielleicht unterwegs. Hier gibt es nichts mehr für uns zu tun – in Jirdh und in den Bergen nördlich davon jedoch viel.«

Ja, zu den Quellen mussten sie, das war das Wichtigste. Nein, es war das *Wesentliche*, korrigierte sich Marken in Gedanken –

das, worauf sich diese Unda konzentrierte und wovon sie sich selbst durch das Verschwinden von zehntausend Menschen nicht ablenken ließ.

3

Die Straße nach Gem-Enedh war auf der Karte eingezeichnet und selbst Marken konnte sie leicht finden – es war die einzige, die nach Westen aus Hal hinausführte. Auch die fliehenden Kwother waren hier entlanggekommen, so viel war sicher: Verlorene Habseligkeiten säumten den breiten, staubigen Weg; sie fanden einen Karren, dessen Achse gebrochen war, ein totes Pferd, von dem sich der Besitzer nicht hatte trennen wollen, das aber zu alt gewesen war, um einen Menschen oder Gepäck weit zu tragen. Marken betrachtete den Kadaver und versuchte abzuschätzen, wie lange er schon dort im Gestrüpp am Wegesrand lag.

»Ungefähr eine Zehne, oder?«, fragte Strommed.

»Könnte hinkommen.«

Marken fuhr mit der Hand durch die Luft, um die Fliegen zu verscheuchen. Die Aasfresser hatten sich an dem toten Pferd gütlich getan. Es stank bestialisch und in den leeren Augenhöhlen, im aufgerissenen Leib wimmelte es von bunt schillernden Fliegen und weißen Maden. Es war kaum genau abzuschätzen, wie lange der Kadaver hier schon liegen mochte. Wie weit war der Flüchtlingstreck der Kwother voraus?

Wahrscheinlich hatte Strommed recht, ungefähr eine Zehne. In den langen Tagen des Marschierens, die hinter ihnen lagen, war ihnen in der weiten, ausgedörrten Landschaft keine Menschenseele begegnet, und sie schienen auch den geflüchteten Bewohnern von Hal nicht näher zu kommen, holten sie nicht ein.

Die pramschen Soldaten waren schon nach vier Tagen Marsch an ihre Grenzen gestoßen und für Smirn war es ohnehin unmöglich, das Tempo der beiden Welsen mitzugehen. Strommed trug sie, was ihm nichts ausmachte, Marken aber ärgerte: Es war unwürdig, die Hohe Frau wie ein Gepäckstück herumzuschleppen. Er hätte darauf bestehen müssen, eigene Pferde aus Pram mitzunehmen, auch wenn niemand hatte ahnen können, dass sie in einer leeren Stadt ankommen würden. Aber was, wenn die Stadt zwar voller Menschen gewesen wäre, aber niemand mehr etwas auf alte Bündnisse gab? Wenn man ihnen weder Pferde noch Proviant verkauft hätte, wenn sie gar angefeindet worden wären? Marken kniff die Lippen zusammen. Das hier war möglicherweise kein Freundesland mehr. Die Wahrscheinlichkeit, dass die Dinge sich inzwischen verschoben hatten, nahm mit jedem Tag zu und das hätte er vorher bedenken müssen. Die Undae hatten die Offiziere eindringlich gewarnt, hatten ihnen eine Woge des Entsetzens durch die Adern rollen lassen, bevor sie die Grotte verließen. Marken hatte dieses Gefühl bodenloser Angst zwar nicht vergessen, aber verdrängt – so, wie er Schlimmes oder auch nur Unangenehmes gern möglichst schnell und tief unter Alltäglichkeiten oder neuen Eindrücken begrub. Und war nicht viel geschehen seit dem Aufbruch in Goradt? Ja, er hatte viel erlebt, mehr als in über vierzig Soldern bisher. Das Wesentliche aber, was er nicht begraben durfte, war die Angst. Die Angst vor dem Versiegen der Quellen und dem Verlust der Menschlichkeit. Er warf einen letzten Blick auf den aufgedunsenen Kadaver des Pferds.

»Gehen wir weiter«, sagte er zu Strommed.

Marken hatte sich anhand der Karte mühsam ausgerechnet, dass sie mindestens drei Zehnen bis nach Gem-Enedh brauchen würden. Mit den fußkranken Pramern könnte es sogar noch länger dauern. Erst waren die Soldaten nervös gewesen – ständig erwarteten sie einen Angriff von diesem unbekannten Etwas, das die Kwother vertrieben hatte –, aber mittlerweile waren sie mehr mit ihren wunden Füßen und schmerzenden Rücken beschäftigt als mit ihrer Angst. Sie machten den gleichen Fehler wie Marken: Sie vergaßen. Menschen waren nicht dafür gemacht, ständig Furcht zu empfinden. Der blutende Fuß war wirklich, mit jedem Schritt waren die Schmerzen da. Der Grund für die Vertreibung jedoch blieb unsichtbar: Nichts ließ sich blicken, nichts griff die Marschierenden an. Außer der Sonne. Es war glühend heiß, Marken schwitzte in seiner schwarzen Rüstung wie nie zuvor in seinem Leben. Aber er ließ weder sich selbst noch den anderen eine Disziplinlosigkeit durchgehen: Die Helme blieben auf den Köpfen, die Stiefel traten im Gleichschritt den Staub, getrunken wurde nur, wenn Rast gemacht wurde, und das war genau ein Mal am Tag.

Jetzt sah Marken, wie die zwei vorausgehenden Soldaten stehen blieben. Einer stützte sich erschöpft auf den Oberschenkeln ab, der andere hob die Hand.

»Aufschließen!«, befahl Marken und die Gruppe trabte zur Vorhut – wenn man die beiden entkräfteten Pramer denn als solche bezeichnen wollte. Wie soll dieser müde Haufen jemals einen Kampf überstehen?, schoss es Marken durch den Kopf.

Die Straße schlängelte sich am Fuß einer Hügelkette entlang, die sich erst in weiter Ferne zu einem Gebirgszug erhob. Links des Weges lag eine Ebene – fruchtbares Land, auch wenn es ebenso wie die Menschen unter der Hitze litt. Während der letzten Tage waren sie an vielen Feldern vorbeigegangen, auf denen die Ernte verdorrte, denn niemand nahm mehr Wasser aus den Brunnen außer den Soldaten, die Höfe entlang der Straße lagen verlassen zwischen graugelben Halmen. Doch was die beiden Pramer zum Stehenbleiben veranlasst hatte, war keine dieser öden kleinen Trutzburgen. Sondern eine Stadt.

Sie schmiegte sich gut sichtbar in eine Senke, etwa eine Wegstunde voraus. War das Gem-Enedh? Wenn ja, dann hatte sich Marken bei seinen Berechnungen gewaltig geirrt. Er zog die Karte hervor, strich sich den Bart, versuchte, seinen Ärger zu verbergen. Strommed stellte Smirn behutsam auf die Füße.

»Das kann einfach nicht sein«, murmelte Marken. »Das ist doch nie und nimmer Gem-Enedh … oder etwa doch?«

Die Unda war neben ihn getreten. Kein Wunder, dass Strommed sie mit Vergnügen trug – von ihr ging eine angenehme Kühle aus.

»Auf dieser Karte ist zwischen Hal und Gem-Enedh keine weitere Stadt eingezeichnet. Wie konnte ich mich nur derart verschätzen?«

Smirn sah zu ihm auf, ihr dunkles Gesicht lag zur Hälfte im Schatten der weiten Kapuze. »Waffenmeister, such den Fehler nicht immer bei dir. Du hast dich nicht geirrt, es ist noch weit bis Gem-Enedh. Aber auch Telden, der Kartograf, hat keine schlechte Arbeit gemacht. Solche Städte wie diese dort werden nicht verzeichnet, das wäre ein Frevel. Und darüber hinaus sollte man einen Wanderer auch nicht vom Weg weglocken. Einen Ort wie diesen darf man nicht unbedacht betreten.«

»Smirn, was ist das für eine Stadt?«

»Es ist eine Nadhina-Mmet. Eine kwothische Totenstadt.«

4

Die inzwischen tief stehende Sonne fiel durch ein hohes, mit Mosaiken geschmücktes Portal und blendete Marken. Im Gegenlicht sah er die Fassaden der Gebäude hinter dem großen

Torbogen bläulich schimmern, als wären sie mit Wasser benetzt. Die Totenstadt war von einer Mauer umgeben, dies hier schien der einzige Zugang zu sein. Eine sanfte Brise wehte sie aus dem Portal heraus an. Der Windhauch war kühl. Ein kalter Atem, dachte Marken, ein toter Atem. In dieser Stadt bräuchte man wahrlich nicht nach Leben zu suchen. Aber Smirn wollte unbedingt hinein, worum ging es ihr?

»Gibt es dort eine Quelle?«, fragte Marken.

»Nein«, antwortete Smirn knapp und wandte sich zum Gehen. Sie ließ ihm keine Zeit zum Nachdenken, es drängte sie.

»Strommed, ich begleite die Hohe Frau. Du kümmerst dich um das Nachtlager. Wenn wir zurück sind, ist alles eingerichtet, verstanden?«

»Verstanden, Herr Offizier!«

Die Pramer nahmen ebenfalls Haltung an und neben der Erleichterung, nicht mehr weitergehen zu müssen, sah Marken in den verschwitzten Gesichtern die Angst, die zu den Männern zurückgekehrt war. Gut so, dachte Marken, das macht euch wachsam. Er lächelte schmal, drehte sich um und folgte Smirn.

Die Stadt war wie ein langes, breites Band angelegt, das nach Westen führte. Rechts und links der gepflasterten Hauptstraße standen große Gebäude. Die Häuser der Toten. Sie hatten keine Fensteröffnungen, sondern waren schlichte Quader; nur die torlosen Eingangsportale waren mit glänzenden Steinchen in verschiedenen Blautönen verziert. Sie glitzerten im Licht der sinkenden Sonne. Marken war befremdet von dem Aufwand, den die Kwother mit dem Tod betrieben. Die Welsen verbrannten ihre Toten, und das nicht nur, weil es in Goradt, in Stein und Schnee, das Einfachste war. Nur wer durchs Feuer ging, konnte in die andere Welt gelangen; ein Körper war auf diesem letzten Weg hinderlich. Wie oft hatte Marken sich gewünscht, seinen

Körper endlich los zu sein? Diesen Körper, dessen Bedürfnisse er jeden Tag stillen musste oder wenigstens, so gut es ging, unterdrücken. Nicht immer war ihm das gelungen, nicht immer hatte er seine Begierden bezwingen können. Aber er hatte es geschafft, nicht zu verhungern. Er war niemals krank, ihm fielen nicht einmal die Zähne aus. Irgendwann jedoch würde der Tag kommen, an dem sein Körper endlich Ruhe gab. Das Einzige, was dann noch zählte, war das Feuer. Er musste hindurch, damit er sie wiedersehen konnte, in der anderen Welt. Er musste seine Frau um Verzeihung bitten.

Smirn ging rasch und wie jede Unda beinahe geräuschlos. Ihr silbriges Gewand schimmerte mit den Mosaiksteinen um die Wette, als sie vor einem Gebäude stehen blieb und die geschmückte Fassade emporschaute. Die Kapuze glitt ihr vom kahlen Schädel und Marken sah die verschlungenen Narben darauf blasser werden. Er folgte ihrem Blick. Die Steinchen waren nicht wahllos verteilt, bei näherer Betrachtung ergaben sich komplizierte, aber regelmäßige Muster in der Verzierung.

»Ist das … eine Schrift?«, fragte er.

Smirn nickte. »Es ist die Geschichte der Familie, die hier ruht. Genauer: die Geschichte der Männer. Frauen werden nicht in einer Nadhina-Mmet beigesetzt.«

Er traute sich nicht zu fragen, was mit den Leichen der kwothischen Frauen geschah, und Smirn gab ihm auch keine Gelegenheit dazu. Sie trat ein.

Das Totenhaus bestand aus nur einem großen Raum. In die hohe Decke waren Lichtschächte eingelassen, durch die die Sonne ihre Strahlen in Bündeln auf mannsgroße, am Boden liegende Steinblöcke schickte: Jeder Block wurde einzeln angeleuchtet. Es war kühl hier.

»Wir sind zur rechten Zeit angelangt«, sagte Smirn und ihre

heisere Stimme hallte in dem hohen, kahlen Raum. »Bei Sonnenuntergang ist es besonders eindrucksvoll.«

Marken zählte knapp zwei Dutzend hellgraue Steinquader. Er folgte Smirn ins goldgelbe Licht; sie war nah an einen Block herangetreten. In die glatte Oberfläche war eine Inschrift gemeißelt – die Zeichen waren genauso unergründlich für Marken wie die im Mosaik des Eingangsportals. Smirn aber las konzentriert, ging zum nächsten Quader und las auch dessen Inschrift. Sie schien etwas zu suchen. Marken blickte zum Eingang. Ihm war, als hätte er im Augenwinkel etwas dort vorbeihuschen sehen, eine kleine, helle Gestalt. Aber im Ausschnitt der hohen Türöffnung sah er nur auf das leere Pflaster der Straße und ein gegenüberliegendes Portal – es war wohl eine Lichtspiegelung in den glänzenden Steinchen gewesen. Dennoch sollten sie die Stadt bald verlassen, die Sonne sank immer tiefer und es erschien Marken, als sänke sie besonders schnell. Die Lichtbündel auf den Steinblöcken wurden zusehends schwächer und die Einfallswinkel veränderten sich: Smirn, die immer noch umherging und las, wurde nun angeleuchtet, während der Block, neben dem sie anhielt, schon zur Hälfte im Dämmer lag. Jetzt hob sie den Kopf, blickte an Marken vorbei nach draußen und machte einen schnellen Schritt zur Seite, um aus dem Licht zu kommen. Was hatte sie gesehen? Er wandte sich um. Nichts, nur eine leere Straße.

Er zog sein Schwert. Die Leere des Raums verstärkte das metallische Schleifen zu einem kalten, lauten Fauchen. Mit drei, vier schnellen Schritten war Marken draußen auf der Straße.

Er sah sie hinab und mitten in den riesigen Glutball der Sonne, kniff die Augen zu – hinter den geschlossenen Lidern leuchtete ein grellgrüner Kreis, rechts und links davon lagen schwarze Klötze, die Nachbilder der Gebäude. Er riss die Augen wieder auf, helle und dunkle Flecken sprangen durch sein Gesichtsfeld, aber sonst war da nichts. Marken spähte in die andere Richtung, sah den Beginn der Straße und dahinter das Portal, durch das sie die Totenstadt betreten hatten. Rührte sich da etwas? Ja, da! Da war eine Bewegung, da war etwas vom rötlich angestrahlten Pflaster in den Schatten zwischen zwei Häuser gelaufen – zu schnell, als dass er hätte erkennen können, was es war.

»Smirn!« Marken rief über die Schulter, hielt die Straße im Blick. Die Unda antwortete nicht. Sollte sie morgen weiterlesen! Es war sicher wichtig, was Smirn da tat, aber Markens Angst ließ seinen Herzschlag immer schneller werden und schien ihm nur einen Gedanken einhämmern zu wollen: Sie mussten diesen Ort verlassen, bevor es vollends dunkel wurde.

»Smirn, wir gehen!«

Ein Geräusch. Leise und nah. Aus der schmalen Gasse zwischen diesem und dem benachbarten Gebäude. Wie ein Trippeln kleiner … Hufe.

Rückwärts, die Augen nicht von der Straße lassend, ging Marken ins Totenhaus zurück.

»Smirn, ich bitte dich! Lass uns gehen, sofort.«

Auf Markens Stimme legte sich ein Hall und machte sie fremd. Die Unda stand gebeugt über einem Steinsarg in der entfernten Ecke des Raums. Die Lichtstrahlen waren nur noch eine Ahnung.

»Ich bin gleich so weit«, sagte sie, las aber weiter.

»Da draußen ist etwas«, sagte Marken und schaute zur Tür. Das blankgezogene Schwert in seiner Faust war wie ein scharfer Vorwurf gegen Smirns Zögern. Inschriften auf alten Gräbern, zischte Markens Angst ihm zu, sind doch vollkommen bedeutungslos!

»Es wird zu dunkel.« Marken bemühte sich um einen sachlichen Ton und ging ein paar Schritte auf die Unda zu. »Wir können morgen früh wiederkommen, dann kannst du weiterlesen.«

»Das wird nicht nötig sein«, sagte sie, ohne aufzusehen. Smirn fuhr mit den Händen über den Stein; sie las mit den Fingerspitzen die eingravierten Zeichen, denn das Licht im Innern der Totenhalle war zu schwach geworden. »Ich bin beinahe fertig.«

Es kam Marken wie eine Ewigkeit vor. Die dunklen Finger der Unda tasteten wie langsam krabbelnde Käfer über den hellen Steinblock. Wieder hörte er das Trippeln, leise. Er hielt den Atem an, stand ganz still. Waren das wirklich Hufschläge? Oder kurze, schnelle Schritte von ... jemandem in Holzschuhen? Was auch immer es war, es näherte sich dem Eingang, vorsichtig. Marken holte Luft. Das da draußen war nicht groß, das konnte er hören. Das konnte er spüren. Es beunruhigte ihn dennoch zutiefst. Das Ding sollte sich endlich zeigen. Marken starrte zu dem Portal. Auch draußen war es merklich dunkler geworden. Das Getrippel hörte auf, Marken umfasste den Schwertgriff mit beiden Händen, es setzte wieder ein. Vervielfältigte sich.

Das da draußen war nicht allein.

»Ich hätte uns das gerne erspart.« Marken fuhr herum, Smirn stand ein paar Schritte hinter ihm. Die Narben auf ihrem Schädel glommen hell und das bedeutete in der Regel nichts Gutes. »Wir müssen nun ein paar ... Unannehmlichkeiten in Kauf nehmen. Aber ich musste genau lesen, ich wollte sichergehen, dass meine Vermutungen richtig sind.« Ihre raue Stimme war leise, und nur weil Markens Sinne von seiner Furcht geschärft waren, nahm er ein Beben darin wahr. Was auch immer Smirn hier erfahren hatte, es hatte sie erschüttert.

»Du hast hoffentlich genug Geld dabei, oder?« Sie lächelte nicht. »Andernfalls sollten wir die Nacht besser hier drin verbringen.«

5

Marken hatte Geld. So viel wie nie in seinem Leben, Fürst Mendron war alles andere als geizig gewesen und für Pferde und Verpflegung hatte Marken nichts ausgeben können. Er klopfte kurz auf den schweren Beutel an seinem Gürtel. Aber er wollte nun endlich wissen, was hier geschah, Smirn *musste* erklären – auch wenn ihr das lästig war.

»Waffenmeister, steck das Schwert weg, es würde mehr schaden als nützen.«

Marken tat es, wenn auch widerwillig. Ein Schwert war immer von Nutzen, davon war er überzeugt, und ganz besonders ein solches, wie er es trug – es gab auf dem gesamten Kontinent nur eine vergleichbare Waffe, nämlich die, die Pfadmeister Kersted hatte. Und nur ein einziges Schwert, das noch besser war, das eine königliche Waffe war: Anda, das Schwert, das Felt führte und das sie ihm förmlich hatten aufzwingen müssen.

Smirn trat nah an ihn heran. »Dort draußen erwarten uns Ghajels«, sagte sie. »Ich nehme an, es werden viele sein, denn diese Totenstadt ist eine der ältesten Kwothiens und somit auch eine der ältesten des gesamten Kontinents – eine Zuflucht für die Ghajels. Die Kwother waren die Ersten, die über die Westliche Herkunft auf den noch jungen Kontinent gelangten und diese Welt entdeckten. Damals nannten sie sich noch nicht Kwother, es war eine andere Zeit – die Alte Zeit.« Smirn unterbrach sich. Von draußen drang nervöses Trippeln zu ihnen herein – *Ghajels*?

»Bitte sprich weiter, Smirn. *Was ist das da draußen*?«

»Geschöpfe aus der Alten Zeit. In den Nadhina-Mmets haben sie überdauert.«

»Und sie sind gefährlich?«

»Bösartig, würde ich sagen. Ein Ghajel kostet dich Nerven. Eine ganze Herde … ein Vermögen.«

Fing sie nun an zu scherzen? Marken schnaufte.

»Nun denn«, sagte er und strebte dem Ausgang zu.

»Halte die Münzen bereit«, mahnte Smirn hinter ihm.

Marken trat auf die Straße und blieb schon nach zwei Schritten verwundert stehen. Kurz blitzte eine Erinnerung in seinem Gedächtnis auf: Eine ganze Nacht lang waren er und seine Kameraden durch den Wald von Bosre marschiert, berauscht vom Weißglanz, und am Morgen waren sie in eine Herde Schafe gelaufen. Das hier waren keine Schafe, auch keine Ziegen – waren das kleine Rehe? Marken kannte das scheue Wild aus den Wäldern rund um die Lagerstadt. Die Ghajels aber waren viel kleiner. Und scheu waren sie auch nicht, eher neugierig. Zuerst waren sie mit ein paar schnellen Sprüngen zurückgewichen. Nun, als Marken stehen blieb, kamen sie zurückgetrippelt. Es mussten ungefähr dreißig zierliche Tiere sein, die ihn und die Unda mit runden schwarzen Augen anblickten. Ihr glattes Fell war weiß, einigen wuchsen zarte, silbrige Geweihe aus den schmalen Köpfen.

»Weitergehen«, befahl Smirn.

Die Herde folgte ihnen, Marken hörte die kleinen Hufe über das Pflaster klickern. Dass er auch nur einen Moment wegen dieser Geschöpfe beunruhigt gewesen war, beschämte ihn. Von jedem streunenden Hund ging mehr Gefahr aus als von den kleinwüchsigen Rehen, und in den dunklen, großen Augen konnte er beim besten Willen keine Bösartigkeit erkennen.

Aber flink waren sie. Mit langen Sätzen überholten sie Marken und Smirn und liefen voraus. Die Abenddämmerung verlieh ihrem weißen Fell einen violetten Schimmer. Nun hielten sie eines nach dem andern an und wandten sich um, als sei ihnen wieder eingefallen, was sie zu dem wilden Lauf veranlasst hatte. Marken verlangsamte seinen Schritt, sah, wie durch einige der zierlichen Tiere ein Zittern lief. Machte nun er ihnen etwa Angst? Ein Ghajel erhob sich auf dünnen, bebenden Hinterläufen, bog den Hals zurück – und indem die Vorderhufe wieder auf dem Pflaster landeten, klatschte ein Schleimklumpen vor Markens Stiefel. Das kleine Biest hatte ihn angespuckt! Die milchige, zähe Flüssigkeit schäumte auf und verbreitete einen beißenden Gestank, der Marken sofort die Tränen in die Augen trieb. Er würgte.

»Geh weiter. Nicht zu schnell. Und wirf ein paar Münzen, jetzt!«

Marken tat es, das Geld klimperte auf das Pflaster und die Tiere stürzten sich darauf. Im Versuch, eine Münze zu ergattern, verhakten sich die Geweihe zweier Ghajels, und während sie noch verbissen kämpften, schnappte ein drittes danach. Wieder stiegen einige Tiere auf die Hinterbeine. Marken griff in den Beutel und warf, ohne darauf zu achten, welchen Wert die Münzen hatten. Aber die Ghajels, die leer ausgingen, spuckten dennoch. Smirn wich den hellen, schäumenden Flecken auf der Straße geschickt aus. Der Gestank raubte Marken beinahe die Sinne. Er war nicht empfindlich, was menschliche Ausdünstungen anging, und auch den Nukks, den Reittieren der Welsen, entströmte stets ein strenger Geruch – aber das hier war abscheulich, war kaum auszuhalten. Es war bösartig. Hastig fasste er wieder in den Beutel, da platschte ihm etwas gegen den Helm. Noch bevor Marken sich den Helm vom Kopf zerren konnte, war der ätzende Ghajel-Auswurf in seine langen Haare getropft. Der Gestank stach Marken wie mit Messern in die Augen, alles verschwamm, er spürte, wie ihm die Tränen in den Bart liefen. Eine kalte Klammer legte sich um seinen Unterarm – Smirn hatte nach ihm gegriffen.

»Es ist nicht mehr weit«, sagte sie. »Gib mir das Geld.«

Marken riss sich den Beutel vom Gürtel, stolperte blind und

halb ohnmächtig vorwärts, den Mund weit geöffnet. Er hörte das Klimpern der Münzen, hörte Smirns raue Stimme, wie sie sagte: »*Kommt ihm nicht zu nah*«, und dann ein angewidertes Aufstöhnen – Strommed. Dann verlor er das Bewusstsein.

6

Marken fuhr sich mit der Hand über den rasierten Schädel. Sein Kopf fühlte sich leicht an. Er hustete. Einige Augenblicke lang war er weggetreten gewesen, aber die Übelkeit war nicht gewichen und den Ghajel-Gestank hatte er immer noch in der Nase.

Smirn hatte ihm die Haare abgeschnitten, und zwar komplett. Auf ihre Anweisung hin hatte Strommed das stinkende Büschel vergraben, zusammen mit Markens Helm und der linken Schulterplatte. Wenigstens seinen Bart hatte er behalten. Nun saß er beim Feuer, trank Wasser im Versuch, den üblen Geschmack im Mund loszuwerden, und fühlte sich seltsam nackt und erniedrigt.

»Ich frage mich, warum man diese Viecher nicht einfach ausrottet.«

Smirn, die vor ihm auf und ab ging, schaute Marken kurz an, erwiderte aber nichts. Die Soldaten waren in einiger Entfernung damit beschäftigt, die Abendration zuzubereiten. Sie blieben auf Abstand. Wohl kaum aus Respekt, dachte Marken. Er nahm einen Schluck, spuckte aus.

»Es wird vergehen«, sagte Smirn und blieb vor ihm stehen. Die Kühle, die sie umgab, versetzte Marken für einen Augenblick nach Goradt, auf den Berg und in den Schnee seiner Heimat. Er musste nicht dorthin zurück. Er vermisste Goradt nicht. Denn Marken hatte nicht an dem Ort gehangen, sondern an seiner Arbeit. Nun hatte er eine neue Aufgabe, mit der er sich von seinen Selbstvorwürfen ablenken konnte: Sie mussten die Quellen aufsuchen und das Wasser des Sees zu den Anfängen tragen. Und hoffen, dass dies die Quellen vor dem Versiegen bewahren konnte. Denn wenn nicht, schwand mit dem Wasser auch die Menschlichkeit – was nichts anderes bedeutete als das Ende dieser Welt. Das hatte Marken in Pram begriffen, an Sardes' versiegender Quelle. Der große, alte und stocksteife Mann hatte ihn beeindruckt. Einerseits, weil er ein überaus erfahrener Soldat war und die Vielzahl seiner Jahre ihm eine entrückte Autorität mitgaben. Andererseits, weil Sardes dennoch hellwach war und dem Ende offenen Auges entgegenging. *Seht den Anfang und das Ende* – das waren die Worte gewesen, mit denen er die Pforte zur großen, säulengestützten Halle über dem Quellbecken geöffnet hatte. Mit der Quelle starb ihr Hüter und er tat es mit Würde. Aber mit der Quelle von Pram verschwand auch die Selbstlosigkeit aus der Welt und das war ein bitterer Verlust, das hatte man insbesondere Smirn angemerkt.

Das allmähliche Verschwinden von allem, was einen Menschen ausmacht, war für Marken leicht vorstellbar, denn er hatte sich selbst schon als Unmenschen erlebt. Aber danach war die Scham gekommen, gefolgt von Reue und dem tief empfundenen Wunsch nach Vergebung. Er war wieder Mensch geworden. Er wusste, was sie zu verteidigen versuchten. Was Marken zu schaffen machte, war nicht das große Ganze, sondern die Rätsel entlang der Strecke: Die menschenleere Hafenstadt Hal, nicht entzifferbare Inschriften von offensichtlich großer Bedeutung, unbekannte Lebewesen in einer Stadt, die dem Tod gewidmet war. Und diese kühle, schweigsame Frau – sie war ihm das größte Rätsel. Er konnte nicht einmal ahnen, was in Smirn vorging. Dennoch hätte er ohne Zögern sein Leben für sie gegeben.

Er sah zu ihr auf und ihre Augen waren helle Monde. Sie

wusste genau, was ihn bewegte; Smirn konnte Marken bis auf den Grund seiner Seele schauen. Sie nahm den Faden der Unterhaltung wieder auf.

»Es dauert eine Weile, aber in ein paar Tagen wirst du den Gestank los sein. Und zu deiner Frage: Es ist nicht notwendig, diese Geschöpfe auszurotten. Die Kwother glauben, es ist gut, einen Menschen daran zu erinnern, dass Reichtum vergänglich ist – mehr noch als alles andere. Ich teile diese Ansicht. Spätestens in der Anwesenheit des Todes sollte ein Mensch begreifen, worin der Sinn des Lebens liegt.«

Es war kein einziger Petten mehr im Beutel, Smirn hatte alles Geld an die Ghajels verfüttert.

»Mir scheint vor allem der Tod bei den Kwothern eine kostspielige Angelegenheit zu sein. Man muss zu Lebzeiten viel sparen, um sich dort eine Beisetzung leisten zu können. Es sei denn, man will sich bespucken lassen und gleich an Ort und Stelle an diesem tödlichen Gestank zugrunde gehen.« Marken machte eine Geste zur Totenstadt hin. Die Fassaden hatten sich im Mondlicht mit einem dunklen Glanz überzogen. Der Trupp lagerte nicht unweit des Eingangsportals, aber die Ghajels waren ihnen nicht gefolgt.

»Es sind Nachtwesen«, sagte Smirn nur und begann wieder, auf und ab zu gehen. Marken stützte sich auf die Ellbogen, legte den Kopf in den Nacken. Schaute in die Sterne, holte tief Luft. So langsam ging es ihm besser.

»Du meinst also, bei Tag wäre das nicht passiert?«, fragte er.

»Ghajels scheuen die Sonne, tagsüber ruhen sie in den Schatten. Sie waren lange vor den Menschen hier und sie kennen ihren Platz. Sie laufen nicht in die Totenhallen, sie verlassen die Totenstädte nicht. Jedenfalls nicht freiwillig, dort ist ihre Zuflucht. Dort ist ihre Zeit … Wenn du meinst, es sei kostspielig, sich die Tiere vom Hals zu halten, hast du keinen Schimmer davon, wie teuer es wäre, einen Ghajel aus einer Nadhina-Mmet herauszulocken.«

»Wozu sollte das gut sein? Wer will schon einen solchen Stinker haben?« Marken setzte sich wieder auf. »Außer als Waffe vielleicht.«

»Oder als Wächter.«

»Wenn man sich das Futter leisten kann …«

Über Smirns Gesicht huschte ein Lächeln. Marken strich sich wieder über seine stoppelige Kopfhaut. Eigentlich fühlte es sich nicht schlecht an.

»Ihre Zuflucht, ihre Zeit, sagst du … Wie meinst du das?«

»Ich sagte es bereits: Die Ghajels sind Geschöpfe der Alten Zeit.«

»Ich weiß nicht viel über dieses Zeitalter«, sagte Marken. »Und ich dachte, es sind alles nur Legenden.«

»Nur?«, fragte Smirn knapp. Aber ihrer rauen Stimme fehlte die übliche Strenge. Sie schien an diesem Abend in einer ungewöhnlich aufgeschlossenen Stimmung zu sein. Und tatsächlich, sie sprach weiter: »Alle Legenden haben einen wahren Kern. Manchmal ist er für spätere Generationen nicht mehr erkennbar, denn das Denken verändert sich, Dinge bekommen eine neue Bedeutung und die alte wird nicht mehr verstanden. Oder vergessen. Das ist weder gut noch schlecht, das ist der Lauf der Zeit. Damals verstanden die Menschen andere Dinge als heute; sie verstanden einander nicht, aber sie verstanden die Welt: den Wind, das Ächzen im Stein, das stete Murmeln des Wassers.«

Smirn stand wieder still und blickte auf Marken herab, der während ihrer Rede einige Zweige ins Feuer zwischen ihnen gelegt hatte. Es loderte auf und die Flammen beleuchteten das Gesicht der Unda. Im rötlichen Schein kam es Marken so vor, als ob die Narbenranken auf der dunklen Haut verschwänden und ein goldener Glanz in die wimpernlosen Augen trat. Er konnte sich mit einem Mal vorstellen, wie Smirn aussähe, wäre sie keine Unda: Ein glattes, stolzes Gesicht mit hohen Wangenknochen. Gerade, schwarze Brauen über bernsteinfarbenen Augen. Er sah sogar ein breites Lächeln volle Lippen über weiße Zähne ziehen und pechschwarzes Haar in vielen steifen Zöpfen auf die Schultern stoßen.

Als sie sich abwandte, mit einigen Schritten den Lichtkreis des Feuers verließ und in die Nacht tauchte, sah Marken ihren nun wieder kahlen Kopf im Mondlicht schimmern und er begriff: Die Alte Zeit war Smirns Zeit gewesen. Nicht nur die Ghajels hatten bis heute überdauert, sondern auch die Hohen Frauen. Sie hatten sich verändert, sie waren Undae geworden. Aber sie hatten die alten Bedeutungen nicht vergessen. Sie waren das Gedächtnis der Welt. Und sie konnten bis heute das Murmeln des Wassers verstehen.

7

Schwarze Vögel flogen auf. Die kreischende dunkle Wolke schien wie im Zorn aufzuwallen und verzog sich dann in ein nahes Waldstück. Die Soldaten, nach vielen Tagen schweigenden Marschierens durch die stille sonnenheiße Ödnis von der Begegnung ebenso verschreckt wie die Vögel, steckten mit zitternden Händen die Schwerter zurück in die Futterale. Auf ein Zeichen von Marken hin verließen sie die Straße, um in Augenschein zu nehmen, worauf die Vögel gesessen hatten. Es sah bizarr aus: Auf langen, eng zusammenstehenden Stecken war ein dichtes Flechtwerk angebracht, teilweise mit Stoff ausgestopft. Marken sah Fetzen wehen.

Schon nach einigen Schritten erkannte er seinen Irrtum. Das war kein Flechtwerk. Das waren Knochen. Auf den Stecken waren Körper aufgespießt. Die Füße waren abgefressen. Die Brustkörbe fast alle leer. Die Köpfe fehlten. Um die Leibesmitte und an den Oberschenkeln hing noch das meiste Fleisch und Lumpen von ehemals blauem Tuch. Die Vögel hatten von oben angefangen, Raubtiere von unten. Marken trat nah an die grausige Folterstätte heran. Man hatte die Menschen eng beieinander, die Hände hinter dem Rücken gefesselt, aufrecht auf die Stangen gesetzt – zwischen einigen Rippenbögen konnte Marken die stumpfen Enden der Stecken sehen, dunkel verklebt von altem Blut und Eingeweideresten. Ihm wurde klar, was hier geschehen sein musste: Das eigene Körpergewicht hatte die Bedauernswerten hinuntergedrückt. Und die Stangen langsam immer tiefer in ihre Leiber geschoben.

»Zum Glück hat man denen vorher die Köpfe abgeschnitten«, sagte Strommed mit belegter Stimme. »Was für ein furchtbarer Tod muss das sonst sein … das muss Tage dauern.«

Marken hörte ein Würgen, einer der Pramer erbrach sich. Es war der junge Bursche, dessen Angst auf dem hohen Dach im leeren Hal so deutlich spürbar gewesen war. Er war höchstens zwanzig Soldern alt; sein älterer Bruder war mit von der Partie und Marken erlaubte den beiden mit einem Kopfnicken, sich zu entfernen. Dann wandte er sich wieder den Aufgespießten zu. Sie waren im Kreis aufgestellt, insgesamt wohl neun Männer. Genau konnte man es nicht sagen, denn es war nicht mehr genug von ihnen übrig. Bald würden sie als Skelette von den Stangen rutschen, aber noch schienen sie sich mit ihren abgenagten Schultern gegenseitig zu stützen.

»Ich glaube, von Glück kann hier keine Rede sein«, sagte Marken. »Wieso hätte man sie fesseln sollen, wenn sie schon tot waren?«

»Nicht tot … waren«, mischte sich einer der pramschen Soldaten ein. Er trat vor; es war Mellon, den Marken für den zähesten der Pramer hielt. »Erst Stock, dann Kopf ab, wenn tot. Kwother machen das mit …« Er suchte nach dem passenden Wort.

»Verbrechern?«, sprang Strommed ihm bei. »Oder Verrätern?«

Mellon nickte. »Ja, Verrätern bei Soldaten.«

»Deserteuren«, sagte Marken.

»Ja! Das ist Strafe für Deserteuren. Auf Stock sitzen, sterben, langsam, sehr langsam. Viel Schmerz, da, Stock ist stumpf. Dann Kopf ab und wegwerfen.«

Strommed holte tief Luft. Auch Marken war betroffen von der Grausamkeit der Kwother. Bei den Welsen wurde Ungehorsam ebenfalls bestraft, wenn auch nicht so drastisch und nur theoretisch. Denn in der Praxis kam es nicht vor, dass ein welsischer Soldat sich eine gröbere Disziplinlosigkeit leistete, von Desertieren ganz zu schweigen. Das war auch *anda*, zu besseren Zeiten, nicht geschehen. Auf diese Idee kam ein Welse einfach nicht.

»Mellon.« Marken fasste den Pramer bei der Schulter. »Sag mir: Was ist hier los? Was denkst du?«

Mellon kratzte sich unter dem Helm den schweißfeuchten Nacken. Er blickte nicht zu den Aufgespießten, sondern sah den Welsenoffizier an.

»Nicht wissen. Harte Strafe, warum? Warum lieber das, als … kämpfen?«

»Kämpfen«, wiederholte Marken tonlos. Die sorgenvollen Ahnungen, die seit der Ankunft im verlassenen Hal an ihm nagten, fraßen sich immer weiter in sein Bewusstsein.

»Sollten wir die nicht da runterholen? Verbrennen?«, fragte Strommed.

»Nein«, sagte Smirn. So kalt, so schneidend war dieses Nein, dass Strommed augenblicklich erstarrte. Aber Marken sah, dass sich die strahlenden Augen der Unda verdunkelt hatten. In Smirns Gesicht stand tiefes Mitleiden, als sie zu den grausam zugerichteten Leichen aufblickte. Langsam ging sie um sie herum, legte ihre Hand sanft auf blanke Unterschenkelknochen und zerrissenes, faulendes Fleisch. Sie berührte jeden Einzelnen, hielt bei jedem stinkenden Kadaver kurz inne, und den Soldaten, die ihr Tun mit angehaltenem Atem beobachteten, wurde auf die Art bewusst, dass diese aufgespießten Körperreste einmal *Menschen* gewesen waren. Das hatten sie zwar beim ersten Hinsehen erkannt, aber die Männer hatten vor allem die Grausamkeit und das Leid gesehen, den Tod und die Verwesung. Nun sahen sie das Leben, sahen kwothische Soldaten, die sich, aus welchem Grund auch immer, widersetzt hatten. Kwother, die ihre Strafe offenbar kannten und sie in Kauf genommen hatten. Neun Männer, Kameraden, vielleicht gar Freunde oder Brüder, die für ihre Überzeugung gestorben waren, gemeinsam. Smirn hatte den Toten ihre Würde zurückgegeben.

»Die Köpfe können überall sein«, sagte sie und wandte sich an Marken. »Es ist müßig, nach ihnen zu suchen. Ein kopfloser Mann kann den Weg ins Land seiner Väter nicht finden. Das ist der Sinn dieser Verstümmelung. Ein guter Sohn wird auf dem Vater bestattet, eine Generation liegt auf der vorausgegangenen, und alle schauen sie in dieselbe Richtung, alle gehen sie denselben Weg. Wer zu Lebzeiten vom Weg abgeht, sich gegen den Willen des Vaters stellt, darf ihm auch im Tod nicht folgen.«

Sie hielt inne und schaute wieder auf die gepfählten Kwother. Einige der schwarzen Vögel waren zurückgekehrt und kreisten über ihnen. Die Unterbrechung ihrer Mahlzeit dauerte den Vögeln zu lange, sie protestierten mit kurzen, krächzenden Rufen.

»Wir werden uns nicht damit aufhalten«, begann Smirn wieder, »diese Körper auf eine Art und Weise zu bestatten, die für einen Kwother ohnehin sinnlos ist. Und erst recht werden wir kein großes Feuer machen. Meine Befürchtungen bestätigen sich. Wir müssen uns eilen.«

»Welche Befürchtungen meinst du?«, fragte Marken, obwohl er die Antwort schon kannte. »Was könnte wohl ein Anlass zum Desertieren sein?«, fragte Smirn zurück.

»Krieg«, sagte Marken rau.

Er hatte es ausgesprochen und deshalb war es nun wahr. So hielten sie es schon immer bei den Welsen: Jemand musste dem Schlimmen einen Namen geben. Jemand musste aussprechen: *Dein Kind ist tot* oder *Deine Frau ist tot,* damit der Tod wahr und begreifbar wurde. Aber konnte man den Tod je wirklich begreifen? Oder den Krieg?

»Krieg«, sagte Marken noch einmal und diesmal lauter. Die Soldaten sahen ihn an und keiner der Männer war überrascht. Aber in allen Gesichtern stand die bange Frage: Und was nun? Wenn Krieg ist, was sollen wir dann tun? Denn obwohl sie hier alle gerüstet und bewaffnet standen, hatte keiner von ihnen jemals einen ernsthaften Kampf ausgetragen, geschweige denn in einer Schlacht gekämpft.

Und nun Krieg.

Ja, nun hatte das Ungeheure einen Namen, es hieß Krieg. Er war es, der große Schlächter, er hatte die Menschen aus Hal vertrieben: der Krieg. Wo verlief die Front? Wer kämpfte gegen wen? Sie würden es bald erfahren, denn bald wären sie in Gem-Enedh angelangt. Marken hatte das deutliche Gefühl, dass sie geradewegs auf den Krieg zumarschierten.

Er wischte sich den Schweiß vom Kopf und war mit einem Mal ganz ruhig. Das Schlimme hatte einen Namen und das half. Er spürte die harten Stoppeln auf seiner Kopfhaut, es fühlte sich gut an. Der Ghajel-Gestank war längst verflogen, aber Marken behielt das Rasieren bei; sein blanker Schädel verbrannte unter der Sonne, aber den Helm vermisste Marken seltsamerweise nicht.

Es war also Krieg in Kwothien.

Er trat wieder nah an das Mahnmal des Schreckens heran, blickte zu den Knochenresten auf. Waren diese neun Kwother Feiglinge gewesen, Angsthasen, die nicht in den Krieg ziehen wollten? Marken glaubte nicht daran. Smirn hatte die Toten geehrt und das reichte ihm, um vom Mut und der aufrechten Gesinnung dieser Männer überzeugt zu sein. Die Unda hatte eine eigenartige Nähe zum Tod. Sie war es gewesen, die von der Größe des Todes gesprochen hatte, vor gar nicht allzu langer Zeit: Smirn hatte Kersted zurechtgewiesen, unten am Quellsee von Pram, als der alte Hüter Sardes Hand in Hand mit Utate bei der Quelle gestanden hatte. Die Unda war seine Tochter, die Quelle war sein Grab, sein Anfang und sein Ende … *Lerne auch den Tod lieben,* hatte Smirn zu Kersted gesagt, *und lerne es schnell.* Rückblickend erschien Marken dieser Ratschlag wie eine Prophezeiung oder wie der Leitspruch dieser Reise. Eine Reise in den Tod. Denn was sonst war ihnen bisher begegnet?

8

Die plötzliche Ruhe, die Marken empfunden hatte bei der Erkenntnis, dass ein Krieg dieses Land veröden ließ, war nur äußerlich. Sie war wie ein dünner Mantel, der sich über alle anderen Empfindungen legte. Immer noch hatte er das Gefühl, dieser Mission nicht ganz gewachsen zu sein. Und immer noch war die Frage nach dem Warum, nach dem Grund für einen Krieg nicht beantwortet. Smirn war jedoch in ein so tiefes Schweigen verfallen, dass jede Ansprache wie der hallende Ruf in einen bodenlosen Abgrund war. Waren es am Ende versiegende Quellen, die all das bewirkten? Kamen sie zu spät? Dieser elend lange Fußmarsch setzte Marken zu – die Pramer aber hatte er nahezu zermürbt. Die Soldaten waren zu den hohläugigen Gespenstern geworden, als die Marken sie im nächtlichen Hal gesehen hatte. Nur waren sie nicht blass, sondern wie er von der Sonne verbrannt. Aber was machte das schon, sie mussten weitergehen. Immer weiter, nach Westen. Nach Gem-Enedh und dann nach Jirdh und in die Berge nordöstlich der Hauptstadt. Sie mussten zu den Quellen gehen, zu Globa und Naryn, das war das *Wesentliche*. Marken gelang es, alle Empfindungen, Gedanken und unbeantwortete Fragen unter den Mantel der Ruhe zu stecken und nur das, was wesentlich war, nackt und klar vor sich herzutragen: Sie mussten das Wasser des Sees zu den Quellen bringen. Er musste die Unda schützen, ihr den Weg bereiten. Nichts sonst war von Belang. Und er wollte endlich ans Ziel gelangen, die Mission erfüllen. So voller Ungeduld schritt Marken aus, dass selbst Strommed Mühe hatte mitzuhalten. Als sie die Reiter sahen, lagen die Pramer deshalb weit zurück und es waren nur die beiden Welsen, die sich mit blanker Klinge vor die Unda stellten.

Drei gedrungene Männer kamen ihnen entgegengeritten, schwer gerüstete Kämpfer mit feindseligem Blick, offensichtlich eine Patrouille. Schuppenartig sich überlappende Lederplatten schützten die Schultern und Schenkel der Männer, Brustpanzer und Helme waren aus Welsenstahl. Markens Herz pumpte mit einem Mal eiskaltes Blut durch ihn hindurch, er war hellwach, sah alles auf einmal und begriff schnell. Zuerst: Die Kwother waren überrascht, aber deshalb nicht weniger gefährlich. Dann: Smirn war Kwotherin – wenigstens war sie es einmal gewesen. Die Haut dieser Männer war dunkel wie ihre. Alle drei hatten goldglänzende Augen und trugen kunstvoll geflochtene, tiefschwarze Bärte. Schließlich: Die Äxte auf den Rücken der Reiter stammten aus den Schmieden am Berg. Es waren Welsenäxte, gegen die Marken sein Schwert erheben musste.

Vielleicht war es sein seltsam kaltes Blut, welches bewirkte, dass Marken nun wie ein Beobachter neben sich trat und auf die Szene schaute. Er sah sich mit drohend erhobenem Schwert auf der staubigen Straße stehen, Strommed neben sich und Smirn hinter ihren breiten Schultern den Blicken der drei Reiter verborgen. Ihm wurde bewusst, was Kampf bedeutete, was Krieg war und dass er getötet werden konnte. Und wenn er fallen würde, dann durch eine Waffe, die ein Welse geschmiedet hatte. Die ganze Fragwürdigkeit seiner Arbeit stand Marken mit einem Mal vor Augen. Solder um Solder hatte er dafür gesorgt, dass die besten Waffen des Kontinents nach Pram geliefert wurden. Warum? Damit die Welsen überlebten. Aber letztendlich hatte er nur den Tod gebracht. Hier herrschte Krieg, hier kamen die Waffen zum Einsatz. Und Pram, Kandor aus Pram, hatte sich bereichert – wie viel mochte der Waffenhändler den Kwothern für diese Äxte abgeknöpft haben? Das Doppelte oder gar Dreifache, das er den Welsen bezahlte? Dieser kaufmännische Gedanke ließ Marken wider Willen schmunzeln. Und dann laut loslachen. Das Lachen brach aus ihm heraus wie ein wildes Tier, das eine halbe Ewigkeit auf Beute gelauert hatte und sich nun verzweifelt auf das stürzte, was zufällig vorbeikam – auch wenn es ein anderes Raubtier war.

Die Kwother konnten dieses Lachen nicht verstehen. Für sie war es bereits ein Angriff. Sie fassten sich auf die Rücken, zogen die Äxte. Marken nahm den Schwertgriff mit beiden Händen. Tränen liefen ihm über die Wangen in den Bart. Er lachte immer noch, er brüllte vor Lachen und er hatte keine Ahnung, wie irrsinnig und zugleich bedrohlich das wirkte. Ein Kwother rief den anderen etwas zu, es klang wie ein heiseres Bellen.

Aber bevor die Männer sich tatsächlich wie wilde Tiere aufeinander stürzen konnten und sich die Köpfe abschlugen, trat Smirn vor.

Ohne Vorwarnung und wie eine Geröllawine überschütteten ihre Worte die drei Kämpfer und begruben auch Markens wahnsinniges Lachen unter sich. Sie sprach so laut, schnell und heftig, dass Marken glaubte, sie sei eine andere, sei ausgewechselt. Nur ihre raue, dunkle Stimme war dieselbe geblieben und wie gemacht für eine Sprache, die ein röchelndes Gurgeln war – Marken verstand kein Wort und konnte auch aus Smirns Tonfall nichts deuten. Er konnte nur staunen: über sich und seinen Anfall, in dem sich die Anspannung von Zehnen entladen hatte, und über diese fremdartige Frau, die gestikulierte und, scheinbar ohne Luft zu holen, tiefe Rachenlaute gegen die drei Kämpfer schleuderte.

Es zeigte Wirkung. Die Feindseligkeit in den Gesichtern der Kwother wurde erst von Erstaunen, dann von Trotz abgelöst, aber auch der hielt Smirns Tirade nicht stand. Schließlich steckten die Männer die Äxte zurück und alle drei saßen ab, den Blick auf den Boden gesenkt. Einer der Männer antwortete – ohne dass Smirn ihre Rede beendet hatte – und auch die beiden anderen fielen ein. Nun sprachen alle vier gleichzeitig und in einer Lautstärke, die in der nachmittäglichen Stille auf dieser Straße an den Nerven zerrte. Marken spürte seine gerade wiedergewonnene Selbstbeherrschung wanken und drehte sich weg. Er entfernte sich ein paar Schritte, steckte mit zitternden Fingern das Schwert zurück in die Scheide. Wo war der Mantel der Ruhe? Er hing in Fetzen.

Strommed wies mit dem Kinn die Straße hinunter. Die Pramer kamen im Laufschritt herangetrabt; der Anblick der Reiter hatte ihre Lebensgeister geweckt. Und auch ihren Kampfesmut, dachte Marken mit einem Anflug von Stolz auf seine Männer, sie laufen tatsächlich mit gezückten Waffen. Er hob beruhigend die Hand, hier und heute würde man nicht mehr kämpfen müssen. Diese drei Kwother waren nicht der Krieg, sondern bestenfalls seine keifenden Vorboten. Marken drehte sich wieder zu den lauthals Diskutierenden um, als der Redeschwall abrupt abriss.

»Sie bringen uns zu ihrem Hauptmann«, sagte Smirn mit staunenswerter Gelassenheit und in ganz normalem Tonfall. »Er ist noch in Gem-Enedh und sammelt Truppen. Aber bald wird auch Gem-Enedh so leer sein wie Hal, denn alle Einwohner Kwothiens sind nach Jirdh gerufen.«

Sie trat nah an ihn heran und ihre Kühle tat Marken gut. Es war die gleiche Erleichterung, die man verspürte, wenn man aus der prallen Sonne in den Schatten eines großen Baums trat.

»In diesem Land muss man sich durchsetzen«, sagte Smirn leise zu Marken. »Schweigen ist Schwäche. Geh nun, nimm dir ein Pferd und befiehl auch Strommed aufzusitzen.«

Die Kwother bedachten Markens verschwitzten Trupp mit abschätzigen Blicken; Strommed straffte die Schultern, verschränkte die Arme vor der breiten, gepanzerten Brust. Was den Stolz anging, konnte sich so ohne Weiteres niemand mit einem Welsen messen.

Marken tat, was Smirn ihm gesagt hatte. Als er sich die Zügel aus der Hand des verdutzten und deutlich kleineren kwothischen Soldaten griff, sagte er mit einem grimmigen Lächeln: »Erkennst du einen Offizier nicht, wenn du einen siehst? Ihr marschiert, wir reiten!«

Er schwang sich in den Sattel. Strommed legte ohne großes Aufheben dem zweiten, laut grollenden Kwother eine große Hand auf den Helm und schob ihn von seinem Pferd weg. Der dritte gab ohne Gegenwehr auf und überließ sein Reittier der Unda.

»Du kennst doch das Sprichwort«, sagte sie zu Marken. »Hunde, die bellen, beißen nicht. Anders, als du es bisher erlebt hast, ist dies eigentlich ein lautes, lebendiges Land. Wenn es wieder still wird, sollten wir jedoch auf der Hut sein.«

Gem-Enedh war der Hafenstadt Hal sehr ähnlich – kantige, hohe und verwinkelte Häuser säumten die schmalen Straßen –, aber deutlich größer und völlig überlaufen. Die drei kwothischen Soldaten boxten und brüllten sich durch die lautstark protestierenden Menschenmassen, dahinter ritt Smirn, kerzengerade aufgerichtet. Marken und Strommed beteiligten sich nicht am allgemeinen Geschrei, aber die Pramer drängelten und fluchten bald ebenso rücksichtslos wie die Kwother.

»Genug jetzt!«, rief Marken ihnen zu. »Das sind Frauen und Kinder! Ihr seid Soldaten!«

Er beherrschte sich, nicht noch einen Fluch hinten anzuhängen. Die Aggressivität, die durch diese Stadt tobte, übertrug sich auch auf ihn. Und er spürte, das war mehr als nur die lautstarke Umgangsweise der Kwother, mehr als nur rohe Sitten – es war die Angst, die sich hier Bahn brach. Die Angst vor einem Krieg, der gewaltig sein musste und in dessen Sog diese vielen Menschen hier geraten waren. Sie alle wurden in die Hauptstadt, wurden nach Jirdh gerufen? Welcher Feind war so mächtig, dass man ein ganzes Volk vor ihm in Sicherheit bringen musste? Das Geschrei setzte einen Wimpernschlag lang aus, so kam es Marken vor, und ein großer Schatten fiel auf die sich drängenden Leiber. Als habe der Tod seine Schwingen ausgebreitet und sei wie ein Nachtvogel lautlos über sie hinweggestrichen. Es hatte schon ein Mal einen solch mächtigen Feind gegeben und es war schon ein Mal ein ganzes Volk ausgelöscht worden: Damals, vor über hundert Soldern waren es die Welsen gewesen, die in der Feuerschlacht fast vollkommen vernichtet worden waren.

Sie waren verbrannt, das Land war verbrannt, in einer einzigen Nacht. Marken schwitzte, aber innerlich wurde ihm kalt.

Der Hof, in den sie schließlich geführt wurden, sperrte das Geschrei der Straße aus. Hier war es still. In der Mitte des Gevierts saß mit gekreuzten Beinen ein Mann auf einem großen, bunten Teppich, den man einfach auf den rissigen Lehmboden gelegt hatte. Er aß. Als er kurz aufschaute, sah Marken über einem Auge des Mannes etwas aufblitzen und er musste an Mendron denken, an die erste Audienz beim Fürsten von Pram. Damals hatte ihn das Aufblitzen des goldenen Fürstenrings zum Stehen gebracht – und auch jetzt hielt er inne. Der Mann aß seelenruhig weiter, formte mit den Fingern einen körnigen Brei zu Kugeln und kaute ausgiebig. Er sagte kein Wort und auch sonst hielten alle den Mund: die drei kwothischen Soldaten der Patrouille, die Pramer, Strommed. Sogar Smirn war wieder in ihre Schweigsamkeit gesunken. Was hatte sie gesagt? *Wenn es wieder still wird, sollten wir jedoch auf der Hut sein.*

9

»Er sagt, wir seien zur Unzeit ins Land der Kwother gekommen, denn die Gastfreundschaft müsse sich zurückziehen, wenn Männer die Äxte erheben.«

Smirn übersetzte das heisere Kwothisch des Mannes, der seine Mahlzeit endlich beendet hatte. »Hauptmann Ormn bedauert das.«

Dass er einer Unda gegenüberstand, noch dazu einer, die ganz offensichtlich seinem Volk zugehörig war, schien den Hauptmann nicht zu beeindrucken. Wusste er denn nichts von den Hohen Frauen? Er sah Smirn nicht einmal an, sondern sprach nur zu Marken. Smirn hingegen ließ Ormn nicht aus den Augen.

Hauptmann Ormn war nicht jung, Marken schätzte ihn auf sechzig Soldern. Er war gut einen Kopf kleiner als der Welsenoffizier, aber stämmig, und Marken sah harte Muskelstränge unter der dunklen Haut des Unterarms arbeiten, als Ormn sich die Finger ableckte. Das Auffälligste in seinem beinahe schwarzen Gesicht waren aber nicht der für die Kwother offenbar typische geflochtene Bart oder die großen, goldglänzenden Augen, sondern der Petten darüber: Die gelochte Silbermünze war über der linken Augenbraue angenäht und blinkte bei jeder Bewegung.

Er sprach weiter, rasend schnell, aber längst nicht so hitzig und laut wie seine Soldaten, und Smirn übersetzte.

»Dass wir Kwother im Land der Welsen waren, ist lange her, aber unvergessen. Damals waren wir nicht willkommen, wahrlich nicht! Nun kommen Welsen nach Kwothien, und auch wenn es nur zwei sind, sind sie hoch willkommen: Euer Ruhm ist nicht verblasst, nicht hier. Wir Kwother werden uns an die Welsen immer erinnern; unauslöschlich seid ihr in unser Gedächtnis eingebrannt. Was war das für eine Schlacht! Selbst als sie lichterloh in Flammen standen, haben die Welsen noch ihre Schwerter geschwungen. Glaubt mir: Ein welsischer Offizier ist mir mehr wert als fünfzig kwothische Soldaten.«

Er unterbrach sich kurz, musterte die Männer der Patrouille mit gnadenloser Geringschätzigkeit. Der Zorn in ihren Augen fraß Marken förmlich auf. Aber sie sagten keinen Ton.

»Kämpft an meiner Seite, Welse, und gebt Eurem Volk seine Ehre zurück.« Ormn machte eine wegwerfende Handbewegung. »Aber schickt die Pramer nach Hause. Sie sind zu nichts nütze. Das einzige Metall, das einem Pramer an der Hand kleben bleibt, ist das Münzgold. Mit scharfem Stahl kann er nicht umgehen.«

Dieser Mann verteilte eine Menge Beleidigungen, aber Marken sah die Warnung in Smirns Blick. Und Ormn hatte nicht unrecht: Die pramschen Soldaten entsprachen auch Markens Ansprüchen nicht. Dennoch. Fast vier Zehnen waren sie nun mit ihm marschiert, ohne zu murren hatten sie sich Markens Befehl unterstellt und auch jetzt bewahrten sie Haltung – ebenso wie Marken waren die Pramer des Kwothischen nicht mächtig, hatten aber zweifellos von Smirns welsischer Übersetzung genug verstanden, um nun die Zähne zusammenzubeißen. Ormns Unverschämtheit war angekommen, das konnte Marken nicht hinnehmen, mochte Smirn ihn noch so eindringlich anstarren. Diese acht waren *sein* Trupp, waren *seine* Männer und es war allein Markens Sache, ob und wann er sie aus der Pflicht entließ.

»Nicht zum Kämpfen sind wir nach Kwothien gekommen. Es sei denn, es gilt, das Leben der Hohen Frau zu verteidigen – nur dafür ziehen wir die Schwerter. Und zwar *wir alle.*«

Marken ließ Smirn Zeit zu übersetzen und fügte dann an: »Ihr scheint nicht zu ahnen, wen Ihr hier vor Euch habt. Diese Hohe Frau hat Besseres zu tun, als unser Gerede zu übersetzen. Sie muss die Quellen hier in Kwothien aufsuchen – das Schicksal des gesamten Kontinents hängt davon ab. Sichert uns freies Geleit, und wenn Ihr Euch Ruhm verdienen wollt, Hauptmann Ormn, dann gebt Ihr uns noch Pferde dazu.«

Er war übers Ziel hinausgeschossen, das war Marken klar. Dass Strommed wie nebenbei die Hand auf den Schwertgriff legte und die Klinge im Futteral lockerte, machte es nicht besser. Während der Hauptmann der Übersetzung lauschte, streifte er mit kurzem, erschreckend boshaftem Blick die Unda. Aber als er antwortete, stand ihm ein breites Grinsen im Gesicht.

»Hauptmann Ormn ist erfreut, dass du dich ihm anschließt«, sagte Smirn ruhig. »Morgen in aller Frühe geht es nach Jirdh – und *wir alle* gehen mit.«

Ausgerechnet unter Führung dieses Ormn durch Kwothien zu ziehen war das Letzte, was Marken vorgehabt hatte.

»Was? Smirn, wie kommt er darauf … was hast du da übersetzt?«

Smirn antwortete nicht, denn in diesem Augenblick trat ein Soldat in den Hof und ging mit schnellen Schritten auf den Hauptmann zu. Der Soldat war alt, sein Bart grau – schickten die Kwother Greise in die Schlacht? Nein, der Mann mochte zwar alt sein, achtzig Soldern vielleicht, aber er war nicht gebrechlich. Er sprach mit gedämpfter Stimme und kwothischer Schnelligkeit auf Ormn ein. Der hörte konzentriert zu, legte dann dem Alten die Hand auf den Arm, und als beide sich Marken zuwandten, sah dieser die Ähnlichkeit: Das mussten Vater und Sohn sein.

Ormn wies auf Marken und Strommed – alle anderen waren ihm keines Blickes wert – und erklärte wahrscheinlich, welch tapfere Kämpfer er gerade rekrutiert hatte. Für welchen Krieg? Gegen welchen grausamen und mächtigen Feind? Marken wusste immer noch nicht, wer hier gegen wen kämpfen sollte. Aber er schwieg jetzt, riss sich zusammen und kam sich dabei vor wie ein Stück Vieh, das weit unter Wert verkauft worden war. Der Hauptmann bellte ein paar Befehle in Richtung der nach wie vor tödlich beleidigten Patrouille, richtete einige heisere Laute an Markens Adresse und gab ihm einen kräftigen Schlag auf die Schulter, dann verließen Sohn und Vater den Hof.

Marken sah Smirn stumm an. Die Unda senkte den Kopf, zog die Kapuze über.

»Zuletzt hat er von den kwothischen Quellen gesprochen.« Sie blickte zu Marken auf und machte eine besorgte Pause. »Zwei Quellen seien es, die Ursprünge von Globa und Naryn, und sie lägen ohnehin auf dem Weg nach Jirdh. Also füge sich alles bestens.«

»Und? Das stimmt doch, oder?«

»Ja, natürlich stimmt das. Und natürlich will ich sie beide aufsuchen, sie sind das Ziel unserer Reise. Besonders eine Quelle ist von großer Bedeutung. Du sprachst von ihnen, ich hatte sie jedoch beim Übersetzen bewusst nicht erwähnt. *Er tat es,* von sich aus, gerade eben.« Sie senkte die Stimme, flüsterte kaum hörbar: »Marken, dieser Mann kennt nicht nur die Quellen, das allein wäre kein Grund zur Sorge. Sondern er kennt auch die Bedrohung und es kümmert ihn nicht. Das allerdings ist sehr bedenklich. Ich will mich ihm nur anschließen, weil ich davon überzeugt bin, auf diese Weise am schnellsten vorwärtszukommen. Wir haben schon viel Zeit verloren. Hauptmann Ormn weiß sehr genau, wer ich bin. *Was* ich bin ... und was ich vorhabe. Er weiß viel und er hat in seinem Leben viel gesehen – zu viel vielleicht. Aber auch ich weiß nun, mit wem wir es hier zu tun haben.«

10

Gem-Enedh wurde bereits geräumt, ununterbrochenes Geschrei drang bis hinauf ins vierte Stockwerk des Hauses, in das sie einquartiert worden waren. Die Bewohner dieser Stadt – und die aus Hal dazugekommenen – halbwegs geordnet nach Jirdh zu befördern war ein aufwändiges Unterfangen. Marken musste daran denken, wie schon der Aufbruch des Trecks die graue Stadt am Berg jedes Solder aufs Neue durcheinanderbrachte. Dabei waren die Welsen so wenige und Goradt war so ärmlich, so klein, so leer im Vergleich zu Gem-Enedh. Und Jirdh erst – die Hauptstadt der Kwother würde bersten vor Menschen, wären schließlich alle dort angelangt. Das erwähnte Marken gegenüber Smirn, als man sie mit kleinen, gefüllten Brottaschen sowie einem heißen Gebräu versorgt hatte und sie endlich unter sich waren.

»Nein, da irrst du dich«, antwortete Smirn. »Jirdh kann viele Menschen fassen. Und schützen. Jirdh ist eine gewaltige Festung, die ständig erweitert wurde, viele hundert Soldern lang. Das Volk zu behüten und alle Unbill von ihm fernzuhalten war seit jeher das höchste Ziel der kwothischen Herrscher. Niemals ging es um die Unterwerfung anderer – hierin unterscheiden sich Welsen und Kwother –, sondern immer nur ums Bewahren. Das mag sich seltsam anhören, wo doch die Kwother so tief in die Geschehnisse der Feuerschlacht verstrickt sind. Aber aus kwothischer Sicht war die Vernichtung der Welsen nichts anderes als das Bewahren des Friedens im eigenen Land. Farsten, letzter König der Welsen, stand mit einer unbezwingbaren Streitmacht am Ufer des Eldrons und war bereit, Pram zu überrennen. Und wäre ihm das gelungen, wären die Kwother die nächsten gewesen, die er unterworfen hätte. So jedenfalls hat man das damals hier in diesem Land gesehen und ist deshalb der Allianz gegen die Welsen beigetreten.«

»Smirn, ich weiß, dass der Krieg viele Gesichter hat. Ich weiß auch, dass sie alle hässlich sind.« Marken nahm einen Schluck. Der dunkle Sud war so süß, dass es an den Zähnen schmerzte. Während Smirn in dem engen Raum auf und ab ging, saß Marken auf einem flachen Bodenkissen. Er sah zu ihr auf. »Mich interessiert aber momentan nicht die Vergangenheit, sondern dieser Krieg hier. Und dieser Hauptmann. Was geht hier vor? Was ist dieser Ormn für ein Mann? Mir jedenfalls sagen meine Instinkte, dass man seine Gesellschaft besser meidet.«

Marken war ungeduldig, beinahe ungehalten. Durch den schmalen Fensterschlitz schien keine Luft ins Zimmer zu gelangen, sondern nur Lärm.

»Dieser Krieg ist ein Bruderkrieg. Und Hauptmann Ormn ist ein *Dhurmmet,* ein Veteran.«

Mehr gab es dazu nicht zu sagen? Marken spürte, wie geladen er war, kurz davor, den Respekt zu verlieren. Aber dann traf ihn Smirns Blick und er sah Furcht in den Augen der Unda. Er konnte verstehen, dass Smirn sich sorgte. Aber Furcht war etwas ganz anderes – das hatte er bei der Unda bisher nie gesehen. Ein solcher Schreck fuhr Marken in die Glieder, dass alle Ungeduld von ihm abfiel und er nur noch mit offenem Mund zuhören konnte.

»Ich sprach nicht ohne Grund über die Vergangenheit«, begann Smirn wieder, die Stimme noch rauer als sonst. »Und ich weiß, dass du nach Erklärung verlangst, Marken; du hast auch ein Recht darauf. Aber ich muss erst selbst begreifen, und das fällt mir schwer. Denn in diesem Krieg geht es Kwother gegen Kwother, das ist ungeheuerlich. So etwas gab es noch nie. Nichts ist einem Kwother so wichtig wie die Tradition und groß ist der Stolz desjenigen, der über viele Generationen zurückblicken kann. Das Schützen und das Bewahren, das ist die Natur der Menschen hier. Und nun: ein Bruderkrieg. Die Kwother wollen sich gegenseitig vernichten. Das ist unfassbar.«

Marken erwartete fast, dass sie die Hände vors Gesicht schlug oder in Tränen ausbrach. Aber Smirn verschränkte nur die Finger und stand still. Sie hatte das Fenster, durch das Marken ihre Empfindungen hatte sehen können, wieder geschlossen.

»Keine Quelle kann verhindern, dass Menschen einander töten. Eine Quelle ist eine Möglichkeit. Die Möglichkeit zum Frieden, zur Hoffnung, zur Selbstlosigkeit. Die Quelle der Friedfertigkeit ist nicht die Gewähr dafür, dass diese Welt vom Krieg verschont bleibt. Aber ihr Sprudeln sorgt dafür, dass die *Idee des Friedens* in den Herzen der Menschen lebendig bleibt. Verstehst du, Marken?«

Er nickte langsam. Wäre erst die Vorstellung vom Frieden aus allen Herzen verschwunden, würden die Kriege endlos sein. Nein, nicht endlos, widersprach Marken sich in Gedanken: Mit dem letzten Schwerthieb, dem letzten Axtschwung wäre es vorbei – vorbei mit der Menschheit. Einer würde vielleicht übrig bleiben, der letzte Kämpfer, der letzte von allen … aber ein Mensch wäre er nicht mehr. Der Letzte, der Einsame, würde über die Schlachtfelder des Kontinents irren, nichts verstehen und nichts empfinden. Marken griff nach dem kleinen Beutel mit Quellwasser um seinen Hals und hoffte inständig, dass nicht er dieser Letzte sein würde, sondern vorher gehen durfte.

»Die Gelegenheiten zu sterben werden jeden Tag zahlreicher.« Smirn hatte seine Geste bemerkt und verstanden. »Aber noch solltest du dich nicht nach dem Tod sehnen, Marken. Er jedoch tut es. Hauptmann Ormn ist bereit für den Tod, die Münze zeigt es an.«

Sie ging wieder auf und ab und sprach dabei weiter.

»Hauptmann Ormn verbirgt seine Sehnsucht nach dem Tod nicht, er trägt sie auf der Stirn: Die Münze über dem Auge ist das Zeichen, dass er die Reise auf der Straße der Toten jederzeit antreten kann. Es ist der Wegezoll, allerdings nur symbolisch. Du weißt es selbst, Marken, dass ein einziger Petten eine Herde Ghajels nicht sättigen würde.«

Ein winziges Lächeln huschte über ihr Gesicht, dann war sie wieder ernst.

»Ormn ist ein Dhurmmet und das bedeutet: *Einer, der sich nach dem Tod sehnt*. Das ist ein großes Bekenntnis; Ormn hat sich Ruhm erworben. Denn nur wer viel geleistet hat, wer seinem Vater und seinen Vorvätern große Ehre gemacht hat, darf seinen Wunsch nach Ruhe so offen aussprechen. Die Münze zu tragen ist die höchste Auszeichnung, die ein kwothischer Kämpfer erlangen kann.«

»Sagtest du nicht, er sei ein Veteran? Wo hat er gekämpft? Wo hat er sich seinen Ruhm erworben?«

»In der Feuerschlacht.«

»Wie kann das sein? Das ist über hundert Soldern her!« Marken konnte es nicht glauben: »Smirn, selbst wenn Ormn damals noch sehr jung war, wäre er heute mindestens hundertzwanzig Soldern alt!«

»Damals war er bereits alt, zumindest für welsische Begriffe. Er wird sechzig, vielleicht siebzig gewesen sein, als er für Horghad und Silhad in die Schlacht zog – ein erfahrener Mann. Aber lange noch kein Greis. Du musst wissen, Marken, dass es für einen Kwother nicht ungewöhnlich ist, die Hundert zu überschreiten. Doch obwohl die Zeit einem kwothischen Mann das Leben langsamer nimmt als bei anderen Völkern, ist es irgendwann vorbei. Hauptmann Ormn jedoch scheint von der Zeit vergessen worden zu sein.«

Marken spürte, wie ihm sein Pulsschlag im Hals klopfte. Lag das an Smirns Worten oder an diesem schwarzen Gebräu, das ihm mit einem Mal wie Gift vorkam? Es schien seine Glieder zu lähmen – er empfand eine Schwere in Armen und Beinen –, aber sein Denken genauso zu beschleunigen wie seinen Herzschlag.

»Ihn hast du gesucht, nicht wahr?«, fragte er. »In der Totenstadt, da hast du das Grab von Hauptmann Ormn gesucht, oder?«

Auf Smirns dunklem Gesicht war keine Regung zu erkennen und sie sprach nur gerade so laut, um das Geschrei der Straße zu übertönen.

»Ich habe nicht seins gesucht, obwohl ich erleichtert gewesen wäre, es zu finden. Ich habe *irgendeins* gesucht – nur eine einzige Ruhestätte eines einzigen Soldaten der Feuerschlacht wollte ich finden. Mehr als zwei Dutzend Inschriften habe ich gelesen, und unter jedem Stein liegen viele Generationen. Du erinnerst dich: Die Söhne werden auf den Vätern beigesetzt, alle gehen denselben Weg … Marken, ich habe viele hundert in die Steine gemeißelte Namen und Daten gelesen und ich hätte weiterlesen können, hätte die ganze Totenstadt durchsuchen können, aber meine Ahnung war längst Gewissheit: In Kwothien wurde schon lange nicht mehr gestorben. Die, die vor über hundert Soldern in der Feuerschlacht kämpften, die das Land und die Welsen verbrannten, leben noch heute.«

Marken fand nicht die Kraft, um sich von dem flachen Kissen zu erheben, auf dem er saß. Langsam strich er sich über den Schädel, in dessen Innerem die Gedanken rasten. Der Hauptmann sah aus wie sechzig, tatsächlich war er aber hundertsechzig oder noch älter. Und der Alte? Sein Vater? War das am Ende …

»Smirn«, stieß Marken hervor, »der alte Soldat, der solche Ähnlichkeit mit Ormn hat, ist in Wahrheit nicht sein Vater …«

»… sondern sein Sohn«, vervollständigte Smirn den Satz und zog sich ihre Kapuze über, als müsse sie sich schützen vor den unsichtbaren Kräften, die in Kwothien die Welt auf den Kopf stellten.

11

Sie kamen schnell voran. Während die Stadtbewohner unter dem Schutz vieler Soldaten in einem nicht enden wollenden Strom über die Hauptstraße langsam nach Jirdh zogen, galoppierte auf einem alten Botenpfad ein merkwürdig zusammengesetzter Eiltrupp davon: vorneweg Hauptmann Ormn mit sieben Gefolgsleuten, darunter auch sein alter Sohn, danach Marken und Smirn, die acht pramschen Soldaten und zuletzt Strommed.

Der Pfad verlief zunächst parallel zur Straße, entfernte sich dann aber nordwärts und die Umgebung wurde hügelig. Marken hatte keine Augen für die Schönheit des Landes, für die blühenden Wiesen oder die in der Sonne leuchtenden Gipfel des Gebirges, das sich zu seiner Rechten in der Ferne aus den Hügeln erhob. Er dachte nur an den, der vorausritt und dem er folgte, obwohl er es nicht wollte: Ormn. Dieser Mann war *dabei gewesen,* als das mächtige welsische Heer verbrannte, als das Land, die Menschen, die Hauptstadt Wandt – alles! – in Flammen stand. Es war nicht zu glauben. Was hatte Ormn gesehen? Und was getan? Hatte er seine Axt geschwungen und gekämpft oder war er nur ein Diener der Segurin Asing gewesen, hatte eine Fackel gehalten, aus der ein dämonischer Flammenkrieger entsprungen war? Welche Version der Feuerschlacht stimmte – die offizielle mit einer glorreichen Westlichen Allianz und mutigen Kwothern? Oder die andere, in der eine furchterregende Adeptin einen Feuerzauber entfacht hatte? Ormn wusste es, während die Welsen darüber nur spekulieren konnten.

Marken erinnerte sich gut an Felts Bericht beim Frühstück in Pram; das war keine hundert Soldern her, sondern nur fünf Zehnen. Der Übersetzer mit dem wirren Haar – Marken fiel der Name nicht ein – hatte Felt eine Version der Feuerschlacht erzählt, die der nicht hatte glauben wollen. Dennoch hatte Felt sie in seiner korrekten Art an die Kameraden weitergegeben. Marken konnte es damals nicht zugeben, aber er selbst glaubte sehr wohl an Dämonen. An jene, die in ihm hausten, die er sich selbst herangezüchtet hatte und die beinahe jeden Tag im Morgengrauen an seiner Seelenruhe nagten, genauso wie an die andern, die *wirklichen* Dämonen. Er stellte sie sich nicht so vor, wie ein Kind sich ein Ungeheuer vorstellt, mit langen Zähnen etwa oder triefenden Augen, sondern als schattenhafte, verwischte Existenzen ohne Ziel und Form. Markens Dämonen waren wie tiefschwarzer Rauch, der zwar leicht im Wind zerfaserte, aber dennoch da gewesen war. Erst wenn jemand wusste, wie dieser

Rauch einzufangen war, nahm er Gestalt an. Diese Gestalt konnte alles Mögliche sein, dachte Marken, auch ein Feuer. Oder ein Feuerkrieger. Marken konnte sich im Gegensatz zu Felt gut vorstellen, dass eine legendäre Adeptin wie Asing die schattenhaften Existenzen eingefangen und zu Flammendämonen geformt hatte. Die dann auf Welsien losgelassen worden waren von fackelbewehrten Kwothern – tausendfach. Auf Welsien losgelassen von Ormn … Marken spürte Hass aufglimmen. Erst war es nur ein leichtes Brennen hinter dem Brustbein, aber mit jeder Frage, die ihm durch den Kopf schoss – Wie kann dieser Mann mir ins Gesicht schauen, wo er mein Volk ausgerottet hat? Warum ist so viel Leben in ihm und so viel Tod bei uns? –, wurde das Brennen in Markens Brust heißer. Schließlich loderte der Hass so heftig, dass Marken der Schweiß ausbrach. Die Zähne hatte er so fest zusammengebissen, dass es bis hinauf in die Schläfen schmerzte. Sein Gesichtsfeld verengte sich, von den Rändern her wurde die Welt unscharf; Marken nahm keine Hügel mehr wahr, keine Wiesen, keinen Pfad. Er wusste nicht einmal mehr, dass er auf einem Pferd saß und hinter ihm die Unda ritt, die er zu beschützen geschworen hatte. Er sah nur noch Ormns dunkles Gesicht vor sich, die goldenen Augen – und die glänzende Münze darüber. Du bist also ein Dhurmmet, du wünschst dir den Tod? Den kannst du haben, du hast ihn verdient wie keiner. Marken sah sich das Schwert heben, spürte den gezielten und kraftvollen Hieb, nicht sein Arm führte die Klinge, sondern der Hass, Ormns Kopf trennte sich vom Rumpf – *ein kopfloser Mann kann den Weg ins Land seiner Väter nicht finden* – und dann schoss das Blut heraus, eine ungeheure Fontäne. All das Leben. All das Leben, das Ormn sich genommen hatte, unrechtmäßig, viel zu lang, strömte nun aus ihm heraus, und Marken konnte nichts mehr sehen außer Blut und nichts mehr hören außer Lachen. Seinem eigenen, lauten, hämischen Lachen.

»Marken, was ist so komisch? Marken?«

Sein rechter Arm, eben noch vom Hass durchglüht, wurde eiskalt. Smirn hatte zu ihm aufgeschlossen und ihre Hand auf seine gelegt. Jetzt erst bemerkte Marken, dass die Pferde die Gangart verlangsamt hatten; die Tiere schnaubten und bei einigen war die Brust schaumbedeckt. Wie lange waren sie gelaufen? Marken hob den Kopf und suchte die Sonne. Es musste nach Mittag sein. Er fuhr sich durchs Gesicht – wie hatte er sich nur in solche gewalttätigen Fantasien hineinsteigern können?

»Marken, ist alles in Ordnung?«, fragte Smirn wieder und sah ihn forschend an. Es hatte keinen Zweck, ihr etwas vorzumachen, deshalb schüttelte er nur kurz den Kopf. Sie sagte nichts, nickte nur. Natürlich, denn nichts war in Ordnung: Die Quellen versiegten und mit ihnen alles, was einen Menschen ausmachte. Dieses Land stand vor einem Krieg mit sich selbst, es würde zerreißen. Und er, Offizier, ehemaliger Waffenmeister und heutiger Führer der Eskorte einer Hohen Frau, wünschte sich mit einer solchen Inbrunst zu töten, dass ihm am helllichten Tag ein Vorhang aus Blut die Sicht auf die Welt nahm.

12

Sie erreichten einen Stützpunkt, der plötzlich wie ein Raubtier aus der Deckung hinter einer Hügelkuppe hervorsprang. Während sie rasteten und darauf warteten, dass frische Pferde gesattelt wurden, beobachtete Marken den Hauptmann. Er sah, wie sich Ormn mit dem Verantwortlichen besprach, auf eine für Kwother geradezu gelassene Art und Weise. Der Stützpunkt machte einen gut organisierten Eindruck und von der Nervosität, die Gem-Enedh zum Vibrieren gebracht hatte, war nichts zu spüren. Marken war seltsam ernüchtert: Hier wurde wohl überlegt und mit militärischer Kenntnis ein Krieg vorbereitet. Etwas, das Marken nie selbst getan und doch immer den Welsen zugeschrieben hatte. Er sah kwothische Soldaten auf dem Turm Wache halten, er sah sie Pferde tränken, trocken reiben und andere aufzäumen, er sah eine Patrouille eintreffen und eine andere lostraben – er sah, dass die Kwother genau das beherrschten, dessen die Welsen sich rühmten und woran sie sich festhielten, weil sie sonst nichts hatten: Disziplin. Markens Selbstbild geriet ins Wanken. Was unterschied denn Kwother von Welsen, außer der Hautfarbe? Dass wir den letzten Krieg verloren haben, dachte Marken, und dass wir seitdem nur noch ums Überleben kämpfen. Hunger und Nichtachtung sind unsere Gegner. Dagegen sind Schwerter nutzlos und wir haben es nicht einmal bemerkt.

Die Pferde waren bereit und Marken ließ seine Männer wieder aufsitzen. Seit er sich vor Ormn zu den pramschen Soldaten bekannt und die Beleidigungen nicht einfach hingenommen hatte, befolgten sie seine Anweisungen nicht nur prompt, sondern auch mit Respekt. Es war nur eine leichte Verschiebung im Verhalten der Männer – ein aufmerksamerer Blick, ein konzentrierteres Hören, eine aufrechtere Haltung –, aber Marken hatte es wahrgenommen. Wäre er nicht in einer solch finsteren Stimmung gewesen, es hätte ihn vielleicht gefreut. So aber vertiefte sich sein Missmut noch, denn er war zu dem Schluss gekommen, dass diese Soldaten einem Dilettanten dienten: ihm. Ihm, der lediglich so tat, als sei er ein Offizier. Der nur in Gedanken, in wüsten Tagträumen seinem Gegner den Kopf abschlug, aber in Wirklichkeit noch nie das Schwert gegen einen anderen Menschen erhoben hatte.

Marken war sich nicht bewusst, wie grimmig er aussah. Sein kahl rasierter Schädel war von der Sonne verbrannt, das Fehlen der Schulterplatte gab seiner Rüstung ein Ungleichgewicht und ihm etwas Verwegenes. Eine große Hand hielt die Zügel fest gepackt, die andere ruhte auf dem Schwertknauf. Die farblosen Augen waren starr auf Ormn gerichtet, die Lippen aufeinandergepresst. Marken hatte zwar gerade sein Bild von sich selbst ins Wanken gebracht, aber als Ormn zu ihm kam, bot der Welsenoffizier dem kwothischen Hauptmann nach außen hin das Gegenteil von Unsicherheit: Sehr gerade, sehr ruhig und mit entschlossen vorgerecktem Kinn im Sattel sitzend, war Marken der Inbegriff eines welsischen Soldaten. Mehr noch, er war das fleischgewordene Standbild eines Welsenkriegers aus der Zeit davor. Hauptmann Ormn musste zu Marken aufsehen und in seinen Bernsteinaugen glänzte ein Wiedererkennen. Er war *anda* bereits älter gewesen als der Welse heute, seine Knochen sollten längst Staub sein. Stattdessen schien selbst die kleinste von Ormns Gesten wie aufgeladen mit einer unbändigen Lebenskraft. Marken vergaß seine Zweifel, der Hass flammte wieder auf. Es war, als ob Ormns Nähe etwas in Marken entzündete: In ihm brannte Mordlust.

Ormn sah es. Er sah und genoss es. Das war der Grund, warum er die Welsen um sich haben wollte: Ormn ergötzte sich an Markens Qual. Er fütterte den Hass des Welsen und erntete mit einer durchtriebenen, gemeinen Freude dessen wilde Blicke. Ormn lächelte, als er Marken ansprach. Der aber verzog keine Miene und krampfte nur die Finger um den Schwertknauf, während Smirn übersetzte.

»Du wirst dein Schwert bald brauchen, Welse, wir haben Nachricht vom Feind. Die Hunde wagen sich weit vor, sind aber nur Streuner, nichts weiter. Ihrem Herrn gelingt es nicht, sie an die Kette zu legen – also werden wir ihnen ein paar Tritte verpassen.«

Er lachte laut auf. Dann, todernst und mit einer Bösartigkeit im Blick, die Marken unwillkürlich die Luft anhalten ließ, fuhr er fort: »Dern ist ein Hetzer und ein Verräter. Ein Verräter an seinem Volk, seinem Land – und seinem König. Er wird sterben. Er muss sterben! Erst wenn Dern tot ist, werde auch ich meine Augen schließen. Und wenn es noch hundert Soldern dauert!«

Dieser Mann war wahnsinnig. Ormns Gesicht hatte sich zu einer Fratze verzerrt, sein kehliges Kwothisch war das Grunzen eines wilden Tiers. Allein Smirns Übersetzung gab Ormns Rede etwas Menschliches. Wie konnte sie diese Laute überhaupt verstehen? Marken wandte sich zu ihr um. Die Unda saß reglos auf dem Rücken ihres Pferdes, hatte die Kapuze ihres Umhangs tief hinabgezogen und schaute auf ihre im Schoß gefalteten Hände. Zwischen den dunklen Fingern nahm Marken ein schwaches, weißes Leuchten wahr.

Als er sich wieder zu Ormn drehte, war der Hauptmann bereits mit ausgebreiteten Armen einer Gruppe Reiter entgegengegangen, die in wildem Galopp von einem Hügel herab auf den Stützpunkt zupreschten. Es waren fünf Männer. Kaum dass sie die Pferde angehalten hatten, sprangen sie aus den Sätteln und begrüßten den Hauptmann mit Handschlag und Schulterklopfen. Marken wurde klar, warum sie noch nicht weitergeritten waren: Auf diese fünf hatte Ormn gewartet. In jedem von Schweiß glänzenden, dunklen Gesicht blinkte eine Münze. Die Reiter waren Dhurmmets wie Ormn.

Das Licht nahm ab und färbte sich rot. Stand die Sonne schon so tief? Nein, es war immer noch früher Nachmittag. Es war der Vorhang aus Blut, der Marken den Blick zu verschleiern drohte.

»Smirn«, keuchte er, »sag mir: Wer ist Dern?«

»Der Führer der Nord-Kwother. Er will Nord-Kwothien vom Rest des Landes abspalten. So viel konnte ich bisher aus den Gesprächen der Soldaten heraushören. Er ist der erklärte Feind dieser Männer hier. Und Dern ist Silhads Sohn.«

Silhads Sohn? Der rote Schleier verzog sich. Marken fuhr sich durchs Gesicht, um ihn endgültig wegzuwischen.

»*Der* Silhad? Der ehemalige Heerführer der Allianz?«

»Ja. Silhad, Bruder von Horghad. Beide formten damals mit Palmon das Westliche Bündnis gegen Welsien.«

»Und diese zwei, Silhad und Horghad, leben die etwa auch noch? Warum will Dern das Land spalten? Warum dieser Bruderkrieg?«

Smirn hob den Kopf, aber ihre Augen blieben im Schatten der Kapuze verborgen.

»Ich weiß es nicht, Marken. Das Wasser schweigt.«

Ormn bellte einen heiseren Befehl zu ihnen herüber. Er war aufgesessen und auch die anderen Dhurmmets hatten frische Pferde erhalten – es ging weiter. In Markens Brust lag ein schmerzhaftes Brennen wie ein Stück glühende Kohle.

»Lass dich nicht verführen.«

Marken drehte sich wieder zu Smirn um. Sie hatte die Kapuze zurückgeschoben und ihr Ausdruck war streng.

»Schau nicht zu tief in deine eigenen Abgründe, Marken. Dies ist nicht die Zeit dafür. Besinn dich auf deine Menschlichkeit und lass dich nicht verführen, in die Niederungen zu gehen.«

Das ist ein Befehl, ergänzte Marken in Gedanken, sagte aber nichts, sondern nahm die Zügel auf.

13

Mit einsetzender Dunkelheit erreichten sie den Saum eines Waldstücks. Der Pfad führte hinein; eine blasse, leicht geschwungene Linie, die bald von schwarzem Blattwerk überwuchert wurde. Ormn ließ haltmachen – wieder waren sie schnell geritten, die Pferde dampften und mussten ausruhen. In diese Schwärze hineinzureiten wäre ohnehin kaum möglich gewesen.

Der Sohn des Hauptmanns brachte ihnen die Abendration Brottaschen. Marken konnte sich immer noch nicht daran gewöhnen, dass der Mann so viel älter aussah als sein eigener Vater. Ormn und die anderen Dhurmmets saßen ums prasselnde Feuer, aßen und redeten, ab und an schauten sie zu Welsen und Pramern herüber. Was sie sagten, kam nur als dumpfes Gemurmel bei Marken an – er hatte seine Leute angewiesen, das Nachtlager an einer Stelle einzurichten, die gerade außerhalb der Hörweite der Kwother lag. Ormn wiederum hatte seine Soldaten im Kreis um beide Lager herum postiert, was Marken das Gefühl gab, auf ungute Weise bewacht zu werden. Obwohl Smirn ihm mehr als deutlich dazu geraten hatte, konnte Marken seinen Hass auf Ormn kaum bändigen. Wie ein hitziger junger Liebhaber fühlte er sich schon von einem flüchtigen Blick provoziert – und wusste dabei nicht einmal, welche Geliebte er so eifersüchtig verteidigte. Sein Land, das nur noch Asche war? Sein Volk, das so klein war, dass man es hätte fünfmal in Gem-Enedh einziehen lassen können?

Ormns Sohn hielt den Blick gesenkt, während er die Rationen ausgab. Er wirkte erschöpft und im Feuerschein waren die Falten auf seiner Stirn schwarze Furchen. Nur bei Smirn hob er den Kopf und sah sie mit einem scheuen Lächeln an. Er murmelte etwas, sah sich dann hastig nach seinem Vater um, stellte den Korb ab und machte eine linkische Verbeugung. Dann stakste er davon und bezog seinen Posten in der sie umgebenden Dunkelheit.

»Dieser Mann dient nicht gern«, bemerkte Strommed.

»Ich übernehme die erste Wache«, sagte Marken.

Der nahe Wald seufzte in der Nacht wie unter schweren Träumen. Bis auf die beiden Brüder, die sich flüsternd unterhielten, schliefen Markens Soldaten. Der Jüngere, er hieß Daneb, löcherte den älteren anscheinend mit Fragen, wobei dem die

Lider immer schwerer wurden. Die Kwother hingegen waren wach. Die Dhurmmets hockten ums Feuer, schwiegen aber nun und starrten in die Flammen. Einmal meinte Marken, die Augen eines Mannes wie bei einer Katze aufleuchten zu sehen, als der zu ihm herüberschaute. Aber es war wohl die angenähte Münze gewesen, die den Feuerschein spiegelte. Auch Marken war müde, er traute seinen Sinnen nicht recht, Schenkel und Rücken pochten dumpf vom Tagesritt. Er reckte sich, ließ den Kopf kreisen. Als er wieder zu den Kwothern sah, waren vier von ihnen aufgestanden. Sie schauten angestrengt Richtung Wald, der eine pechschwarze, dichte Wolke vor blauschwarzem Nachthimmel war. Ein Dhurmmet lehnte den Oberkörper weit vor und Marken fühlte sich an ein Raubtier erinnert, das Witterung nahm. Unvermittelt sprinteten die vier los, die Schwärze verschluckte sie sofort. Marken spürte sein Herz schlagen, war wieder hellwach. Wurden sie angegriffen? War der Feind in diesem Wald? Wie um Marken seine Unwissenheit vorzuführen, verschränkte Ormn die Arme hinter dem Kopf und legte sich zurück. Ein letzter Dhurmmet saß noch und bewachte den Schlaf des Hauptmanns, dessen Schnarchen als ein gedämpftes Knurren zu Marken drang. Smirn wanderte in der Nähe lautlos im nachtfeuchten Gras auf und ab, ihr Gewand schimmerte matt. Ob sie die davonstürzenden Kwother bemerkt hatte, war ungewiss. Sie war ganz in sich versunken und Marken vermutete, dass dies ihre Art zu ruhen war. Auch die beiden Brüder waren endlich vom Schlaf übermannt worden – niemand außer Marken hatte den nächtlichen Aufbruch bemerkt.

Bis Strommed die Wache übernahm, war nichts geschehen. Weder waren sie angegriffen worden, noch waren die vier Dhurmmets zurückgekehrt, und Ormn schnarchte nach wie vor. Aber als der Kamerad Marken nach viel zu kurzem, traumlosem Schlaf am Morgen weckte, war Daneb verschwunden.

14

Der große, breitschultrige Strommed schien geschrumpft zu sein. Er starrte an Marken vorbei in die Dunstschwaden, die als weiche, weiße Decke um die Füße der grasbewachsenen Hügel lagen.

»Ich kann es nicht erklären, Herr Offizier!«

Markens Vertrauen in den Kameraden war unerschütterlich – das hatte er zumindest immer gedacht. Aber er war so angegriffen von der Situation, von den Kwothern, den Dhurmmets, von der *puren Existenz* dieses Hauptmanns Ormn. Warum sollte es Strommed besser gehen? Nur weil er es nicht ansprach? Über Ängste zu reden gehörte nicht zur Ausbildung eines welsischen Soldaten.

Die Sonne schickte bereits ein erstes, violettes Licht über die Hügelkuppen und färbte die obersten Baumwipfel des Waldes ein. In der Senke, in der sie gelagert hatten, hielt sich noch die dunstige Morgenkühle. Strommeds Gesicht war grau.

»Wann sind die Kwother zurückgekommen?«

»Zurück?« Strommeds Nasenflügel bebten, als er tief Luft holte. »Es war neblig, Herr Offizier!«

Das hatte keinen Sinn. Marken winkte Danebs Bruder zu sich heran.

»Wo ist dein Bruder?«, fragte Marken und sein Blick sagte: Überleg dir die Antwort gut. Was hatten die beiden in der Nacht zuvor ausgeheckt?

»Nicht wissen, Herr Offizier.«

Die Sorge im Gesicht des Pramers war echt. Das erkannte Marken vor allem an der Art, wie der Mann versuchte, sie zu verbergen. Wo war der Junge?

»Das Pferd?«, fragte Marken knapp, erhielt aber nur irritierte Blicke zur Antwort.

»Ist Danebs Pferd noch da?«, knurrte er Strommed an.

»Ich … das habe ich noch nicht überprüft, Herr Offizier!«

»Dann tu es! Marsch!«

Markens Stimme hallte wie Donner durch die frühe Stille. Dann hörte er saftigen Hufschlag im taunassen Gras und ein kehliges Grollen. Ormn war zu ihnen gekommen. Anders als am Vortag saß *er* nun zu Pferd und sprach auf Marken herab. Smirn, die bisher zu allem geschwiegen hatte, übersetzte nicht, was der Hauptmann sagte. Es war auch nicht nötig. Ormns überlegenes Grinsen war beredt genug: Dein kleiner Soldat ist desertiert, sagte es.

Strommed kam zurück. Er rannte beinahe und neben ihm trabte das Pferd, das er am Halfter gepackt hatte. Ormn stieß wieder einige Laute hervor, dann drosch er Danebs Pferd so kräftig aufs Hinterteil, dass es erschrocken ausschlug und begleitet vom lauten Lachen des Hauptmanns davonstürmte. Auch dieses Lachen verstand Marken sehr gut, es sagte: Schau nur, wie es läuft! Es läuft weg wie dein Soldat!

Ormn schlug ihm kameradschaftlich auf die Schulter – *Habe ich nicht gesagt, du sollst die Pramer nach Hause schicken? Sie taugen nichts, nicht deine Schuld* – und Marken versuchte vergeblich, das Rot vor seinen Augen wegzublinzeln.

15

Marken kannte den Wald von Bosre, kannte gerade Stämme und hohe Kronen, das Rauschen in den Wipfeln und den Tanz von Lichtflecken auf weichem Boden. Dieser kwothische Wald aber war vollkommen anders: Stämme waren wie in erstarrtem Krampf um sich selbst gedreht und gebogen, tief hängende Äste waren wie Finger mit schmerzhaft knotigen Gelenken gekrümmt. Überall wucherte dunkelgrüner Efeu und rang in langsamem Kampf die Bäume nieder. Bliebe man nur lange genug stehen, man hätte ihr Ächzen hören können. Viele waren bereits unter der Last erstickt und zusammengebrochen; manche hatten dabei Nachbarn mit in den Tod gerissen oder verletzt. Auf den Wunden wuchsen Moose und Flechten, die keine Heilung brachten, sondern Fäulnis.

Der Weg, auf dem sie zwar immer noch zügig, aber langsamer als am Vortag ritten, war ein sehr schmaler Pfad des Lebendigen durchs finstere, stille Sterben. Marken hörte die Stimmen von Tieren – Vögel oder kleine, unter totem Laub und Efeu verborgene Raschelwesen – und jeder Ruf, jeder Schrei schien ein letzter zu sein. Wohin war der junge Daneb verschwunden? War er wirklich desertiert, wollte er zu Fuß nach Hause laufen? Obwohl vieles dagegen sprach, war das Markens erster Gedanke gewesen. Dass Ormn ebenfalls so dachte – nein, dass Marken *vermutete,* der Hauptmann denke wie er –, machte die Sache noch schlimmer. Ormn schlich sich in seine Gefühle und seine Gedanken. Vergiftete ihn. Marken war sich dessen bewusst, konnte aber nicht verhindern, dass Misstrauen in ihn einsickerte. Strommed war sein bester Mann. Er war sein Kamerad, und wenn man es hätte etwas großzügiger auslegen wollen, war Strommed sein Freund. Er hatte einen Fehler gemacht, war möglicherweise einen kurzen Moment nicht aufmerksam gewesen. Marken konnte ihm das nicht nachsehen. Und dass er Strommed einen Freund nennen würde, war nicht mehr denkbar. Der Einzige, der diesen Namen verdient hätte, war Felt. Aber der war weit weg und Marken wurde klar, dass er keine Freunde mehr hatte.

An diesem Abend konnten sie das Nachtlager nicht auseinanderziehen; der Pfad verbreiterte sich zwar zu einem mit hohem Gras bewachsenen Streifen, doch der bot gerade eben so genug Platz für die über zwanzig Personen und ihre Pferde. Nur wenige, aber mühsame Schritte entfernt entsprang im modrigen Unterholz eine Quelle. Das Geräusch des glucksenden Wassers hatte Marken nur kurz von seiner hasserfüllten Fixierung auf den Hauptmann abgebracht – was war noch mal das Wesentliche, was war das Ziel ihrer Reise? –, als er bereits wieder die Hand um den Schwertgriff krallte. Während Smirn sich schon über das Wasser beugte, hackte Ormn noch gefährlich nah mit geübten Axtschwüngen überhängende Äste weg. Die Blicke der Männer, beide mit der Hand an der Waffe, trafen sich im Halbdunkel. Wieder sah Marken ein katzenhaftes Aufleuchten in den Augen des Dhurmmets. Und dieses Mal war er ganz sicher, sich nicht zu irren.

»Dieses Wasser kann man ohne Bedenken trinken«, sagte Smirn und richtete sich wieder auf. Mehr war wohl nicht zu erwarten gewesen. Marken spürte eine milde Enttäuschung und war gleichzeitig erleichtert: Diese Quelle war keine der Zwölf, sie konnte keine sein. Flüchtig dachte Marken an Torviks Quelle, die ebenfalls tief im Wald verborgen war, in ihrer lichten, insektenumschwirrten Fröhlichkeit aber sonst nichts gemein hatte mit diesem faulig riechenden Loch.

Er übertrug Mellon, dem zähen Pramer, die erste Wache. Die zweite wollte Marken selbst übernehmen, auch wenn er so ins Morgengrauen hinein wachen müsste. Er erwartete, kein Auge zutun zu können – aber kaum hatte er sich zurückgelegt und zwei Atemzüge schwere, erdige Luft genommen, war Marken fest eingeschlafen.

16

Als er erwachte, war es bereits heller, als es hätte sein sollen. Das nahm Marken nur nebenbei wahr, sein erster Gedanke und wohl auch der Grund für sein Aufwachen war *Spaltung*.

Er hatte geträumt, wie er selbst mit seinem Schwert Land abschnitt, es war weich wie Brot. Marken war ein Riese, das Land wie gezeichnet und dennoch echt – eine eingewobene Erinnerung an den Abend in Pram, als er sich mit dem Seguren Telden über viele, auf großen Tischen ausgebreitete Karten und Pläne gebeugt hatte. Dann stand Marken allein auf einer Insel, die er vom Rest des Kontinents abgetrennt hatte, trieb aufs Meer hinaus, und die pramschen Soldaten, Strommed und Smirn blieben an der sich entfernenden Küste und wurden immer kleiner. *Spaltung*.

Ruckartig richtete er sich auf. Mellon?

Er hätte nicht mehr als fünf Schritt entfernt stehen dürfen. Aber er war nicht da. Smirn?

Ihr Gewand schimmerte fahl zwischen knorrigen Stämmen. Sie stand bei der Quelle wie am Bett eines kranken Kindes. Der Morgendunst legte sich als kaltes Tuch auf Markens blanken Schädel. Er sprang auf, sah auf die Schlafenden.

Und erkannte, dass außer Mellon noch zwei Pramer fehlten. Danebs Bruder war nicht mehr da, genauso wie ein Soldat, mit dem Marken während der ganzen Zeit nicht ein Wort gewechselt hatte.

Drei. Drei Mann weg.

Diesmal hatten sie auch die Pferde genommen.

»Was machen deine Männer?« Marken war außer sich, brüllte Ormn an. »Was tun deine Wachen? Schlafen die im Stehen?«

Er packte Ormn bei der Schulter. Der Hauptmann und die anderen Kwother zäumten bereits ihre Pferde auf; der klägliche Rest von Markens Truppe stand tatenlos herum, ein Haufen verschreckter Buben. Der Anblick brachte Marken an den Rand des Wahnsinns.

Ormn sah ihn an, mit unterdrücktem Ärger. Er schnaubte einen kurzen Satz aus und die anderen Dhurmmets lachten. Die Münzen über den Augen blinkten im Frühlicht. Marken ließ Ormn los. Hier und jetzt würden sich ihre Wege trennen. Von den Seiten her zog sich der Vorhang aus Blut zu.

»Aufsatteln!«, keuchte Marken. »Die kommen mir nicht davon … Und wenn wir bis Gem-Enedh zurückreiten!«

»Marken.«

Smirn trat ihm in den Weg. Hatte wenigstens sie etwas bemerkt? Nein, sie hatte die Nacht an der stinkenden Quelle verbracht und sich ins Wasser geträumt. Sie half ihm nicht, sie war –

»Waffenmeister!«

Sie legte ihm eine Hand auf den Brustschutz. Sah zu ihm auf – und half. Marken spürte ihre Kühle, ihre Überlegenheit. Dies war keine Zeit für Stolz oder für Eigensinn. Dies war nicht die Zeit, um in die eigenen Abgründe zu schauen. Aber er kam nicht dagegen an: Mehr noch als die desertierenden Pramer machte Marken sein eigener Gesichtsverlust zu schaffen. Ormn hatte seine Leute im Griff, Marken ganz offensichtlich nicht. Er wollte weder den Hohn der Kwother noch die Feigheit, die Respektlosigkeit seiner eigenen Männer länger ertragen. Er wollte …

… halb skelettierte Kadaver ohne Kopf, aufgespießt auf lange Stangen. *Das ist Strafe für Deserteuren. Auf Stock sitzen, sterben, langsam, sehr langsam.*

Marken schauderte. Sein schwarzer Brustschutz hatte sich mit einer dünnen Schicht Raureif bedeckt. Smirns Hand lag immer noch darauf, ihr Blick war immer noch auf Marken gerichtet. Hilf mir, flehte Marken in Gedanken und dachte weiter, in schnellen Sprüngen: Ein Bruderkrieg. Dern will Nord-Kwothien vom Rest des Landes abspalten. Spaltung. Trennung. Eine Insel im Meer, die Küste entfernt sich. Die Wege trennen sich, hier und jetzt.

Nein.

Denn es gab nur *einen* Weg, einen schmalen Pfad des Lebendigen durchs finstere, stille Sterben. *Drei mal drei sollen gehen und dreimal eine begleiten, die Quellen aufzusuchen.*

»*Etwas geht vor. Eile!*«, sagte Marken halblaut und Smirn ließ ihre Hand sinken.

Es gab nur einen Weg und nur eine Richtung. Sie mussten das Wasser des Sees zu den Quellen, zu den Anfängen bringen. Sie durften nicht zurück. Marken sah die silberne Kette um Smirns Hals; die Phiole war unter ihrem Gewand verborgen. Aber sie war da, genauso wie der kleine Lederbeutel um seinen eigenen Hals, mit dem Wasser von Torviks Quelle.

»Wir haben einen Auftrag auszuführen«, sagte Marken, während er auf seine Soldaten zuging, und das erste Mal an diesem Morgen hörte sich seine Stimme auch wie seine an. »Und dieser Auftrag besteht nicht darin, Feiglingen nachzulaufen. Wir reiten weiter. Wer mir nicht mehr folgen will, braucht sich nicht nachts davonzustehlen, sondern ist hiermit aller Pflichten entbunden. Geht nach Hause, wenn ihr wollt.«

Strommed sprang als Erster in den Sattel. Lenkte sein Pferd in die Richtung, in die es weiterging. Tat keinen Blick zurück. Ohne lange zu zögern, saßen auch die anderen auf; es waren nur noch vier. Der Trotz in ihren Gesichtern richtete sich nicht gegen Marken, auch sie starrten nur nach vorn. Er selbst stieg ebenfalls auf, die Kwother waren bereits losgetrabt. An den Sätteln dreier Dhurmmets sah Marken lederne Beutel hängen. Sie waren recht groß – ein halbes Schwein hätte hineingepasst – und anscheinend auch schwer. Er wunderte sich, dass ihm die vorher nicht aufgefallen waren.

17

Abends gab es Fleisch. Sie hatten den sterbenden Wald verlassen, aber hinter der nächsten, lang gezogenen Bodenwelle lag wieder dunkles Grün. Bis sie dort am nächsten Morgen würden hineinreiten müssen, konnten sie es sich verhältnismäßig bequem machen: Ein alter Stützpunkt, kleiner als der erste nahe Gem-Enedh, war ihr Nachtquartier. Hier gab es keine Besatzung, vielleicht war der Stützpunkt strategisch unbedeutend geworden. Marken saß im Freien auf einer Bank, streckte die Beine unter einen wackligen, verschmutzten Holztisch und war dankbar für diese schlichten Zeichen menschlicher Zivilisation.

Ormns Sohn, dem die Tagesritte zusetzten und der sehr alt und gebrechlich wirkte neben seinem jung gebliebenen Vater, war mit der Essensausgabe beschäftigt. Er wurde von den Dhurmmets wie ein Laufbursche behandelt – was Marken missbilligend beobachtete, obwohl er wusste, dass die Veteranen, die Todessehnsüchtigen, die Älteren waren. Die Welt war verkehrt in Kwothien. Ormns Sohn schöpfte den Soldaten, die sich in einer Reihe aufgestellt hatten, Fleischeintopf in Holzschalen. Einige machten sich schon im Gehen darüber her. Auch Marken war hungrig, aber das Sitzen schien ihm im Augenblick verführerischer als das Essen. Erst recht wollte er nicht anstehen. Smirn wanderte entlang der Holzwand einer Unterkunft auf und ab. Hatte Marken sie jemals an einem Tisch sitzen sehen? Nein, die Unda brauchte weder Nahrung noch Tisch und Stuhl, diese Vehikel menschlicher Kultur. Und doch waren die Menschen ihre einzige Sorge. Wie sie da auf und ab ging, während die Männer schlürfend und schmatzend über ihren Schüsseln hingen, war Smirn die einzige, die *wirkliche* Wache. Sie war die Wächterin aller. Ein paar Deserteure kümmerten sie nicht, sie dachte viel größer. Seit Langem hatte sich Marken der Unda nicht mehr so nah gefühlt. Er würde sie begleiten, er würde dafür sorgen, dass sie die Quellen so schnell wie möglich erreichte. Es konnte nun nicht mehr weit sein, sie kamen schnell voran. Er sah auf seine großen Hände und schwor zum wiederholten Male, Smirn mit seinem Leben zu beschützen.

Jemand sprach ihn an, Marken hob den Kopf. Ormns Sohn war an den Tisch getreten, eine dampfende Schale in der Hand, den Blick gesenkt.

»Ich danke Euch«, sagte Marken.

Der Alte stellte die Schale nicht ab, sie zitterte in seinen Händen. Dann gab er sich einen Ruck und knallte sie vor Marken auf den Tisch.

Marken versuchte ein Lächeln. In der wässrigen Suppe schwammen nur wenige graue und zerkochte Brocken. Ein Welse war auch damit zufrieden, Marken nahm den Löffel.

Die dunkle, sehnige Hand des alten Mannes packte Markens Arm und zum ersten Mal sah er ihn direkt an: In den von Falten umrahmten, aber wie bei jedem Kwother goldglänzenden Augen stand etwas, das Marken nicht sofort deuten konnte. Dann erkannte er das Flehen, sah, dass dem Alten beinahe die Tränen kamen: Ormns Sohn bat ihn mit zusammengepressten Lippen um Verzeihung. Marken ließ den Löffel los. Er fiel in die Schüssel, die Suppe spritzte ihm ins Gesicht. Das Entsetzen und die Erkenntnis kamen gleichzeitig.

Wann hatten die Kwother gejagt?

Was hatten die Kwother gejagt?

Marken sah die pramschen Soldaten am Nachbartisch sich mit den Handrücken die Münder abwischen, sah Strommed rülpsen und befriedigt grinsen. Gib deinen Männern eine anständige Verpflegung und die Moral bleibt oben. Aber mangelnde Moral war nicht das Problem ihrer abwesenden Kameraden gewesen. Keiner ihrer Kameraden war desertiert. Keiner ihrer Kameraden würde nach Hause kommen. Denn diese Männer hatten ihre Kameraden gerade aufgegessen.

Marken fuhr hoch, warf dabei den Tisch um, die Schale landete im Dreck, der Inhalt vergossen auf staubigem Boden. Zerkochte graue Brocken.

Menschenfleisch.

Mit einem Wutschrei zog er sein Schwert.

18

Markens Welt färbte sich mit einem Schlag blutrot. Er griff nach Ormns Sohn, riss ihn an sich und setzte ihm die Klinge an den Hals.

Strommed sprang auf, zog ebenfalls sein Schwert. Er hatte am Uferposten gekämpft, in den Aschenlanden, da hatte es vier gegen einen gestanden. Hier stand es zwei gegen einen.

Aber damals hatten Welsen ihr Leben gegen Pramer verteidigt. Jetzt zogen die pramschen Soldaten ihre Schwerter, jetzt waren sie auf der Seite der Welsen – ihre Gegner jedoch waren Kwother, waren Dhurmmets mit ihren Soldaten.

In Wirklichkeit stand es deshalb zwölf gegen zwei. In Wirklichkeit ging es Kwother gegen Welsen. Den Kampf hatten die Welsen schon einmal verloren und damals waren sie viele gewesen.

»Zu den Pferden!«, rief Marken. Flucht war die einzige Möglichkeit. Denn das hier konnten sie nicht überleben. Diesen Kampf konnten sie nicht bestehen, nicht gegen Ormn. Nicht gegen die Dhurmmets. Nicht gegen die Männer, deren Augen das Licht spiegelten wie die Augen von Tieren. Die sich nun um ihren Hauptmann rotteten, sich auf die Rücken griffen, die Äxte zogen. Die Männer, die Menschen jagten und sie fraßen. Die Welsien vernichtet hatten. Die ohne Gnade waren. Die längst tot sein sollten.

Aus ihnen waren Dämonen gesprungen, Flammenkrieger.

Markens Herz pumpte mit aller Kraft. Der Alte keuchte in Markens eisernem Griff. Wie war dieser Satz in seinen Kopf gekommen?

Felt. Felt hatte diesen Satz gesagt. Mit hochgezogenen Augenbrauen. Beim Frühstück in Pram.

Aus ihnen waren Dämonen gesprungen, Flammenkrieger.

Felt hatte wiedergegeben, was der Übersetzer Wigo – Wigo! Er hieß Wigo! – ihm über die Kwother, die Feuerschlacht erzählt hatte. Marken fiel es wieder ein, seine Gedanken hasteten voraus, sprangen zurück, hechteten wieder nach vorn, während die blutrote Welt um ihn herum sich in zäher Langsamkeit bewegte.

Er sah, wie zwei der Pramer zu den Pferden sprinteten. Und dabei kaum von der Stelle kamen. Er sah einen Dhurmmet schwerfällig den Kopf nach ihnen wenden.

Er rief: »Ormn! Lass uns ziehen oder dein Sohn stirbt!«

Der Hauptmann legte den Kopf in den Nacken. Marken dachte an einen Wolf, erwartete ein Aufheulen. Was kam, war schlimmer: Ormn lachte. Lachte aus vollem Hals. Dieses Lachen zerriss den dünnen Mantel des Menschseins, in den die Dhurmmets sich gekleidet hatten. Darunter kam das nackte Böse zum Vorschein. Und mit einem Mal veränderte die Welt ihre Geschwindigkeit wieder, wurde schnell, rasend schnell.

Mit einem einzigen geschmeidigen Sprung war der Dhurmmet bei den beiden rennenden pramschen Soldaten, mit nur einem Schwung der Axt trennte er einem den Kopf fast vollständig vom Hals. Noch bevor das Blut kam, lag der Arm des zweiten Soldaten – das Schwert noch gepackt – im Staub zu dessen Füßen. Marken würde den Blick nie vergessen: Der Mann schaute mit offenem Mund auf sein abgetrenntes Körperteil wie ein Kind, das aus Versehen einen Krug hat fallen lassen, der am Boden in Scherben zersprungen war. Dann traf ihn der nächste Hieb mit Wucht in die Brust und zerdrückte den Schreckensschrei, der hinauswollte.

Marken hörte ein dumpfes Klappern. Er musste nicht hinsehen. Er wusste: Das war der Klang von Schwertern, die weggeworfen wurden. Er stieß Ormns Sohn von sich, der alte Mann stolperte und fiel. Sein Vater beachtete es nicht; der Sohn war kein Druckmittel, denn er bedeutete Ormn nichts. Dessen glühende Augen starrten Marken an, bohrten sich in ihn hinein wie Stachel, vergiftet mit Hass. Einem so reinen, so absoluten Hass, dass er Marken augenblicklich infizierte. Er hörte nichts mehr außer dem donnernden Rauschen seines eigenen Bluts. Er sah nichts mehr außer Ormn und die beiden Kreaturen rechts und links neben ihm, geduckt, sprungbereit, große Äxte in den Klauen. Äxte aus Welsenstahl. Marken rannte, er wusste nicht, was er tat, aber er rannte auf die drei Dhurmmets zu, das Schwert erhoben. Er wollte nicht mehr fliehen, nicht überleben – er wollte töten, nur töten.

Marken nahm den scharfen Gestank wahr, den Gestank von verbranntem Fleisch. Er spürte Hitze, eine unsichtbare Wand, vor der er erst zurückprallte, durch die er dann aber hindurchbrach. Kurz war er in den Schmelzen am Berg, war in einen breiten Strom glühenden, flüssigen Eisens gefallen. War ohnmächtig vor Schmerz. War tot. Dann schlug er zu.

Heißes, schwarzes Blut spritzte ihm entgegen. Er spürte es nicht, er hatte in flüssigem Eisen gebadet. Jetzt schlug er wieder zu und badete in schwarzem, kochendem Blut.

19

Strommed beobachtete fassungslos, wie Marken auf Ormn zustürmte. Der Hauptmann rührte sich nicht, starrte nur den rasenden Waffenmeister an und schien ihn mit diesem Starren zu sich hinzuzerren wie an einer unsichtbaren Kette. Es war eine Falle. Denn zwei weitere dieser unheimlichen Soldaten mit den Münzen überm Auge gingen auf Marken los. Seltsam ungelenk, aber mit ungeheurer Kraft schlug der Offizier einen der Männer, der die Axt zum Hieb hoch über den Kopf gehoben hatte. Strommed entfuhr ein erstaunter Aufschrei, der in Markens Brüllen unterging: Das Schwert hatte den Brustschutz des Kwothers durchdrungen, als wäre der aus Leinwand und nicht aus Stahl. Wie konnte das sein? Woher nahm Marken diese Kraft? Für einen Augenblick stieg Strommeds Mut, der gesunken war, als die beiden überlebenden Pramer ihre Schwerter hatten fallen lassen und zu rennen begannen. Der Offizier kämpfte, also würde auch Strommed kämpfen. Er sah noch, wie Marken das Schwert gegen das zweite Münzenauge neben dem Hauptmann richtete und auch diesen Mann niederschlug, dann fuhr Strommed herum, ging dabei in die Hocke. Und wich so um Haaresbreite der Axt aus, die über seinen Kopf hinwegsauste. Noch in der Drehung streckte er den Arm aus, packte den Schwertgriff mit beiden Händen. Säbelte so den Kwother von seinen Beinen. Mit einer Wachheit, die alle seine Sinne weit aufriss wie eine plötzliche Bö die Fensterläden, nahm Strommed alles gleichzeitig wahr: Er roch angesengtes, verkohltes Fleisch. Er spürte eine Hitze, als hielte er sein Gesicht dicht über ein Kohlebecken. Er sah, dass auch er von einem der Münzenaugen angegriffen worden war. Und dass er dem Mann beide Knie durchgeschlagen hatte, er hatte die Beine genau oberhalb der festen Stiefelschäfte getroffen. Ein Stiefel stand noch, einer war umgekippt. Der verstümmelte Dhurmmet wand sich im Staub wie eine Made, die aus der Dunkelheit ihrer Fleischmahlzeit herausgepuhlt worden war. Aber der Mann schrie nicht. Das Blut, das aus den Beinstümpfen sickerte, war schwarz und zäh. Strommed rappelte sich auf, und ohne zu zögern, ohne ins Gesicht des Verletzten zu blicken, rammte er ihm das Schwert in den Unterleib. Ließ es stecken, drehte den Griff, wühlte so lange im zuckenden Leib der stinkenden, heißen Made, bis sie still dalag. Was war das, gegen das er hier kämpfte?

20

»Dämon!«

Marken spuckte Ormn das Wort ins hämisch verzerrte Gesicht. Die Hitze, die von ihm ausging, war mörderisch, wie ein Schild stand sie vor Ormn. Marken hörte ein Zischen, wusste nicht, ob es sein Atem war oder der Atem des Dämons. Oder sein eigener Schweiß, der auf seinem Gesicht, seinem blank rasierten Schädel verdampfte. Er roch den Gestank, wusste nicht, ob es der Dämon war oder sein eigener Bart, seine Augenbrauen, seine Wimpern, die brannten. Marken sah nur das Feuer in den goldenen Augen des Dämons, und in diesen lodernden Flammen sah er Welsien brennen. Sah Menschen entzündet wie Fackeln, sah Steine vor Hitze bersten, sah die große Festung von Wandt einstürzen in einer Wolke glühender Funken. Wie ein verkohlter langer Knochen ragte aus den brennenden Trümmern eine einzelne, letzte Treppe empor. Oben stand eine Frau. Sie hielt ein kleines Kind in den Armen, einen Säugling. Ihr Rocksaum brannte bereits, das Feuer fraß sie von unten nach oben auf. Aber sie blieb stehen, hielt das Kind fest umschlungen. *Asta,* rief Marken, *Asta, halt aus, ich komme! Warte!*

Sie hob den Blick, hatte ihn gehört. *Warte auf mich, ich will mit dir gehen!* Aber es war nicht Asta, war nicht seine Frau. Marken hatte die Frau auf der Treppe nie zuvor gesehen und erkannte sie dennoch sofort: Efrid, die letzte Welsenkönigin, blickte ihn an. Beißender Rauch ließ ihre Augen tränen, helle Spuren zogen sich über die rußgeschwärzten Wangen. Dann brach die Treppe ein. Die Königin und der Prinz in ihren Armen stürzten hinab in die tobenden Flammen, die über ihnen zusammenschlugen wie die Wogen eines leuchtenden Meers. Dort hinein wollte auch Marken, wollte eintauchen ins Feuer – und hindurch, in die andere Welt. Er hechtete, er sprang.

Und ein klirrender Schrei holte ihn zurück. Stahl auf Stahl. Axt gegen Schwert. Marken konnte nicht folgen. Konnte nicht zu Asta, nicht zur Königin, nicht zu seinem Volk, das ins Feuer vorausgegangen war. Denn Ormn hielt ihn zurück.

Markens Schwert hatte eine tiefe Kerbe ins Axtblatt geschlagen und war darin stecken geblieben. Nun rangen sie, die Waffen ineinander verkantet. Marken dachte nicht mehr ans Töten. Er kämpfte verzweifelt darum, sterben zu dürfen. Er wollte nur sein Schwert aus dieser Axt befreien, damit die Axt ihn endlich erschlagen konnte.

21

Zwei der unheimlichen Kwother hatten die fliehenden Pramer erreicht. Gleichzeitig und wie in einem lange geübten, grausam präzisen Todestanz schwangen die Münzenaugen ihre Äxte und ließen sie in die Rücken der Soldaten krachen. Wie dürre Zweige knickten die Pramer nach hinten über die schwere Waffe in ihrem Kreuz. Strommeds Atem ging schnell und flach. Mit einem Mal war ihm kalt. Er sah auf den Toten zu seinen Füßen.

Aber es war die Ahnung seines eigenen Todes, die ihn frösteln ließ. Er war nah, dieser Tod, aber noch war er nicht da.

Strommed sah den Waffenmeister erbittert mit dem Hauptmann ringen. Ihre Waffen hatten sich verkeilt. Zwei Tote lagen im Staub, den die Kämpfenden aufwirbelten. Die hatte der Offizier erledigt. Blieben für Strommed also noch die zwei, die gerade ihre Stiefel auf die gebrochenen Rücken der Pramer setzten, um ihre Äxte herauszuziehen.

Und die kwothischen Soldaten! Strommed blickte sich hektisch um. Es wurde bereits dunkel. Wo war der Rest, wo waren die kwothischen Soldaten?

Er sah sie hinter den umgestoßenen Tischen auftauchen, zwischen den nervösen Pferden hervorkommen, aus dem schwarzen Loch treten, zu dem der Eingang eines Schuppens geworden war. Wie Ratten krochen sie aus ihren Verstecken, vorsichtig, aber flink. Und er sah noch etwas: Ein schwaches Glimmen, ein weißes Licht. Als habe jemand ein Stück vom Mond heruntergeholt, damit die aufkommende Nacht nicht ganz so finster wurde. Smirn. Die Unda stand reglos vor der Wand des langen Schuppens, aus dem drei der kwothischen Ratten huschten. Strommed rannte los.

Im Augenwinkel nahm er wahr, dass nun auch die beiden Dhurmmets ihre Aufmerksamkeit auf die Hohe Frau richteten. Warum war sie nicht weggelaufen, warum hatte sie sich nicht versteckt? Sie stand einfach da, wie betäubt, und trug dieses Leuchten in den Händen. Nur noch zehn, zwölf Schritte, und Strommed wäre bei ihr. Nur noch zehn, zwölf Schritte, und die unheimlichen Krieger wären bei ihr. Und ihre Soldaten ebenfalls. Strommed spürte keine Angst. Aber er spürte die kühle Abendluft im Gesicht. Er spürte, dass er auf den Tod zulief.

Dann geschah etwas Unerwartetes: Die drei Ratten aus dem Schuppen schlossen sich nicht den Dhurmmets an – sondern *griffen sie an.* Stürzten sich gemeinsam auf einen der beiden. Brachten ihn zu Fall. Er schlug um sich. Trat. Brüllte ein tierisches, zorniges Brüllen. Der andere blieb stehen, drehte sich um. Aber der erste war bereits wieder auf den Beinen, schüttelte sich das Blut seiner Gegner aus den schwarzen Zöpfen, wie ein Bulle Fliegen von Augen und Nüstern abschüttelt.

Die drei Soldaten rührten sich nicht mehr, lagen erschlagen am Boden. Sie hatten ihre eigenen Leute, ihre Vorgesetzten attackiert, diese fürchterlichen Münzenaugen. Warum? Waren sie im Geheimen auf der Seite des Gegners gewesen? Strommed hatte keine Zeit, darüber nachzudenken. Er war bei Smirn angelangt. Stellte sich vor sie. Hob das Schwert.

22

Endlich gelang es Marken, die Klinge aus Ormns Waffe zu befreien. Mit einem hohen, metallischen Ton sprang ein großer Splitter aus dem Axtblatt heraus und blieb in Ormns Helm stecken. Dem Dämon entfuhr ein tiefes Grollen, aber dann grinste er. In dem dunklen Gesicht, im schwindenden Licht, waren die Zähne unwirklich weiß. Marken ließ das Schwert sinken, dann ließ er es ganz los. Sah den Dämon an, suchte das Feuer in dessen Augen. Aber da war nur noch Verachtung. Auch gut, mehr hatte Marken nicht verdient. Er hatte seine Frau sterben lassen genauso wie seine Königin, er war zu schwach und war immer schon zu schwach gewesen. Er hatte zu tief in den Abgrund geblickt, jetzt kam er nicht mehr heraus. Erst als Ormn einen Schritt zurücktrat, als er weit ausholte zum tödlichen Schlag, bemerkte Marken den Schatten, der hinter dem Hauptmann gekauert hatte.

Und als Ormns Sohn seinen Vater von hinten ansprang, ihm

seine alten, sehnigen Arme um den Hals legte, die Beine um die Hüften des Hauptmanns klammerte, kam Marken zu sich. Er griff nach seinem Schwert, hob es auf, während der Sohn den überraschten Vater umriss und unter ihm landete. Marken stach zu. Er spürte, wie die scharfe Klinge seines Schwerts beide Körper durchdrang und dann knirschend im trockenen, festgestampften Boden stecken blieb. Er hörte unmenschliche Schreie, in denen so viel Zorn, so viel bittere Enttäuschung war, dass er auflachen wollte – hatte er den Dämon also doch besiegt! Dann bemerkte Marken, dass er nicht lachen konnte. Denn er war es selbst, der schrie.

23

Das Münzenauge schwang seine Axt und dieses Mal konnte Strommed nicht ausweichen. Er musste den Schlag parieren, denn hinter ihm stand die Hohe Frau und die hatte keine Waffe. Sie hatte nur ihn. Strommed spürte sie in seinem Rücken wie eine kühle Felswand, an die er sich anlehnen konnte, während ihm von vorn die Hitze entgegenschlug und ihm den Brustschutz zum Glühen brachte. Er war groß, viel größer als der Kwother, sein Arm reichte weiter. Strommed begriff zu spät, dass der Angreifer es nicht auf seinen Kopf oder seine Brust abgesehen hatte, sondern auf eben diesen langen Arm. Mit dem Schwert hieb er noch gegen den Helm des Kwothers – dann erreichte die Klinge die Schläfe und schließlich das Auge, diese schreckliche, angenähte Münze – aber die Axt traf den Arm. Schlug ihn nicht ganz ab, aber brach die Knochen. Strommed fühlte den Schmerz nicht, doch er wusste sehr genau, dass dieser Arm nun unbrauchbar geworden war. Schwarzes Blut quoll dem Kwother aus der Augenhöhle. Er war schwer verletzt, aber Strommeds

Schlag war nicht tödlich gewesen. Inzwischen schien es, als habe die Unda den ganzen Mond vom Himmel geholt; es war hell, sehr hell. Und in dem hellen Licht sah Strommed, wie sich die restlichen kwothischen Soldaten auf den Verletzten stürzten, der nach dem Hieb auf den Kopf nun kein Münzenauge mehr hatte. Strommed nahm sein Schwert in die andere Hand. Ihm war es gleich, ob er mit rechts oder links kämpfte. Da traf ihn die Axt in die Brust.

Der zweite unheimliche Krieger hatte sie geworfen. Strommed taumelte. Hinter ihm war kühler Fels. Stützte ihn. Er fiel nicht. Der Brustschutz hatte viel abgefangen, aber nicht alles. Vor allem nicht den Schlag. Strommed registrierte, dass er keine Luft holen konnte. Die schwere Axt steckte in der Panzerung – Welsenstahl schützt wenig gegen Welsenstahl – und vielleicht auch im Brustbein, vielleicht versagte ihm deshalb der Atem. Aber er konnte sie nicht herausziehen, denn seine rechte Hand war nicht mehr seine und die linke hielt das Schwert. Dann musste er eben ohne Luft weitermachen. Strommed war erstaunt darüber, wie viel und wie schnell er denken konnte und wie viel er dabei noch sah und hörte: Männer, die er für Ratten gehalten hatte, hackten mit ihren Äxten auf etwas am Boden, das schwarz glänzte und zurückschlug. Metall kreischte, Fleisch schmatzte und Kehlen brüllten. Sie brachten sich gegenseitig um. Strommed sah und hörte Schmerz – furchtbaren, tödlichen Schmerz –, aber empfand selbst keinen. Das Einzige, was ihn besorgte, war die Atemnot. Denn sie machte ihn langsam. Lähmte ihn beinahe. Als das letzte Münzenauge auf ihn zusprang und ihm die Axt aus der Brust riss, erwischte Strommed den anderen nur an der Hüfte. Nicht ernsthaft genug, das erkannte er sofort. Er musste sich jetzt sehr zusammennehmen, sein nächster Hieb musste sitzen. Denn der Krieger griff wieder an, hatte die Axt mit beiden Händen umklammert. Doch

Strommed konnte nichts tun, außer den Schlag zu erwarten. Er musste ihn nehmen, abfangen, seinen großen Körper und seine breite Brust anbieten – und so die Frau, den Mond, das Licht in seinem Rücken schützen.

Diesmal warf der Kwother nicht nur die Axt, sondern mit ihr sich selbst gegen Strommed. Und dieses Mal drang das Axtblatt tief ein in die vorbereitete Kerbe und spaltete Strommeds Brust wie ein Scheit Brennholz. Aber der Dhurmmet war nicht nur gegen den Welsen gesprungen, der wie ein mächtiger alter Baum einfach dastand – sondern auch gegen ein Schwert, das sich ihm in den Leib bohrte.

Strommed lag auf dem Rücken. Ein kühler Hauch fuhr über ihn hinweg. Er hob den Kopf etwas an, es war mühsam. Er sah seinen eigenen, geöffneten Brustkorb und wie ein zarter Dampf daraus emporstieg in die Nacht. Er wunderte sich, denn er hatte immer noch keine Schmerzen. Ihm war nur kalt. Er beobachtete den Dampf und wie er heller wurde, deutlicher, als die Unda sich über ihn beugte, das Leuchten in den Händen. Sie lächelte ihn an, auch das war gut zu erkennen in diesem Licht, das Strommed so sehr an den Mond erinnerte. Kalt war es, aber auch still. Seltsam, ein stilles Licht, so etwas gab es nicht. Doch, dachte er, ich schaue ja geradewegs hinein.

Und das war der Moment, in dem Strommed endlich und vollständig begriff, dass er starb.

Vor Agen,
Weslan im Solder 107 tergde

Gelehrter Freund –

ich schreibe Euch mit vor Empörung zitternder Hand und auf freiem Felde: Man hat mir den Zutritt zur Stadt verweigert! Ist das zu glauben? Nun, überrascht hat es mich letztlich nicht, das muss ich der Ehrlichkeit halber sagen, die Zustände hier sind entsetzlich. Entrüstet bin ich dennoch! Nicht nur, weil ich Euren Wunsch nach weiteren Informationen nun nicht erfüllen kann – obwohl das in der Tat sehr ärgerlich ist –, sondern auch, weil es allem widerspricht, was die Seguren seit jeher hochgehalten haben. Wenn wir Gelehrte uns nicht mehr unterstützen, wenn wir untereinander nicht mehr sprechen, schreiben und, ja, auch streiten – wohin soll das führen?

Nun, mein lieber Freund, ich will Euch nicht mit meinen Klagen die Zeit rauben. Ich will Euch nur mitteilen: Mein Ehrgeiz ist geweckt. Den nächsten Besuch in Agen werde ich besser vorbereiten. Ich werde schon einen Weg hinein finden und ergründen, warum die Stadtoberen einen solch drastischen Schritt für nötig halten! Für den Augenblick bleibt mir aber nichts anderes übrig, als nach Gaspen zurückzukehren. Ich schicke diese hastigen, we-

nig erfreulichen Zeilen von hier aus voraus, denn ich habe den Verdacht, das Reisen wird noch mehr Zeit in Anspruch nehmen als sonst. Nun, wo Agen die Tore geschlossen hat, bin ich wahrlich nicht der Einzige, der unverrichteter Dinge wieder abziehen muss. Vor dem Tal ist ein regelrechtes Lager entstanden, die Straße ist verstopft und ein Boot stromaufwärts zu erhaschen wird schwierig werden. Was sind das nur für Zeiten! Ich bedaure sehr, dass alles nun länger dauern wird als gedacht, und hoffe inständig, dass Euch diese Nachricht erreicht. Man hat das Gefühl, die Wege sind weiter und gefährlicher geworden in Segurien und auch sonstwo. Dennoch: Ihr werdet wieder von mir lesen, sobald als möglich und mit hoffentlich besseren Neuigkeiten.

Seid vielmals und herzlich in alter Freundschaft gegrüßt von Eurem

Helgend von Gaspen

Ich sende diesen Brief nicht auf offiziellem Wege und musste dem Überbringer einen glatten Tessel in Aussicht stellen. Ich weiß, dass dies eine ungeheure Summe ist, und ich schätze, bis der Brief bei Euch in Pram angekommen sein wird, wird er oft verkauft worden sein, was den Preis noch zusätzlich in die Höhe treiben wird; ich weiß aber auch, Ihr könnt es Euch leisten. Eine Rückantwort hierauf ist jedoch nicht notwendig!

ZWEI

EIN GEFANGENER UNTER DER ERDE

1

Auf dem kargen Boden hüpften die Steine. Zuerst nur die kleineren, der zwischen stachligen Büschen über das Flachland verstreute Schotter, und Kersted bemerkte es nicht. Er hielt den Kopf gesenkt, sah die staubigen Hufe seines Pferdes, hörte den dumpfen Klang der Tritte auf der harten Erde. Dann hörte er ein Prasseln wie von dicken Regentropfen, hob den Blick – und sah die Steine hüpfen. Faustgroße Brocken sprangen auf und ab, als sei die weite Ebene eine große Trommel, geschlagen aus dem Erdinneren heraus. Der Pfadmeister straffte die Zügel in dem Augenblick, in dem das Pferd zu tänzeln begann. Das Prasseln schwoll an, wurde zu einem Grollen, in dem die Rufe und Schreckensschreie der anderen untergingen. Der rotbraune Erdboden, seltsam unscharf geworden durch die springenden Steine, verfärbte sich schillernd schwarz. Alles, was unter der brüchigen Kruste in tieferen, feuchteren Schichten kroch und krabbelte, kam hervor: Die Erde spie in Wellen Insekten und kleine Kriechtiere aus, und was fliegen konnte, flog. Durch den Schleier aus Staub und Insektenschwärmen sah Kersted Utate nur noch als schemenhaftes Flimmern. Er rief nach ihr, aber er hörte seine eigene Stimme nicht mehr im tiefen Trommeln der bebenden Erde.

Dann wurde es schlagartig still. Zwei, drei panische Atemzüge lang nahm Kersted nur das Summen in der Luft wahr und das heftige Zittern des Pferdekörpers unter ihm. Er hatte sich mit beiden Fäusten in der Mähne verkrallt, über den Hals des Tiers liefen Zuckungen. Kersted wollte nicht fallen, wollte nicht auf diesen Boden, der so plötzlich ein Eigenleben bekommen hatte, der sich aufbäumte und selbst seinen kleinsten Bewohnern keine Heimat mehr bot, sondern sie ausspuckte wie bittere Kerne.

»Wirf mich nicht ab«, bat er flüsternd. Und jetzt, wo er seine Stimme hören konnte, hörte Kersted auch seine Angst. Er fühlte sich ausgeliefert wie nie zuvor. Zeitlebens hatte er Kälte, Sturm, Schnee, Lawinen widerstanden, war aufgewachsen in einer der unwirtlichsten Regionen des Kontinents – aber dass der Kontinent selbst, die Erde sich gegen ihn zur Wehr setzte, das erschütterte ihn. Für einen Welsen konnte er erschreckend schlecht mit Ablehnung umgehen.

»Wirf mich ja nicht ab«, sagte er wieder. Aber diesmal war es keine Bitte und diesmal war er sich selbst nicht sicher, ob er das Pferd meinte oder das Land.

Es war das Land, das antwortete. Heftig und laut. Der zweite Erdstoß war ungleich stärker als der erste, aus dem tiefen Trommeln war ein dröhnendes Brüllen geworden, dessen Lautstärke Kersted in die Eingeweide fuhr. Er fühlte den Lärm mehr, als dass er ihn hörte, seine Haut, sein Herz, sein Magen, ja selbst seine Knochen vibrierten im krachenden Schrei der Erde.

Das Pferd brach seitwärts aus, machte ein paar stolpernde Schritte, stand dann bebend mit gespreizten Beinen und angelegten Ohren. Es will rennen, dachte Kersted, nur wegrennen – aber wohin? Alles schwankte, alles grölte, sie waren mittendrin in einer maßlosen Trunkenheit. Er klammerte sich noch fester in die Mähne und wusste: Das ist Todesangst. Kersted roch den Schweiß des Tiers, aber darüber, schärfer, roch er seinen eigenen Angstschweiß. Sein Körper reagierte, die Fäuste krallten, das Herz hämmerte, der Atem war flach und schnell und jede Faser kreischte *Ich will nicht sterben* ins gewalttätige Toben umher. Seltsamerweise wurde Kersteds Denken klar, als er seine Todesangst erkannte. Seine Muskeln krampften weiter, er zitterte und der Puls raste, aber sein Geist war ruhig und kühl geworden. Utate. Nur um sie ging es, *sie* durfte nicht sterben. Wo war sie?

Im betäubenden Lärm konnte er nicht rufen. Aber dort, dort sah er sie, vielleicht zwanzig Schritte entfernt. Die Unda war wie er weit über den Hals ihres Pferdes gelehnt. Jedoch klammerte sie sich nicht fest. Soweit er es erkennen konnte, hatte sie die Arme ausgestreckt, als wollte sie das Tier beruhigen. Utates Pferd trat auf der Stelle und schien mit wiegenden Schritten die Schwankungen des Bodens auszugleichen wie ein Seemann auf den Planken. Ganz in Utates Nähe konnte Kersted Fander sehen, der offenbar abgeworfen worden war und mit über den Kopf gelegten Armen im Staub zwischen rollenden Steinen kniete. Der Rest? Wo waren die Soldaten, die Dienerschaft, die Packpferde? Kersted konnte zwar denken, aber seinen steinhart verkrampften Nacken nicht bewegen, sich nicht umdrehen.

Wieder wurde es mit einem Mal still. Zwischen niedrigen Dornbüschen sah Kersted ein paar graue Hasen um ihr Leben rennen. In der plötzlichen Ruhe wirkte die anhaltende Panik der Nager so absurd, dass Kersted laut auflachte. Übergangslos wurde sein Lachen zu einem Würgen, und als sei dies die letzte, aber notwendige eigenmächtige Handlung seines Körpers, erbrach er sich. Dann atmete Kersted tief ein, konnte sich aufrichten, spürte, wie er die Kontrolle zurückbekam, drehte den Kopf, in dem ein hoher Pfeifton an- und abschwoll. War es das nun gewesen? War das Beben vorüber? Die Stille klang gespenstisch und Kersted war dankbar, als das Pferd schnaubte und den Kopf hochwarf, sich wenden ließ.

Zwei-, dreihundert Schritte entfernt, bekam auch der Rest der Reisegruppe die Reittiere wieder in den Griff. Die unvermittelten Erdstöße hatten Kersted, Utate und Fander von den anderen getrennt. Deren Pferde hatten einander mit ihrer Angst angesteckt; als Herde waren sie durchgegangen, nun kamen sie gemeinsam zurück. Kersted hörte den Hufschlag, dumpf zwar unter dem Pfeifen im Ohr, aber auch dieses Geräusch war eine Erleichterung – ein vertrauter Klang und nicht das Brüllen eines sich wälzenden, riesenhaften Untiers, das er bis heute nicht gekannt, sondern für die Erde gehalten hatte.

2

»Mir geht es gut.«

Utate nahm Kersteds Frage vorweg. Immer wieder aufs Neue war Kersted beeindruckt von der Schönheit dieser Frau, die im Grunde nichts von dem hatte, was ihn sonst zu Frauen hinzog. In Utates schlanker, hoher Gestalt spiegelte sich das Erbe ihres Vaters, des Quellhüters Sardes. Ihr kahler, vernarbter Kopf erstickte jede Fantasie von langen, weichen Haarsträhnen, in die man die Hände hätte graben können. Und Utates Brüste … Kersted konnte nicht weiterdenken, nicht einmal hinschauen. Der helle, wimpernlose Blick der Unda ruhte auf ihm und ihm wurde klar: Er begehrte sie nicht – er verehrte sie. Sie war die große Ausnahme, die schönste Frau, die er je gesehen hatte, und gleichzeitig die, die er nicht haben wollte. Kersted hatte das Gefühl, etwas Grundsätzliches begriffen zu haben, wusste aber nicht recht, was. Und jetzt war nicht der Moment, darüber nachzugrübeln.

»Fander, alles in Ordnung?«

»Jawohl, Herr Offizier!«

Dem Angesprochenen lief ein feines Rinnsal Blut aus der Nase. Er wischte es mit dem Handrücken weg. »Nur vom Pferd gefallen, nichts weiter.«

Kersted zögerte, denn in den grauen Augen des Soldaten lag etwas seltsam Abwesendes – und nicht etwa Schmerz oder Angst, wie nach diesem Beben zu erwarten gewesen wäre. Aber er fragte nicht weiter. Fander, kaum älter als der Pfadmeister, war immer schon besonnener als Kersted gewesen, ein in sich gekehrter junger Mann. Manchmal erinnerte er Kersted an Felt.

Die anderen, zwanzig pramsche Soldaten, dazu Diener und der Koch mit seinen Gehilfen, waren noch immer ein Stück weit weg, kämen aber bald bei ihnen an. Vorneweg ritt kein Soldat, sondern der Feldkoch, ein untypisch hagerer, fast schmächtiger Mann – vielleicht war das so, wenn man immer nur die Versorgung anderer im Sinn hatte. Der Koch führte sein Packpferd an einer Leine neben sich her; die Gerätschaften und Vorräte, die es trug, waren sein kostbarster Besitz und niemand aus dem Reisetrupp durfte sich den Töpfen und Pfannen auch nur nähern. Direkt hinter dem Koch ritt Utates Dienerin auf die Wartenden zu. Sie war ein kleines, scheues Ding. Immer schlich sie mit gesenktem, unter Tüchern verstecktem Kopf umher und tat beschäftigt, obwohl sie nichts zu tun hatte. Wie sollte man einer Frau dienen, die weder aß noch schlief noch sonst irgendetwas tat, was Frauen normalerweise tun? Kersted hatte zweimal versucht, die Dienerin anzusprechen, und jedes Mal war sie geflüchtet wie ein junges Häschen, das aus Versehen den Jäger zu nah herangelassen hatte. Nicht einmal ihr Gesicht hatte Kersted bisher richtig erkennen können. Auch jetzt schaute sie nicht nach vorn, sondern zu Boden.

Dieser Boden schrie wieder auf.

Ohne Grollen, ohne Vorwarnung krachte ein solcher Schlag durch die Ebene, dass Kersteds Herz aussetzte. Fander streckte den Arm nach Kersted aus wie ein Ertrinkender, sein Mund formte ein *Weg hier!* und Kersted packte ihn. Er handelte instinktiv, ließ der Angst keine Zeit, von ihm Besitz zu ergreifen, und schaffte es, den Kameraden zu sich auf das steigende Pferd zu ziehen, noch bevor sein Herzschlag wieder einsetzte und er atmen konnte. Diesmal bewegte der Erdboden sich nicht in den langen Wellen tiefer Schläge. Sondern erzitterte wie im Trommelwirbel Abertausender Hufe. Der Lärm war kein ungeheures Dröhnen, das die Eingeweide zum Schwingen brachte, sondern viel schlimmer: Ein brutales Reißen und Brechen wie von monströsen Sehnen und Knochen peitschte durch die Luft und Kersted glaubte, dieses machtvolle Geräusch müsse ihm den Kopf zwischen die Schultern drücken. Aber es gelang ihm, den Arm zu heben. Ein verzweifelter Versuch, die anderen – den Koch, das Mädchen, die hinter ihnen herangaloppierenden pramschen Soldaten – zu sich zu winken, zur Flucht anzutreiben. Zur eiligen Flucht heraus aus dieser Ebene, weg von diesem unsicheren Grund. Aber die anderen flüchteten bereits, brauchten keinen Ansporn. Sie ritten um ihr Leben, waren vielleicht noch hundert Schritte entfernt. Der Koch hatte die Augen weit aufgerissen, am lang gestreckten Arm zerrte er immer noch das Packpferd neben sich her. Das Mädchen, das scheue Ding – auch sie sah Kersted nun an und in ihrem Gesicht war nichts Scheues mehr, sondern verbissene Entschlossenheit. Und da erkannte Kersted sie: Das war die Sternenguckerin! Das war Nendsing, die segurische Astronomin, die mit ihm den Turm hochgestiegen war und ihm Berge auf dem Mond gezeigt hatte.

Was machte sie hier? Warum war sie mitgekommen, heimlich? Sie wandte den Kopf. Eins ihrer Tücher löste sich und schwebte davon.

Da sah Kersted den Riss.

Die Erde tat sich auf, mit rasender Geschwindigkeit. Irgendwo in der Ferne nördlich von ihnen brach die Ebene auseinander; unsichtbare Riesenhände zerrten am trockenen Erdboden wie an einem mürben Stoffstück und rissen. Die sich öffnende Spalte war groß – und wurde schnell größer. Der gezackte Riss lief von der Seite her direkt auf sie zu. Kersted sah Dornbüsche, dürre Bäumchen, Felsbrocken im staubigen Dunkel verschwinden. Die anderen mussten schneller reiten, noch schneller, sonst würde der Riss auf sie treffen. Sich in die Flanke der Reitergruppe schlagen wie ein Rudel Wölfe ins flüchtende Wild. Und sie auffressen. Oder sie alle? Kersted, bemüht, sich und Fander auf dem Rücken des bebenden und immer wieder steigenden Pferdes zu halten, blickte der auf sie zureitenden Gruppe entgegen und sah von links die sich öffnende Spalte näher kommen. Er begriff schlagartig: Der Riss und die Reitergruppe träfen zur gleichen Zeit ein, hier. Hier, wo er war und verbissen versuchte, nicht vom panisch auf der Stelle tänzelnden Pferd zu fallen. In dieser großen, weiten Ebene gab es einen Ort, den man an diesem Tag und zu dieser Stunde meiden sollte, einen Ort, an dem der Boden verschwand. Und genau dort sollten an diesem Tag und zu dieser Stunde alle Beteiligten aus Kersteds Reisegruppe zusammenkommen: hier. *Weg hier!*

Aber es war zu spät. Kersted versuchte, das Pferd zu bändigen, wollte flüchten, weg von dem Ort, der bald in der Spalte verschwinden musste. Er wollte Utate zurufen: *Los! Weg hier! Reite!*, wollte sich selbst retten und alle anderen – aber was war die Not, was war der Wille eines einzelnen Menschen gegen die

Gier des Kontinents, der brüllend das Maul aufriss, um sie alle zu verschlingen?

Nichts.

Der Schlund tat sich krachend weiter auf wie ein breites, dämonisches Grinsen. Immer näher kam der Abgrund von links auf ihn zugelaufen, war beinahe da. Ein plötzlicher Luftzug blies Kersted entgegen, ein heißer Atem. Das Pferd, stumpf geworden gegen die Befehle seines Reiters und zermürbt vom Lärm und vom bebenden Boden, ging ein paar Schritte rückwärts, zum Laufen reichte es nicht mehr. Vor ihnen klaffte dunkle Tiefe, notdürftig bedeckt von einem Schleier aus Staub. Kersted sah das Schimmern von Utates Gewand im Augenwinkel, er spürte ihre Anwesenheit – und er spürte Reue.

Nicht eine einzige Quelle hatten sie erreicht.

Der Tod ist groß. Du wirst ihm gegenübertreten. Bereite dich beizeiten auf diesen Moment vor.

Sie hatte es ihm doch gesagt, die strenge, dunkle Smirn. Doch er hatte es nicht getan, hatte sich nicht vorbereitet. Ob die Zeit noch reichte? Konnte ein Tod größer sein als dieser? Nein. Sie wurden vom Kontinent selbst verschlungen – größer konnte man nicht sterben. War Kersted denn bereit dazu?

Er spürte Fanders Umklammerung, sah die sich kreuzenden Fäuste des Kameraden auf seiner eigenen Brust. Beide waren sie noch oben, saßen aufrecht auf dem Pferd, das nun unter ihnen zusammenbrach. Das mit ihnen in wenigen Augenblicken noch tiefer stürzen würde, tief hineinrutschen würde ins hungrige Maul der Erde. War er bereit dazu?

Als das Krachen des berstenden Bodens unaushaltbar geworden war, hörte es auf – Kersted nahm nur noch das hohe Pfeifen im Ohr wahr. Aber er sah.

Vor ihm war die Erde offen, ein finsterer Abgrund. In dieses Dunkel fielen die pramschen Soldaten wie rollende Erbsen über einen Brunnenrand. Die Männer hatten im letzten Moment noch versucht, die Richtung zu ändern, aber die Pferde rannten, rannten. Rannten geradewegs in den Tod. Der laufende Riss, das sich verbreiternde dämonische Grinsen, hatte sie erwischt. Und verschluckte sie. Kersted sah schreckensweite Augen, losgelassene Zügel, sah Schreie und hörte dabei nur einen schwingenden, hohen Ton. Er spürte einen Sog, die vordere Bruchkante war nur wenige Schritte entfernt, es war, als wollte die sich öffnende Erde ihn einatmen in einem gewaltigen, heißen Atemzug. Nein!

Nein, er war nicht bereit. Er wollte leben.

Er wollte nicht in diesen tiefen Graben gesaugt werden. Er schrie. Und er sah, dass auch Nendsing schrie – vor Wut. Auch sie war nicht bereit zu sterben. Sie schien zu schweben, vor ihm, stand in den Steigbügeln, war weit vorgebeugt, hatte ihr Pferd zum Sprung über den Abgrund getrieben. Dann verschwand auch sie. Es hatte nicht gereicht.

3

Ein hoher Ton. Ein vibrierendes Pfeifen, nein, ein Sirren. Ein Sirren wie von unzähligen gläsernen Flügeln, ein Glitzern in blauer Luft. Das Licht ist mild hier, der Ort ist verborgen im Wald. Ein sicherer, ein magischer Ort. Eine schemenhafte Gestalt, ein Junge, fast nackt. Er hockt, hinter ihm fließt Wasser, jetzt schaut er auf. Klemmt sich die Haare hinters Ohr. Er redet, er plappert, was sagt er? Tiefes Glucksen aus der Quelle übertönt seine Worte. Er steht auf, wedelt mit den Armen, was will er? Das glitzernde Sirren schwillt an und ab, an und ab, ein leuchtender, heller Puls. Ein ewiger Herzschlag. Das Leben geht weiter, das Leben geht weiter.

Das Glitzern verdichtet sich, verschwimmt zu einem Schimmern, hinter dem der Junge verschwindet. Aber der hohe Ton, das hoffnungsfrohe Sirren bleibt. *Utate.*

Utate war Kersteds erster Gedanke und aus dem verschwommenen Schimmern formte sich ihre Gestalt. Sie kniete nah bei ihm, sprach – aber nicht zu Kersted. Die Unda redete auf das Pferd ein, er verstand nicht, was sie sagte, aber sah, dass sich die Lippen bewegten. Da spürte er den Druck. Es lag auf ihm. Irgendwie war Kersted unter den schweren Pferdekörper gerutscht, als … als der Kontinent ihn verschlucken wollte. Er hatte es nicht getan. Kersted lebte.

Er lebte!

Aber er bekam kaum Luft. Er stemmte die Arme gegen den harten, heißen Leib des Tiers, es zitterte immer noch. Dann, mit einem Mal, ließ der Druck nach. Das Pferd war kaum auf den Beinen, als es davontrabte. Kersted stützte sich auf. Seine Stiefelspitzen waren nur zwei Handbreit von der Bruchkante entfernt, von der immer noch sandiger Boden in die Tiefe bröckelte. Kersted robbte hastig weg, Arme griffen nach ihm, zogen ihn hoch. Fander. Verstaubt und mit blutender Nase. Kersted legte die Hände auf die Ohren, um anzuzeigen, dass er nicht hören konnte, was der Kamerad ihm sagen wollte.

Die Ebene war nur mit einer dünnen Haut schmutzig roter Erde bedeckt, darunter lag Felsgestein. Das war gut zu erkennen, als sie in den Abgrund spähten. Er verlief fast exakt in Nord-Süd-Richtung und hatte mit grausamer Genauigkeit den Weg der westwärts durchs Land der Steppenläufer ziehenden Reisegruppe gekreuzt. Die Kluft war hier ungefähr zwanzig Schritte breit – nördlich von ihnen mussten es hundert und mehr werden, gen Süden verengte sich der Spalt, bis er ganz unter faltig wirkenden Verwerfungen der Erdhaut verschwand. Die

Tiefe war nicht auszumachen. Aber von dort unten schien ein unheimliches, gelbrotes Glühen herauf – gemeinsam mit einer kaum auszuhaltenden Hitze. Am tiefen Grund des Erdspalts brannte ein Feuer, so heiß, dass es den Stein zum Schmelzen brachte.

Darüber aber, nur gerade außer Reichweite der beiden an der Kante knienden Welsen, stand Nendsing auf einem Vorsprung. Sie gestikulierte wild, war schweißüberströmt, der heiße Aufwind blähte ihre langen Haare zu einer Mähne. So wütend, wie sie sich dort auf dem schmalen Steinsteg gebärdete, konnte sie nicht schwer verletzt sein. Nein, sie schien keinen Kratzer abbekommen zu haben. Wie eine Katze, dachte Kersted, ein kleines, fauchendes Kätzchen. Er grinste, was sie noch wütender machte. Sie konnte nicht ahnen, dass Kersted keinen Ton ihres Schimpfens verstand. Er hörte das klirrende, gläserne Pfeifen, sonst nichts, und es erfüllte ihn mit einer Unbekümmertheit, die völlig unangemessen war. Eben noch verzweifelt und dem Tode nah, blickte Kersted nun beinahe frohgemut in den kochenden Schlund der Erde. Das Pferd hatte ihm mindestens zwei Rippen gebrochen, das Atmen war stechend schmerzhaft, aber Kersted scherte sich nicht darum und dankte seinem Brustschutz, dem guten, harten Welsenstahl, der ihn vor Schlimmerem bewahrt hatte. Er war taub – mehr oder weniger –, er war kurzatmig. Aber er lebte. Und er hatte sein Leben noch nie so geliebt wie jetzt. Dass die Sternenguckerin ebenfalls überlebt hatte, machte ihn noch froher. Kersted konnte gar nicht anders, als unablässig zu grinsen.

Aber es wurde Zeit, sie da rauszuholen. Fander stieß ihn an, deutete mit dem Finger. Der Koch! Etwas weiter weg und deutlich tiefer saß der schmächtige Mann auf dem Kadaver seines auf einem weiteren Vorsprung zerschlagenen Packpferds. Er war blutüberströmt und wusste offensichtlich nicht so recht, was mit ihm geschehen war: Verwirrt blickte er um sich, sah zu Kersted und Fander herauf, dann wieder hinab in die lodernde Tiefe. Er musste da weg, wenn er nicht selbst allmählich gekocht werden wollte.

Auf die beiden knienden Welsen fiel ein kalter Hauch hinab, der ihnen die Nackenhaare aufstellte. Utate war hinter sie getreten. Sie zog ihren Umhang aus und reichte ihn Kersted. Das silbrige Gewebe war leicht wie feinste Seide, fühlte sich aber kühl und fest an wie Metall. Kersted knotete einen Zipfel ums Handgelenk. Es war, als würde er die Finger in Eiswasser tauchen.

Die Rettungsaktion verlief unspektakulär, nur der Koch machte Probleme. Nendsing krallte sich sofort in den hinabgereichten Umhang – wahrlich ein Kätzchen, auch beinahe so leicht – und ließ sich hochziehen. Der Koch hatte es schwerer. Er würde erst selbst an der zerklüfteten Wand hochklettern müssen, bevor sie ihn das letzte Stück über die Kante hieven konnten. Aber was tat er? Zuerst sammelte er so viel Gerätschaften und Vorräte zusammen – Säcke, Taschen, eine Kanne, zwei Töpfe, langstielige Pfannen –, dass er sie kaum tragen konnte. Nendsing, die Haare immer noch gesträubt und feuerrot im Gesicht, schlug die Hände über dem Kopf zusammen. Sie legte sich flach auf den Bauch und rief in die Schlucht hinunter, brüllte geradezu. Kersted beobachtete fasziniert den erneuten Kraftausbruch dieser zierlichen Person – es musste Nendsing einige Mühe bereitet haben, ein scheues Ding zu spielen. Der Koch war nicht bereit, sich von seinen Sachen zu trennen, auf Nendsings Rufe hin änderte er aber seine Vorgehensweise. Aus einer Kopfwunde stark blutend, kletterte er nun in glühender Hitze viele Male auf und ab, bis er jedes Teil einzeln auf den schmalen Steinsteg geschafft und angeknotet hatte. Dann erst schlang er den Umhang um das eigene Handgelenk, sodass sie den dürren, zähen Mann endlich aus der Schlucht ziehen konnten. Der warf, glücklich oben angekommen, noch einen kurzen Blick auf den Haufen geretteter Utensilien, dann brach er entkräftet zusammen.

4

Die Kluft wurde nach Norden hin breiter, es sah aus, als habe jemand einen gewaltigen Keil schräg in den Erdboden getrieben. Nach ein paar heftigen Schlägen war es dann genug gewesen und nun lag das Land tief gespalten da. Während Utate sich um den Verletzten kümmerte, schritten Kersted und Fander auf der Suche nach weiteren Überlebenden den Abgrund ab. Sie gingen vorsichtig; der Boden bebte zwar nicht mehr, war aber nahe der Kante unsicher. Der Teil der Ebene, auf dem sie sich befanden, war um zwanzig Schritte und mehr abgesackt, sodass die gegenüberliegende Bruchkante wie eine Wand emporragte. Warum hatte sich die Erde hier aufgetan und ausgerechnet dann, als sie entlanggeritten kamen? Seit fast vier Zehnen waren sie unterwegs, keinem Menschen – keinem einzigen Menschen! – waren sie begegnet, seit sie aus den Wäldern heraus waren und die befestigte Straße sich im sandigen Rotbraun der Ebene verloren hatte. Die Lande der Steppenläufer waren wie ausgestorben. Nun hatte dieses Land über zwanzig Menschen den Tod gebracht. Kersted schluckte, sein Mund war mit einem Mal trocken geworden. Fast alle waren tot. Waren hinabgestürzt in diesen furchtbaren Abgrund. Konnte das ein Zufall sein? »*Etwas geht vor*«, murmelte Kersted und er hatte den Eindruck, seine eigene Stimme als mürrisches Brummen unter dem hellen Klirren in seinen Ohren hören zu können.

An den schroffen Wänden der Kluft hingen Zeichen des Todes wie ausgefallene Haare in den Zinken eines Kamms: Gepäckstücke, blutiges Sattelzeug, ein einzelner, wie sorgsam abgelegter Helm.

»Lass uns umkehren, es hat keinen Sinn«, sagte Kersted. Er hatte das Gefühl, zu laut und gleichzeitig undeutlich zu sprechen. Aber Fander nickte.

Nendsing kam ihnen entgegengelaufen. Vorsichtig!, wollte Kersted rufen, aber da lag sie schon wieder auf dem Bauch und deutete auf die gegenüberliegende Wand der Kluft. Er legte sich neben sie und schaute hinab. Diese Frau hatte wirklich scharfe Augen, bessere als beide Welsen zusammen. Sie hatten das tote Pferd dort drüben zwar auch gesehen. Aber nicht den Mann dahinter.

Der pramsche Soldat hatte sich die Beine gebrochen. Er kroch von seinem Pferd weg und auf die steile Wand zu. Der Vorsprung, auf dem er gelandet war, war groß, maß ungefähr zehn mal fünfzehn Schritt. Aber er war ein Gefängnis, eine an die Steilwand geheftete Insel – keine angrenzenden Felszacken, kein noch so schmaler Sims war von dort aus zu erreichen. Nun hatte der Mann die Wand erreicht, blickte daran hoch. An der Art, wie ihm der Kopf wieder auf die Brust sank, war zu sehen, dass er seine aussichtslose Lage erkannt hatte. Mehr als dreißig Schritte lotrechte Felswand trennten ihn von der oberen Kante. Er drehte sich mühsam um, lehnte den Rücken an die Wand, saß mit schmerzverzerrtem Gesicht, die Hände in die Oberschenkel seiner zerschmetterten Beine gekrallt. Es musste unerträglich heiß sein dort.

Kersted würde nie den Moment vergessen, als der Mann ihn sah. Das Aufleuchten der Hoffnung überstrahlte allen Schmerz und alle Verzweiflung. Aber dann fiel wieder der Schatten des Todes auf ihn und die Züge des Soldaten verfinsterten sich. Es war unmöglich, ihn zu retten. Er begann zu weinen. Kersted erhob sich.

Der junge Pfadmeister hatte begriffen, endlich begriffen. Der Tod war ausweglos. Der Tod war einsam. Der Tod war eine Insel über dem Feuer, von der aus man das Leben zwar noch sehen, aber niemals mehr zu ihm gelangen konnte. Smirn hatte recht, der Tod war groß. Selbst wenn er ein weinender Mann mit gebrochenen Beinen war, war er dennoch groß.

Kersted legte die Faust aufs Herz. Neben ihm kam Fander auf die Füße und tat es dem Offizier gleich. Nendsing sah zu ihnen auf, verständnislos. Natürlich, denn sie kam aus der Stadt, in der alles möglich war, in der man alles haben konnte, wenn man nur dafür bezahlte. Die beiden großen, schwarz gerüsteten Männer aber kamen von einem Ort, an dem es nichts gab. An dem man nicht trösten und nicht bedauern durfte. Einem Ort, an dem man das Leben genauso ertragen musste wie das Sterben. Und das Sterben dieses Pramers würden sie nun gemeinsam ertragen.

Es dauerte lange. Der Mann rang mit sich. Er haderte mit seinem Schicksal, weinte, dann brüllte er, schlug den Hinterkopf gegen die Felswand, wieder und wieder. Er saß lange ganz still, schließlich zuckten die Schultern, er lachte, laut und bitter. Er riss sich Brustschutz, Wams und Hemd vom Leib, stöhnte unter der Hitze, stöhnte unter den Schmerzen. Er zog sein Schwert, legte die Klinge an den Hals, dann versuchte er, die Spitze auf den Bauch zu setzen. Seine Arme zitterten, Nendsing verbarg ihr Gesicht in den Händen. Kersted und Fander standen reglos und wandten den Blick nicht ab. Der Soldat brachte es nicht fertig, das Schwert fiel ihm aus den Händen, er weinte wieder. Dann schrie er, wütete gegen die beiden Männer, die nicht weggingen und nicht wegsahen, die lebten und die er dafür hasste und bei denen er doch so sehr sein wollte. Sie waren unerreichbar für ihn – und er war unerreichbar für sie, er war bereits auf der anderen Seite.

Und endlich sah er es ein. Er robbte auf den Ellbogen zur Kante des Vorsprungs. Er sah nicht hinab ins rote Glühen, er schaute das Leben an, lächelte es an. Kersted sah, wie sich das erhitzte, von Tränen und Schweiß verschmierte Gesicht des Soldaten entspannte. Mit diesem letzten Lächeln im Gesicht ließ er sich über die Kante rollen. Kersted senkte das Kinn und schloss die Augen.

Sie hatten sich gerade abgewandt und waren zwei Schritte gegangen, als Nendsing sich auf Kersted stürzte. Sie schlug auf seinen Brustschutz, einmal, zweimal, wie rostige Klingen bohrten sich die Schläge durch Kersteds angeknackste Rippen. Dann hängte sie sich an ihn und schluchzte hemmungslos. Er schloss sie in die Arme. Er durfte nicht trösten? Er dachte nicht daran, er war hier nicht mehr zu Hause in Goradt. Er drückte sie an sich. Er würde hier stehen bleiben und trösten, auch wenn ihm dabei die Luft wegblieb.

5

Der Tod des Pramers stand zwischen ihnen. Den einen Moment der Nähe hatte Nendsing zugelassen, hatte sich nicht gegen den Trost wehren können. Aber nun schien sie ihre Schwäche zu bereuen, trug einen stummen Trotz wie einen Schild vor sich her. Nendsing sagte nichts, aber Kersted ahnte, dass sie eine Heldentat von ihm erwartet hatte. Er hätte das Unmögliche möglich machen müssen, hätte die Kluft überwinden oder umgehen müssen, hätte den Verletzten aus der Tiefe bergen und die gebrochenen Beine heilen müssen. Obwohl Nendsing genau wusste, dass eine Rettung undurchführbar gewesen war, konnte sie den Tod dieses einen Mannes kaum verkraften. Sie war verstört, weil ihr Verstand es einsah, ihr Herz aber nicht. Kersted war klar, dass Nendsing trauerte – um den einen Soldaten stellvertretend für alle, die hinabgestürzt waren – und dass sie bisher noch nicht oft getrauert hatte. Er selbst hatte den Tod lange nicht begreifen können, obwohl er wahrlich genug Gelegenheiten dazu gehabt hatte. Es war eben nicht nur eine Sache des Kopfes. Mochte der Verstand auch noch so groß sein, der Tod war größer. Er war so unfassbar groß, dass selbst die kluge Segurin ihn nicht zu packen bekam. Kersted bemerkte Nendsings Zorn darüber. Und weil dieser Zorn herausmusste, bot Kersted sich als Ziel an.

Er hielt den Steigbügel, sie trat ihm auf die Hand. Er reichte ihr den Wasserbecher, sie gab ihn an Fander weiter. Wenn Kersted Wache hielt, starrten Nendsings große, dunkle Augen in den Nachthimmel – übernahm Fander, rollte sie sich ein und schlief wie ein Kind.

Drei Tage war es her, dass die Kluft sich aufgetan hatte. Zwei Pferde waren ihnen geblieben. Utate ritt auf ihrem Grauschimmel – in Gedanken versunken und nicht ansprechbar. Kersteds rotbraune Stute trug Nendsing und den Koch, der sich zwar gut von seinen Verletzungen erholte, aber nicht lange marschieren konnte. Das taten die Welsen; Kersted und Fander liefen voraus, die Pferde trotteten hinterdrein. Sie kamen nur langsam voran, der große, todbringende Riss war nicht die einzige Wunde, die das Land der Steppenläufer zeichnete. Immer wieder mussten sie lange Umwege gehen, wenn eine Spalte ihre Wegrichtung kreuzte.

»Die laufen alle von Nord nach Süd«, sagte Fander, als sie einmal mehr an der Kante einer tiefen Senke entlanggingen. Dieser Einschnitt war zwar nicht so brutal wie die Kluft, in die die pramschen Soldaten gestürzt waren – ein Hindernis aber bot er dennoch.

»Es ist, als ob uns das Land daran hindern wollte, westwärts zu gelangen«, sagte Kersted. Die Stimme des Kameraden und auch sein eigenes Sprechen wurden nur noch durch einen leisen, befremdlichen Hintergrundklang gestört – als ob jemand mit feuchten Fingern über den Rand eines Glases strich, unaufhörlich.

»Oder einer unter dem Land.«

»Was?«

»Ach, nichts, Herr Offizier. War nur so ein Gedanke.«

»Lass hören.«

Es war Fander ganz offensichtlich unangenehm, aber Kersted war jede noch so belanglose oder unsinnige Unterhaltung lieber als das allgemeine Schweigen, das die geschrumpfte Reisegruppe umfing und in dem sich der feine Ton im Ohr wie in einem Hohlraum zu verstärken schien.

»Es ist wirklich ein dummer Gedanke«, begann Fander schließlich wieder, »aber als das Land aufriss, als diese glühende Spalte sich auftat, da hatte ich die Idee, dass da unten, unter uns, unter all der Erde und dem Stein ... jemand sitzt. Wie ein Gefangener – also ein sehr großer und sehr wütender Gefangener. Und der reißt nun alles entzwei. Den ganzen Kontinent.« Er lachte verlegen auf. »Verzeiht, aber wenn ich was nicht verstehe, dann kommen mir seltsame Gedanken in den Kopf. War immer schon so.«

6

»Er hat recht.«

Kersted hätte beinahe das Brennholz fallen lassen, als Nendsing ihn ansprach. Ihr Blick war offen und direkt. Kersted vergaß sofort, dass sie ihn drei Tage lang mit stummer Wut gestraft hatte.

»Wer hat recht? Womit?«

»Leg das weg und komm mit.«

Sie fasste nach seiner Hand und zog ihn die spärlich bewaldete Anhöhe hinauf. Fürs Nachtlager suchten sie seit dem Beben immer irgendeinen Hügel, und obwohl es nur eine eingebildete Sicherheit war, so beruhigte es dennoch, sich über das zerrissene Land zu erheben. Oben angelangt, legte Nendsing den Kopf in den Nacken und schaute in den Himmel. Kersted sah den lang gestreckten Hals und das fein geschnittene Profil der Segurin. Ihre Lippen waren geöffnet.

»Was siehst du?«, fragte sie. *Dich,* wollte Kersted sagen, besann sich aber noch rechtzeitig.

»Sterne«, sagte er und blickte auf. Ja, ein paar waren schon da, glücklicherweise, und sprenkelten den klaren Abendhimmel. Sterne, natürlich, das war es, was Nendsing interessierte. Sollte sie ruhig über Sterne reden, Hauptsache, sie redete überhaupt mit ihm.

»Sie hat ihn so geliebt«, sagte Nendsing, immer noch in den Himmel blickend. Unterbrich niemals eine Frau, ermahnte sich Kersted in Gedanken, erst recht nicht, wenn sie von Liebe spricht. Er hatte gute Erfahrungen damit gemacht zu schweigen – fast alle Frauen deuteten ohnehin, ein Schweigen ebenso wie Gesagtes.

»Sie hat ihn geliebt und er hat sie nur benutzt. Daran ist sie zerbrochen. Es heißt, Asing sei in den Himmel gefallen. Und dort steht sie nun, als Sternbild. Diese Geschichte hat mich schon als kleines Mädchen fasziniert. Deshalb bin ich Astronomin geworden, wegen ihr. Wegen Asing.«

Jetzt schaute sie ihm ins Gesicht – mit unwirklich funkelnden Augen. Tränen, dachte Kersted, und: Halt ja deinen Mund.

»Man hat mir erzählt – mir und jedem kleinen segurischen Mädchen –, dass Asing über uns wacht. Sie wacht über die Liebenden. Und ganz besonders über die unglücklich Liebenden, an sie kann man sich wenden, wenn einen nachts der Kummer quält. Schau, kleine Nen, dort oben steht Asing und nimmt all dein Leid. Dir wird's bald besser gehen, kleine Nen … Alles Lüge!«

Sie zeigte in den Himmel, sah aber weiter Kersted an.

»Dummer, romantischer Unsinn, nichts weiter. Asing, die größte Adeptin, die diese Welt je gesehen hat, die studiert hat wie keine vor ihr, die begabt war wie keine nach ihr, die geliebt und gelitten hat, unvorstellbar geliebt und gelitten – Asing, die ganz Welsien niedergebrannt hat, soll zwischen den Sternen sitzen und gütig auf uns herabblicken?«

Nun brachte Kersted wirklich kein Wort mehr heraus. Nendsing war immer lauter geworden, immer wütender. Sie schnappte nach Luft, versuchte sich zu fassen. Der Ton in Kersteds Ohren war ein hässliches Pfeifen.

»Kersted«, begann sie wieder, ihre Stimme war rau, »ich kann dir Asings Bild am Himmel zeigen, im Lendern steht es hoch am Firmament. Es eignet sich wunderbar, um einen Jungen zu verführen … oder einen Mann.« Sie warf ihm einen kurzen Seitenblick zu. »Mit ein wenig Fantasie und etwas gutem Zureden kann man leicht ein brennendes Herz am Nachthimmel aufglühen sehen – besser geht es kaum, nicht wahr?«

»Kaum«, sagte Kersted heiser. Er drückte einen Finger aufs Ohr. Aber das half nicht gegen das Pfeifen. Er ließ den Arm sinken, sie griff danach. Nendsings Hand war heiß und schweißfeucht.

»Er hat recht. Fander hat recht. Ich weiß nicht, wie er darauf gekommen ist, und ich weiß nicht, wie ich es erklären soll …«

Nendsing ließ ihn wieder los. Worauf um alles in der Welt wollte sie hinaus? *Asing, die ganz Welsien niedergebrannt hat?* Das war eine Legende, Felt hatte davon erzählt, in Pram. Kersted kramte in seinem Gedächtnis. Aber das Beben, die Kluft, der Tod der Pramer und dieses leere, zerrissene Land, durch das sie zogen, beschäftigte ihn so sehr, dass alles Vorherige sehr weit weggerückt war. Nendsing hingegen schien ihre Gedanken sortiert zu haben. Sie sprach weiter, leise und hoch konzentriert.

»Ich habe gehört, was Fander heute gesagt hat. Es ist die sehr einfache Antwort auf eine Frage, die uns Seguren seit Langem beschäftigt: Wo ist Asing? Sie an den Himmel zu hängen hat mir immer sehr gefallen – nicht nur, weil es romantisch ist. Sondern auch, weil das *mein* Gebiet ist. Du musst nicht glauben, Kersted, dass wir Seguren uns immer einig sind, bloß weil wir alle forschen, lesen, beobachten oder Probleme lösen wollen. Nein, ganz und gar nicht. Und erst recht nicht in Pram … diese Stadt verdirbt einen – ich bin dort geboren!« Sie lachte kurz auf, wurde aber gleich wieder ernst. »Ich habe gearbeitet, habe in den Nachthimmel gestarrt, bis mir die Augen brannten, und dann habe ich Karten gezeichnet, bis ich glaubte, blind zu werden. Ich wollte Asing haben, verstehst du? Ich wollte sie da oben haben, dort, wo ich mich auskenne. Und ich wollte selbst ganz nach oben.«

»Ich verstehe überhaupt nichts«, sagte Kersted.

»Schau, ich bin eine Gelehrte – grins nicht, hör mir zu! Ich mühe mich hier ab, versuche, etwas zu erklären in diesem schrecklichen, primitiven Welsisch, ich … Ich will etwas gestehen.«

Sie knetete ihre Hände, bemerkte, dass sie feucht waren, und wischte sie an ihrem Gewand ab. Eine kleine, kindliche Geste, die in Kersted den Wunsch weckte, Nendsing zu berühren, zu umarmen. Zu küssen.

»Ich höre«, sagte er stattdessen.

»Vielleicht bin ich auch keine Gelehrte«, begann sie zögerlich, »denn ich habe gelogen. Gefälscht. Erinnerst du dich an den Schweifstern, von dem ich dir erzählt habe? Auf dem Turm der Hama, in Pram?«

»Ja. Es war fantastisch dort oben und ich konnte ehrlich gesagt mein Glück kaum fassen – ich durfte mit dir die Sterne anschauen und Marken musste mit dem Kartenmacher in den Keller, in diese Unterstadt. Und Felt sogar ins Theater! Nur hast du leider ziemlich geheimnisvoll getan. Ich glaubte, dieser Stern müsse ein Zeichen sein. Für die Katastrophe, die dem Kontinent bevorsteht. Für das Versiegen der Quellen.«

Er leckte sich über die Lippen. Sein eigener Satz hatte ihn erschreckt.

»Hast du mit jemandem über den Stern gesprochen?«

»Natürlich. Ich habe meinen Kameraden davon erzählt. Und wir waren uns einig, dass ein solcher Stern über Agen eine Bedeutung haben muss. Denn das deckte sich mit dem, was die Undae uns gesagt haben. *Aus dem fernen Süden Zorn: Wütendes Brodeln und Kreischen in Gefangenschaft …*« Er brach ab.

Ein Gefangener – *also ein sehr großer und sehr wütender Gefangener. Unter dem Stein. Unter der Erde. Und der reißt nun alles entzwei. Den ganzen Kontinent.*

»Es gibt keinen solchen Stern.«

Sie hatte den Satz mehr gehaucht als gesprochen. Nendsing schlang die Arme fest um ihren Körper, hob das Kinn und sprach dann wie ein Soldat, der Meldung macht: »Es wird kein Schweifstern am Himmel über Agen erscheinen. Die Berechnungen waren gefälscht. Die Astronomin wollte Aufmerksamkeit und brauchte Ergebnisse. Sie hat das Interesse nach oben gelenkt. Sie dachte nichts Böses, sie hat ihr Leben lang in den Himmel geblickt und nie nach unten. Aber dort unten ist Asing. Im Feuer, das in der Erde fließt. Sie schaut nicht von oben auf uns herab und sie ist nicht gütig. Sie ist tief unter uns und sie tobt.«

7

In seiner kurzen Rede an die verbliebenen Reisenden erwähnte Kersted den Stern mit keinem Wort. Er sprach von Fanders Eingebung, was den Kameraden dazu veranlasste, sich ausführlich den Nacken zu reiben und dabei den Blick zu senken. Der Koch hörte mit offenem Mund und weit geöffneten, von blaugrünen Blutergüssen gerahmten Augen zu. Er sah aus wie ein finsterer Nachtvogel. Kersted schloss mit den Worten »Und auch Nendsing ist überzeugt: Diese Asing ist der Grund für die Beben.« Da erst hob Utate, die reglos gelauscht hattte, den Kopf und strich sich die Kapuze aus der Stirn. Ihre Augen waren fast vollständig schwarz, die Narben auf dem Schädel hingegen traten weiß hervor. So hatte Kersted sie noch nie gesehen. Nendsing wich einen Schritt zurück. Utate streifte sie mit einem dunklen Blick.

»Eine Astronomin erklärt Erdbeben. Führt sie auf das Wirken einer Person zurück, die seit über hundert Soldern tot ist. Ein welsischer Soldat hat Eingebungen und sein Offizier glaubt ihm. Habt Ihr auch noch etwas beizutragen, Glaron?«

Der schmächtige Mann hielt den großen Löffel umklammert wie ein Schwert. Glaron hieß er also – für Kersted war er immer nur ›der Koch‹ gewesen und gesprochen hatte er bisher auch nicht. Wenigstens nicht mit Kersted. Utate aber gab er Antwort – und er sprach dabei ein erstaunlich gutes Welsisch: »Ich kenne die Legende von Asing, Hohe Frau, jeder kennt sie, die offizielle Version, die aus dem Theater. Aber ich weiß auch von der anderen. Und von Asli, wie sie sich ihrer Schwester entgegengestellt und sich selbst angezündet hat. Im Hause meiner Herrin, meiner früheren Herrin, wurde oft von ihr erzählt. Herr Wigo hat immer wieder davon gesprochen, in letzter Zeit fast nur noch. Und Herr Wigo hat mir Bücher mitgebracht, die meisten sogar selbst geschrieben! Er weiß meine Kunst sehr zu schätzen, hat oft in meiner Küche gesessen. Nun, er hat mir verboten, mit irgendwem darüber zu sprechen, aber … Aber Herr Wigo ist davon überzeugt, dass Asing ins Feuer gegangen ist und da auch jetzt noch ist. Und wenn Herr Wigo das sagt, dann muss es ja stimmen.«

»Habt Ihr die Bücher mitgenommen?«

»Meine Rezeptbücher und Notizen, die habe ich mitgenommen.« Er senkte den Blick, rührte heftig in seinem Topf.

Utate schwieg.

Kersted versuchte, einfach nur still dazustehen. Wigo? Dieser Übersetzer? Der war es doch gewesen, der Felt die Version der Feuerschlacht erzählt hatte, in der Asing ein Dämonenheer auf die Welsen hetzte und ihre Schwester Asli sich opferte. Felt glaubte nicht an Dämonen, Marken schon. Kersted hatte im Grunde keine Meinung dazu, Dämonen waren ihm so lange egal, wie er nichts mit ihnen zu tun hatte. Nun aber schien er eine ganze Menge mit einem Dämon zu tun zu haben. Mit einem Dämon namens Asing. Einem gewaltigen Dämon, der Kersted seine Soldaten entrissen hatte. Der ihn beinahe selbst in die glühende Tiefe gezogen hätte. Kersted schob das Unerklärbare beiseite – die Größe, die Bösartigkeit, das unfassbare Wesen dieses Dämons – und übrig blieb ein Gegner. Ein Feind, der einen Namen hatte: Asing. In ihm erwachte Kampfeslust. Er konnte nicht mehr still stehen; am liebsten wäre er aufs Pferd gesprungen und sofort losgeritten.

»Kersted.«

Utates Augen waren wieder leuchtend hell und ihre kühle Hand auf seinem Arm dämpfte seinen Übermut. Wohin wollte er denn reiten und mit wem?

»*Drei mal drei sollen gehen*«, Kersted sagte es auf wie einen Kinderreim, »*und dreimal eine begleiten, die Quellen aufzusuchen.*«

Die Unda nickte, dann breitete sie kurz die Arme aus in einer Geste, die Kersted die kleine Reisegruppe darbot. Ja, das waren sie nun wohl, die drei Begleiter der einen. Das war sie, die eigentümliche Eskorte der Hohen Frau: Ein Soldat, eine zierliche Segurin und ein dürrer Koch – Fander, Nendsing und Glaron. Und er selbst, Kersted.

Aber das waren vier. Nicht drei.

8

»Du hast es nicht erzählt.«

»Was hätte ich denn erzählen sollen?«

Kersted führte sein Pferd am Zügel, obenauf saß Nendsing. Glaron war so weit genesen, dass er laufen konnte. Er war erstaunlich flink und ausdauernd. Während sie langsam, aber stetig westwärts zogen, legte der Koch beinahe die doppelte Strecke zurück: Er lief im Zickzack nebenher durch die zerklüftete Steppe, nahm Büsche und Sträucher in Augenschein, sammelte Kräuter oder rupfte Pflanzen aus, um an die Wurzeln zu gelangen. Ihre Vorräte schwanden. Und weit und breit kein Wild, das sie jagen konnten. Ab und an zitterte die Erde immer noch; es war das Murmeln eines unruhigen Schläfers. Eines unruhigen Dämons, verbesserte sich Kersted in Gedanken.

»Hörst du mir überhaupt zu?«

»Was?« Kersted hob den Kopf, Nendsing verdrehte die Augen.

»Ich sagte«, sie sprach betont langsam, »dass du nichts von dem Stern erzählt hast. Von meiner Lüge.«

»Wieso hätte ich das tun sollen? Wenn er sowieso nicht kommt, dann muss ich es auch nicht erwähnen.«

Ein kleines, dankbares Lächeln erhellte ihr Gesicht – und

schoss durch Kersted hindurch. Die junge Segurin hatte ihm von Anfang an gefallen, schon als sie nur dastand in ihrem farblosen Gewand, neben der Älteren, bei der ersten Audienz. Kersted konnte sich an kein Wort von Marken oder dem Fürsten erinnern, er hatte nur Nendsing gesehen und das Licht der roten Flammen, das über ihre zarte Gestalt huschte. Seit Zehnen nun war er mit dieser Frau unterwegs und sie gefiel ihm immer mehr, doch er kam nicht so recht weiter. Er hatte zwar zu Anfang nicht gewusst, dass sie es war. Aber nun wusste er es. Und dennoch wagte er nicht den ersten Schritt.

»Sie weiß es sowieso«, sagte Nendsing. Kersteds Herz machte einen Doppelschlag. Wer wusste was? Mit dem Kinn wies Nendsing auf die in Begleitung von Fander ein gutes Stück vorausreitende Unda.

»Sie weiß, dass ich mir etwas habe zuschulden kommen lassen. Dass ich deswegen aus Pram weggelaufen bin.«

Das war also der Grund, warum Nendsing sich in den Trupp geschmuggelt hatte. Das und nichts anderes. Kersted hatte mit einem Mal keine Lust mehr, neben diesem Pferd herzugehen. Er gab Nendsing die Zügel in die Hand. Sie nahm sie, irritiert.

»Die Unda weiß alles«, sagte er.

»Ach ja? Wirklich alles? Sie mag wissen, was mich umtreibt, weil sie erfahren, weil sie *alt* genug ist, um in den Menschen lesen zu können. Aber dass Asing im Feuer ist – das wusste sie nicht.«

»Bloß weil sie nicht darüber spricht, heißt das nicht, dass sie es nicht wusste.«

Kersted verzichtete wieder darauf, den Stern zu erwähnen, obwohl das ein passender Beweis für seine Behauptung gewesen wäre. Nendsing zuckte die Schultern. Immer noch den Blick auf den schmalen, geraden Rücken Utates gerichtet, sagte sie: »Ich bleibe dabei, sie wusste es nicht. Was im Feuer ist, das ist den Undae verborgen.«

»Selbst wenn es so wäre«, versuchte Kersted einzulenken, »was spielte es für eine Rolle? Ich habe es selbst fast vergessen, aber uns geht das Wasser an, nicht das Feuer und auch sonst nichts. Wir müssen zu den Quellen, und zwar zügig.«

»Oh, natürlich! Ich bitte um Verzeihung! Auch ich hatte wohl vergessen, mit wem ich es hier zu tun habe. Nicht etwa mit einem Mann, der sich für die Gründe interessiert, für Zusammenhänge. Sondern mit einem, der am Rockzipfel einer Unda hängt. Der ihr überallhin folgt. Den nichts anderes etwas angeht. Der keine Fragen stellt – wozu auch, er hat ja ein Schwert, das wird die Probleme schon lösen, wenn es drauf ankommt. Bis dahin: Nur nicht denken, immer schön weitermarschieren, Welse!«

Kersted blieb stehen. Nendsings Wangen hatten sich gerötet, in ihrem Gesicht zuckte es. Sie wollte noch etwas sagen, presste dann aber die Lippen zusammen und trat dem Pferd in die Flanken. Es setzte sich gemächlich in Trab; die kleine, leichte Reiterin konnte es nicht wirklich beeindrucken.

Den Offizier aber schon. Kersted versuchte, das Pfeifen im Ohr zu überhören und das zu verstehen, was aus Nendsing herausgestürmt war. Es fiel ihm schwer. Sonst hatte er die Frauen immer gut verstanden, er hatte die Untertöne gehört. Hatte sehr genau gewusst, wann ein Nein ein Nein war und wann ein *Gib dir mehr Mühe* mitschwang. Aber nun war er taub für die Untertöne geworden, weil ein Missklang in seinem Ohr war.

»Oh, oh, Segurinnen ...« Der Koch war zu Kersted gekommen und wackelte mit dem Kopf, was gleichzeitig anerkennend und warnend gemeint war. Kersted setzte sich wieder in Bewegung.

»Wie sieht's aus mit Verpflegung?«, fragte er knapp.

Glaron lief neben ihm her, eines seiner kleinen Bücher in der Hand.

»Gar nicht so schlecht! Dies hier habe ich gefunden, und auch diese Wurzeln – in Pram eine Delikatesse!«

Kersted warf einen Blick auf das Buch. Teilweise farbige Zeichnungen von Pflanzen und Pflanzenteilen wurden gerahmt von Notizen in einer zierlichen, sauberen Handschrift.

»Glaron, wo hast du so gut Welsisch gelernt?«

»Ach«, machte Glaron und lächelte verlegen, »so nebenher. Im Hause meiner Herrin gibt es viele Bücher … Was ist denn los?«

Die Vorausgehenden waren stehen geblieben. Fander machte ein Zeichen, Kersted lief los und hatte Glaron schon nach drei Schritten abgehängt.

Der Ausblick ließ Kersted tief Luft holen: Sanft neigte sich die Steppe, die sie durchwandert hatten, hinab in eine von einem Strom durchzogene fruchtbare Ebene. Aber der Fluss war kein langes Band, in Schleifen ins Tiefland gelegt, sondern erinnerte an eine große, zerrupfte Feder: Furchen liefen schräg durchs Flussbett und hatten sich mit trübem Wasser gefüllt. Die Ufer, noch vor Kurzem seicht und saftig grün, waren aufgeworfen, zerwühlt, schlammig. Als sei eine riesenhafte Forke kreuz und quer über die liebliche Auenlandschaft gefahren.

Wie alle Undae neigte Utate nicht zu Gefühlsausbrüchen. »Wir haben den Naryn erreicht«, sagte sie nur.

Aber Kersted kannte den Ausdruck auf ihrem Gesicht, er hatte ihn oft gesehen. Zuletzt bei einer Frau, der er die Nachricht vom Tod ihres Mannes überbringen musste. Kersted konnte in Utates Blick auf den zerrissenen Fluss lesen, dass etwas Unersetzliches verloren gegangen war.

Bei der Weißen Brücke,
Weslan im Solder 107 tergde

Gelehrter Freund –

zwei Zehnen hat es nun gedauert, durch das Stadtland von Agen und bis zur Brücke über die Linrade zu gelangen; meine Befürchtungen haben sich bewahrheitet und sind sogar übertroffen worden – stellt Euch vor, sie haben nun auch die Brücke gesperrt! Aber der Reihe nach:

Ich schrieb Euch, dass Agen die Tore geschlossen hat und vor dem Hochtal ein Lager derer entstanden ist, die warten wollen, die auf eine Veränderung der Lage oder eine Ausnahmegenehmigung hoffen – dazu gehörte auch ich einige Tage lang –, und solchen, die schlicht nicht wissen, wohin sonst. Schon vor der Stadt ist also das Durcheinander groß, aber man wagt sich kaum auszumalen, was darinnen vor sich geht.

Nun, ich weiß ja, dass Ihr nie hier unten im Süden wart (und auch niemals die Bibliothek von Agen gesehen habt, wiewohl das Euer größter Wunsch ist, verständlicherweise). Ich will Euch deshalb in aller Kürze beschreiben, was die Situation hier so besorgniserregend macht.

Vom großen Mündungsdelta des Eldrons steigt nach Westen hin das fruchtbare, weite Stadtland von Agen in vielen sanften Stufen bis fast auf die Höhe der Stadt an. Agen selbst liegt geborgen zwischen zwei Seen – es ist in der Tat wunderschön und doppelt so herrlich wie Eure Heimatstadt, mein Freund – immerhin hat Pram nur einen See! Verzeiht mir den dummen Scherz, meine Nerven gehen mit mir durch … Beide Seen nun sind umgeben von Bergen. Bei Weitem nicht die höchsten des Kontinents, aber hoch genug, um die Stadt vor jedem schlechten Wetter zu schützen, das vom Meer heraufziehen könnte. Und auch vor einem Angriff, aber das nur nebenbei. Von Westen können also weder Wind noch Feind die Stadt überraschen, von Süden und Norden schützen die Seen Agen. Bleibt also nur der östliche Zugang. Und der ist nun verschlossen. Der eigentlichen Stadt weit vorgelagert gibt es dort eine hohe Mauer, die von Seeufer zu Seeufer verläuft und die Stadt sehr wirksam abriegelt. Sie wird streng bewacht, genau wie die Ufer. Von der Mauer aus hat man den allerbesten Überblick über das viele Wegstunden zum Eldron hin abfallende Stadtland. Und so ist Agen, das sich rühmt, die zivilisierteste und friedvollste Ansiedlung von Menschen auf dem gesamten Kontinent zu sein – von hier ist noch niemals ein Krieg ausgegangen –, in Wahrheit eine Festung. Eine Festung, die dieser Tage vom eignen Volk belagert wird. Familien wurden getrennt, der Handel ist völlig zum Erliegen gekommen. Die Bauern, die das Stadtland bewirtschaften, wissen nicht, wohin mit der Ernte, immerhin neigt sich der Lendern dem Ende zu, dies ist die Zeit für Geschäfte. Und in Agen selbst muss ja bald der Mangel Einzug halten! Das ist doch ungeheuerlich! Könnt Ihr Euch denken, was geschähe, wenn man Pram von der Außenwelt abschlösse?

Das alles ist aber immer noch nicht das Besorgniserregende, das ich eingangs meinte. Darauf kam ich erst, als ich hier an der Weißen Brücke über die Linrade abermals eine erzwungene Rast einlegen musste. Sie haben die Brücke nämlich nur in eine Richtung vollständig gesperrt – und zwar in meiner! Reisende von Norden dürfen nach allerstrengsten Kontrollen passieren (ich habe mir von demütigenden Leibesvisitationen berichten lassen), aber von Süden, von Agen kommend, lassen sie einen für kein Geld der Welt hinüber. (Sie haben Söldner angestellt, finstere Gestalten aus den Bergen von Nirwen; jeder Versuch, mit ihnen ein Gespräch anzufangen, ist zwecklos.) Was hat das nun zu bedeuten? Wilde Gerüchte sind im Umlauf, aber ich bringe Euch hier und jetzt die Wahrheit zu Papier:

Es bedeutet, dass es nicht darum geht, niemanden einzulassen in die Hauptstadt Seguriens. Sondern darum, etwas aus Agen nicht hinauszulassen! Das, mein Freund, bereitet mir größte Sorge: Etwas soll in Agen gefangen bleiben. Aber was um alles in der Welt könnte das sein?

Auch diesen Brief schicke ich mir voraus; ich kann nur hoffen, dass er schneller nordwärts reist als ich. Zwar habe ich möglicherweise jemanden aufgetan, der mir nach Gaspen weiterhelfen kann, aber wer weiß …

In der Hoffnung, Euch bald vom heimischen Schreibtisch aus in Ruhe berichten zu können, verbleibe ich in alter Freundschaft – Euer ergebener

Helgend von Gaspen

Ob mein erster Brief verloren ist? Nun, es ist vielleicht nicht schade darum, er war wenig informativ, sondern eher von Empörung veranlasst, die ich teilen musste. Diesen hier zu senden kostet nun mich ein kleines Vermögen (einen Tessel und zwanzig Sedra), aber ich hoffe, Ihr wisst es zu schätzen, unter welch widrigen Umständen ich versuche, für Euch Erkundigungen einzuholen. Ach, ich weiß es: Ihr seid ein großzügiger Mann und werdet mir beizeiten alle meine Mühen entlohnen. Was mich viel mehr beschäftigt als meine Börse ist folgende Frage: Stehen Eure Vermutungen und meine Schwierigkeiten in einem Zusammenhang?

DREI

GLOBA UND NARYN

1

»Sind das Wolken oder ist das Rauch, dort über den Gipfeln?« Marken konnte es nicht entscheiden, seine Sehkraft war eingeschränkt.

»Es ist Rauch«, antwortete Smirn.

»Aber was soll dort brennen? Dort ist nur Stein, oder nicht?« Er hatte mehr genuschelt als gesprochen, seine linke Gesichtshälfte wollte sich kaum bewegen und so war das Sprechen beinahe noch schwieriger als das Sehen.

»Dann wird es der Stein sein, der brennt«, sagte Smirn und beschleunigte ihre Schritte. Sie ging im schmalen, felsigen Flussbett der Globa bergan. Seit sie den Fluss erreicht hatten, schien Smirn wie von neuer Kraft durchströmt. Sie war unermüdlich und Marken hatte den Eindruck, sie hätte auch die Nächte hindurch gehen können. Aber als er ihr vor einigen Tagen mit geschwollener, schwerer Zunge zu verstehen gegeben hatte, sie solle ihn besser zurücklassen, war Smirn stehen geblieben und hatte ihn mit dieser Strenge angeschaut, hinter der nur derjenige Güte sehen konnte, der die Art dieser Unda gewohnt war. Oder der halb blind war und deshalb deuten musste.

Marken hatte nicht bemerkt, wie schwer ihn das kochende schwarze Blut der Dhurmmets verletzt hatte. Er hatte nur Strommed gesehen, dessen Brust so weit aufgerissen war, dass sein Herz frei lag. Es war ein großes Herz und es war ruhig.

»Er hat keine Schmerzen gehabt«, hatte Smirn gesagt, »und auch keine Angst. Mehr konnte ich nicht für ihn tun. Er ist gestorben als der, der er war.«

Marken aber hatte Schmerzen gehabt. Die schlimmsten seines Lebens. Sie überfielen ihn, schienen ihm das Gesicht abzureißen in dem Moment, als er den Blick von seinem toten Kameraden abwandte.

Mittlerweile ging es besser; gut eine Zehne war seit dem Kampf mit Ormn vergangen. Die steinharte Blutkruste auf Markens Gesicht – eine grausige Maske, die ihm glühende, hasserfüllte Albträume in die Seele drückte – war abgefallen. Und die wunde Haut darunter begann zu vernarben. Marken war nie dem Irrtum aufgesessen, ein besonders gut aussehender Mann zu sein. Aber nun war sein Äußeres abstoßend; der Schädel kahl, das Gesicht zur Hälfte rot und schrundig, das linke Auge trüb und tränend. Wer Marken ansah, musste eine Hürde überwinden, um ihn zu erkennen. Zum zweiten Mal war Marken in die Untiefen seiner Seele hinabgestiegen und hatte seine Menschlichkeit abgelegt. Ein Unmensch hatte den Tod über seine Frau Asta gebracht. Und es war ein Unmensch gewesen, der den Dämon getötet hatte. Marken war zwar wieder Mensch geworden, beide Male, aber er hatte Wunden davongetragen, unsichtbare und sichtbare. Er hatte nicht lange darüber nachdenken müssen, was *Er ist gestorben als der, der er war* bedeutete. Strommed war als Mensch gestorben. Er war schwer verletzt worden und dennoch unversehrt in die andere Welt gegangen.

Nun aber grübelte Marken über etwas anderes nach: das Brennen von Stein. Smirn hatte das nicht nur so dahergesagt, sie machte niemals eine gedankenlose Bemerkung. Aber er fragte nicht nach, sondern konzentrierte sich auf seine Schritte. Aus Kringeln und schwarzen Linien auf dem Pergament einer Karte war endlich die Wirklichkeit geworden – wenn auch eine verschwommene, kaum erkennbare. Sie waren am Fluss und kämen auch bald an seine Quelle. Es war eine der Zwölf. Markens Herz schlug schneller, nicht nur wegen der Anstrengung. Der Weg zur Quelle war steil, aber nicht verborgen. Neben der raschen, klaren Globa verlief ein Pfad; wo es nötig war, waren Stufen in den Fels getrieben worden. Das kam Marken in seinem angeschlagenen Zustand zwar entgegen, vergrößerte aber seine Sorge. Die Quelle war leicht zugänglich und über ihr hing schwerer Rauch. Und dies alles zu einer Zeit, in der Dämonenkrieger die Äxte erhoben. Marken versuchte, sein tränendes Auge zuzukneifen, aber es gelang ihm nicht.

Verborgen war die Quelle zwar nicht, aber ganz so leicht zugänglich, wie Marken es befürchtet hatte, war sie auch nicht. In den Fels und über den Fluss war ein niedriger Turm gebaut – kantig, abweisend und massiv wie alle kwothischen Bauten. Talwärts saß der Turm auf einer von einer brusthohen Mauer begrenzten Terrasse, unter der die Globa zwischen Gittern hervorsprudelte. Die Rückseite des Gebäudes wuchs mit der Bergflanke zusammen. Von hier aus war es noch ein gutes Stück bis zum Gipfel, hinter dem die dunkle Rauchsäule aufragte wie ein riesiger, leicht nach links geneigter Baumstamm. Es war windstill, das Tosen der Globa war das einzige Geräusch.

Smirn trat durch einen schmalen Durchlass in der Mauer auf die Terrasse. Marken folgte, das Schwert in der Faust. Er war nicht in der Lage zu kämpfen und würde es trotzdem tun, wenn es nötig wäre. Die Unda ging rasch an vergitterten, engen Fensterschächten vorbei auf ein massives, eisenbeschlagenes Holztor zu, drehte den großen Knauf, drehte wieder. Ein totes, metallisches Klicken war die Antwort. Das Tor war verschlossen. Mit einem tiefen Seufzer wandte sie sich ab und legte ihr Gesicht in die Hände. Dieser Ausdruck des Kummers hätte Marken bei jedem Menschen gerührt. Bei Smirn aber jagte er ihm Angst ein.

»Was ist mit der Quelle?«, fragte er heiser.

Smirn antwortete nicht.

»Was ist mit dem Hüter? Ist er da drin?«

Smirn reagierte nicht. Marken steckte das Schwert weg, reckte den Hals und spähte durch die Gitterstäbe.

Im Innern war es schummrig, nur wenig Licht fiel durch die schmalen Fensteröffnungen. Aber in der Mitte des ansonsten leeren Raums stand eine Gestalt in einem Lichtkegel. Marken legte eine Hand auf sein trübes Auge, damit er sich besser auf das konzentrieren konnte, was sein gesundes Auge sah. Ja, kein Zweifel: In voller, mattgolden schimmernder Rüstung stand dort ein kwothischer Krieger. Obwohl Marken nicht gut sehen konnte, bemerkte er sofort, dass dieser Krieger statt der in Kwothien üblichen Axt ein langes, reich verziertes Schwert in der Hand hielt. Es erinnerte Marken an das Schwert von Sardes, des Quellhüters in Pram. Der Krieger hatte den behelmten Kopf weit in den Nacken gelegt und blickte wahrscheinlich in den Himmel. In der Decke des Turms musste, wie bei den Totenhäusern der Nadhina-Mmet, eine Öffnung sein. Ob er von dort den Rauch beobachten konnte? Er rührte sich nicht. War dieser Krieger nun der Hüter der Quelle oder nur ein Wächter? Oder gar … dessen Mörder? War er ein Dhurmmet?

»Smirn, da ist jemand drin.« Markens Stimme bebte, er räusperte sich.

»Ich weiß«, sagte sie matt und ließ die Hände sinken, schaute Marken an.

»Und warum öffnet er nicht? Wer ist das? Soll ich das Tor aufbrechen? Sag mir einfach, was ich tun soll, ich bitte dich!«

»Du kannst dieses Tor nicht aufbrechen, Marken. Wenn sie uns nicht einlässt, können wir nicht zur Quelle gelangen.«

»*Sie*?«

»Ja, sie. Dort drinnen ist Endhemone, Hüterin der Quelle der Gerechtigkeit. Und sei versichert: Ihr Schwert ist, obwohl alt, nicht stumpf. Sie kämpft nicht gern, aber sie gewinnt am Ende immer.«

Marken blickte mit offenem Mund wieder durch die vergitterte Öffnung. Das war tatsächlich eine Frau – eine sehr beeindruckende Frau. Sie hatte das Kinn nun gesenkt, die vollen Lippen fest verschlossen. Ihre großen Augen waren auf Marken gerichtet; sie schimmerten wie Perlen in ihrem dunklen Gesicht. Es war Markens Sorge um sein eigenes Augenlicht, die es ihn sogleich erkennen ließ: Die Hüterin war blind.

2

»Und was nun?«, hatte Marken gefragt.

»Reden«, hatte Smirn geantwortet.

Das hatte sie getan und sie tat es immer noch, es wurde bereits dunkel. Marken saß auf dem Steinboden der Terrasse, den Rücken gegen die Mauer gelehnt, und beobachtete Smirn. Unermüdlich lief die Unda vor der Stirnseite des Turms auf und ab, sprach zu den dunklen Fensterschlitzen, die Marken im schwindenden Licht immer mehr wie eine Reihe langer schwarzer Zähne erschienen.

Von drinnen kam nicht viel.

Beide Frauen sprachen Kwothisch, sodass Marken kein Wort verstand. Aber in Endhemones gedämpfter Stimme hörte er eine Müdigkeit und Trauer, die ihn betroffen machte. Dass die sonst so wortkarge Smirn das schleppende Gespräch mit allen Mitteln in Gang hielt, konnte zudem nur eines bedeuten: Schweigen war der Tod. Endhemones Tod. Warum die stolze Kriegerin dort drinnen lebensmüde war, wusste Marken nicht. Aber sie war es, daran gab es keinen Zweifel. Der Tonfall des Kapitulierens war immer gleich, ob Kwothisch oder Welsisch, ob alter Mann oder junge Frau.

Jetzt nahm Smirn die Kette mit der Phiole ab und hielt sie hoch. Zwischen den Gitterstäben langte eine Hand danach, eine zweite kam dazu. Marken sah Endhemones ernstes Gesicht hinter dem Gitter. Ihre Perlenaugen schauten ins Nichts, während ihre Hände die Phiole betasteten. Sie entglitt ihr – oder ließ sie sie fallen? – und Smirn fing das Glasgefäß auf.

Sie schwieg jetzt. Sie wartete. Smirn musste Endhemone gebeten haben, selbst einen Tropfen ins Wasser zu geben und die Quelle zu beleben, wenn sie die Unda schon nicht einließ.

Marken stand auf. Das Geräusch reichte aus, um der Hüterin zu sagen, wo er war. Sie sah ihn an. Es war seltsam – sie konnte ihn nicht sehen und sah ihn dennoch, Marken spürte es. Sie prüfte ihn.

Dann verschwamm ihr Gesicht im Dunkel. Endhemone hatte sich wieder zurückgezogen. Smirn hängte sich wortlos die Phiole um den Hals. Nach einer langen Pause sagte sie schließlich: »Komm, Marken. Lass uns das Feuer ansehen, in dem Endhemones Lebenswille verbrennt.«

3

Es war nun fast vollkommen dunkel und Smirn entzündete ihr weißes Licht. Sie führte Marken zu einem anderen Pfad als dem, den sie heraufgekommen waren. Dieser hier war nicht in den Stein gehauen, sondern mit der Zeit ausgetreten worden. Der schroffe Fels zur Linken wies auf Markens Hüfthöhe einen glatten Streifen auf. Als sei der Stein dort von vielen Vorbeigehenden abgeschliffen worden. Er fuhr mit der Hand darüber, Smirn bemerkte es und blieb stehen.

»Dies ist ihr Pfad. Endhemone ist ihn gegangen, jeden Tag. Viele hundert Soldern lang.«

Dort, wo Markens Hand lag, musste auch die von Endhemone oft entlanggestrichen sein. Sehr oft.

»Wenn die Quelle versiegt, stirbt der Hüter …«, seine Finger tasteten über den Stein, wie die der Blinden es viele Male getan hatten, »… und wenn der Hüter sterben will, dann muss auch die Quelle versiegen. Oder?«

»Ja. Quelle und Hüter sind untrennbar miteinander verbunden. Es war damals nicht leicht, Endhemone davon zu überzeugen, diese Bürde anzunehmen. Sie hat nur eingewilligt, weil Miwoghd es auch getan hat.«

»Wer ist das?«

»Ihr Mann. Ich hoffte, du würdest ihn bald kennenlernen. Ich hoffe es immer noch.«

»Ihr Mann ist auch ein Hüter? Welche Quelle schützt er?«

»Die Wichtigste von allen«, sagte Smirn und wandte sich wieder zum Gehen.

Weil Smirn vor ihm ging und ihr Licht hell strahlte, sah Marken das rote Glühen am Himmel erst spät. Sie waren zwei oder drei Stunden schweigend bergan gewandert, Marken hatte kein einziges Mal die Hand vom glatt gefassten Fels genommen. Wenn Endhemone wirklich sterben wollte, dann durfte sie die Quelle nicht beleben. Aber warum wollte die Hüterin diese Welt verlassen? War ihr die Bürde zu schwer geworden? Sardes starb, weil seine Quelle versiegte, er trug sein Schicksal mit Fassung. Hier war es umgekehrt. Die Quelle musste sterben, weil die Hüterin nicht mehr leben wollte. Was wären die Folgen? Wie lebte es sich in einer Welt, die keine Gerechtigkeit mehr kannte? Würde man das überhaupt bemerken? Es kam Marken nicht so vor, als sei sein Leben bisher in irgendeiner Weise gerecht verlaufen.

Fast wäre er auf Smirn geprallt, die stehen geblieben war und die weiße Flamme erstickt hatte. Der Pfad machte eine scharfe Kehre, noch verbarg Fels – ein gezacktes Schattenbild vor unwirklich blutrotem Nachthimmel –, was dahinter war. Marken roch einen fauligen Gestank, im nächsten Augenblick schon war es ein übler Geschmack geworden. Er schluckte, würgte. Das Rauschen der Globa war längst nicht mehr zu hören gewesen; nun drang ein anderes Geräusch an Markens Ohr: ein krachendes, schabendes Blubbern. Es war ein fremder und seltsam falscher Klang, denn es war nicht das Knistern oder Flackern eines Feuers. Sondern das Kochen einer Flüssigkeit, die hart war. Sie folgten der Wegbiegung und Marken hatte das Gefühl, eine lebensrettende Deckung zu verlassen.

Hitze schlug ihnen entgegen. Marken musste sofort an Ormn denken, eine enge Klammer legte sich um sein Herz. Er atmete so flach wie möglich, die heiße, stinkende Luft stach ihm wie mit Nadeln in den Rachen. Was er aber schließlich sah, ließ ihn das Atmen vollends vergessen.

Sie standen am Rand eines kreisrunden Kraters, groß wie ganz Goradt. Im Innern wogte wie in einem gigantischen Schmelztiegel flüssiger Stein und legte zischend seine glänzend schwarze Haut in Falten. Immer wieder brach die Kruste und wie dickflüssiger Eiter quoll rot glühende Gesteinsmasse aus den Rissen hervor. An manchen Stellen züngelten Flammen; dort brannten die stinkenden Gase und Rauch stieg auf. Im weiten Kesselrund sahen die Brandherde aus wie die Lagerfeuer eines unsichtbaren Dämonenheers. Alles war in langsamer, aber von gewaltigen Kräften angetriebener Bewegung: Die schwarz glänzenden Krustenplatten verschoben sich gegeneinander und übereinander. Feuer erstickten oder flammten auf; dort erkaltete ein roter Glutstrom, während sich woanders eine Blase von der Größe eines Hauses erhob, die Kruste beiseite drängte und schließlich in einer hell glühenden Fontäne krachend zerbarst.

Marken war nicht leicht zu beeindrucken, er war zu oft in den Schmelzen am Berg gewesen und hatte dort den Stahl kochen sehen. Aber dies hier war ein so tiefer Blick in die rumorenden Eingeweide des Kontinents, dass er taumelte. Sein Brustschutz schien zu glühen. Seine linke Gesichtshälfte, wund und empfindlich, schmerzte wie seit Tagen nicht mehr. Seine Augen tränten. Smirn trat nah zu ihm. Sie war deutlich kleiner als er, aber ihre Kühle umgab sie wie ein zweiter, größerer Körper, mit dem sie Marken vor der Hitze abschirmte. Und vor dem, was in Markens Erinnerung brodelte. Allein Smirns Nähe verhinderte, dass die feurigen Augen des Dhurmmets Marken aus dem lodernden, stinkenden Kessel heraus anstarren konnten. Er fing sich wieder. Die Schmerzen ließen nach. Die Unda hob den Arm, Marken folgte ihrem Fingerzeig. Über den Krater führte eine hohe schmale Brücke, der Schattenriss des Bauwerks bildete eine geschwungene Linie vorm fiebrig glühenden Himmel. Aber die Brücke führte ins Nichts, sie war größtenteils eingebrochen, die Stützpfeiler waren geschmolzen in der Hitze des Erdinnern, die hier nach oben drang.

4

»Ich wollte Endhemones Weg nehmen, aber es gibt ihn nicht mehr.« Smirn wanderte in langsamen Schlenkern über die Terrasse. Marken lehnte an der Mauer, müde und doch in sorgenvoller Unruhe, und beobachtete, wie sich das Morgengrauen langsam in den Himmel schlich.

»Dort oben, wo nun die Erde kocht, war ein Hochtal von einzigartiger Schönheit. Ich wünschte sehr, du hättest es sehen können, Marken – der Anblick allein versöhnte mit so vielem … Die *Jas Lahwiach-Dhe,* die Brücke der zwei Seelen, war als Bauwerk für die Ewigkeit gedacht, genau wie dieser Quellturm hier. Beide sind errichtet worden, als der Kontinent noch jung war, und beide sind für Endhemone gebaut worden.«

Smirn sprach nicht direkt zu den Fensterschächten hin wie zuvor, aber doch so laut, dass die Hüterin sie hören konnte.

»Jeden Tag vor Sonnenaufgang ging Endhemone den Pfad bis zum Tal und dort über die Brücke. In deren Mitte wartete Miwoghd auf sie. Sie strich mit den Fingerspitzen über sein Gesicht. Er küsste sie. Sie sprachen nicht, denn das war nicht notwendig. Dann ging Endhemone wieder zurück.«

Marken begriff: Smirn beschwor die Vergangenheit nicht für ihn herauf, sondern für die Hüterin, die stumm im Dunkel hinter den Gittern verharrte und lauschte. Marken zweifelte nicht einen Augenblick daran, dass sie Welsisch verstand. Sie hatte die Anfänge der Sprache selbst erlebt.

»Wer denkt, das sei viel Mühe für einen Kuss, der irrt. Ein einziger Kuss von Miwoghd wäre es wert, den ganzen Kontinent zu durchwandern – es gibt nichts in dieser Welt, das kostbarer ist. Denn Miwoghd hütet die Quelle der Liebe. Und die Liebe ist die große Sinnstifterin. Ohne sie wird alles bedeutungslos.

Auch das eigene Leben. In einer Welt, in der es keine Liebe gibt, gibt es auch kein Leben.«

Jetzt blieb Smirn stehen und sprach doch Richtung Endhemone.

»Aber die Quelle ist nicht versiegt. Die Liebe hat diese Welt noch nicht verlassen. Endhemone hat sie ihr ganzes langes Leben hindurch geschützt – wer zur Quelle der Liebe gelangen will, muss hier vorbei. An der unbestechlichen Hüterin und ihrem Schwert. Denn die Liebe nimmt jeden an, selbst ihren eigenen Mörder. Endhemones Prüfung hingegen hält kaum jemand stand.«

Nun war der Weg zu Miwoghds Quelle ungangbar geworden. Endhemones Lebensaufgabe war mit der Brücke in sich zusammengestürzt. Marken ahnte, dass nicht dies allein der Grund für die tiefe Traurigkeit der Hüterin war. Es war die Trennung, die sie nicht verwinden konnte. Sie war der Liebe so nah gewesen wie kein anderes Wesen auf dem Kontinent. Die bloße Existenz des Hüters, der Quelle – unerreichbar im Höhenzug auf der entfernten Seite des Tals gelegen, das ein brodelnder Kessel geworden war – konnte ihr nicht genug sein. Aber was war mit ihrer eigenen Quelle? Die durfte sie doch nicht einfach aufgeben!

Ein Flüstern drang aus dem Turm und wehte wie ein frühmorgendlicher Hauch ins Grau des beginnenden Tags. Marken schauderte, spürte, wie sich sein Herzschlag beschleunigte. Das waren Abschiedsworte gewesen. Alles Reden war umsonst gewesen, die Hüterin wollte gehen.

Smirn schrie auf. So plötzlich, so laut, so gequält, dass Marken wie unter einem Schwerthieb zusammenfuhr. Die Unda warf sich gegen das verschlossene Holztor, schlug darauf ein. Dann krallte sie ihre Hände in den Stein des Turms, als wollte sie ihn niederreißen. Die Narbenranken auf der dunklen Haut glommen hell und sie schrie, schrie in einem fort Endhemones Namen.

Schließlich fuhr sie herum, starrte Marken an mit vollkommen schwarzen, weit aufgerissenen Augen – und war verstummt.

Im Rauschen des unter ihnen hindurchströmenden Wassers erst ein schleifendes, dann ein schmatzendes Geräusch. Unmittelbar gefolgt von einem dumpfen Schlag.

Es war, als würde Smirn verlöschen. Die Augen fielen ihr zu. Die Narben verblassten, fast wurden sie gänzlich unsichtbar. Marken fasste sich gerade noch rechtzeitig, um die in sich zusammensinkende Unda aufzufangen. Er brauchte nicht durchs Gitter ins Innere des Turms sehen; er wusste auch so, dass Endhemone sich in ihr Schwert gestürzt hatte.

5

»Utate, was sagt das Wasser? Wie schlimm steht es um diesen Fluss?«

Kersted watete durch den Uferschlamm auf die Unda zu, die den ganzen Tag im Wasser verbracht hatte. Nun wurde es Abend und Utate hatte bisher kein Wort gesagt. Aber sie war ein Abbild des Naryns: schlammbedeckt, undeutlich vor sich hin murmelnd und so fahrig, wie der Flusslauf zerrissen war. Sie benimmt sich wie eine, die den Verstand verloren hat, dachte Kersted. Er konnte den Anblick nicht ertragen.

»Utate? Ich bitte dich, sag doch –«

»Sie war noch nicht da«, unterbrach sie ihn und hob in einer hilflosen Geste die Schultern. »Sie war nicht da. Sie war nicht da.«

»Wer denn? Und wo?«

»Smirn! Bei der Quelle!« Utate griff mit beiden Händen ins Wasser, als wolle sie darin graben. Das war zu viel. Kersted packte die Unda unter den Achseln und zog sie mit sich. Sie strampelte mit den Beinen wie ein zorniges Kind, leistete aber ansonsten keine Gegenwehr. Er ließ sie los, sobald sie am Ufer waren. Utate sank ins Gras. Auch das konnte Kersted kaum mit ansehen – die schöne Unda, die niemals ruhte, die niemals die Fassung verlor, saß verdreckt und betrübt am Boden. Er wandte sich ab, ging ein paar Schritte und rieb sich seine kalten Arme.

»Ich danke dir, Kersted.«

Er drehte sich um, sie war wieder auf den Beinen. Utates Blick war zwar ernst, aber es war wieder ihrer.

»Dem Naryn zu lauschen ist … schmerzhaft.« Sie begann, auf und ab zu gehen, und schaute dabei zum Wasser hin. »Jeder Fluss hat ein eigenes Wesen. Manche sind flink und wollen immer nur weiter, schwellen an bei jedem Regenguss oder zur Schneeschmelze, nehmen alles mit sich und schleppen es fort. Andere sind bedächtiger. Manche vereinen verschiedene Wesenszüge über ihre gesamte Länge – aber dennoch ist jeder Fluss einzigartig. Jeder hat seine eigene, besondere Stimme. Der Vergleich hinkt etwas, aber stelle es dir so vor: Der Naryn war wie ein Mann im besten Alter – die stürmische Jugendzeit lag hinter ihm, aber an sein Ende musste er noch keinen Gedanken verschwenden. Er hatte seinen Platz gefunden und ruhte in sich. Dieser Fluss trat nicht übermäßig über seine Ufer und bildete keine Seitenarme. Auf seinem Weg zum Meer verbreitert sich der Naryn nur ein Mal zu einem See, dessen seichte Ufer vielen Vögeln Brutstätten bieten. Das Wesen des Naryns war liebevolle Gelassenheit.«

In Anbetracht der Verwüstung ringsum musste sich das Wesen des Flusses sehr verändert haben. Dass immer noch Reste der einstigen Schönheit dieser Flussaue übrig waren, machte es nicht besser. Während Utate im Wasser war, hatten sie auf einem Uferstück gelagert, auf dem zwei große alte Bäume zwischen kniehohen, blühenden Gräsern standen. Es war eine duftende Insel im Schlamm. Die einzigen Lebewesen, denen das in den vielen Furchen stehende Wasser ringsum willkommen war, waren Stechmücken.

Utate schloss kurz die Augen. Dann lächelte sie schwach und strebte wieder dem Wasser zu.

»Was tust du da?«

Kersted folgte ihr. Hindern könnte er sie nicht, das stand ihm nicht zu. Schon mit dem Herauszerren eben hatte er die Grenze seiner Befugnisse überschritten. Aber was auch immer dieses heimatlos gewordene Wasser zu erzählen hatte – es quälte Utate.

Sie sah Kersteds Bedrängnis und hob beschwichtigend eine Hand. »Mach dir keine Gedanken, Pfadmeister, ich weiß, was ich mir zumuten kann. Aber ich muss herausfinden, ob ich etwas überhört oder falsch verstanden habe … alles ist so undeutlich, so verworren … Smirn war noch nicht bei der Quelle – das habe ich verstanden, aber ich will es nicht glauben. Kersted, sie hätte längst bei der Quelle des Naryns angelangt sein müssen. Sie wollte erst zur Quelle der Globa und dann zu der dieses Flusses; sie liegen nah beieinander. Es ist immens wichtig, diese Quelle aufzusuchen.«

»Du glaubst doch nicht, dass … ihr etwas zugestoßen ist?« Nein, unmöglich, Marken war bei Smirn, Marken war erfahren, war stark, ihr konnte nichts passiert sein. Dass seine eigene Reisegruppe zum Großteil von der Erde verschluckt worden war und niemand, nicht einmal Marken oder Felt, das hätte verhindern können, verdrängte Kersted.

»Sie lebt, dessen bin ich sicher«, sagte Utate nachdenklich. »Aber etwas hindert sie daran, zu dieser Quelle zu kommen. Kersted, die Quelle des Naryns ist eine der Großen Drei, und keine dieser drei Quellen darf versiegen. Sonst ist alles vergebens. Weit oben in den Bergen, an der Grenze zu Kwothien, entspringt die Quelle der Liebe. Wenn Smirn sie nicht erreicht, müssen wir es versuchen.«

»Du meinst, wir gehen zurück?«

»Nun, wir würden dem Naryn flussaufwärts folgen. Es wäre sehr beschwerlich, auf diese Art zur Quelle zu gelangen – vielleicht sogar unmöglich. Niemand hat das je versucht. Die Pferde können wir sicher nicht mitnehmen und auch Glaron und Nendsing können den Anstieg nicht bewältigen. Sie kennen die Berge nicht wie ihr Welsen. Ich zögere noch.«

Sie ging langsam ins Wasser, wandte sich dann zu Kersted um, der mit verschränkten Armen am Ufer stand. »Die Strenge steht dir schlecht, Pfadmeister. Gönn dir ein wenig Ruhe, ich gehe schon nicht unter. Diese Nacht noch muss ich warten und lauschen. Morgen werden wir entscheiden, was zu tun ist. Hiermit erlaube ich dir, mich bei Sonnenaufgang aus dem Wasser zu holen. Etwas weniger ungestüm allerdings als vorhin – wenn dir das möglich ist.«

6

Das bleiche Licht des Mondes war wie ein dünnes Tuch, das die schlimmsten Wunden des Landes gnädig verdeckte. Fander stand reglos am Wassersaum und ließ Utate nicht aus den Augen. Kersted verstand vollkommen, warum Felt diesen Soldaten ausgesucht hatte. Die Männer der Wache waren alle höchst diszipliniert und duldsam – was wenig wunderte, schließlich war Offizier Felt ihr Vorgesetzter –, aber Fander war zudem nachdenklich, fast feinfühlig. Er hatte sich ohne das leiseste Zögern Kersteds Befehl unterstellt, als sie Pram verlassen hatten – jeder der Offiziere sollte wenigstens einen welsischen Kameraden an der Seite haben. Dennoch blieb Fander in sich gekehrt. Und er hatte Eingebungen. Zudem unterhielt er sich öfters mit Nendsing, was Kersted missfiel, war sonst aber schweigsam, fing nie von sich aus ein Gespräch an. Fander sah alles und machte sich zu allem seine Gedanken. Und kam dabei auch zu Ergebnissen. Kersted musste sich eingestehen: Er fürchtete, dass der Soldat nicht nur wachsamer, sondern auch klüger war als er selbst.

Was jedoch Bildung anging, konnten es beide Welsen nicht einmal mit dem Koch aufnehmen. Glaron sprach nicht nur fließend Welsisch, er konnte es sogar schreiben. Wäre Nendsing nicht da gewesen, Kersted hätte ihn gebeten, ihm ein paar Schriftzeichen beizubringen. Aber in der Gegenwart der Segurin konnte er sich diese Blöße nicht geben.

Nendsing. Sie störte. Es gab so vieles zu überlegen, aber immer war sie es, die Kersted im Kopf herumging. Er kam überhaupt nicht zum Denken! So konnte es nicht weitergehen. Irgendetwas musste er unternehmen, am besten jetzt gleich. Er musste herausfinden, wie sie zu ihm stand. Wenn sie ihn abwies, umso besser, dann könnte er sie sich endlich aus dem Kopf schlagen und sich mit wirklich Wichtigem beschäftigen.

Sie hob den Blick, als er zu ihr trat, und lächelte Kersted an. Hatte er im Ernst gedacht, es gäbe etwas Wichtigeres als dieses Lächeln? Diese großen, dunklen Augen?

»Kersted, ich will dir etwas zeigen, aber dazu musst du dich setzen. Von da oben sieht man es nicht.«

Er setzte sich zu ihr ins hohe Gras am Fuß eines der alten Bäume und Nendsing nahm seinen Kopf in ihre Hände. Wirklich nachtragend schien sie nicht zu sein; ihre letzte Auseinandersetzung war vergessen.

»Du sollst nicht mich anschauen, sondern dorthin.«

Sie drehte seinen Kopf, sodass er ihre Blickrichtung einnahm.

Der Mond stand hoch, der Himmel war klar. Das Wasser,

das über Tag gelblich trüb gewesen war, glänzte silbern zwischen wie mit leichter Hand hineingestreuten blauschwarzen Uferstücken. Die überhängenden Äste des Baums, unter dem sie saßen, rahmten das Bild einer von der Nacht verzauberten Landschaft. Ein kleiner Schatten erschien im glänzenden Wasser. Dort schwamm etwas mit schnellen Zügen. Der schwarze Kopf verschwand, tauchte wieder auf.

»Es ist eine Njarka, eine Art Wasserratte«, sagte Nendsing leise. »Ich habe sie heute Nachmittag schon bemerkt. Es ist nur die eine. Aber andere werden folgen. Njarkas sind fleißige Baumeister; sie werden die Ufer wieder befestigen. Das Leben wird in dieses Land zurückkehren. Das Leben lässt sich nicht so einfach vertreiben.«

Als Nendsing ihre Hände sinken ließ, griff Kersted danach. Sie war ihm so nah, er brauchte sie nicht zu sich zu ziehen. Er konnte sie einfach so küssen. Sie sträubte sich nicht, er ließ ihre Hände los, griff durch die langen, weichen Haare ihren Nacken. Sie ließ sich auch das gefallen und erwiderte den Kuss – dies war ganz sicher nicht ihr erster, sie wusste genau, was sie tat. Und die Wirkung blieb nicht aus: Als er Nendsings kleine, warme Zunge in seinem Mund spürte, spürte Kersted auch das Ziehen in den Lenden. Sein Puls beschleunigte sich und er hörte sich atmen. Er ließ ihren Nacken los – sie hörte nicht auf zu küssen – und strich über ihren schmalen Rücken. Er wollte, er musste ihr noch näher sein, wollte ihren Körper an seinem fühlen. Nendsing legte eine Hand auf Kersteds Brustschutz, beendete den Kuss und schob ihn sanft, aber bestimmt von sich.

Der Brustschutz! Er war tatsächlich gerüstet und bewaffnet zu ihr gegangen – hatte er auf dieser Reise denn alles verlernt? Ärgerlich strich er sich die Haare aus dem Gesicht, nestelte mit ungelenken Fingern an der Schließe des Schwertgurts. Er sah Nendsing nicht an, er wusste auch so, dass sie sich das Grinsen verkniff. Sie lehnte den Rücken an den Stamm, blickte wieder zum Wasser. Endlich war Kersted das Schwert los, aber die Gelegenheit hatte er erst einmal vertan.

»Wie geht es weiter?«, fragte Nendsing.

Was genau meinte sie damit – mit ihnen, jetzt, oder ganz allgemein?

»Wann werden wir endlich an eine Quelle kommen?« Ihre Ungeduld ersparte ihm eine falsche Antwort. »Wir sind schon so lange unterwegs, so viele sind tot – und ich weiß nicht, wofür … Kersted, wofür das alles?«

»Für uns alle.« Er lehnte sich neben sie an den Baum. »Für die Menschheit. Für den Kontinent, die Zukunft.«

»So? Und wer sagt denn, dass es hilft? Die Undae? Nützt diese Reise wirklich? Der Kontinent bricht auseinander – und die Undae tragen tröpfchenweise Wasser zu den Quellen!«

Sie hatte Angst, natürlich hatte sie Angst. Jetzt war es an ihm, ihren Kopf zu drehen.

»Schau mich an, Nendsing. Komm, *kleine Nen,* schau mich an.« Sie lächelte gegen ihren Willen. »Manchmal weiß man nicht, wozu etwas führt; manchmal stößt das Wissen an Grenzen. Mag sein, dass dir das neu ist – aber ich zum Beispiel, ich bin das gewohnt.« Sie lachte auf. Er strich über ihre Wange. Wie schön diese Frau war. »Ich habe mir sehr oft die Frage nach dem Wofür gestellt, Nendsing. Dort, wo ich herkomme, ist es leicht, sich diese Frage zu stellen – jeden kalten, dunklen, stürmischen Tag. Eine Antwort hatte ich nicht. Aber einen Satz aus dem, was die Undae uns sagten, bevor dies alles losging, den habe ich mir besonders gemerkt: *Hoffnung ist Anlass, nicht Kenntnis.*«

»Aber das bedeutet doch, dass die Undae auch nicht wissen, ob diese ganze Unternehmung Sinn hat!«

Sie wollte sich lösen, vielleicht sogar aufspringen, aber er hielt sie zurück.

»Sag mir, Nen, wie rettet man eine Welt?«

Sie senkte den Blick.

»Weißt du's?«, hakte er nach. Sie schüttelte den Kopf. »Du hast die Quelle der Hoffnung nicht gesehen. Aber ich. Ich war da. Ich bin durch einen Albtraum gegangen und angekommen an einem Ort, an dem alles richtig ist ... Einem Ort, an dem es keinen Zweifel gibt. Das ist unvergesslich. Ich bin überzeugt, die Hoffnung ist ein guter Anlass. Und du hast es eben selbst gesagt: Das Leben lässt sich nicht so einfach vertreiben.«

»Du willst mir also sagen: Mach dir keine Gedanken, es wird alles gut?« Ihr Ton war spöttisch, aber nicht vorwurfsvoll.

»Darauf läuft es wohl hinaus, ja.«

Sie brütete einige Augenblicke vor sich hin. Schließlich griff sie nach dem neben ihr im Gras liegenden Tuch und warf es sich über die Schultern. Nendsing fröstelte, versuchte, ein Gähnen zu unterdrücken, und sah dabei sehr blass und schmal aus.

»Warte, noch nicht einschlafen«, sagte Kersted. Er schälte sich aus dem Brustpanzer; sie schloss die Augen und schwankte leicht im Sitzen. Dann legte er sich zurück und sie schmiegte sich mit einer Selbstverständlichkeit an ihn, die alles überbrückte, was üblicherweise zwischen einem ersten Kuss und einem ersten gemeinsamen Einschlafen liegt.

»Dein Herz schlägt mir im Kopf«, murmelte sie und Kersted dachte: So soll es sein. Er sagte nichts, denn Nendsings gleichmäßige Atemzüge verrieten ihm, dass sie bereits eingeschlafen war.

Auch Kersted versuchte, sich die Ruhe zu gönnen, zu der Utate ihm geraten hatte. Es gelang nicht. Wie auch? Sein Körper war alles andere als bereit dazu, still dazuliegen und die Frau, die er begehrte, ungestört schlafen zu lassen. Kersteds Herz schlug nach wie vor hart gegen den Brustkorb und das heiße Ziehen in den Lenden war beinahe schmerzhaft. Er versuchte, an Utate und ihre Sorgen um Smirn zu denken, versuchte, sich den Weltuntergang vorzustellen, doch er kam immer nur bis zur Quelle der Liebe. Ja, geliebt hatte er die Frauen schon immer – und sie ihn. Denn Kersteds Komplimente waren immer aufrichtig, immer fand er etwas, das er bewundern konnte: ein zartes Handgelenk, einen geschwungenen Nasenrücken, eine weiche, warme Stimme. Er sah nicht nur über fehlende Zähne, stumpfe Haare oder hängende Brüste hinweg – er bemerkte all dies nicht einmal. Er hatte die Begabung, das Schöne und Liebenswerte zu sehen und für den Rest blind zu werden. Das gefiel den Frauen. Aber nur eine Zeit lang. Irgendwann kam der Moment, an dem sie unzufrieden wurden, weil sie *ganz* geliebt werden wollten. Mit den Schwächen, den Fehlern oder sogar gerade deswegen. Eine Forderung, die Kersted nicht nachvollziehen konnte. Er schwieg dazu. Das war bisher immer das Ende gewesen. Meist unter Tränen, aber dennoch entschlossen hatte ihn noch jede Liebste irgendwann weggeschickt.

Die Vorstellung von einem Ende zwischen Nendsing und ihm war umso beängstigender, als es noch nicht einmal einen rechten Anfang gegeben hatte. Was, wenn er sie wirklich wegschicken müsste, um mit Utate zur Quelle des Naryns aufzusteigen? Unwillkürlich drückte er sie fester an sich. Nendsing atmete einmal tief ein, wachte aber nicht auf. Zwischen dem schwarzen Laub des Baums sah Kersted die Sterne aufblitzen. Etwas in die Bilder hineinzudenken, die sie an den Himmel zeichneten, war auch bei den Welsen üblich. Kersted konnte sich nicht an Einzelheiten erinnern, aber er war sicher, dass keine einzige dieser Sternengeschichten von einem Dämon erzählte. Von einem Dämon, der im Feuer der Erde hauste, hatte er auch noch niemals gehört. Die eigene Unwissenheit zu bemerken war ernüchternd. Viel zu wissen und den eigenen Irrtum zu bemerken musste noch bitterer sein.

7

Kersted war schon beim ersten Ruf hellwach, aber bis er auf den Beinen war, hatte Fander ihn bereits das dritte Mal gerufen. Nendsing blinzelte ins Aschgrau des beginnenden Tags, die Haare gesträubt wie das Gefieder eines jungen Vogels, und murmelte etwas in ihrer Muttersprache. Kersted griff sein Schwert und rannte.

Fander stand bis zur Hüfte im Fluss und hielt die leblose Utate in den Armen. Kersted stürzte ihm entgegen.

»Sie ist in sich zusammengesunken.« Fanders graue Augen waren weit aufgerissen. »Einfach so. Ohne Laut. Ohne Vorwarnung.«

Ihre Lider waren geschlossen, der Mund leicht geöffnet. Die Narbenranken auf dem Kopf und im Gesicht waren verblasst und kaum zu erkennen. Besorgt wischte Kersted der Unda über die mit Wasser benetzte Stirn. Utate sah nicht wie eine Ohnmächtige aus. Sie sah aus, als wäre sie erloschen.

Glaron trat von einem Bein aufs andere und knetete seine sehnigen Hände. Nendsing hatte sich so fest in ihr Tuch gewickelt, dass sie aussah wie ein Strich. Ein schmaler, grauer Strich vor stumpfgrauem Himmel – noch war die Sonne nicht aufgegangen. Utate lag regungslos im taunassen Gras; Kersted kniete neben ihr. In ihm tobte es. Was tun? Niemals hätte er zulassen dürfen, dass sie die ganze Nacht im Fluss verbrachte. Nicht nachdem es sie bereits über Tag so aufgewühlt hatte.

Ohne Utate ging es nicht weiter. Alles hing von den Hohen Frauen ab, sogar die Hoffnung, das spürte Kersted nun. Alles, was er Nendsing gesagt hatte, war nur gültig *mit* Utate. Kersted hatte geglaubt, den Tod endlich begriffen zu haben. Seinem eigenen Tod war er zwar ein ganzes Stück näher gekommen. Aber dass er lebte, während Utate starb – *einfach so, ohne Laut, ohne Vorwarnung,* wie Fander gesagt hatte –, diese Möglichkeit hatte er nicht bedacht. Nein, es durfte nicht sein. Sie war nicht tot, sie war … verloschen. Aber war das nicht dasselbe? Kersteds Hand fand von selbst den kleinen Lederbeutel um seinen Hals. Der Hüter Torvik hatte das Wasser darin aus seiner Quelle genommen, und wieder war es die sonst so schweigsame Smirn gewesen, die mit rauer Stimme einen Satz gesprochen hatte, der Kersted im Gedächtnis haften geblieben war: *Falls ihr aber doch einmal nah dran seid aufzugeben, dann trinkt.*

Kersted schauderte. Er packte den Beutel, wollte ihn sich vom Hals reißen.

Jählings, mit einem kehligen Schrei, vergleichbar dem tiefen ersten Atemzug eines durch die Wasseroberfläche brechenden Ertrinkenden, fuhr Utate hoch. Erschrocken sprang Kersted auf. Kerzengerade saß sie da, mit leerem Blick. Was war denn geschehen, war sie zurück? Ein zweiter Schrei, fern, hoch und lang gezogen, antwortete ihr wie ein Himmelsecho.

Utate erhob sich langsam und es war, als ob das zarte Violett des nahen Sonnenaufgangs die Linien auf ihrer Haut wieder aufleuchten ließ. Kersted wagte nicht, sie anzusprechen. Er wagte kaum zu atmen. Utates eben noch leere Augen füllten sich ganz allmählich mit der ihnen eigenen Strahlkraft, und als sie an den Himmel sah, folgte Kersted ihrem Blick.

Ein Vogel bewegte sich auf die Menschen zu. Er kam schnell näher, die kräftigen Schwingen peitschten die stille Luft. Es waren große Schwingen; die größten, die Kersted je gesehen hatte. Der Vogel kreiste über ihnen, stieß wieder den hohen, langen Ruf aus und es war Kersted, als ob dieser Klang seine Seele zum Schwingen brachte.

»Was ist … das?«, stammelte er.

»Ich kann es nicht glauben.« Staunen ließ Nendsings Stimme beben. »Das ist doch ein Mythos!«

»Ja«, sagte Utate. »Das ist ein Mythos.« Alle nach oben gerichteten Blicke fielen auf sie. Ihre Stimme war klar wie eh und je und nichts in ihrem ebenmäßigen Gesicht deutete auf die furchtbare Schwäche hin, die sie vor wenigen Augenblicken niedergestreckt hatte. Ob sie selbst den Zusammenbruch überhaupt bemerkt hatte? Nun jedenfalls legte sie den Kopf in den Nacken und wiederholte: »Das ist ein Mythos – eine Szasla. Fliegen sie also wieder.«

Der mächtige Raubvogel drehte eine elegante Schleife und sank so tief herab, dass Kersted deutlich das braun gesprenkelte Brustgefieder und die gelben Klauenfüße sehen konnte. Sie waren so groß wie seine eigenen Fäuste.

»Szasla?«, fragte er, bekam aber keine Antwort. Alle blickten unverwandt auf das beeindruckende Flugwesen, das seinerseits sie genau in Augenschein zu nehmen schien. Einige schnelle Flügelschläge genügten, der Vogel gewann wieder Höhe und entfernte sich schließlich in der Richtung, aus der er gekommen war – südwärts, über den Fluss hinweg.

Utate sah ihm nach.

Kersted machte einen Schritt auf sie zu.

»Du hast uns zu Tode erschreckt. Was war mit dir? Und wie geht es –«

»Nendsing«, unterbrach ihn Utate brüsk, »kannst du den Falken noch sehen?«

Die Segurin trat neben sie. »Ja. Er kreist jetzt.«

Kersted starrte über den Fluss, der früher eine Grenzlinie zu Kwothien gewesen war und nun mit seinen zerfurchten Ufern eher einem breiten Sumpfstreifen glich. Er sah das Violett des Himmels blauer werden und links von ihm, ostwärts, griffen die ersten Strahlen der Sonne über das dort ansteigende Land.

Sonst sah er nichts, nicht einmal einen Punkt. Er kniff die Augen zusammen. Nichts.

»Er ist gelandet, glaube ich«, sagte Nendsing und machte ein paar Schritte zum Wasser hin. Sie schien alles um sich herum vergessen zu haben, war ganz Sehen geworden. Kersted konnte sich gut vorstellen, wie Nendsing Nacht für Nacht die Sterne angestarrt hatte.

»Da! Jetzt ist er wieder am Himmel!« Sie drehte sich zu Utate um, ihre dunklen Augen glänzten vor Aufregung. »Eine Szasla, ich kann es immer noch nicht glauben.«

»Geschöpfe aus der Alten Zeit«, raunte Glaron Kersted zu. Ärgerlich winkte der ab – er wollte sich jetzt nicht von dem Koch belehren lassen. Schlimm genug, dass anscheinend wieder alle Bescheid wussten, nur er nicht. Das erste Mal in seinem Leben bedauerte Kersted zutiefst, dass er Welse war. Er ging ebenfalls zum Saum des Wassers, blickte südwärts und sagte: »Ich glaube, ich sehe auch etwas.«

»Das stimmt!«, rief Nendsing aus. Kersted verzog keine Miene. Einige Augenblicke herrschte angespanntes Schweigen, dann sagte Nendsing: »Eine Gruppe Reiter. Soweit ich sehe, sind sie gerüstet. Zehn, nein, dreizehn Mann. Dazu einer zu Fuß. Ja, tatsächlich, er ist zu Fuß.«

Sie sah zu Kersted auf, wandte sich dann den anderen zu.

»Sie kommen in unsere Richtung.«

8

Marken fiel nichts anderes ein, als mit Smirn ins Wasser zu steigen – das war es doch, das ihr Kraft gab, oder? Er hoffte es. Er stand im weiß rauschenden Wasser der Globa und hielt die leblose Unda in den Armen. Die Eiseskälte des Wassers machte seine Arme und Beine gefühllos, aber Marken war es gleich, sollten ihm seine Gliedmaßen doch abfallen. Ohne Smirn gab es keine Verwendung mehr für ihn. Was sollte er denn tun, wenn sie nicht mehr erwachte? Wenn sie … starb? Er war vollkommen abhängig von ihr. Sie alle waren abhängig von den Undae. Alles menschliche Leben gründete auf den Hohen Frauen, den Zwölf Wassern und ihren Hütern. Von denen eine gerade in den Tod gegangen war. Endlich waren sie zur ersten Quelle gelangt. Und waren zu spät gewesen. Verzweiflung griff mit knochigen Fingern nach Marken und drückte ihm die Kehle zu. Man konnte gut sein Leben leben, ohne von den stillen Mächten zu wissen, die das ermöglichten. Marken hatte genau das getan: Er hatte an Stahl gedacht, an Waffen – und an Zwiebeln und Bohnen. Er hatte gedacht, seine Aufgabe wäre wichtig und seine Arbeit würde dazu beitragen, dass die Welsen am Berg überleben konnten. Er hatte sich sogar eingebildet, sein Wirken und Wort könnten Welsien einen neuen Herrscher bringen: Marken, der Königsmacher!

Er bemerkte, dass er weinte.

Er sah in Smirns dunkles, von wirbelndem Schaum umspültes Gesicht. Es war, als habe das Wasser ihr die Narbenranken abgewaschen. Sie war erloschen. Still lag sie in ihrem Wasserbett und das Licht der Morgensonne brach sich glitzernd in den feinen Tröpfchen auf Stirn, Wangen, Lippen.

»Smirn, ich bitte dich, wach auf.«

Markens Schluchzen ging unter im Rauschen des Flusses. Es war ihm egal, der ganze Kontinent hätte ihn weinen sehen können. Sie sollte nur wieder zu ihm zurückkommen.

»Smirn, bitte, du darfst mich nicht verlassen. Ich weiß nicht, was ich ohne dich tun soll.«

Auch Asta hatte er lange in den Armen gehalten. So lange hatte er mit seiner toten Frau dagesessen, dass sie starr geworden war. Kalt, starr. Tot. Seine Asta, Liebe des Lebens. Alles hatte sie für ihn getan und wie hatte Marken es ihr gedankt?

»Ich habe ihr den Tod gebracht, Smirn. Wahrscheinlich wusstest du das längst. Aber ich schwöre: Ich wollte es nicht, ich konnte mich nur nicht beherrschen. Ich habe zu viel Kraft, zu viel Leben in mir – wieso kann *ich* nicht sterben? Lass mich für dich sterben, Smirn. Du weißt bestimmt eine Möglichkeit … Hörst du? *Lass mich für dich sterben! Smirn!*«

Er schüttelte sie. Er tauchte sie unter, riss sie wieder hoch. Er weinte, flehte. Dann brüllte er, schrie Smirn an, beschimpfte sie als herzlos.

Es war umsonst, sie erwachte nicht.

9

Kwothisch war eine Sprache, die Kersted das Pfeifen wieder in die Ohren schickte. Der hohe Ton war fast unhörbar geworden; die schroffen, lauten Klänge brachten ihn zurück. Dabei war die Rede des alten Kriegers nicht einmal an Kersted gerichtet, sondern an Utate.

In voller Rüstung und mit blanken Klingen hatten Fander und Kersted die Reiter aus Kwothien erwartet. Utate hatte gemeint, den Augen einer Szasla entgehe ohnehin nichts und eine Flucht sei unmöglich. Aber die Männer waren ihnen nicht feindlich gesinnt, im Gegenteil: Der eine, auf den es ankam, war sogar froh, dass er sie gefunden hatte. Obwohl keine Rangabzeichen die kwothischen Soldaten voneinander unterschieden – alle trugen einen Harnisch aus Welsenstahl und dunklem Leder, alle waren mit Äxten bewaffnet –, hatte Kersted gleich bemerkt, dass dieser eine Mann den anderen an Stellung und Herkunft weit voraus war. Auffallend war auch, dass keiner der

Männer jung war. Falten durchzogen die dunklen Gesichter, in den geflochtenen Bärten mischte sich mal mehr, mal weniger Weiß ins ansonsten schwarze Haar der Kwother.

»Sie haben nach uns gesucht, nach der Hohen Frau«, hatte Fander gesagt, als die Reiter den Fluss erreicht hatten, und Kersted hatte nur knapp genickt. Dass Fanders Eingebungen langsam ein unheimliches Ausmaß annahmen, schien dem Kameraden selbst nicht aufzufallen.

Nun standen die zwölf Kwother in einem Halbkreis um ihren Anführer, der seine rauen Worte an Utate richtete; ihnen gegenüber Kersted und die anderen als zusammengewürfeltes und klägliches Grüppchen im Vergleich zu den gerüsteten Kämpfern.

Der Mann zu Fuß hielt sich abseits.

Mit dem leichten Galopp des Reitertrupps hatte er mühelos mithalten können. Er war wie fürs Laufen geschaffen: langbeinig, muskulös und groß, dabei aber schmal wie ein Sedrabra. Auch seine Haut erinnerte Kersted an die großen Raubkatzen der Randberge. Sie erschien grau und glanzlos, wie mit Staub bedeckt. Bis auf einen ebenso grauen Fetzen, der das Nötigste bedeckte, war der Mann nackt und seine Bewaffnung war ebenso dürftig. Ein Messer oder Dolch war mit Riemen an einen der kräftigen Oberschenkel gebunden. Der Läufer stand nun ganz still und schaute in den Himmel, an dem der große Falke kreiste.

»Kannst du Kwothisch?«, fragte Kersted und war erstaunt, als Nendsing den Kopf schüttelte.

»Lesen so einigermaßen, verstehen fast nichts und sprechen, das ist für einen Fremden kaum erlernbar. Das muss man von Kind auf üben.«

»Braucht viel Zeit, und wer hat in Pram schon Zeit«, warf Glaron ein. »Ich kann nur einen einzigen Satz.«

Er gab ein paar gutturale Laute von sich.

»Und was heißt das nun?«, fragte Kersted, ohne Utate aus dem Blick zu lassen, die den Ausführungen des graubärtigen Kwothers aufmerksam zuhörte.

»Lasst es Euch schmecken«, sagte Glaron.

»Ich habe Hunger«, sagte Nendsing und Glaron begann sogleich, in einer seiner Umhängetaschen zu wühlen.

»Später!«, sagte Kersted scharf.

Denn endlich hatte der alte Soldat geendet und Utate sah zu ihnen herüber. Die Sorge in ihrem Blick war nicht kleiner geworden. Dies war kein guter Morgen.

»Es gibt Krieg«, sagte sie ohne Umschweife. »Der Norden macht sich bereit, denn Hardh sammelt in ganz Kwothien Truppen und holt die Menschen in die Hauptstadt, nach Jirdh.«

»Hardh – wer ist das? Der König der Kwother?«, fragte Kersted. Im Augenblick war es ihm gleich, ob er dumm wirkte. Er *war* unwissend und wollte endlich Aufklärung über das, was hier vor sich ging.

Utate wiegte ihr schönes Haupt.

»Nun, ob Hardh König ist, darüber ließe sich streiten. Er sitzt auf dem Thron, das ja. Aber es herrscht Uneinigkeit darüber, ob das rechtmäßig ist. Hardh ist Horghads Sohn, er wurde *anda* geboren. Und obwohl ein kwothischer Junge für gewöhnlich recht früh lernt, seine Axt zu gebrauchen, war er noch zu jung, um seinem Vater in die Schlacht zu folgen. Damals war er drei Soldern alt. Heute ist er hundertzehn. Genau wie Dern, sein Vetter.«

Utate machte eine Geste zu dem alten Krieger hin, der mit einem angedeuteten Nicken antwortete.

»Bitte begrüßt Dern, Sohn von Silhad, Führer der Nord-Kwother und neben Hardh gleichberechtigter Anwärter auf den Thron Kwothiens. Erweist ihm die Ehre und dankt ihm: Er hat große Mühen auf sich genommen, um uns zu finden.«

10

Marken konnte nicht sehen, ob Smirn noch atmete. Er konnte sein Ohr nicht an ihre Brust legen und auf den Herzschlag lauschen. Er war so entkräftet, seine Beine und Arme waren vom kalten Wasser so taub geworden, dass er nur noch hoffen konnte. Hoffen, dass Smirn lebte. *Hoffen*.

Marken riss sich Torviks Lederbeutel vom Hals, zog mit den Zähnen den Pfropfen heraus; ein Arm hielt noch die leblose Smirn im rauschenden Wasser. Er zwang ihr den kleinen Beutel zwischen die Lippen, presste ihr die wenigen Schlucke Quellwasser in den Mund. Ob sie sie schluckte? Ob das alles überhaupt einen Sinn hatte?

Marken wusste es nicht. Er ließ das leere Beutelchen los, der Fluss nahm es mit sich. Smirn zeigte kein Lebenszeichen. Marken ließ auch sie los und sank selbst ins Wasser. Er ging nur kurz unter; die Globa war nicht tief, aber schnell. Sie schwemmte ihn über rund gewaschene Steine, drehte ihn ein paar Mal herum und legte ihn dann hinter einem größeren Felsen am Ufer ab – wie ein Kind einen Ball liegen lässt und weiterläuft, weil es etwas erspäht hat, das seine Aufmerksamkeit mehr fesselt.

Es schien Marken, als ob das Wasser durch ihn hindurchliefe. Es nahm die Schmerzen und die Trauer mit. War das so, wenn man starb? Könnte er so sterben, einfach so, liegend im kalten Wasser? Dieser Fluss hier starb, seine Quelle versiegte. Könnte er vielleicht auch Markens Leben nehmen, es aus ihm herauswaschen? Er lag auf dem Rücken, wurde umspült vom eisigen Wasser und glaubte, die Stimme des Flusses in seinen Ohren plätschern zu hören. *Das Leben geht weiter, das Leben geht weiter.*

Aber das war nicht die Stimme dieses Flusses. Was er hörte, war eine Erinnerung. Er hörte Torviks Quelle glucksen: *Das Leben geht weiter, das Leben geht weiter.*

Und dann hörte Marken seine eigene Stimme, hörte sich sagen: *Wir geben niemals auf.* Nein, er gab niemals auf – selbst wenn er es wollte, er konnte es nicht. Selbst wenn er seine Hoffnung verschenkte, behielt er sie dennoch. Und obwohl er derjenige war, der sterben wollte, war er am Ende der Einzige, der überlebte. Es war eben so: Das Leben wollte ihn nicht loslassen. Marken öffnete die Augen, hob den Kopf aus dem Wasser.

Beinahe im selben Augenblick hörte er Stimmen, echte Stimmen. Kwothisch. Wo war Smirn?

Marken rollte sich auf den Bauch, kam auf alle viere, blieb hinter den Felsen geduckt. Suchte den Fluss ab, soweit er ihn überblicken konnte. Er sah Smirn nicht. Sie musste weiter flussabwärts getrieben worden sein – von dort kamen auch die Stimmen. Kwother auf dem Weg zur Quelle. Dhurmmets? Marken konnte es nicht herausfinden, ohne seine Deckung zu verlassen. Langsam, leise, zog er sein Schwert.

11

Glaron tat es schon beim Hinsehen weh: Die großen, scharfen Klauen des Vogels bohrten sich in die graue Haut des Läufers, die dick wie Leder sein musste. Der Falke saß – die Schwingen ausgebreitet – auf den nackten Schultern des Mannes, ohne ihn zu verletzen. Der Läufer hatte die Augen geschlossen, den Kopf zurückgelegt ins Brustgefieder des Vogels, der über dem Menschen aufragte und dessen kalte, lidlose Blicke die Umstehenden wie Geschosse trafen. Die Oberschenkelmuskeln des Mannes spannten sich unter der Last. Am Ufer des Naryns stand ein Mischwesen, ein Falke mit Menschenleib, ein Mensch mit Vogelkopf. Und dieses Wesen sprach.

Erst hatte es sich so angehört, als ob der Brust des Falken ein leiser Singsang entströmte. Dann hatte Glaron einzelne Worte verstehen können. Sie schienen in seinem eigenen Kopf zu entstehen.

»Der Mensch schenkt dem Menschen Leben und ist zugleich sein Tod. Söhne stehen auf gegen Väter, Brüder erschlagen einander.

Im Leib der Erde schwärt ein Hass.

Im Leib der Erde glimmt die Rache.

Der Kontinent zerbricht, und was im Feuer ist, wird frei.

Die Rache sucht eine Seele, der Hass braucht einen Handlanger: Der Dämon will wieder Mensch werden.«

Der Vogel flog so unvermittelt auf, dass Glaron zusammenzuckte. Dem Läufer sank das Kinn auf die Brust. So blieb er einen Augenblick stehen, mit hängendem Kopf und hängenden Armen – dann nahm er den Wasserbeutel, den einer der Kwother ihm reichte, und trank gierig.

Der Dämon will wieder Mensch werden?

Glaron sah zu dem Welsenoffizier. In Kersteds Gesicht stand die gleiche Frage und Glaron war sich sicher: Sie alle hatten in ihren Köpfen gehört, was die Szasla durch den Läufer mitgeteilt hatte – erstaunlich! Eine Szasla! Ein Geschöpf der Alten Zeit! Das aber nicht aus der Vergangenheit zu ihnen sprach, sondern die Zukunft vorhersagte. Und das fand Glaron noch viel erstaunlicher.

Gern hätte er mit Herrn Wigo diese neue Wendung diskutiert. Was bedeutet hätte, dass der Chronist redete und er derweil eine Süßspeise zubereitete, lauschte, mal ein *Ist das Euer Ernst?*, mal ein *Ganz Eurer Meinung!* einwarf. Glaron vermisste seine Küche, seine Arbeit und, ja, auch seine Herrin. Es waren gute Zeiten gewesen. Belendra zufriedenzustellen war eine echte Aufgabe und das Schweigen im Haus manchmal unerträglich, aber alles in allem waren es gute Zeiten gewesen.

Das Dienen lag ihm im Blut. Glaron war froh, wenn er sich

kümmern durfte, wenn er sich jemandem unterstellen konnte, und nun war es eben dieser welsische Soldat. Kersted tat sein Bestes, damit die Moral des kleinen Trupps nicht völlig verloren ging, und war dabei so verliebt, dass selbst der Unda ab und an ein Lächeln über das ansonsten besorgte Antlitz huschte. Es war die denkbar schlechteste Zeit für eine Romanze. *Unsinn, dafür ist immer Zeit* – das hätte Wigo gesagt. Glaron seufzte. Aber was hätte Wigo gesagt zur Prophezeiung der Szasla?

Der Dämon will wieder Mensch werden.

Wie denn? Warum denn?

»Was hat das zu bedeuten? Der Dämon will Gestalt annehmen?«

Kersted hatte seine Sprache wiedergefunden. Aber die Unda antwortete nicht.

»Sie wissen zwar alles über das Wasser«, sagte Nendsing spitz und als ob Utate nicht da stünde, »aber vom Feuer haben die Undae wenig Kenntnis. Niemand weiß mehr als die Seguren, wenn es um Dämonen geht. Wir leiden nicht umsonst seit vielen hundert Soldern unter ihnen.«

Nendsing war schlecht gelaunt und Glaron wusste, warum: Sie hatte Hunger. Es ging inzwischen gegen Mittag und sie hatten bis auf ein paar Schlucke Wasser noch nichts zu sich genommen. Zu glauben, Seguren seien genügsam, bloß weil sie so klein und schmächtig waren, war ein Fehler. Sie brauchten mindestens so viel Nahrung wie ein durchschnittlicher Pramer, eher mehr, und vor allem brauchten sie hier und da eine Kleinigkeit zwischendurch, einen *Meussel,* wie sie es nannten. Sonst wurden sie launisch und unberechenbar. Das kam bestimmt vom vielen Denken, dieser ständige Appetit.

»Nun, Nendsing, warum sagst *du* uns dann nicht, was du weißt?«

In der Stimme des Offiziers lag ein kühler Hauch; Nendsing wischte ihre Hände an ihrem Gewand ab. Wenn Glaron ihr nur schnell etwas zustecken könnte! Er sah einen Streit kommen, der zu vermeiden wäre. Aber Nendsing beachtete ihn nicht; sie funkelte den Welsen an.

»Nur zu gern, *Herr Offizier*. Etwas Grundsätzliches vorweg: Ein Dämon ist keine schreckenerregende Gestalt, die plötzlich dasteht und irgendetwas Böses mit dir anstellt. Ein Dämon *hat* keine eigene Gestalt, er ist ein unsichtbarer Gifthauch, der durch einen Riss in deiner Persönlichkeit in dich eindringt und dich verpestet. Ein Dämon rüttelt so lange an dir, bis ein solcher Riss entsteht. Dann kann er deinen Körper benutzen und sich von deiner Seelenqual nähren, bis du zerbrichst. Asing ist ein mächtiger Dämon und eine katastrophale Gefahr für den Kontinent. Wir haben gesehen, was ihre Kraft anrichten kann. Sie kann ganze Länder zerklüften, sie kann einen Flusslauf zerreißen. Sie hat keine Gestalt, sie ist im Feuer gefangen ... jedenfalls war sie es. Jetzt kommt sie frei und ...« Nendsing unterbrach sich, griff sich in einer ratlosen Geste in die langen Haare. Glaron sah ihre Hand zittern. »... und ich kann mir nicht vorstellen, welche menschliche Seele einem Dämon wie Asing standhalten könnte.«

»Aber warum?« Auch Kersted hatte Nendsings Schwäche bemerkt; die Kälte war aus seiner Stimme verschwunden. »Wenn sie so mächtig ist, wozu braucht sie dann eine menschliche Gestalt? Ein Mensch kann keine Schluchten in den Erdboden schlagen, die über zwanzig Mann samt Pferden verschlucken!«

Der Offizier glaubte immer noch an die Vernunft.

»Pfadmeister, nichts und niemand kann einen Menschen so sehr quälen wie ein anderer Mensch«, sagte Utate ruhig. Sie ging langsam auf Kersted zu und Glaron hatte den Eindruck, dass durch ihre klare Stimme die Worte, die sie sprach, besonders wahr wurden. »Was die Szasla uns durch ihren Szasran mitgeteilt hat, lässt mich endlich die Zusammenhänge erkennen. Vor über hundert Soldern hat Asing ihre Menschlichkeit verloren. Nun will sie sie zurück. Sie will die Menschen nicht mit Erdbeben strafen oder mit einer Feuersbrunst. Das genügt ihr nicht. Mit der größten Katastrophe kann ein Mensch sich abfinden, wenn er sein Leid mit anderen Menschen teilen kann. Wenn er getröstet wird. Wenn ihm Menschlichkeit entgegengebracht wird. Asing aber will den Völkern des Kontinents ihre Menschlichkeit entreißen, so wie sie ihr entrissen worden ist.«

Utate blieb stehen und wandte sich an Nendsing, die inzwischen so heftig zitterte, dass Glaron glaubte, sie würde zusammenbrechen. Die Unda beachtete es nicht, sondern sprach weiter: »Du hast es gut beschrieben, Nendsing. Ein Beben, das eine gestaltlose, eine im Feuer gefangene Asing hervorruft, ist nur ein Rütteln an der menschlichen Persönlichkeit. Es macht Angst. Es verursacht Risse. Noch ist keiner groß genug. Noch hat Asing nicht die eine Seele gefunden, die ihre Rache nähren kann. Aber wenn wir der Szasla Glauben schenken – und es gibt nicht *einen* Grund, das nicht zu tun –, dann ist genau das Asings Absicht. *Die Rache sucht eine Seele, der Hass braucht einen Handlanger* – einen Körper. Sie will wieder Mensch werden, denn als Mensch die Menschheit zu vernichten, das macht Asings Rache vollkommen. Sie sucht. Sie sucht einen Menschen, der stark genug ist, ihren Hass zu ertragen. Und schwach genug, sich der Rache hinzugeben.«

12

Warum hatte Marken Smirn bloß losgelassen?

Weil er entkräftet war, sie nicht mehr hatte halten können. Weil er verwundet war und immer noch litt unter den körperlichen und seelischen Verletzungen des Dhurmmets, des Dämons Ormn. Und weil er zutiefst verzweifelt war. Er hätte es dennoch nicht tun dürfen.

Nun war er wieder auf den Beinen. Hockte hinter dem Felsen. Und spürte diese Wut in sich. Die Wut auf sich selbst, die er nicht loswurde und die ihn antrieb. Selbst wenn Smirn niemals mehr erwachen sollte, er würde sie verteidigen, er musste es.

Mit einem Schrei sprang Marken hinter der Deckung hervor, das Schwert hoch erhoben.

Dunkle Gesichter wandten sich ihm zu; Äxte wurden gezogen. Marken sah so schlecht, dass er nicht auf Anhieb ausmachen konnte, wie viele Kwother es waren. Zwischen fünf und acht, schätzte er.

Und sie hatten Smirn.

Zwei, drei von ihnen standen bis zur Hüfte im wirbelnden Wasser und hielten die Unda, zogen sie an Land – Marken nahm das Glitzern von Smirns Gewand wahr. Die anderen drängten sich auf dem steilen Uferpfad. Allesamt waren sie vielleicht zwanzig Schritte entfernt. *Keine schlechte Ausgangslage,* dachte Marken. Er lachte laut, brüllte dem Feind entgegen: »Ich gebe niemals auf! Kommt nur! Einen nach dem andern werd ich euch erschlagen! Kommt!«

Einer der Kwother brüllte zurück, gab dann den anderen raue Befehle.

»Was ist denn? Kommt! Mein Schwert wartet!«

Marken glitt auf den runden Flusskieseln aus, fing sich aber und lehnte sich gegen den Felsen, der ihm Deckung gegeben hatte. Einen oder zwei könnte er vielleicht erschlagen, zu mehr würde seine Kraft nicht reichen.

»Verfluchte Feiglinge! Kommt her und kämpft!«

Er machte einen Hieb durch die Luft. Nun hatten sie Smirn an Land geschafft; die Soldaten auf dem Uferpfad verstellten

Marken die Sicht auf sie. Aber endlich setzten sie sich in Bewegung, stapften den Pfad hoch auf Marken zu. Mit nassen Handschuhen umfasste er fest den Schwertgriff.

»Ja, na also! Kommt und sterbt!«

13

»Dern sagt, der Läufer teile nur mit, was der Falke ihm eingebe, er selbst spräche nie. Was mit seinem Volk geschehen ist, ist nach wie vor ein Geheimnis – die Steppenläufer sind und bleiben verschwunden. Bis auf diesen einen.«

Dern saß mit gekreuzten Beinen und sehr geradem Rücken auf einem ins Gras gelegten Teppich, Utate übersetzte. Man hatte einen Baldachin gegen die Mittagssonne aufgestellt. Einer der Soldaten hatte ihnen mit Fleisch gefüllte Teigbällchen gereicht, die Kersted dankend ablehnte, von denen Nendsing aber bereits das dritte verschlang. Dern sprach langsam, machte Pausen, um Utate Zeit für die Übersetzung zu geben. Kersted spürte die Autorität dieses alten Mannes. Die goldenen Augen waren wachsam, blickten jedoch gelassen auf die Fremden. Er hatte tatsächlich etwas Königliches an sich.

»Als der Szasran wie aus dem Nichts auftauchte«, fuhr Utate fort, »war die Lage in Kwothien bereits gekippt. Die Dhurmmets, lange von allen geachtet, drängten immer rücksichtsloser an die Macht.«

»Dhurmmets?«

»Veteranen, Kersted. Dhurmmets haben in der Feuerschlacht gekämpft, vor über hundert Soldern.«

Nendsing entfuhr ein überraschter Laut und Utate nickte zustimmend.

»Ja, ein derart langes Leben ist selbst für einen Kwother ungewöhnlich, und als ich eben davon erfuhr, löste sich ein Rätsel für mich. Denn die Undae hatten schon länger bemerkt, dass der Tod dieses Volk meidet. Doch irgendwann erinnert sich der Tod eines jeden. So auch hier – der Krieg, der diesem Land droht, wird furchtbar sein …« Ihr Blick verlor sich kurz, sie griff nach der Phiole um ihren Hals und sprach weiter. »Von der Ehrfurcht, die jedem Dhurmmet entgegengebracht wurde, blieb irgendwann nur noch Furcht übrig. Denn die Veteranen starben nicht und sie alterten nicht. So waren die Väter irgendwann stärker und jünger als die eigenen Söhne, die nie selbst der Familie vorstehen konnten – denn die Väter gaben den Platz nicht frei und die Söhne mussten sich deren Willen und Befehlen unterwerfen, wie es die Tradition verlangt. So wurde das, was über viele hundert Soldern ein starres, aber standfestes Gerüst des kwothischen Zusammenlebens gewesen war, zu einem Käfig. Es ging nicht mehr weiter, eine ganze Generation von Männern konnte nicht das Leben leben, das sie leben wollten. Sie blieben immer Sohn, mussten immer gehorchen und dienen, wurden selbst alt darüber. Und dann kam der Tag, an dem ein Sohn seinen Vater erschlug.«

Kersteds Blick wechselte von der Unda zu dem alten, aufrecht sitzenden Krieger. Dern sah ihm offen ins Gesicht. Er war dieser Sohn gewesen. Nach längerem Schweigen begann er wieder zu sprechen, kehlig, aber leiser als zuvor, und Utate folgte Derns Worten.

»Ich blieb nicht der einzige Sohn, der aufbegehrte. Aber ich wollte nicht schuld sein an Unruhen, gar einem Massenmord. Außerdem konnte meine Tat nicht ungesühnt bleiben, war meine Stellung auch noch so hoch. Also räumte ich meinen Platz – ich verließ Jirdh, überließ meinem Vetter Hardh den Thron und ging nach Nord-Kwothien. Viele folgten mir. Schließlich musste ich einsehen: Auch wenn ich es nicht gewollt hatte, war ich zum Führer derer geworden, die sich widersetzten. Zum Führer der Freien Söhne, die nicht mehr mit ansehen wollten, wie die Grausamkeit im Land zunahm. Denn die Dhurmmets gebärdeten sich immer wilder. Wie tollwütige Tiere streiften sie umher auf der Suche nach etwas, in das sie sich verbeißen konnten. In mir haben sie endlich ihren Feind gefunden, ein Ziel für einen Hass, der sich aus derselben Quelle speist wie ihre unheimliche Lebenskraft. Das sind keine Menschen mehr, das sind Dämonen. Ich weiß es, ich habe es gesehen. Ich habe das Feuer in den Augen meines Vaters gesehen und ich weiß: Dieses Feuer wurde vor über hundert Soldern entzündet, in der Feuerschlacht und *in ihm.*«

14

Der Kwother rief Marken etwas zu, aber was sollte er denn hören, was verstehen, außer einem unmenschlichen Grollen? Er schlug zu. Der Hieb wurde pariert – doch es kam kein Gegenschlag. Marken holte wieder aus, musste den Angriff aber abbrechen. Er hatte keinen sicheren Stand. Das Wasser, eben nur bis zu den Knien reichend, umspülte mit einem Mal seine Hüften.

Marken fluchte, taumelte. Sein Gegner, kleiner als der Welse, ließ die Axt los, verlor das Gleichgewicht und wurde weggeschwemmt.

»Das Wasser ist auf *meiner* Seite, Dämon!«, brüllte Marken ihm hinterher, lachte, verschluckte sich, Wasser war ihm in den Mund geschwappt.

Der Fluss schwoll an, rasend schnell, und holte auch Marken von den Füßen. Plötzlich war er unter Wasser, verlor sein Schwert, wurde herumgewirbelt, viel heftiger als zuvor. Ein

Schlag ins Kreuz, ein Stein – und beißender Schmerz in den Lungen: Wasser. Dann Licht, aufatmen, Luft, husten.

»Das Wasser ist nicht auf deiner Seite.«

Smirns Stimme?

»Es ist auf niemandes Seite. Es ist neutral. Es ist einfach da – das ist das Wunder.«

Es *war* Smirns Stimme, zwar noch rauer als sonst, aber der strenge Tonfall war unverkennbar. Hustend richtete sich Marken auf. Smirn musste ihn aus der tosend angeschwollenen Globa ans felsige Ufer gezogen haben. Sie befanden sich nun weiter flussabwärts, unterhalb der Kwother, die ebenfalls ihren halb ertrunkenen Kameraden aus dem inzwischen wieder harmlos dahinströmenden Gebirgsfluss bargen.

Wo war sein Schwert?

Marken sprang auf. Das Schwert!

»Ich gebe es dir nur, wenn du mir einen Augenblick ruhig zuhörst, Marken.«

Sie drehte sich zu ihm um, das Schwert in den Händen, und blickte ihn an. Marken spürte, wie seine Beine kraftlos wurden und wie ihm die Tränen in die Augen stiegen. *Sie lebte.*

»Ich bin gerade noch rechtzeitig zu mir gekommen, um eine große Dummheit zu verhindern. Wie ein wildes Tier hast du dich auf ihn gestürzt! Marken, diese Männer wollen uns *helfen.*«

»Aber …« Er blickte flussaufwärts. Der Soldat kam würgend und spuckend zu sich.

»Du erinnerst dich an Ormns Sohn, ja? Diese Männer hier sind auch solche Söhne. Die Söhne von Dhurmmets. Ormn hat sie den Feind genannt. Ich nenne sie Retter.«

Sie kam auf Marken zu, schaute zu ihm auf. Ihm kam es so vor, als hätten sich die Narbenlinien im Gesicht der Unda verändert. Waren es mehr geworden?

Sie gab ihm das Schwert.

»Marken, der wahre Retter aber bist du. Ich danke dir. Du hast mir deine Hoffnung gegeben, ein wahrlich kostbares Geschenk. Was du getan hast, hat mich aus der Finsternis geholt, in die ich gestürzt war. Ach, Endhemone ... sie ist fort, für immer. Dieser Fluss wird vertrocknen, seine Quelle versiegen. Die Welt wird vergessen, was Gerechtigkeit bedeutet. Dunkle Zeiten brechen an. Aber wir geben nicht auf, noch nicht – oder?«

»Niemals, Smirn. Wir geben niemals auf.«

15

Einer seiner Männer trat von hinten an den sitzenden Dern heran und flüsterte ihm etwas zu. Dern lächelte schwach und nickte.

»Man macht mich darauf aufmerksam, dass unsere Zeit knapp bemessen ist. Wir haben lange nach euch gesucht. Die Szasla hat uns geführt und dennoch hat es gedauert. Auch nach der anderen Unda suchen wir – ja, der Szasran konnte von *zwei* Hohen Frauen berichten, die durch diesen Krieg gehen sollen wie die Sonne durch den Tag: unaufhaltsam und unbeirrbar.«

Utate unterbrach ihre Übersetzung, stellte offenbar Fragen. Nach einem kurzen Gespräch mit Dern wandte sie sich wieder Kersted und den anderen zu.

»Er sagt, er kennt Kwothiens Quellen und hat mehrere Trupps in die Gegend geschickt. Er ist sicher, Smirn zu finden und sie unterstützen zu können. Aber die Globa ist nun gewissermaßen ein Grenzfluss geworden, gerade dort werden auch Dhurmmets sein. Was Dern berichtet, besorgt und beruhigt mich zugleich.«

»Smirn und Marken sind also mitten hinein in diesen Krieg geraten«, sagte Kersted. »Aber sie haben, genau wie wir, nichts damit zu tun. Marken weiß, wie er sich zu verhalten hat.«

Utate schwieg und auch Kersted konnte nicht mehr gegen seine Unruhe anreden – Marken war nicht gerade ein großer Diplomat; er wusste ganz sicher, wie man sich verhalten sollte, tat aber meist das Gegenteil.

»Gehen wir also zurück oder vertrauen wir auf das Schicksal – und auf Derns Leute?«, fragte er an Utate gewandt.

Nendsing sah ihn verwundert an. »Zurück? Was meinst du? Was habt ihr vor?«

»Die Quelle des Naryns ist sehr wichtig«, erklärte Kersted, wohl wissend, dass er sich auf dünnes Eis begab. »Utate überlegt, diese Quelle aufzusuchen, falls Smirn sie nicht erreicht.«

»Interessant. Interessant auch, dass ich von solchen Überlegungen ausgeschlossen werde.«

»Nendsing, bitte …«

Sie drehte den Kopf weg, wollte nichts hören. Dern erhob sich und sprach wieder Utate an. Aber auch ihm antwortete die Unda nicht sogleich; sie ging in Schleifen auf und ab, den Kopf gesenkt.

Sollten sie zurück oder nicht?

Utate blickte den Wasserlauf hinauf Richtung Osten und sagte schließlich: »Ich habe mich entschieden. Kein Weg wäre zu weit oder zu beschwerlich, der die Quelle der Liebe zum Ziel hat. Sie darf niemals versiegen, sie ist jede Anstrengung wert. Aber ich muss meine Zweifel überwinden, ich muss die Zeichen erkennen und darf mich nicht in meinen Sorgen verstricken. Eine Szasla ist ein solches Zeichen. Es steht nicht gut um die Welt, wenn die Szaslas fliegen. Aber sie haben die Menschheit schon einmal in ein neues Zeitalter geführt. Warum sollte es dieses Mal anders sein? Diese Szasla hat uns die Bedrohung gezeigt: Der Dämon will Mensch werden. Und uns gleichzeitig Unterstützung gesandt: Dern wird uns helfen. Smirn ist die älteste von uns Undae, Kwothien ist ihre Heimat.

Sie wird ganz bestimmt einen Weg finden, die Quelle zu erreichen.«

Utate lächelte – seit Langem das erste Mal – und Kersted spürte eine Welle der Erleichterung durch seine Brust branden. Sie fuhr fort: »Wir gehen weiter, *wie die Sonne durch den Tag: unaufhaltsam und unbeirrbar.* Denn unser Ziel ist nun noch wichtiger geworden. Wir müssen, so schnell es geht, die Quelle der Friedfertigkeit erreichen und sie neu beleben. Vielleicht ist dies die letzte Möglichkeit, den Krieg in Kwothien noch zu verhindern. Einen Krieg, der kein Ende finden wird, wenn die Quelle versiegt.«

Sie blickte wieder nach Osten, wie zum Abschied, obwohl die Quelle des Naryns für sie unsichtbar weit hinter dem Horizont lag.

»Jene Quelle dort, sie sprudelt noch. Man muss nicht das Wasser lesen können, um es zu wissen. Das Zeichen dafür ist leicht erkennbar. Ich sehe es leibhaftig vor mir. Bei all dem Schlimmen, das geschieht, machst du mir das Herz ein wenig leichter, Kersted.«

16

Zwischen den Soldaten des kwothischen Trupps – es waren nur fünf – herrschte eine besondere Stimmung. Sie waren alle wahrlich nicht mehr jung, aber von der Idee der Revolte durchdrungen: In der Überzeugung, endlich auf dem richtigen Weg zu sein, strahlten ihre goldenen Augen hell in den faltigen Gesichtern. Das Leben dieser Männer, sie nannten sich selbst die Freien Söhne, näherte sich dem Ende. Umso erbitterter würden sie darum ringen, dem letzten Rest einen Sinn zu geben. So mächtig die Dhurmmets auch waren, in ihren Söhnen brannte ebenfalls ein Feuer. Marken dachte an die Folterstätte mit den enthaupteten Gerippen, die ihnen den Weg in diesen Krieg gewiesen hatte. Und wie er den Eindruck gehabt hatte, die Männer auf den Stangen hätten sich beim Sterben gegenseitig mit den Schultern gestützt. Auch diese fünf Männer hier standen füreinander ein, waren Kameraden im besten Sinne. Dass sie, im Gegensatz zu Ormn, auch der Unda mit dem nötigen Respekt begegneten, nahm Marken zusätzlich für diese Kwother ein.

Sie waren das Tal der Globa zu einem guten Teil wieder hinabgestiegen und etwa eine Zehne lang nordwärts durch eine bewaldete Hügellandschaft gewandert. Die Stimmung der Nord-Kwother hatte sich mit jedem Schritt gehoben, denn jeder Schritt entfernte sie von Jirdh, der Hauptstadt des Bösen. Hardh, Vetter ihres Führers Dern, sei zwar selbst kein Dhurmmet, hatte einer von ihnen Marken erzählt. Das mache ihn aber nicht besser. Denn er habe das Böse ganz in sich aufgenommen.

»Wie meint er das?«, hatte Marken gefragt und Smirn hatte übersetzt: »Es heißt, er habe seinen Vater verspeist. Lebendig und mit dessen Einverständnis. Stück für Stück hat sich Hardh den mächtigen Dhurmmet, den ehemaligen Heerführer der Allianz, einverleibt, und durch diese Vereinigung von Vater und Sohn ist etwas Neues entstanden. Ein Wesen, das Menschen *und* Dämonen fürchten.«

»Widerlich.«

»*Nar,* widder-lech«, hatte der Kwother zugestimmt. Es war der, den Marken in der tosenden Globa beinahe erschlagen hätte. Er hieß Drugh.

Hätte Marken gewusst, dass Drugh keine Zeit bleiben würde, mehr als ein einziges Wort Welsisch zu lernen, er hätte ihm etwas anderes als *widerlich* beigebracht – *Schnee* vielleicht oder *Schwert.* Nun war es zu spät. Sie hatten sich zwar Schritt für

Schritt vom Bösen entfernt, aber das ist zu langsam, wenn das Böse einem hinterherhetzt. Es hatte sie eingeholt.

Drugh lag im Gras, zerschlagen. Ein Axthieb hatte ihm den Kopf von den Schultern geholt und ein Stiefeltritt hatte den Kopf vor die Füße seiner Kameraden befördert. Drughs goldene Augen hatten ihren Glanz verloren. Stumpf und tot und leer starrten sie aus dem in einem seltsam wehmütigen Ausdruck eingefrorenen Gesicht. Drugh würde den Weg ins Land seiner Väter nicht finden. Seine Seele würde kopflos umherirren, für immer. Vielleicht würde er, wenn er die Hände ausstreckte, irgendwann die Hände eines anderen Kopflosen ertasten. Oder mit der Schulter an die Schulter eines Kameraden stoßen. Und sie könnten sich stützen in der Ewigkeit, die sie blind, taub und stumm durchwandern mussten.

Der Nächste aus der Reihe der Nord-Kwother trat vor.

Er kniete nicht vor dem Dhurmmet, er rang darum, seinem letzten Rest Leben Sinn und Würde zu geben. Ein Tritt in die Kniekehlen zwang ihn zu Boden und ein Axthieb durchtrennte auch seinen Hals.

In den Mundwinkeln des mordenden Dhurmmets schäumte Speichel, die Augen unter der angenähten Münze waren blutunterlaufen und die dunkle Haut glänzte von Schweiß. Wie Wölfe waren sie der Fährte der Retter gefolgt, hatten nicht geruht, bis sie sie eingeholt hatten. Zwanzig der dämonischen Kreaturen hatten Marken, Smirn und die fünf alten Soldaten schließlich umstellt. Jede Gegenwehr war zwecklos. Marken hatte es dennoch versucht. Vier Dhurmmets waren nötig gewesen, um ihn zu überwältigen. Jetzt lag er, gefesselt und mit einer Stiefelsohle im schmerzenden, wunden Gesicht, am Boden und sah den fünften Kopf durchs Gras rollen.

Die Dhurmmets hatten sich nicht mehr die Mühe gemacht,

sie zu foltern und ein Mahnmal aus Gepfählten zu errichten. Wie Tiere hatten sie die alten Männer einfach abgeschlachtet. Und Marken hatte von sich geglaubt, er sei ein Unmensch gewesen? Nie hatte er sich gründlicher geirrt.

Alle Nord-Kwother waren tot. Nun nahm der Dhurmmet den Stiefel aus Markens Gesicht, trat ihm in die Seite, sodass er auf dem Bauch zu liegen kam. Marken roch das Gras und wie ein grausiges Versprechen roch er auch das Blut. Er war an der Reihe, erwartete den Hieb der Axt in seinem Nacken. Der Axt aus Welsenstahl.

Sie hatten die Quelle der Liebe nicht erreicht.

Ohne Liebe hatte die Welt der Menschen keinen Bestand.

Und die andere?, schoss es Marken durch den Kopf. Kann es eine andere Welt geben, wenn es diese hier nicht mehr gibt?

In den Verlorenen,
Weld im Solder 107 tergde

Gelehrter Freund –

ich schreibe Euch in dem Wissen, dass ich diesen Brief vorerst nicht werde versenden können. Ich will die Zeit aber nutzen – sollte ich endlich wohlbehalten in Gaspen angelangt sein, kann ich diesen und folgende Briefe gebündelt losschicken. Es ist nicht absehbar, wie lange wir durch diese Inseln hier irren werden, aber ich muss sogleich aufschreiben, was mir widerfahren ist. Denn es besorgt mich sehr.

Ich sage es ausdrücklich und es ist mir nun auch gleich, dass Ihr Euren Namen nicht genannt haben wollt, denn es muss einmal aufgeschrieben und festgehalten werden:

Wigo von Pram hat recht.

Wigo von Pram ist der weitsichtigste Gelehrte dieses Zeitalters, und das, obwohl er weder Segure noch reich an Soldern ist.

Warum? Weil Ihr, aufrichtig bewunderter Freund, als Erster dargelegt habt, dass Asing zurückkehren und unsere Welt erschüttern wird. Sie ist die Glut des Bösen, das habt Ihr gesagt. Ja, Ihr habt es als bloße Theorie dargestellt, und ja, Ihr habt Euch sehr bedeckt gehalten. Aber nun: Ganz dumm bin auch ich nicht!

Auch ich habe meine Schlüsse gezogen, und einmal von Euch auf die Spur gesetzt, ist mir vieles aufgefallen.

Ich habe selbst erfahren müssen, dass Agen verschlossen ist. Das hat es noch nie gegeben. Wir Seguren hatten zwar seit jeher unsere Probleme mit Dämonen – aber nun findet etwas Großes statt, etwas ungeheuer Großes. Ihr hattet mir geschrieben, eine Astronomin der Hama kündige die Wiederkehr des Schweifsterns an und das sei möglicherweise ein Zeichen. Davon spricht hier niemand. Die Leute erzählen ganz andere Dinge: Es gibt Berichte von Wolfsangriffen; das ist für diese Gegend äußerst ungewöhnlich. Die Bestien sollen zudem pechschwarz, besonders groß, glutäugig und durch und durch böse sein; hierbei wiederum könnte es sich allerdings auch um der Angst geschuldete Ausschmückungen handeln. Eine traurige Wahrheit dagegen sind die vielen Brände. Bei meiner Reise durchs Stadtland sah ich ein paar, aber es sollen nun viel mehr geworden sein – Hof um Hof wurde letzthin Opfer von Flammen. Das könnte man auch für eine Folge des heißen Lenderns halten, natürlich – aber warum brennt es bald durchgehend in Agen? Denn das tut es angeblich, die Stadt steht in Flammen, erzählt man. Dabei liegt sie zwischen zwei großen Seen! Es gibt Wasser im Überfluss, das in Kanälen durch das gesamte Stadtgebiet geleitet wird. Viele dieser künstlichen Wasserwege sind breit und tief genug, dass man sie mit Booten befahren kann. Nein, Brände waren niemals ein Problem in Agen. Ich muss gestehen: Ich selbst habe es nicht brennen sehen, als ich dort war und versuchte, eingelassen zu werden.

Nun aber habe ich von einer alten Frau meiner Reisegruppe erfahren, dass auch dort ein Feuer lodert. Ein ganz besonders furchtbares. Sie behauptet, der Erdboden habe sich aufgetan in Agen. Was da nachts ein so unheimlich rotes Licht gegen die Flanken der Berge werfe und sich im Wasser der Seen spiegele, sei kein gewöhnlicher Brand. Sondern ein Feuerschein aus den Tiefen der

Erde selbst. Das habe sie erfahren von einem der Letzten, der aus der Stadt hinausgekommen ist.

Das alles ist nur Hörensagen, zugegeben, und als Männer der Wissenschaft sollten wir beide nicht zu viel darauf geben. Nun, ich habe es nicht getan und deshalb bis jetzt auch nichts davon aufgeschrieben. Die Leute machen aus einem Funken eine Feuersbrunst; wenn man immer glauben wollte, was so geredet wird, man könnte sich gleich selbst anzünden. Aber heute – und deshalb schreibe ich – hat es mir buchstäblich den Boden unter den Füßen verschoben. Wir waren unter freiem Himmel, so konnte kein Haus auf uns stürzen, aber wie mag das in Agen gewesen sein? Wie in Gaspen? Ob das Rütteln bis dorthin spürbar war? Wigo, mein Freund, hier unten im Süden bebt die Erde. Es ist beängstigend. Hier rührt sich ein Schrecken. Asing kehrt zurück – und warum nicht dorthin, wo alles begann?

Ich muss enden; die Fahrt geht weiter und sie ist alles andere als bequem oder vergnüglich.

Voller Unruhe,
Euer ergebener

Helgend von Gaspen

Falls es Euch interessiert: Ich habe mich einer Gruppe angeschlossen, die mit Booten durch die Verlorenen – die Inselgruppe im Delta des Eldrons – zum anderen Ufer reist. Heimlich natürlich, denn es wird alles dafür getan, dass aus Süden nichts in andere Weltgegenden gelangt, das schrieb ich Euch bereits. Nun, wir wollen am Ostufer, am äußersten Rand der Schleierfelder, weiterwandern Richtung Norden, bis wir nach Gaspen übersetzen können. Ich hätte wahrlich nicht geglaubt, auf meine alten Tage eine derartige Unternehmung durchstehen zu müssen! Es wird Firsten sein, bis ich zu Hause bin.

Ach, und falls Euch auch dies interessiert: Die Schöpfungslegende geht, dass einer der Weltengestalter diese Inseln verloren hat, während er mit Hingabe die sanften Stufen des Stadtlands vor Agen formte. Vorgebeugt stand der Gestalter, die Füße im seichten Delta des Eldrons, da sind ihm die Inseln wie Brosamen aus der Manteltasche gefallen. Das würde zumindest dieses fürchterliche Durcheinander erklären; schön ist es hier wahrlich nicht und die Richtung zu behalten ist nicht einfach.

Nun aber muss ich wirklich enden, man wartet auf mich. Seid nochmals aufs Innigste gegrüßt u. auf bald!

VIER

FLAMMEND ROTES HAAR

1

Estrid lauschte auf das Tapsen nackter Füße, aber es blieb aus. Sie lag auf dem Rücken, sah den Nachtwind die weißen Vorhänge bauschen, beobachtete das Spiel von Licht und Dunkel. Vom Garten schien das grüne Glimmen der Leuchtkäfer in den Glaskugeln bis hier hinauf und die Äste der Sträucher und Bäume warfen bizarre Schatten an die Zimmerwände. Estrid hörte einen Vogel rufen. Es war der große gelbe, das wusste sie mittlerweile. Sein Käfig stand unter ihrem Fenster und nachts ging der Vogel seitwärts auf seiner Sitzstange hin und her, nickte mit dem Kopf und rief. *Du bist meine Wache,* hatte sie gedacht, und von da an hatte das nächtliche Rufen sie nicht mehr gestört. Dass er sie bewachen würde, sie alle, das hatte sie auch Ristra zugeflüstert. Jeden Abend, wenn es ganz still in diesem ohnehin stillen Haus geworden war, kam das Mädchen aus seinem Zimmer und schlüpfte ins Bett der Mutter. Ristra war es nicht gewohnt, allein zu schlafen; und ein eigenes Zimmer zu haben wäre früher vollkommen undenkbar gewesen. Hier aber, in Pram, war alles anders. Hier war alles groß, weit und lebendig. Es war so warm, dass man das Fenster sogar nachts öffnen konnte. Man konnte auch allein in einem Bett liegen, in einem eigenen Zimmer, und musste keine Angst haben, ohne die Wärme eines anderen Menschen im Schlaf zu erfrieren. Dennoch war Ristra bisher jede Nacht gekommen und hatte sich neben Estrid eingerollt, Fußsohlen und Rücken gegen den Körper der Mutter gedrückt. Heute kam sie nicht. Estrid stand auf.

Auf dem hohen, hölzernen Kopfteil saß der Dayak und spielte mit der flauschigen Spitze seines langen Schwanzes. Als Estrid ans Bett trat, sah er sie an und witterte kurz. Seine großen runden Augen glommen im Dunkeln, als habe jemand Kerzen hineingestellt. Ristra hing mit der ganzen Kraft ihres kindlichen Herzens an dem kleinen Pelztier. Der Dayak schien diese Liebe zu erwidern – seit jenem Morgen in der Lagerstadt, als Belendra ihn Ristra geschenkt hatte, war er dem Mädchen nicht mehr von der Seite gewichen.

»Hast du also deine eigene Wache gefunden?«, fragte Estrid leise und strich ihrer Tochter eine Locke aus dem Gesicht. Wie weich und glänzend Ristras Haar geworden war, genau wie ihr eigenes. Das Essen war ein tägliches Fest und Belendra ließ auch außerhalb der Mahlzeiten immer Leckereien bereitstellen; Estrid hatte ihre Eckigkeit fast völlig verloren. Die Hausherrin verlangte aber nicht nur, dass Estrid tüchtig aß, sie musste auch ebenso viel Zeit und Mühe in ihre Körperpflege und die ihrer Kinder stecken wie Belendra selbst. Bisher war es Estrid vor allem darum gegangen, ihren Körper überhaupt zu erhalten – also nicht zu verhungern und weder Zehen, Finger oder die Nasenspitze an den Frost zu verlieren. Einen Körper derart zu verwöhnen, zu baden, zu salben, Haare zu bürsten, zu ölen und zu flechten, das war ihr anfangs beinahe unanständig vorgekommen. Dann bemerkte sie, wie rosig und rund Ristras

Wangen wurden und wie sehr Strem sich streckte, wie selten er weinte. Die Kinder gediehen unter Belendras Fürsorge wie Pflanzen, die endlich in die richtige Erde gesenkt worden waren. Und nun hatte Ristra sogar so viel Zutrauen in ihr neues Leben gefasst, dass sie allein schlief.

Estrid schob ein nacktes Kinderbein unter die seidige Bettdecke und setzte sich auf die Kante. Alles war gut. Alles war besser, als sie zu hoffen gewagt hatte. Sie streckte den Arm aus und hielt dem Dayak ihren Zeigefinger hin. Wie ein Kleinkind griff er sofort danach, um spielerisch darauf herumzubeißen. Die kleinen spitzen Zähnchen piekstεn.

»Ich vermisse ihn so sehr«, sagte Estrid leise. Tränen stiegen ihr in die Augen, sie wackelte mit dem Finger, um das Tier zu verleiten, dass es fester zubiss. Stattdessen ließ der Dayak los, schaute Estrid mit seinen Laternenaugen an und gähnte dann herzhaft. Sie musste lächeln, wischte sich die Tränen ab. Mit einem Seufzen erhob sie sich – und erschrak. In der dunklen Türöffnung stand Belendra. Mit aufgelösten schwarzen Haaren und in ihrem knöchellangen Nachtgewand sah sie aus wie eine Botin aus der anderen Welt.

2

Es war nicht das erste Mal, dass sie sich nachts begegneten. Belendra war süchtig nach Weißglanz und die Droge raubte ihr den Schlaf. Sie geisterte oft bis zum Morgengrauen durch die Flure und Zimmerfluchten oder ging im nächtlichen Garten umher. Außerdem sah sie jede Nacht mehrmals nach Strem. Er hatte ebenfalls sein eigenes Zimmer und war wohl der Einzige in diesem Haus, der, kaum dass man ihn ins Bettchen gelegt hatte, immer dort blieb und bis zum Morgen selig schlummerte.

Sie waren in schweigendem Einverständnis in die Küche gegangen und einer ihrer Knaben war Belendra verschlafen hinterhergetrottet. Nun lag er gleichmäßig atmend auf der Bank, den Kopf in ihren Schoß gebettet. Belendra kraulte ihm gedankenverloren den Nacken, während Estrid Wasser heiß machte. Wie in den Badezimmern auch, kam das Wasser in der Küche einfach aus der Wand; man musste nur ein Rad aufdrehen, schon strömte es aus dem Rohr. Für Estrid war das nach wie vor ein Wunder. Der Aufguss aber, den sie sich bereitete, war jedes Mal aufs Neue eine Enttäuschung. Es gab alles auf dem Markt in Pram, was der Kontinent zu bieten hatte. Nur die richtige Kräutermischung für Ganse war nicht zu bekommen. Vielleicht war das besser so, Estrid musste mit der alten Heimat endlich abschließen. Sie sollte sich ein Beispiel an Ristra nehmen.

»Für mich nicht.« Belendra hob dankend die Hand. Sie schwieg, bis Estrid sich ihr gegenübergesetzt hatte. Dann fragte sie: »Wie kommt Ihr mit dem Pramsch voran?«

»Gut, glaube ich.«

»*Sehr* gut, glaube ich. Wir werden Euch mehr Bücher besorgen. Andere, spannendere Bücher. Morgen werden wir die Hama aufsuchen.«

Estrid nahm einen Schluck, es schmeckte scheußlich. Sie waren erst ein Mal ins Zentrum gefahren und sie war derart überwältigt gewesen von der Fülle der Stadt, dass sie einen Schwächeanfall erlitten hatte.

»Ich brauche keine neuen Bücher«, sagte Estrid.

»Ach, tut nicht so bescheiden, Ihr habt das meiste bereits mehrfach gelesen. Ihr seid ein Esunian.«

»Ein was?«

»Nun, etwas – oder besser: eine –, die alles aufsaugt. Ihr habt noch viel zu lernen, aber Eure Fortschritte sind beachtlich. Die der Kinder ebenso.«

Das stimmte. Ganz besonders Strem, den Belendra behandelte wie einen kleinen Prinzen, ließ sich von ihr ununterbrochen Worte vorsagen. Sobald er Belendra sah, streckte er die Arme aus und wollte hochgenommen werden. Dann musste sie ihn herumtragen, er deutete mit seinem Händchen auf etwas und sagte: »Da?«

»Vogel.«

»Vohgl. Da?«

»Käfer.«

»Kehfah. Da?«

Er würde nicht Welsisch, sondern Pramsch als Muttersprache haben, wenn Estrid nicht dagegen anging. Aber wollte sie das denn? Zuerst schon, da hatte sie alles Welsische aus ihrem Leben verbannen wollen – sogar Borgers Blechschwert hatte sie Ristra abgenommen, was ihre Tochter in tiefe Verzweiflung gestürzt und Estrid tagelang abweisende Blicke und Schweigen eingebracht hatte. Sie musste schließlich einsehen, wie ungerecht es war, das Kind zu bedrücken, bloß weil sie selbst gepeinigt wurde: Estrid litt an Heimweh. Sie fühlte sich so einsam, so entwurzelt, dass sie kaum Luft holen konnte, ohne zu schluchzen. Sie schloss die Augen und hörte die Stimmen ihres Bruders, ihres Vaters, sah dessen große, narbige Hände und den schweren Meisterring. Estrid blickte ins Gesicht ihres Sohnes und sah: Felt. Jeden Tag wurde Strem ihm ähnlicher und jeden Tag wurde Estrid das Herz schwerer. Sie konnte ihre Sehnsucht nicht verleugnen, sondern musste sie hinnehmen. Irgendwann hatte Estrid ihrer Tochter das Schwert dann wieder zurückgegeben. Ristra trug es aber nicht mehr täglich, sondern vergaß immer öfter, es am Morgen umzugürten. Nicht ein einziges Mal fragte sie nach dem Vater, als ob sie ahnte, dass diese Frage in Estrid eine Wunde aufreißen würde, die sich gerade zu schließen begann. Felt zu vergessen war unmöglich. Ihn in der Erinnerung einzusperren, das gelang vielleicht. Und Strem zwei Muttersprachen mitzugeben, das müsste auch gelingen. Estrid sprach nur Welsisch mit ihm. Abend für Abend erzählte sie ihm Geschichten vom Schnee, von eisklarer Luft und vom Berg. Er sprach nichts nach, aber seine runden grauen Augen hingen an Estrids Lippen. Die Heimat vergessen, auch das war nicht möglich. Aber damit abzuschließen und neu zu beginnen, das hatte sich Estrid nun zum Ziel gesetzt.

»In die Hama wollt Ihr also gehen? Darf ich denn dort überhaupt hinein?«

Belendra lachte auf.

»In meiner Begleitung? Selbstverständlich! Estrid, ich weiß, wie stolz Ihr seid. Also hört auf, mir gegenüber die Schüchterne zu spielen. Wir sind keine Freundinnen und werden es wohl auch nie werden. Aber das bedeutet nicht, dass Ihr mich anlügen müsst.«

»Ich lüge nicht.«

Estrid sah Belendra geradeheraus an.

»Das will ich hoffen.«

Sie kniff den schlafenden Knaben sanft in die Wange, um ihn aufzuwecken. »Wir werden zeitig aufbrechen und ich werde Euch persönlich beim Ankleiden helfen. Ich habe Euch etwas besonders Schönes machen lassen.«

Estrid nickte nicht einmal, als Belendra die Küche verließ. Diese Frau duldete keinen Widerspruch und erwartete keine Zustimmung. Am besten, man tat einfach schweigend das, was Belendra wollte.

3

Im Innern des Gebäudes war es angenehm kühl und sie atmete auf. Es war vor allem die ungewohnte Hitze in Pram, die Estrid zu schaffen machte. Über dem Pflaster des großen Platzes stand die Luft und sie hätte nie gedacht, dass ausgerechnet der Wind ihr fehlen würde. Im großen Lesesaal der Hama regte sich zwar auch kein Lüftchen, Estrid spürte aber dennoch einen Hauch. Das müssen all die Gedanken sein, überlegte sie, und ließ ihren Blick die Bücherregale emporwandern. Hier können sie sich bewegen, umherstreifen und einen berühren.

Licht fiel durch eine verglaste Kuppel in den kreisrunden Saal; von runden Holztischen umgeben, stand in der Mitte eine Art niedriger, hölzerner Turm: Hier thronte die Aufsicht. An den über vierzig Tischen saßen, lasen, arbeiteten teils mehrere Personen – und da sollte Estrid sich hinzugesellen? Sie senkte den Blick, ballte die Fäuste und versuchte, gegen die aufkommende Panik anzukämpfen.

»Kommt«, sagte Belendra, nahm Estrid bei der verkrampften, schweißfeuchten Hand und schritt zu deren Erleichterung an den Tischen vorbei auf die erste Reihe der hohen Bücherregale zu. Einige Köpfe hoben sich, die Aufsicht verfolgte sie mit festem Blick. Belendra scherte sich um nichts. Zwischen den Regalen, die die Lesetische umgaben wie ein Stadtring nach dem nächsten den Marktplatz, war es dunkler. Estrid roch Leder und Staub. Sie verließen den zentralen Gang, drangen tiefer ins Regallabyrinth ein. Durch enge und niedrige Durchlässe konnte man in den nächsten Bücherring wechseln. An den Regalen lehnten Leitern, die Gänge wurden von roten Leuchten mehr schlecht als recht erhellt. Belendra fand sich dennoch zurecht, sie musste bereits oft hier gewesen sein. Schließlich machte sie Halt, fuhr mit den Fingerspitzen über die Bücherrücken.

»Also gut … dies hier müsste etwas für Euch sein, ebenso das hier.«

Sie zog die Bücher heraus und reichte sie Estrid. Auf den ersten Blick schien es sich um Werke zu handeln, die sich mit Rechtsprechung oder Kriegsführung beschäftigten – oder mit der Rechtsprechung zu Zeiten des Krieges beziehungsweise Kriegsrecht. Estrid kniff die Augen zusammen … Nein, sie verstand nicht ganz, um was es ging, dafür reichte ihr Pramsch noch nicht aus. Als Belendra von ›spannenderen‹ Büchern gesprochen hatte, hatte Estrid nicht derart theoretische Schriften erwartet. Sollte sie sich im Ernst als Welsin zwischen die Pramer und Seguren setzen und über Kriegsführung lesen? Was dachte Belendra sich dabei, warum diese Art Bücher? Sie zupfte mit einer Hand an dem Schleier herum, der ihr langes Haar bedeckte und ihr ansonsten zu freizügiges Gewand komplettierte. Am Berg wäre man nie auf die Idee gekommen, so viel Haut zu zeigen. Denn selbst wenn es im Lendern ein oder zwei Zehnen lang warm genug wäre für ärmellose Kleider, verbrannte die nahe, klare Sonne jeden ungeschützten Flecken Haut. Außerdem war es einfach unschicklich, so viel von sich preiszugeben. Wieder zog Estrid am Schleier, aber ihre Schulter konnte sie nicht damit bedecken.

»Das dürfte vorerst reichen.« Belendra hatte nun auch selbst den Arm voll schwerer Bücher.

»Belendra, ich glaube nicht, dass ich –«

»Scht, hier wird nicht gesprochen.«

Estrid versuchte, den aufflammenden Zorn zu ersticken. Sie dachte an Ristra und Strem und wie gut sich beide entwickelten. Es gab kein anderes Leben mehr als das in Belendras Haus, deshalb: keine Widerworte.

Es waren auch keine nötig, denn Belendra hatte nicht die Absicht, sich zu den anderen Lesenden zu gesellen – Estrid hätte ahnen können, dass diese Umgebung und Gesellschaft Belendras Ansprüchen nicht genügte. Sie würden die Bücher aus der Bibliothek tragen, einfach so. Aber als sie den Lesesaal fast durchquert hatten, stellte sich ihnen die Aufsicht entgegen. Die Frau musste ungefähr in Estrids Alter sein, aber sie war ungleich schöner, liebreizender, zierlicher. So kam es Estrid jedenfalls vor; sie selbst fühlte sich grobknochig und geradezu abstoßend groß im Vergleich zu der Segurin. Belendra, ebenfalls größer und vor allem üppiger als die Bibliothekarin, schien von deren Anmut unbeeindruckt.

»Dild, ich bin immer wieder erfreut zu sehen, dass Ihr auch Beine habt. Manchmal könnte man glauben, Ihr seid nur die obere Hälfte, die über die Brüstung Eures Türmchens schaut.«

»Ich bin mir sicher, Belendra, Ihr wisst sehr gut, dass Ihr diese Bücher nicht ausleihen könnt. Es sind seltene Abschriften, von unschätzbarem Wert.«

Die Segurin blieb zuvorkommend, aber Estrid sah, wie sich die zarten Wangen röteten. Bevor Belendra antworten konnte, trat eine weitere Frau zu ihnen. Sie war deutlich älter, trug das graue Haar streng zurückgekämmt und im Nacken zusammengebunden. Aber während das Alter die Welsen am Berg zerfurchte und auszehrte, war diese Segurin von der Vielzahl der Soldern nicht gezeichnet, sondern verfeinert worden: Ihr Gesicht wirkte kostbar wie eine edle Schnitzerei.

»Lass es gut sein, Dild«, sagte sie, ohne die Angesprochene anzusehen. Stattdessen nickte sie Belendra liebenswürdig zu und formte mit schlanken Händen zum Gruß ein Dreieck vor der Brust.

»Ich sollte zumindest vermerken, welche Bücher –«, versuchte es die Aufsicht nochmals.

»Ich bin zuversichtlich, dass Belendra beziehungsweise ihr Gast alle Bücher pfleglich behandeln wird. Eine Kontrolle ist vollkommen überflüssig. Danke, Dild, du kannst mit deiner Arbeit fortfahren.«

Mit tiefrotem Gesicht gab sich Dild geschlagen und stürmte durch die Lesetische zurück zu ihrem Aufsichtsturm.

»Sie meint es nur gut«, sagte die Ältere. Mit Blick auf die

Bücher in Belendras Arm fügte sie an: »Ihr habt Euch einiges vorgenommen. Wollt Ihr den Fürsten stürzen?«

Belendra lachte ihr lautes, tiefes Lachen. Für sie galt weder ein Ausleihverbot, noch musste sie hier die Ruhe bewahren.

»Gilmen, nichts liegt mir ferner, das wisst Ihr genau. Oh, darf ich vorstellen: Die ehrwürdige Gilmen, hervorragendste Gelehrte dieses Zeitalters und Vorsitzende im Rat der Hama – mit anderen Worten: die klügste Frau der Welt. Und dies ist Estrid, stolze Schönheit der Randberge, als Welsin in Pram ebenso im Exil wie Ihr.«

Estrid konnte wegen der Bücher im Arm nur lächelnd nicken, was ihr unhöflich vorkam. Zudem hatte Belendras Vorstellung sie beschämt, sie empfand alles andere als Stolz. Sie kam sich plump und ungebildet vor und murmelte einen Gruß.

»Sehr erfreut.« Gilmen lächelte und es schien Estrid, als sei dieses wohlwollende Lächeln das erste wahrhaftige Gefühl, das ihr in Pram entgegengebracht wurde. »Es erfordert einigen Mut, als Welsin in Pram zu weilen.«

Estrid senkte den Blick. Sie wusste nicht, warum ihre Augen schon wieder feucht wurden, diese neue Empfindlichkeit verwirrte und ärgerte sie.

»Die Dinge ändern sich, wir leben in einer Zeit des Umbruchs«, warf Belendra ein. »Aber eines bleibt vorerst und wohl für alle Zeit gleich: Versuche, mit einem Welsen Konversation zu machen, und du wirst scheitern.«

4

Als sie die Stufen der Hama hinab zur wartenden Kutsche gingen, kam Belendra aus dem Tritt und wäre fast gestürzt. Estrid ließ ihre Bücher fallen und stützte sie, doch in Belendras Gesicht stand einen Wimpernschlag lang ein derart angsterfüllter Schrecken, dass Estrid sie gleich wieder losließ.

»Lasst den Knaben in Frieden!«, kreischte Belendra, der Schreck war in Empörung umgeschlagen. Sie drückte Estrid ihre Bücher in die Hände und flog die Treppe hinunter auf die beiden weiß berockten Soldaten zu, die den erstarrten Knaben auf dem Kutschbock befragten, Hände an den Griffen ihrer kurzen Schwerter. Feixend machte einer der Männer die Andeutung von einem Gruß in Belendras Richtung, der andere warf Estrid anzügliche Blicke zu. Sie bückte sich schnell nach den verstreuten Büchern.

»Das ist Kandors Miliz«, raunte eine weiche Stimme – auf Welsisch. Estrid lief ein Schauer über den Rücken. Gilmen war ihnen gefolgt und half nun Estrid, die Bücher aufzusammeln. »Belendra hat es nicht leicht, müsst Ihr wissen. Sie mag zwar unfassbar reich sein, aber ihr untreuer Ehemann macht ihr das Leben schwer. Sehr schwer.«

Sie richteten sich beide auf; Gilmen legte die von ihr aufgeklaubten Bücher oben auf den Stapel, den Estrid hielt.

»Ich wünsche eine lehrreiche Lektüre«, sagte sie und stieg die Stufen langsam wieder hinauf. »Bei Gelegenheit würde ich mich gern mit Euch darüber austauschen und von Eurem Leben in der Höhe hören!«

Sie hob die Hand zum Gruß und wieder konnte Estrid nur nicken und der Gelehrten ein stumpfes »Ja!« hinterherrufen.

Die Soldaten hatten sich getrollt, aber Belendra war immer noch entrüstet über deren Übergriff auf ihren Schützling; ihr Busen hob und senkte sich mit ihrem Atem. Sie riss Estrid die Bücher aus dem Arm und schleuderte sie ins Innere des Zweispänners.

Von dem, was Belendra dann mit dunkler, brüchiger Stimme vor sich hin murmelte, konnte Estrid nur *in den Staub mit dir* verstehen. Sie legte ihr eine Hand auf die Schulter. Belendra starrte sie mit fiebrigen Augen an, als hätte sie sie noch nie gesehen. Estrid blickte Hilfe suchend zum Knaben – da schallte ein Hornsignal über den Platz.

»Da kommt der Fürst! Der Fürst! Und Sardes!«

Der Knabe war auf seinem Kutschbock aufgesprungen und deutete mit ausgestrecktem Arm in Richtung der breiten Prachtstraße, die auf den Platz mündete. Estrid stand vor Erstaunen der Mund offen: Konnten die Jungen also doch sprechen! Warum taten sie es dann sonst nicht?

Weil es Belendra missfiel, das war ihr deutlich anzusehen. Immer noch aufgewühlt von der Begegnung mit den weiß gekleideten Soldaten, machte sie nun einen Schritt zum Knaben hin, die Hand wie zum Schlag erhoben, geriet dabei aber ins Taumeln. Um Gleichgewicht bemüht, griff sie um sich, bekam Estrids Schleier zu fassen, packte zu. Und riss ihn ihr vom Kopf. Von Stoff und Bändern befreit, fielen Estrids lange Haare ihr in einer leuchtend roten Kaskade bis auf die Hüften. Und so, mit aufgelösten Haaren und überfordert von all dem, was um sie herum geschah, begegnete Estrid dem Fürsten und seinem Leibgardisten Sardes zum ersten Mal.

Estrid sah zwei Männer zu Pferd, gefolgt von berittenen Soldaten. Die Menschen auf dem Platz wichen vor ihnen zurück und senkten ehrerbietig die Köpfe, als die Reiter vorbeitrabten. Estrid nicht, sie stand aufrecht da und schaute. Sie sah kurzes, dunkles Haar und eine hohe Stirn. Sah wasserblaue, verständige Augen und einen sanften Mund. Sie sah ein kostbar besticktes Wams, das nicht richtig geknöpft war, und rote Lederhosen, die aus den Stiefeln rutschten. Und sie sah eine mit einem goldenen Ring geschmückte Hand, die die Zügel losließ, sich zur Faust formte und sich auf die Brust legte. Der Fürst grüßte sie auf Welsenart, nur kurz, dann war er vorüber. Aber dieser Gruß, ein

Echo aus der Heimat, ging Estrid durch und durch und sie erwiderte ihn. Er jedoch war schon weiter und sah es nicht mehr.

Der andere Mann allerdings sah es wohl, der Greis, der dicht hinter dem Fürsten ritt und so steif im Sattel saß, als wäre er aus Holz. Ihn schien Estrids Anblick zu verstören. Ein wehmütiges Lächeln huschte über das zerfurchte Gesicht, gleichzeitig blickten die hellen Augen tieftraurig unter buschigen, weißen Brauen hervor. Estrid nahm die Faust vom Herz, ließ den Arm sinken.

5

Aber nicht nur die beiden Männer hatten die Welsin mit dem flammend roten Haar bemerkt. Auch zwei Frauen waren von Estrids Anblick beeindruckt: Am oberen Ende der Treppe zur Hama, schon verborgen im Schatten des hohen Eingangsportals, fühlte Gilmen einen Riss in der Zeit. Seit zur Kremlid die Undae und die Welsen in die Stadt gekommen waren, seit Nendsing verschwunden war – ihre geliebte kleine Nen –, waren die Dinge in Bewegung geraten, sie lebten in einer Zeit des Umbruchs, Belendra hatte vollkommen recht. Aber erst heute, gerade eben, konnte Gilmen erkennen, in welche Richtung es gehen würde: dem Ende zu. Denn auf dem großen Platz, im Herzen von Pram, stand eine Frau, deren Haare zu brennen schienen, wie die Asings gebrannt hatten.

Estrids feuerrote Haarpracht – glänzend und leuchtend in der Nachmittagssonne wie nie zuvor –, war für die Gelehrte ein Menetekel, der letzte Hinweis darauf, dass das Ende näher rückte. Die Schuld, die Pram sich in der Vergangenheit aufgeladen hatte, musste bald beglichen werden. Und es war Pram, das reiche Pram, das dieses Mal nicht wie sonst davonkommen würde, sondern zahlen musste. Die Welsen hatten längst für alle Schuld gebüßt – Pram nicht. Aber hier war Asing vernichtet worden. Hierher würde sie zurückkommen und Vergeltung fordern.

Bei diesen Gedanken schlang Gilmen die Arme fest um ihren zierlichen Körper. So heiß dieser späte Lendern auch war, sie fröstelte. Lange hatten viele von ihnen geahnt, dass Asing wiederkehren würde. Allein wie das vonstattengehen sollte und wo, da waren die Seguren uneins gewesen. Nendsing hatte steif und fest behauptet, die legendäre Adeptin würde als Schweifstern auf die Erde niederfallen, und zwar in Agen. Gilmen hatte über die offensichtlichen Fehler in den Berechnungen hinweggesehen. Weil sie nicht sehen wollte. Und weil sie Nendsing wie eine Tochter liebte. Doch nun hatte ihre Tochter sie verlassen und Gilmen konnte die Augen nicht länger verschließen: Hier in Pram hatte Asing gebrannt, hier in Pram hatte sie ihre menschliche Gestalt verloren. Hierher würde sie zurückkehren, da war sich Gilmen nun sicher – und diese Gewissheit war Estrids Verdienst. Nein, die Welsin konnte nichts für die Farbe ihrer Haare. Und nein, sie konnte auch nichts für das Schicksal, das sich für Pram erfüllen musste. Estrid selbst war ganz unschuldig, sie war nur ein Augenöffner, hatte die Gelehrte durch ihre bloße Anwesenheit aufgerüttelt und ein Gefühl nahenden Unheils in ihr wachgerufen. Mit wem sollte Gilmen ihre Sorge nun teilen, wem sollte sie von dem Unheil berichten, das sie kommen sah? Und wie sollte sie ihre Vermutung beweisen?

Wigo. Wigo wäre der Richtige, ihm konnte sie sich anvertrauen, ohne das Gesicht zu verlieren – Wigo jedoch war fort. Gilmen wandte sich ab vom großen Platz und trat zurück ins gewohnte, warmrote Dämmerlicht der Hama. Es konnte nichts anderes als Einbildung sein, aber Gilmen glaubte deutlich den heißen Blick des Dämons im Rücken zu spüren und beschleunigte ihre Schritte.

Die andere Frau, deren Herz beim Anblick von Estrid und ihrem roten Haar einen Schlag ausgesetzt hatte, stand auf den sonnigen Stufen zum Theater und fühlte sich doch wie im Schatten. Denn der Fürst hatte sie nicht einmal bemerkt, als er vorübergeritten war. Im Dunkeln stehen, nicht wahrgenommen werden war das Schlimmste für Samirna. Sie war Schauspielerin – und zwar eine bemerkenswerte. Ihre Bewunderer nannten sie *Mirna, die Tausendfache,* denn sie hatte viele Gesichter und Stimmen. Aber auch wenn sie viele Rollen spielen konnte, war eine die ihres Lebens: die der Asing. Sie verkörperte die Segurin wie keine vor ihr. So jedenfalls erzählte man es sich in Pram dieser Tage, denn die Aufführung zur Kremlid wirkte immer noch nach und hatte Samirna endgültig an die Spitze des Ensembles gesetzt. Im Theaterstück, das den Mythos der Feuerschlacht und die Niederwerfung der Welsen durch die Allianz der Pramer, Kwother und Steppenläufer nachempfand, war sie dem historischen Fürst Palmon zugetan. Und er ihr. In der Rolle der Asing hatte Samirna es in diesem Solder geschafft, auf der Bühne ein großes Liebesdrama zu erzählen, statt eine bloße Geschichtsstunde abzuhalten. Damit hatte sie die Zuschauer in den Bann gezogen. Der Erfolg der Aufführung beruhte also nicht nur auf dem zugegebenermaßen sehr bewegenden und unglaublich gut zu sprechenden Versen des Autors – Wigo konnte so lebensnah schreiben –, sondern ganz besonders auf Samirnas überzeugender Darstellung der Asing. Denn das war mehr als Schauspielkunst. Samirna spielte Asing nicht. Sie *war* Asing. Sie war die schönste und klügste Adeptin, die machtvollste Magierin und leidenschaftlichste Liebende, die Pram je gesehen hatte. Die Stadt lag ihr zu Füßen und ebenso der Fürst – der auf der Bühne und der im Leben. Der heutige Fürst, Fürst Mendron, konnte gar nicht anders: Er musste die schöne Schauspielerin, dieses schillernde Wesen, diese Samirna-Asing begehren. Sie ließ ihn warten, schon lange, und nun erst recht. Sie liebte ihn nicht, aber sie liebte die Zukunft, die er ihr ermöglichen konnte. Samirna war auf ihrem Zenit, als Schauspielerin und als Frau – sie konnte nicht mehr besser und nicht mehr schöner werden. Sie musste sich jetzt alles nehmen, damit sie in Zukunft etwas hatte. Sie wollte die Kremlid-Aufführungen der kommenden Soldern nicht aus der Kulisse verfolgen, das nicht mehr ganz so schöne Gesicht mit Ruß beschmiert wie die anderen Statisten. Samirna hatte vor, das Bühnengeschehen von der Fürstenloge aus anzuschauen. Nur der alte Sardes stand ihr noch im Weg.

Und seit heute zudem eine Fremde, deren Haare brannten, wie die Asings gebrannt hatten. Diese Frau war schön auf eine Art, die man in dieser Stadt nicht gewohnt war und die deshalb sofort faszinierte. Wahrscheinlich ahnte der Fürst es selbst noch nicht, aber Mirna, die Tausendfache – geschult in jeder noch so kleinen menschlichen Regung –, hatte den Blick gesehen, den Mendron der Rothaarigen geschenkt hatte. Sie konnte ihn deuten und wusste bereits jetzt, dass die Fremde ihr das sicher geglaubte Herz des Fürsten doch noch abspenstig machen könnte.

6

Der Bote kam drei Tage später. Die Frauen saßen im Garten unter einem großen Sonnensegel, Estrid am Tisch über Büchern, Belendra am Boden. Sie spielte mit den Kindern. Die herrische und unberechenbare Frau bewies eine unerschöpfliche Geduld, wenn sie sich mit Strem und Ristra beschäftigte. Nur ungern unterbrach Belendra das Spiel – eine große Schar Holztiere wollte gerade die gefährliche Kieswegwüste durchqueren –, um den Boten zu empfangen.

Sie warf nur einen Blick auf das Schriftstück und reichte es Estrid. »Hier, lest.«

Estrid nahm den Brief und las die auffallend schwungvollen und mit Schnörkeln versehenen Schriftzeichen.

»Verstehe ich das richtig …«, sagte Estrid schließlich zögernd, »das ist eine Einladung an den Hof? Für mich?«

»Für uns«, verbesserte Belendra. Sie lächelte kaum sichtbar. »Aber ich gehe nicht an den Hof. Schon lange nicht mehr …« Ihre Augen wurden glasig. Der Bote räusperte sich.

»Du fügst dich und wartest! Tritt beiseite!«, fuhr Belendra ihn an. An Estrid gewandt sagte sie: »Ich überstehe keine fünf Atemzüge im selben Raum mit Kandor.«

Sie setzte sich zu Estrid an den Tisch und beide schwiegen eine Weile. Die einzigen Geräusche im von der Mittagssonne betäubten Garten waren das Knirschen von Kies und Kindergeflüster. Die Holztierkarawane machte sich ohne Belendras Führung auf den beschwerlichen Weg.

»Kann man denn absagen, wenn der Fürst einlädt?«, fragte Estrid schließlich. Belendra zuckte gleichgültig die Schultern.

»Das habe ich schon unzählige Male getan. Soll ich mich begucken lassen? Soll ich mir das Getuschel anhören? Estrid, ich hasse diese Stadt und noch mehr hasse ich den Hof, an dem alles Verdorbene von Pram zusammenläuft.«

Estrid wusste, dass Belendra die Stadt dennoch nicht verlassen konnte. Denn sie konnte ihre Kinder nicht zurücklassen. Es war nicht schwer gewesen dahinterzukommen, dass Kandor ihr die beiden gemeinsamen Söhne weggenommen hatte. Die Abwesenheit der Kinder war im ganzen Haus spürbar – in seiner traurigen Stille, in leeren Räumen mit farbenfroh bemalten Wänden. Estrid hatte schließlich einen der schweigenden Knaben dazu gebracht, auf ihre Fragen wenigstens mit Nicken oder Kopfschütteln zu antworten, und so hatten sich ihre Vermutungen bestätigt.

Belendra war an ihr Leben gekettet wie an einen schweren Stein. Dennoch hütete sich Estrid, sie zu bemitleiden. Denn selbst unter der Last des Verlusts ihrer Kinder, der Drogensucht und des an Wahnsinn grenzenden Hasses auf Kandor war Belendra immer noch stark genug, um ihrerseits Bosheiten auszuteilen. Estrid blickte auf den wartenden Boten, der in der prallen Sonne schmorte.

»Dann könnt Ihr doch auch dieses Mal absagen. Warum zögert Ihr?«

»Wegen Euch.«

»Wie? Wegen mir?«

»Ach, Estrid! Wen wollt Ihr mit dieser gespielten Unschuld überzeugen?« Sie beugte sich zu Estrid und fragte listig: »Gefallen Euch die Bücher?«

Das taten sie und mehr als das: Sie wühlten Estrid auf. Sie konnte kaum schlafen, kaum essen, so sehr nahmen die Schriften Estrid gefangen. Dabei war die Lektüre nicht leicht. Es ging ums Regieren und um die Person des Regenten, der immer beides sein musste: sterblicher, menschlicher Körper und unsterbliche Idee des Herrschens. Thema war außerdem Recht und Unrecht zwischen Völkern, wobei immer wieder am Beispiel der Vernichtung Welsiens dargelegt wurde, was ein völkerrechtlicher Zweifelsfall war. Diese Sichtweise in pramschen Schriften zu finden erstaunte Estrid. Die Texte waren zu theoretisch, zu schwierig für Estrid und dennoch kämpfte sie sich mit dem klopfenden Herzen derjenigen hindurch, die ihre eigenen, unfertigen Gedanken mit einem Mal geordnet niedergeschrieben findet. Während all der finsteren, kalten Nächte am Berg hatte Estrid das Unrecht gefühlt. Hier nun wurde dieses Gefühl *begründet*. Schon immer hatte sich etwas in Estrid dagegen gesträubt, das entbehrungsreiche Leben, das die Welsen in Goradt führen mussten, einfach hinzunehmen. Selbst Felt, der Duldsame, hatte sie nicht überzeugen können. Es war bereits über hundert Soldern her, dass Welsien gebrannt hatte! Was alle Welsen immer noch und jedes Solder aufs Neue erdulden mussten, *war nicht recht.*

Und das wollte, das *musste* Estrid vor den Fürsten bringen. Sie konnte nicht weiterhin den Überfluss in Belendras Haus genießen, konnte nicht zusehen, wie ihre Kinder wuchsen und gediehen, während am Berg ihr Volk verhungerte. Dabei war bereits der Gedanke verrückt, als Anklägerin vor den machtvollsten Mann der Welt zu treten – als Welsin vor den Ersten der Pramer! Es wirklich zu tun war eine Tollheit. Aber als sie gerade eben diese Einladung in Händen gehalten hatte, schien das Undenkbare möglich.

»Wenn alle Welt nur so beredt schweigen könnte wie Ihr, Estrid – ich hätte endlich meine Ruhe und wüsste dennoch, was vorgeht.«

Belendra lehnte sich wieder zurück. Sie schloss die Augen, atmete tief ein. Einen Moment lang erschien Estrid dieses tiefe Atmen zu aufgesetzt und die geschlossenen Lider waren unangemessen dramatisch. Was ging wirklich in Belendra vor? Sie wusste es nicht. Sie konnte nicht im Schweigen der Pramerin lesen, dazu war Estrid zu unerfahren.

Belendra hob das Kinn und sagte: »Bote! Das Schwitzen hat sich gelohnt, du kannst dem Trosser Folgendes überbringen, und zwar wortwörtlich: Belendra nimmt die Einladung an und wird zur ersten Hafnacht in Begleitung von Estrid von den Randbergen an der Tafel des Fürsten auf dem Platz sitzen, den sie seit Soldern nicht in Anspruch genommen hat, obwohl er ihr bis über den Tod hinaus zusteht.«

7

»Sie werden nur Euch anstarren, ich bin unsichtbar in Eurer Nähe, Estrid. Ihr leistet einen unbezahlbaren Dienst.«

Belendra nahm keine Rücksicht auf Estrids Nervosität und unsichtbar war sie keineswegs. Belendra schimmerte im warmen Licht der roten Lampen und unzähligen Kerzen wie eine schwarze Perle. Ihr dunkles Haar war in schweren Schlingen aufgetürmt und glänzte wie angefeuchtet; ihr Kleid formte ihre Üppigkeit derart, dass man sich hätte darin versenken mögen. Der Stoff war, ganz untypisch für das Rot und Gold liebende Pram, von dunkelgrüner Farbe, was in Verbindung mit dem rötlichen Licht ein irritierend unbestimmbares, tiefes Meergrau ergab. Estrid war ganz in Schwarz. Zuerst war sie erleichtert gewesen, als sie bei der Anprobe bemerkt hatte, dass ihr Gewand hochgeschlossen war. Aber wie so oft hatte sie Belendra unterschätzt. Nach der letzten Änderung umschloss das Kleid Estrids Gestalt wie ein Handschuh und verriet so jedes Detail ihres Körpers; die Schneiderinnen hatten sie für diesen Abend in das Gewand einnähen müssen. Das schwarzsamtene Gewebe schien alles Licht zu verschlucken und alle Blicke anzusaugen. Estrid fühlte sich wie ein Abgrund, vor dem alle zurückschreckten, in den sie aber doch hineinsehen mussten. Noch auffälliger als das enge schwarze Kleid aber waren, wie konnte es anders sein, Estrids Haare. In stundenlanger Prozedur waren sie von den Knaben gebürstet, mit feinen Goldfäden durchwirkt und schließlich mit einem glitzernden Edelsteinstaub überpudert worden.

»Sträubt Euch nicht, dies ist Euer einziger Schmuck«, hatte Belendra gesagt, während sie sich eine Kette nach der anderen umlegen ließ, bis ihr ein goldener Wasserfall zwischen den Brüsten hinabrieselte.

Im Spiegel der nachtdunklen Glasfenster sah Estrid nun zwei Frauen durch die Empfangshalle des Palasts schreiten, die fremdartig wirkten, zwei düstere Sonnen am glühenden Abendhimmel. Eine der Frauen trug ihre langen roten Haare wie eine wehende Fahne hinter sich her: *Seht und nehmt euch in Acht! Eine Welsin ist unter euch!*

Nichts anderes hatte Belendra beabsichtigt. Zwar zog auch sie selbst, der seltene, kapriziöse Gast, Aufmerksamkeit auf sich. Aber der ganze große Rest galt Estrid. Ihr klopfte das Herz bis zum Hals und machte ihr die Kehle eng; ihre Hände waren klamm. Anders als im Garten glaubte sie nun nicht mehr daran, dass sie zum Fürsten vorgelassen würde, und die Vorstellung, ein Wort für ihr Volk einlegen zu können, schien ihr völlig absurd. Warum tat sie sich das hier nur an? Und warum tat Belendra ihr das an? Die Welsen bedeuteten ihr nichts.

»Klappt mir ja nicht zusammen«, raunte Belendra ihr im Gehen zu. »Versucht, es zu genießen. Nützt es, wenn ich sage, dass Euer Anblick einen das Atmen vergessen lässt?«

Sie blieb stehen, nahm Estrids feuchtkalte Hände in ihre, die warm und weich waren. Ihre Stimme war dunkel und sanft.

»Ich werde niemals den Morgen vergessen, Estrid, als ich Euch das erste Mal sah, in diesem heruntergekommenen alten Gasthof in der Lagerstadt. Es stank erbärmlich dort und Ihr habt auch gestunken, ehrlich gesagt. Aber Euer Stolz hat Euch schön gemacht. In all dem Dreck stand eine dürre Frau in Lumpen – und hat mich zutiefst beeindruckt. Trotzig und wütend wart Ihr, Estrid, und Ihr wart einsam. Aber nicht verängstigt! Lasst Euch doch von all dem Glanz hier nicht blenden! Zeigt Pram, woraus die Welsen gemacht sind. Glaubt Ihr, einer dieser angeblich so wichtigen Männer hier würde auch nur einen einzigen Firstensturm oben in Goradt überstehen? Wie viele habt Ihr erlebt, hm? Ihr seid stark, Estrid, erinnert Euch daran.«

Belendras Augen waren weit und feucht, sie hatte dem Weißglanz tüchtig zugesprochen. Aber sie hatte recht, Estrid musste sich auf sich besinnen, auf ihre Stärken. Sie schloss die Lider, atmete einige Male tief ein und aus. Sie sah den grauen Fels, den ewigen Schnee auf den Gipfeln und darüber den stählernen Himmel, klar und weit, viel weiter, als der Himmel in Pram je sein konnte. Von dort kam sie, dort war ihre Heimat, für immer. Und dort lebte ihr Volk und hungerte – darum ging es, nicht um ein Kleid, um Frisuren, um Blicke. Estrid öffnete die Augen und lächelte.

»Ah, wie wunderbar Euer Lächeln ist, Estrid, geradezu bezaubernd. Und so selten wie ein roter Smaragd.«

Belendra strich ihr sanft über die Wange. Dann wurde ihr Ausdruck ernst.

»So, und nun konzentriert Euch. Ich werde Euch zu allen wichtigen Personen ein paar Worte zuflüstern. Merkt Euch gut, was ich sage, ich werde mich nicht wiederholen.«

Durch weit geöffnete Flügeltüren und vorbei an sich tief verbeugenden Lakaien traten sie ein in den großen Festsaal des Fürstenpalasts.

8

»Dort links, das ist Samirna, genannt Mirna, die Tausendfache. Schauspielerin und dementsprechend charakterlos – heute zeigt sie dir dieses Gesicht, morgen ein anderes.«

Estrids Blick folgte dem von Belendra zu dem runden Tisch links von ihnen. Dort saß eine bildschöne Frau mit goldenen Spangen im Haar und begutachtete in einem kleinen Spiegel ihre dramatische Augenschminke. Ein Aufblitzen blendete Estrid und sie sah weg.

»Die anderen«, fuhr Belendra fort, »sind auch größtenteils vom Theater oder haben in irgendeiner Weise damit zu tun, deswegen nennt man den ersten Tisch den Gauklertisch.«

Mirna saß als einzige Frau zwischen acht Männern und genoss es offensichtlich, Ziel von Komplimenten und Anzüglichkeiten zu sein. Es wurde viel gelacht an diesem Tisch und Estrid beneidete die schöne Schauspielerin um ihre kokette Selbstsicherheit.

»Wigo hat auch immer an jenem Tisch gesessen«, sagte Belendra mit matter Stimme.

»Wigo?«

»Erinnert Ihr Euch nicht? Der Übersetzer. Wir waren gemeinsam in der Lagerstadt, an jenem Morgen, als wir Euch holten. Nun, von Euch, der am wenigsten geschwätzigen Person, die ich kenne, wird er wohl kaum etwas erfahren. Deshalb kann ich es verraten: Ich vermisse ihn. Ich schätze ihn sehr, er ist ein angenehmer Gesprächspartner und zudem loyal.«

Estrid hatte nur vage einen schmalschultrigen, nervösen Mann vor Augen.

»Er ist nicht in der Stadt? Wo ist er?«, fragte sie.

»Unterwegs«, antwortete Belendra ausweichend und lachte kurz und bitter auf. »Auf Wigos Platz sitzt nun Nermgon, der Stümper; die Chronik dieser Stadt wird von nun an unlesbar sein. Der Trosser ist noch schamloser, als ich dachte.«

Jener Trosser, ein wendiger, noch recht junger und überaus eleganter Mann, war für die Sitzordnung zuständig, so viel hatte Estrid begriffen. Er hatte eine unterkühlte Belendra und die nervöse Estrid zu ihren Plätzen begleitet. Wer an welchem Tisch zu sitzen kam, schien von großer Bedeutung zu sein. Der Sessel rechts neben Estrid war noch leer, links von ihr saß Belendra. Die weiteren sechs Plätze an ihrem Tisch wurden von Paaren in gesetztem Alter belegt, die höflich distanziert miteinander

Konversation betrieben und Estrid und Belendra vollkommen ignorierten. Die runden Tische gruppierten sich in Halbkreisen um einen zentralen – den des Fürsten, der zwar wie alle festlich gedeckt, aber noch leer war.

»Am Tisch rechts von uns kennt Ihr die wichtigste Person bereits«, fuhr Belendra fort und Estrid nickte. Dort drüben saß Gilmen, die Gelehrte. Auch die anderen waren Seguren und die Stimmung war maßvoll – wenn einer redete, hörten alle anderen zu. Estrid konnte nicht ein einziges Wort aufschnappen; der Klang des Segurischen faszinierte sie aber.

»Alles mehr oder weniger forschende Geister«, sagte Belendra. »Das ist der graue Tisch. Natürlich wegen der Farbe der segurischen Gewänder, aber hauptsächlich, weil man dort vor Langeweile umkommt – falls man ein Fest als Anlass zum Feiern nehmen möchte und nicht zum Diskutieren. Der Mann neben Gilmen ist Telden, ein Kartograf. Nicht unwichtig, wenn man bedenkt, dass er bestimmt, was wir von der Welt kennen sollen und was nicht.«

Sie lehnte sich im Sessel zurück, hob kurz die Hand. Sofort wurde ihr nachgeschenkt. Der Saal war nun fast voll, beinahe alle Tische waren belegt und die Luft flirrte vor Musik, Lachen, Gesprächen und dem unbedingten Willen der Gäste sich zu amüsieren. Belendra machte eine wegwerfende Geste, die den ganzen Raum meinte.

»Alle anderen hier sind im Grunde unwichtig – nur die ersten drei Tische nah beim Fürsten sind von Belang. Eine edle Abstammung zählt wenig in Pram, dafür kann man sich nichts kaufen. Ich sehe viele alte Bekannte und ich sage Euch, Estrid: Niemand wird jünger und schöner, ich habe die letzten Soldern nichts verpasst. Ach, übrigens …«, sie richtete sich kerzengerade auf und hob die Stimme. »Wir selbst sitzen am goldenen Tisch. Wie Ihr am wenig höflichen Betragen der Anwesenden erkennen könnt, hat dies nichts mit ihrem eventuellen Wert zu tun. Es sind schlicht die teuersten Plätze. Manche können es sich nur ein Mal im Leben leisten, hier, direkt gegenüber dem Fürsten und somit in seinem Blickfeld zu sitzen. Für einige ist dies gar ein Lebenstraum – verrückt, nicht wahr?«

Sie trank einen kräftigen Schluck Wein und lächelte eisig. Die Tischnachbarn ignorierten sie noch nachdrücklicher als zuvor, aber die Provokation hatte gewirkt: Hände griffen prüfend in Haare, dort wurde am Kragen gezupft, da eine Brosche gerichtet und Gläser wurden zu hastig geleert.

Es war eine kaum wahrnehmbare Veränderung der Luft oder die Intuition, die einen scheinbar grundlos den Kopf wenden lässt – Estrid sah über ihre rechte Schulter. Hinter ihr stand ein Mann. Die kleinen Augen im teigigen Gesicht blickten sie mit einer Mischung aus Abscheu und Fassungslosigkeit an.

»Du bist spät«, hörte sie Belendra sagen.

Nun klappte dem Mann der Mund auf, was sein Doppelkinn erzittern ließ. Das musste Kandor sein. Estrid bemerkte, wie sie den in mehreren Lagen golddurchwebten Stoffs gehüllten Kahlköpfigen anstarrte, und wandte sich schnell ab. An den Anblick von Leibesfülle, den man in Pram bestaunen konnte, hatte sie sich immer noch nicht gewöhnt. Dies war also der Mann, für den die Schmiede, die Kohleschläger und letztlich sie alle am Berg tagein, tagaus schufteten. Estrid hatte das Gefühl, als zöge sich ihr die Haut an Nacken und Hinterkopf zusammen.

»Was ist?«, fragte Belendra ihn spöttisch. »Hast du Angst? Fürchtest du dich, neben einer Welsin zu sitzen? Sei versichert, sie ist unbewaffnet.«

An die atemlos den kleinen Vorfall beobachtenden Gäste am Tisch gewandt, sagte sie: »Wo soll sie auch eine Waffe herhaben, wo Kandor doch alles aufkauft? Man müsste sich vor *ihm* fürchten!«

Belendra lachte eine Spur zu laut und Estrid sah feine Schweißperlen auf ihrer Oberlippe glänzen. Belendra griff hastig nach ihrem Weinglas, während sich Kandor mit einem Grunzen – wohl einer Begrüßung in die Runde – neben Estrid in seinen Sessel fallen ließ. Er wandte ihr sogleich seinen breiten Rücken zu, versperrte ihr fast völlig die Sicht auf den Fürstentisch. Belendra fasste Estrids Arm, zog sie zu sich und sprach ihr mit heißem, weingeschwängertem Atem ins Ohr: »Oh, ja, das hat sich gelohnt – dieser Blick war Gold wert! Dieses Entsetzen, als er Euch sah! Habt Ihr eine Ahnung, wie viel es gekostet hat, dass Kandor nicht frühzeitig erfährt, wer seine Sitznachbarin ist? Dieser Trosser wird es noch weit bringen. Ach, wen interessiert's … Schaut und erhebt Euch: Dort kommt Fürst Mendron.«

9

»Auf Euer Wohl!«

Der Fürst hob sein Glas und Estrid tat es ihm nach, trank aber nicht, sondern setzte ihr Glas wieder ab. Sie zitterte so sehr, dass sie den Wein nicht bis an die Lippen brachte. Mendron war so höflich und gab vor, es nicht zu bemerken. Estrid biss die Zähne zusammen und versuchte gleichzeitig ein Lächeln, was misslingen musste. Sie ärgerte sich maßlos über sich selbst und ihr Unvermögen, auch nur ein Wort herauszubringen. Der Trosser hatte sie als Tischgast zu Mendron geführt, was, wie Estrid an Belendras triumphalem Lächeln und dem wutverzerrten Gesicht Kandors erkennen konnte, nicht zu erwarten gewesen war. Nein, an einem Tisch mit dem Fürsten von Pram zu sitzen, in der Mitte eines Festsaals, im Zentrum der Aufmerksamkeit der feinen Gesellschaft der größten Stadt der Welt – das war nicht zu erwarten gewesen. Es war *die* Gelegenheit, ein Geschenk des Schicksals. Und Estrid schwieg.

»Wie gefällt Euch meine Stadt?« Mendron war ein geübter Gastgeber. »Ich hoffe, Ihr habt keine … Anfeindungen zu erdulden? Diese Zeiten sollten ein für alle Mal vorüber sein.«

Aber sie sind es nicht, denn mein Volk hungert! Das dachte Estrid. Der ganze Saal hatte die Ohren gespitzt. Ihre Antwort war jedoch nur: »Nein.«

»Wie meinen?« Der Fürst lachte. »*Nein,* Euch gefällt die Stadt nicht, oder *nein,* Ihr werdet nicht angefeindet?«

»Nein«, sagte sie, den Blick aufs Tischtuch gerichtet, »es ist nicht vorüber.«

Sie sah auf und direkt in die dunkelblauen Augen Mendrons. In ihnen war keine Frage, er wusste sehr gut, um was es Estrid ging. Er beugte sich zu ihr, nach wie vor lächelnd, sagte aber mit gesenkter Stimme: »Ich bitte Euch – nicht hier und nicht jetzt.«

Der goldene Ring blitzte auf, er hatte nach Wein gewunken und ein Diener stürzte herbei. Unbeweglich wie eine Statue hingegen stand einige Schritte hinter dem Sessel des Fürsten der Leibgardist Sardes. Über ihn hatte Belendra gesagt, er sei so alt, dass er praktisch schon tot wäre, und mehr müsse Estrid nicht über ihn wissen. Das war eine Bevormundung, eine von vielen. Estrid durfte nur wissen, was andere ihr sagten, durfte lesen, was ihr vorgelegt wurde, musste anziehen, in was man sie hineinsteckte – und sollte schweigen just in dem Augenblick, in dem sie endlich ihre Sprache wiedergefunden hatte. Aber das konnte sie nicht mehr.

»Wann, wenn nicht jetzt?«, fragte sie aufbrausend. »Wann werde ich dem Fürsten von Pram, dem mächtigsten Mann der Welt, je wieder so nahe sein? Sollen wir noch weitere hundert Soldern warten, bis es endlich und endgültig *vorüber* ist – mit uns, den Welsen?«

Er griff nach ihrer Hand und drückte sie, schickte dabei ein Lächeln in den Saal.

»Ja, Ihr habt ganz recht, Estrid, dieser Lendern ist ungewöhnlich heiß, heißer noch als der im Solder zuvor. Das macht selbst mir zu schaffen und dabei sollte ich es doch gewohnt sein.«

Estrid versuchte, ihre Hand zu befreien, aber Mendron drückte noch fester zu. In seinen Zügen lag nun keine Bitte mehr, sondern eine Warnung.

»Ich habe viel gelesen in der letzten Zeit«, sagte Estrid unbeirrt, sie konnte nun nicht mehr zurück. »Was Pram den Welsen antut, ist nicht recht. Ihr wisst es, alle wissen es. Aber niemanden kümmert es. Dabei wurde das Unrecht sogar aufgeschrieben. Es steht in den Büchern! In pramschen, in *Euren* Büchern!«

»Mäßigt Euch, Estrid. Dies hier führt zu keinem guten Ende.«

Der Fürst war ins Welsische gewechselt, was Estrid noch mehr aufbrachte. Er kannte ihre Sprache! Und er *wusste* doch, wie sehr sie litten, er *wusste* doch, dass sie ausgebeutet wurden – wie konnte er so freundlich, so verständig tun, wenn sein Herz so kalt war?

»Ich will lieber sterben, als so leben wie Ihr.«

Sie riss ihre Hand aus seiner Umklammerung, warf dabei ihr volles Glas um.

»Hier ist alles nur Lüge. Ich hätte überall hingehen sollen, nur nicht nach Pram. Ich hätte jeden um Verständnis, um Hilfe bitten können – nur nicht einen Pramer!«

»Estrid!«

Sie sprang auf: »Und erst recht nicht den obersten der Pramer! Der Feste feiert! Der sich amüsieren möchte! Der Augen und Herz vor der Wirklichkeit verschließt!«

Auch der Fürst erhob sich; er war um Haaresbreite kleiner als die Welsin.

»Estrid von den Randbergen, in Eurem eigenen Interesse: Setzt Euch, mäßigt Euch!«

Sie bemerkte nicht einmal, dass alles Getuschel verstummt war, dass kein Gast mehr wagte zu atmen und nur noch die Gamban- und Tarvespieler gegen die tödliche Stille im Saal anzupften.

»Ihr könnt mir nicht befehlen, Ihr seid nicht mein Fürst. Wir Welsen haben keinen Fürsten und keinen König – wir haben einen Statthalter und *uns regiert der Hunger, sonst niemand!*«

Es war Belendras große, weiche Hand, die Estrid am Arm packte und zu sich herumriss. Belendra hakte die aufgelöste Estrid unter und schritt hocherhobenen Hauptes mit ihr aus dem Saal – noch bevor Sardes sich aus seiner totengleichen Starre lösen und die Garde auf diese wildgewordene Rothaarige hätte hetzen können.

10

Die Quelle schwieg, sie versiegte und das war sein Ende. Sardes stand, vom Schmerz gebeugt, in der säulengestützten Halle am Rand des Quellbeckens und lauschte in die Stille hinein. Das Geräusch von Wasser, das über Stein rinnt, war nur noch Erinnerung. Er musste gehen, aber der Zeitpunkt war denkbar schlecht. Anders als die meisten Menschen hatte Sardes zwar keine Angst vorm Tod und auch nicht vor dem Sterben, aber zu guter Letzt haderte er doch. Denn er wusste sehr genau, wie erbarmungslos der Tod wirklich war.

Was Sardes jedoch vergessen hatte, was er nicht mehr ergründen konnte, das waren die Gefühle oder Ängste der anderen. Er hatte sich schon zu weit von seinen Mitmenschen entfernt, um sie noch zu verstehen. Er mischte sich nicht ein. Nicht mehr. Früher hätte er jedem, der es wissen wollte oder auch nicht, gesagt: Fürchte dich. Fürchte dich vor dem Tod, denn er ist schrecklich und grausam. Fürchte dich vor den Schmerzen, denn sie werden dir den Verstand rauben. Du wirst Schmerzen haben, das ist sicher, und sollte wider Erwarten dein Körper Gnade kennen, dann wird dich deine Seele martern. So oder so wird das Ende schrecklich. Davon war er überzeugt, denn er hatte den Tod oft mit angesehen. Zu viele Menschen waren gestorben, während Sardes weiterlebte. Zu oft hatte er die Sterbenden begleiten wollen und es nicht gekonnt. Der Tod der anderen war für ihn zur Qual geworden – er fürchtete den Tod jederzeit und überall, nur nicht bei sich selbst. Nicht mehr. Es hatte so lange gedauert, bis Sardes nun endlich an der Reihe war, und er war so langsam gestorben, dass für ihn das Leben zu der unbekannten Gegend geworden war, die der Tod für alle Lebenden ist. Dennoch hielt ihn das Leben fest.

Wie soll ich denn in Ruhe gehen, jetzt, wo die Welt zerbricht?

Die Quelle schwieg. Sie war endgültig versiegt. Sie hätte von den Schmerzen erzählen können, die Sardes plagten – den Schmerzen des Sterbenden, vor denen sich so viele fürchteten. Sardes starb seit über hundert Soldern und ebenso lang litt er Schmerzen. Nun waren sie unaushaltbar geworden. Die Quelle hätte auch von der Dunkelheit sprechen können, in die Sardes' Geist gestürzt war, nachdem Asli ihn verlassen hatte. Das Wasser, das bereits diesen Stein herabgeströmt war, noch bevor das erste Haus von Pram errichtet wurde, wusste alles über seinen Hüter. Es war er. Die Quelle war Sardes, sie war sein Leben und so war Sardes auch sie. Wenn er sie fragte, fragte er nur sich selbst. Aber die Antworten, die Antworten …

Wie kommt es, dass ich immer weniger weiß, immer weniger verstehe?

Er lauschte in sich hinein. Aber Sardes hatte sich nicht nur vom Leben, sondern auch von der Gegenwart immer weiter entfernt. Über dem Lauschen vergaß er die Frage. Erstarrt im Schmerz stand er am dunklen Wassersaum in der großen Halle, deren Säulen auf den steinernen, algenbewachsenen Häuptern der Undae ruhten.

Utate, liebste Unda, lebende Tochter. Hoffen die Menschen, in ihren Kindern weiterzuleben? Ist das nicht entsetzlich eitel?

Er erinnerte sich an Utates Mutter. Sardes erinnerte sich immer klarer an die weite Vergangenheit, je mehr ihm die Gegenwart vor den Augen verschwamm. Es war eine Zeitenwende gewesen, als er Utates Mutter kennenlernte, und es war eigentlich kein Kennenlernen gewesen, sondern ein heftiger Zusammenprall. Einmal gesehen und gleich geliebt. Einmal geliebt und gleich ein Kind. Ein Kind, so schön wie die Mutter: Utate. Die letzte, die jüngste der Undae, hineingeboren ins Ende der Alten Zeit. Man kann nicht lernen, das Wasser zu lesen, es ist eine Gabe der Vergangenheit, der Zeit vor dieser Zeit. Nun brach wieder eine neue Zeit an. Würde Utate ihre Fähigkeiten und ihre Liebe zu den Menschen in diese neue Zeit hinüberretten können? Sardes würde es nicht erfahren, denn er starb. Der Gedanke, dass auch Utate sterben könnte, dass es keine Rettung gab – weder für ihre Fähigkeiten noch für ihre allumfassende Liebe noch für die Menschen noch für die Welt – dieser Gedanke war zu gewaltig und zu schrecklich, als dass er in Sardes' verlöschendem Geist noch aufflammen konnte. Er war ein großer Quellhüter gewesen, ein weiser und mächtiger Mann und dabei letztlich doch nur ein Vater, der sich wünschte, sein Kind würde es auch ohne ihn gut haben. Er war nicht eitel.

Sie kann ohne mich leben, dessen bin ich mir sicher. Aber ich habe nicht ohne dich leben können, Asli. Dein Tod war mein Tod. Warum musstest du dich deiner Schwester entgegenstellen?

Warum?

Weil es nicht anders ging. Weil Asli ihren Zwilling liebte. Asing war ihre Kehrseite – völlig anders und dennoch ganz wie sie. Als Asing in ihrem Liebeswahn Welsien verbrannte, entzündete Asli das Gegenfeuer, um die letzten noch lebenden Welsen zu retten. Auch das war eine Liebestat. Und als Asli sich schließlich selbst entzündete, als auch sie brannte, leuchtend weiß, und ihr Feuer über dem Kontinent explodierte wie das gleißende Licht eines verglühenden Sterns – war nicht auch das heller Wahnsinn gewesen? Können Gut und Böse sich jemals näherkommen als in den beiden segurischen Schwestern?

Immer noch horchte Sardes in sich hinein, aber nach und nach lösten sich alle Zusammenhänge auf, er verstand seine eigenen Gedanken nicht mehr. Sein Wissen verwehte. Zurück blieben Bilder und Gefühle. Da stand sie, mitten in Pram, die Welsin mit den flammend roten Haaren, die Faust am Herzen. Da stand sie abermals, wutentbrannt, beim abendlichen Fest, und klagte den Fürsten an. Und Sardes fühlte eine Sehnsucht, die mehr schmerzte als die sich versteifenden Gelenke. Denn die Welsin erinnerte ihn an die brennende Asing und in ihr wiederum hatte er seine geliebte Asli gesehen – die so anders war als ihre Schwester und ihr doch zum Verwechseln ähnlich. Er hatte mit angesehen, wie sie zerfiel und wie ihr Herz barst. Da hatte er das Wasser überquellen lassen. Im Grunde waren sie alle gleichzeitig gestorben, alle drei, auch wenn zwischen dem Tod der Schwestern und dem seinen mehr als hundert Soldern lagen.

Was war die Zeit? Wehmut, mehr nicht.

Im schwarzen, stillen Wasser spiegelte sich das weiße Licht, das die Undae in die Halle getragen hatten. Als Sardes den schweren Steindeckel über sich schloss, behielt er den Anblick der weißen Flamme vor den Augen: Asli. Sie hatte Erbarmen gehabt. Sie war zu ihm zurückgekehrt und würde ihn nie wieder verlassen. Das war das letzte Bild, die letzte Gewissheit. Das war das Ende und es war nicht schrecklich. Sardes haderte nicht mehr. Diese Welt, diese Zeit ging ihn nichts mehr an.

11

Die Brände fraßen sich langsam von den Wäldern um Bosre durch die Vorstadt bis nach Pram. Es war jedes Solder dasselbe: Jemand war nicht vorsichtig genug, ein wenig Glut, die vergessen wurde, einige Funken, die nicht verloschen, während der Wind sie weitertrug – schon brannte der Wald, denn er war trocken, er wollte geradezu brennen am Ende des langen, heißen Lenderns. Man kam damit zurecht und der Eldron war nah.

Diesmal aber drohte das Feuer außer Kontrolle zu geraten. Zwischen Bosre und Pram stand eine himmelhohe Wand aus undurchdringlichem Qualm; immer mehr Menschen drängten auf der Flucht vor den Bränden aus der Vorstadt nach Pram hinein. Langsam entfärbte der herüberziehende Rauch das Blau der letzten Lenderntage und Ascheflocken trudelten durch die Luft, legten sich auf Schultern und Scheitel. Sie waren leicht wie Schmetterlinge, aber wenn man sie wegwischen wollte, zerfielen sie sogleich zu schwarzem Schmier. Schuld an alldem war nicht der lange Lendern, nicht die Hitze, davon war man in Pram überzeugt. Und erst recht keine unvorsichtigen Holzfäller, denn die kannten ihren Wald und brauchten ihn und wären die Letzten, die ihn in Brand setzen würden. Schuld war die Fremde, die Welsin. Ganz sicher kannte diese Frau, die so groß gewachsen und so unheimlich schön war, einige Zauber, um sich an den alten Feinden zu rächen. Man erzählte sich, sie habe aus purer Bosheit den Fürsten versengt, als der ihr – respektvoll und in freundlicher Absicht – die Hand auf den Arm legte. Heiß wie ein glühendes Holzscheit sei ihr Arm gewesen und schwer verletzt seitdem die Hand des Fürsten. Das konnte schon sein, man musste sich nur diese feuerroten Haare ansehen, solche Haare gab es eigentlich nicht. Jedenfalls sollte es sie nicht geben, nicht hier, nicht in Pram. Es war gut und richtig, wie sie es seit Langem hielten: Den Welsen war der Zutritt zur Stadt versagt. Die Fremde, das böse Zauberweib, musste weg.

Belendra amüsierte sich königlich über die raunende Stimme des Volkes, jedes noch so leise Flüstern wurde ihr von ihren Spitzeln hinterbracht. Sonst war sie oft trübsinnig und verfiel in eine eigenartige Starre, sobald die Kinder nicht in der Nähe waren. Nun umspielte stets ein Lächeln die vollen Lippen, was Estrid schier wahnsinnig machte. Mehr als eine Zehne nach ihrem Ausbruch beim Fest war sie immer noch tief beschämt und wusste sehr wohl, welchen Bärendienst sie ihrem Volk erwiesen hatte. Man sah Estrid nun als Gefahr für Stadt und Fürst, hielt sie für eine böse Zauberin – sie hatte Misstrauen und Feindschaft neu entfacht, statt Annäherung zu erreichen. Estrid war letztlich doch zu stolz, zu stur, zu sehr Welsin, um diplomatisch zu sein.

»Ihr habt gewusst, dass es so kommen würde, habt mich in voller Absicht dazu getrieben!«, warf sie Belendra vor, deren Lächeln nicht aus dem Gesicht wich. Sie wanderte durch den abendlichen Garten und fütterte die Vögel mit Obst. Estrid folgte ihr auf Schritt und Tritt.

»Die Bücher! *Ihr* habt sie ausgesucht, mich aufgehetzt!« Sie fauchte und Belendra schwieg zu den Vorwürfen, was Estrid noch mehr anstachelte.

»Ich bin sicher: Alles habt Ihr so geplant. Alles! Von Anfang an! Habt mich halb nackt auf den großen Platz gestellt, damit alle mich sehen – auch der Fürst! Und wie ein faules Stück Fleisch habt Ihr mich dann neben Kandor gesetzt, damit er sich im Ekel abwendet. Denkt Ihr, es ist mir angenehm, solche Blicke zu erdulden? Solche Ablehnung zu ertragen? Es hat mich verletzt, ich war wütend!«

Belendra schwieg weiterhin und hörte nicht auf zu lächeln. Sie ging von Käfig zu Käfig und steckte seelenruhig Obststückchen zwischen die Stäbe. Eine friedvolle Dämmerstimmung erfüllte den großen Garten, aber auch das konnte Estrid nicht besänftigen.

»Warum? Sagt es mir, Belendra! Sagt mir, warum Ihr das tut! Warum benutzt Ihr mich, um Zwietracht zu säen? Einfach so, weil es Euch Freude macht? Nun soll ich sogar an den Bränden schuld sein, das ist doch ungeheuerlich. Nie wird meinem Volk Gerechtigkeit widerfahren, niemals! Pram hasst die Welsen und ich, ausgerechnet ich, habe auch den letzten Einwohner der Stadt wieder daran erinnert!«

Nun war es so weit: Estrid weinte. Sie schluchzte wie ein Kind, das vor der riesenhaften Ungerechtigkeit der Welt kapituliert.

»Ihr müsst endlich begreifen, Estrid, dass zwischen dem, was die Bürger von Pram denken, und dem, was Pram denkt, ein Unterschied besteht.«

Belendra reichte Estrid ein Stückchen Obst und steckte sich selbst eins in den Mund. Sie kaute, hob eine Augenbraue und fuhr fort: »Bei Euch dort oben in den Randbergen mag das anders sein, aber hier gilt Folgendes: Der Fürst *ist* Pram. Mendron ist der alleinige Herrscher, er ist Pram *in Person* und sein Wort ist Gesetz. Es gibt einen Rat, es gibt einige Leute, die durchaus meinen, dass sie in dieser Stadt etwas zu sagen haben. Letztlich ist aber alles ohne Belang – es geht nur und ausschließlich um den Fürsten. Und Mendron denkt nicht schlecht von Euch, Estrid, ganz und gar nicht. Deshalb denkt auch Pram nicht schlecht von Euch. Es gibt also gar keinen Grund zur Aufregung.«

Estrid erinnerte sich an das Buch, in dem sie über den Herrscher gelesen hatte. Er sei immer beides, hatte es dort geheißen: leibhaftiger Mensch und Idee des Herrschens. Die Untertanen glaubten an diese Idee und daraus bezog der Herrscher seine Autorität – der Fürst war Fürst, weil alle ihn als solchen sahen.

»Ich habe ihn zutiefst beleidigt«, sagte sie schwach. »Ich habe mich seinem Befehl widersetzt, ihm die Herrscherwürde abgesprochen.«

»Dann entschuldigt Euch«, sagte Belendra leichthin.

»Wie das?«

»Nun, Estrid, Ihr werdet in Eurem Leben schon einmal um Verzeihung gebeten haben, oder?«

»Ich werde doch niemals vorgelassen! Ich kann nicht zu ihm.«

»Das müsst Ihr auch nicht«, Belendras Lächeln verbreiterte sich, »denn der Fürst kommt zu Euch. Das überrascht Euch? Nun, mich nicht. Er ist ein Mann, oder? Männer sind berechenbar, und auch ein Fürst ist ein Sklave seines Geschlechts.«

Estrid war sprachlos. Was war sie, eine Art Köder? Wollte Belendra den Fürsten fangen? Wozu?

»Es ist immer wieder eine Freude, Euch beim Denken zuzuschauen«, sagte Belendra. »Erlaubt dennoch, dass ich Euch ein wenig auf die Sprünge helfe: Sardes ist hinter den Stein gegangen, Mendron hat seinen treusten Beschützer verloren. Das ist sehr bedauerlich, aber keine Überraschung. Daher haben sich bereits alle in Stellung gebracht, vorneweg Kandor und Samirna. Er, weil nichts seinen Machthunger stillt außer noch mehr Macht. Sie, weil nur Fürstin zu sein ihre unermessliche Geltungssucht befriedigt. Seht Ihr, Estrid, es sind die niederen Gelüste, die die Menschen antreiben … mich eingeschlossen. Mich dürstet nach Rache.«

Für einen Augenblick verschwand das Lächeln aus ihrem Gesicht und sie sah müde aus.

»Ich will nur eines, Estrid: Kandor schaden. Ich will, ich *muss* den Fürsten seinem Einfluss entziehen. Kandor ist bereits jetzt der zweitmächtigste Mann in Pram. Ich muss den mächtigsten Mann nach Kräften unterstützen, damit der andere ihn nicht vom Thron reißt. Ich muss Mendron so lange oben halten, bis diese Krise überwunden ist.«

»Und ich bin also dazu da, den Fürsten zu Euch zu locken? An Euch zu binden?«

Estrids verzweifelte Traurigkeit verflüchtigte sich mit jedem Wort, das Belendra sprach. Sie hatte sich nicht eingebildet, dass die reiche Pramerin Zuneigung für sie hegte. Aber ins Gesicht gesagt zu bekommen, dass sie nur eine Figur in einer Intrige war, das traf Estrid doch.

Belendra sah Estrid aufmerksam an, sie hatte die Kühle in Estrids Stimme gehört. Doch sie störte sich nicht daran, im Gegenteil: Es gefiel ihr, wie gekränkt Estrid war.

»Ich werde Euch Eure Unschuld schon noch abgewöhnen, Estrid von den Randbergen. Anders könnt Ihr in Pram nicht bestehen. Aber seid beruhigt, ich hatte schon alles geplant, bevor ich Euch sah. Ihr seid nur die zweite Wahl.« Estrid wusste nicht, ob sie das weiter mit anhören wollte. »Eine zweite Wahl, die sich als echter Glücksgriff erweist«, fuhr Belendra mit dunkler Zufriedenheit fort. »Samirna fühlte sich schon so sicher, dass sie glaubte, keine Verbündeten mehr nötig zu haben. Sie hat meine Offerte abgelehnt und so kämpfen wir nun jeder für sich und gegeneinander um die Gunst des Fürsten – Kandor, Samirna und ich. Und dazu viele andere, die aber chancenlos sind. Auch mich hatten alle längst abgeschrieben. Dann habe ich Euch gefunden, Estrid. Und anders als Samirna seid Ihr kaum in der Position, mein Angebot abzulehnen, nicht wahr? Estrid, mit Eurer Hilfe kann ich Mendron dem Einfluss Kandors entziehen. Und auch dem dieses Flittchens, dieser Schauspielerin, die so furchtbar von sich überzeugt ist. Ich will den Fürsten retten. Das ist wahrlich keine böse Absicht.«

Estrid ging ein paar Schritte und ließ sich auf einer steinernen Gartenbank nieder. Es wurde allmählich dunkel, aber es war immer noch warm. Die Luft roch nach Rauch. Ihr Blick fiel auf den großen gelben Vogel, der auf seiner Stange hin und her wanderte und sie beäugte. Bald würde er, wie jede Nacht, mit dem Rufen beginnen. *Meine Wache,* dachte Estrid. Ihre Gedanken sprangen weiter, zu Felt. Es war alles einfacher gewesen, früher – war es auch besser gewesen? Ja, denn sie waren zusammen gewesen. Aber hier, heute, lagen die Kinder satt und zufrieden in ihren Betten und schliefen. Das war Belendras Angebot: gesunde Kinder. Kinder, denen es an nichts mangelte, die Lesen und Schreiben lernten und noch viel mehr als das. Belendras Angebot war *ein ganzes Leben,* und das konnte Estrid nicht ablehnen.

»Ich bin keine Hure«, sagte sie.

»Wer Ihr seid und was Ihr sein wollt, bleibt Euch überlassen. Ich habe Euch in Stellung gebracht, das ist wahr, aber nun ist es an Euch. Ihr könnt viel erreichen – für mich, für Euch selbst und Euer Volk. Estrid, ich *musste* Euch diesem vergnügungssüchtigen, verwöhnten Pack ins Gedächtnis einbrennen! Etwas so Schönes, etwas so Aufsässiges – nur das konnte sie alle aufrütteln. Und nun? Nun spricht die ganze Stadt von Euch! Ihr seid *echt,* Estrid, und Ihr habt ein echtes Anliegen. So etwas ist dem Fürst schon lange nicht mehr begegnet.«

Sie setzte sich neben Estrid.

»Was habt Ihr noch geplant, Belendra? Wie wird das alles ausgehen?«

Belendra antwortete nicht, sondern sah in den Abendhimmel, an dem die Sterne hinter dem Rauchschleier nur noch ein glanzloses Flackern waren.

12

Er kam noch in jener Nacht. Kurz nach ihrer Aussprache hatte Belendra Estrid ins Haus geschickt, damit sie sich zurechtmachte, und kaum war sie fertig, da stand der Fürst schon im Garten.

Er war zurückhaltender und gleichzeitig nahbarer als bei Hof, wo das Fürstliche wie ein großer Schild vor ihm stand. In Belendras Garten, im grünlichen Licht der Käfer, wirkte Mendron angreifbarer. *Er ist auch nur ein Mensch,* dachte Estrid und bemerkte, dass er wieder das Wams falsch geknöpft hatte. Half ihm denn niemand beim Ankleiden? Seine Hosen waren nachlässig in die Stiefel gestopft, eine Manschette offen – Felt wäre so nicht einmal aus dem Haus gegangen, geschweige denn zu einer Frau. Estrid hielt unwillkürlich den Atem an bei diesem Gedanken. Zwei, drei Herzschläge lang. Dann ließ sie die Luft wieder zwischen den Lippen herausströmen. Obwohl sie nun getrennt waren, konnte sie sich nicht vorstellen, dass Felt eine andere Frau auch nur ansehen würde. Sie glaubte immer noch an seine Treue; ein untreuer Felt, das gab es einfach nicht. Und was tat sie? Was um alles in der Welt tat sie denn hier?

Estrid wusste es selbst nicht genau. Sie sah Mendron nicht an, sagte kaum ein Wort. Er hingegen schaute sie oft an, das spürte sie, vor allem in den Pausen zwischen seinen Sätzen ruhten seine Augen auf ihr. Natürlich machte Mendron Konversation, das hätte er sicher auf dem Totenbett noch gekonnt, aber besonders geistreich war er dabei nicht. Sie waren beide verkrampft und ihr Gespräch kam über Gemeinplätze und Floskeln nicht hinaus. Er verabschiedete sich schließlich seltsam abrupt, so kam es Estrid vor, aber vielleicht war das einfach die pramsche Art. Sie hatte nicht das Gefühl, dass er wiederkommen würde.

Aber das tat er. Mendron kam wieder. Und wieder. Bereits die fünfte Nacht besuchte der Fürst Estrid nun und sie gingen langsam nebeneinander her durch den Garten. Der Himmel über ihnen wurde nicht mehr völlig dunkel, denn die Feuer kamen näher, hatten die Vorstadt schon fast ganz aufgefressen und brachten den Nachthimmel in einem finsteren Rotgold zum Leuchten. In der Luft lag Brandgeruch. Beide taten so, als nähmen sie es nicht wahr. Sie sprachen nicht über das Feuer, das Pram bedrohte, und sie sprachen nicht über die Gerüchte, die sich um Estrid und ihre vermeintliche Zauberkraft rankten. Auch die Kluft zwischen Pramern und Welsen war kein Thema – Estrid vermied es tunlichst, auch nur in die Nähe von Politik zu geraten. Inzwischen hatten ihre Landsleute die Lagerstadt wieder verlassen und waren heimwärts gezogen; am Berg bereitete man sich nach den Haf-Feiern auf den kommenden Firsten vor. Nun, da alle wieder in der alten Heimat waren, fühlte Estrid sich noch einsamer als zuvor. Ja, am Berg wurde gehungert, aber hier auch. Estrid hungerte nach Gesellschaft, nach Verständnis, und das war noch schwerer zu ertragen als das Ziehen im Leib, das sie von klein auf kannte und das sie gewohnt war. Nun war sie immer satt, doch es zog in ihrer Brust.

Estrid wollte es sich nicht eingestehen, aber sie erwartete nachmittags schon den Abend. Denn wenn die Schatten lang wurden und schließlich zusammenflossen, boten sie den Schutz, den Mendron brauchte, um heimlich zu der Frau zu gehen, die alle in Pram nur noch *Ignamalja*, Feuerkopf, nannten. Und er kam. Mit seiner Anwesenheit und seiner Stimme stillte er Estrids Hunger. Die Geschichten, die Mendron erzählte, waren wie lebhafte Träume und Estrid konnte hineintauchen wie in eine zweite Wirklichkeit. Sie vergaß alles. In Mendrons Gegenwart und umfangen von seinen Erzählungen war Estrid befreit von allen Sorgen, mehr noch: Sie fühlte sich erlöst. Er machte sie auf eine Art glücklich, die sie bisher nicht gekannt hatte, und es fiel Estrid von Nacht zu Nacht schwerer, sich dagegen zu wehren.

13

Diese Welsin war ein Naturtalent. Samirna konnte immer noch kaum fassen, was sie beim Bankett gesehen hatte. Was für ein Auftritt! Diese große Frau, dieser Feuerkopf, hatte geglüht vor Zorn, ihre Stimme war volltönend gewesen und die Sprache hart und fremd – die Welsin hätte gegen einen Sturm ansprechen können und dennoch wäre jedes einzelne Wort hörbar gewesen. Ja, und ganz Pram hatte sie nicht nur gehört, sondern sprach auch kaum noch über etwas anderes.

»Was für ein Auftritt«, wiederholte Samirna nun halblaut und erschrak. Denn statt verächtlich zu klingen, hatte sie mit unüberhörbarer Ehrfurcht in der Stimme gesprochen. So war es oft: Sie dachte nach, grübelte, nahm um sich herum kaum etwas wahr, und erst wenn sie sprach, wenn sie sich selbst hören konnte, verstand sie ihre eigenen Gedanken und Gefühle.

»Sie ist eben ein Naturtalent, nicht mehr und nicht weniger!«, rief Samirna nun laut aus in der Hoffnung, damit ihre Grübeleien zu einem Ende zu bringen. Es war schlimm genug, dass alle Welt an die Ignamalja dachte statt an sie, an Mirna, die Tausendfache. Und was tat der Fürst?

Samirna lachte. Laut und so herzlich, dass es ansteckend war. Es war jedoch niemand da, der hätte mit ihr lachen können, und sie selbst spürte unter dem Lachen etwas anderes mitschwingen: Angst. Sie fluchte. Noch schneller, noch energischer ging sie nun auf und ab. Im Augenwinkel beobachtete sie sich dabei und der Spiegel zeigte ihr die wehenden Rockschöße eines kostbaren Morgenmantels, wie zufällig sich lösende Haarsträhnen und Wangen, die sanft gerötet waren. Ihr Spiegelbild war eine begehrenswerte Schönheit.

»Es steht *mir* zu. Mir steht alles zu. Alles! Jedoch …«

Sie hielt inne, schlug die Augen nieder, beschämt wegen der Heftigkeit ihrer Forderung. Samirna überprüfte kurz ihre Haltung im Spiegel. Sie war perfekt: einsichtig, bescheiden und dennoch kraftvoll, nahezu drängend. Wer außer ihr hatte die Fähigkeit, derart komplexe Gefühlslagen auszudrücken? Niemand. Samirna sah sich und war überzeugt von ihrem Konterfei. Der Spiegel zeigte ihr eine Frau, die zur Fürstin geradezu geboren war.

»Ach, ist das so? Die Fürstin *spielen* kannst du auf jeden Fall – aber kannst du sie auch *sein*?«

Der Frau im Spiegel stand echter Zweifel im Gesicht. Samirna wandte sich ab. Es wäre besser, sie bereitete sich auf die Vorstellung vor, statt die Fürstin zu proben. Sie raffte den Seidenmantel über der Brust zusammen, darunter trug sie bereits ihr grau glänzendes Bühnenkostüm. Es wurde immer noch *Die Feuerschlacht* aufgeführt; die Inszenierung war bereits jetzt legendär und der Publikumsandrang so groß, dass man das Stück nicht nur zur Kremlid und den Haf-Feiern ansetzte, sondern auch darüber hinaus im Spielplan behielt.

Samirna durchmaß wieder mit schnellen Schritten ihre Garderobe – ein stilvoll möblierter, großer, aber fensterloser Raum tief im Bauch des Theaters – und sagte leise ihren Text auf.

»*Palmon, edler Fürst von Pram, ich trete hier vor Euch hin und bringe gute Nachricht* … ach, nein. Nein!«

Alles falsch, keine Haltung, kein Gefühl! Es ging nicht um

die Nachricht, nicht um das, *was* sie sagte. Sondern ums *Wie*. Mit welcher Absicht trat sie denn vor den Fürsten?

»Ich will ihn haben. In jeder Geste, jeder Betonung muss mitklingen, wie sehr ich ihn haben will.«

Die Frau im Spiegel nickte zustimmend und Samirna begann von vorn.

»Palmon, edler Fürst von Pram, ich trete hier vor Euch hin und bringe gute Nachricht.«

Na also, es ging doch. Sie streifte den Mantel ab und löste auch die Haarspangen. Nun fand sie immer besser in ihre Rolle hinein: Ihr gegenüber im Spiegel nahm Asing Gestalt an. Sie neigte den Kopf und lächelte gewinnend. Die langen Haare umflossen die schmalen Schultern und in den dunklen Augen der Adeptin funkelte kühn die Intelligenz. Dann, unerwartet, veränderte sich ihre Miene und sie runzelte die Stirn. Als sie sprach, war ihre Stimme ernsthaft besorgt.

»Du willst doch nicht, dass es dir wie mir ergeht, nicht wahr?«

Asing kam einen Schritt auf Samirna zu.

»Ich, die kluge Adeptin, die ach so schöne Frau – ich war so dumm und habe ihn geliebt. Ich habe alles für ihn getan, ich habe die Streiter der Allianz auf den Sieg eingeschworen. Ich habe den kwothischen Heerführern die Idee eingegeben, den Fluss in Brand zu setzen. Und was war mein Lohn?«

Asings Augen schimmerten, sie füllten sich mit Tränen. Sie kam noch einen Schritt näher, streckte eine Hand aus, als wolle sie sie berühren.

»Wir wissen beide, Samirna, dass es mehrere Versionen meines Endes gibt. Eines eint alle diese Enden: die Tragik. Ich bekomme ihn nicht. Ich werde niemals Fürstin. Ich bin entstellt, denn ich habe für ihn gebrannt. Lass dir also von mir raten: Liebe nicht, niemals. Kümmere dich um dich selbst, nicht um andere. Und lass dir nicht von dieser Welsin, diesem ungelenken Riesenweib, *den Mann wegnehmen und dich deiner Zukunft berauben!*«

Den letzten Satz hatte sie so heftig herausgeschrien, dass ihr Speichel gegen das Spiegelglas sprühte. Das Klopfen hatte sie überhört.

»Euer Auftritt, Samirna …«

Sie fuhr herum. Der Diener wich erschrocken zurück. Er war nicht mehr jung und zeitlebens beim Theater gewesen, aber solche Wut, solchen Hass hatte er niemals zuvor gesehen. Das war keine Schauspielkunst mehr, das war zu wahr – das konnte nicht mit rechten Dingen zugehen. Er hatte Mirna, die Tausendfache, zu ihrem Auftritt geleiten wollen. Aber in der Garderobe fand der Diener nicht sie, sondern Asing – glühend, fiebrig und entschlossen, sich das zu nehmen, was ihr zustand: alles. Keiner, der an diesem Abend im Theater war und *Die Feuerschlacht* sah, sollte die Aufführung jemals vergessen.

14

Mendron hob den Arm zu einer weit ausholenden Geste.

»Und dieser arme Fischer, der von den anderen stets verspottet wurde, fuhr schließlich weiter und weiter und immer weiter auf den See hinaus. Er war ganz allein. Er sah keine Ufer mehr, und obwohl er ein wenig Angst hatte – die Wellen sind hoch so weit draußen und er hatte doch nur ein sehr kleines Boot –, genoss er es auch. Er fühlte sich frei.«

Mendron lächelte Estrid kurz an. Sie lauschte hingebungsvoll, die Augen geweitet wie ein staunendes Kind. Sie vergaß, wo sie war und wer er war, denn sie ging immer an die Orte, von denen er sprach. In diesem Moment war Estrid nicht mehr innerhalb der Mauern von Belendras Garten, sondern in einem schaukelnden Boot draußen auf dem Pramsee – gemeinsam mit einem unglücklichen Fischer, dessen Netz alle Zeit leer blieb und der deshalb von allen anderen Fischern des alten Pram verlacht wurde.

»Die Wellen wurden höher, der Wind nahm zu. Das Wasser war stumpfgrau wie Blei und der Himmel wurde dunkel und drohend. Der Fischer klammerte sich am Holz seines schaukelnden Bootes fest. Das Steuern hatte er aufgegeben. Der Wind und die Wellen trieben ihn über den See, immer weiter weg von Pram, aber er hatte Glück im Unglück und kenterte nicht. Das Wetter schlug wieder um, der Himmel klarte auf und der Fischer sah endlich Land. Nun, wenn man das denn als Land bezeichnen wollte: Er war über den gesamten See gefahren und in den nördlichen Sümpfen angelangt.«

»Und nun?«, entfuhr es ihr. Mendron lachte. Er berührte ihre Schulter, um sie vom Kiesweg zu einer Bank zu lotsen. Sie setzten sich. Estrid nahm die Wärme seines Körpers wahr.

»Und nun? Nun warf der Fischer seine Netze aus«, sagte Mendron. »Deswegen war er schließlich losgefahren – er wollte endlich etwas fangen.«

Estrid hatte eine abenteuerliche Vorstellung von einem Sumpf, die sich ganz auf Mendrons Beschreibung gründete, selbst hatte sie nie einen gesehen. Früher hatte Felt ihr von den Wäldern in der Umgebung der Lagerstadt erzählt. Das hatte Estrids Sehnsucht geweckt, aber nur unbestimmt. Felt hatte zwar sein Bestes getan, um die hohen Bäume und das weiche, farbige Licht zu beschreiben, das unter ihrem Blätterdach herrschte. Doch er war nun einmal kein Mann des Wortes und eine bildhafte Vorstellung wollte sich bei Estrid nicht einstellen. Ganz anders, wenn Mendron erzählte. Dann *war* Estrid im Sumpf, lief hindurch, fühlte den unsicheren, schwingenden Grund unter ihren Füßen und bemerkte, wie ihr Kleid schwerer wurde, weil der Saum sich mit Wasser vollsog. Sie hörte sogar das Platschen ihrer vorsichtigen Schritte, roch den feuchtwarmen, modrigen Geruch – was wollte der Fischer denn in solch einer Gegend bloß fangen?

»Jedenfalls keine Fische«, antwortete Mendron. Estrid hatte die Frage laut ausgesprochen, ohne es zu bemerken. Sie fühlte Röte in die Wangen steigen und sah auf ihre Hände. Während Mendrons Körper Wärme abstrahlte, war die Steinbank kalt.

»Was sonst?«, fragte sie.

»Wollt Ihr das wirklich hören? Die Geschichte nimmt nun eine etwas widerwärtige Wendung.«

»Geehrter Fürst, darf ich Euch erinnern? Ich bin keine Hofdame. Ich bin nicht so leicht zu erschüttern.«

Sie blickte wieder auf und seine blauen Augen waren unerwartet ernst.

»Ganz recht, Estrid«, sagte er heiser, »Ihr seid nicht so leicht zu erschüttern.«

Er räusperte sich, schwieg dann aber. Estrid war kein unschuldiges Mädchen mehr und deshalb wusste sie, dass der Fürst ihr mehr als zugetan war. Doch das fühlte sich falsch an. Mit einem Mal riss das feine Gewebe, in das er sie beide mit seinen Erzählungen eingewoben hatte, und die Wirklichkeit wurde wieder sichtbar. Estrid erhob sich, und höflich, wie er war, stand er ebenfalls auf. Mendron hatte ihr jedwede Ehrerbietung untersagt und meist vergaß sie über seinen Geschichten ohnehin, mit wem sie es zu tun hatte. Aber nun hatte Estrid sie beide wieder daran erinnert: Sie war eine Welsin, war Mutter von zwei Kindern, bettelarm, ungebildet und zudem verdächtig, als böse Zauberin den Untergang Prams zu betreiben. Er war der Herrscher eben jenes Prams, der reichste und mächtigste Mann der Welt. Außerhalb der Mauern dieses Gartens gab es nichts, was sie verband. Er nahm ihre Hand und ballte sie mit sanfter Gewalt zur Faust, dann legte er sie sich aufs Herz.

»Ich muss gehen, Estrid von den Randbergen.«

»Ja.«

»Ich ... « Er ließ sie los. Einen Augenblick lang war die Nacht ein samtschwarzer Falter, taumelnd zwischen ihnen, dann flatterte sie davon und zurück blieben nur der Brandgeruch und rote Düsternis.

Estrid öffnete ihre Faust und fand darin einen milchig-weißen Stein an einer Goldkette. Fragend sah sie Mendron an.

»Ein Resolith«, sagte er. »Bitte nehmt ihn als Geschenk; vielleicht wird er Euch ab und zu an mich erinnern.«

Estrid schluckte. Es war also so weit, dieses Mal würde er nicht wiederkommen. Er hatte genug von ihr, der Reiz des Neuen und Fremdartigen war verflogen. Sie schloss die Finger wieder über dem Stein und hob das Kinn, blickte ihn direkt an. Nicht einen Moment sollte er glauben, dieser Abschied mache ihr irgendetwas aus.

»Estrid«, sagte er nur und sie sah ihn einen inneren Kampf austragen. Sie half ihm nicht.

»Estrid«, wiederholte er, verzagter. Er konnte nicht sehen, wie hart ihr Herz schlug. Er atmete tief ein und aus, lächelte dann und sagte: »Ich danke Euch. Dass Ihr hierher in meine Stadt gekommen seid. Dass Ihr mir Abend für Abend Euer Ohr geschenkt habt. Ihr könnt sehr gut zuhören, wusstet Ihr das? Eine seltene Gabe und in Pram praktisch unauffindbar. Ihr habt mir vieles klargemacht. Ja, ich kann sagen: Ihr habt mir die Augen geöffnet.«

Er trat nah an sie heran, aber er berührte sie nicht.

»Mein Herz ist nicht verschlossen«, flüsterte er. »Darin habt Ihr Euch getäuscht, Ignamalja. Aber es war ... betäubt. Ihr habt mich aufgeweckt.«

Mendron ging wieder auf Abstand, ließ seinen Blick über Estrid wandern, als wolle er sich ihre Gestalt ganz genau einprägen. Ihr war so unwohl, dass sie fürchtete, die Knie könnten ihr einknicken. Aber sie blieb stehen und hielt es aus. Er wandte sich als Erster ab.

Zwischen dunklen Pflanzen sprang das kleine weiße Reh hervor und drehte seinen mit einem silbrigen Geweih gekrönten Kopf zu ihnen. So hübsch das Tier war, Estrid fürchtete sich vor ihm und sein plötzliches Erscheinen erschreckte sie immer wieder. Der Fürst beachtete es kaum, sondern warf ihm ein paar Münzen hin, als er an ihm vorübereilte. Der Kies knirschte unter seinen Stiefeln und die Leuchtkäfer glommen neben seinen raschen Schritten kurz auf. Kürzer als sonst, so kam es Estrid vor, und seltsam matt.

15

Es ging bereits gegen Mittag, aber es wurde nicht richtig hell. Estrid stand auf der Terrasse und beobachtete Belendra dabei, wie sie durch den Garten wandelte und mit erstarrten Gesichtszügen die Türen der Vogelkäfige öffnete. Sie bekam es mit der Angst. Rauchschwaden verdunkelten die Sonne, ein Vogel nach dem nächsten flatterte in den grau verhangenen Himmel, farbige Juwelen wie in Blei gefasst. Der Brandgeruch war beißend geworden und das Atmen wurde immer quälender. Estrid hatte Ristra verboten, in den Garten zu gehen. Das Mädchen stand mit Strem am Fenster ihres Zimmers; als Estrid zu ihnen hinaufschaute, sah sie, seltsam verzerrt hinter dem dicken, farbigen Glas, die ängstlichen Gesichter ihrer Kinder. Belendras Knaben weinten, jammerten laut. Zwei hatten eng umschlungen auf den unteren Treppenstufen in der Halle gesessen und auf Estrids Frage nach ihrer Herrin nicht einmal aufgeblickt. Die anderen zwei, die älteren, waren mit ihr im Garten und versuchten mit wachsender Verzweiflung zu verhindern, dass Belendra die Vögel freiließ. Sie hob die Hand, um sie zu schlagen, tat es aber nicht. Die Knaben fielen auf die Knie und bettelten stumm, umfassten ihre Beine. Sie machte sich los, drehte sich weg, öffnete die nächste Tür. Estrid stand einfach steif da, unfähig, sich zu bewegen oder zu sprechen, und schaute auf die zunehmend gespenstische Szene. Nicht alle Vögel flogen gleich auf und davon, manche blieben auf nahen Bäumen oder in den Sträuchern sitzen. Die Knaben versuchten, sie wieder einzufangen, erfolglos. Wie alle Kinder wollten sie sich von nichts trennen – erst recht nicht von etwas Liebgewonnenem, Lebendigem. Belendras maskenhaftes Gesicht und ihre Weigerung, ihr Tun mit auch nur einem Wort zu erklären, machte alles noch schlimmer.

Belendra war bei dem großen gelben Vogel angekommen und endlich konnte Estrid sich wieder bewegen. Sie eilte zum Käfig und legte Belendra, die im Begriff war, die Tür zu öffnen, die Hand auf den Arm.

»Warum tut Ihr das? Die Kinder weinen!«

»Ich auch«, sagte sie und sah Estrid an. Belendras Augen waren trocken und dennoch konnte Estrid die Tränen sehen. Belendra hatte viele vergossen in ihrem Leben. Die Einsamkeit dieser Frau wehte Estrid an wie ein eiskalter Hauch. Sie ließ ihre Hand sinken.

Belendra öffnete den Käfig und der Gelbe kam sogleich heraus, als habe er all die Nächte nur um seine Freiheit gerufen und nicht etwa Estrid bewacht. Er flog aber nicht auf, sondern kletterte geschickt mit Schnabel und Krallenfüßen außen am Käfig hoch und blieb oben sitzen.

»Sie hat ihn gezwungen«, sagte Belendra kraftlos.

»Wie? Wer?« Estrid sah auf den Vogel, hoffte, er würde bleiben.

»Samirna, das Flittchen. Sie ist gerissen, das muss ich zugeben. Sie hat beim Hohen Rat ein Gesuch eingereicht und der Rat hat es angenommen.«

Den ganzen Vormittag über waren Belendras Spitzel durchs Haus gehuscht, Schatten, die kamen und gingen. Was hatten sie Belendra zugetragen, was war geschehen? Der Vogel legte den Kopf schief und blickte Estrid mit einem Auge aufmerksam an, als warte er auf eine besonders interessante Bemerkung von ihr.

»Ich verstehe nicht«, sagte Estrid und hustete. Der Rauch umklammerte mit unsichtbaren Fingern ihren Brustkorb und drückte ihn zusammen.

»Eure Naivität ist manchmal kaum zum Aushalten!«, brauste Belendra auf. Der Gelbe machte einen erschrockenen Seitwärtsschritt, flog aber immer noch nicht weg. Mit einem Mal packte Belendra Estrid bei den Schultern, ihre Finger gruben sich ihr ins Fleisch.

»Samirna hat – im Interesse des Volkes, der Bürger von Pram – den Hohen Rat angerufen und nun ist es offiziell: Entweder Mendron lässt ab von Euch, Estrid, und verweist Euch und die Kinder der Stadt oder er muss abdanken. Denn es ist offensichtlich: Er steht unter Eurem Bann. Ihr seid ein böses Zauberweib, Estrid, eine Ignamalja – Ihr habt Pram entzündet und ebenso das Herz des Fürsten.«

Sie lachte auf und ließ Estrid los. Drehte sich weg und hustete ebenfalls.

»Diese Stadt, diese Welt ist nicht mehr zu retten.«

Endlich begriff Estrid: Es war ein Abschied für immer gewesen. Sie hatte es gefühlt und doch nicht glauben wollen. Mendron würde nicht mehr wiederkommen. Im Gegenteil: Sie musste Pram verlassen. Der Fürst würde sie der Stadt verweisen. Ja, schon möglich, dass er für sie entbrannt war, aber abdanken würde er deshalb nicht. Er *war* Pram, er konnte nicht. Wo sollte sie nun hin? Weg hier, ins Feuer. Alles lief doch genau darauf hinaus, oder? Es kam Estrid so vor, als schützten nur noch die hohen Mauern dieses großen Gartens sie vor den lodernden Flammen. Draußen wartete der Tod, auf sie und auf die Kinder. Sie hatte so viel für ihr Volk und für sich erreichen wollen, hatte auf eine Zukunft gehofft. Und was geschah nun? Wieder schickten die Pramer die Welsen ins Feuer. Estrid würgte, fürchtete zu ersticken.

»Auch ich werde nicht bleiben«, sagte Belendra unvermittelt und mit dunkler Stimme. Sie machte einen Schritt auf Estrid zu – und nahm sie in den Arm. Estrid war zu überrascht, um sich zu sträuben, und dann spürte sie Belendras warmen, weichen Busen, roch den kostbaren Duft ihrer Haare und nicht mehr den Rauch. Estrid schloss die Augen und ließ sich in Belendras Trost fallen.

»Wir gehen zusammen, Estrid«, sagte sie leise. »Wir nehmen die Kinder und gehen dorthin, wo die Luft nicht von Habgier und Missgunst verpestet wird. Ich habe ein Boot, ein recht ansehnliches sogar. Auf dem See sind wir in Sicherheit. Oder möchtet Ihr lieber in die Berge?«

Estrid lächelte, öffnete die Augen wieder und löste sich aus der Umarmung. Sie wollte gerade einen Dank stammeln, da sah sie, wie sich Belendras Gesicht wieder verfinsterte. Einer der jüngeren Knaben kam in den Garten gerannt und überreichte ihr ein kleines, hölzernes Täfelchen. Besucher kündigten sich an. Galt das etwa schon ihr?

Belendra beantwortete Estrids unausgesprochene Frage mit einem Kopfnicken.

»Ja, Estrid, es ist so weit. Aber immerhin beweist der Hohe Rat einen allerletzten Rest Anstand und schickt die erste Vorsitzende. Gilmen kommt höchstpersönlich, um Euch aufzufordern, die Stadt zu verlassen.«

Auch Estrid nickte, gefasst. Sie strich sich das Kleid glatt, hob das Kinn. Doch als sie kurz zur Seite blickte und feststellen musste, dass der Gelbe nicht mehr auf dem Käfig saß, sondern davongeflogen war, wäre sie beinahe selbst in Tränen ausgebrochen.

16

Die Segurin kam nicht allein. Gilmen wurde von einem gut aussehenden, aber klein gewachsenen Mann begleitet, den Estrid nach kurzem Nachdenken als den Kartografen Telden erkannte. Er trug die braunen Haare im Nacken zusammengebunden, seine dunklen Augen waren wachsam. Außerdem standen noch vier Soldaten aus Mendrons Leibgarde in der Halle, als Belendra und Estrid eintraten. Aber die Anwesenheit von gerüsteten, bewaffneten Männern flößte Estrid keine Furcht ein, im Gegenteil: Sie fühlte sich gleich sicherer. Doch dann begriff sie: *Die Soldaten sind hier, um dich wegzubringen!* Estrid musste es sich selbst vorsagen, damit sie es verstand. Ihr ganzes Leben hatte sie in karger Eintönigkeit verbracht – hier in Pram war in wenigen Zehnen bereits mehr geschehen als in allen Soldern zuvor. Sie begriff, was vor sich ging, aber ihr Empfinden kam nicht so schnell hinterher, und außerdem war sie dem ganzen Geschehen hilflos ausgeliefert. Das ließ sie erstarren. Sie stand aufrecht und reglos in der Halle, das Gesicht eine Maske, die Hände verschränkt und die Schultern gestrafft. Gefasst und herrschaftlich wirkte sie und wusste es nicht.

»Was ist? Wollt Ihr nicht das Urteil verkünden, ehrwürdige Vorsitzende des Hohen Rats?«

Belendras Stimme troff vor Hohn.

»Es ist vielleicht alles nicht ganz so, wie Ihr denkt, Belendra.« Nicht Gilmen, sondern Telden gab Antwort; leise, aber bestimmt. Es war selten, dass jemand Belendra widersprach, und Estrid horchte auf.

»Ihr würdet für Gilmen noch Eure eigene Hand aufessen, Telden«, sagte Belendra abschätzig und ging dann zum Angriff über. »Ich frage Euch: Als dieses unsägliche Weibsstück Samirna ihr niederträchtiges Gesuch vorbrachte – hat die erste Vorsitzende es abgelehnt? Oder hat sie sich *enthalten*, sodass andere im Rat dem Vorschlag freudig zustimmen konnten?«

Sie machte einen Schritt auf die beiden Seguren zu. Gilmen hielt den Blick gesenkt und ließ Belendras Zorn über sich ergehen.

»Hat die kluge, gebildete, allseits verehrte Gilmen sich einmal mehr *enthalten* und so ermöglicht, dass Aberglaube und Unmenschlichkeit sich durchsetzen? Ich höre keinen Widerspruch, denn ich habe recht. So war es. Ihr, Gilmen, seid letztlich schuld, dass diese Frau der Zauberei beschuldigt und der Stadt verwiesen wird. Sie ist mittellos, Gilmen! Sie hat zwei kleine Kinder, das wisst Ihr! Wo soll sie denn hin? Was ist Eure segurische Neutralität wert, wenn nur Dummheit und Unrecht dabei herauskommen? Die Seguren mischen sich nicht ein? Dass ich nicht lache! Das ist doch alles Irrsinn!«

Der Nachklang von Belendras lauter, tiefer Stimme schwang noch durch die Halle, als Gilmen unvermittelt sagte: »Er dankt ab.«

»Wie bitte? Was habt Ihr gesagt?«

»Hier.«

Gilmen hielt Belendra das Pergament hin; sie riss es ihr aus der Hand.

»Was ist das?«

»Die Abdankungsurkunde«, antwortete Telden. »Mendron ist nicht mehr Fürst von Pram. Er ist von allen Ämtern zurückgetreten und hat die Herrscherwürde abgelegt. Genau genommen, hat er nun nichts mehr, keine Macht, keinen Besitz. Nur sein Leben.«

»Und Mut«, ergänzte Belendra. Sie war völlig verdutzt und verbarg es nicht. Estrid stand regloser als ein Gardist bei Hofe, aber ihr Pulsschlag füllte ihren ganzen Körper. Wie konnte er das tun? Und warum – wegen ihr? War das zu glauben?

Belendra lachte auf.

»Estrid, es scheint, Ihr habt den Mann beeindruckt!«

Dann, plötzlich, wurde sie todernst.

»Er ist in Gefahr. Er hat nur noch sein Leben und auch das nicht mehr lange. Der Machtkampf ist nun offen entbrannt, Kandors große Stunde ist gekommen ... Wo ist Mendron jetzt? Wisst Ihr das?«

»Natürlich«, sagte Telden mit einer Spur Überheblichkeit. Er war Belendra voraus und das kam selten vor; die Ereignisse hatten selbst ihre flinksten Spitzel überholt. Er stellte die Geduld Belendras aber nicht lange auf die Probe, sondern erklärte: »Mendron ist in der Hama Enfra. Die Seguren haben sich auf mein Anraten hin entschlossen, ihm Asyl zu gewähren. Dort unten ist er sicher, Kandor wagt sich nicht hinab und seiner Miliz wird der Zutritt verwehrt – noch. Niemand kann sagen, was weiter geschehen wird. Aber wir können Mendron wenigstens eine gewisse Zeit Schutz bieten. Und auch Euch, Belendra. Euch und Frau Estrid von den Randbergen.«

Estrid blickte zu den Soldaten. Hatte ihr Gefühl sie also doch nicht getäuscht. Mendron hatte sie zu ihrem Schutz geschickt.

Belendra, die nervös auf und ab gelaufen war und dabei nicht bemerkte, wie sie das Pergament in ihrer Hand zerdrückte, blieb stehen und sah Telden an.

»Nun wird mir klar, warum man Euch nie in den Rat berufen hat, Telden: Ihr habt Rückgrat. Sardes wäre stolz auf Euch. Den Fürsten aufzunehmen – ja, für mich ist und bleibt er Fürst dieser verfluchten Stadt –, das war die richtige Entscheidung. Man kann auch mit erhobenem Haupt untergehen. Wenigstens darin sollten wir uns an den Welsen ein Beispiel nehmen.«

Sie drehte sich zu Estrid um.

»Wir gehen. Packt nur zusammen, was Ihr unbedingt braucht, und dann holt die Kinder.«

»Was geschieht jetzt?«, fragte Estrid und ihre eigene Stimme klang fremd.

»Was jetzt geschieht, kann niemand mehr wissen«, sagte Belendra und Gilmen wandte sich seufzend ab, sie bebte am ganzen Körper. Belendra beachtete es nicht, sondern sprach weiter. »Pram ist ohne seinen Fürsten nicht denkbar, und doch ist es so gekommen. Es gibt nun keine Pläne mehr – es gibt kein Pram mehr! Wir müssen mit dem Strom der Ereignisse mitschwimmen, wenn wir nicht ertrinken wollen. Doch so weit ist es noch nicht. Zunächst steigen auch wir in die Hama Enfra hinab, die Unter-Hama. Sie ist beeindruckend, Estrid, die Segurenstadt unter Pram. Ihr werdet staunen, was es dort alles gibt unter der Erde. Wenn man schon irgendwo eingekerkert wird, dann ist die Hama Enfra auf dem gesamten Kontinent der beste Ort dafür.«

In den Verlorenen,
Temrest im Solder 107 tergde

Gelehrter Freund –

was für ein Unterschied es doch ist, auf einer gut ausgebauten Steinstraße zu reisen oder mit kleinen Booten durch ein Insellabyrinth zu staken! Diese Fahrt ist ungemein beschwerlich und dabei gleichzeitig so unwirklich trübe und eintönig, dass ich ganze Tage mit dem Kinn auf der Brust verdämmere. Ein Lichtblick: Unsere beiden Führer sind aufgeweckte, fröhliche Burschen, ungebildet, aber mit gesundem segurischem Wissensdurst ausgestattet. Die beiden sind hier an der Mündung des Flusses aufgewachsen und kennen viele Geschichten, wollen aber von mir immer noch neue hören.

Nun gut, das Bemerkenswerte, das diesen Brief veranlasst, ist ein weißer Schaum. Das mag sich drollig anhören, hat aber unsere beiden Bootsmänner zunächst äußerst beunruhigt. Denn es scheint, der ohnehin träge Fluss versumpfe darunter. Außerdem ist es wohl so, dass der Schaum ursprünglich von flussaufwärts kommt und hier im Schilf und zwischen den Stelzwurzeln der Avikenien hängen bleibt. Es mutet seltsam an … einerseits so, als sei der Eldron todkrank. Andererseits wirkt es auf unwirkliche, fast traumhafte Art so sanft und gut. Als habe jemand den Fluss, die Pflanzen, die Bäume, ja das ganze Land hier in dieses feine, dichte Schaumkleid gepackt, um es zu schützen. Vielleicht erfahren wir mehr, wenn wir die Verlorenen endlich hinter uns haben und an die Pforte des Südens gelangt sein werden.

Erschöpft, aber deshalb nicht weniger
Euch ergeben

Helgend von Gaspen

Auch wenn es mir in dieser Gegend, in diesem Boot nicht so vorkommt: Die Zeit vergeht. Nachts wird es hier über dem Fluss schon empfindlich kühl, der Lendern verabschiedet sich allmählich. O weh, wenn erst der Regen einsetzt, wird auch mein Rückenleiden wiederkehren …

FÜNF

DIE UNGEZÄHLTEN SCHLUCHTEN

1

Felt hielt die kleine Schale des Nordweisers in der Hand, schaute angestrengt geradeaus und dann nach oben. Hinter den Dunstschleiern suchte er die Sonne.

»Immer noch links von uns, nicht wahr?«

Babu blickte ebenfalls auf und sah den fahlen Schein im verwaschenen Grau. Er nickte.

»Gut, dann gehen wir weiter.«

Juhut saß auf Babus Arm und ließ sich tragen, war wie in einem Dämmerschlaf versunken. Für Falkenaugen gab es hier nichts zu sehen. Babu fühlte sich selbstsicherer und fast wie ein echter Szasran, seitdem er sich in Wiatraïn ganz dem Willen der Szasla unterworfen hatte. Er hoffte, dem Falken als Sprachrohr dienen zu können. Bisher war noch jedes Wort von Juhut in Babus Kopf zu einem heftigen Kopfschmerz explodiert; in der weißen Einsamkeit der Galaten hatte er sich sogar einen Splitter aus erstarrtem Wolfsblut in die Stirn gedrückt, als Gegengewicht zum Schmerz. Nun aber, nach dem Aufenthalt in der Wolkenstadt, könnte sich das vielleicht ändern und eine Verständigung gelingen. Es hatte sich so vieles geändert. Juhut hatte das Gefieder gewechselt und war ganz weiß geworden – und Babu hatte sich von seiner Vergangenheit gelöst. Das glaubte er jedenfalls und er bemühte sich, auf diesem schleppenden, beinahe tastenden Marsch durch den Dunst nicht in Grübeleien zu verfallen. Ganz besonders den Gedanken an den Thon, den Gedanken an Rache, hatte Babu in seiner Erinnerung vergraben, wie ein Baumhörnchen zum Ende des Lenderns die Nüsse vergräbt. Anders als das Tier jedoch hoffte Babu darauf, im Laufe der Zeit das Versteck zu vergessen. Denn nur wenn der Rachegedanke unauffindbar blieb, würde Babu völlig frei sein, das hatte er begriffen. Es war aber nicht leicht, einen bestimmten Gedanken *nicht* zu denken, ein bestimmtes Gefühl *nicht* zu fühlen. Insbesondere dann, wenn man aus der Abgeschiedenheit der Wolkenstadt wieder in die Welt zurückgekehrt war.

Felt hatte zurückgewollt, Babu hatte sich angeschlossen. Er hätte auch in Wiatraïn bleiben können, für immer. Sein Geist war mit dem Falken über der riesigen, leeren, grotesken Stadt gekreist, und das hatte Babu genügt. Die Erkenntnis aber, zu der das Wasser der Quelle in Wiatraïn sie geführt hatte, lautete: Der Kampf lohnt sich, selbst wenn er verloren geht. Nun, da sie wussten, was vorging – nämlich dass der Kontinent auseinanderbrechen und die Menschheit von Dämonen überwältigt werden würde –, durften sie sich nicht abwenden. Felt und Babu mussten sich stellen, denn sie waren Teil dieser Menschheit. So hilflos sich Babu auch oft gefühlt hatte – und heute noch fühlte, denn wie sollten sie das Unheil abwenden? –, so war ihm doch vollkommen klar, dass er seine Menschlichkeit auf einen Schlag verloren hätte, wäre er in Wiatraïn geblieben. Das wäre ein Verlust gewesen, der größte, aber auch eine Erleichterung. Denn er hätte auch seine Sterblichkeit verloren, beides war untrennbar miteinander verknüpft. Bei aller Hilflosigkeit war aber genau das die Stärke der Menschen: sich gegen das eigene Leben und für das von anderen zu entscheiden. Im vollen Bewusstsein der eigenen Sterblichkeit waren Babu und Felt auf den Kontinent zurückgekehrt, und diese Entscheidung, diese Tat hatte ihnen auch ihre Menschlichkeit begreifbar gemacht.

»Ihr seid nun ein gutes Stück voraus«, so hatte Reva es beschrieben. »Ihr beiden gehört zu den ersten Menschen einer neuen Zeit. Ihr habt die Welt verlassen und seid aus freien Stücken zurückgekommen. Ihr hattet die Gelegenheit, euch selbst zu erkennen, und habt sie genutzt. Ihr seid neue Menschen geworden. Ob dieses neue Zeitalter einen Namen erhält und ob ihr beide in der Chronik der neuen Welt Erwähnung finden werdet, das wird sich zeigen. Es hängt auch davon ab, ob noch jemand da sein wird, um Geschichten aufzuschreiben und Geschehnisse zu deuten.«

In Felts sonst so unbeweglichem Gesicht hatte es gezuckt, als Reva diese Sätze sprach, und Babu wusste, dass Felt an den Mann dachte, dessen Buch er in der inzwischen ziemlich ramponierten Tasche mit sich herumtrug. Den Mann aus Pram, der an der Quelle der Freundschaft von den Wölfen getötet worden war.

Die Wölfe.

Dachte Babu an die Wölfe, die glimmenden Augen, das heiße Blut, dann war er dem Versteck sehr nahe, in dem seine Rache vergraben war. Er durfte nicht hinsehen.

Babu zwang sich, den Blick auf das zu richten, was unmittelbar vor ihm war. Er sah auf Juhut. Der Falke hatte seine weißen Federn geplustert, die Luft war dick und feucht. Seit sie unter einem fernen Mond dem steinernen Boot entstiegen waren, wanderten sie wie durch eine milchige Flüssigkeit.

»Ich weiß, wo wir sind«, hatte Reva gesagt, als der Mond verschwand und stattdessen die blasse Scheibe der Sonne am dunstweißen Himmel hing. »Wir sind bei den Schleierfeldern zurück auf den Kontinent gelangt. Es hätte schlimmer kommen können.«

Was schlimmer als das triste, verhangene Grasland sein sollte, hatte sie aber verschwiegen. Vielleicht der Boirad, der Nebelwald, der, wie diese Gegend hier, ebenfalls eine verschwommene Grenze zwischen Ewigkeit und Wirklichkeit markierte. Der Boirad hatte Babu die Sinne so durcheinandergebracht, dass die Erinnerung an den Wald ihm wie eine Erzählung vorkam, deren Ende er nicht mehr wusste, und nicht wie etwas, das er selbst erlebt hatte.

An das Nogaiyer-Mädchen Nuru aber erinnerte er sich gut. Zwischen ihren Wimpern hatten nach dem Bad die Wassertropfen geglitzert und das Lederhemd hatte an ihren feuchten Schenkeln geklebt. Jedoch war auch Nuru ein Hinweis auf das Gedankenversteck, das Babu auf keinen Fall finden wollte, und nach dem Bad war an jenem Morgen Schreckliches geschehen. Babu musste achtgeben, dass aus dem Glitzern von Wassertropfen nicht das Aufblitzen einer Dolchklinge wurde, und so verbot er sich, an Nurus runde Augen zu denken, an die wie gespannte Bögen geschwungenen Augenbrauen und die Lippen, die sich zu diesem leicht schiefen Lächeln verziehen konnten.

Wie schwer es war, bestimmte Gedanken nicht zu denken und bestimmte Gefühle nicht zu fühlen …

Ein anderes Gefühl kam Babu schließlich zu Hilfe, ergriff mehr und mehr von ihm Besitz und verdrängte alle übrigen. Es war etwas, das er lange nicht verspürt hatte, das in Wiatraïn ganz und gar verschwunden gewesen war und das doch zu den ursprünglichsten Empfindungen aller lebenden Wesen zählte:

Babu hatte Hunger.

2

Sie hatten mehr aus Wiatraïn mitgebracht, als es zunächst den Anschein hatte. Das Offensichtliche war Wasser – das unvergleichlich frische, klare Wasser der Quelle. Sie teilten es sich gut ein, tranken wenig. In der feuchten Luft, unter dem trüben Himmel fiel das nicht allzu schwer. Das zweite, nicht minder kostbare Mitbringsel war die Fähigkeit, einander zu verstehen. Babu und Felt versicherten sich gegenseitig, in ihrer jeweiligen Muttersprache zu sprechen. Was sie hörten, war jedoch die eigene Sprache; beiden klang die Sprache der Merzer ebenso vertraut in den Ohren wie das Welsische, es gab keinen Unterschied. Sie hatten die Stadt in den Wolken zwar verlassen, das Sprachverständnis war ihnen aber geblieben.

»Ein gerechter Tausch«, sagte Felt und rieb die Fingerstümpfe seiner verkrüppelten Hand.

»Ich bin froh, dass du das so siehst«, sagte Reva und lächelte. Ob auch sie etwas aus Wiatraïn mitgenommen hatte? Die Unda erschien Felt nicht gelassener oder stiller als zuvor, doch etwas schwer Fassbares umschwebte die zarte Gestalt der Wasserleserin; etwas, das Felt für sich nur als einen *Abglanz von Weisheit* umschreiben konnte. Wissend war sie zuvor schon gewesen – oft genug war sie Felt sogar allwissend vorgekommen –, doch nun schienen sich Revas Kenntnisse noch vertieft und erweitert zu haben. Felt sah auch, dass sich mehr feine Narbenranken als zuvor über ihr Gesicht zogen. Sie schlängelten sich von den Augenwinkeln über die Wangen den Hals hinab. Ob sie sich ausbildeten, wenn eine Unda aus einer Quelle trank? Noch halb betäubt nach dem ungleichen Kampf mit dem Quellhüter Laszkalis und frierend wie nie zuvor in seinem Leben, hatte Felt in Wiatraïn beobachtet, wie Reva aus dem großen Brunnen getrunken hatte. Weder davor noch danach hatte er sie trinken sehen – aber da hatte sie das Quellwasser der Erkenntnis getrunken. Aus welchen anderen Quellen mochte Reva sonst getrunken haben und warum? War sie dadurch überhaupt erst zur Unda geworden? Felt wusste es nicht, er selbst hatte keine Weisheit aus Wiatraïn mitgebracht. Aber er ahnte, was Reva sagen würde, sollte er sie danach fragen: *Du hast vorher nicht besonders viel gewusst, du weißt auch nun nicht besonders viel mehr.*

Er machte sich nichts daraus. Die Zeit des Zweifelns war vorüber. Felt wollte sich dem Untergang entgegenstellen, und was er in Wiatraïn beschlossen hatte, behielt Gültigkeit: Er war bereit, der Letzte zu sein. Wenn, wie Wigo es in seinen Aufzeichnungen beschrieben hatte, die Erde beben und aufreißen würde, wollte Felt dennoch weitergehen. Er wollte standhaft bleiben, auch wenn der Kontinent unter seinen Füßen zerbrach. Der Dämon würde an ihm rütteln und versuchen, ihm seine Menschlichkeit zu entreißen. Felt wollte bis zuletzt daran festhalten. Und wenn es denn schließlich so kommen sollte, war er bereit zu sterben, entmenscht und allein.

Noch war es nicht so weit. Noch war die Hoffnung nicht verloren, noch galt es, die Quellen aufzusuchen und zu beleben. Reva machte – vielleicht weil die Zeit drängte, vielleicht weil sie inzwischen gemeinsam so weit gegangen waren – kein Geheimnis mehr aus ihrem nächsten Ziel: Es war die Quelle der Wahrhaftigkeit und gleichzeitig die Quelle der Weißen Aelga. Egal wo in den Schleierfeldern sie jetzt sein mochten, sie mussten nordwärts und Felt dankte Belendra jeden Tag für den Nordweiser, den sie ihm bei ihrer ersten und einzigen Begegnung geschenkt hatte. Ohne die in ihrem irdenen Schälchen schwimmende Nadel war in dieser farb- und leblosen Gegend keine Orientierung möglich. Denn Juhut, der weit hätte vorausschauen können, rührte sich nicht. Er blieb auf dem Arm des Merzers sitzen und schien zu dämmern. Die scharfen Augen waren halb geschlossen, das weiße Gefieder aufgeplustert. Nein, der Falke half ihnen nicht.

Er wollte es nicht ansprechen, aber Felt vermutete, dass Babu mit den Augen des Vogels sehen konnte. Er hatte es bereits ein Mal getan, als sie sich dem Kontinent näherten. Juhut war aufgeflogen und Babu hatte gesagt: »Ich sehe es. Ich sehe Land.« Und erst eine ganze Zeit danach hatte sich der Bug des Boots ins kurze Gras geschoben. Felt hatte geglaubt, Babu und er seien Gefährten, vielleicht sogar Kameraden, wenn sie schon keine Freunde sein konnten. Nun waren sie seit Tagen im Nebel unterwegs und mittlerweile glaubte Felt nicht mehr an ihre Kameradschaft. Warum ließ Babu den Falken nicht aufsteigen? Er könnte ihnen doch helfen! Den Szaslas, diesen Geschöpfen der Alten Zeit, wurde doch so vieles nachgesagt. Reva hatte erzählt, wie die Falken die Menschheit schon einmal vor dem Untergang bewahrt hatten. Sie hatten den unermesslichen Abgrund des Bersts überwunden, waren einfach darüber hinweggeflogen. Die Szaslas hatten den Menschen der Alten Zeit ihr Bewusstsein gebracht und die Fähigkeit, das Böse zu erkennen. Bereits in Wiatraïn hatte Felt bemerkt, welch eine wirkungsvolle Waffe im Kampf um die Menschlichkeit der Falke sein könnte, gerade weil Juhut kein Mensch war und unempfindlich gegen das Wirken des Dämons. Aber warum unterstützte Juhut sie dann nicht? Warum half er ihnen hier und heute nicht dabei, den Weg durch den Nebel zu finden?

Vielleicht waren die schärfsten Augen nutzlos, wenn das Land sich hinter Schleiern verbarg. Felt musste es einsehen: Ihr Leben hing von der kleinen Nadel ab. Es hatte keinen Sinn, über den Falken zu spekulieren und darüber, wie Babu und der große Vogel zusammenwirkten. Juhut und Babu bildeten auf geheimnisvolle Weise eine Einheit, waren Mensch und Falke, Kämpfer und Waffe. Felt war von dieser Einheit ausgeschlossen, das musste er einfach hinnehmen und sich um Wichtigeres sorgen: die Richtung. Sie mussten nach Norden und der kleinen Nadel folgen, die dorthin wies. Auf keinen Fall durften sie im Kreis laufen, und sie mussten die Schleierfelder bald verlassen. Sonst würden sie verhungern.

Felt kannte die Anzeichen gut, und sie hatten bereits in Wiatraïn gefastet. Dort war es problemlos gewesen, zurück auf dem Kontinent aber galten die alten Gesetze: Länger als acht Zehnen überstand kein Mensch, nicht einmal ein Welse, ohne Nahrung. Und wem das gelang, der trug oft bleibende Schäden davon. Wie lange hatten sie nun schon nichts mehr gegessen? Es war unmöglich, das genau zu sagen. Die letzte Mahlzeit, an die Felt sich erinnerte, war eine über dem Feuer geröstete Schweinerippe gewesen, genossen im Kreise besorgt dreinblickender Nogaiyer, die Reva und ihn vorm Betreten des Nebelwaldes warnten. Wie lange war das her? Vier Zehnen? Oder sechs? Gar mehr? In Wiatraïn gab es keine Zeit, dort war die Ewigkeit.

Und hier, auf dem Kontinent, auf den Schleierfeldern war nichts. Kein Fluss, kein Baum, kein Tier. Nur der Berst, der seine nebligen Finger weit ins Landesinnere hineinstreckte, alles befeuchtete, aber nichts belebte. Felt sah Babus eingefallene Wangen und konnte aus dem jämmerlichen Anblick des jungen Mannes darauf schließen, wie grauenhaft er selbst aussehen musste. Er schmeckte seinen bitteren, zähen Speichel und spürte das Brennen beim Wasserlassen, roch die ungesunde Schärfe seines Schweißes und litt unter einer bleiernen Müdigkeit in Beinen und Rücken. Die Anzeichen waren eindeutig: Er verhungerte.

Er kannte aber nicht nur die körperlichen Auswirkungen des Hungers, Felt wusste auch um die geistigen. Und deshalb war ihm klar: Er musste unbedingt seinen Willen gegen die Stimmungen und Trugbilder wenden, die Besitz von ihm ergriffen. Es lag am Hunger, dass er Babu mehr und mehr misstraute, und es war Felts Aufgabe, sich diesem Misstrauen zu widersetzen.

Er starrte auf die Nadel. Sie zitterte nicht wie er, denn er hatte die Schale ins graue, nasse Gras gestellt. Felt wagte nicht mehr, den Nordweiser in der Hand zu halten. Er kniete darüber und wusste nicht recht, wie er wieder auf die Füße kommen sollte, kämpfte gegen die Schwäche. Er hob den Kopf, sah Babu an, dessen braune Augen übergroß waren und tief in den Höhlen lagen. Er kann nichts dafür, dachte Felt, er ist nicht schuld, dass wir hungern, und er kann es nicht ändern.

Babu griff mit der freien Hand ins weiße Brustgefieder der Szasla und sagte: »Felt, dein Wille ist stärker als meiner. Meiner hängt am Falken, und nur weil Juhut hier ist, bin ich auch noch hier. Ich fürchte, wenn er aufsteigt, steigt mein Geist mit ihm auf und mein Körper bleibt zurück. Lange geht das nicht mehr, denn auch Juhut fastet. Bevor er verhungert, wird er versuchen zu jagen. Er wird davonfliegen und mich mitnehmen.«

Felt stützte sich auf dem feuchten Boden ab und zwang sich hoch. Er taumelte, machte einen Schritt.

»Dann sollten wir gehen und nicht stehen bleiben, bevor wir etwas zu essen gefunden haben.«

Reva hob wortlos die kleine Schale auf und hielt sie ruhig auf ihrer flachen, schmalen Hand. Ihre hellen Augen blickten ausdruckslos in die trübe Umgebung, die keine Weite, keinen Horizont kannte. Das Porzellan der Schale überzog sich mit Reif.

»Folgt mir dort entlang«, sagte sie schließlich und ging mit fließenden, raschen Schritten voraus.

3

In den Nebelschleiern zogen Gestalten vorüber. Felt entdeckte Estrids schönes Profil zwischen unbekannten Schemen. Sie sah ihn nicht an, hatte den Blick fest auf etwas gerichtet, das ihm verborgen blieb. Beinahe hätte er gerufen. Sie verwirbelte und verschwand, als er sich ihr näherte. Felt stolperte vorwärts, immer vorwärts. Sogar seine Stiefel waren ihm zu weit geworden und in seinem Brustpanzer kam er sich vor wie eine in ihrem Haus vertrocknende Schnecke. Das Schwert schien nicht auf der Hüfte zu sitzen, sondern direkt an den Knochen gehängt zu sein; es schmerzte bei jedem Schritt, aber Felt hatte nicht die Kraft, das Futteral zu greifen und es daran zu hindern, ihm gegen sein Bein zu schlagen. Dabei hätte er die Waffe auch ablegen und ins Gras fallen lassen können. Was sollte er noch mit dem Schwert anfangen? Er konnte Anda nicht mehr gebrauchen. Denn er hatte keine Schwerthand mehr.

Seit er denken konnte, hatte Felt ein Schwert in seiner Rechten geführt … Wie alt war er nun? Bald zweiundvierzig Soldern, er hatte Geburtstag, wenn der Firsten beinahe überstanden war, im Manor Felt. Sein Vater war kein besonders fantasievoller Mann gewesen und hatte dem Sohn den Namen des Manors gegeben, in dem er zur Welt gekommen war. Welcher Manor mochte nun sein? Und spielte es überhaupt eine Rolle? Hier, auf den Schleierfeldern, war es nachts kaum kühler als tagsüber, wobei sich Tag und Nacht auch nur durch Schattierungen im Grau unterschieden. Es war nie wirklich hell und wurde nie vollends dunkel. Weder Sonne noch Mond zeigten ihre blanken, leuchtenden Gesichter. Felt sehnte sich nach Klarheit, nach klirrender Kälte und dem harten Aufeinandertreffen von eisblauem Himmel und schneebedecktem Felsgestein.

Er wäre sofort gestorben, beim ersten Atemzug der dünnen, kalten Luft.

Seltsamer Gedanke, dass der Berg, die Heimat, ihn töten würde und im Gegensatz dazu die eintönigen, gleichbleibend temperierten, gleichbleibend diesigen, gleichbleibend flachen Schleierfelder seinen Hungertod hinauszögerten. Dieser Landstrich war bar aller Reize, er schonte die Wandernden, das begriff Felt erst jetzt. Aber wo die Sinne wenig zu tun haben, da erfinden sie sich eine Beschäftigung.

Felt ging eine Zeit lang neben Wigo her.

Er sah den Chronisten ganz deutlich im Augenwinkel, wagte aber nicht, den Kopf zu ihm zu wenden. Wigo litt augenscheinlich keinen Hunger, er gestikulierte kraftvoll, als er schließlich zu sprechen begann, und sein Haar stand ihm wirr vom Kopf ab wie eh und je.

»Wir werden sterben, und zwar bald. Nicht wie du denkst, Felt, sei nicht so verdammt empfindlich. Dir bleibt noch etwas Zeit und ich bin schon tot. Mit *wir* meine ich *uns alle,* die Menschen. Wir werden sterben, denn nichts kann Asing aufhalten. Sie ist hier, in unserer Welt, aber sie ist nicht fassbar.«

Wigo tat, als wolle er sich am Bart zupfen, und griff durch sein nebelhaftes Kinn hindurch. Er lachte kurz auf.

»Verzeihung, das war ein alberner Witz. Aber du musst verstehen, Felt: Asing ist gestaltlos. Sie ist lodernde Wut, brennender Hass, glühende Rachlust. Sie ist in den tiefsten Feuern der Erde und sie ist in jedem von uns – sie ist der mächtigste Dämon, den man sich denken kann.«

»Aber es muss doch eine Möglichkeit geben, sie aufzuhalten«, sagte Felt. Er nahm seinen Helm ab, fuhr sich durch die Haare. »Es kann doch nicht einfach alles vorbei sein.«

Wigo schien einen Blick auf den kleinen, ledernen Beutel zu werfen, der Felt am sehnigen Hals baumelte.

»Du bist ein lausiger Zuhörer«, sagte er etwas zusammenhangslos.

»Und du bist nur ein Trugbild«, gab Felt zurück. »Du bist nur in meinem Kopf.«

»Immerhin!«, rief Wigo aus. Leise, beinahe verschwörerisch fügte er an: »Obwohl ich dir sagen muss: Viel ist hier nicht los.«

Um seinem Scherz die Spitze zu nehmen, stupste Wigo Felt mit dem Ellbogen an. Sein halber Arm verschwand in Felts Seite. Der lachte rau auf, blieb stehen und wandte sich dem Freund zu.

Und Wigo verschwand, war ein Streifen Dunst, mehr nicht.

Es war, als krallte sich ein bösartiges Tier in Felts Herz. Es zog und zerrte, versuchte, das störrische Herz aus dem Brustkorb zu reißen. Felt ließ den Helm ins Gras fallen. Der Schmerz war entsetzlich. Seine Hände krampften sich zu schwachen, dürren Fäusten. Felt musste stehen bleiben, er konnte nicht mehr, er wollte weinen. Aber dazu fehlten ihm die Kraft und die Tränen.

Da flog der Falke auf. Felt hörte das Schlagen der mächtigen Schwingen und darunter, kaum wahrnehmbar, einen Seufzer. Als er sich umdrehte, sah er noch den entrückten Ausdruck in Babus ausgezehrtem Gesicht: der Mund leicht geöffnet, die Augen himmelwärts verdreht, dem Wegfliegenden folgend. Dann schlossen sich die Lider und lautlos, wie trockener Schnee an einem windstillen Morgen, sank Babu zu Boden.

4

Sein Herz rast. Er spürt die Höhe, bevor er sie sehen kann, und fühlt die Geschwindigkeit. Er fliegt. Ihm ist kalt. Um ihn herum ist weißer Dunst – vielleicht Wolken, vielleicht Nebel. Er sieht weder Himmel noch Grund, er braust durchs Nichts. Mit einem Mal bekommt er Angst, irgendwo anzuschlagen, gegen ein Hindernis zu prallen, aber er kann diesen halsbrecherischen Flug nicht verlangsamen oder gar beenden. Er hat keine Macht über sich, er fühlt: Das bin nicht ich, der da fliegt. Ich werde nur mitgenommen, bin wie ein Reiter auf einem unsichtbaren Pferd in einer unsichtbaren Landschaft. Mein Reittier, mein Flugtier, gehorcht mir nicht, und nun erkenne ich, warum: Es ist nicht da, es gibt kein Wesen, auf dem ich sitze. Und mich gibt es auch nicht – ich bin nur der Flug. Ein Pfeil auf dem Weg ins Ziel könnte Ähnliches empfinden. Wann werde ich einschlagen, wo werde ich auftreffen? Werde ich zerbrechen oder mein Ziel zerschmettern? Sinnlose Fragen einer verwirrten Seele. Ich bin kein Pfeil! Ich bin nicht mehr *ich*. Ich bin nur der Flug.

Dann, mit einem Mal, zerreißt der Schleier des Nebels und er sieht:

Eine Stadt in Flammen. So groß ist die Stadt, so hell und gefräßig die Feuer, so schwarz der Rauch. Von oben erkennt er viele Brandherde, einstürzende Gebäude und Menschen, die wie Hasen durch die Gassen rennen. Er sieht keine Toten, aber er riecht sie. Der Rauch trägt den Gestank von verbranntem Fleisch zu ihm herauf. Und Schreie. Er überfliegt einen weitläufigen Platz, den größten, den er je gesehen hat. Auf diesen Platz haben sich viele Menschen geflüchtet. Hier können sie nicht von glühenden herabstürzenden Balken getroffen werden. Aber die angrenzenden Bauwerke brennen, um die Menschen herum toben die Flammen. Fensterglas birst und prasselt auf das Pflaster; Balkone rutschen von rußgeschwärzten Fassaden. Aus Fensterhöhlen schlagen Flammen. Er kann beobachten, wie die Angst dort unten auf dem Platz wächst, als die Hitze größer und größer wird und das Feuer den Menschen die Luft wegnimmt. Alle drängen zur Mitte des Platzes – aber es sind so viele. Sie trampeln einander nieder, klettern übereinander, versuchen, nach innen zu kommen und nach oben. Denn da kann man atmen, oben ist die Luft, die Kühle. Oben ist Rettung. Ist er die Rettung?

Nein, er ist nur Flug und Auge. Er sieht alles, aber er tut nichts.

Noch unberührt von den lodernden Flammen sind die zwei Türme, die alle anderen Gebäude der Stadt überragen. Ihre goldenen Kuppeln glühen rot im Widerschein des Feuers. Er denkt: Wenn diese Türme einstürzen, werden sie die Menschen auf dem Platz unter sich begraben. Mit diesem Gedanken und dem niederschmetternden Gefühl unabwendbaren Unheils erwacht er.

5

»Ich muss etwas tun! Ich muss ihnen helfen!«

»Babu, beruhige dich, komm zu dir! Schone deine Kräfte. Trink.«

Er tat es, öffnete dann unter großer Anstrengung die Lider und blickte Felt trübe an.

»Nein, du bist noch nicht tot«, sagte Felt. »Nur ohnmächtig geworden. Und in ein ganzes Feld Steinmilchkraut gefallen. Hier, kau das – aber langsam!«

Felt schob Babu einige Blätter zwischen die Zähne und kaute selbst auf dem Kraut. Wer einmal sehr lange krank war, weiß, wie neu einem die einfachsten, selbstverständlichsten Dinge erscheinen können: ein frischer Wind im Gesicht, ein aufrechter Gang, ein helles Glitzern im Wasser. Als Genesender ist man in der Lage, echte Bewunderung für eine Fliege zu empfinden, für das Zusammenspiel der Gliedmaßen, die hauchfeinen Flügel, die Flinkheit. Nach langer Fastenzeit wieder die Bewegung des Kauens auszuführen, ist fremd und wundervoll zugleich. Felt sah das auf Babus Gesicht, lächelte schwach und drehte dabei andächtig einen Stängel der struppigen Pflanze zwischen den Fingern.

»Steinmilchkraut ... wir sagen zu Hause auch *Blaues Äugelein* dazu, weil die Blüten im Lendern so schön leuchten. Es ist schon verblüht, aber man kann das Blau noch ahnen, siehst du es? Schmeckst du es? Ich finde, man kann das Blau sogar schmecken.«

Babu antwortete nicht, sondern schluckte vorsichtig. Felt reichte ihm das Wasser und sprach weiter.

»Dieses Kraut ist das Beste, was uns geschehen konnte. Fasten, das kann jeder. Kein lebendes Wesen leidet gern Hunger, aber erdulden kann man ihn doch – eine gewisse Zeit. Nach dem Hungern wieder mit Essen beginnen, das ist viel schwieriger. Steinmilchkraut wird uns die Bäuche füllen, ohne dass es schmerzt.«

Sie kauten und schluckten schweigend, jeder aß mit allergrößter Achtsamkeit zwei Handvoll der harten, süßlichen Blätter. Babu starrte dabei vor sich hin. Felt erwartete jeden Augenblick, dass der Junge aufsprang und nach dem Falken rief, ihm hinterherwollte, genau wie damals am Rande des Boirad, als Juhut durch den Steinbogen in die Wolkenstadt geflogen war. Aber das geschah nicht. Babu war bedrückt, doch besorgt wegen der Szasla schien er nicht zu sein.

»Du hast geträumt, während du weggetreten warst«, sagte Felt.

»Das war kein Traum«, sagte Babu in einem Tonfall, der kein Nachfragen erlaubte. Er erhob sich langsam, mühevoll, bis er schließlich auf noch wackligen Beinen stand.

»Dieses Kraut wirkt wirklich Wunder. Ich hätte allerdings nichts dagegen gehabt, wenn wir es ein paar Tage früher gefunden hätten.«

»Nun, wie der Name schon sagt, wächst es auf eher kargen, steinigen Böden. Nicht in einem feuchten Grasland.«

»Oh«, machte Babu nur und hob den Blick.

Lange war der Horizont nicht erkennbar gewesen, hatten der Nebel und der Hunger die Sicht immer weiter verengt und schließlich nach innen gewendet. Die Wanderer hatten deshalb nicht bemerkt, dass sie die Schleierfelder durchquert hatten. Hinter ihnen verbargen zwar Dunstschwaden die Gegend, aus der sie gekommen waren. Aber nordwärts war der Himmel wieder zu sehen und darunter ein weites, zu einer Hügelkette hin ansteigendes Land. Die Erde war bereits fest hier und deutlich trockener.

Auf dem Kamm einer Bodenwelle erschien Reva, ihr Gewand schimmerte hell im klaren Sonnenlicht und Felt kniff geblendet die Augen zu. Sie war ein Stück vorausgegangen und kam nun lächelnd und schnellen Schrittes zurück, sie lief fast.

»Ich wusste, ihr könnt es schaffen«, rief sie schon von Weitem. Sie war etwas außer Atem, als sie bei den Männern ankam, aber auf ihrem Gesicht lag ein freudiges Strahlen. Die große Erleichterung der Unda war die letzte Bestätigung dafür, wie ernst die Lage gewesen war. Und noch war das Hungern nicht überstanden: So gut das Steinmilchkraut ihnen auch tat, sie brauchten mehr Nahrung, viel mehr, um wieder zu Kräften zu kommen.

»Nehmt davon so viel wie möglich mit, stopft euch die Taschen voll. Aber dann kommt. Ich habe Wasser gefunden, einen schmalen Fluss. Er wird uns in die Ubid Engat führen, die ungezählten Schluchten. Wir sind auf dem richtigen Weg. Was euch aber sicher viel mehr interessieren wird: In diesem Fluss gibt es Krebse. Kommt, eilt euch, bevor Juhut sie euch alle wegfängt!«

6

Den Falken ins Wasser stoßen zu sehen war seltsam. Eigentlich war er ein Luftjäger, seine liebste Beute waren andere Vögel. Dann jagte er natürlich auch Tiere am Boden, vom Hasen bis zum ... *Wolf*.

Babu fuhr sich mit den Fingerspitzen unter sein Stirnband. Da war er, der Splitter. Das Horn unter der Haut. Er zog die Hand zurück – nicht daran denken.

»Ich habe noch nie Krebse gegessen«, sagte Felt.

»Flusskrebse sind lecker«, erklärte Babu. »In guten Soldern war die Merz voll davon. Aber jetzt, wo ich davon spreche, fällt mir auf: Ich habe den ganzen letzten Lendern über im Langen Tal nicht einen einzigen Krebs gesehen.«

Er warf Reva einen Seitenblick zu. Die Unda bemerkte es nicht. Oder wollte es nicht bemerken.

Der Fluss war in der Tat sehr schmal – Felt konnte mit zwei großen Schritten von einem sandigen Ufer zum anderen gelangen –, dabei nicht besonders schnell und glasklar. Wenigstens dort, wo der Falke sich nicht ins Wasser stürzte und Schlamm aufwirbelte. Die Krebse waren grünlich-grau gefärbt, ungefähr handgroß und liefen auf insektenartigen Beinen im seichten Uferwasser über den Kies. Sie hatten einen kräftigen Schwanz, der in einem breiten Fächer endete, und für ihre Körpergröße beeindruckend mächtige Scheren. Sie waren selbst auf der Jagd, lagen auf der Lauer nach unvorsichtigen Fischchen und fraßen in der Zwischenzeit irgendwelche Pflanzenreste, die sie zwischen den Steinen fanden. Die Krebse bewegten sich langsam. Und unfassbar schnell, sobald ein Schatten aufs Wasser fiel. Dabei flohen sie nicht vorwärts, sondern rollten ihren Schwanz unter den Körper und schleuderten sich mit seiner Hilfe zurück.

Eine Fluchtmethode, die Juhut anscheinend Schwierigkeiten bereitete: Der geschickte Jäger machte erstaunlich wenig Beute. Babu jedoch kannte sich aus mit der Krebsjagd, auch ohne Netz oder Kescher, und so hatten sie bald eine gehörige Anzahl gefangen.

»Nimm dich in Acht vor den Scheren«, sagte Babu, griff einen Krebs am länglichen Brustpanzer und drehte ihn um. »Sind zwar nicht groß, können aber ordentlich zwacken.« Das Tier krümmte den Schwanz, ruderte mit seinen dünnen Beinen und die Scheren schnappten wütend durch die Luft. Babu zog seinen schwarzen Welsendolch.

»Hier über dem ersten Beinpaar setzt man an und sticht zu. Dann ist gewissermaßen der Kopf ab und der Krebs ist tot. Trotzdem bewegt sich der Schwanz meist noch etwas, das soll uns nicht stören. Man bricht dann so den Rumpf vom Schwanz ab, drückt ihn ein wenig zusammen, dann so wieder auseinander, reißt die Beine ab – und kann den Panzer abstreifen.«

Babu ließ die Schale fallen und warf sich das Krebsfleisch in den Mund.

»Dann die Scheren, die kann man auch knacken.« Er tat es. »Und zum Schluss das Beste, das sind seine Innereien, glaube ich. Vielleicht auch das Gehirn. Schmeckt etwas tranig, aber gut.«

Babu saugte das Bruststück des Krebses aus und reichte Felt dann ein strampelndes und schnappendes Exemplar.

»Jetzt du.«

»Danke.« Felt hob seine verkrüppelte Hand und grinste. »Du hast mir das wirklich gut erklärt, Babu. Aber um kleine, zappelnde Dinge zu schälen, fehlt mir … die Geduld.«

Babu nickte lächelnd und stach dem Krebs mit der Dolchspitze in die Unterseite.

»Der Falke frisst die Krebse im Ganzen«, sagte Felt, während er Babu beim Schälen zusah und spürte, wie sich der Speichel in seinem Mund sammelte.

»Ja, und was er nicht verdauen kann, wird er wieder herauswürgen. Glaub mir, ich kenne das. Hier, versuch mal.« Er reichte Felt das grauweiße, glasige Krebsfleisch.

»Versteh mich nicht falsch«, sagte Felt und schluckte. »Ich bin nicht wählerisch, erst recht nicht jetzt, und von gutem Essen habe ich auch keine Ahnung, aber besonders lecker finde ich das nicht.«

Babu lutschte an einer Krebsschere.

»Sind ja auch roh. Aber wir haben kein Feuer.«

Er breitete die Arme aus in einer Geste, die anzeigen sollte, dass es hier keine Bäume gab, also auch kein Holz für ein Feuer. Felt griff in die Tasche und holte einige Stücke bröckliges, leichtes Holz hervor.

»Und was ist mit dem hier? Das ist doch Holz?«

»Das hatte ich vollkommen vergessen. Das ist Holz, ja. Von diesem riesigen Baum, den ich erst für einen Berg gehalten habe … dessen Äste bis hinein in das Wolkenmeer reichten. Ich kann mich kaum noch daran erinnern, eigenartig … Reva?«

Die Unda hatte die Kapuze tief ins Gesicht gezogen und stand bis zu den Knien im Wasser. Sie lauschte auf das, was der Fluss ihr erzählte, und nicht auf das, was die Männer redeten. Babu zuckte die Schultern.

Felt kramte in der Tasche nach dem Rest Zunder, schlug die Feuersteine zusammen und entzündete einige Holzstücke. Sie fingen sofort Feuer.

»Jetzt erinnere ich mich: Dieses Holz brennt sehr gut – jedenfalls viel besser als Kafurdung.«

»Es brennt auch besser als jedes andere Holz, das ich kenne«, sagte Felt. »Also: Her mit den Krebsen.«

7

»Ich kann dort nicht hinein, es ist zu eng. Wohin ich den Kopf auch wende, da ist nur Fels, von oben kaum ein Lichtschein. Es ist dunkel, nass und kalt dort. Ich kann nicht!«

Babu schüttelte den Kopf so heftig, dass die langen Haare flogen. Felt hielt sich aus dieser Diskussion heraus und hatte sich auf einem runden Felsbrocken niedergelassen. Der Stein war warm, es musste um die fünfte Stunde sein. Der Bogen der Sonne verflachte aber Tag um Tag: Der Lendern ging zu Ende. Der Gedanke kam mit einer sanften Wehmut daher. Schon immer hatte Felt, wenn wieder ein Solder vorbei war, eher eine leichte Trauer verspürt als Vorfreude auf ein neues empfunden. Er hing eben am Gestern und war schlecht darin, Dinge loszulassen. Mit Bedauern dachte Felt an den Helm, den er, von Sinnen vor Hunger, irgendwann ausgezogen haben musste und in den Nebeln der Schleierfelder verloren hatte. Es war schon der zweite, der ihm auf der Reise abhandenkam. Dieser hatte dem treuen Gerder gehört und Felt hatte dem von den Wölfen getöteten Kameraden versprochen, ihm den Helm zurückzugeben, wenn sie sich beide in der anderen Welt wiederbegegnen würden. Sein Versprechen nicht halten zu können tat Felt leid; es war schlimmer, als unvollständig gerüstet zu sein.

»Du wirst dort hinein müssen«, sagte Reva gerade zu Babu und ihre ruhige Stimme holte Felt aus seinen Gedanken. »Wir müssen durch die Ubid Engat, um zur Quelle zu gelangen. Es ist der schnellste Weg.«

Babu stöhnte auf. Er machte es sich nicht leicht; dass er sich derart verweigerte, war kein Trotz, sondern Not. Erst hatte er es versucht, war ins knöcheltiefe Wasser getreten und stur Richtung Schlucht gegangen. Weit waren sie nicht gekommen. Als der Zugang hinter einer Biegung verschwand, die steil aufragendenden Wände etwas zusammenrückten und es dämmrig wurde, war Babu erstarrt. Juhut, der bis dahin auf der Faust des Merzers gesessen hatte, war aufgeflogen und nach oben ins Licht entschwunden. Babu hatte sich nicht mehr gerührt, kaum geatmet, bis er schließlich mit einem Ruck kehrtmachte und die Schlucht im Laufschritt wieder verließ.

Nun rang er also mit sich. Ging auf und ab, blickte zu der wie mit einem Messer gerade abgeschnittenen Felswand, die Hunderte von Manneslängen hoch vor ihnen aufragte. Tagelang waren sie gewandert, langsam die Hügel hinauf, hatten Krebse gefangen und waren wieder etwas zu Kräften gekommen. Dann hatten sie mit einem Mal vor dieser Wand gestanden, die Felt vorkam wie die zu Stein gewordene Katastrophe, die der Menschheit bevorstand: unüberwindbar groß und schicksalhaft. Aus den Hügeln des Vorgebirges erhob sich hier nicht etwa allmählich ein Höhenzug – das Land stieg jäh mit einer gewaltigen Stufe an. Selbst ein junger und im Klettern täglich geübter Felt hätte es schwer gehabt, das Hochland zu erreichen. Ein mehr oder weniger einhändiger Felt, der die vierzig hinter sich und gerade eine lange Hungerzeit überstanden hatte, konnte dort nicht hochklettern. Er hatte kurz darüber nachgedacht, als er Babus Angst gesehen hatte, den Gedanken aber wieder verworfen. Auch der Merzer konnte es nicht schaffen und für Reva war eine derartige Klettertour ohnehin unzumutbar. Es musste so gehen, wie die Unda es sagte: nicht über das Gebirge, sondern hindurch. Sie mussten hinein in die Ubid Engat, die ungezählten Schluchten, mussten einer der von den Flüssen ins Felsmassiv gewaschenen Klüfte folgen und so das Labyrinth durchqueren, wenn sie zur Quelle der Wahrhaftigkeit gelangen wollten. Das Gebiet musste jedoch riesig sein und die Klüfte so viele, dass *ungezählt* es wahrscheinlich gut traf.

»Die Ubid Engat sind den meisten Menschen des Kontinents unbekannt«, hatte Reva ins erstaunte Schweigen gesagt, in das die Männer beim Anblick der von den Schluchten eingekerbten Felswand verfallen waren. »Dort siedelt sich niemand an und es reist auch niemand hindurch. Wer will schon von den Aschenlanden zu den Schleierfeldern oder umgekehrt? Selbst wenn, würde jeder vernünftige Mensch den Eldron wählen und die Berge und Schluchten umfahren.«

Man sah Babu an, dass er nicht zu den Unvernünftigen gehören wollte.

»Reva, der viele Stein erdrückt mich. Anders kann ich es nicht erklären. Es ist … unmöglich. Wir müssen uns trennen – geht ihr ohne mich weiter.«

Nun war es an Reva, den Kopf zu schütteln. Allerdings weniger heftig, sondern vielmehr mit Nachsicht.

»Ich weiß, Babu, wie sehr ein Merzer die Weite braucht. Aber du solltest wissen, wie sehr wir dich brauchen. Dich und Juhut. Wir können nicht ohne dich weiter, es hat keinen Sinn ohne dich.«

Wieder stöhnte Babu, unverhohlener Ärger klang mit.

»Versuche, das Wasser zu sehen, seine Kraft und Lebendigkeit zu fühlen – und nicht den Stein.« Sie trat nah an Babu heran, ihre Augen waren hell. Sie lächelte und Felt begriff: Sie war voller Vorfreude. Reva war eine Unda und ihre Regungen waren ihr nur sehr selten anzusehen. Nun aber war es überdeutlich, sie *wollte* hinein ins Rauschen und Strömen. Und eigentlich war das nur allzu verständlich – wenn man eben wie sie eine Unda war und nicht ein junger Mann, der in einem schier grenzenlosen, winddurchtosten Grasland aufgewachsen war.

»Es wird gehen, Babu, das verspreche ich dir«, versuchte Reva es wieder. »Wenn du erst einmal dieses Geflecht aus tiefen Schluchten, schattigen Gängen und moosbegrünten Klüften betreten hast, wirst auch du über die Kraft des Wassers staunen.

Alles dort durchströmt es, alles hat es geformt. Wenn Wiatraïn die Stadt im Wind ist, so sind die Ubid Engat die Lande des Wassers.«

»Ich brauche Zeit«, sagte er nur.

Die hatten sie nicht. Aber hatten sie die je gehabt? Es kam Felt zuweilen sogar so vor, als ob es von Anfang an zu spät gewesen war: Schon als sie losgingen, als sie Goradt verlassen hatten, war es nicht mehr möglich gewesen, das Unheil abzuwenden. Vielleicht wäre das vor hundert Soldern gelungen, vor Sardes' verzweifelter Rettungstat für Pram oder vor der Feuerschlacht. Oder lag die Ursache noch weiter zurück? Wo war der Beginn dieser Kette von Ereignissen, der Anfang vom Unglück? Es war müßig, darüber nachzudenken. Felt konnte das Rad der Zeit nicht zurückdrehen, er konnte nur achtgeben, dass er nicht überrollt wurde. Doch wenn sie zu lange hier verweilten, würde genau das geschehen, Felt fühlte es ganz deutlich.

Trotzdem nickte Reva Babu zu.

Babu wandte sich ab, entfernte sich einige Schritte und ließ sich ebenfalls auf einem runden Felsen nieder, der aus der von niedrigen Strauchflechten bewachsenen Erde herausragte. Wie in Wiatraïn schlug Babu die Beine unter, legte den Kopf in den Nacken und schaute in den Himmel, an dem der Falke seine Schleifen flog.

Was tat Babu? Nachdenken? Mit der Szasla sprechen? Zuhören? Oder ging es ums Sehen? Felt stellte sich vor, wie Babu mit den Augen des Falken den Weg ausspähte, den sie durch die vielen sich verzweigenden Schluchten nehmen mussten, um das Ziel zu erreichen. Aber wie groß war das Gebiet wirklich? Wie sollten sie in einem solchen Irrgarten die Richtung behalten? Sie brauchten Juhut, mehr denn je. Felt schwor sich, dieses Mal dem jungen Merzer die Führung zu überlassen. Den Vorteil, den der Falke ihm verschaffte, sollte er endlich ihnen allen zugutekommen lassen. Die Zeit, die Babu jetzt für sich brauchte, sollte er später wieder zurückgeben, das wäre nur gerecht.

8

Babu hielt die Augen auf den hellen Fleck gerichtet, der sich in weiten Schwüngen über dunkelndes Blau bewegte. Das verstärkte zwar den Kopfschmerz, ließ ihn an einem Ort zusammenfließen und sich dort verdicken. Aber nur so konnte Babu sich über sich selbst erheben. In Wiatraïn hatte er damit begonnen, seine Seele wie ein Tuch an das Band zwischen ihm und Juhut anzuknoten und sie zu ihm aufsteigen zu lassen. Was geschah, wenn dies gelang – und es gelang nicht immer –, darüber hatte Babu keine Gewalt. Er war dem Willen und Wohlwollen des Falken ausgeliefert wie immer. Dennoch: Babu kannte keine andere Instanz als die Szasla, an die er sich mit der Bitte um Beistand wenden konnte. Und es gab niemanden sonst, der ihm wirklich helfen könnte. Er folgte dem hellen Fleck am Himmel, fühlte, wie sich der Schmerz verdichtete, und dachte: Kannst du mich hindurchführen?

Der Kopfschmerz hatte sich zu dem scharfkantigen Stein verklumpt und lag schwer und drohend hinter Babus Stirn. Hinter dem Splitter. Hinter dem Stück geronnenem Wolfsblut, das in ihn eingewachsen war und nun aussah wie ein Horn, das bald durch die Haut brechen würde. In Babus Augen sammelten sich Tränen und der helle Fleck am Himmel verschwamm. Unbeirrt starrte er weiter nach oben, zwinkerte nicht einmal.

Kannst du mich hindurchführen?, fragte er wieder.

In seinem Kopf zerplatzte etwas: Ein dünnwandiges, großes Gefäß fiel zu Boden und der Inhalt ergoss sich in nicht enden wollenden Strömen über dunklen Stein. Babu hörte das Rauschen von Wasser. Er war voll von diesem Rauschen. Er ging hindurch, das Wasser umspülte seine Füße und die hohen, nach oben hin teilweise überhängenden Felswände verstärkten das Geräusch des Sprudelns und Strömens. Licht fiel in so gleißend hellen Bündeln in die enge Kluft, als läge die Sonne selbst oben am Rand und blickte in den Abgrund hinab. Dennoch blieb es am Talgrund, wo der Fluss floss und wo Babu ging, seltsam schummrig. Von den steilen Wänden der Schlucht rieselte und tröpfelte es, das Wasser benetzte hängende Moose und auf Vorsprüngen sitzende Farne, die mit ihren Wedeln wie mit Händen in die Lichtstrahlen griffen. Die feinen Rinnsale und die zerstiebenden Tropfen erfüllten den Raum zwischen dem Fels, den Raum, durch den Babu ging, mit einem im schrägen Licht funkelnden Dunst. Es war, als ob man Wasser atmete und nicht Luft. Hier schien die Welt älter zu sein. Hier war kein Mensch je gewesen. Babu wurde die Brust eng, aber er ging weiter. Krebse flüchteten, wenn er sich näherte, sie waren nur ein Huschen in den Schatten. Der gleißend helle Streifen des Himmels verschmälerte sich mit jedem Schritt, den Babu tat, und er hatte den Eindruck, der Fels wachse über ihm zusammen. Schließlich hatten die steinernen Kiefer der Ubid Engat ihn gänzlich umschlossen und er war gefangen in ihrem dämmrigen, geifernden Maul. Er blieb stehen. Die Klamm war so eng geworden, dass Babu die nassen Wände berühren konnte, wenn er die Arme seitlich ausstreckte.

Er konnte den Himmel nicht mehr sehen.

Er konnte Juhut nicht mehr suchen.

Er machte noch ein paar zögernde Schritte. Nun berührte er mit den Schultern den Fels und hatte plötzlich den Eindruck, nicht er bewege sich, sondern die Steinwände kämen auf ihn zu.

An dieser Stelle musste er umkehren, er konnte nicht weiter. Würde er dennoch weitergehen, gäbe es kein Zurück mehr.

Babu stemmte sich gegen den Fels und gegen seine Angst. Ein Schrei presste sich aus seiner beengten Brust. Dann, als habe er Riesenkräfte, wichen die Wände zurück, gaben seine Schultern frei, gaben den Blick frei: Über ihm strahlte hell das Auge des Himmels. Und vor Babu lagen drei Wege. Drei Möglichkeiten.

9

Felt ahnte wahrscheinlich nicht, wie grimmig er aussah. Seit einer halben Zehne hatten sie wieder zu essen – Flusskrebse und das Kraut, dessen bittersüßen Geschmack Babu inzwischen sehr zu schätzen wusste –, aber in das strenge, abgehärmte Gesicht des Welsen hatte die Nahrung keinerlei Milde gebracht. Kaum hatte Babu sich von dem runden Felsen erhoben, schickte Felt ihn mit einer Kinnbewegung voraus Richtung Klamm.

»Wäre in einer Gegend mit so viel Wasser nicht Reva die beste Führerin?«, fragte Babu und rieb über sein Stirnband. Der Kopfschmerz wurde dünnflüssiger und verteilte sich allmählich wieder im gesamten Schädel.

»Du glaubst nicht im Ernst, dass ich die Unda vorausgehen lasse in ein derart unübersichtliches Gelände. Du wirst den richtigen Weg finden.«

Felt war kein Mann, der Witze machte oder hintersinnige Andeutungen. Wenn er sagte, dass Babu einen Weg finden würde, dann meinte er das auch so. Er hatte falsche Vorstellungen von dem, was Babu mit Juhut verband. Felt aufzuklären fiel Babu aber schwer. Denn er war sich selbst nicht ganz im Klaren darüber und ahnte, dass er die wahre Natur seiner Verbindung zu der Szasla nie völlig würde ergründen können. Er hatte einen Weg gefunden, mit Juhut zu sprechen, aber dieser Weg war unsicher, schmal, schlängelte sich entlang eines Abgrunds. Auch würde er Felt einen zu tiefen Blick in die eigene Seele erlauben, wenn er redete, und davor scheute Babu zurück. Jator hätte er es vielleicht erzählen können – dem Jator, der ein Kind gewesen war, und dem, der in seinen Armen gestorben war. Beide waren seine Freunde gewesen. Felt war das nicht. Von Felt fühlte Babu sich unverstanden, noch bevor er ihm etwas erklärt hatte. Schweigend, mit pochenden Schläfen und klopfendem Herzen, trat Babu ins Wasser und ging voraus.

Als sie an die Engstelle gelangten, die Babu vorhergesehen hatte, versuchte Felt, sich seitwärts durchzuzwängen. Das schleifende Kreischen von Stahl und Stein jagte Babu Schauer über den Rücken. Felt schob sich unbeirrt weiter, und als er endlich ins Licht trat, das von oben auf die Wegkreuzung fiel, war kein Kratzer auf dem Brustschild zu erkennen. Dieser Welsenstahl erstaunte Babu immer wieder – um wie viel härter als Babus lederne Falknerweste mochte er sein?

»Drei Wege«, sagte Felt. »Drei Möglichkeiten.«

Babu nickte, er hatte es schon gesehen, als er sich ganz in den hellen Fleck am Himmel hineingestarrt hatte.

»Rechts wird das Wasser schnell tiefer und reißend – es ist kaum möglich, gegen die Strömung anzukommen. Diesen Weg würde ich also nicht nehmen. Links entlang ist alles zuerst vielversprechend – das Flussbett recht flach und voller Krebse. Die Kluft wird sogar weiter, man kann ein ganzes Stück trockenen Fußes am Ufer gehen. Nass wird man trotzdem; tröpfeln tut es dort wie überall auch. Aber dann steht man unversehens vor einer Wand. Von oben stürzt das Wasser hinunter, aber weiter kommt man dort nicht.«

»Also bleibt nur der Weg schräg geradeaus«, sagte Felt. Diesem Weg hatte sich Reva bereits zugewandt, rührte sich aber ansonsten nicht. Es war immer bedrückend, wenn die sonst unaufhörlich sich bewegende Unda völlig erstarrte. Felt trat nah an Babu heran.

»Was ist dort, Babu?«

Babu schaute nicht hin, sondern nach oben ins Blau. Juhut war irgendwo dort, aber sehen konnte er ihn an diesem kleinen Stück Himmel nicht.

»Wenn man geradeaus weitergeht«, fuhr er schließlich zögernd fort, »ist man bald rundherum von Stein umgeben.«

»Eine Höhle also?«, fragte Felt nach.

»Ja. Sie scheint sehr groß zu sein. Dort drinnen läuft Wasser wie über eine große Treppe hinab, immer weiter hinab ...«

»Und dann?«

Babu wandte sich brüsk ab.

»Dann weiß ich nicht weiter. Es ist dunkel dort. Und ich bin ... umgekehrt.«

Zurückgekehrt wäre der richtige Ausdruck gewesen; mit rasenden Kopfschmerzen zurückgekehrt auf einen runden Felsbrocken. In Gedanken war er vorausgegangen, hatte sich gegen seine Angst gestemmt und gegen den Stein. Babu hatte die Felswände an den Händen gespürt, als er die Arme ausstreckte, und an den Schultern, als er sich durch den engen Spalt quetschte. Und dann hatte er dasselbe noch mal durchlebt, gerade eben, dieses Mal in Begleitung der Unda und des Welsen.

»Umgekehrt?«, fragte Felt, und als Babu sich wieder zu ihm umdrehte, traf ihn ein prüfender Blick aus steingrauen Augen.

»Babu, wenn du mir nicht sagst, was mit dir los ist, kann ich auch keine Rücksicht darauf nehmen.«

Babu schwieg. Felt legte seine große Linke, die unverletzte Hand, auf Babus Schulter und versuchte es nochmals.

»Ich sehe das so: Wir haben ein Ziel und wir haben wenig Zeit, um es zu erreichen. Wir sind beide immer noch in schlechter Verfassung. Ich habe die Verantwortung für die Sicherheit der Hohen Frau und dem unterstelle ich alles andere – auch dein oder mein Leben. Alles, was mir dazu dient, die Unda zu schützen oder schneller voranzukommen, das nutze ich auch. Wenn ich also auch nur den leisesten Verdacht habe, dass du mit Hilfe des Vogels einen Weg ausspähen kannst, dann verlange ich das von dir. Falls dir das Schwierigkeiten macht, musst du es sagen.«

Er nahm die Hand weg, aber nicht den prüfenden Blick.

»Sagst du hingegen nichts, Babu, dann nutze ich deine Fähigkeit, ohne Rücksicht und ohne dass ich weiß, was da genau vorgeht. Du bist ein Werkzeug, dessen Funktionsweise ich nicht verstehe, von dem ich aber trotzdem Gebrauch mache.«

Ein Werkzeug? Noch bevor die Wut in Babu aufsteigen konnte, verflüchtigte sie sich schon wieder. Denn Babu begriff, dass Felt ihn provozieren wollte. Er wollte Babu dazu verleiten, sein Herz auszuschütten. Würde er einmal anfangen zu reden, gäbe es kein Halten mehr. Darauf spekulierte Felt, und hätte er es mit dem alten Babu zu tun gehabt, dann wäre er erfolgreich gewesen. Der Babu aber, der aus Wiatraïn zurück auf den Kontinent gekommen war, hatte nichts dagegen, ein Werkzeug zu sein: Er war ein Szasran, *der Falkner einer Szasla, ein Werkzeug, ein Sprachrohr.* Das hatte Reva gesagt und noch mehr, nämlich, dass er ein mächtiges Werkzeug sei, und was er ausspräche, könne Welten bewegen.

Wollte er das? Wollte er diese Welt bewegen? Wäre es nicht besser, Babu würde schweigen? Er hatte sich für einen Zwischenweg entschieden: Wohin ihn seine Gedankenwanderung geführt hatte, das teilte er mit. Wie sehr es ihn erschöpfte, den Weg zwei Mal zu gehen, wie groß der Schmerz hinter seiner Stirn war und dass nur ein Splitter aus geronnenem Wolfsblut diesen Schmerz daran hinderte, Babu aus der Stirn zu brechen – davon musste er schweigen. All das führte zu nah heran an die Stelle, wo die Rache begraben war.

»Es geht mir gut«, sagte Babu. »Ich komme schon zurecht.«

Felt glaubte ihm nicht, das konnte man ihm deutlich ansehen. Er unternahm aber keinen weiteren Versuch, sondern sagte nur:

»Vielleicht gibt es in dieser Höhle ein trockenes Plätzchen, wo wir lagern können. Der Tag ist alt und wir sind für heute weit genug gegangen.«

10

Babu hört die Stimme einer Frau. Erst glaubt er, es sei Reva, die zu ihm spricht. Aber es ist nicht Reva. Während er darüber rätselt, wer da zu ihm spricht, achtet er nicht auf die Botschaft. Und als ihm das schließlich auffällt, ist die Stimme nur noch ein fernes Flüstern. Ein Gefühl völligen Versagens überwältigt ihn, denn nun weiß er weder, wer gesprochen hat, noch, was ihm mitgeteilt wurde.

Dann merkt er, wo er sich gerade befindet: zu Hause, im Langen Tal. Er steht auf der Ebene, im gelben Gras, über ihm erstreckt sich endlos die Weide des Großen Hirten. Als er das sieht – das Gras, den Himmel –, ist er glücklich. Er hat nicht gewusst, wie sehr er das Tal vermisst hat und wie gut es tun kann, einfach nur dazustehen und den Wind zu beobachten, wie er die Halme biegt. Vor ihm im Gras liegt etwas und er schaut genauer hin: Es ist ein Hasenschädel. Dieser Schädel hat eine Bedeutung, aber er kann sich nicht erinnern, welche. Seine Stimmung schlägt um. Das Glück verschwindet. Von dem Schädel im Gras scheint eine Bedrohung auszugehen oder besser: Das, was er bedeutet, ist bedrohlich, ist etwas Schlimmes. Er weiß, dass er in einer Verbindung zu diesem Hasenschädel steht – doch worin die Verbindung besteht, weiß er nicht. Da steigt eine Ahnung in ihm auf. Er sieht an sich hinunter. Er hält den Dolch. Von der schwarzen Klinge tropft Blut. Er wendet sich um. Dort, wo er gegangen sein muss, ist das Gras niedergedrückt, er erkennt seine Spur. Auch dort sieht er Blut. Er denkt: Die Blutspur verrät mich. Im selben Augenblick weiß er, dass etwas Witterung von dem Blut genommen hat, und die Worte der Szasla klingen ihm im Ohr: *Der Hirte wird die Spur finden, der Jäger der Beute folgen bis zum Ende, wo der Kreis sich schließt.*

Er rennt los.

Es folgt ihm.

11

»Babu, komm her und hilf mir! Beeil dich, das sind die größten Krebse, die ich bisher gesehen habe – das gibt ein anständiges Frühstück! Babu!«

Babu versuchte, die Müdigkeit abzustreifen und zu vergessen, was er im Schlaf erlebt hatte und wofür das Wort *Traum* nicht ausreichte. Wie ein alter, gebrechlicher Mann schleppte er sich von seinem Lager hinunter zum Wasser. Die Höhle war riesengroß, was Babu einerseits etwas erleichterte, andererseits aber bedrückte: Die ungeheure Masse an Stein war belastend. An der Weite einer Landschaft wie dem Langen Tal konnte ein Mensch wachsen, der Blick konnte schweifen, man konnte tief einatmen. Hier, in dieser Höhle, deren wahre Ausmaße nur zu ahnen waren, weil sich Wände, Spalten und abzweigende Gänge in Dunkel hüllten, schrumpfte ein Mensch zusammen. Wieder hatte Babu das Gefühl, dass hier eine andere, eine ältere Zeit herrschte. War das möglich? Konnte in dieser Gegend des Kontinents die Alte Zeit überdauert haben wie eine besonders zähe, lästige Tierart, die sich nicht ausrotten ließ? Wie die Wühlhasen im Langen Tal, dachte Babu, stolperte über einen Stein und vergaß den Gedanken.

Das hohe Gewölbe der Höhle war an manchen Stellen eingebrochen, von dort fiel Licht hinab, und wo es auf den zerklüfteten Boden traf, wuchsen Pflanzen. Wenn Babu jedoch aufschaute, war er so geblendet, dass er den Himmel nicht erkennen konnte. Juhut war irgendwo dort oben, das wusste er sicher. Der Falke hatte ihn nicht verlassen, ihre Verbindung hatte Bestand, und das half. Juhut war wie ein Anker in einer verdrehten Welt, in der Babu sich an der Luft festhielt, um unter der Erde nicht zu ersticken.

Reva stand bei Felt und hielt ihr weißes Licht, war aber nicht bei der Sache – ihre Augen schauten in eine Ferne, die im Finstern lag. Sie hatte die Ubid Engat die *Lande des Wassers* genannt und Babu hatte geglaubt, sie würde hier munter und von Kraft durchströmt sein. Aber Reva war still und abwesend. Als wäre sie nach langer Zeit zurückgekehrt nach Hause und müsste ihre Erinnerungen erst mit dem neuen Eindruck vergleichen, bevor sie sich freuen konnte.

»Babu! Nun komm schon!«

Er tat das Gegenteil: Als Babu den Krebs sah, blieb er staunend stehen. Das Tier war so lang wie sein Unterarm und die Scheren, größer als Babus Hände und wesentlich bedrohlicher, schnappten aus dem flachen Wasser heraus nach Felt. Der Fluss mäanderte vielarmig und breit aufgefächert am Grund der Höhle und sein steinernes Bett war mit Algen und Moos bewachsen, sodass das Wasser fast lautlos darüberlief. Es war rutschig und Felt hatte Mühe, dem Krebs zu folgen, ohne auszugleiten.

»Tritt nach ihm«, rief Babu und war mit ein paar Sätzen im Wasser. Sein knurrender Magen hatte die Trägheit verscheucht. Der Krebs machte eine Rolle rückwärts, um den schweren Stiefeln des Welsen auszuweichen, und sprang so direkt in Babus

Arme. Der packte fest zu, schleuderte den Krebs dann gegen einen Stein. Es knackte, einer der langen, empfindlichen Fühler brach ab, aber tot war er nicht. Babu zog den Dolch, die Scheren flößten ihm Respekt ein, er zögerte. Ein hoher Ton gefolgt von einem gemeinen Knirschen beendete die Szene: Felt hatte sein Schwert gezogen, und auch wenn es mit links geführt wurde, war ein solches Krustentier kein würdiger Gegner für Anda.

Drei weitere, ebenso große Exemplare fingen sie noch, dann beendeten sie die Jagd. Sie hatten nicht mehr genug Holz für ein Feuer und roh verdarb das Fleisch zu schnell. Auf Vorrat zu fangen hatte also keinen Sinn und außerdem vertrauten sie inzwischen darauf, immer wieder frische Krebse erwischen zu können – wenn auch vielleicht nicht so prachtvolle wie in dieser Höhle.

Sie aßen schweigend, Babu hing immer noch seinen nächtlichen Eindrücken nach. Zu Felt hatte er gesagt, das seien keine Träume, und so empfand Babu es auch: Was er durchlebte, wenn er die Augen schloss, war kein Traum. Sondern fühlbarer als die Wirklichkeit. Es waren Visionen voller intensiver Empfindungen und voller Ängste. Und er war allem ausgeliefert. In der Ohnmacht nach der Hungerzeit oder wenn Babu schlief, zeigten sich ihm verstörende Bilder. Wie sie zu deuten waren, das ahnte er bisher nur. In einem aber war er sich inzwischen ganz sicher: Was er erlebte, wenn er den hellen Fleck am Himmel anstarrte, wenn er im wachen Zustand sein Bewusstsein an Juhut knüpfte und der innere Aufstieg gelang – das waren weder Visionen noch Träume. Das war etwas ganz anderes. Babu sah auch keineswegs nur das, was Juhut sah. Er nahm mit den Augen des Falken nicht einfach nur eine nebelverhangene Küste oder den Weg durch ein Schluchtenlabyrinth wahr. Er sah mit seiner Hilfe zwar voraus, aber nicht durch den Raum. Sondern durch die Zeit. Babu konnte durch die Szasla die Zukunft sehen.

12

Die Höhle nahm kein Ende, war eine Abfolge von unterirdischen Hallen, abzweigenden Kammern und ins Unbekannte führenden Korridoren. Felt, Reva und Babu folgten am weiten Höhlengrund dem Hauptarm des Flusses, der sich zwar immer wieder in vielen Adern bis auf mehr als fünfzig Schritt verbreiterte und auch Seitenarme in der Dunkelheit verlor, letztendlich aber doch stetig in eine Richtung floss, immer tiefer hinein in das Höhlengewirr. Das Wasser war klar und kalt, die steinernen Ufer mal rundgeschliffen, mal zerklüftet und mit losem Gestein bedeckt. Manchmal gingen sie eng beisammen im blassen Licht der Unda, manchmal vergrößerten sich die Abstände zwischen den Wandernden, wenn die Sicht durch Lichtinseln besser wurde.

Felt beobachtete, dass Babu dort nicht mehr stehen blieb und nach oben blickte. Als er ihn nach dem Falken fragte, antwortete Babu: »Ich sehe ihn nicht mehr, aber ich weiß, dass er da ist.« Und um einem Nachfragen Felts zuvorzukommen, fügte er an: »Es macht nichts. Zu wissen, dass Juhut dort oben kreist, genügt mir und macht mir diese Höhle erträglich. Aber wenn ich Juhut nicht sehe, kann ich auch nicht sehen, wohin wir gehen.«

Felt nickte.

»So etwas habe ich mir schon gedacht. Es wäre gut, wenn du uns führen könntest. Wenn nicht, gehen wir eben einfach weiter. Auch diese Höhle wird einen Ausgang haben, dieser Fluss fließt nicht nirgendwohin. Wir laufen auch nicht im Kreis, das sagt mir der Nordweiser. Irgendwann wird wieder Himmel über uns sein statt Stein. Solange Reva nicht protestiert, gehen wir weiter entlang dieses Wassers. Babu, ich habe gelernt, ihr zu vertrauen. Es ist mir nicht immer leicht gefallen, das gebe ich zu. Aber glaube mir: Sie findet hinaus. Sie weiß, wo die Quelle ist, und sie wird uns dorthin führen. Nicht wahr, Reva, du weißt es doch? Reva?«

»Ja?«

»Es ist doch richtig, diesem Fluss zu folgen?« In Felts Stimme war kein Ärger über die Unaufmerksamkeit der Unda, nur ein Hauch von Sorge.

»Es ist noch weit«, sagte Reva schließlich, »aber wir sind auf einem guten Weg. Die Ubid Engat sind voller Möglichkeiten, es gibt unzählige Wege hier und unzählige Flüsse, die uns hindurchleiten können. Alles ist ein Strömen in alle Richtungen, alles ist vom Wasser geformt. Wir haben uns für diesen Weg entschieden, für diesen Fluss und, ja, es ist richtig, ihm zu folgen. Ein anderer Weg wäre ebenso gut. Es gibt viele. Irgendwann wird wieder Himmel über uns sein und irgendwann werden wir die Ubid Engat verlassen und die Quelle der Wahrhaftigkeit erreichen.« Sie lächelte Felt verträumt an und ein ganz ungewohnt mädchenhaftes Staunen war in ihrem Gesicht. »Ich kann nicht sagen, wann. Ich habe die Zeit vergessen, ich höre so viele Dinge … Begebenheiten, die längst Legende geworden sind und selbst in meiner weitreichenden Erinnerung unter vielen, vielen anderen Geschehnissen begraben waren. Bitte verzeiht, dass ich nur zeitweise bei euch bin; ihr müsst gehen, immer weitergehen, das ist gut und richtig … und ich muss zuhören. So tief bin ich lange nicht mehr in die Vergangenheit vorgedrungen. Wenn ich diesen Wassern lausche, ist es so, als würde ich die Stimmen alter Freunde hören – die immer noch beisammensitzen und sich die alten Geschichten erzählen, während die Welt sich längst von ihnen wegbewegt hat.«

»Warum erzählst du uns nicht eine dieser Geschichten?«

Mit Blick auf Babu sagte sie: »Vielleicht später, vielleicht, wenn wir diese Höhlen verlassen haben und unsere Sinne alle wieder –«

Sie brach ab. Felt schaute erst zu Babu, dann auf das, worauf der Merzer mit schreckensweiten Augen starrte.

Aus dem Dunkel, ungefähr zwanzig Schritte voraus, schälten sich die Umrisse eines Krebses. Eines Krebses, der noch viel prachtvoller war als die, die sie am Morgen gefangen hatten: Er war groß wie ein Pferd.

»Ich kann nicht kämpfen«, sagte Felt mit leiser Stimme. »Nicht mit links. Gegen das da.«

»Ich auch nicht.« Babu flüsterte ebenfalls. »Selbst wenn ich Pfeil und Bogen hätte – gegen einen solchen Panzer käme ich nicht an.«

»Wir sind ein großartiges Gespann«, spottete Felt, immer noch mit unterdrückter Stimme. »Ein Bogenschütze ohne Bogen und ein Schwertkämpfer ohne Schwerthand.«

Die langen Fühler des Riesenkrebses tasteten wie dürre Finger durch die Luft. Felt konnte auf diese Entfernung sogar die schwarz glänzenden Stielaugen erkennen. Und auch der Krebs hatte sie wahrgenommen. Er hob die ungeheuren Scheren, jede größer als die Unda und ganz sicher um ein Vielfaches schwerer, und machte einige schnelle Schritte auf sie zu. Es hörte sich an, als würde eine ganze Gruppe Männer durchs flache Wasser laufen.

»Rückzug«, sagte Felt tonlos. »Aber langsam. Hundert Schritte zurück ist ein Durchgang. Rechter Hand bei einem turmartigen Felsen.«

»Habe ich gesehen.«

Sorgfältig die Füße auf die glitschigen Steinen setzend, zogen sie sich zurück.

Sie hatten den runden Felsturm fast erreicht, als sie den Krebs wieder durchs Wasser laufen hörten.

»Reva, es ist unwürdig«, sagte Felt und warf auch Babu einen Seitenblick zu. »Aber ich fürchte, es muss sein.«

»Schon gut«, sagte sie. »Wann? Jetzt?«
»Ich bitte darum.«
Sie rannten los.
Das Ungeheuer folgte ihnen.

13

Bitte lass den Spalt groß genug sein. Aber bitte lass ihn nicht zu groß sein!

Felt wusste nicht, an wen er diese Bitten richtete, und wenn es der Stein selbst war – Hauptsache, er wurde erhört. Diesmal ließ er die Hohe Frau voraus in den Durchgang schlüpfen. Sie wurde nur kurz vom Dunkel verschluckt, dann entzündete sie ihr weißes Licht. Soweit Felt sehen konnte, war der Gang drei bis vier Schulterbreit – in seiner Schulterbreite, nicht der der Unda.

»Weiter«, sagte er hastig.

Würde der Krebs mit seinen massiven Scheren ihnen hier hinein folgen können? Und wie konnte es überhaupt ein derart großes Viech geben?

»Wie lange kann so ein Krebs über Wasser sein?«, fragte er im Laufschritt über seine Schulter.

»Keine Ahnung«, antwortete Babu hinter ihm. »Aber manche brauchen gar keins. Glaube ich.«

Ein lauter Knall ließ sie alle herumfahren. Reva hob die Hand. Im kalten Schein wich der Krebs am Eingang zur schmalen Schlucht zurück, dann aber kam er wieder vor und eine der Scheren langte hinein, schlug gegen die Felswand. Steine lösten sich, prasselten herab. Sein Körper würde in diese Kluft hineinpassen. Allein dass er seine großen Scheren quer vor sich hertrug wie ein vor Kraft strotzender Ringer seine Fäuste, hinderte den Riesenkrebs daran, den Flüchtenden zu folgen. Noch.

»Besonders klug ist er nicht«, sagte Felt. »Aber vielleicht kommt er doch irgendwann drauf, wie er uns kriegt.«

Er zog sein Schwert. Auch wenn es die falsche Hand war – das Gefühl, das Anda ihm gab, war das richtige. Bald wäre Felt wieder bei Kräften, bald könnte er seiner Linken all das beibringen, worin die Rechte meisterlich gewesen war.

»Hier drin, in dieser Kluft, stehen die Chancen besser für mich – ich habe zwar nur eine Hand, aber das Biest klopft auch nur mit einer Faust gegen den Stein. Ich gebe ihm was auf die Finger, vielleicht vertreibt ihn das.«

Felt ging an Babu vorbei auf den Eingang zu, hinter dem die schwarzen Stielaugen ihn ausdruckslos anstarrten. Bis jetzt hatte Felt sich die Krebse nicht genau besehen, sie waren willkommene Nahrung, mehr nicht. Aber nun war die Beute zum Jäger geworden – und der war wirklich abscheulich. Zwischen den langen Fühlern zitterte ein kürzeres Paar und zwei zu Fresshilfen verkümmerte Beinchen waren in der Nähe des Mauls in ständiger, nestelnder Bewegung. Der graugrüne Panzer war übersät mit pickligen Auswüchsen. Als Felt sich dem Untier näherte, nahm er einen modrigen Geruch wahr, den er bei den kleineren Krebsen nicht bemerkt hatte. Die schwarzen Augen verschwanden kurz, dann krachte die große Schere vor Felts Füßen auf den Steinboden. Das Biest roch zwar schlechter als seine kleinen Verwandten, aber es war genauso flink. Felt wich der blind umherschnappenden Schere aus, deren kleinerer, beweglicher Teil immer noch dicker als Felts Oberschenkel war und zudem mit scharfen Hornzähnen besetzt. Wenn er dort hineingeriet, würde er seine Gliedmaßen verlieren.

Felt schlug zu. Er achtete nicht darauf, das empfindlichere Gelenk zu treffen. Er hieb einfach mit all der Wucht, die er aufbringen konnte, auf die große Krebsschere. Und als könne Anda Felts Schwäche ausgleichen, trennte das Schwert mit einem sauberen Schnitt den beweglichen Scherenfinger ab. Sofort wurde die Schere zurückgezogen. Vor dem Eingang lösten die heftigen Bewegungen des verletzten Tiers einige Steine, Felt hörte das Poltern. Er sah auf das abgetrennte Teil, aus dem kein Blut, sondern eine wässrige Flüssigkeit lief. Der Hieb war präzise und kraftvoll gewesen. Ein Glückstreffer. Aber ihm blieb keine Zeit, sich zu wundern, denn nun versuchte die zweite Schere, Felt zu erwischen. Sie war etwas kleiner als die erste.

»Bist wohl auch Rechtshänder, was?«

Wieder schlug er zu und wieder traf er genau das Gelenk. Der Gegner war entwaffnet. Und lärmte vor dem Eingang. Die wuchtigen, verstümmelten Scheren schlugen immer wieder auf Stein. Felt hörte Schleifgeräusche – wahrscheinlich der Schwanz – und das Trommeln der vielen Beinpaare. Der Krebs konnte nicht schreien oder seinem Leiden sonst irgendwie Ausdruck geben, er konnte sich nur winden und versuchen, dem Schmerz auszuweichen, so sinnlos das auch war. So etwas hatte Felt schon immer seltsam angerührt und er hatte nie wie die anderen Jungen einen Spaß daran gehabt, einer kleinen Schimmerechse den Schwanz abzuschneiden oder Asseln in die Glut zu werfen. Die Asseln, in Goradt manchmal daumendick, krümmten sich in der Hitze zu einem Ring zusammen, es stank wie angesengtes Haar und schließlich platzten sie mit einem satten Schnalzen auf. Es hatte in Felts Jugend so manchen Firsten gegeben, in dem er kaum etwas anderes gegessen hatte als diese geplatzten Asseln.

Felt trat gegen einen der abgetrennten Scherenfinger und wandte sich ab.

»Achtung!«, rief Babu und Reva riss den Arm und ihr Licht hoch. Felt fuhr herum, das Schwert erhoben.

Indem die enorme Schere auf Felt niederkrachte, schlug sie sich selbst ab. Felts Blut rauschte durch seinen Körper, er hielt auch mit der zweiten Hand den Schwertgriff umfasst, selbst wenn das kaum Sinn hatte. Aber: Er war erstaunlich reaktionsschnell; er wusste immer noch, wie man ein Schwert führte. Vor dem Spalt brach ein regelrechter Tumult aus und Felt sah und begriff mehrere Dinge gleichzeitig. Die zuletzt abgeschlagene Schere war komplett, aber kein Krebs hatte drei davon. Im Gewirr von Gliedmaßen, Fühlern, gepanzerten Schwänzen starrten mehrere schwarze Augenpaare in die Kluft. Es gab noch mehr dieser pferdegroßen Ungeheuer. Jedes wollte hinein, auch wenn es bisher keinem gelang und sie sich gegenseitig bekämpften. Aber dass sie das Gedränge dauerhaft davon abhalten würde, in diesen Spalt zu gelangen, darauf wollte Felt nicht wetten. So oder so war dieser Ausgang versperrt, der Weg zurück unmöglich geworden.

»Die lassen sich nicht vertreiben. Das werden immer mehr«, sagte Babu. Er flüsterte nicht mehr und in seiner Stimme lag nicht die Spur von Angst, eher so etwas wie Verwunderung. Er rieb sich die Stirn.

»Ein paar anständige Pfeile mit welsischen Stahlspitzen und du könntest sie von hier aus bequem erledigen«, sagte Felt mit Blick auf die streitenden Krebse und drehte sich dann in die entgegengesetzte Richtung. »So aber schlage ich vor, wir gehen einer weiteren Konfrontation aus dem Weg. Ich kann es nicht allein mit all diesen Kreaturen aufnehmen.«

»Bisher ist dir das ganz gut gelungen«, sagte Babu.

Felt antwortete nicht, sondern bat Reva mit einer Geste, ihm den Vortritt zu lassen.

»Es gibt viele Wege durch die Ubid Engat, nicht wahr? Und dieser ist ebenso gut wie der andere, oder?« Er blickte in die Schwärze, die zwanzig Schritte voraus begann.

»Ja«, sagte Reva hinter ihm. Ihre Kühle beruhigte ihn und sein Herzschlag, im kurzen Kampf heftig beschleunigt, wurde wieder langsamer. Felt ging los, rasch, ließ das Lärmen der Krebsungeheuer hinter sich. Anda behielt er in der Faust. Ein gutes Gefühl.

14

Nach ungefähr einer Wegstunde öffnete sich der Gang erst zu einer mit etwa zwanzig Schritten zu durchmessenden Kammer, dann zu einer Höhle, deren Anblick Felt sprachlos machte. Die Erinnerung an das Gewölbe über dem Quellsee von Pram sprang ihn kurz an, aber dies hier war weit eindrucksvoller. Es war ein Palast der Beharrlichkeit. Hier war eine Geduld Baumeister gewesen, wie sie nur die Urstoffe der Welt selbst aufbringen konnten: Wasser und Stein.

Sie überblickten den größten unterirdischen Raum, den Felt je gesehen hatte. Von der hohen Decke hingen in unzähligen Staffelungen Fahnen aus Stein, von unten streckten sich ihnen, aufgereiht wie Soldaten, steinerne Stelen entgegen. Sie funkelten ebenso wie die mit Rissen durchzogenen Wände der Höhle im Glanz der Kristalle, mit denen sie übersät waren. Alles strahlte und glänzte in Gold- und Brauntönen. Babu sprach aus, was Felt dachte: »Es ist gar nicht dunkel hier.«

Ein diffuses Licht kam aus terrassenförmig von den Wänden zum Höhlengrund hin abfallenden Wasserbecken. Felt kannte das Phänomen dieser Steinwannen aus Goradt – in der Hadred nutzten die Schmiede solche Sintertröge als Abschreckbecken für die heißen Klingen –, aber so viele, so große und vor allem solche wie mit sanftem Abendlicht gefüllte Becken hatte er noch niemals gesehen.

Der Gang hatte sie auf einen von glitzernden Steinzacken gesäumten Vorsprung oberhalb der Becken geführt, die wie Stufen zum Höhlengrund führten. Durch diese Becken würden sie hinabsteigen müssen, wenn sie nach unten gelangen wollten. Felt erschien das mindestens so frevelhaft, wie mit schmutzigen Stiefeln über eine mit weißem Leinen gedeckte Hochzeitstafel zu laufen. Alle drei standen sie ganz still und lauschten auf das Tropfen des Wassers, das die grandiose Kristallhalle erfüllte wie eine rhythmische und melodische Musik.

»Es quält mich, unter der Erde zu sein«, murmelte Babu und man hörte die Ehrfurcht in seiner Stimme. »Aber ich habe die Erde noch niemals in solcher Schönheit gesehen.«

Reva trat vor, stieg vorsichtig über die Tropfsteinzacken in eines der Becken. Es war nicht tief, der Wasserspiegel reichte ihr bis zu den Oberschenkeln. Das Licht schien sich vom Boden zu lösen und an Revas Gewand zu heften. Das silbrige Gewebe leuchtete dort, wo es ins Wasser reichte, hell auf. Wigos Worte, gesprochen im Fieber, kamen Felt in den Sinn: *Reva, die Geheimnisvolle, hat mich gerettet ... dieses Strahlen, ich kann es sehen, sie leuchtet, sie ist wunderschön ...*

Felt schluckte. Eine Unda durfte hier sein. Mehr noch: Eine Unda – der Ewigkeit und Schönheit so viel näher als er oder Babu – sollte hier sein. Reva gehörte hierher, er nicht. Mit einem Mal stellte Felt alles in Frage.

Wer war er denn, dass er glaubte, die Menschheit vor dem Untergang retten zu müssen? Gab es etwas, das noch eitler war? Und war es nicht angesichts solcher Schönheit und Erhabenheit sogar besser, die Menschen verschwänden vom Angesicht des Kontinents? Sie hatten doch hier nichts zu suchen, die Erde war besser dran ohne sie. Die Menschen verwandelten fruchtbares Land in Asche, saugten Erze aus dem Stein, damit sie Waffen fertigen und Tod und Unheil bringen konnten. Einige Sätze von Reva, gesprochen nahe der sterbenden Quelle der Freundschaft und nahe beim sterbenden Wigo, fielen ihm ein.

Das Wasser wird einen Weg finden, so wie es immer einen gefunden hat. Es braucht dich nicht, es braucht niemanden, aber du brauchst das Wasser. Weil du ein Mensch bist.

Felt wäre beinahe auf die Knie gefallen, so schwach fühlte er sich, so unbedeutend kam er sich vor. Weil er ein Mensch war.

Reva drehte sich nach den Männern um, ihr Gleißen war schmerzhaft. Felt kniff die Lider zusammen, Babu legte schützend die Hand über seine Augen. Lange blickte die Unda auf die beiden Menschen, die versuchten, Haltung zu bewahren.

»Demut«, sagte sie schließlich, »ist eine Tugend.«

Das Licht des Beckens floss an Reva empor, ähnlich einer Flüssigkeit, die in einem engen Glasröhrchen aufsteigt. Dabei schien es die Narbenranken nachzuzeichnen, die die Haut der Unda zierten. Die Linien in ihrem Gesicht leuchteten auf, wie Felt es schon öfter gesehen hatte, aber klarer und heller als jemals zuvor. Es war, als würde sie wie ein Baum den Lebenssaft in sich hoch bis in die feinsten Verästelungen ziehen. Und so, wie man an einem einzigen Blick die Liebe erkennen kann, ohne zu begreifen, was Liebe eigentlich ist, so begriff Felt die Urkraft des Lebens, als er Reva ansah. Felt hatte die neugeborene, schreiende Ristra in den Armen gehalten und er war jenseits des Kontinents gewesen, wo das Leben kein Gewicht mehr hatte und sich mit Leichtigkeit über den Tod erhob. Eigentlich wusste er längst alles über das Leben und trotzdem brauchte er Reva, damit sie ihn immer wieder daran erinnerte. Ja, Demut war eine Tugend. Aber vor die Wahl gestellt, diese majestätische Halle zum Einsturz zu bringen oder Ristra in die Arme zu schließen, sie heranwachsen zu sehen, vielleicht gar auf einen Enkel zu hoffen, wäre die Entscheidung klar. Das Leben war mehr wert als eine Halle aus Stein. Das Leben war alles.

Felt lächelte, rieb sich die Augen. Die Welt brauchte ihn vielleicht nicht. Aber die Menschen brauchten einander. Es spielte keine Rolle, ob sie hässlich waren oder dumm, unwürdig oder gar überflüssig. Sie brauchten einander. Die Menschen waren nun einmal in dieser Welt und sie hatten die Fähigkeiten, einander zu lieben, sich umeinander zu sorgen, füreinander einzustehen. In Demut vor der Größe und Erhabenheit von Wasser und Stein zu erstarren und vor dem, was die Urkräfte über alle Zeiten hinweg erschaffen hatten, war das Eine. Ein Kind zu haben, zu lieben und großzuziehen war das Andere. Das war das Leben. Noch. Noch war es möglich, in dieser Welt wahrhaftig zu *leben*. So tief sein Mut eben gesunken war, so hoch stieg er nun und eine unbändige Lust, zu leben und alles, wirklich alles zum Guten zu wenden, erfüllte Felt.

»Wenn man schon über die Hochzeitstafel laufen muss, sollte man sich wenigstens die Stiefel ausziehen«, sagte er und steckte das Schwert weg.

Babu nahm die Hand von der Stirn und blickte ihn verständnislos an. Felt zuckte die Schultern.

»Das ist ... ein welsisches Sprichwort. Was wir, wie ich finde, in diesem Fall wörtlich nehmen sollten.«

Babu räusperte sich, setzte sich hin und zog mit einem Lächeln auf den Lippen seine Stiefel aus. Nun, wo er es sah, fiel Felt wieder auf, wie selten Babu lächelte und wie schade das war.

15

Barfuß und mit hochgekrempelten Hosenbeinen wateten sie hinter Reva durch die Sinterbecken hinab. Das Licht heftete sich auch an ihre Haut; es war eingeschlossen in einem weichen, algenartigen Belag, und als sie schließlich unten angekommen und aus dem letzten Becken hinausgetreten waren, schimmerten ihre Füße und Beine noch. Bei einem mannsgroßen, kerzengerade nach oben wachsenden Tropfstein machten sie eine kurze Rast und kauten eine Handvoll trockenes Steinmilchkraut. Krebse gab es hier keine und weder Babu noch Felt waren traurig darüber.

»Die Steine, die von unten nach oben wachsen, nennen wir *Manten*«, erklärte Felt. »Die von der Decke herunterhängen, heißen *Kabten*. Es gibt den Brauch, einen eisernen Ring auf die Spitze einer Mante zu stecken, wenn ein Paar sich ewige Liebe schwört. Sobald der Ring in den Stein eingewachsen ist, also Mante und Kabte sich zu einer Säule vereinigt haben, bedeutet das, man wird sich niemals trennen.«

»Das wird man wohl kaum erleben, dass der Ring einwächst.«

»Man muss dem Stein ein wenig nachhelfen, das stimmt.« Felt lächelte.

»Was? Wie hilft man denn einem Stein? Beim *Wachsen*?«

Nun musste Felt laut auflachen.

»Babu, du bist wirklich kein Mann der Berge. Stein ist nicht gleich Stein. Es gibt ein paar Kniffe, um das Wachstum zu beschleunigen, zum Beispiel mit Essig. Es dauert natürlich trotzdem viele Soldern und man muss die Steine immer wieder aufsuchen. Aber es lohnt sich, denn mit nichts kannst du deiner Frau mehr Freude bereiten als mit einem Ring im Stein, einem *Kranger ord Te*. Vorausgesetzt, sie ist Welsin.«

»Und?«, fragte Babu. »Hast du für deine Frau auch –«

Babu brach ab, Felt war unvermittelt aufgestanden.

»Verzeihung, das geht mich nichts an.«

»Schon gut«, sagte Felt. »Und nein, wir haben auf so eine Spielerei verzichtet.«

Als Felt einmal auf einen Steinring zu sprechen gekommen war, waren sie bereits drei Soldern verheiratet gewesen. Er hatte nie den richtigen Zeitpunkt gefunden, Estrid danach zu fragen, und als er es dann getan hatte, hatte sie prompt behauptet, auf diese Form der romantischen Liebesbezeugung keinen Wert zu legen. Heute war Felt sich da nicht mehr so sicher. Er hätte nicht fragen dürfen – er hätte es einfach tun sollen.

»Reich mir bitte kurz den Dolch«, sagte Felt und Babu gab ihn ihm. Felt löste vorsichtig einen großen Kristall aus der Höhlenwand. »Hier, Babu, nimm ihn mit. Reich wird er dich nicht machen, aber er wird dich immer an die verborgene Schönheit dieser Höhle erinnern. Solche Kristalle sind zu weich, um wertvoll zu sein. Obwohl dieser hier außergewöhnlich klar ist. Schau mal hindurch.«

Babu klappte vor Staunen der Mund auf, als er sich durch den Kristall hindurch in der Höhle umsah.

»Es ist ein Zweispat, man sieht ein Doppelbild, wenn man hineinschaut. Manche behaupten auch, sie könnten das wahre Wesen eines Menschen erkennen, wenn sie einen solchen Kristall auf ihn richten.«

16

Er ist wieder im Langen Tal, aber diesmal ist es Nacht. Babu sieht keine Sterne; der Himmel ist bewölkt und hängt tief. Die Wolken scheinen aus Stein zu sein, der Himmel wirkt wie das Deckengewölbe einer gigantischen Höhle. Der Gedanke, hier frei zu sein und atmen zu können, war ein Irrtum. Sogleich lastet das ganze Gewicht dieser ungeheuren Gesteinsmasse auf ihm und er sinkt auf die Knie. Wie konnte er sich nur so täuschen? Er merkt, dass er etwas in der Hand hält, und ist erleichtert, dass es nicht ein blutiger Dolch ist. Sondern der Zweispat. Es ist dunkel, trotzdem kann er den Kristall gut sehen und auch die hohen, wogenden Halme des Graslands ringsum. Er würde sich gern selbst durch den Kristall hindurch betrachten und sein wahres Wesen erkennen. Kaum gedacht, verwandelt sich dieser Wunsch in eine Schreckensvorstellung – was würde er wohl sehen?

Das, was du bist.

Er fährt zusammen. Das war die Stimme, die er schon einmal gehört hat! Die Stimme einer Frau. Welcher Frau? Steht sie hinter ihm? Er dreht sich um, bleibt aber auf den Knien.

Durch das Gras kommt keine Frau, sondern ein riesenhafter schwarzer Krebs auf ihn zu. Seine wuchtigen Scheren drücken das Gras in einer breiten Schneise nieder. Statt aufzuspringen und wegzulaufen, hält er sich den Zweispat vors Auge. Im Kristall sieht er nun *zwei* große schwarze Kreaturen auf sich zukommen. Er sieht den Krebs.

Und er sieht einen Wolf.

Niemals hat er eine größere Verzweiflung empfunden. Er schreit, weint, es war alles umsonst. Der Wolf ist seiner Spur gefolgt, er kann ihn niemals abschütteln. So sehr er sich auch anstrengt, er kann nicht vergessen. Er weiß noch genau, wo die Rache begraben liegt. Er hat sich selbst betrogen. Er ist schwach.

Du bist das Tor, sagt die Stimme.

17

Felt hatte seit Längerem die Ahnung, dass Babus Stirnband nicht nur dazu diente, die langen Haare aus dem Gesicht zu halten. Es verbarg etwas, vielleicht eine entstellende Narbe. Und vielleicht war die Verletzung noch nicht allzu lange her, denn der junge Merzer fuhr sich immer wieder mit den Fingern über die Stirn – entweder eine dumme Angewohnheit oder das Jucken der Heilung. Oder hatte er Schmerzen? Felt fragte nicht nach. Es war kein eigentliches Desinteresse, was ihn davon abhielt, sondern das Gefühl, es ginge ihn nichts an. Dabei waren sie schon so lange zusammen unterwegs und hatten Dinge erlebt, die Menschen normalerweise eng zusammengeschweißt hätten. Unter Männern, die gemeinsam bis ans Ende ihrer Welt gegangen und es überschritten hatten, die zurückgekehrt waren, die gehungert hatten, die einander das Leben gerettet hatten, wäre die Frage *Was ist mit deiner Stirn, hast du Kopfschmerzen?* einfach zu stellen gewesen. Felt fragte dennoch nicht. Er war nicht mehr aufmerksam genug. Es ging ihn nichts an und er kam nicht darauf, dieses Gefühl dem Versiegen einer Quelle zuzuschreiben. Deshalb setzte er sich auch nicht bewusst über sein Desinteresse hinweg – genau das hätte er jedoch tun müssen. Felt würde sich sein Versäumnis später immer wieder vorwerfen. Aber jetzt fühlte er sich einfach müde und orientierungslos; sie waren nun schon lange unter Stein.

Auch Babu war zunehmend bedrückter, sagte kaum ein Wort und schleppte sich geradezu dahin. Es war wirklich zu hoffen, dass sie bald wieder einen Streifen Himmel über sich hatten. Der Anblick des Falken würde Babu sicher aus seinem Trübsinn befreien. Nach ihrer Rast bei dem mannshohen Tropfstein hatten sie einen Ausgang aus der Kristallhöhle gesucht, schließlich mehrere Tunnel gefunden und den geräumigsten genommen. Sie tappten schweigend hindurch, ruhten abwechselnd: Während der eine sich in den kalten, aber trockenen Schotter unter einem Vorsprung in der Tunnelwand legte, hielt der andere Wache. Wie oft sie das inzwischen wiederholt hatten, wusste Felt nicht mehr, er verlor sein Zeitgefühl. Hatte Reva nicht etwas Ähnliches gesagt? Hatte sie nicht gesagt, sie wisse nicht, wann sie hier wieder herauskämen, denn sie habe die Zeit vergessen? Felt sah zu der Unda, die ebenfalls schwieg – wie lange, seit Tagen? – und in dem Tunnel in engen Schleifen auf und ab ging, während Babu im Schlaf zuckte.

Reva trug ihr weißes Licht, Felt blickte hinein. Hatte es sich verändert? Aber ja, es … pulsierte. Er richtete sich gerade auf, war plötzlich gar nicht mehr müde, sondern versuchte, mit den Augen der Unda zu folgen und das Licht in ihren Händen genau zu betrachten. Ja, tatsächlich, die Helligkeit der Flamme nahm zu und ab, seit wann tat sie das? Felt schloss die Lider, rieb sie. Er wusste es nicht, konnte sich nicht erinnern. An die kleine Flamme hatte er sich gewöhnt; die Faszination, die er anfangs für sie empfunden hatte, war verloren gegangen. Sie war das Geschenk Aslis an die Hohen Frauen? Sie war gar ein Überbleibsel von Asli selbst, die sich entzündet hatte, um die letzten Welsen zu retten? Nun, es war vor allem ein willkommenes Licht in dunklen Gegenden wie diesen. Felt öffnete die Augen wieder, sie brannten. Er ärgerte sich, weil seine Wachsamkeit, auf die er doch sonst immer zählen konnte, so unzuverlässig geworden war. Seit wann die kleine Flamme, das Licht Aslis, in den Händen der Unda pulsierte, konnte er nicht bestimmen. Aber die Wirkung war befremdlich und anrührend zugleich: Es war, als ob die Flamme atmete. Reva trug kein kaltes Licht mehr mit sich, sondern hielt ein kleines, lebendiges Wesen in ihren Händen.

Noch während Felt über dieses lebende, atmende Feuer nachsann, war Babus Schlaf immer unruhiger geworden. Es musste ein furchtbarer Traum gewesen sein, denn Babu erwachte schreiend. Als er wieder bei Sinnen war, nachdem sie ein wenig Kraut gegessen und etwas getrunken hatten, gingen sie wieder los. Felt wusste nicht, ob Tag oder Nacht war, noch welchen Manor sie hatten. Er war ohne Orientierung in Zeit und Raum. Aber er hatte bemerkt, dass das Licht lebendig geworden war, und beschloss, diesen weiteren Abschnitt ihres Marsches *heute* zu nennen.

Es war immer noch *heute,* als sie aus der endlosen Dunkelheit der Höhle hinaus ins Freie einer weiten Schlucht traten, und es war Tag. Felt schloss geblendet die Augen, fühlte das Sonnenlicht wie einen sanften Druck auf den Lidern und holte tief Luft. Er schien das Licht einatmen zu können, denn seine düstere Stimmung hellte sich beinahe augenblicklich auf. Auf Babus Gesicht schimmerte schwach ein Lächeln, aber er sagte nichts. Sie gingen eine Weile am mit niedrigem Schilf gesäumten Ufer eines Flusses entlang, der sich bedächtig die Talsohle entlangwand. Der Himmel über ihnen wurde langsam dunkler. Er war mit wenigen fedrigen Wölkchen gesprenkelt, die nun im Abendlicht wie rote Lampen leuchteten. Es war Felt, der immer wieder nach oben sah – Babu hielt den Kopf gesenkt, verbarg die grüblerische Miene hinter dem Vorhang seiner langen Haare. Dabei erlaubte die Landschaft endlich wieder einen etwas offeneren Blick. Die Ubid Engat schienen hier weitläufiger und weniger schroff zu sein. Felt hörte Insekten summen, sog immer wieder tief die Luft ein. Sie war im Vergleich zur Höhlenluft frisch und warm, dennoch roch Felt es: Schnee, bald.

Ein hoher, lang gezogener Ruf hallte durch das Tal, dann sah auch Felt den Falken über ihnen. Aber Babus Gesicht hellte sich nicht auf. Statt sich zu freuen, brach der junge Mann zusammen. Er war kalkweiß geworden, schlug sich mit beiden Fäusten gegen die Schläfen.

»Babu! Was ist denn? Was hast du?«

»Warnung«, presste er hervor. »Gefahr, weg!«

Babu sackte zu Boden, Fäuste an den Schläfen, den Mund aufgerissen, aber nicht in der Lage, auch nur ein weiteres Wort zu sprechen. Reva erstarrte. Felt hörte einen Trupp Reiter durchs Wasser preschen und wusste zugleich, dass es keine Reiter waren, keine sein konnten. Er wusste, was es war, und dennoch entfuhr ihm ein überraschter Schrei, als er den Krebs sah, der mit hocherhobenen Scheren auf sie zugelaufen kam. Dieses Ungetüm war nicht so groß wie ein Pferd. Sondern eher so groß wie ein Haus.

18

Kein Rückzug, kein Vermeiden und erst recht kein Versuch, das Biest zu vertreiben. Kämpfen oder sterben. Nein – das lief auf kämpfen *und* sterben hinaus. Keine Zeit zu denken.

Felt rannte los, rannte dem Krebs entgegen, das Schwert in der Faust. Er hatte keine Strategie, nicht einmal einen ungefähren Plan, wie er den Riesenkrebs erlegen sollte. Er rannte, weil er die Aufmerksamkeit auf sich lenken wollte, und das war nichts anderes als Instinkt. Jedes Tier, das Junge zu beschützen hatte, hätte genauso gehandelt. Er wich der ersten nach ihm schnappenden Schere aus, ihre Masse machte sie doch etwas langsamer. Felt registrierte, dass auch dieser Krebs eine bevorzugte, größere Schere hatte. Er war nun sehr nah, Kopfende und Maul des hoch aufgerichteten Untiers waren ungefähr drei Mann über ihm, der Leib mit den Ansätzen der Beinpaare direkt vor ihm. Der Gestank nach Fäulnis war bestialisch – wovon mochte der Krebs sich ernähren, wenn er keine Jagd auf Menschen machte? Felt hastete nach rechts und zwischen den langen Laufbeinen hindurch. Dabei hieb er zu. Aber nicht kraftvoll genug, um das Bein gänzlich abzuschlagen, Anda blieb darin stecken. Felt ließ nicht los, packte die Griffstange auch mit der rechten Hand, mit Daumen und Zeigefinger. Er durfte Anda nicht verlieren. So riesig der Krebs auch war, er tat, was alle Krebse tun, die in Bedrängnis geraten: Er rollte seinen Schwanz unter den Körper und schleuderte sich zurück. Felt wusste nicht, wie ihm geschah. Es riss in der linken Schulter, ein Streifen Abendhimmel wischte durch sein Gesichtsfeld, dann prallte seine Hüfte auf Stein und über ihm schlug Wasser zusammen. Er ließ Anda nicht los. Er strampelte mit den Beinen.

Ich werde dir Schwimmen beibringen, ich bin eine sehr gute Lehrerin. Ja, Reva, das glaube ich gern, aber wir haben nie die Zeit dazu gefunden. Und nun ist es zu spät.

Felt spürte die ruhige Strömung des Flusses und kämpfte seine Panik nieder. Er hörte auf zu strampeln, ließ sich tragen, mitnehmen. Er kam an die Oberfläche, bekam Luft, bekam Halt an ein paar Pflanzen. Er stand im Schilf und sah den Krebs.

Bei der Rolle rückwärts war das untere Glied des Beins abgetrennt worden, der Stumpf machte tastende Bewegungen, als suche er Kontakt zum Boden und verstünde die Lücke nicht. Sonst stand der Krebs – bis auf die zuckenden langen Fühler – ganz still. Der Fluss hatte Felt ein gutes Stück getragen, er befand sich nun hinter dem Untier, dessen breiter Schwanz wie eine Rampe ins flache Uferwasser reichte. Brust und Kopf des Krebses waren zum länglichen Körper zusammengewachsen und unter dem harten Panzer war das verborgen, was Felt zerstören musste, wollte er siegen: *Das sind seine Innereien, glaube ich. Vielleicht auch das Gehirn.* Felt konnte noch mehr Beine abschlagen, konnte sich an die Scheren wagen, das würde nichts nützen. Das würde den Krebs nicht töten. Felts Tod hingegen würde immer wahrscheinlicher, je länger ein Kampf dauerte. Die Scheren müssten ihn nicht einmal packen, ein einziger Schlag würde genügen, um Felt alle Knochen im Leib zu zertrümmern. Sein Brustschutz würde wenig nützen, einen Helm hatte er nicht mehr. Er hatte nichts, nur diese eine Gelegenheit. Wieder rannte er los.

Er kam erstaunlich gut den Schwanz hoch, der zwar nass, aber dank der pickligen Auswüchse nicht rutschig war. Felt hatte es beinahe bis hinauf geschafft, als der Krebs reagierte und sich herumwarf. Damit hatte Felt gerechnet. Er machte einen Hechtsprung, wollte Anda dem Krebs so tief wie möglich in den Rückenschild rammen. Aber es gelang nicht. Obwohl es um Leben und Tod ging, obwohl er alle seine Kräfte mobilisiert hatte – es reichte nicht, Felts Verfassung war immer noch zu schlecht. Der Sprung war zu kurz, der Hieb war zu kraftlos. Das Schwert glitt am Panzer ab, hinterließ nur eine Schramme. Felt fluchte, brüllte, auch er rutschte nun vom sich aufbäumenden Körper des Riesenkrebses. Mit verzweifelter Wut und obwohl er erkannte, dass er seine einzige Chance vertan hatte, stach Felt im Fallen das Schwert in den Krebs. Es blieb stecken, Felt hielt sich fest. Dicht vorm Gesicht sah er zwei sich ineinanderschiebende Platten, begriff, dass er seitwärts am Krebs hing, dass das Schwert zwischen Schwanz und Körperpanzer steckte. Unter Felt bewegten sich hektisch die Laufbeine, trampelten das Schilf nieder und brachten das Flusswasser zum Brodeln. Die Scheren waren weit gespreizt und schnappten unaufhörlich auf und zu, aber mit ihnen konnte der Krebs den Stachel in seiner Seite nicht erreichen. Felt lachte laut auf, klammerte sich an sein Schwert. Jede Bewegung, die der Krebs machte, bohrte die Klinge in ihn hinein. Es gab für das Untier nur ein Mittel zur Gegenwehr. Felt wusste, dass es sehr schnell geschah, aber dennoch kam es ihm langsam vor und er sah jede Einzelheit: Die Laufbeine standen eins nach dem anderen still, der breite Fächer des Schwanzendes schob sich unter den Körper. Der Krebs würde Felt bei seiner Rückwärtsrolle abschütteln – todsicher. Felt hatte bereits jetzt kaum noch Kraft, um sich festzuhalten. Er würde Anda loslassen, ob er wollte oder nicht. Er hatte keine Angst, aber er war noch niemals in seinem Leben so wütend gewesen. Felt *wollte* diesen Kampf nicht verlieren und war gleichwohl gerade dabei. Und wenn er das Schwert jetzt herauszöge, sich ins Wasser fallen ließe? Auch das ging nicht, er konnte nicht ziehen, er hing, Füße in der Luft, linke Hand am Schwertgriff, rechte unbrauchbar. Jetzt war es so weit, jetzt war der Schwanz eingerollt. Felt biss die Zähne zusammen.

Es knackte. Ein gewaltiger Ruck ging durch das Krebsungeheuer. Aber es folgte keine Rolle rückwärts, kein Herumschleudern. Felt holte tief Luft, bemerkte erst jetzt, dass er den Atem angehalten hatte. Er sah hinab. Die Laufbeine des Krebses waren seitlich aufgestellt, bewegten sich aber nicht. Zwischen ihnen war Eis. Der Fluss war zugefroren und hielt den Krebs fest.

Vorsichtig stellte Felt die Stiefel auf ein abgespreiztes Krebsbein, stemmte sich hoch und erklomm den Rücken. Er zog Anda heraus. Felt spürte, wie der ganze riesenhafte Krebs vibrierte im Versuch, sich aus der eisigen Klammer zu befreien. Die langen Fühler peitschten hin und her, der Beinstumpf, kürzer und deshalb nicht eingefroren, ruderte wie wild. Die Scheren waren, ebenso wie Beine und Schwanz, im erstarrten Fluss gefangen, aber die schwarz glänzenden Stielaugen drehten sich unabhängig voneinander in alle Richtungen. Jetzt bekamen sie Felt in den Blick und der hatte das Gefühl, die Bösartigkeit selbst schaue ihn an. Unbeirrt ging er darauf zu und weiter den Rücken hinauf. Weit vorn gab es eine Wulst und Felt vermutete, dass dort so etwas wie der Nacken des Krebses sein musste, wo Kopf und Rumpf zusammengewachsen waren. Dort musste er zustechen. Ein Fühler schlug Felt gegen die Schulter, brachte ihn zu Fall. Felt stand wieder auf und hieb ihn ab. Die schwarzen Augen kreiselten. Zwischen ihnen hindurch sah Felt die Unda auf dem Eis stehen.

Reva hatte den Kopf gesenkt, die Arme hocherhoben. Die Ärmel waren ihr in die Achseln gerutscht und die Narbenranken gleißten. Sie rührte sich nicht und Felt erkannte staunend: Die Hohe Frau konnte weit mehr als das Wasser lesen – sie gebot darüber. Wie sie da auf dem gefrorenen Fluss stand, schmächtig und geradezu winzig klein vor dem Krebsmonster, strahlte sie eine Macht aus, die Felt fast ebenso erstarren ließ wie das Wasser. Es war, als habe jemand den Schirm einer Lampe weggenommen, und nun musste Felt unvorbereitet in ein helles Licht schauen. Geblendet hielt er inne. Dann endlich begriff er, was sie tat. Sie half. Sie rettete ihn.

Reva hielt den Fluss fest, damit der den Krebs umklammern konnte. Felt hatte nicht die geringste Ahnung, welche Kraftanstrengung dazu nötig war, vermutete aber, dass sie gewaltig sein musste. Er zögerte nicht länger, er stach zu.

Im selben Augenblick, in dem das Untier tot zusammenbrach, schmolz das Eis mit einem Schlag und Felt wurde durch eine schäumende kalte Welle von dem Kadaver gespült. Der Fluss, kurzzeitig ungestüm wie ein Pferd, das endlich aus dem Stall auf die Weide gelassen wird, trug Felt dieses Mal weiter weg. Aber schließlich kam er auf die Beine und lief zurück. Er umrundete den toten Krebs und war erleichtert, als er im abnehmenden Licht die zarte Gestalt der Unda erkannte.

Reva stand am Ufer und blickte mit einem milden Lächeln auf das strömende Wasser. Sie sah müde aus, aber sonst konnte Felt nichts aus ihrem Gesicht herauslesen.

»Er ist fort«, sagte sie mit ungewohnt belegter Stimme und Felt dachte erst, sie bringe eine ihm nicht ganz nachvollziehbare Trauer über den Tod der Kreatur zum Ausdruck.

Aber sie meinte Babu.

Weder der Merzer noch sein großer Vogel hatten Felt im Kampf mit dem Untier beigestanden. Sie waren verschwunden. Geflohen. Die Erkenntnis traf Felt härter als jeder Sturz und schlagartig breiteten sich in seinem gesamten Körper Schmerzen aus.

19

Felt ruhte nicht, bis sie eine Höhle gefunden hatten, deren Zugang eng genug war, um eine gewisse Sicherheit zu bieten. Da war die Nacht bereits alt und kaum hatte Felt sich niedergelegt, war er schon in einen traumlosen Schlaf gefallen. Lange bewahrte der ihn aber nicht vor der Wirklichkeit – nach wenigen Stunden, bereits im Morgengrauen, kam Felt wieder zu sich.

Er konnte sich kaum rühren, obwohl er sich nichts gebrochen hatte. Die linke Schulter war so arg gezerrt, dass es schon wehtat, wenn er nur die Finger bewegte. Er musste humpeln, weil er sich beim Herumschleudern die Hüfte geprellt hatte. Die Schmerzen in seinem neuen Schwertarm erfüllten Felt jedoch auch mit einer grimmigen Freude, denn er hatte Anda in der linken Hand genauso sicher geführt wie früher in der rechten. Er konnte es jetzt nicht überprüfen – er konnte nicht einmal anständig die Gürtelschnalle schließen, geschweige denn ein Schwert ziehen –, aber es musste so sein. Und noch etwas wusste Felt sicher: Auch diese Fähigkeit hatte er aus Wiatraïn mitgebracht. Er hatte vorher mit rechts fechten können, nun konnte er es auch mit links. Diese Sorge war also unbegründet gewesen. Die um Babu leider nicht.

Felt hatte sich zum Fluss geschleppt, getrunken und auf dem letzten Steinmilchkraut gekaut, das er noch bei sich hatte. Dabei hatte er weder Reva noch den Fluss oder das Tal aus den Augen gelassen und ständig darauf gelauscht, ob etwas Großes durchs Wasser lief. Ob ein toter Krebs andere Krebse anlockte? Es war denkbar. Dass diese Kreaturen nicht gerade kameradschaftlich mit ihresgleichen umgingen, das hatte Felt bereits aus dem Spalt heraus beobachtet.

Aber Babu *war* ein Kamerad, etwas anderes konnte und wollte Felt nicht glauben. Nun, wo er weg war, musste Felt sich bewusst mit dieser Frage auseinandersetzen. Und er konnte sie für sich mit Ja beantworten. Ja, Babu gehörte zu ihnen. Den Jungen hatte etwas sehr bedrückt, mehr als nur die Dunkelheit der Höhle und die Masse an Stein. Ihn trieb etwas um und Felt hatte nicht danach gefragt, wie er es als der Ältere, als Kamerad, als *Freund* hätte tun müssen. Felt schüttelte nachdenklich seinen schmerzenden Kopf. Nein, sie waren keine Freunde, das gab es in dieser Welt nicht mehr. Aber dass Babu ihm geholfen hätte, wenn es ihm möglich gewesen wäre, davon war Felt überzeugt.

»Ich kann nicht glauben, dass Babu uns einfach so im Stich gelassen hat«, sagte er und Reva sah ihn aufmerksam an. »Erinnere dich an den Kampf mit den Wölfen: Da kannte er mich nicht einmal und hat mir dennoch das Leben gerettet. Er und der Falke, beide haben gekämpft. Mit mir, für mich. Und nun sind wir so weit gemeinsam gegangen, sogar unter die Erde ist er uns gefolgt, und dann lässt er uns im Stich, wenn es drauf ankommt?« Felt schüttelte wieder den Kopf, der vor dumpfen Schmerzen brummte. »Nein, Babu ist nicht einfach so weggelaufen. Ich weigere mich, das von ihm zu glauben.«

Den letzten Satz hatte er beinahe so feierlich wie einen Eid gesprochen. Mit einem leisen Stöhnen stand Felt auf. Er wollte noch etwas sagen, schluckte es aber hinunter. Reva lächelte ihn an.

»Du willst ihn suchen.«

Felt nickte, den Blick gesenkt.

»Es ist gut, Felt, wir suchen Babu. Ich bin froh, dass du so von ihm denkst und nicht anders. Wir gehen und suchen ihn. Was hat es für einen Sinn, zu den Quellen zu laufen und den Gefährten unterwegs im Stich zu lassen?«

20

Felt wollte zurückgehen, denn er glaubte nicht, dass Babu während des Kampfes mit dem Krebs an ihm vorbeigelaufen war. Er musste in die andere Richtung gegangen sein, flussaufwärts. Aber wie befürchtet hatte der Kadaver andere Krebse angelockt – der Schwanz war bereits geknackt und zwei ebenso riesige wie angriffslustige Ungetüme stritten sich um das Festmahl. Vielleicht wäre es geglückt, vielleicht waren sie abgelenkt genug, aber Felt wollte es nicht darauf ankommen lassen; dort konnten er und die Unda nicht vorbei.

Es dauerte zwei Tage, bis sie einen Weg gefunden hatten, der sie wieder in das Gebiet zurückführte, in dem Felt Babu vermutete. Immer auf der Hut vor Riesenkrebsen, mit Schmerzen kämpfend und mittlerweile auch wieder hungernd, musste Felt all seinen Willen aufbringen, um an der Suche festzuhalten. Babu konnte inzwischen überall sein, dieser Irrgarten aus Schluchten und Klüften war groß wie ein eigenes Land. Aber ein Vogel konnte darüber hinwegfliegen. Ein Vogel konnte mit Leichtigkeit die tiefsten Abgründe überwinden. Und ein Vogel, der einen unermesslichen Abgrund wie den Berst überwinden konnte, für den waren die ungezählten Schluchten nur eine Gegend wie jede andere, die unter ihm dahinzog.

Juhuts Schrei traf Felt bis ins Mark, und als er den Falken am Himmel sah, bekam er eine Ahnung davon, was Babu bei diesem Anblick fühlen mochte. Dort oben war Freiheit, war ein Wesen, das weit über alldem erhaben war, was hier am Boden kreuchte und fleuchte. Dass die Szasla sich überhaupt mit ihnen abgab, war kaum zu begreifen.

»Wo ist er?«, rief Felt in den Himmel hinauf, und weil ihm

seine eigene Stimme Mut gab, rief er noch mal, so laut er konnte: »Wo ist Babu? Zeig mir, wo er ist, ich bitte dich!«

Als Antwort kam ein wieder markerschütternder Schrei, und die Sturheit, mit der Felt die Tage des Suchens überstanden hatte, schärfte sich innerhalb weniger Atemzüge zu Angst. Was war mit dem Jungen geschehen? Er drehte sich zu Reva um, deren Augen sich sorgenvoll verdunkelt hatten. Sie nickte ihm jedoch zu, und noch während er wieder nach oben zum Falken sah, begann Felt zu rennen.

Sie fanden Babu schließlich in der Höhlung einer steilen Felswand, in die er sich wie ein sterbendes Tier zurückgezogen hatte. Felt hätte ihn ohne Juhuts Hilfe dort niemals entdeckt, er wäre an dem hinter einem herabgestürzten Felsblock verborgenen Hohlraum vorbeigelaufen. Dass ausgerechnet Babu sich derart in eine enge Steinkammer einsperrte, war besorgniserregend genug. Sein Zustand aber war weit schlimmer: Er lag auf dem Rücken, war völlig unterkühlt und die langen Haare waren verkrustet von Blut. Auch über Babus junges, ernstes Gesicht waren Ströme von Blut geflossen – bis hinunter auf seine Brust. Das lederne Hemd und die Weste waren fast schwarz, Blutspritzer bedeckten sogar den Stein ringsum. Das Furchtbarste aber war, dass auch Babus Hände voller Blut waren. Diese Hände zitterten schwach; eine hielt den Zweispat, die andere den Dolch. Fassungslos musste Felt erkennen, dass Babu sich seine Verletzungen selbst zugefügt hatte. Warum denn bloß?

Babus Augen rollten zu Felt. Als der ihn ansprach, gab er einen unartikulierten Laut von sich und versuchte, mit dem Dolch nach Felt zu stechen. Aber Babu war vollkommen entkräftet, er hatte Unmengen an Blut verloren.

»Was tust du denn?«, brüllte Felt ihn an und bemerkte nicht, dass ihm selbst Tränen in den Augen standen. »Was tust du denn hier, Babu, was tust du dir an?«

Er schlug ihm den Dolch aus der Hand, zerrte ihn an den Schultern aus der engen Höhle. Wieder gab Babu einen Laut von sich, ein unwilliges Knurren. Durch die Bewegung begann die Blutung aufs Neue. Aus einer klaffenden Wunde auf Babus Stirn floss ihm das Blut über den Nasenrücken in die Augen, er schloss sie. Felt sah genauer hin und schreckte zurück, denn auf einmal war da ein drittes, großes Auge. Im tiefen, blutgefüllten Schnitt auf Babus Stirn lag etwas Schwarzglänzendes und starrte Felt an. Wie gebannt starrte Felt zurück, konnte sich nicht rühren. Da ging Reva dazwischen, legte dem Verletzten eine schmale, kühle Hand auf die Stirn, stoppte die Blutung – und bedeckte das schwarze, hasserfüllte Auge.

»Such das Stirnband, Felt. Oder etwas anderes, um ihn zu verbinden. Und eil dich. Er stirbt.«

Am Rande der Schleierfelder,
Parsten im Solder 107 tergde

Gelehrter Freund –

es gibt auf dieser Seite keinen Treidelpfad wie am Westufer des Eldrons, aber das macht nichts, denn auf dem kurzen Gras lässt es sich gut laufen – die jungen Burschen ziehen die Boote und wir Reisenden trotten hintendrein. Schrieb ich, es sei eintönig, durch die Verlorenen zu staken? Nun, das war noch aufregend im Gegensatz zu diesem elenden Marsch am Rande der Schleierfelder. Ich versuche seit Tagen, einen Streit anzufangen, um mich bei Laune zu halten, aber niemand will auf meine Sticheleien einsteigen. Alle sind wie betäubt von der feuchten, dicken Luft. Man kann immer nur den Vordermann sehen und hört zur Linken den Fluss rauschen, die Welt ringsum ist im Nebel versunken. Das hat den Vorteil, dass man uns vom Westufer nicht sehen kann; denn ich nehme an, es wird bewacht. Aber vielleicht auch nicht? Vielleicht ist die Welt längst in den Berst gestürzt und alles hat ein Ende – hier könnte man es glauben …

Bevor die Trübsal mich vollkommen umfängt, muss ich Euch noch schreiben, dass die im letzten Brief erwähnten Schaumkleider des

Eldrons mit ziemlicher Sicherheit nicht hier oder in den Verlorenen entstanden sind, sondern flussaufwärts. Bei Euch, Wigo? In Pram? Es ist nämlich nicht einfach nur irgendeine Verschmutzung oder ein anderes natürliches Phänomen, nein, ganz und gar nicht! Ich wünschte, ich könnte mich mit Euch austauschen – oder doch wenigstens mit jemandem, der einen Bruchteil Eurer Bildung hat! (Nebenbei: Trotz der klammen Kälte lässt mein Rückenleiden auf sich warten, das muss an der steten Bewegung liegen. Nun, wer über das Ausbleiben von Schmerzen dankbar ist, hat die besten Zeiten wahrhaft hinter sich.)

Zurück zum Thema: Als wir die Pforte des Südens passierten und am Ostufer an Land gingen, war es Nacht. Wir marschierten dennoch gleich los, und bevor die Schleierfelder uns die Sicht nahmen, blickte ich noch einmal zurück über den Eldron. Was für ein majestätischer Fluss – er glänzte wie ein silbernes Band im Licht des Mondes. Ich habe fast mein ganzes Leben an seinen Ufern verbracht und bin den Anblick gewohnt, aber ab und an wird mir bewusst, wie groß, wie mächtig und wie schön der Eldron wirklich ist. Er ist unser Vater; was wären wir ohne ihn? Kwother, Pramer, Seguren und, ja, auch die Welsen, wir sind seine Kinder. Vier Völker, ein Fluss … Verzeiht, ich schweife schon wieder ab. Ich blicke also zurück, südwärts, da treibt ein hellblau leuchtender Schaumfetzen in mein Blickfeld. Ich denke: Worte ziehen vorbei wie Wolken. Ganz genau so habe ich es gedacht! Und es ist weit weniger poetisch, als es sich nun lesen mag, denn ich wusste es, bevor ich es erkannte: Der Schaum war nicht irgendein Fetzen, sondern ein Wortfetzen. Dort, im dunklen, mondglänzenden Wasser des Eldrons schwamm eine Schrift. Ein Wort. Ein Stück von einem Wort. Nun frage ich Euch, Wigo von Pram: Wer von allen Wesen auf dem Kontinent würde so etwas tun? Ins Wasser schreiben? Wer könnte so etwas überhaupt?

Undae.

Es gibt keinen Zweifel, eine Unda muss am Eldron, nein, im Eldron gewesen sein. Seit wann verlassen die Undae ihre Grotte in den Randbergen? Was geht hier vor?

Wigo, so wie Ihr Euch mit dem Dunklen und dem Feuer beschäftigt habt, so habe ich mich zeitlebens mit den Hohen Frauen beschäftigt. Ich möchte nicht eitel erscheinen, aber ich weiß zweifellos, dass es eine Unda gewesen sein muss, die in den Fluss geschrieben hat. Ich weiß die Bedeutung einiger weniger Symbole – Ihr könnt Euch vielleicht denken, es ist ungeheuer schwierig, eine Schrift zu erlernen, die derart vergänglich ist und die auch gar nicht die Absicht hat, etwas festzuhalten. Eine Schrift, die nur Moment ist, beinahe nur Gefühl, nur Ahnung. Ich hatte bisher nur die Möglichkeit, das zu studieren, was an Aufzeichnungen anderer vorhanden ist, leider wahrlich nicht viel. Nun hatte ich das unfassbar große Glück, dieses letzte Bisschen einer echten Undae-Schrift zu erhaschen, und habe – so gut es eben ging auf die Schnelle – im Mondlicht eine Zeichnung angefertigt. Sobald ich in Gaspen bin und meine Bücher habe, kann ich möglicherweise mehr herausfinden.

Für heute muss ich schließen, ich bin erschöpft. Dennoch: Undae! Das ist … nicht zu fassen. Wisst Ihr etwas darüber? Sind sie wieder in der Welt? Ach, dass ich von allem so abgeschnitten bin!

Ich mache mir Sorgen, gebt gut auf Euch acht, Wigo, und seid vielmals gegrüßt von Eurem getreuen

Helgend von Gaspen

Wigo, eines ist mir noch wichtig: Ihr müsst bitte meine Geschwätzigkeit entschuldigen, erstens bin ich wirklich ein alter Mann geworden – das wurde mir auf dieser Reise klar – und zweitens habe ich niemanden, mit dem ich meine Eindrücke und Sorgen teilen kann. Ist Euch eigentlich bewusst, wie viele unserer Gelehrten bei

Euch in Pram weilen, in der Hama Enfra? Nun, wo Agen verschlossen ist, wo ich nicht zur Bibliothek und zu unserer Hama Lantra durchdringen kann, wo jedes Gespräch, wo alle Korrespondenz zum Erliegen kommt, fühle ich mich manchmal wie der letzte freie Denker meines Landes, und das ist kein schönes Gefühl, wahrlich nicht.

SECHS

AUF VERFEINDETEN SEITEN

1

Der Hieb hatte Marken weder den Kopf abgeschlagen noch die Schläfe zertrümmert. Aber er war viele Stunden lang bewusstlos gewesen, und als er wieder zu sich kam, war es bereits Nacht. Ihm war sofort klar, dass die Dhurmmets ihn nicht aus Mitgefühl am Leben gelassen hatten, das kannten diese Kreaturen nicht, sondern weil das ihr Befehl war. Es reichte außerdem, ihn gerade so am Leben zu lassen, um diesem Befehl Folge zu leisten. Markens schlimme Gesichtshälfte fühlte sich geschwollen und heiß an – eine Entzündung. Der Schein eines Lagerfeuers brach sich zu einem explodierenden Glutball in seinen tränenverschleierten Augen. Was war mit Smirn?

Er konnte sie nicht sehen. Spürte ihre Kühle nicht.

»Smirn?« Marken brachte kaum mehr als ein heiseres Flüstern zustande, auf das er keine Antwort erhielt.

Aber sein Bewacher hatte es gehört, beugte sich über Marken. Er stank nach dampfendem Schweiß und die Hitze, die er abstrahlte, war kaum zu ertragen. Der Dhurmmet gab heisere Laute von sich, von irgendwoher drang so etwas wie ein Lachen an Markens schmerztaube Ohren. Sie hatten also alle Freien Söhne getötet, ihnen die Köpfe abgeschlagen und ihn gefangen genommen. Sie demütigten ihn, sie hatten ihm die Hände auf den Rücken gefesselt. Nichts hätte Marken gleichgültiger sein können.

Aber was war mit der Unda?

»Smirn!« Er krächzte, richtete sich auf, so gut es ging, brüllte dann wie ein Tier: »*Smirn!*«

Ein Fausthieb traf ihn ins Gesicht und Marken fiel wieder in die Dunkelheit.

War das Blut oder Speichel, was ihm da aus dem Mund lief? Dunkle Flecken im Staub, einer, noch einer. Die Sonne brannte ihm in den Nacken, man hatte ihn quer auf ein Pferd gebunden wie einen Sack. Das Schaukeln machte Marken schwindelig, er würgte, spuckte. Er bemerkte: Sie folgten einer Straße, der staubige Grund war relativ eben. Smirn?

Er drehte den Kopf, so weit er konnte. Aber Marken sah nur die Schenkel von Pferden, Hufe, Bäuche und Gurte, Stiefel. Einer trat nach ihm und Marken sah nichts mehr.

Er wachte auf, weil er fror. Kurz glaubte er, zu Hause zu sein, am Berg. Er lag auf dem Boden und dieser Boden war kalt. Dann spürte Marken, dass seine Hände gefesselt waren, und ihm fiel ein, dass er nicht zu Hause war. Sondern unter Dämonen. Was hatten sie Smirn angetan? Marken hatte keine Vorstellung davon. Schon einmal hatte er geglaubt, sie sei tot.

Seltsamerweise konnte er es nun nicht glauben. Vielleicht weil er selbst dabei war zu sterben?

Der Boden erbebte, Hufschlag, raue Stimmen. Marken wollte sich ganz auf seinen Tod konzentrieren, aber da war immer noch ein Rest Soldat in ihm. Dieser Soldat dachte: Der Trupp, der uns aufgegriffen hat, ist auf einen anderen getroffen. Wir werden irgendwohin gebracht. Nach Jirdh?

Dass der Soldat *wir* gedacht hatte, ließ Marken aufhorchen. Also waren alle Teile seiner selbst davon überzeugt, dass die Unda am Leben war. Sie war um ein Vielfaches wertvoller als er, und wenn sie sich schon mit ihm abschleppten, wieso sollten sie die Hohe Frau dann umbringen?

War das nicht der Beweis, dass sie noch lebte? War das nicht ganz und gar schlüssig?

Ja, mag sein.

Was hast du denn?

Ich muss weg … ich kann nicht mehr bleiben. Es tut mir leid.

Was soll das heißen: *Ich muss weg*? Du darfst nicht gehen, nicht jetzt.

Marken antwortete seinem zweiten Selbst nicht mehr und ging unbeirrt weiter. Er war auf dem Weg in die andere Welt und ein einzelner Soldat konnte ihn nicht aufhalten. Mit jedem Schritt in diese neue, unbekannte Richtung wurden seine Schmerzen erträglicher. Er strich sich mit der Hand über den Bart, dann über den stoppligen, verkrusteten und von Tritten und Hieben geschwollenen Schädel. Sollte er Asta nach all den Soldern in einem derartig verwahrlosten Zustand gegenübertreten? Würde sie ihn so überhaupt erkennen? Marken war unschlüssig und zögerte. Er blieb stehen.

Wasser im Gesicht, Wasser im Mund. Ein Schlag mit der flachen Hand. Augen auf, ein dunkler Schemen, Augen zu. Der andere grunzte, es klang zufrieden.

Ja, Marken lebte noch. Immer noch. Er war nicht hinübergegangen. Die ganze lange Strecke war er zurückgelaufen, nur um sich in dieser Welt von einem Dämon ins Gesicht schlagen zu lassen. Smirn?

Wassertropfen rannen Marken aus dem Bart, benetzten seine Brust. Sie hatten ihm den Panzer abgenommen. Er konnte nicht tasten, er war gefesselt; er konnte die Augen nicht öffnen, es war zu mühsam. Aber er wusste es auch so: Sie hatten ihm auch sein Schwert abgenommen.

Das Wasser rann ihm über den Bauch, ein kühler Trost. Wie die leise Berührung einer Hohen Frau.

Sie hatten ihm alles abgenommen, alles. Er war nackt.

Heiße Hände packten nach Marken, hievten ihn wieder hoch. Banden ihn wieder auf den Rücken des Pferds. Marken wusste es nicht und er spürte es nicht mehr. Das Gesicht des Waffenmeisters war bis zur Unkenntlichkeit entstellt – die Augen zugeschwollen von den Schlägen und Tritten, die Nase gebrochen, die Lippen aufgeplatzt. Die entzündete Haut über der Brandwunde nässte unter einer Schicht von Dreck. Sein Körper war übersät mit Blutergüssen und Abschürfungen. Einer der Dhurmmets nahm die Zügel auf und schlug dem Welsen damit über den nackten, gebeugten Rücken. Es dauerte einen Augenblick, dann füllten sich die Striemen mit Blut.

»Schlagt ihn nur, quält ihn«, sagte die Unda mit dunkler Stimme und das Grinsen auf den schweißglänzenden Gesichtern der Dhurmmets gefror.

»Schlagt ihn, quält ihn«, wiederholte sie und sah auf ihre Hände, zwischen denen ein weißes Licht glomm. »Aber ihn zu brechen wird euch nicht gelingen. Ihr unterschätzt seinen Willen. Ihr kennt die Welsen nicht, ihr kennt nichts mehr von der Welt, denn ihr seid verblendet.«

Nur der mutigste der Dhurmmets lachte verächtlich auf. Aber weder er noch die anderen schlugen oder traten an jenem Tag nach Marken. Smirn ritt mit geschlossenen Augen. Und glaubte mit der ganzen Hoffnung, die Marken ihr geschenkt hatte, an den Lebenswillen dieses Welsen, der sich doch seit Soldern nach nichts so sehr sehnte wie nach dem Tod.

2

Marken konnte keine Tage mehr zählen, denn er konnte nicht mehr denken, und für Smirn waren solche Zeitspannen bedeutungslos. Sie waren schon weit im Norden gewesen, hätten den Naryn bald erreicht, aber nun ging es über Zehnen hinweg wieder südwärts gen Jirdh. Inzwischen wurden sie von mehr als dreißig Dhurmmets und ebenso vielen ergebenen Söhnen eskortiert – das hügelige Gelände ganz im Osten von *Dhermjet-Dhe,* wie Nord-Kwothien auch genannt wurde, war unübersichtlich und wie geschaffen für einen Hinterhalt.

Sie hatten es zwei Mal versucht.

Zwei Mal hatten Trupps der Freien Söhne sich todesmutig auf die dämonischen Entführer gestürzt und die unüberlegten Aktionen mit dem Leben bezahlt. Marken bekam von alldem nichts mit; ein fernes Grollen, ein schmerzhaftes Durchrütteln, mehr drang nicht in sein Bewusstsein. Er starb. Noch schlug sein Herz und pumpte mit derselben sturen Unverdrossenheit das Blut durch seinen Körper, wie es das schon immer getan hatte. Es war die Sturheit dieses Herzens, die Marken am Leben hielt; er selbst hatte längst keine Entscheidungsgewalt mehr darüber.

Smirn konnte nicht mehr tun, als alle Gedanken und Begehrlichkeiten so weit wie möglich von sich fernzuhalten. Aber Dhurmmets waren keine Menschen mehr und weit weniger leicht zu beeinflussen. Selbst der stärkste menschliche Geist war hilflos wie ein kleines Kind, wenn eine Unda sich ihm näherte. Die Hohen Frauen taten es so selten wie möglich und wenn, dann nur behutsam. Denn wie kleine Kinder durch strenge Zurechtweisung oder Gewalt verängstigt werden, so wurde der menschliche Geist durch die Beeinflussung einer Unda erschüttert. Ja, der menschliche Geist war zerbrechlich – aber würde man einem Kind vorwerfen, klein zu sein? Sich nicht mit bloßen Händen gegen ein Schwert wehren zu können? Eher würde sich die Mutter dem Schwert entgegenstellen, als ihrem Kind seine Hilflosigkeit anzulasten. Die Undae sahen die Schwächen der Menschen, aber sie liebten und schützten sie. Und wie die Mutter wussten sie sehr wohl, dass aus einem kleinen Kind ein großer Mann werden konnte.

Wären es Menschen gewesen, die Smirn und Marken verschleppten, die Unda hätte sich in Vergessenheit bringen können. Sie wäre unscheinbar geworden, unwichtig, und hätte im Denken der Menschen schließlich nicht mehr Platz eingenommen als ein Nebelstreif, der sich verzieht, wenn der Tag mit seiner Geschäftigkeit daherkommt. So aber blieben den ganzen Tag über Augen auf Smirn gerichtet und nachts, wenn sie den Feuerschein einfingen, leuchteten diese Augen wie die von Raubtieren. Die Unda wurde nicht vergessen und konnte wenig für Marken tun. Das Einzige, was ihr gelang, war eine Botschaft zu versenden.

3

Arghad würde sich bis an sein Lebensende an das kalte, helle Licht erinnern, in das die schreckliche Szene getaucht war. Es hatte ein Handstreich werden sollen und es wurde ein Vernichtungsschlag für seinen Trupp. Sie waren so leise gewesen, so vorsichtig – wie hatten diese Dämonen sie bemerken können? Nachts, wo sie doch schliefen und nur wenige Wachen aufgestellt hatten?

Später erzählte Arghad, dass er glaube, die Dhurmmets hätten sie *gewittert*. Aber als er in den Büschen lag und einem unerklärlichen Gefühl folgend nicht mit den anderen hervorbrach, um sich auf die Schlafenden zu stürzen, da war er überrascht und entsetzt, wie gründlich der Überfall misslang. Er hörte das furchtbare Krachen, mit dem Brustschilde von Äxten gespalten wurden. Er sah das Blut zwei Mann hoch aus dem Hals eines Kameraden schießen.

Und er sah die Unda, die aus ihrem Innern strahlte.

Sie waren als einer von vielen Trupps von Dern geschickt worden, um ihr sicheres Geleit zu gewähren. Oder sie im Notfall zu befreien. Arghad kannte seinen Auftrag und wusste von der Hohen Frau. Aber als er sie sah, mitten in der Nacht, mitten im Kampfgetümmel, war er wie gebannt. Ihm kam es vor, als habe er bessere Augen bekommen, mehr Sehkraft, so klar erkennbar stand Smirn am entfernten Ende der Lichtung, auf der die Feinde gelagert hatten und nun das Gemetzel im Gange war. Über mehr als hundert Schritt konnte er jede Einzelheit ihres mit verschlungenen Narben geschmückten Gesichts ausmachen, aber angezogen wurde er ganz besonders von den Augen, hellen Monden über dunklem Wasser. Dann hörte er ihre Stimme. Die Lippen der Unda bewegten sich, aber wie war es möglich, dass ihre Worte auf diese Entfernung und über den Kampfeslärm hinweg laut wie Glockenschläge in seinen Ohren klangen? Er wusste es nicht. Er hörte es nur.

Arghad, freier Sohn, rette dein Leben und flieh! Eil dich, aber merk dir meine Botschaft gut und gib sie weiter:

Der Liebe entzweit, hat die Unbestechliche sich selbst gerichtet. Die Brücke ist eingestürzt und das Kostbarste ist unerreichbar geworden. Doch in dieser Ferne liegt als Trost die Sicherheit. Eine Frage bleibt: Ist Liebe sich selbst genug?

Und Arghad eilte sich. Er rannte zu seinem Pferd, Äste schlugen ihm ins Gesicht, er stolperte, ging zu Boden und raffte sich wieder auf. Er hatte nicht das Gefühl, ein Feigling zu sein. Er hatte auch nicht das Gefühl, seine Kameraden zu verraten. Denn er hatte seine Kameraden vollkommen vergessen. Sein ganzes Denken wurde ausgefüllt von den Worten der Unda. Kein Ereignis, keine Begegnung war je so eindrücklich gewesen und er schwor sich, sein Leben in Zukunft ganz den Hohen Frauen zu widmen. Falls es eine Zukunft gab und falls er sie erleben sollte.

4

Je weiter westlich sie nach Nord-Kwothien hineingelangten, desto geringer wurden die Spuren der Verwüstung. Die Reisenden um Utate hatten sich Dern und seinen Soldaten angeschlossen und unterwegs waren immer mehr Reiter dazugekommen. Auch der Führer der Nord-Kwother sammelte seine Männer. Einen Blick auf die Hohe Frau und die welsischen Schwertkämpfer zu werfen hob ihren Mut. Das tat not, denn sie waren nur wenige. Kersted wusste zwar, dass die sie begleitenden zwei- oder dreihundert Mann nur ein Bruchteil von Derns Streitkraft waren. Aber er befürchtete, mehr als fünf-, allerhöchstens achttausend Soldaten würde der Führer der Nord-Kwother nicht aufbringen können. Sie würden einen ehrenvollen Tod sterben – aber sterben würden sie, wenn der Krieg wirklich ausbräche. Umso wichtiger war es, die Quelle rasch zu erreichen.

Nord-Kwothien oder auch Dhermjet-Dhe, das Land zwischen den zwei Flüssen, war nur dünn besiedelt. Die größte Stadt, Gham-Sarandh, lag an der Küste. Die Stadt lebte vom Fischfang und dem Handel mit Irpen ganz im Süden des Kontinents. Von dort segelten die Ingrier die Küste entlang bis in die

Bucht von Sarandh und brachten Waren aus dem bewaldeten Westen Seguriens. Der Weg übers Wasser war zwar nicht ungefährlich – wo Güter transportiert werden, da gibt es auch Räuber –, aber zwischen Kwothien und Ingrien lag die Marga. Die größte Wüste des Kontinents war unpassierbar; die bittersalzige Luft dort glühte über Tag und schien nachts im Mund zu gefrieren. Vielleicht hätten Welsen, abgehärtet durch die allsolderliche Durchquerung der Aschenlande, auch einen Weg durch die Marga gefunden. Die Ingrier aber hatten es nie versucht. Irpen war ganz dem offenen, weiten Ozean zugewandt und von hier kamen die fähigsten Seeleute der bekannten Welt – es war für einen Irpener völlig undenkbar, durch eine Wüste zu marschieren, wenn es einen Seeweg daran vorbei gab, mochte der auch noch so lang und gefährlich sein.

Es war Nendsing, die Kersted all dies über die Länder, Städte und Völker des Kontinents erzählte, während sie westwärts ritten. Eines Abends sagte sie, wenn sie die Sterne so sehe, müssten sie sich nun auf der Höhe von Goradt befinden und bald an die Schleife des Naryns gelangen, von wo aus sie mit dem Boot noch weiter nach Westen reisen würden.

»Auf der Höhe von Goradt? Wie das?«, fragte Kersted.

»Nicht Höhe im Sinne von hoch«, lachte Nendsing und zeichnete mit dem Finger eine horizontale Linie in die Luft. »Sondern auf einer Karte auf gleicher Höhe. Mit ein paar Umwegen bist du ziemlich genau von Ost nach West gereist.«

Und habe unterwegs fast alle Männer verloren, dachte Kersted. Aber er sagte nichts, sondern lächelte nur. Nendsing war an diesem Abend so gut gelaunt, beinahe fröhlich, da wollte er ihre Stimmung nicht verderben. Sie hatten gut gegessen – Glaron wurde von den kwothischen Soldaten geradezu verehrt und man hatte das Gefühl, je mehr Münder er zu füttern hatte, desto größer wurde seine Freude. Und es gab wenig Anlass zur Freude in diesen Zeiten. Aber dass sie nun in einer größeren Gemeinschaft mit den Kwothern ritten, erleichterte auch Kersted – er konnte Verantwortung abgeben, er musste nicht mehr Wache halten, sich nicht um die Verpflegung sorgen. Und er musste nicht eine zerrissene, leere Landschaft ertragen. Es gab noch Leben, es gab noch Menschen auf dem Kontinent und nicht alle waren einander feindlich gesinnt. Wenn man den Anlass der Reise verdrängte – und Kersted war gut darin, Unangenehmes beiseitezuschieben –, dann konnte man sich an diesem wunderschönen, fruchtbaren Land erfreuen und daran, dass Welsen gemeinsam mit Kwothern, einer Segurin und einem pramschen Koch ritten und eine Hohe Frau begleiteten. Ein Steppenläufer und ein übergroßer Raubvogel zählten auch noch zur Gemeinschaft, aber die hielten sich immer abseits. Auch wenn Kersted es ungern zugegeben hätte, der Läufer kam ihm allerhöchstens halbmenschlich vor.

»Erzähl mir doch noch etwas über die Steppenläufer, *kleine Nen*«, neckte Kersted. Nendsing reagierte immer etwas aufgebracht, wenn Kersted sie so nannte, aber auf eine Art gefiel es ihr auch. Außerdem war sie, ganz besonders im Vergleich zu dem Welsen, tatsächlich klein. Ihr Wissen und ihre Klugheit waren dafür umso größer.

»Ganz früher hat man die Steppenläufer gejagt, wegen ihrer Haut, die ist einzigartig dick und haltbar«, sagte sie ungerührt.

»Wie bitte? Man hat ihnen die Haut abgezogen? Wer macht denn so was?«

»Kwother, Pramer, Seguren ... *Menschen*. Man hat die Steppenläufer einfach nicht als Menschen angesehen. So konnte man sie wie Tiere jagen. Die Läufer sind zu schnell, zu stark, zu ... wild. Sie sind nicht *wie wir*. Sie sind anders. Gründen keine Familien, bauen keine Städte, haben keinen Besitz, bestellen keine Felder. Sie schreiben keine Bücher und spielen keine

Musik. Was also unterscheidet sie von Tieren? Was macht den Menschen denn zum Menschen?«

»Dass er sich selbst als Mensch sieht? Dass er sich und seine Möglichkeiten erkennt – und dass er erkennt, wenn ein anderer Mensch ihm gegenübersteht?«

Kersted sah verstohlen zu dem Mann, der außerhalb des Lichtkreises der Lagerfeuer am Boden hockte, die Ellbogen auf die muskulösen Oberschenkel gestützt. Nendsing hatte Kersted bei seinem eigenen Vorurteil gepackt und er war froh, dass sie nicht darauf herumritt. Sie musste seine Gedanken erraten, seine Blicke gedeutet haben, das spürte er.

»Kein Wunder, dass sie sich unter solchen Umständen von anderen Menschen fernhalten«, sagte Kersted schließlich. »Was hat sie eigentlich dazu gebracht, damals in der Feuerschlacht zu kämpfen, gemeinsam mit Pramern und Kwothern?«

Nendsing zuckte die Schultern.

»Es gibt die unterschiedlichsten Vermutungen über die Beweggründe der Steppenläufer. Wie so vieles rund um die Feuerschlacht liegt auch das im Dunkel der Geschichte. Chroniken kann man schönen, auch im Nachhinein. Wigo beispielsweise hat viel geforscht – und wenig gefunden, soweit ich weiß. Für einen Nicht-Seguren ist er wirklich sehr ehrgeizig und sehr beharrlich …« Sie legte den Kopf in den Nacken. »Ich würde gern noch ein wenig die Sterne betrachten, aber ohne den störenden Feuerschein hier. Begleitest du mich?«

5

Obwohl das Klima der Ebenen Nord-Kwothiens unvergleichlich viel milder war als das am Berg, wurden auch hier die Nächte inzwischen kühl. Der Firsten kündigte sich an. Ob es in dieser Gegend auch schneite? Eine traurige Sehnsucht umfasste Kersteds Herz; er hatte den Schnee und die Kälte wahrlich nicht geliebt, aber ohne sie war ein Leben auch nicht recht vorstellbar. Kersted musste es sich eingestehen: Er hatte Heimweh.

»Worüber schüttelst du den Kopf?«, fragte ihn Nendsing. Sie hatte sich fest in ihr großes Tuch gewickelt und den Blick auf den Boden gerichtet. Sie konnte seine Geste nicht bemerkt haben. Die Nacht war dunkel, der Mond nur eine schmale Sichel und man musste auf seine Schritte achtgeben – aber Nendsings Augen sahen mehr als die von Kersted.

»Ach, über mich selbst. Bei uns fällt um diese Zeit schon der erste Schnee. Ich habe das eigentlich immer gehasst, aber nun …«

»Nun vermisst du es. Vermisst deine Heimat.« Sie machte eine Pause, aber Kersted schwieg.

»Ich denke auch oft an Pram«, gestand Nendsing. »So in die Wildnis geworfen zu sein, ohne meine Instrumente, ohne die Hama, ohne Bücher, ohne meine Kollegen, die mir sonst immer so furchtbar auf die Nerven gegangen sind, das fällt mir schwer.«

»Du hältst dich sehr tapfer. Man könnte glauben, du seist gar keine Astronomin – übrigens auch kein pramsches Dienstmädchen –, sondern hättest dein Leben lang unter freiem Himmel geschlafen und wärst über Tag auf dem Rücken deines Pferdes durch die Lande gestreift.«

»Ich will dich trösten und du machst dich über mich lustig!«

Kersted blieb stehen, hielt ihren Arm fest.

»Nen, ich bewundere dich – ganz ehrlich. Ich habe nie eine Frau wie dich getroffen, ich habe mir nicht einmal vorstellen können, dass es eine Frau wie dich gibt … so klug, so mutig und so … schön.«

Es war zu dunkel, um es zu erkennen, aber Kersted hätte geschworen, dass sie errötete. Als sie jedoch sprach, klang ihre Stimme selbstsicher und die Ironie in ihren Worten war nicht zu überhören.

»Und ich habe mir nicht vorstellen können, dass ein Welse mit seinem Mund spricht statt mit seiner Waffe.«

»Nun, ich muss dir sagen, du hast großes Glück gehabt, Nendsing, dass du *mich* getroffen hast und dich nun nicht etwa mit einem meiner Kameraden abgeben musst. Ich schlage etwas aus der Art. Ich gebrauche sehr gern meinen Mund.«

»So? Und wann hattest du vor, mit dem Reden aufzuhören und deinen Mund zum Küssen zu gebrauchen? Wozu, glaubst du, habe ich dich hier raus in die Dunkelheit geschleppt?«

Es war zu kalt, um sich im Freien zu lieben – das Gras war klamm und ein frischer Nachtwind war aufgekommen. Sie taten es trotzdem. Nachdem er sie geküsst hatte, war Kersted durch nichts mehr davon abzuhalten; lange hatte er sich beherrscht, hatte alles aufgebracht, was er an welsischer Disziplin zusammenkratzen konnte. Nun öffnete Nendsing die Arme und schlang das Tuch um sie beide.

Es war aber nicht der Liebesakt, den Kersted in seinen Träumen schon oft mit Nendsing vollzogen hatte. Dort war sie nackt gewesen und ein warmer Feuerschein war über ihren Körper gehuscht, manchmal auch das Flackern von roten Lampen wie damals im Thronsaal von Pram. Sie war zärtlich gewesen, hatte ihn mit Küssen bedeckt, ihre Haare waren ebenso weich gewesen wie ihre Haut. Im Traum war alles an Nendsing warm und feucht und anschmiegsam gewesen – in dieser klaren Nacht unter den Sternen war ihre Nasenspitze so eisig wie ihre Hände. Kersted konnte Nendsing nicht wirklich sehen, dazu war es zu dunkel, und auch nicht ausziehen, dazu war es zu kalt. Er konnte nur unter ihrem Gewand die Schenkel emportasten und versuchen, ihre schnellen, gierigen Küsse zu erwidern. Sie war nicht zärtlich, sie krallte sich in Kersteds Haare, biss in seinen Hals. Sie war nicht anschmiegsam, sondern fordernd. Nendsings Leidenschaft war mindestens ebenso entfacht wie seine; Kersted war kaum in sie eingedrungen, als sie bebend aufstöhnte. Beide waren sie hungrig gewesen und beiden stand der Sinn nicht nach Genuss, sondern nach schnellstmöglicher Befriedigung.

Als Kersted wieder denken konnte, fragte er sich, was ihn nun von einem Tier unterschied und zum Menschen machte. Es war die Liebe, was sonst? Dass ich sie liebe, dachte er, macht uns beide zu Menschen.

6

Die Frauen, die Marken pflegten, konnte er nur an den Augen voneinander unterscheiden, denn der Großteil ihrer Gesichter sowie ihre Körper waren verhüllt. Sobald er wieder sprechen konnte, fragte er nach Smirn. Er fragte immer wieder, erhielt aber nie eine Antwort. Die drei Frauen – er nannte sie bei sich die schweigenden Schwestern – sprachen überhaupt nicht. Sie kamen nie gemeinsam, sondern nacheinander und jede in Begleitung zweier Wachen. Diese Männer blickten zwar finster, waren aber keine Dhurmmets und hielten sich im Hintergrund. Es waren jedoch auch keine Nord-Kwother; bedauerlicherweise hatte Marken während der Bewusstlosigkeit nicht die Seiten gewechselt.

Den Anfang eines Behandlungstages machte für gewöhnlich Schwester Essig. Marken hatte ihr diesen Namen gegeben, weil sie ihn mit einem lauwarmen, säuerlich riechenden Sud wusch. Dieser Sud hinterließ ein unvergleichlich frisches und sauberes Gefühl. Schwester Essig war nicht zimperlich und scheute auch vor Markens intimsten Bereichen nicht zurück. Erst hatte er nicht die Kraft, sich zu schämen, und später war er darüber hinweg. So seltsam es war – sie so verhüllt und er so nackt –, es half, dass er ihr Gesicht nicht sah. Als sie durchs überfüllte Gem-Enedh geritten waren, noch vor der ersten Begegnung mit dem dämonischen Hauptmann Ormn, hatte Marken in viele furchtsame Frauengesichter geblickt, junge wie alte. Die kwothischen Frauen verbargen sich nicht – die schweigenden Schwestern schon. Sie entzogen sich Markens Blicken, seiner Deutung. Vielleicht war das der Sinn dieses Schleiers? Vielleicht sollte Marken nicht über seine Pflegerinnen spekulieren, über ihre Absichten oder Stimmungen, sondern seine ganze Aufmerksamkeit auf den eigenen Körper und dessen Heilung lenken. Er fügte sich. Schwester Essig tippte ihn mit dem Schwamm an, er hob einen Arm, beugte den Rücken, setzte einen Fuß auf – und sie ließ den Sud über ihn rinnen, rieb ihn ab mit ihrem Schwamm, wie man ein Pferd trocken reibt. Manchmal sang sie leise vor sich hin und Marken konnte hören, dass sie noch sehr jung war. Und dass Kwothisch einen durchaus angenehmen Klang haben konnte, wenn es von einem resoluten jungen Mädchen gesungen wurde.

Schwester Paste war viel behutsamer und immer ganz still. Sie strich mit Spateln Salben auf Markens Wunden. Es schien eine Kunst zu sein, aus einer Vielzahl von Tiegeln die richtige Salbe zu wählen, manchmal auch eine Kombination aus mehreren. Dabei folgte Schwester Paste nie einem bestimmten Schema, sondern richtete sich nach Markens Zustand; ihre ganze Art war sicher, aber nicht routiniert. Sie war achtsam. Markens Gesicht schenkte sie eine geradezu hingebungsvolle Aufmerksamkeit und die Wirkung war schon nach kurzer Zeit spürbar: Die Entzündung ging zurück, das vernarbende Gewebe wurde nachgiebiger. Marken konnte das linke Auge wieder öffnen und schließen und hatte auch das Gefühl, sein Mund wäre weniger schief – aber das blieb eine Vermutung, denn einen Spiegel bekam er nicht.

Den Abschluss der stundenlangen Behandlungen machte stets Schwester Buch. Sie hatte wahrscheinlich eine höhere Stellung als die beiden anderen, denn sie begutachtete mit ihren großen goldenen Augen sehr genau deren Tun und die Ergebnisse: Sie löste Verbände und hob Kompressen an, klopfte gegen Gelenke oder tastete Markens Bauch oder Gesicht ab. Schwester Buch hatte einige Wunden an Markens Rücken und Oberschenkeln genäht – er konnte sich nicht erinnern, wie er zu den Schnitten gekommen war – und nach ein paar Tagen wieder die Fäden gezogen. Dabei benutzte sie sehr filigrane, in weiße Tücher eingeschlagene Gerätschaften aus Silber und war so geschickt, dass Marken praktisch nichts spürte. Über den Heilungsverlauf machte sie sich Notizen in einem kleinen, in schwarzes Leder gebundenen Buch und Marken konnte den Blick kaum von ihrer dunklen Hand nehmen, wenn sie ihre winzigen, komplizierten Schriftzeichen schrieb. Die Unda flößte ihm zwar Respekt ein, aber sie blieb ihm auf eine Art fern. Sie war mehr als ein Mensch und Marken fand es ganz natürlich, dass sie über ihm stand und daher unantastbar war. Diese Frauen hier, die schweigenden Schwestern, waren Menschen wie er. Aber sie hatten viel tiefere Kenntnisse. Was konnte Marken denn? Guten von schlechtem Stahl unterscheiden. Mit einem Schwert umgehen. Diese Frauen jedoch konnten heilen – im Gegensatz zu ihnen war Lomsted, Arzt der Welsen in Goradt, ein Schlächter. Marken war überzeugt: Die schweigenden Schwestern hätten auch Asta daran gehindert, in die andere Welt zu gehen. Vielleicht war alles doch nicht allein seine Schuld gewesen, sondern auch seine Unkenntnis und dazu die von Lomsted? Konnte man unschuldig schuldig werden? In der

Abgeschiedenheit des Krankenzimmers, hinter dicken Mauern und schmalen, vergitterten Fenstern, schloss Marken Frieden mit seinem Körper, in dem so viel Leben steckte, dass er auch bei gröbster Misshandlung nicht starb und sich rasch erholte, sobald man sich um ihn sorgte.

Erst verstand Marken nicht, warum sich die schweigenden Schwestern derart um ihn, einen Gefangenen, kümmerten. Warum wurde er erst fast totgeprügelt, um dann mit viel Aufwand wiederhergestellt zu werden? Marken dachte lange darüber nach, er hatte genug Zeit. Aber wie er es auch drehte und wendete, am Ende kam er immer zu demselben Schluss: Er wurde geheilt, damit er getötet werden konnte. Er sollte nicht einfach so wegsterben. Sein Körper sollte kräftig sein und sein Wille stark. Und er sollte am Leben hängen, wenn es ihn verließ. Er würde mit Leib *und* Seele leiden.

Immer noch hielt er mühsam an dem Gedanken fest, dass Smirn wohlauf war, weil auch er noch lebte. Sie war wertvoller als er, und wenn man ihm solche Aufmerksamkeit zuteilwerden ließ, dann einer Hohen Frau erst recht. Oder? Der Schatten seines eigenen bevorstehenden Todes warf auch einen Schatten auf Smirn. Er war sich nicht mehr sicher, dass es ihr gut ging. Die Furcht, sie niemals wiederzusehen, nistete sich in ihm ein wie ein Parasit, gegen den selbst die kühnsten Behandlungsmethoden der schweigenden Schwestern nutzlos gewesen wären.

Marken hatte Strommed nicht vergessen, den Anblick seines großen Herzens in der gespaltenen Brust. Er hatte Ormn nicht vergessen und nicht die Dhurmmets, die ihren nord-kwothischen Landsmännern die Köpfe abschlugen. Er erinnerte sich auch noch gut an die Toten auf den Stangen, abgenagte Gerippe, die sich gegenseitig stützten. Wenn Markens Zeit gekommen wäre, würde niemand ihn stützen. Er würde allein sein.

7

Als sie das zweite Mal auf den Naryn trafen, hatte der Fluss genau den Charakter, den Utate beschrieben hatte: ruhig, gelassen und friedlich. Sie waren der weit nach Norden bis an die ersten Ausläufer der Galaten reichenden Schleife des Naryns nicht gefolgt, sondern auf direktem Wege westwärts geritten. Nun hatten sie die Flussbiegung erreicht, nun würden sie sich trennen. Utate wollte noch weiter flussabwärts, Dern und seine Soldaten mussten so schnell wie möglich zurück nach Gham-Sarandh.

Der Führer der Nord-Kwother und die Unda hatten während ihres gemeinsamen Ritts lange Gespräche geführt. Kersted hatte sich einige Male gefragt, worüber sie wohl redeten, aber im Grunde ahnte er es. Die Unda und der Mann, der Unterdrückung und Gewalt hatte beenden wollen und nun in den Krieg zog, sprachen über letzte Dinge. Sie besprachen, wenn schon nicht das Ende der Welt, so doch das Ende Kwothiens, wie es nun war. Utate war sehr ernst und Dern wirkte gefasst – was Kersted beeindruckte, denn seine Soldaten hatten ansonsten einen lauten, ruppigen Umgangston. Erst hatte Kersted geglaubt, sie würden ununterbrochen streiten, und war verwundert über diese Disziplinlosigkeit. Dann war ihm klar geworden, dass dies einfach eine andere Art war als die der schweigsamen Welsen. Am Berg war das Sprechen wegen des steten Winds oft anstrengend und der Hunger gebot jedem, die eigenen Kräfte zu schonen. Hier hingegen konnte man es sich erlauben, hitzköpfig zu sein. Das Pfeifen war nun ganz aus Kersteds Ohren verschwunden und er begann, aus den rauen, kehligen Lauten einzelne Worte herauszuhören. Vielleicht, wenn mehr Zeit gewesen wäre, vielleicht hätte er sogar Kwothisch lernen können – vielleicht hatte er ja ein verborgenes Talent für Sprachen? Er würde es kaum herausfinden können. Ein Blick auf den Führer der

Nord-Kwother genügte, um die Last zu sehen, die ihm auf den Schultern saß: der unausweichliche Krieg. Dern wirkte so ruhig und friedvoll, wie der Fluss es hier war. Aber Kersted hatte es gesehen: An anderer Stelle war eben dieser Fluss zutiefst verwundet. Wie ungewohnt es war, einen Überblick zu haben, mehr zu wissen als das, was unmittelbar vor einem lag. Es nahm einem die Leichtherzigkeit.

Kersted wäre aber nicht Kersted gewesen, wenn ihn diese Erkenntnis davon abgehalten hätte, sein Glück zu packen und festzuhalten – solange es noch ging. Der ersten Liebesnacht waren weitere gefolgt, zwar nicht wärmer, aber inniger. Er begann zu hoffen, dass Nendsing ihn auch liebte. Oder doch wenigstens etwas für ihn empfand, das über ein rein körperliches Begehren hinausging. Kersted hatte ihr längst seine Liebe gestanden. Darin war er nicht ungeübt und er wusste auch, dass ein solches Geständnis immer eine positive Wirkung auf Frauen hatte; es machte sie zugänglicher, nachsichtiger. Auf Nendsing allerdings schien es keinen besonderen Effekt zu haben. Nachdem er sich erklärt hatte, war sie zunächst stumm geblieben. Dann hatte sie kaum sichtbar gelächelt und war sich mit den Fingern durch die Haare gefahren, um sie zu ordnen. Kersted hatte auf eine Erwiderung gewartet, aber sie blieb aus. Nendsing verhielt sich über Tag nicht anders als zuvor – sie ritt neben Kersted, sie sprach mit ihm. Aber sie sprach genauso mit Glaron, ging ihm manchmal zur Hand, und sie redete auch mit dem zurückhaltenden Fander. Das passte Kersted noch weniger als vorher; er versuchte aber, sich nichts anmerken zu lassen. Fanders Benehmen war vorbildlich wie immer, ganz so, wie man es von einem Soldaten der Wache erwarten durfte. Er kümmerte sich um Pferde und Sattelzeug, nahm kleine Ausbesserungen an Rüstung und Kleidung vor und blieb aufmerksam, obwohl auch ihm das Wachehalten abgenommen worden war. Und natürlich war ihm nicht entgangen, was sich zwischen Nendsing und Kersted abspielte – jeder wusste es und Kersted hatte nichts dagegen, ganz und gar nicht. Dass Nendsing ihrerseits aber ein Bekenntnis vermied, sowohl ihm gegenüber als auch vor allen anderen, das wurmte Kersted. Er konnte es nicht ändern, er musste geduldig sein und das genießen, was Nendsing ihm nun Nacht für Nacht zugestand. Er genoss es sehr.

8

Sie waren auf dem Rückweg zum Lager und Nendsing hatte zu Kersteds stiller Freude ihre Hand in seine geschoben, als sie auf den Läufer trafen. Nendsing erschrak so sehr, dass sie aufschrie, und sogar als sie erkannt hatte, wer da zwischen den Büschen stand, hielt sie Kersteds Finger weiterhin umklammert. Er hatte nicht einmal nach seinem Schwert greifen können und ärgerte sich mehr über seine Unaufmerksamkeit als über den Szasran, der ihnen regelrecht aufgelauert hatte. Die wie mit grauem Staub bedeckte Haut des Läufers verwischte vor der Nacht; selbst Nendsing mit ihrem scharfen Blick hatte ihn erst sehen können, als er unmittelbar vor ihr stand. Vielleicht waren die Steppenläufer gar nicht vom Angesicht des Kontinents verschwunden, sondern mehr und mehr mit ihm verschmolzen und so für menschliche Augen unsichtbar geworden. Nendsings Schreck hatte Kersted aber auch verraten, dass der Läufer ihr ebenfalls nicht geheuer war – sie hatte Kersted sein Vorurteil vor Augen geführt, war jedoch selbst nicht frei davon. Einen langen Moment standen sie sich schweigend gegenüber. Der Läufer war ebenso groß wie Kersted, aber viel schmaler als der Welse. Zudem war seine Brust leicht vorgewölbt und seine Arme nicht so kräftig wie die des Schwertkämpfers, deshalb wirkte er auf den ersten Blick kleiner. Auf den zweiten fielen dann die langen, starken Beine ins Auge. Unter der grauen, dicken Haut zuckten die Muskeln wie bei einem Pferd. Kersted glaubte in dem Dolch, den der Läufer um einen Schenkel gebunden trug, Welsenhandwerk zu erkennen. Um sicher zu sein, hätte der andere die Waffe aber ziehen müssen, und das wollte Kersted auf keinen Fall. Er dachte an Marken, der sofort und auch bei diesem Licht gewusst hätte, ob der Dolch aus den Werkstätten am Berg stammte. Der Gedanke an den Kameraden ließ den letzten Rest entspannter Unbekümmertheit verschwinden, die dem Zusammensein mit Nendsing immer folgte. Wie mochte es Smirn und Marken ergangen sein? Waren sie endlich bei der Quelle angelangt? Bisher hatten sie keine Meldung erhalten; keiner der Trupps, die Dern ausgeschickt hatte, war zurückgekehrt. Kersted hatte sich aber damit beruhigt, dass ihre Gruppe sich ja westwärts und somit beständig von der Quelle des Naryns wegbewegte. Jede Nachricht hatte also einen immer weiteren Weg zu machen. Es war abzusehen, dass sie ins Boot steigen und flussabwärts fahren würden, ohne etwas über Marken und Smirn zu erfahren.

»Was ist?«, fragte Nendsing. »Wollen wir weitergehen? Mir wird kalt.«

Ihre Stimme war frostig. So gut kannte Kersted sie mittlerweile, dass er wusste, sie nahm dem Läufer den Schreck übel. Sie hatte ihren Argwohn ihm gegenüber nicht ganz verbergen können und das war ihr unangenehm. Es erschien ihr unzivilisiert.

Der Läufer hob die Hand und beugte sich leicht vor – eine seltsame Mischung aus Befehl und Bitte, nicht wegzugehen.

»Was willst du?«

Kersteds knappe Frage war bar jeder Regung. Er war ein Welsenoffizier, wenn es darauf ankam, konnte er seine Gefühle und Sorgen für sich behalten.

Der Läufer beugte sich zur Antwort noch tiefer, hielt die Handfläche aber weiterhin gegen Kersted und Nendsing ausgestreckt. Welche Sprache sprach er überhaupt? Verstand er denn, was sie sagten? Kersted wollte es aufgeben und einfach an ihm vorbeigehen, doch da rauschte der große Falke heran; wie ein Stein war er aus dem Nachthimmel gefallen. Die Szasla spreizte die mächtigen Schwingen, der Luftzug schlug ihnen ins Gesicht. Die großen Klauen gruben sich in die schmalen Schultern des Läufers – einen Augenblick lang sah es so aus, als wolle der riesige Vogel den Mann wie eine Beute packen und hochzerren. Aber der Falke landete nur auf dem sich mühsam wieder aufrichtenden Mann. Wie schwer mochte dieser große Vogel sein? Der Läufer ließ den Arm sinken, legte den Kopf in den Nacken. Sein Gesicht verschwand fast ganz im Brustgefieder der Szasla, die ihre Schwingen bloß halb anlegte, sodass es aussah, als wolle sie den Mann unter sich beschützen. Nun, wo das scharfe Auge des Falken ihn fixierte, fiel Kersted auf, dass der Läufer seinen Blick gemieden hatte. Das Licht des zunehmenden Mondes war nicht hell genug, um alle Einzelheiten zu erkennen. Dennoch: Der Mann hatte ihm nicht in die Augen gesehen, da war sich Kersted sicher. Machte einen das so argwöhnisch gegen ihn? Kersted hatte keine Gelegenheit, weiter darüber nachzudenken, denn die Szasla begann durch ihren Szasran zu sprechen.

»Drei gehen,
nur zwei bestehen.
Wer tiefer ins Auge des Bösen sieht,
wer weiter als die anderen geht,
gerät ins Dunkel zwischen den Welten.
Drei wurden auserwählt, das Schicksal zu wenden,
nur zwei vollenden.

Wer weiter als die anderen geht,
der stirbt allein.«

Obwohl Kersted die Stimme, die in ihrer hellen Klarheit weder zu dem Läufer noch zu dem großen Vogel passte, in seinem Innern gehört hatte, musste sie auch Nendsing etwas gesagt haben. Die zarte Segurin krallte sich derart in seine Hand, dass es bald bluten würde. Der Falke flog auf, sie schreckte zusammen, ließ Kersted los.

»Du musst nichts beweisen, hörst du?« Nendsings Augen waren schwarz glänzende Kugeln. »Du gehst nicht voraus. Du … du läufst einfach der Hohen Frau hinterher wie bisher, ja?«

Er drückte sie an sich, strich über ihr Haar, küsste ihren Scheitel. Der Läufer ließ Kopf und Arme hängen, stand reglos wie ein Baum. Kersted legte den Arm um Nendsings Schultern und lotste sie sanft an dem Mann vorbei. Auch ihn hatten die Worte der Szasla verstört, dabei hatte Kersted nicht einen Atemzug lang an sich gedacht. Er war mit seiner Sorge immer noch bei Marken.

9

Sie hatten ihm nie zuvor eine Medizin eingeflößt, aber als Marken das auffiel, war es zu spät: Er hatte den Becher bereits ausgetrunken. Er sah in Schwester Buchs kluge, goldene Augen und fragte sie stumm, was nun geschehen würde. Natürlich sagte sie auch jetzt nichts, aber ihr Blick wurde hart. Wenn man so wenig von einem anderen Menschen zu sehen bekommt, kann man irgendwann auch die Kleinigkeiten lesen – einen Lidschlag oder die Bewegungen einer Hand, die nicht zur Ruhe kommt.

Es war also so weit.

»Ich will die Hohe Frau sehen«, sagte Marken. »Ich muss Smirn sprechen.« Seine Stimme erschien ihm fremd. Und was er sagte, kam ihm sinnlos vor.

Er erhielt keine Antwort. Stattdessen traten Schwester Essig und Schwester Paste in Begleitung von Wachen ein. Sie brachten seine Sachen und halfen Marken, sich anzukleiden. Es war befremdlich, nach so langer Zeit wieder Kleidung zu tragen – das und die Anwesenheit aller drei schweigenden Schwestern verstärkte das Gefühl des nahen Endes. Man hatte die Rüstung gereinigt, eine recht ordentliche Schulterplatte ergänzt und das, was von Markens Sachen nicht mehr brauchbar gewesen war – also beinahe alles, außer den Hosen und Stiefeln aus Merzleder –, durch neue Kleidungsstücke ersetzt. Sogar einen Helm hatte man ihm beschafft. Er war zwar an kwothische Vorlieben angepasst und im Nacken durch Lederplatten verlängert worden, sonst aber so gut wie sein alter. Kein Wunder, denn auch dieser Helm war von einem welsischen Schmied gefertigt worden. Marken setzte ihn nicht auf, aber es fühlte sich gut an, ihn im Arm zu tragen.

Nun stand er also gesundet, gerüstet und voll frischem Lebenswillen in seiner Krankenzelle – und vermisste sein Schwert. Nein, das gaben sie ihm nicht. Marken dachte kurz daran, sich mit den Wachen anzulegen. Aber erstens war er mit der Axt nur halb so gut wie mit dem Schwert, zweitens war ein derartiger Ausbruch wenig ehrenvoll. Und drittens hatte ohne Smirn nichts einen Sinn. Er beschloss also, nicht mehr zu fragen, zu drängen oder sonst einen Versuch zu machen, der das Unvermeidliche hinauszögern würde. Als er, eskortiert von den Wachen, den Raum verließ, fragte sich Marken, was für eine Medizin ihm Schwester Buch da verabreicht haben mochte. Ein Gift war es jedenfalls nicht gewesen.

10

Marken war nicht müde, im Gegenteil, aber gelassen wie selten zuvor. Nachdem er seit mindestens zwei Zehnen nur die nackten Wände seines Zimmers und vor den Fenstern nichts als die nahe Mauer eines anderen Gebäudes gesehen hatte, erschienen ihm selbst menschenleere Räume bunt und laut. Er wurde durch fensterlose, von rußenden Fackeln erhellte Gänge und Zimmerfolgen geführt; er hörte Kaminfeuer knistern, sah bilderreiche Wandteppiche, lief über farbige Bodenmosaike. Dies war weder ein Siechenheim noch ein Gefängnis oder ein Wohnhaus. Die Räume strahlten eine düstere Pracht aus und allmählich dämmerte es Marken: Er war in Jirdh und höchstwahrscheinlich im Palast des Herrschers. Jenem Hardh, der nun die Kwother anführte und Sohn des berühmten Horghad war, dessen Vater also ehemals Heerführer der Allianz und Dhurmmet in der großen Feuerschlacht gewesen war. Marken durchschritt den Amtssitz des selbsternannten Königs Hardh, der einen Krieg gegen die Nord-Kwother führte und seinen eigenen Vater bei lebendigem Leib verspeist haben sollte.

Hardh, der das Böse ganz in sich aufgenommen hatte.

Hardh, vor dem sich Menschen und Dämonen gleichermaßen fürchteten.

Die Wache ging voraus durch einen weiteren Türbogen, Marken folgte – und da war er. Der Welsenoffizier erstarrte, er wusste auf den ersten Blick: Wenn dieser Mann die kwothischen Truppen anführen würde, war der Krieg bereits entschieden.

Hardh stand am Fenster eines nicht sehr großen Raums und schaute hinaus. Dies war kein Thronsaal, nicht einmal ein Empfangsraum, sondern ein Privatgemach. Vor einer mit bestickten Decken und Kissen überhäuften Liege stand ein bronzenes

Tablett mit den Resten eines Mahls; auf niedrigen Tischchen stapelten sich Bücher und Schriftstücke. Überall brannten Öllampen und verbreiteten ihren stillen, matten Schein. Sie erhellten das Zimmer allerdings kaum und durch die schmalen Fensterschlitze drang wenig Licht. Der Himmel war, soweit Marken das sehen konnte, bleigrau. Hardh hatte einen Arm auf die tiefe Fensterbank gestützt. Im anderen hielt er behutsam wie ein Neugeborenes Markens Schwert. Sein geflochtener Bart und das Haupthaar waren grau, sein Profil wie aus Basalt gemeißelt. Er trug den typischen Harnisch der Kwother, eine um dunkelbraune Lederelemente ergänzte Welsenrüstung. Zu seinen Füßen lag der Helm und die Axt lehnte gegen die Wand. Hardh war bereit für die Schlacht.

Er wandte sich seinem Gefangenen zu und sah ihn lange an.

Und es schien Marken, als schaue er abermals in den brodelnden Kessel des wiedererwachten Vulkans, der das Tal der Lahwiach-Dhe-Brücke vernichtet und Endhemone in den Tod getrieben hatte. Er spürte die mörderische Hitze verflüssigten Steins und roch die giftigen Gase. Die Wirkung von Hardhs Blick war so intensiv, dass Marken sogar meinte, mit jedem Atemzug glühende Steinplatten auf seiner Brust gegeneinander verschieben zu müssen. Ihm brach der Schweiß aus. Sein Auge begann zu tränen. Allein die blinde Wut, die Mordlust, die Ormns Nähe ausgelöst hatte, blieb aus. Markens Gedanken waren klar, kein Vorhang aus Blut verschleierte ihm die Sicht auf den Kwotherkönig. Erst als der zu sprechen begann, schien etwas in Markens Seele in Flammen aufzugehen wie ein Bündel Stroh.

»Dein Schwert willst du wiederhaben, Welse, nar?«

Er sprach ein mit starkem Akzent gefärbtes Welsisch, doch das war es nicht allein. Hardhs Stimme war angeraut wie die aller Kwother, aber darunter lag noch eine zweite, viel tiefere.

Ein unmenschliches Grollen begleitete seine Worte, und so unglaubwürdig es Marken zunächst vorgekommen war, bald war er überzeugt: Aus Hardh sprach nicht nur er selbst, sondern auch der Dämon, den er sich einverleibt hatte.

Natürlich wollte Marken das Schwert zurück, aber er war nicht in der Lage zu antworten. Hardhs brennender Blick hielt ihn gefangen. Schließlich drehte der Kwotherkönig den Kopf und sah wieder aus dem Fenster. Marken wischte sich den Schweiß ab.

»Was muss ich tun für mein Schwert?«, fragte er mit belegter Stimme.

Hardh gab ein hallendes Rasseln von sich, das aus einem wesentlich größeren Körper zu kommen schien.

»Dich unterwerfen. Mir unterwerfen. Was sonst? Kämpfen gegen Dern, kämpfen im Krieg. Ersatz sein für Ormn.«

Der Name des Hauptmanns klang aus Hardhs Mund wie ferner Donner. Aber solange Hardh seinen Blick nicht auf ihn richtete, blieb Marken von beklemmenden Hitzegefühlen verschont. Das muss der Trank sein, dachte er. Die Medizin bewirkte, dass Marken hier überhaupt stehen und reden konnte.

»Ich bin nicht nach Kwothien gekommen, um zu kämpfen. Das ist nicht mein Krieg.«

Mit einer einzigen schnellen Bewegung stieß Hardh sich von der Fensterbank ab, zog das Schwert aus der Scheide, war bei Marken und setzte ihm die Spitze auf die Kehle. Die Klinge war heiß wie ein Brandeisen, Marken hörte es zischen und roch verkohlte Haut.

»Das ist Krieg von allen. Das ist Krieg der Menschheit!«

Hardhs Knurren war weder menschlich noch das eines Tiers. Es stieg aus einer schwarzen Tiefe auf, in der es kein Leben geben konnte. Er warf das Schwert abrupt von sich; klirrend fiel es auf den mosaikgeschmückten Fußboden. Der finstere König wandte Marken nun den Rücken zu und ging langsam wieder zum Fenster. Seine Bewegungen waren geschmeidig wie die eines Sedrabras.

Da lag es, sein Schwert ... Im Augenwinkel sah Marken, dass die Wachen ihre Äxte in den Händen hielten.

»Wo ist die Unda?«, fragte er und rieb sich den Hals. Er fühlte keine Verbrennung, nur seinen Schweiß.

Hardh antwortete so lange nicht, dass Marken bereits dachte, er hätte die Frage gar nicht gestellt. Ihm war nun vollkommen bewusst, dass er unter dem Einfluss einer Droge stand, die sein Gemüt wie einen Panzer umgab. Sie hielt die scharfen Pfeilspitzen der Angst von ihm fern, die auf ihn abgeschossen wurden. In der Pause vor Hardhs Antwort aber begann er ein leises Trommeln zu hören. Das waren die Geschosse, die von ihm abprallten. Es waren viele. Marken stand im Pfeilhagel der Angst, und wenn die Wirkung des Tranks nachließe, würde er von seiner Furcht geradezu zerfetzt werden. *Wo war Smirn?*

»Unda ist Vergangenheit«, grollte der König schließlich. »Unda ist verschlossen. Die Zukunft ist Feuer.«

Marken schluckte. Er spürte einen Zorn in sich aufsteigen, den er lange nicht empfunden hatte. Noch kam er nicht durch, noch hielt der Panzer der Gelassenheit alle schlimmen Empfindungen von Marken fern.

»Verschlossen? Was soll das heißen, habt Ihr Smirn etwa eingesperrt? *Eine Hohe Frau gefangen genommen*?«

Hardh machte ein Zeichen und eine der Wachen stieß Marken in den Rücken. Er sollte ebenfalls zu einem der schmalen Fenster gehen.

Marken sah zwischen schön geschmiedeten Eisengittern hinaus, und während er noch vom kalten, grauen Licht geblendet war, spürte er feine Risse in seinem Panzer. Dann erblickte er das erste Mal die Hauptstadt Kwothiens.

11

Die wuchtige Bauweise der Kwother, die Marken bereits in der Hafenstadt Hal bemerkt hatte und die in Gem-Enedh bestätigt worden war, hatte in Jirdh ihr übergroßes Vorbild. Aus den Steinen und Holzbalken, die hier verwendet worden waren, hätte man zwei oder sogar drei Städte bauen können, ohne dass sich jemand über zu dünne Wände oder niedrige Mauern beklagt hätte. Jirdh war, genau wie Smirn gesagt hatte, eine riesige Festung. In ihrer kantigen Klobigkeit wirkte die Stadt wie die ältere Schwester Prams, die ob ihres Ernstes immer verschmäht worden war und sich schließlich in ihrer Rolle als verknöcherte Jungfer eingerichtet hatte. Jirdh war nicht direkt hässlich, aber abweisend – und uralt. Über die unzähligen Menschenalter hinweg, die diese Stadt gewachsen war, hatten die Baumeister das Aussehen der Gebäude kaum verändert; Marken vermutete aber, dass die vielen sehr hohen Bauten jüngeren Datums waren. Denn er konnte sich nicht vorstellen, dass man in alten Zeiten bereits die Kenntnisse und Mittel gehabt hatte, solche gewaltigen Bauvorhaben umzusetzen. Die Welsen jedenfalls konnten es nicht; was sie einmal von der Baukunst gewusst hatten, war verloren gegangen. Der weite Ausblick sagte Marken, dass er selbst auch in einem hohen Turm sein musste. Erstaunt stellte er fest, dass seine Sehkraft wieder zurückgekehrt war, und weil er Teldens Karte so oft studiert hatte, musste sie sich ihm schließlich doch eingeprägt haben. Marken erkannte, was das für ein silbriges Glitzern dort am Horizont war, obwohl er es nie zuvor gesehen hatte: Dort lag das Meer. Östlich der Stadt floss die Globa hinein und nach Westen öffnete sich der Kontinent über eine lange Bucht schließlich ganz dem unendlichen Westlichen Meer. Der Gedanke an das Unbekannte und die vielen Möglichkeiten, zu denen man von diesem Ufer aus aufbrechen konnte, weckten eine Sehnsucht in Marken. Ihm fiel der Traum wieder ein, den er in dem sterbenden Wald geträumt hatte. Er war auf einer Insel gewesen, die er selbst mit seinem Schwert vom Kontinent abgetrennt hatte und die sich immer weiter von der Küste entfernte. Aber das war die falsche Richtung. Das hatte er damals eingesehen und er wusste es auch jetzt: Nicht zum Meer musste er, zum Ende aller Flüsse. Sondern zu den Quellen, zu den Anfängen.

Es konnte kein Zufall sein, dass ihm bei diesem Gedanken ein zweiter silberner Schimmer ins Auge fiel, deutlich näher als das Meer, aber sehr viel kleiner.

Smirn.

Sie stand ungefähr auf Markens Höhe am Fenster eines eckigen Turms, der sich wie eine hochgereckte Faust aus den ihn umgebenden Gebäuden erhob. Sie war zu weit entfernt, als dass Marken ihr Gesicht hätte erkennen können. Aber ihre Haltung, ihr Schimmern, ihre *Ausstrahlung* – all das war Smirn, daran gab es keinen Zweifel. Seltsam nur, dass sie sich nicht bewegte. Unaufhörlich gingen die Undae in ihren Schlenkern auf und ab, ruhelos wie fließendes Wasser. Smirn aber stand ganz still.

Unda ist Vergangenheit. Unda ist verschlossen.

Was genau hatte dieser Dämon damit gemeint? Markens Panzer der Gelassenheit bekam mehr und mehr Risse, begann zu bröckeln. Er drehte den Kopf nach Hardh. Der hatte seine Augen fest auf die Hohe Frau gerichtet. Wenn er das bereits die ganze Zeit getan hatte – nicht nur heute, sondern seitdem sie in Jirdh angekommen waren – und wenn Hardhs Blick auch nur annähernd die gleiche Wirkung auf Smirn hatte wie auf Marken, dann konnte es nicht sehr gut um die Unda stehen.

»Ich will zu ihr. Ich will sie sprechen!«

Wieder ertönte das tiefe, hallige Rasseln aus Hardhs Innerem. Er lachte.

»Unda spricht nicht, nicht mehr. Unda ist verschlossen.«

Er wandte sich Marken zu, und der hatte mit einem Mal das Gefühl, eine Ofenklappe habe sich geöffnet und sein Gesicht sei nur zwei Handbreit von der Glut entfernt. Schützend hob er die Arme vors Gesicht, doch das half nichts. Die Hitze wurde immer stärker und begann zu schmerzen. Marken stöhnte, biss auf die Zähne.

»Dein Körper ist stark, Welse. Ich sah viele Wunden. Dein Wille ist mächtig. Aber wenn die Seele brennt, musst auch du aufgeben.«

Marken kämpfte gegen den Wunsch, auf die Knie zu fallen und sich wie ein Kind am Boden zusammenzurollen, nur um der grässlichen Hitze zu entgehen. Vor seinen Augen tanzten rot glimmende Funken. Und dann schien jemand Marken die Glut aus diesem unseligen Ofen in den Halsausschnitt seines Brustpanzers zu schaufeln. Er spürte, wie sich die glühenden Brocken in seine Haut brannten. Marken schrie auf unter den entsetzlichen Schmerzen, riss mit beiden Händen am Brustschutz, zerrte mit aller Gewalt daran, wand sich unter der Qual.

Mit einem Mal war es vorbei. Marken fand sich zusammengekrümmt und schweißüberströmt auf dem kalten Steinfußboden wieder. Niemand hatte ihm mit glühenden Kohlen die Brust verletzt, er war nicht angerührt worden und es gab auch keinen Ofen. Der Kwotherkönig stand nach wie vor zehn Schritt entfernt an seinem Fenster und blickte wieder hinaus; die Wachen hatten sich nicht gerührt. Marken rappelte sich auf. Er zitterte am ganzen Körper, schlotterte geradezu. Ihm war nun eiskalt.

»Du musst das Feuer nehmen, nicht dagegen kämpfen, Welse.«

Hardh kam einen Schritt auf Marken zu, ihm wurde wärmer. Und nun endlich fiel der Panzer der Gelassenheit von ihm ab und die Furcht griff Marken an. Er wich vor Hardh zurück.

»Du willst Schwert wiederhaben? Du willst Unda sehen, nar?« Das tiefe Grollen unter Hardhs Worten schwoll bedrohlich an. »Dann musst du dich unterwerfen. Das Feuer ist die Zukunft. Die Herrin kehrt zurück. Sie entzündet die Seelen aller Menschen. Unda dient dem Wasser, Wasser ist Vergangenheit. Die Zukunft ist Feuer.«

Das Grollen unter seiner eigentlichen Stimme war nun so laut geworden, dass es beinahe die rauen, ungelenken Worte Hardhs übertönte. Marken musste sich zusammennehmen, um nicht die Hände auf die Ohren zu legen in Erwartung eines dröhnenden Donnerschlags. Der Schweiß rann ihm in Strömen übers Gesicht und die Hitze stach wie mit vielen kleinen Nadeln. Aber das war nichts gegen die stählernen Spitzen der Angst, die sich in Marken hineinbohrten.

»Diene mir, Welse, und bereite die Welt vor auf die Rückkehr der Herrin. Diene mir und ein Welse wird unter Siegern sein – dieses Mal. Du wirst Sieger sein, wenn die Neue Zeit kommt.«

Marken überlegte seine Antwort nicht, Angst und Wut überwältigten ihn beinahe.

»Dir dienen? Niemals! Ich diene nur einer Herrin: Smirn!«

Hardh kam noch einen Schritt auf Marken zu. Er stellte einen Stiefel auf das am Boden liegende Schwert und ein böses Lächeln zog ihm die Lippen über leuchtend weiße Zähne.

»Du bist nicht tot, weil ich sehe: Du hast Kraft und Willen. Du bist nicht tot, weil ich sehe: Du kannst ein König sein. Du bist nicht tot, weil ich nicht will. Mein Wille ist: Du sollst mir dienen und meiner Sache. Seite an Seite kämpfen dieses Mal der Kwother und der Welse und siegen gemeinsam. Welsen sind durchs Feuer gegangen. Feuer ist durch Kwother gegangen.«

Er kam noch näher und Marken glaubte nicht, dass er die Hitze, die Angst und diese unmenschliche Stimme noch lange würde ertragen können. Aber der rettende Zusammenbruch wollte nicht kommen. Dann sagte Hardh noch etwas, das Marken mehr erschütterte als alles zuvor. Denn er sprach Markens geheimsten Wunsch aus und seine tiefste Furcht.

»Man muss nehmen, was einem zusteht: Wir sind Könige, Welse, du und ich. Wir sind stark. Welsen sind durchs Feuer gegangen. Feuer ist durch Kwother gegangen. Wir sind Brüder.«

12

Als er in sein Zimmer zurückkehrte, erwartete ihn Schwester Buch bereits. Mit einem Wink hieß sie die Wachen, die Marken hatten stützen müssen, ihn aufs Bett zu setzen. Dann hielt sie einen Becher an Markens Lippen und zwang ihn zu trinken.

Es half beinahe augenblicklich. Marken glaubte ein Lächeln in Schwester Buchs Augen zu sehen. Wie gut ihre Anwesenheit tat nach dem Gespräch mit dem besessenen Kwother – wie gut es tat, dass sie schwieg. Und wie gut diese Medizin tat. Nur dank dieses Tranks hatte er es überhaupt so lange mit Hardh ausgehalten, das war ihm klar. Aber dass Schwester Buch keine selbstlose Heilerin war, wusste er nun auch. Alle drei hatten sie Marken umsorgt, damit er mit dem Dämon in die Schlacht ziehen konnte. Sie handelten in seinem Auftrag, und dass Marken spekuliert hatte, er würde gepflegt, damit man ihn töten konnte, hatte sich auf obszöne Weise bestätigt: Dem Dämon dienen hieße das Menschsein aufzugeben. Sich ihm zu verweigern bedeutete ebenfalls den Tod. Dennoch konnte er keinen Groll gegen Schwester Buch hegen, auch das verhinderte der Trank.

Sie löste die Schnallen des Brustpanzers, und ohne sich zu sträuben, ließ Marken sich von ihr entkleiden. Sie strich ihm sanft über seinen Schädel, der an diesem Morgen von Schwester Essig sorgfältig rasiert worden war. Sie legte ihm ihre dunkle, schmale Hand auf die Brust, auf der eben noch Kohlen geglüht hatten. Er ließ sich von Schwester Buch in die Kissen drücken und schloss die Augen. Als sie das Laken über ihn deckte, war Marken bereits in einen traumlosen Schlaf gefallen.

Mitten in der Nacht schreckte er hoch und war sofort hellwach. Seitdem er hier in Jirdh war, war ihm das nie passiert – die erste Zeit hatte er in einem steten Dämmer verbracht, danach war er von den Behandlungen der schweigenden Schwestern so erschöpft gewesen, dass er geschlafen hatte wie ein unschuldiges Kind. Nun aber war an Schlaf nicht zu denken. Die Sorgen und Ängste kamen aus den dunklen Ecken gekrochen und nagten an seinen Beinen, bissen ihm in die Schultern.

Kurz bevor alles begann, als der alte Schmied Borger Marken gefragt hatte, für welchen zukünftigen Welsenkönig er das Schwert schmieden sollte – das eine Schwert, das jede Art von Leben nehmen konnte, das sogar töten konnte, was nicht mehr lebt –, da hatte Marken Felts Namen gesagt. Borger und Remled, sein Sohn, sollten das Schwert unter ihren zwei Hämmern schmieden, mit dem einen Namen im Sinn: Felt. Dann hatte man die Offiziere in die Lorded gerufen, denn etwas ging vor. Als Marken bereits die Hand am Türgriff hatte, sprach Borger seinen Namen aus. Borger hatte gesagt, er hätte das Schwert lieber für Marken geschmiedet. Er hatte Marken als zukünftigen König im Sinn gehabt. Auf dem Weg ins Offiziersheim hatte Marken mit allem gehadert: mit sich, seinem Leben – und seiner Freundschaft zu Felt. Der hatte alles und schätzte es so gering! Felt hatte eine Frau und sogar zwei gesunde Kinder! Er war hoch angesehen bei seinen Kameraden, der Hauptmann behandelte Felt wie einen Sohn und bereitete ihn auf die Nachfolge vor. Und Felt hatte einen Freund, den besten: Marken. Einen Freund, der das, wonach es ihn so sehr verlangte, einfach weggab: ein besonderes Schwert, ein einzigartiges Schwert. Das Schwert für den König.

Marken zog es auch jetzt noch das Herz zusammen, wenn er daran dachte, mit welch finsteren Gedanken er aus der tief im Berg liegenden Schmiede Borgers durch die Werkstätten und die große Lagerhalle gehetzt war. Die Marded, das Reich des Waffenmeisters Marken, sein Reich, war einst die Halle des Königs gewesen ... Er lachte bitter auf, damals wie heute. Würde er heute wieder Felts Namen sagen? War Marken auch heute noch damit zufrieden, immer der Zweite hinter Felt zu bleiben? Waren sie überhaupt noch Freunde? Welsiens Schmiede waren stets mehr gewesen als starke Männer, die Eisen schlugen. Borger war weise. Er konnte lesen, hatte alte Schriften entschlüsselt und besaß Weitsicht. Der Meister hatte das eine Schwert, hatte *Anda* für Marken schmieden wollen ...

... und Hardh, mächtiger und grausamer Herrscher der Kwother, sah wieder den König in Marken. Einen finsteren, dämonischen König.

Beunruhigt setzte Marken sich auf, legte sich das Laken um die Schultern und begann, im Zimmer auf und ab zu gehen. Nicht einmal ein Nachtlicht hatten sie ihm angezündet, er musste im Dunkeln umhertappen. Aber das war besser als still liegen. Was sollte er jetzt tun? Wie konnte er Smirn retten, wie sie beide aus dieser Gefangenschaft befreien? War das überhaupt noch möglich? Hatte das überhaupt noch Sinn? Marken stemmte sich gegen die Welle der Verzweiflung, die über ihn hinwegbrandete. Er musste sich sammeln, musste sich genau erinnern, was der Dämonenkönig gesagt hatte und was das bedeuten konnte. Ein Mal wollte er vorausdenken, ein Mal alle Möglichkeiten durchgehen. Ein Mal – das erste und wahrscheinlich auch das letzte Mal – wollte Marken besonnen sprechen und handeln, bevor er vom grauenhaftesten Herrscher dieser Zeit in den Abgrund der eigenen Seele gestoßen würde und in der Tiefe verbrennen musste.

13

Weder Kersted noch Fander hatten Ahnung von Schiffen; Kersteds letzte Bootsfahrt hatte ihn durch Dunkelheit und Albdruck zu einem Ort geführt, an dem das Licht weich und die Luft lau waren, einem Ort, über dem ein Zauber lag: Torviks Quelle der Hoffnung. Aber das Boot damals war klein gewesen, ein schlichtes Ruderboot. Das Schiff, mit dem sie nun den Naryn befahren sollten, war viel größer, hatte zehn Ruderplätze und ein Segel. Bug und Heck waren sichelförmig hochgezogen, dort gab es jeweils einen Stauraum unter Deck; die Ruderbänke aber waren nicht überdacht, man saß oder hockte paarweise im offenen Schiffsrumpf, jeder Ruderer mit beiden Händen an einem Riemen.

Lediglich zwei nord-kwothische Männer hatten das Schiff von einem Stützpunkt, einem Naturhafen nah der Mündung des Naryns, flussaufwärts gebracht – wie, das war Kersted ein Rätsel. Die Kwother befuhren diesen unteren Abschnitt des Naryns häufig; es war der schnellste Weg bis zum westlichsten Zipfel des Landes. Kersted erfuhr, dass die Nord-Kwother auch an ihrer Küste patrouillierten und dass es auf See bereits zu mehreren Scharmützeln gekommen war. In der Bucht von Sarandh lagen sich die Städte Gham-Sarandh und Jirdh als ungleiche Kontrahenten gegenüber; die Königsfluchten-Inseln vor der Bucht wurden von Jirdh gehalten.

»Warst du schon einmal am Meer?«, fragte Kersted Nendsing.

Sie schüttelte den Kopf. »Nein, nie. Ich bin über Bosre nicht hinausgekommen. Eigentlich habe ich mein ganzes Leben in der Hama verbracht, die meiste Zeit habe ich oben auf einem Turm gesessen. Aber ich war öfters draußen auf dem Pramsee, der ist groß … Da haben wir manchmal so getan, als wären wir auf dem Meer.«

Sie lächelte in Erinnerung an diese Seeausflüge. Wer *wir* gewesen war, wollte Kersted nicht wissen.

»Ich war schon da, am Meer, und ich könnte gut darauf verzichten«, sagte Glaron im Vorbeigehen. Den Proviant hatte er bereits verladen, nun schaffte er seine Gerätschaften an Bord, wobei er jede Hilfe ablehnte. Der Koch war auch nicht bereit, mit Dern nach Gham-Sarandh zu reiten oder gar nach Pram zurückzukehren. Was er denn falsch gemacht habe, fragte er mit schreckensweiten Augen, als Kersted es ihm vorgeschlagen hatte, wie er denn durch den Krieg und ganz allein nach Pram kommen solle. Kersted hatte ihm beruhigend die Schulter geklopft. Nein, er müsse nicht allein durch den Krieg, sie würden alle zusammenbleiben. Sie würden gemeinsam den Naryn hinabfahren und die Quelle der Friedfertigkeit aufsuchen – keiner würde weiter gehen als ein anderer; keiner würde allein sterben. Kersted hatte die Worte des Läufers für sich behalten und auch Nendsing schwieg lieber darüber, wie er feststellte. Es war eine ziemlich dunkle Warnung zur Vorsicht gewesen. Aber Kersted sah lieber das Gute darin: So finster die Botschaft auch gewesen sein mochte, seit der nächtlichen Begegnung mit dem Läufer und der Szasla hatte Nendsing den Abstand zu Kersted aufgegeben. Mit wenigen, flüchtigen Gesten und Blicken konnte sie eine Zugehörigkeit herstellen, die Kersted zu anderen Zeiten über alle Maßen glücklich gemacht hätte.

Wenn der Führer der Nord-Kwother Kersted und Nendsing beobachtete, sah er zwei Menschen, die sich zwar einander noch nicht ganz sicher waren – dafür war die Liebe noch zu neu –, die aber ganz sicher zueinandergehörten. Dern hatte viel mit Utate gesprochen, fast immer über das, was nun bald endete. Immer wieder aber hatte sie seine Gedanken auch auf die beiden Liebenden gerichtet, auf den neuen Beginn. Dern zweifelte: Wozu etwas anfangen, dessen Ende so klar abzusehen war?

»Nun, Dern, was denkt Ihr?«, fragte ihn Utate mit Blick auf den Welsenoffizier, der Nendsing an Bord des Schiffes half. »Seid Ihr immer noch überzeugt, dass es keinen Sinn hat?«

Dern zögerte mit einer Antwort.

»Nehmt uns als Beispiel«, fuhr Utate fort. »Es war von Anfang an klar, dass Ihr und ich uns würden trennen müssen. Wir hatten nur eine sehr begrenzte Zeit, um über das zu sprechen, was Euch und mich bewegt. Und dass wir uns wiedersehen werden, ist zwar nicht ausgeschlossen, aber doch sehr unwahrscheinlich. Dennoch war es nicht umsonst, nicht wahr?«

»Nein, das war es nicht. Ich danke Euch, Hohe Frau, dass Ihr Euch meine Dummheiten so geduldig angehört habt.« Dern kreuzte die Arme vor der Brust und verbeugte sich tief.

»Ach kommt, ich bitte Euch!«

Sie lachte – was Dern mit seiner höflichen Geste hatte provozieren wollen. Nichts half ihm dieser Tage so schnell aus seiner Düsternis heraus wie das silbrige Lachen der Unda. Sich nun, an der Biegung des Naryns, von ihr zu trennen, fiel ihm nicht leicht.

Er würde bald sterben, wahrscheinlich im Kampf. Aber auch ein natürlicher Tod war nicht mehr allzu fern; etwas, das ihn kaum bekümmert hätte, wenn er seinem Vater hätte folgen können. Wenn er den Weg hätte gehen können, den alle Generationen vor ihm gegangen waren. Dern aber wollte dem Vater nicht folgen, nicht im Leben und nicht im Tod. Er war allein, er hatte niemanden mehr, der vorausging, und auch keinen eigenen

Sohn, der ihm nachfolgen würde. Derns Generation war eine verlorene Generation; die Freien Söhne waren einsame Männer, die allermeisten waren nie selbst Väter geworden, waren ohne Vergangenheit und ohne Zukunft. Was geschah, wenn die Traditionen zerbrachen, wenn nichts mehr Gültigkeit hatte?

Utate glaubte an Anfänge. Sie glaubte an die Tat, ans Wagnis – denn wer konnte schon das Ende wissen? In die Zukunft zu sehen war einer Unda unmöglich, und vor dem gewaltigen Hintergrund ihrer Erfahrung schien ihr ein einzelnes Menschenleben zuweilen nichts und eine Generation nur wenig zu bedeuten. Aber das war nicht so. Jedes Leben war bemerkenswert.

Für Dern wie für jeden Kwother war es schwer, im Wandel etwas Gutes zu sehen, denn es ging ihm immer um das Bewahren des Alten. Was Kwothien jedoch bevorstand, war weit mehr als Wandel: Es war der Untergang. Welche Zukunft hatte ein Volk, das sich selbst zerfleischte? Immer wenn Dern an diesen Punkt gelangte, wenn alles finster wurde, lenkte die Unda seine Gedanken auf den Welsen.

»Sein Heimatland ist bedeckt mit Asche«, hatte Utate gesagt. »Sein Volk ist vernichtet worden mit Hilfe der Männer, die heute wieder die Vernichtung vorantreiben. Damals wie heute ist fraglich, welche Schuld sie tragen, denn sie sind und waren nicht die Herren ihrer selbst. Sie sind besessen vom Bösen. Aber darum geht es nun nicht. Wichtig ist: Ihr, Dern, habt Euch gegen die Zwangsläufigkeit gesträubt. Ihr brecht Traditionen, Ihr schlagt eine Schneise in Euer eigenes Volk, die eine ganze Generation breit ist. In dieser Lücke kann etwas Neues entstehen, hier hat es genug Platz zum Wachsen. Nicht alle waren in der Feuerschlacht, nicht alle Väter sind Dhurmmets geworden, nicht alle Söhne sind ohne eigene Kinder geblieben. Ihr kämpft nicht für Euch, Dern, sondern für die, die nach Euch kommen.

Auch wenn es nur wenige sind. Eure Aufgabe ist es, eine Zukunft *möglich* zu machen – Ihr selbst werdet keine Zukunft mehr haben. Es geht nur darum, die Hoffnung nicht zu verlieren. Kwothien, wie Ihr es kennt, wird enden, aber solange der Kontinent noch von Menschen bevölkert wird, muss Kwothien nicht gänzlich untergehen. Seht Euch Offizier Kersted an – hättet Ihr gedacht, dass einmal ein Welse und eine Segurin gemeinsam durch Eure Lande reisen? Hättet Ihr so etwas für möglich gehalten? Nun geschieht es. Dern, der Dämon rüttelt an uns allen. Lasst ihn nicht ein. Glaubt an Euch und Eure Sache. Der Tag, an dem Ihr fallen werdet, der Tag, an dem alle Freien Söhne fallen werden, wird ein denkwürdiger Tag sein. Es ist der Tag, an dem ihr eine neue Tradition begründet. Aber welche das sein wird, darüber habt nicht ihr zu entscheiden, sondern die, die nach euch kommen. Ihr seid zwar allein, aber nur, weil ihr die Ersten seid. Seht den Welsen an: Ihr müsst nicht in alle Ewigkeit allein bleiben. Seid gewiss, Menschenkönig, wahrer, geachteter, sterblicher Führer aller Kwother: Ihr habt eine treue Gefolgschaft, in diesem Leben und darüber hinaus. Und die Undae werden Euch nicht vergessen.«

14

Schwester Essig erschien bereits beim Morgengrauen, um ihn zu waschen, und war erstaunt, Marken an seinem Fenster ohne Aussicht stehen zu sehen. Sie konnte ja nicht ahnen, was es für Marken bedeutete, den Anbruch des Tages allein zu durchwachen, noch dazu in einem Krankenzimmer. Aber sie spürte die Veränderung, die mit Marken vor sich gegangen war. Sie sang besonders schön an diesem Morgen.

Von Schwester Paste wünschte Marken sich einen Spiegel. Er

spielte es ihr vor, schaute in seine Handfläche, zupfte an seinen nicht vorhanden Haaren und klimperte mit den Lidern. Er entlockte ihr so zwar ein Glucksen, das Gewünschte aber bekam er nicht. Sie schüttelte nur stumm den Kopf und Marken sah das Bedauern in ihren sanften Bernsteinaugen. Er hätte sich selbst gern noch ein Mal gesehen, bevor er sich verlieren würde. Marken fühlte zwar die Narben, wenn er sein Gesicht betastete, aber er hatte keine rechte Vorstellung mehr von seinem Äußeren. Es wäre schon eine Hilfe gewesen, wenn Schwester Paste ihm beschrieben hätte, was sie sah – und wenn er sie hätte verstehen können. Wie alle Tage jedoch blieb sie stumm, und während sie ihm die Salben über Wange, Stirn und Hals strich, schloss Marken die Augen und versuchte, aus ihren Bewegungen sein Gesicht zu formen.

Nach dem Frühstück – wie üblich fleischgefüllte Brottaschen, ein Körnerbrei und der schwarze, bittersüße Sud, der alle Lebensgeister weckte und nach dem Marken inzwischen regelrecht süchtig war – halfen ihm wie am Vortag alle drei schweigenden Schwestern beim Ankleiden. Und wieder legten sie Marken seine komplette Rüstung an. Als dann die Wachen vortraten, um ihn hinauszugeleiten, sagte Schwester Buch:

»Marken.«

Sie sagte nur das, nur seinen Namen. Und es war viel mehr, viel besser als ein Spiegel. Marken legte die Faust aufs Herz und verbeugte sich vor ihr und den anderen Frauen. Sie kreuzten die Hände vor der Brust und neigten die Köpfe. Alle wussten, dass dies ein Abschied für immer war. Der Marken, der sich nun auf den Weg zum Dämonenkönig machte, konnte nicht mehr zurückkehren. Denn es würde ihn nicht mehr geben.

Für Markens endgültige Unterwerfung war ein Privatgemach nicht die angemessene Umgebung; die Wachen führten ihn in den Thronsaal. Nachdem er sein Leben lang mehr oder weniger abgeschieden am Berg seiner Arbeit nachgegangen war, durchschritt Marken nun den zweiten Raum dieser Art innerhalb nur eines Solders. Aber in Jirdh und unter Hardh ging es anders zu als in Pram. Mendrons Macht war durchaus spürbar gewesen, aber der Fürst strahlte eine Besonnenheit aus und sein Herrschaftsanspruch war so selbstverständlich wie die Tatsache, dass jeden Tag die Sonne aufgeht. Kandor ist derjenige, der uns gequält hat, Mendron ist ein gerechter Mann, dachte Marken, aber die Gerechtigkeit hat diese Welt verlassen. Die Selbstlosigkeit auch? War Sardes noch am Leben? Prams Quelle versiegte und in Jirdh war man bestimmt nicht traurig deswegen. *Die Zukunft ist Feuer*.

Das wurde in dieser Thronhalle jedem Besucher überdeutlich gemacht. Der Raum erinnerte Marken an die Totenhäuser der Nadhina-Mmet, nur dass er um ein Vielfaches größer war. Die Decke wurde von massigen Säulen getragen, am Boden brannte in langen Rinnen Feuer. Es gab keine Fenster und der rote Schein verbreitete eine gespenstische Atmosphäre. Die Rinnen waren so angelegt, dass man sich nur auf Umwegen dem Thron nähern konnte; man musste dem Pfad folgen, den das Feuer vorgab. Wände und Boden der Halle waren mit großflächigen Mosaiken bedeckt, an denen gewiss mehrere Generationen gearbeitet hatten. Die kleinen, im Feuerschein glänzenden Steinchen waren nicht zu bildhaften Szenen gelegt, sondern zu komplexen Mustern. Die Mosaike wirkten aber nicht schmückend oder waren einfach schön anzusehen, sondern schienen mit Bedeutung geradezu aufgeladen zu sein: Jeder Schlenker, jede Linie, jede Zacke oder Rundung barg einen dunklen Sinn. Es war Marken, als wandele er durch ein riesiges Buch mit alten, magischen Schriftzeichen.

Der Thron der Kwother war aus einem einzigen großen

Steinquader gemeißelt; er war um einige Stufen erhöht, wuchtig, kantig und für die Ewigkeit gemacht wie alles in diesem Land. Auf seine Axt gestützt, erwartete dort Hardh seinen Gefangenen. Er war nicht allein. Mehrere hundert Dhurmmets warteten mit ihm. Sie standen dicht gedrängt hinter und neben dem Thron, hockten am Boden, hatten sich an Säulen gelehnt oder gegen die Wände des Saals. Das Licht aus den Feuerrinnen strahlte sie von unten an und flackerte über Brustschilde, dunkle Gesichter und glänzende Münzen, angenäht über fiebrigen Augen. Marken hatte das Gefühl, auf einen Block aus Boshaftigkeit zuzugehen. Dann hob Hardh sein ergrautes Haupt und schaute ihn an.

Die Flammen in den Rinnen schossen zwei Mann hoch empor. Marken sah nur noch loderndes Feuer, er stand in der Hitze von Hardhs Blick, der Rest der Welt war darin verglüht.

Alles war verloren.

Alle Mühe war umsonst.

Jeder Tod war vergeblich gewesen. Dieser Macht konnte niemand etwas entgegensetzen. Marken fiel auf die Knie.

»Welse, willst du dienen und Seite an Seite mit König Hardh in die Schlacht reiten?«

Hardhs mit tiefem Grollen unterlegte Stimme schien direkt aus dem lauten Flackern der hohen Flammen zu kommen. Marken antwortete nicht. Er versuchte zu atmen. Er klammerte sich an seinen Namen, um in diesem Inferno nicht zu vergessen, wer er war.

»Welse, willst du den Sieg nach Hause bringen?«

So musste es gewesen sein, damals, vor mehr als hundert Soldern. Umgeben von Flammen, eingeschlossen in eine unerträgliche Hitze und überwältigt von Verzweiflung, waren die Welsen verbrannt. So würde es wieder geschehen. Marken spürte, wie ihm Tränen über die Wangen rannen. Er antwortete nicht.

»Welse, willst du dein Volk in die Neue Zeit führen?«

Marken antwortete nicht. Er weinte. Weinte um sein Volk und um alle Völker, die vom Angesicht des Kontinents verschwinden würden. Er wusste ja, was blieb: Asche.

Das dämonische Grollen in den Flammen erhob sich zu einem Brüllen: »Welse, unterwirf dich mir und dem Feuer!«

Marken flüsterte, zu mehr war er nicht in der Lage. Die Tränen erstickten seine Stimme, die heiße Luft schien seine Worte zu verbrennen, kaum dass sie seine Lippen verließen. Es war unwichtig, ob die Worte gehört wurden. Es war aber wichtig, dass Marken sie aussprach.

»Nichts, was du mir bietest, führt zu einem guten Ende. Wenn die Zeit der Menschen auf dieser Welt vorüber ist, dann will ich nicht bleiben. Ich will nicht als Dämon über Dämonen befehlen. Ich bin nicht dein Bruder, ich strebe nicht nach Macht. Ich bin kein König, ich bin Soldat. Ich habe eine Herrin, der ich diene, ich brauche keine andere. Du kannst mich nicht verführen, Dämon. Du kannst es nicht. Ich wähle Menschlichkeit. Also wähle ich Sterblichkeit.«

Marken hatte mit einer entsetzlichen Strafe gerechnet. Er hatte geglaubt, die allergrößte Pein ertragen zu müssen, wenn er sich Hardh widersetzte. Er hatte sich auf Qualen vorbereitet, die ihm den Verstand rauben würden. In der Nacht hatte er sich von allem verabschiedet. Er war darauf gefasst, dass seine Seele brannte.

Aber all das geschah nicht.

Stattdessen fiel das Feuer in die Rinnen zurück. Marken hob den Kopf. Hardh war aufgestanden, die Axt in der Hand. An seinem Gürtel hing Markens Schwert. Mit abschätzig zugekniffenen Augen grinste der Dämonenkönig auf Marken herab.

»Du willst sterben? Ich schenke Tod keinem. Dhurmmets wissen: Tod ist Lohn, nicht Strafe.«

Ein zustimmendes Knurren kam von den Kwothern im Saal. Wer am Boden gehockt hatte, war aufgestanden, und wer gelehnt hatte, war nun gerade aufgerichtet. Die Dhurmmets waren angespannt wie Raubtiere vor dem Sprung. Hardh zeigte mit der Axt am lang gestreckten Arm auf den knienden Marken.

»Du, Welse, wirst große Strafe leiden, größte von allen: Du darfst nicht kämpfen, du darfst nicht sterben. Ich verbanne dich. Du musst Kontinent verlassen.«

Das Grollen unter seinen Worten wurde zu einem gehässigen Zischen, das Marken den Angstschweiß aus den Poren trieb.

»Und musst zurückkehren, wenn alles vorüber ist. Wenn die Schlachten geschlagen, wenn die Völker vernichtet sind, wirst du, Welse, mit wachem Verstand als letzter Mensch durch eine Welt irren, die dich nicht mehr kennt.«

15

Der Wind war nicht stark, aber er stand günstig. Sie hatten die Ruder eingezogen, das Segel gesetzt und entfernten sich schnell. Utates silbrig glänzende Gestalt am Heck des Schiffes wurde rasch kleiner, aber Dern konnte den Blick nicht von ihr lösen. Er hatte getan, was ihm möglich gewesen war, um der Forderung der Szasla Folge zu leisten: *Die Undae sollen durch diesen Krieg gehen wie die Sonne durch den Tag: unaufhaltsam und unbeirrbar*. Dern hatte Utate hindurchgeleitet und nun verschwand sie schneller, als ihm lieb war. Aber was war mit der anderen Hohen Frau? Bis zuletzt hatten sie die Nachricht ersehnt. Sie war nicht gekommen. Das Schiff war bereit gewesen, die Zeit drängte – dennoch war Utate mit Dern am Ufer entlangspaziert und sie hatten geredet. Und gewartet, gehofft. Das Wasser des Naryns schwieg, eine Nachricht von wenigstens einem der Suchtrupps

kam und kam nicht, und so musste Utate schließlich doch voller Ungewissheit in das kleine Boot steigen, das sie zum in der Flussmitte ankernden Schiff brachte. Die Unda hatte nicht nur den Mut seiner Soldaten gehoben, sondern auch Derns eigenen. Wenn sie nun nach Gham-Sarandh reiten würden, wenn sie der Schlacht, dem Tod entgegengingen, würde dann die Erinnerung an die Unda – an ihre klare Stimme, an ihre klugen Worte – reichen, um nicht zu verzweifeln? Dern wusste nicht, ob er den Dämon von sich fernhalten konnte, wenn Utates Anwesenheit ihm nicht dabei half. Aber er war entschlossen, es zu versuchen. Er hatte seinen eigenen Vater erschlagen, er trug Schuld – auch wenn sein Vater kein Mensch mehr gewesen war und auch wenn Dern diesen Krieg nicht gewollt hatte. Der Krieg würde kommen, ob die Unda die Quelle erreichte oder nicht. Aber er würde nicht enden, wenn die Quelle versiegte. Nur wenn Utate die Quelle der Friedfertigkeit neu beleben konnte, würde Kwothien nicht gänzlich untergehen, daran glaubte Dern fest. Und nur wenn er und die Seinen standhaft blieben, würde es ein Danach geben – eine Zeit nach dem Dunkel, dem Feuer, dem Sterben. Nicht für Dern und die Freien Söhne, sondern für die, die dann noch übrig wären.
Und wenn es nur ein Einziger ist, dachte Dern, nur ein einziger Mensch, ein einziges Kind, dann kämpfe ich eben für dieses eine Kind. Wer sagt denn, dass es nicht meines hätte sein können? Und welcher Vater würde nicht seine Zukunft für die seines Kindes tauschen?

Dern zögerte nicht mehr, sah dem sich entfernenden Schiff nicht länger hinterher. Er wendete sein Pferd und wollte gerade Signal zum Aufbruch geben lassen, als ein Ruf ertönte und Unruhe in seine Soldaten kam. Sie öffneten die Reihen und ließen einen Reiter zum Flussufer durch. Mann und Pferd waren in jämmerlichem Zustand; bei Dern angelangt, rutschte der Soldat aus dem Sattel und blieb gleich auf den Knien, das schweißnasse Pferd stolperte mit zitternden Flanken weiter zum Wasser und soff gierig. Wenn man dem armen Tier hätte etwas Gutes tun wollen, man hätte es daran gehindert. Aber niemand achtete auf das Pferd. Denn der Soldat hatte Nachricht von der anderen Unda.

»Herr, sie haben sie. Dhurmmets haben sie.«

Arghad verweigerte den Wasserbeutel, er wollte erst die Botschaft überbringen.

»Herr, die Unda hat mir gesagt, Ihr sollt Folgendes wissen: *Der Liebe entzweit, hat die Unbestechliche sich selbst gerichtet. Die Brücke ist eingestürzt und das Kostbarste ist unerreichbar geworden. Doch in dieser Ferne liegt als Trost die Sicherheit.*«

Er hustete, trank nun doch.

Dern wandte sich im Sattel um, sah über den Naryn. Aber das Schiff mit Utate war inzwischen außer Sicht.

»Das ist schlimme Nachricht, die du mir bringst, Soldat«, sagte Dern. Er ersparte ihm die Frage nach seinen Kameraden; der Mann war allein, das sprach für sich. Stattdessen wollte er wissen: »Wie geht es der Hohen Frau? Was ist mit ihren Begleitern?« Utate hatte ihm berichtet, dass auch die Unda namens Smirn von zwei Welsen sowie von Soldaten aus Pram eskortiert wurde.

»Ich … ich weiß nicht«, stammelte Arghad und blickte sich gehetzt um, als würde er verfolgt. »Begleiter? Herr, ich habe nur sie gesehen, keine anderen. Nur die Hohe Frau. Sie lebte, sie war unversehrt. Sie hat … gestrahlt. Sie war … schön. Und sie hat zu mir gesprochen … *zu mir*!«

Hätte Dern nicht selbst in den vergangenen Tagen immer wieder die Wirkung einer Unda auf sein Gemüt gespürt, er hätte geglaubt, der Irrsinn habe den erschöpften, verdreckten Soldaten befallen. Aber er war nur zutiefst beeindruckt. Viel konnte Dern dennoch nicht mit ihm anfangen, eine weitere Befragung war zwecklos.

»Hört!«, rief er und stellte sich in die Steigbügel. »Männer, hört! Bald schon wird sich unser Schicksal erfüllen! Die große Endhemone hat diese Welt verlassen. Dieses Land und diese Zeit kennen keine Gerechtigkeit mehr: Nun beginnt der Krieg! Reiten wir! Reiten wir in den Tod!«

Knapp dreihundert Kehlen antworteten ihm mit einem rauen, zornigen Ruf. Dann preschten der Führer der Nord-Kwother, den eine Hohe Frau *Menschenkönig* genannt hatte, und seine Gefolgsleute davon gen Gham-Sarandh.

Zurück blieb ein Mann, kniend im Gras, dessen Denken leer war, nachdem er seinen Auftrag ausgeführt hatte, und ein Pferd, das sein Maul ruckartig aus dem kalten Wasser hob, als der erste Krampf ihm in die Eingeweide fuhr. Und zurück blieb auch eine Frage.

Ist Liebe sich selbst genug?

Nach all den vielen hundert Menschenaltern hatte der Hüter der Quelle dieses Flusses seine Gefährtin verloren. War er sich selbst genug? Konnte Miwoghd die Einsamkeit ertragen, die ihn von nun an bis ans Ende aller Tage umfangen würde? Oder würde auch die Liebe endgültig aus dieser Welt verschwinden?

Nicht einmal eine Unda konnte dies beantworten; Smirn hatte die Frage gestellt, ohne die Quelle erreicht zu haben. Auch den Naryn hatte sie nicht gesehen und nicht den lebendigen Beweis der Liebe, der Utates Besorgnis so weit schmälerte, dass sie den Fluss hinabfuhr anstatt hinauf: Nendsing und Kersted, den Welsen und die Segurin. Das unmögliche Paar, das nur eine Zeit wie diese hatte zusammenbringen können. Zu allen Zeiten jedoch war die Liebe rätselhaft und sie würde es bis in jede Zukunft hinein bleiben – man konnte nach ihrem Wesen fragen, nach ihren Gründen oder Zielen. Man durfte bloß keine Antworten erwarten.

Dass die Reise nun flussabwärts ging, beschäftigte Fander und warf eine Frage auf, die ihn seit Tagen umtrieb. Nun, als sie unter dem geblähten Segel auf den kurzen Wellen des Naryns dahinflogen, wollte er sie endlich stellen. Mit unsicheren Schritten – er war die Bewegungen eines Schiffes nicht gewohnt, das Schwanken, das Verwinden im Holz – ging er von achtern an den leeren Ruderplätzen im Rumpf vorbei bis zum Bug. Dort vorn, das Gesicht im Wind und den Blick starr geradeaus gerichtet, stand der Offizier; gesteuert wurde von den beiden Kwothern.

Fander hatte schon als Knabe zur Wache gewollt; ein Grund dafür war Offizier Felt gewesen, dessen Disziplin er bewunderte und der ihm und vielen anderen immer wieder neuen Mut gemacht hatte, wenn er sich selbst bei grimmigstem Frost gegen den Wind lehnte und auf dem Wall der grauen Stadt weithin sichtbar seine Runden machte. Der Meister der Wache stellte keine Fragen, sondern tat seinen Dienst. Aber so viel Erfahrung, so viel Besonnenheit hatte Fander noch nicht, und am Beispiel von Offizier Kersted hatte er gelernt, dass Fragen zu stellen nicht unbedingt ein Gesichtsverlust sein musste. Er trat also zu Kersted und rief es in den Wind: »Herr Offizier, es gibt etwas, das ich einfach nicht verstehe. Ein Fluss hat eine Quelle – von dort aus fließt er Richtung Meer, wo er endet. Wir fahren zum Meer, zum Ende. Ich frage mich nun: Wie sollen wir dort eine Quelle finden?«

16

Wie er nach Jirdh gekommen war, so sollte er es auch wieder verlassen: Sie hatten Marken nackt auf ein Pferd gebunden und auf dem Weg zum Hafen hatte jeder Einwohner Jirdhs, jeder

Flüchtling aus Hal oder Gem-Enedh, jeder Dhurmmet, jeder einfache Soldat und jeder, der zufällig auf der Straße war, die ausdrückliche Erlaubnis, den feigen, bleichen Welsen zu schlagen, zu bespucken oder sonstwie zu besudeln. Nicht jeder machte von diesem Recht Gebrauch. Marken sah es nicht, aber in vielen Gesichtern stand neben der allgegenwärtigen Furcht vor dem Krieg auch Mitleid. Wer nicht schlug oder spuckte, musste achtgeben, dass kein Dhurmmet es bemerkte. Zu schnell wurde man dieser Tage verdächtigt, ein Aufrührer zu sein, wenn man Gewalt den Rücken kehrte und in Hassgesänge nicht einstimmte.

Zwei Dhurmmets zerrten Marken vom Pferd und stießen ihn, die Hände auf den Rücken gefesselt, über schmale Planken an Deck eines Segelschiffs. Die Seeleute begrüßten ihn mit Flüchen und Fausthieben, die beiden Dhurmmets gingen dazwischen. Ein Schlag mit dem Stiel der Axt streckte einen Seemann nieder. Ein heftiges Wortgefecht zwischen der Mannschaft und den Dhurmmets schloss sich an. Marken begriff erst nicht, um was es ging – es war ihm auch gleich, so wie ihm alles gleich war seit dem Urteil Hardhs –, aber dann verstand er es doch: Sie wollten, wenn überhaupt, Soldaten transportieren, keinen Verbannten, über den man die Latrineneimer geleert hatte. Mit Marken war kein Ruhmesblatt zu gewinnen. Viele Schiffe, diesem ähnlich und mit großen, viereckigen Segeln, die sich an quer zu den Masten hängenden Stangen blähten, kreuzten im Hafenbecken und warteten auf einen freien Anlegeplatz. Und viele Soldaten waren ebenfalls hier und sammelten sich zu kleinen Kampfverbänden, gingen in Gruppen und Zügen geordnet an Bord. Die Kwother bereiteten einen Angriff auf Gham-Sarandh vor, übers Meer.

Es war jetzt schon klar, dass die Dhurmmets sich gegen die Seeleute, immerhin mehr als zwanzig Mann, durchsetzen würden. Wieder fingen sich zwei, die besonders laut brüllten, Schläge mit dem Axtstiel ein. Zu hart durften die Dhurmmets nicht vorgehen, denn diese Männer sollten segeln, nicht sterben. Sie sollten Marken wegschaffen. Wohin? Er wusste es nicht. Es war ihm gleich.

Marken lehnte sich gegen eine Holzkiste, die salzige Luft war kühl auf seiner nackten Haut. Er sah hinaus über dunkelgraue, kabbelige Wellen. Dies also war das Meer, hier war der Kontinent zu Ende. Seltsam, dass sein Traum nun doch wahr werden sollte und er diese Küste, diese Welt verlassen würde. Leider nicht für immer. Wie schnell konnte man ertrinken? Wäre es nicht eine gute Gelegenheit, sich über Bord zu stürzen? Als hätte der Dhurmmet Markens Gedanken gelesen, drehte er sich zu ihm und trat ihm die Beine weg. Marken schlug lang hin, spürte, wie ihm auch die Füße gefesselt wurden. Nun hatte er keine Möglichkeit mehr, in die andere Welt zu fliehen. Ob Kersted und Felt mehr Glück hatten als er? Ob sie die Gelegenheit bekämen, ehrenvoll zu sterben? Er musste wieder an Strommed denken, an sein großes, stilles Herz in der offenen Brust.

Er ist gestorben als der, der er war.

Er hat einen guten Tod verdient, Smirn. Denn er hat dich beschützt. Ich nicht.

Marken drehte sich auf den Rücken, so gut es ging, und blickte in den leeren, farblosen Himmel über Kwothiens Hauptstadt. Smirn zu verlieren war eine Welt verlieren. Ein kleiner schwarzer Fleck flatterte durchs Grau, dann noch einer, dann wogte ein ganzer Vogelschwarm in Markens Blickfeld hinein. Die Formation zog sich zu einem breiten Band auseinander, verdrehte sich, pumpte sich zu einer dicken Wolke auf. *Das sind Merren,* sagte eine Stimme in Markens Erinnerung, *sie sammeln sich, um nach Süden zu ziehen und dort den Firsten zu verbringen.* Er war noch ein Kind gewesen und das erste Mal den Lendern über in der Lagerstadt, als er die Vogelschwärme am Himmel gesehen hatte. Angefüllt mit dem sanften Licht der pramschen Lendernwiesen war er gewesen; große, springende Insekten hatte er gefangen. Die Hüpfer zirpten schrill, und wenn man genügend fing und zum Beispiel unter einen Stahlhelm setzte, konnte man einen ordentlichen Lärm machen, der den mitgereisten Soldaten den letzten Nerv raubte. Diese Zeit war lange vorbei. Nun war es still geworden. Marken hob den Kopf, richtete sich zum Sitzen auf. Es war still geworden?

Dhurmmets und Seeleute hatten aufgehört, sich gegenseitig anzubrüllen. Denn Menschen *und* Dämonen fürchteten sich vor Hardh.

Der König war zu Pferd zum Hafen gekommen. Sein Ross war ein prächtiges Tier, ebenso grau wie der Himmel, in den Marken geblickt hatte. Es stand ruhig an der Kante der Kaimauer, sein Reiter blickte über alle hinweg hinaus aufs Meer. Marken war vollkommen unwichtig für ihn geworden, er sah nach Gham-Sarandh. Hardh wurde von einigen hochrangigen Dhurmmets eskortiert; sie waren ebenfalls zu Pferd. Ein paar saßen nun ab. Und Marken fuhr der Schreck in die Glieder; er wäre aufgesprungen, wenn er gekonnt hätte.

Sie führten Smirn mit sich.

17

Die Unda hatte die Kapuze tief ins Gesicht gezogen und ging langsam über die Planke an Bord des Schiffs, gefolgt von einem Dhurmmet. Während der ein paar raue und schnelle Sätze an seine beiden Kameraden richtete, stand Smirn reglos und unbeteiligt. Hatte sie ihn nicht gesehen?

»Smirn«, rief Marken halblaut.

Einer der Seeleute, ein junger Bursche, näherte sich der Hohen Frau, umkreiste sie mit tänzelnden Schritten, beugte sich vor, um unter die Kapuze zu lugen, und zog dann in übertriebener Manier eine Augenbraue hoch. Einige seiner Kameraden lachten. Offenbar konnten sie sich mit Smirn als Passagier schneller anfreunden. In Marken stieg Wut auf, er drehte seine Handgelenke. Aber die Fesseln lockerten sich kein bisschen.

»Smirn!«, rief er wieder, diesmal lauter.

Der junge Bursche bemerkte Markens hilflose Wut, was ihn zusätzlich anstachelte. Seine Kreise um Smirn wurden enger, er schnalzte mit der Zunge und vollführte Hüftstöße im Takt seiner Schritte. Die Seeleute johlten. Vom Übermut gepackt, griff er nach der Hohen Frau, drückte sie an sich und machte mit ihr ein paar unbeholfene Tanzschritte – dann stieß er sie von sich, als habe er sich verbrannt. Marken lächelte finster; so deutlich hatte der Bursche die kühle Zurückweisung einer Frau sicher nie zuvor gespürt. Smirn taumelte und stand dann wieder ganz still, als ginge sie das alles nichts an, als habe sie es nicht einmal mitbekommen. Der junge Seemann rieb sich Arme und Hände und begann lauthals zu schimpfen. Ein heiserer Befehl ließ ihn augenblicklich verstummen. Der Dämonenkönig hatte seinen Blick aus der Ferne geholt und aufs Schiff gesenkt. Unmittelbar spürte Marken die Hitze auf seiner Haut. Er stöhnte, nahm das denn nie ein Ende. In der vorgereckten Faust des Königs glitzerte etwas. War das wirklich …? Markens Augen sprangen zu Smirn und wieder zu Hardhs Faust. Der öffnete seine Hand – und tatsächlich: Darin lag die Phiole der Unda, gefüllt mit dem Wasser des Sees ihrer kühlen Grotte nahe Goradt. Dieses Wasser war die Essenz allen Wassers. Sie hatten es zu den Anfängen, zu den Quellen tragen wollen. Markens Magen krampfte. Wie vollständig sie gescheitert waren!

Hardh lächelte, als er die Phiole langsam aus der Hand gleiten ließ. Marken hielt den Atem an, hatte die Augen weit aufgerissen.

Sie überstand den Fall. Hell klirrend hüpfte das kleine Glasgefäß über die Steine. Den Blick weiterhin auf Marken gerichtet, zog Hardh mit einem Ruck an den Zügeln. Erschrocken bog das Pferd den schönen Hals, legte die Ohren an und stieg zum Protest gegen die rohe Behandlung kurz auf die Hinterläufe. Als die Hufe wieder auf den Boden schlugen, zersprang unter dem Gewicht von Ross und Reiter die kostbare Phiole in tausend funkelnde Splitter.

Ohne sich weiter aufzuhalten, ohne sich weiter an Markens Entsetzen zu weiden, wendete Hardh sein Pferd und trabte los, seine Eskorte folgte ihm. Die Dhurmmets, die noch an Bord waren, eilten sich, um hinterherzukommen. Und als wäre die ganze Streiterei nur ein lästiges, aber notwendiges Ritual gewesen, machten die Seeleute das Schiff nun klar zum Ablegen. In der plötzlich ausgebrochenen Betriebsamkeit an Bord versuchte Marken, zu Smirn zu kriechen. Erst bekam er einen Tritt, weil er im Weg war. Dann packten ihn gleich vier Männer und warfen ihn wie einen Sack Mehl zwischen die Ladung aus Fässern und Kisten. Irgendjemand schob auch Smirn dorthin, räumte sie weg wie einen Gegenstand. Die Kapuze war Smirn vom Kopf gerutscht und nun fiel auch Marken wieder ein, dass er selbst gänzlich unbekleidet war. Er war aber nach wie vor gefesselt und konnte seine Blöße nicht bedecken. Marken wollte schon eine Entschuldigung stammeln, als er bemerkte, dass er sich seiner Nacktheit vor der Hohen Frau nicht schämen brauchte. Denn die sonst so hell leuchtenden Augen waren erloschen. Ihr Gesicht war so leer wie das eines Stumpfsinnigen. Was auch immer Hardh ihr angetan haben mochte, es hatte Smirn aus diesem Körper vertrieben.

Am Rande der Schleierfelder,
Ende Parsten im Solder 107 tergde

Gelehrter Freund –

Fisch, Fisch und wieder Fisch. Die Burschen setzen sich mit den Angeln in die Boote, wir Reisenden machen die Leinen am Ufer fest. Und während wir in dieser trüben Suppe warten, döse ich, denke nach – oder schreibe einen Brief. Es dauert nie lange, bis einer anbeißt, deshalb werde ich versuchen, nicht zu sehr abzuschweifen und mich nicht vom trägen Schwappen der silbergrauen Wellen des Eldrons einlullen zu lassen.

Wellen sind jedoch das Stichwort. Vor einigen Tagen, als wir wie üblich – es kommt mir vor wie seit jeher – am Ufer entlangwanderten, die Boote mit unserem Gepäck im Schlepptau, erwischte uns mit einem Mal eine große Welle. Im Dunst haben wir sie nicht kommen sehen und waren gänzlich unvorbereitet, da rollte sie durch, durchnässte uns die Beinkleider, holte einige von den Füßen (auch mich). Es folgten noch einige kleinere Wellen, aber da waren wir aus unserem Trott aufgewacht und geflüchtet und sie erreichten uns nicht mehr. Ein Glück, dass unsere beiden Burschen geistesgegenwärtig genug waren, um die Leinen festzuhalten – stellt Euch vor, wir hätten die Boote mit allem darin verloren!

Ihr könnt Euch denken, dass ich, am Unterlauf des Eldrons lebend, wechselnde Pegelstände gewohnt bin. Wenn zu Beginn des Lenderns die beiden Aelgas anschwellen, insbesondere die Gelbe, gibt es des Öfteren Hochwasser in Gaspen. Das kann auch rasch gehen; binnen eines Tages steht das Wasser auf dem Pflaster im Hafenviertel. Aber solche Flutwellen von Schmelzwasser und Regengüssen sind doch etwas ganz anderes als jene Welle, die uns erwischte. Es war, als sei ein riesenhaftes, unsichtbares Schiff durch den Eldron gepflügt. Wir waren sehr erschrocken und ich musste mich erst fassen, bevor ich auf den wahren Grund kam: Es war wieder ein Erdbeben gewesen. Wir hatten es nicht direkt gespürt, sondern nur die Auswirkungen mitbekommen. Ich sage Euch, Wigo, hier unten im Süden ist einiges im Argen, und ich beginne mich vor dem Moment zu fürchten, wo die Nebelschleier zerreißen und ich sehen kann, was wirklich vorgeht.

Auf der anderen Seite leide ich nach wie vor unter meiner Isolation und ich bin sicher, Ihr könnt das nachfühlen. Selbst seid Ihr zwar kein Segure, aber Ihr kennt uns gut und wisst, wie sehr wir das Gespräch, den Austausch von Gedanken brauchen. Leider sind meine Mitreisenden allesamt zwar nicht unangenehme, aber doch recht einfache Leute und mehr an der nächsten Mahlzeit als an einer Diskussion interessiert. Und obwohl ich mich eigentlich für einen vorurteilsfreien Menschen halte, so will es mir einfach nicht gelingen, mich auch nur mit einem einzigen meiner Mitreisenden anzufreunden. Das finde ich höchst befremdlich – wir sind Tag und Nacht beisammen und dennoch bleibt jeder für sich. Insofern: Rückenleiden hin oder her, ich wünsche mich an meinen Schreibtisch und diese Briefe auf irgendeine Art und Weise auf dem Weg zu Euch! (Beziehungsweise zu Eurem Mittelsmann – warum tut Ihr nur immer so geheimnisvoll?) Nun, jedenfalls gäbe es mir das Gefühl, mit jemandem, den ich sehr schätze, in Verbindung zu ste-

hen. Derweil halte ich mich an der Sichtung der Wasserschrift fest. So wie Ihr, Wigo, mir in einem Eurer ersten Briefe gestanden habt, Ihr wolltet nur ein Mal die große Bibliothek von Agen besuchen, dann könntet Ihr ruhig sterben – erinnert Ihr Euch? –, so möchte ich nur ein Mal eine leibhaftige Unda sehen …

Den Welsen eine glückliche Lage zuzuschreiben wäre wohl etwas vermessen. Ich wage mir kaum vorzustellen, unter welch widrigen Umständen dieses Volk um sein Weiterbestehen kämpft. Aber wo sind seit Anbeginn die Undae anzutreffen? In Welsien! Ausgerechnet! Und seit über hundert Soldern durch die Asche vollends vom Rest des Kontinents getrennt. Wigo, ich schwöre Euch: Gäbe es nicht diese endlose Aschewüste, ich wäre zur Grotte gereist, und wäre es noch so mühsam gewesen, sich mit den Welsen abzugeben. Aber es gibt nun einmal die Aschenlande und es gab das große Feuer, das Welsien vernichtet hat …

Wigo, Furcht und Hoffnung halten sich dieser Tage die Waage in meinem Gemüt und ich kann diesen Zustand ganz einfach erklären: Ich weiß von jenem alles verschlingenden Feuer und bin wie Ihr inzwischen überzeugt, dass es wieder auflodern wird, denn die Macht dahinter ist noch nicht verloschen. Genauso weiß ich aber auch von den Undae und sehe Anzeichen, dass sie sich einmischen. Und: Mich hat eine große Welle erwischt. Mag auch ein Beben sie ausgelöst haben, gespürt habe ich vor allem die Kraft des Wassers.

Lebt wohl und seid in tiefer Freundschaft gegrüßt von Eurem

Helgend von Gaspen

So sehr ich mich beklage über diesen ewigen Fisch, so muss ich doch sagen: Der Eldron sorgt gut für seine Kinder. Die Burschen haben mit vereinten Kräften einen Bitterbarsch an Land gezogen. So etwas habt Ihr noch nicht gesehen, Wigo, das Biest ist beinlang!

SIEBEN

TELEIA UND IHRE SCHWESTERN

1

Eine Erschütterung, gefolgt von einem polternden Beben, holte Babu zurück. Er selbst lag ganz still, ließ die Augen geschlossen, lauschte. Es hörte sich an, als sei er im Innern eines alten Karrens, der ächzend und knarrend über eine schadhafte Straße rumpelte. Nur dass dieser Karren sehr groß sein musste. Konnte man Größe hören? Babu stöhnte. Die Riesenkrebse liefen durch die Schluchten seiner Erinnerung. Er griff sich an die Stirn, fühlte einen dicken Verband. Hatte Felt ihn etwa gefunden? Und ihn abermals davon abgehalten, ein Ende zu machen? Zähe, schwarze Verzweiflung füllte Babus Brust und er atmete schluchzend ein. Konnte dieser sture, große Mann Babu nicht einfach in Ruhe lassen? Was wusste Felt denn schon von dem, was Babu anrichtete? Welches Unglück er in die Welt brachte?

Babu strich mit den Händen über seine Zudecke und seine Lagerstatt. Glatter, kühler Stoff, feines Leinen. Das fühlte sich fremd an. Er war versorgt worden und ruhte nun zwischen sauberen Laken in einem riesigen Karren, dessen Rumpeln inzwischen in einen Rhythmus gefunden hatte und Babu sanft schüttelte. Er beruhigte sich etwas und beschloss, einfach liegen zu bleiben und die Augen geschlossen zu halten. Er würde versuchen, die Welt zu vergessen – vielleicht vergaß sie dann auch ihn.

Er bemühte sich, nur ganz flach zu atmen, und ahnte, dass seine Gedanken wirr und kindisch waren. Aber bevor der nächste Schwall Verzweiflung Babu erfüllen konnte, war er wieder eingeschlafen.

Die Schwärze, die ihn umgibt, ist von einer seltsamen Spannung erfüllt. Es ist so still, dass sein eigener Wimpernschlag ein Geräusch zu machen scheint. Er versucht, alles anzuhalten: seinen Atem, den Lidschlag, sein Herz. Aber das gelingt nicht, resigniert stellt er fest, dass er seinen Körper nicht vollends kontrollieren kann. Er wünscht sich, ihn an- und ausziehen zu können wie eine Jacke. Aber das Gegenteil ist der Fall: In dieser angespannten Dunkelheit wird ihm sein Körper sogar besonders bewusst, denn er kann ihn nicht sehen, nur spüren. Die Schwärze treibt einen Keil zwischen ihn und seinen Körper; er ist eine Last und keine Jacke, sondern ein stinkender Sack, in dem er gefangen ist. Er wollte immer nur frei sein. Doch jetzt ist er einfach nur allein.

Du bist das Tor.

Die Frau ist da. Die angespannte Schwärze war ihr Schweigen. Nun hat sie es durchbrochen. Jetzt hört er sie atmen, er ist nicht mehr allein. Sie ist zu ihm gekommen und er spürt ihre Wärme. Sie kommt immer näher, ihre Anwesenheit brennt wie Feuer auf seiner Haut, ist erregend und beängstigend zugleich. Er fürchtet sich davor, dass sich das schützende Dunkel verzieht und er sie sehen kann – gleichzeitig kann er es kaum erwarten. Er weiß, dass sie wirklich wird in dem Augenblick, in dem er sie sieht, sie erkennt. Er kann der Stimme einen Körper geben, durch ihn tritt sie aus den Schatten und hinein in die Welt.

Denn er ist das Tor.

Das Rumpeln war leiser geworden. Als würde der Karren nur noch mit einem Rad fahren oder als würde eins übers Pflaster rollen, während sich das andere lautlos über kurzes Gras bewegte. Babu hatte Schmerzen, aber sie waren erträglich. Es waren klopfende Wundschmerzen, nicht zu vergleichen mit dem schweren Klumpen, der sonst hinter seiner Stirn lag und zu einem scharfkantigen Rollen im ganzen Schädel werden konnte, wenn Juhut zu ihm sprach. Oder wenn Babu seine Seele an das Band zum Falken knüpfte und zu ihm aufsteigen ließ. Waren diese Schmerzen überhaupt noch da? War der Klumpen – der mal schwer, mal leichter hinter Babus Stirn lag und der ein zwar behelfsmäßiger, aber doch wirkungsvoller Anker für die Verbindungsleine zur Szasla war – denn überhaupt noch da? War Juhut noch da? Babu hob den Kopf etwas vom Kissen, öffnete die Augen – und machte sie gleich wieder zu. Er wollte doch nichts sehen! Er wollte doch die Welt vergessen! Aber er sehnte sich nach Juhut … Genau wie Felt, wie Reva – wie alle! – ließ auch der Falke ihn nicht in Ruhe. Selbst wenn Babu versuchte, die Welt zu vergessen, die Szasla zu vergessen war unmöglich.

Nachdem ihm seine Lage klar geworden war, hatte Babu alles darangesetzt, Juhut wenigstens eine Zeit lang abzuhängen. Er hatte die kleine Höhle gefunden und war hineingekrochen, tief hinein in den Stein. Dort hatte er sich den Dolch an die Stirn gesetzt. In die Höhle konnte Juhut ihm nicht folgen und, was noch wichtiger war, er konnte Babu auch nicht anschauen. Das lidlose Auge des Falken sah zu viel, es blickte bis auf den Grund der Seele, und was dort lag, wollte Babu verbergen. Babu hatte den Flügelschlag gehört, dann hatte er den kalten Stahl gespürt. Die Klinge, die niemals stumpf wurde, schnitt tief.

Babu wollte nicht das Tor sein. An der Quelle der Freundschaft hatte Babu gesehen, was durch ihn in die Welt gelangen konnte. Das eine Mal hatte er es zu spät begriffen und nicht mehr verhindern können, dass viele Menschen den Tod fanden. Dieses Mal durfte das nicht geschehen. Die Wölfe. Die Krebse. Babu hatte sie gesehen, beide Kreaturen waren ihm nicht nur in einer Schreckensvision erschienen, sondern schließlich auch in die Wirklichkeit gelangt. Als Felt mit erhobenem Schwert auf das furchtbare Biest zugerannt war, hatte Babu plötzlich begriffen, dass es nur die eine Lösung gab: Er musste den Keil, der das Tor offen hielt, aus seiner Stirn herausschneiden.

War ihm das gelungen? Babu wusste es nicht. Aber ja, vielleicht war es ihm gelungen! Er tastete über den dicken Verband. Es war nicht zu entscheiden, ob dort noch ein Splitter war, ein Horn unter der Haut, oder nicht. Er spürte nur das Klopfen des Schmerzes in seiner Stirn, das sich nun im Takt seines schneller schlagenden Herzens verstärkte. Wieder versuchte Babu, den Schmerz zu deuten, ihn zu unterscheiden von den Kopfschmerzen, die ihn mit Juhut verbanden und an die er sich gewöhnt hatte wie eine alte Frau an ihre verschlissene Hüfte – man humpelte ein wenig, aber es ging schon.

Da! Da war er. Der Anker.

Kaum wahrnehmbar im Trommeln des Wundschmerzes, aber doch fühlbar. Der Klumpen schien zu einer Kapsel geschrumpft zu sein. Dass die wieder aufbrechen könnte, daran dachte Babu nur flüchtig, denn der sich mit seinem Pochen derart in den Vordergrund drängende Schmerz bewirkte vor allem eins: Babu glaubte immer fester daran, es geschafft zu haben. Es ist geglückt, trommelte es in Babus Stirn, es ist geglückt. Er richtete sich etwas auf, die Augen immer noch geschlossen, aber unruhig hinter flatternden Lidern. Du hast es geschafft, klopfte es. Das Pochen war bestimmt kein Schmerz, der Sorgen bereiten musste. Das war schon beinahe die Heilung. Wenn Babu den Splitter los war, brauchte er hier nicht mehr liegen und verzweifeln und sich von der Welt abwenden! Wenn es geglückt war, dann durfte er zurück, durfte teilhaben, musste nicht allein sein. Er öffnete die Augen, schaute sich um.

Über ihm rohe, schwere Balken, dazwischen Stroh. Ein Dachstuhl. Durch ein staubiges Fenster, das wegen der niedrigen Wand unter der Dachschräge beinahe bis an den Dielenboden reichte, fiel mildes Tageslicht. Babu lag ungewohnt hoch über dem Boden und nah unter der geneigten Decke, es dauerte, bis er begriff: Er lag in einem Bett. Er hatte schon welche gesehen; Merzer, die Lehmhäuser bauten, stellten auch Betten auf. Babu selbst aber hatte noch nie in einem Bett gelegen. Er kam sich vor, als würde er schweben. Ihm war schwindelig. Vorsichtig richtete er sich weiter bis zum Sitzen auf. Er bemerkte absonderliche Dinge: In der entfernten Zimmerecke lag ein Rad mit kurzen, dicken Speichen und drehte sich. Aus einer Lücke im Boden ragten aufrechte Balken und bewegten sich auf und ab. Dann schaukelte mit einem Mal ein Kopf über den Dielenbrettern, und noch bevor Babu sich wirklich erschrecken konnte, erkannte er, dass dort ein Mädchen eine Leiter hinauf in die Dachkammer stieg. Als sie bemerkte, dass Babu wach war, zuckte sie erst zusammen und kam dann mit schnellen Schritten an sein Bett. Ihr glattes, helles Haar war über den wasserblauen Augen und auf Kinnhöhe gerade abgeschnitten und saß ihr wie ein Helm auf dem Kopf. Ihre Wangen waren rund und rosig, die Lippen voll. Sie lächelte nicht. Das Mädchen trug schwere Stiefel an den Füßen, den langen, grob gewebten Rock hatte es zwischen den Beinen hochgenommen und vorn in den Gürtel geklemmt. Die aufgekrempelten Ärmel der Bluse gaben kräftige Unterarme frei, die Hände waren rot und glänzten wie eingefettet.

»Hier«, sagte sie und hielt Babu eine mit einer dicken Scheibe Brot abgedeckte Schüssel hin. »Gut, dass du wach bist, dann brauche ich dich nicht füttern. Ich habe wahrlich genug zu tun.«

Babu nahm die Schale aus ihren Händen und sie wandte sich zum Gehen.

»Du wolltest mich füttern? Beim Schlafen? Wie das?«

Sie hielt inne, statt eine Antwort zu geben, und berührte dann prüfend Babus Wange. Ihre Hand war überraschend weich und duftete süßlich.

»Kein Fieber mehr. Du bist auf dem Weg der Besserung, das wird den schwarzen Kämpfer freuen.« Als sie sah, dass Babu wieder den Mund aufmachte, hob sie abwehrend die Hand. »Bemüh dich nicht, ich verstehe nicht, was du sagst.«

»Aber ich verstehe doch jedes Wort, das *du* sprichst!«

Sie legte den Kopf schief, sah ihn interessiert an – so wie man eine fremdartige Pflanze betrachten würde.

»Zugegeben: Du klingst vernünftiger als in deinen Fieberfantasien, aber deine Sprache ist und bleibt mir fremd, auch wenn ich weiß, dass du mich verstehst.«

»Wieso ist dir meine Sprache fremd? Wir reden zusammen! Du lügst doch! So viel Zeit wirst du haben, um mir zu sagen: Wo ist Felt, der *schwarze Kämpfer*? Und Reva? Juhut – wo ist die Szasla, der Falke? Sag es mir!«

Das Mädchen zuckte die Schultern.

»Ich muss wieder an die Arbeit. Ihr habt einen schlechten Zeitpunkt gewählt, um uns zu besuchen.«

»Warte! Wo bin ich? Wo ist Juhut? Bitte!«

Sie seufzte.

»Mein Name ist Teleia, falls du danach gefragt hast, und ich kann mich nicht um alles kümmern. Iss jetzt.«

2

Das kurze Gespräch mit dem Mädchen hatte Babu so angestrengt, dass er nur zwei Schlucke Suppe trank und danach wieder einschlief. Er wusste nicht, wie viel Zeit verstrich, während er zwischen Traum und Wachheit wanderte. Er glaubte mehrfach, in die blauen Augen des Mädchens zu sehen – mal lagen Schatten auf ihrem Gesicht, mal strich das Tageslicht darüber. Immer war ihr Ausdruck angespannt und immer roch die Hand süß, die Babu in Suppe eingeweichtes Brot zwischen die Lippen schob. Auch das Brot schmeckte süßlich. Teleia war weder besonders freundlich noch fürsorglich, dennoch war ihre Anwesenheit heilsam. Babus Verstand war zu verwirrt, zu erschöpft, um das zu begreifen. Aber er spürte es. Und er hatte keine Albträume mehr, hörte keine Stimme. Einmal nahm er Flügelschlagen wahr, sah einen Schatten vor dem staubblinden Fenster und das beruhigte ihn. Jedoch tauchten weder Felt noch Reva an Babus Krankenlager auf. Vielleicht waren sie zur Quelle weitergezogen, vielleicht hatte Babu ihren Besuch auch nur verschlafen. Als er sich schließlich erhob, die nackten Füße auf die Dielenbretter setzte, hatte er den Eindruck, eine halbe Ewigkeit in dieser abgeschiedenen Kammer verbracht zu haben. Nun war es genug. Nun wollte Babu endlich wissen, wo er war – und was da unter ihm ohne Unterlass rumorte.

Etwas Vergleichbares hatte er noch nie gesehen. Babu stand in einem langen Leinenhemd, das trotz aller Schlichtheit eine weibliche Trägerin besser gekleidet hätte als ihn, am unteren Ende der Leiter zur Dachkammer, und um ihn herum bewegte sich alles.

Nur fünf Schritte entfernt rollte ein mannsgroßer, zu einer massiven Scheibe gehauener Stein im Kreis über einen gemauerten Sockel. Das wuchtige Steinrad quetschte auf seinem Kreisweg knirschend etwas zu einem klebrigen Brei. Es drehte sich um eine armdicke hölzerne Achse, die wiederum an einer aufrechten, noch dickeren befestigt war. Entlang einer Wand reihten sich mehrere eiserne Bottiche. Unter ihnen brannten kleine Feuer und von oben reichten Stangen hinein und rührten langsam in ihnen wie magische, überlange Löffel. Auch diese Stangen waren mit einer Achse verbunden, die mit Hilfe ineinander verzahnter Räder aus dunklem Holz gedreht wurde. Überhaupt schien alles in diesem großen, vollen, lauten Raum miteinander durch Stangen, Räder und Riemen verbunden zu sein, auch die durch die Decke reichenden Holzbalken, deren oberes Ende Babu schon von seinem Bett aus gesehen hatte. Sie stampften langsam, aber mit Wucht auf und ab. Wie lange Stößel schlugen sie in einen steinernen Trog – dort hantierte Teleia. Gerade steckte sie einen Keil, beinahe so groß wie sie selbst und offensichtlich sehr schwer, zwischen irgendwelche schmalen Kästen in den Trog. Sie war geschickt und der Keil saß, noch bevor der Balken von oben darauf hämmerte. Eine falsche Bewegung und Teleia wäre erschlagen worden oder ihre Arme zertrümmert. Aber sie war ganz auf ihr Tun gerichtet, beachtete Babu nicht. Die Sicherheit, mit der sie sich zwischen all diesen schweren, ächzenden und polternden Steinen, Rädern und Balken bewegte, hatte eine ganz eigene Anmut. Es war die schlichte Schönheit eines Menschen, der eins war mit seinem Handwerk. Teleia wusste, was sie tat, sie tat es seit Langem, und so anstrengend es war: Sie tat es gern. Babu lächelte, als ihn die Erinnerung an Dant, den Gerber, streifte.

»So etwas gibt es nicht im Langen Tal, noch nicht«, sagte eine Stimme. Klar und mühelos drang sie durch den Lärm an Babus Ohr. Er wandte sich um und sah in Revas helle, narbenumrankte Augen. »Dies ist eine Mühle. Genauer gesagt eine

Ölmühle, die älteste des Kontinents. Kleide dich an und komm mit nach draußen, Babu. Dort lässt es sich leichter reden und außerdem werden dir Licht und Luft guttun. Über zwei Zehnen hast du nun unter dem Dach gelegen – eine lange Zeit ohne Himmel für einen Merzer.«

3

Babu hatte sein Lederhemd nicht finden können, dafür einen wollenen Kittel und ein langärmliges Unterhemd. Er hatte beides angezogen und es nicht bereut: Als er auf wackligen Beinen nach draußen trat, schlug ihm klare, kalte Luft entgegen. Es hatte geschneit, zwar nur wenig, gerade genug, um Erdboden und Dächer weiß zu überpudern, aber der Firsten war da. Er war hier nicht so scharf, so blendend weiß wie damals in den Galaten. Dort hatten Kälte und Höhe Babu so zugesetzt, dass er fast gestorben wäre. Dort war er in ein Zwischenreich geraten und irgendetwas war passiert, während er sich zwischen Leben und Tod befunden hatte. Irgendetwas hatte ihn benutzt und war aus jenem Zwischenreich durch Babu hindurch in die Wirklichkeit geschlüpft und zu einem Rudel Wölfe geworden.

Er fuhr sich über den Verband, wischte die Erinnerung weg. Wenn der Splitter fort war, gab es keinen Keil mehr und Babu konnte das Tor schließen. Nichts würde hindurchschlüpfen. Nichts käme aus den Schatten in die Welt, das in den Galaten geschehene Unglück würde sich nicht wiederholen.

Er blickte auf. Sein Herz wurde weit und leicht, als er Juhut seine ewig gleichen Kreise über einen mit feinen Schleierwolken geschmückten Himmel ziehen sah. Er war da. Fern zwar, sehr weit oben, aber der Falke war da. Zuletzt hatte Babu sich selbst nur noch als Last empfunden, als Sack voller Schmerzen und Unheil. Nun war er dankbar, am Leben zu sein. Er war dankbar, dass Juhut ihn nicht verlassen hatte. Und er war dankbar, dass Felt einmal mehr stur geblieben war und ihn gerettet hatte. Dieser Mann gab wohl nie auf – er würde Babu selbst dann aufsammeln, wenn er bloß noch ein Haufen Knochen wäre.

Sie waren nicht weitergezogen zur Quelle. Denn nicht nur Babu hatte Zeit gebraucht, um wieder zu Kräften zu kommen, das sah er nun. Eine erneute Welle der Dankbarkeit schwappte in Babu hoch und hätte beinahe seine Augen erreicht. Er hielt die Tränen gerade noch zurück, als er Felt sah. Der Welsenoffizier saß, eingepackt in Decken, auf einer Bank am Mühlteich. Er musste bis an seine äußersten Grenzen gegangen sein, um Babu hierherzubringen. Hunger und Anstrengung hatten neue, tiefe Falten in Felts Gesicht gegraben, die auch eine fortschreitende Erholung nicht glätten konnte. Die Ubid Engat und alles, was dort geschehen war, hatten für immer ihre Spuren hinterlassen.

Reva hatte Babu zu der Bank begleitet, und als sie nun nähertraten, sah er, dass neben Felt noch eine weitere, gebeugte Gestalt saß. Es war eine steinalte Frau, ebenso in Decken gehüllt wie der große Mann neben ihr. Felt lächelte Babu an und bedeutete ihm dann, sich zu setzen.

»Setz dich und hör einfach zu«, flüsterte Reva. »Die gute Melrunden hat wahrlich einen Narren an Felt gefressen – und dich wird sie auch mögen. Das liegt in ihrer Natur.«

»… aber das war noch lange nicht das Ende, nein!«, hörte Babu die Alte gerade krächzen, doch da bemerkte sie ihn und unterbrach sich.

»Oh, was für ein hübscher junger Mann! Nein, wirklich! Was habe ich für ein Glück. Nun kann ich mich an zwei Männern wärmen, das ist der beste Firsten seit Soldern, auch wenn es wohl mein letzter sein wird. Komm, setz dich, mein Junge, setz dich zu uns. Ich war gerade dabei, das Ende einer Geschichte zu erzählen. Das selbstverständlich gleichzeitig der Anfang einer neuen ist. Das ist bei allen guten Geschichten so, musst du wissen.«

Umständlich, aber für ihr Alter recht flink und mit einem schelmischen Glitzern in den wässrigen Augen rückte sie näher an Felt, um für Babu Platz auf der Bank zu machen. Kaum hatte der sich niedergelassen, rückte sie wieder etwas von Felt weg und an den Jüngeren heran. Felt verkniff sich sein Grinsen nicht. Endlich hatte sich die Alte zwischen den beiden Männern zurechtgeruckelt und grunzte zufrieden.

»Um mich müsst Ihr Euch nun nicht mehr sorgen, Hohe Frau, Ihr könnt gehen. Ihr habt doch sicher Besseres zu tun, als mir altem Weib beim Schwatzen zuzuhören, nicht wahr?«

Sie sagte das hoffnungsvoll und gleichzeitig auf eine liebenswerte Art frech; eine Mischung, die nur Kindern und sehr alten Frauen gelingt. Dennoch war es eine Unverschämtheit, die Unda einfach wegzuschicken. Reva nahm es mit einem nachsichtigen Lächeln. Babu kam der Gedanke, dass die beiden sich nicht erst seit Zehnen, sondern schon viel länger kennen mussten.

Ich kenne dich nicht, ich weiß nur von dir.

Ja, so musste es sein: Reva wusste seit Langem von der alten Melrunden, sie wusste von ihr seit deren Geburt. So viele Wunder umgaben Babu – ein Haus, das sich bewegte; ein Falke, der Babus Seele durch die Zeit tragen konnte; eine Unda, unerschöpflich in ihrem Fassungsvermögen und ihrer Geduld; ein Welse, ein strenger Soldat und dennoch sorgender als ein Vater, den Babu nie hatte haben dürfen. Als er so dasaß, die leichte Hand der alten Frau auf dem Oberschenkel, war sich Babu all dieser Wunder bewusst und wunderte sich dennoch nicht. Er ahnte, dass dies ein kostbarer Moment war. Denn dieses eine Mal, in diesem einen Augenblick, zweifelte er nicht, sondern nahm alles so, wie es war: Er war am rechten Ort zur rechten

Zeit und in der besten Gesellschaft, die es für ihn auf dieser Welt geben konnte.

Babu war glücklich. Und Melrunden begann zu erzählen.

4

»Da waren einmal brave Leute, die hatten einen kleinen Hof und drei schöne, liebe Töchter. Und wie die so im Haus ihr Tagwerk verrichteten, da kam ein großer Rehbock in den Garten und fraß der Mutter ihre geliebten Rosen ab. Als die das sah, ward sie vor Ärger ganz starr und steif und rief nach ihrer ältesten Tochter: ›Komm schnell, der Bock ist in den Rosen, treib ihn fort!‹ Die Tochter, die gerade die Stube fegte, kam mit dem Besen und schlug nach dem Tier. Das aber schaute sie dreist aus schwarzen Augen an und spottete: ›Du willst mich schlagen? Dazu musst du mich erst kriegen!‹ Und sprang davon. Die Tochter, herzensgut, aber leicht reizbar, sprang hinterdrein und hörte nicht auf die Rufe der Mutter. Die warnte sie nämlich, nicht zu weit in den Wald zu laufen. Dort hinein sprang der Rehbock, wie es so seine Art ist. Bald hatte sich die Tochter verlaufen und stand ganz traurig mit ihrem Besen zwischen den Bäumen und wusste nicht ein noch aus. Da trat zwischen den Stämmen ein Jägersmann hervor, schaute sie mit schwarzen Augen listig an und sagte: ›Schönes Kind, du hast dich verlaufen und findest den Weg nach Hause nicht mehr. Komm mit mir, ich werde für dich sorgen und du musst nichts weiter tun, als mir eine Nacht von drei Nächten zu Diensten sein. Die andere Zeit hast du für dich.‹ Das gefiel dem Mädchen nicht, aber was sollte es tun? Es ging also mit dem Jägersmann mit.«

Die Alte unterbrach sich mit einem leisen Kichern und klopfte Felt vergnügt auf den Schenkel.

»Sah er gut aus, dieser Jägersmann? Trug er vielleicht Pfeil und Bogen?«, fragte der mit Seitenblick auf Babu.

»Der Bock hatte sich verwandelt, das ist euch bestimmt klar«, sagte sie und nickte bedächtig. »Und natürlich musste sich das Mädchen ein wenig zieren, das gehört sich so. Aber unter uns: So gern sie ihre Eltern hatte, sie war doch froh, einmal aus dem Haus zu kommen und etwas zu erleben.«

Sie kicherte wieder und Babu begriff: Sie hatte nicht oder nur so ungefähr verstanden, was Felt gefragt hatte. Und da fiel es ihm wieder ein. Sie beide, der Welse und der Merzer, hatten sich nur verstehen können, weil sie ein besonderes Sprachverständnis aus Wiatraïn mitgebracht hatten. Deshalb hatte auch Teleia so eigenartig reagiert – Babu verstand jedes Wort von ihr, sie aber verstand ihn nicht. Genauso musste es auch mit Melrunden sein. Was nicht ausschloss, dass sie zudem schwerhörig war. Welche Sprache mochte sie sprechen? Wo genau waren sie hier überhaupt? Melrunden murmelte geistesabwesend in sich hinein und Babu ließ seinen Blick schweifen.

Dieser Ort musste im Lendern wunderschön sein und war selbst jetzt, im beginnenden Firsten, nicht kalt und abweisend. Ringsum stieg das Land sanft an, die Hügel waren mit Sträuchern bewachsen, an denen sich noch die roten Blätter festklammerten. Die Bank stand unter einem Baum mit weit ausladenden Ästen, direkt daneben floss ein Bach in den Mühlteich. Das Wasser war dunkel und klar, an den Ufern des Teichs hatte sich eine dünne Eishaut gebildet. Sie knisterte über dem Glucksen des Bachs und wenn Wind darüberstrich. Es hörte sich an wie ein vielstimmiges Wispern. Von der Bank aus konnte man gut das große Rad der Mühle sehen, das sich, angetrieben vom Wasser aus dem Teich, beständig drehte. Ob Teleia genau wie das Rad stets in Bewegung war, immerzu in ihrer Mühle arbeitete?

»Nun!«, rief Melrunden aus und schlug Babu und Felt überraschend kräftig auf die Schenkel. »Wo bin ich nur wieder mit meinen Gedanken? Weiter geht's: Am nächsten Tag waren die braven Leute bedrückt, denn ihr Kind war nicht zurückgekehrt. Aber ein Hof verlangt, dass man weitermacht. Also waren alle bei der Arbeit, als mit einem Mal ein Schwein in den Gemüsegarten kam und den Kohl zu fressen begann. Die Mutter, die den Kohl für den Firsten einlegen wollte, sah es und ward ganz starr und steif vor Sorge. Was sollten sie im Firsten essen, wenn dieses Schwein ihren Kohl auffraß? Sie rief nach ihrer Tochter: ›Schnell, schnell! Ein Schwein frisst unseren Kohl, jag es fort!‹ Nun war es die jüngste Tochter, die den Ruf hörte. Sie rührte gerade die Suppe und kam mit dem Löffel in der Hand angelaufen. Das Schwein schaute sie mit kleinen, schwarzen Augen frech an und schmatzte: ›Willst du mir eins überbraten? Dann lass sehen, ob deine Kraft dazu reicht!‹ Und schon lief es davon in den Wald. Das Mädchen, zart wie eine Blume, aber mutig, sprang hinterdrein. Es war so in Rage, dass es die warnenden Rufe der Mutter nicht hörte – und schon stand es ganz traurig mit seinem Löffel zwischen den Bäumen und wusste nicht ein noch aus. Da trat zwischen den Stämmen ein Jägersmann hervor, schaute sie mit schwarzen Augen verschlagen an und sagte: ›Schönes Kind, du hast dich verlaufen und findest den Weg nach Hause nicht mehr. Komm mit mir, ich werde für dich sorgen und du musst nichts weiter tun, als mir eine Nacht von drei Nächten zu Diensten sein. Die andere Zeit hast du für dich.‹ Das war ein abscheuliches Angebot, denn die jüngste Tochter war noch keine zehn Soldern alt. Sie begriff aber sehr gut, was der Jägersmann von ihr wollte, und weil sie, wie ich bereits erwähnte, sehr mutig war, ging sie mit dem Jägersmann mit.«

Tadelnd schüttelte Melrunden den Kopf, doch in ihrem zerfurchten Gesicht lag Bewunderung. Felt griff in die Falten seiner Decke und reichte der Alten und Babu einige getrocknete Früchte. Melrundens Hände, genauso verschrumpelt wie die kleine Frucht, begannen sogleich, die dunkle Schale abzulösen. Babu tat es ihr nach. Darunter kam ein heller, harter Kern zum Vorschein. Melrunden schloss beide Fäuste darum, knackte ihn. Dann puhlte sie das Innere heraus und aß es. Babu kostete – es war die gleiche Süße, die er an Teleias Händen gerochen und im Brot geschmeckt hatte. In diesem Kern aber war sie ungleich intensiver. Es war köstlich.

»Das sind *Sedrowes,* Lindnüsse«, erklärte Felt. »Ihr Duft ist heilsam, ihr Öl verjüngend und aus dem Mehl kann man ein Brot backen, das den größten Hunger stillt. Die Lindbäume wachsen nur hier, nicht wahr, Melrunden?«

Die Alte kaute bedächtig und gab keine Antwort.

»Sie versteht kein Wort von dem, was ich sage. Aber sie ist nicht taub, glaub das nicht. Sie und Teleia sprechen nur Segurisch, und auch nur einen bestimmten Dialekt. Wir können sie zwar verstehen, das haben wir aus Wiatraïn mitgebracht …«

»… aber sprechen tun wir nach wie vor nur unsere eigenen Sprachen«, vervollständigte Babu. »Ich hatte das erst vergessen, weil wir uns die ganze Zeit ohne Schwierigkeiten verständigen konnten. Und ich habe es dem Mädchen nicht geglaubt, habe gesagt, sie würde lügen …« Babu schüttelte den Kopf, was er gleich sehr bereute. Er griff sich an den Verband.

»Wie geht es dir?«, fragte Felt.

»Gut. Viel besser, jetzt, wo das Ding heraus ist. Habt ihr es … gefunden? Hast du den Splitter gesehen, Felt?«

Eine seltsame Veränderung ging mit dem strengen Mann vor: Seine grauen Augen flackerten unsicher, wichen Babus Blick aus und suchten den Bachlauf ab, den Reva bergan gewandert war. Sie war nirgends zu sehen. Felt straffte die Schultern, aber als er sprach, war seine Stimme so brüchig, dass Melrunden besorgt zu ihm aufblickte.

»Ich habe es gesehen, das … Ding in deiner Stirn.« Er räusperte sich. »Babu, es ist noch dort. Es ist fest mit dem Knochen verwachsen. Es zu entfernen würde dich töten. Man kann den Splitter nicht herausholen, du musst damit leben.«

Es fühlte sich an, als ob etwas in Babus Innereien griff und sie allesamt mit einem Ruck nach unten herauszog. Er war plötzlich ganz hohl, nichts war mehr übrig von ihm außer einer Hülle. Babus leeres Inneres füllte sich mit Schwärze. Er hörte ein übermütiges Lachen, der süße Duft der Lindnüsse verflog, dann hatte die Schwärze auch seine Gedanken erreicht und auf einen Schlag vollkommen verdunkelt.

5

Unter dem gestammelten Vorwand, immer noch müde und erschöpft zu sein, hatte Babu sich von der Bank erhoben und war auf steifen Beinen zurück zur Mühle gegangen. Felt war kein aufdringlicher Mensch und wusste, dass Babu allein sein wollte – er ging ihm nicht nach, aber der Blick, den er ihm hinterherschickte, war voller Sorge. Babu drehte sich nicht um und er schaute auch nicht nach oben an den Himmel.

In der Mühle war Teleia nach wie vor bei der Arbeit. Die schweren Balken hatten aufgehört zu stampfen und sie holte gerade die großen Keile aus dem steinernen Trog. Babu trat zu ihr und nahm ihr einen aus den Händen. Sie schaute erstaunt auf – im Lärm der Mühle hatte sie ihn nicht kommen hören – und lächelte dann kurz, was ihr rundes, rosiges Gesicht wie das eines kleinen Kindes erstrahlen ließ. Babu hatte noch nie einen Menschen mit so hellem Haar und so blauen Augen gesehen.

Sie spannte ihn sofort ein. Teleia holte schmale Kästen aus dem Trog und zeigte Babu, wie er sie öffnen und ausklopfen musste. Im Steintrog wurde das Öl aus dem Nussbrei gepresst, der unter dem großen Steinrad entstand und in den Kesseln mit den langen Rührstäben erwärmt wurde. Sie zeigte ihm alle Arbeitsschritte und Babu schabte gequetschte Nüsse zusammen, befüllte Kessel, leerte Kästen, verschloss kleine Holzfässer. Es war auffällig, wie wenig Öl aus den Nüssen gewonnen werden konnte. Viele Stunden arbeitete Babu Seite an Seite mit der Müllerin – ein einziges Mal unterbrach er die Arbeit, um den wollenen Kittel auszuziehen –, doch am Ende ihrer Mühen standen nur drei kleine Fässchen. Sie waren so leicht, dass Babu sie auf der flachen Hand tragen konnte. Aber als Teleia endlich das große Steinrad anhielt, waren sie lange noch nicht fertig. Denn nun wurde aus dem trocken gepressten Brei das Nussbrot gebacken. Dazu schleppte Babu die deutlich schwereren Presskuchen, die noch die Kastenform hatten, aus der Mühle ins angrenzende Ofenhaus. Er hatte sich getäuscht und gedacht, man könne die Presskuchen so, wie sie waren, in den Ofen schieben – Teleia lachte so herzhaft über seine Unwissenheit, dass sie sich einen Moment hinsetzen musste. Das Lachen schien sie mehr anzustrengen als ein halber Tag Arbeit.

»Die muss man zerschlagen und sieben und mit anderem Mehl mischen! Dann kommt Salz hinzu, Wasser, Blähwürze und noch ein paar andere Zutaten. Wir sind lange noch nicht fertig!«

Und noch bevor sie tun konnten, was Teleia beschrieben hatte, bevor sie also backen konnten, mussten sie erst das Brot des Vortages aus dem Ofen holen – viele kleine, feste, duftende Laibe – und dann den Ofen neu anheizen. Teleia erklärte, wie das Brot über Tag im langsam erkaltenden Ofen seinen ganz besonderen Geschmack bekam, und dass es auch nach einem Solder noch so gut essbar sein würde wie heute. Sie besah sich jeden einzelnen Laib, strich mit ihren glänzenden roten Händen darüber und stapelte die kleinen Brote dann auf Holzregalen. Es waren bereits viele Laibe da, aber auch noch viele Bretter leer. Die Arbeit schien hier kein Ende zu nehmen. Wie konnte sie das sonst nur alles allein schaffen? Es war bereits Nacht und die Lampen brannten, als sie in einem großen Holzkübel den Teig ansetzten. Teleia knetete, bis zu den Ellbogen im Mehl, mit bloßen Händen.

»Bei mir zu Hause gibt es eine Krankheit, die heißt Derst-pir, rote Hand«, sagte Babu und goss auf ihr Nicken hin Wasser zu. »Sie kommt auch von der Arbeit, sie befällt die Gerber. Die Derst-pir ist immer ein Todesurteil.«

Teleia walkte mit Inbrunst und Kraft den Teig.

»Du hast aber nicht vergessen, dass ich nicht verstehe, was du mir sagst, nicht wahr?«, fragte sie, etwas außer Atem.

»Nein, das habe ich nicht vergessen. Das ist ja mein Problem, dass ich so schlecht vergessen kann.«

»Gut! Dann lassen wir nun den Teig ruhen.«

»Das ist mehr als gut – dann können wir uns nämlich auch ein wenig Ruhe gönnen. Ich sollte wirklich schlafen gehen.«

Babu war nicht einfach nur müde, sondern vollkommen erschöpft. Nach der langen Bettruhe gleich eine derart harte körperliche Arbeit zu verrichten wäre unvernünftig gewesen, wenn man auf weitere Genesung hoffte. Babu aber hoffte auf traumlosen Schlaf, auf die Auslöschung all seiner Gedanken. Die Mattigkeit in den Armen und der schmerzende Rücken waren vielversprechend. Nur das Klopfen in der Stirn – das trügerische, böse Klopfen – flößte ihm Angst ein.

Teleia deckte den Teig mit einem feuchten Tuch ab und sie gingen, jeder eine Lampe in der Hand, wieder nach nebenan ins Hauptgebäude der Mühle. Sie reichte ihm den wollenen Kittel;

den hatte Babu ganz vergessen. Er schaute an sich herab: Das leinene Unterhemd war voller Ölflecken, seine Hände glänzten wie die Teleias. In Babus langen Haaren hing der Mehlstaub. Er brachte ein entschuldigendes Lächeln zustande – zum Reden war er schon zu müde. Er fragte sich gerade, wie er es schaffen sollte, die Leiter zur Dachkammer zu erklimmen, als Teleia sagte: »Man soll kein Brot backen, wenn man schmutzig und verschwitzt ist. Deshalb werden wir nun baden gehen. Wir haben ein paar Stunden Zeit – das Brot gelingt am besten, wenn man es bei Sonnenaufgang in den Ofen schiebt. Da ist natürlich nichts weiter dabei, der Ofen hat dann einfach die richtige Temperatur. Aber ›bei Sonnenaufgang‹ hört sich gut an, finde ich. Das klingt geheimnisvoll und ich habe nie echte Geheimnisse. Siehst du, dir habe ich es auch gleich verraten, so geht das immer.«

Teleia warf sich einen langen, schon recht zerschlissenen Umhang über und löste den hochgeschlagenen Rocksaum aus dem Gürtel. Babu sah sie mit offenem Mund an.

»Was ist denn? Los, los, zieh deinen Kittel an, Babu, es ist kalt draußen, und wenn wir baden wollen, müssen wir erst ein Stück laufen.«

6

Es war wirklich kalt, aber Babu fror vor allem aus Müdigkeit. Er gähnte kleine Wolken in die klare Nachtluft; Teleia ging voraus und sah es nicht. Der Mond schien so hell, dass sie ihre Lampen eigentlich nicht gebraucht hätten, und die zarte Schneedecke glomm blau auf den Hügeln. Auch zur Nacht war die Umgebung der Mühle einnehmend und der kleine Teich glänzte wie ein Spiegel. Außer der Mühle mit ihren Nebengebäuden standen auf der anderen Seite des Teichs noch zwei schiefe Häuschen und etwas, das einmal ein Stall gewesen sein mochte – über Tag hatte Babu nicht darauf geachtet und nun war es trotz des Mondlichts zu dunkel, um alles genau zu erkennen. Ob Felt und Reva dort ihr Nachtlager hatten? Ob Teleia und die alte Frau dort wohnten? Es war anzunehmen. Wahrscheinlich war Melrunden Teleias Großmutter; Babu wollte schon fragen, als seinem müden Hirn einfiel, dass das sinnlos war.

Also folgte er ihr weiter schweigend. Der Weg führte entlang des Bachlaufs über bereiftes Gras bergan. Reva war in dieser Richtung entschwunden, als Melrunden zu erzählen begonnen hatte. Da war es Babu noch gut gegangen … Er zwang sich, nicht an Felts Worte zu denken. Und er sah auch nicht nach oben an den Nachthimmel. Er wollte den Falken dort nicht kreisen sehen – und wollte es doch. Er sehnte sich danach, wieder einmal das Gewicht des großen Vogels auf seinem Arm zu spüren. Und hoffte gleichzeitig, eine Begegnung mit Juhut vorerst vermeiden zu können. Denn Babu fürchtete sich vor ihm. Wie ein Kind, das gegen ein ausdrückliches Verbot der Mutter verstoßen hatte, sehnte sich Babu nach der Nähe und ängstigte sich zugleich vor der Strafe. Er sah zu Boden, denn es grauste ihm vor dem alles entlarvenden Blick, den die Szasla in seine sich verfinsternde Seele werfen würde.

Sie waren so lange gelaufen, bis die kalte Nachtluft Babu die Müdigkeit ausgetrieben und eine angenehme Gleichgültigkeit zurückgelassen hatte. Teleia folgte nun einem ausgetretenen Pfad, der sich vom Bach entfernte und schließlich über eine Kuppe hinunter in ein weiteres Tal führte. Sie ging aber nicht hinab, sondern blieb am Hügelkamm stehen und Babu schloss zu ihr auf.

»Das wollte ich dir zeigen«, sagte sie leise. »Wo wir schon

hier in der Nähe sind, wäre es zu schade, wenn du die Sedrowes nicht hören würdest.«

Das Tal, in das sie nun blickten, war ebenso von sanft ansteigenden Hügeln gefasst wie das von Teleias Mühle, aber deutlich größer. Von hier aus konnte man zudem in der Ferne schneebedeckte Gipfel erahnen und Babu fragte sich das zweite Mal seit seinem Erwachen am Vormittag, wo genau sie eigentlich waren. Dann wurde sein Blick auf die Bäume gelenkt, die als schwarze Schatten am schneehellen Grund des Tals und vereinzelt an den Hängen standen. Sie hatten ihre Blätter bereits abgeworfen und das Mondlicht fiel durch die fein verzweigten Äste wie durch ein Sieb. Die Stämme der Bäume schienen Babu sehr dick und knotig zu sein, die Kronen hingegen leicht und weit in die der Nachbarn hineinreichend – er wusste zu wenig von Bäumen, um etwas Besonderes darin zu sehen. Dennoch konnte er nicht wegschauen, sein Blick hatte sich im Gewirr der Äste verfangen wie ein Tuch am Dornstrauch.

Nun bemerkte er, dass sie sich bewegten.

Langsam zwar, und wie tastend, aber die kleinen Ästchen bewegten sich, obwohl es vollkommen windstill war.

»Sie wachsen«, hauchte Teleia ihm ins Ohr. »In solchen Mondnächten macht ihnen das Wachsen besondere Freude, kannst du es hören?«

Ja, nun hörte er es auch: Das Tippen und Tappen der sich berührenden Zweige drang aus dem Tal zu ihnen herauf; es klang nicht wie das Aufeinanderschlagen von Holz, sondern eher wie Regen oder als ob man mit den Fingern auf nackter Haut trommelte. Es war ein eigenartig bezauberndes, fröhliches Geräusch. Teleia fasste Babu an die Schulter, um ihn zum Weitergehen aufzufordern. Er wäre gern noch etwas geblieben, folgte ihr aber wieder zum Bachlauf und weiter bergan.

»Sie wachsen im Firsten, wenn sie von der Last ihrer Früchte und Blätter befreit sind«, erzählte Teleia im Gehen. »Oh, was haben sie mir viele Nüsse geschenkt in diesem Solder! Die Sedrowes sind mein ganzer Stolz; wusstest du, dass es sie nur hier gibt, nur in diesem Tal? Nicht einmal in Ingrien sind sie heimisch geworden und dort wachsen ansonsten die schönsten und wunderlichsten Bäume des gesamten Kontinents.«

Babu konnte das Lächeln in Teleias Stimme hören. Das Licht des Mondes ließ ihre hellen, glatten Haare weiß glänzen. Sie blieb stehen und drehte sich zu Babu um.

»Ich liebe meine Lindbäume und sie lieben mich. Ist das nicht schön? Ich finde das sehr schön, so soll es sein. Alles ist leicht, wenn man wiedergeliebt wird.«

»Ich finde vor allem, dass du ein ganz außergewöhnliches Mädchen bist«, sagte Babu.

»Ich hoffe, du hast etwas Nettes gesagt«, sagte Teleia, überlegte einen Augenblick und ging dann weiter. »Ja, es klang nett.«

7

Das Badehaus war eine schlichte runde Hütte, ebenso wie die Mühle strohgedeckt und aus Feldsteinen gemauert. Es befand sich in unmittelbarer Nähe des Bachlaufs und von dort kam auch das Wasser: Teleia öffnete zwei kleine Wehre und schon strömte es über einen hölzernen Zulauf durch die Hüttenwand in ein hüfthohes Becken. Babu schauderte beim Gedanken, in dieses eisige Wasser zu steigen. Für so etwas fühlte er sich zu müde und wund. Teleia hatte seinen zweifelnden Blick bemerkt. Mit einem Ruck setzte sie ihre Lampe auf einem Sims ab.

»Warum sagst du eigentlich nichts, wenn dir etwas missfällt?«, fragte sie und fügte gleich die Antwort an: »Weil ich dich nicht verstehe, ich weiß. Aber ich glaube, du behältst auch sonst zu viel für dich. Du kommst mir so schwer vor … so belastet. Habe ich recht? Dann nicke, ich bitte dich, das immerhin verstehe ich.«

Babu nickte.

»Gut. Umso besser wird dir das Bad tun. Und nun hilf mir, die Steine aus dem Ofen zu holen. Man kann sich viel Kummer ersparen im Leben, wenn man zur rechten Zeit einen Ofen anheizt.«

Während das Wasser einlief und sie mit großen Zangen heiße Steine zischend in die Mitte des Beckens fallen ließen, erzählte Teleia, dass sie jede Nacht bade. Anschließend müssten die Steine wieder in den Ofen gelegt und das Feuer neu entfacht werden, selbst im Lendern sei das Wasser zu kalt, es käme hier gleich neben dem Badehaus aus dem Fels. Vom Schlafen sagte sie nichts.

Teleia schloss die Wehre, Babu hielt eine Hand ins Wasser. Es war nicht heiß, nur lauwarm. Angenehm, so wie eigentlich alles, was mit diesem Mädchen zu tun hatte. Aber als sie nun begann, sich zu entkleiden, wurde die Situation Babu mit einem Mal unangenehm. Was tat er hier eigentlich?

»Schon wieder schweigst du, obwohl du reden solltest«, sagte Teleia und knöpfte sich ungerührt weiter ihre Bluse auf. »Ich hingegen habe dir schon gesagt, dass ich keine Geheimnisse habe. Und lass dir von mir noch etwas gesagt sein: Was du in deinen Hosen verbirgst, kenne ich bereits. Wer, glaubst du, hat dich ins Bett gelegt?«

Nun zog sie ihr Unterhemd über den Kopf und Babu erblickte Brüste, die so rund und rosig waren wie Teleias Gesicht. Sie passten so wunderbar zu ihr; auf seine robuste, fast derbe Art war dieses Mädchen vollkommen. Babu konnte nichts sagen und er hatte in seinem Leben noch nicht so viele nackte Frauen gesehen, um einfach wegschauen zu können. Nun ließ sie auch noch ihre Röcke fallen und entblößte ihre Scham.

Babu rührte sich nicht.

Sie stand ganz nackt vor ihm, sah ihn an und im Gegensatz zu Babu schien sie sich dabei nicht unwohl zu fühlen. Dann schüttelte sie kurz den Kopf und stieg ins Wasser. Endlich fasste er sich und begann, sich ebenfalls auszuziehen. Als er zu Teleia ins Becken kam, schaute sie an ihm hoch und sagte: »Die körperliche Liebe interessiert mich schon lange nicht mehr, das solltest du vielleicht wissen. Denk am besten von mir als einer Pflanze.«

Das Lachen platzte so jäh aus Babu heraus, dass er selbst davor erschrak. Als er sich etwas beruhigt hatte, sagte er: »Das ist zwar unmöglich, ich werde es aber trotzdem versuchen.«

Teleia fischte nach Babus langen, im Wasser treibenden Haarsträhnen und drehte eine zu einem schwarzen Knäuel auf. Die Haare lagen in ihrer Hand wie ein kleines, schlafendes Tier. Sie ließ sie wieder ins Wasser gleiten, lehnte sich im Becken zurück und schloss halb die Augen. Die Erinnerung an Nuru ging wie ein Gespenst durch die Hütte und streifte Babu mit einem kühlen Hauch. Sie verschwand, als Teleia wieder zu sprechen begann.

»Da waren einmal brave Leute, die hatten einen kleinen Hof und drei schöne, liebe Töchter.« Ihre Augen blitzten unter den hellen Wimpern – sie wusste, dass Melrunden diese Geschichte begonnen hatte. Möglicherweise erzählte die Alte immer diese eine Geschichte. Babu lächelte. Teleia sprach weiter. »Zwei dieser Töchter aber, die älteste und die jüngste, waren in den Wald gegangen und nicht mehr zurückgekehrt. So war den Eltern nur noch die mittlere geblieben, aber, wie so oft, war die mittlere Tochter die am wenigsten geliebte. Der Vater trug sein jüngstes Kind auf Händen; es war so unerschrocken, wie er es in jungen Jahren gewesen war, und er erkannte sich darin wieder. Die

Mutter liebte ihre erstgeborene Tochter von Anfang an und jeden Tag mehr, denn sie war ihr eine große Stütze und sie konnten miteinander all das besprechen, was Frauen gern besprechen. Die mittlere Tochter aber war ganz eigen und es hatte sich noch niemand gefunden, der ihre Eigenheit von Herzen liebte. Wenn sie ihre Arbeit in Haus und Hof verrichtet hatte, ging sie gern in den Wald und niemand hinderte sie. Sie kommt schon zurecht, hieß es. Die Bäume werden ihr kaum etwas zuleide tun, hieß es ein anderes Mal. Das stimmte selbstredend, aber es lebten noch andere Geschöpfe im Wald außer den Bäumen. Das Mädchen kannte einige von ihnen, manche waren scheu, andere listig und wieder andere waren gefährlich. Nur den Bäumen traute es wirklich, denn die waren nichts von alldem – sie *waren* einfach. Als nun ihre Schwestern im Wald verschwunden waren, da dachte das Mädchen bei sich, es sollte doch die Bäume befragen, vielleicht wüssten die einen Rat. Denn es war nicht etwa froh, die Schwestern los zu sein, denk das nicht! Wenn sich auch nicht alle gleichermaßen liebten, so hatte die Familie sich doch herzlich gern und das Mädchen vermisste die Ältere und die Jüngere sehr. Es kam sich vor, als wäre es aus einem Rahmen gefallen. Das sagte es auch den Bäumen, doch die antworteten nicht gleich. Man kann von einem Baum nicht erwarten, dass er auf die Frage *Wo sind meine Schwestern hingegangen?* gleich eine Antwort gibt. Die Frage muss einsickern in sein stilles, hölzernes Herz; er muss sie aufnehmen und in sich aufsteigen lassen wie das Wasser, das er aus dem Boden nimmt und bis hinauf in seine jungen Triebe zieht. Also fragte das Mädchen geduldig immer wieder, bis schließlich ein Jägersmann zwischen den Stämmen hervortrat. Da wusste das Mädchen, dass die Schwestern mit dem Jägersmann gegangen waren, und ging auch mit ihm mit.«

Sie streckte sich ein wenig und stemmte die Füße gegen die

warmen Steine in der Mitte des Beckens. Das Wasser, Teleias Nähe und ihre Stimme waren wohltuend. Babu wollte nun wissen, wie die Geschichte ausging, gleichzeitig kam aber die Müdigkeit mit einer dumpfen Wucht zurück, gegen die jede Gegenwehr zwecklos war.

8

»Wie lange habe ich geschlafen?«

»Ich muss das Wasser ablassen und wir müssen die Steine zurücklegen. Das Brot wartet nicht gern.«

Teleia war bereits wieder angezogen, aber ihr helles Haar war noch nass und legte sich noch helmartiger um ihren Kopf als sonst. Babu stieg eilig aus dem Becken, er fröstelte und griff sich sein Hemd.

»Es tut mir leid, dass ich eingeschlafen bin.«

Teleia zog einen hölzernen Stopfen aus der Beckenwand und das Wasser lief einfach über den Steinboden und die Türschwelle aus der Badehütte hinaus.

»Alles Reden nützt nichts, wenn du nicht meinst, was du sagst. Das macht dich nicht leicht.« Sie blickte ihn an, ohne Vorwurf. »Ich verstehe es doch ohnehin nicht, du musst nicht die Unwahrheit sagen.«

Babu dachte über ihre Worte nach, während er sich anzog. Sie hatte zwar nicht verstanden, was er gesagt hatte, aber der Klang hatte ihr verraten, dass es nur eine Floskel gewesen war. Sie hatte recht: In Wahrheit war er froh, dass er geschlafen hatte – traumlos. So kurz dieser Schlaf auch gewesen sein mochte.

Teleia stand an der Türöffnung, beobachtete, wie das Wasser dampfend ins gefrorene Gras des Hangs floss, und wartete auf

Babu. Draußen war das Mondlicht matter geworden; der Morgen kündigte sich an. Als er fertig angezogen war, kam sie auf ihn zu und schlang die Arme um ihn.

»Wie das Mädchen hast auch du niemanden, der deine Eigenheit liebt«, sagte sie. »Das kann ich gut nachfühlen, aber ändern kannst es nur du selbst.«

Teleia duftete auch nach dem Bad immer noch nach süßem Lindnussöl. Sie löste sich wieder von Babu, hielt ihn aber bei den Händen fest und schaute ihn offen an.

»Du sprichst zu mir und sagst nicht, was du fühlst. Eben hast du dich vor meinen Augen ausgezogen und mir doch nichts von dir gezeigt. Ich selbst werde es nicht tun, ich kann es nicht, aber ich gebe dir den Rat: Wenn ein Mädchen deine Eigenheit lieben soll, dann musst du auch deinen Kopf entkleiden.«

Sie ließ ihn los und unwillkürlich griff sich Babu an den Verband um seine Stirn. Er war ganz feucht geworden.

»Du versuchst, dich vor der Welt zu verbergen«, sagte Teleia. »Du denkst: Was die Welt nicht sieht, das ist auch nicht da. Leugnen ist aber nicht nur unklug, sondern auch respektlos. Wenn du mich anlügst, verletzt du meine Würde.«

Babus Herz machte einen überraschten Sprung, er war schlagartig wach geworden. Es war doch vollkommen klar, wen er hier vor sich hatte! Wie dumm, wie unaufmerksam er gewesen war! Er wollte etwas sagen, aber Teleia hob gebieterisch eine ihrer roten, geschäftigen Hände und sprach weiter.

»Meine Würde ist mir aber ganz unwichtig. Viel wichtiger ist: Du musst begreifen, dass sich die Wahrhaftigkeit vor allem nach innen richtet. Du verleugnest dich selbst, verbirgst dich vor dir selbst – und das schadet vor allem dir selbst. Dass du es nicht leicht hast, ist keine Entschuldigung. Niemand hat es leicht.«

»Ich bin mit Lügen aufgewachsen«, sagte Babu. Er horchte

dem Satz hinterher und stellte fest, dass es nicht wie eine Entschuldigung geklungen hatte. Eher wie ein Vorwurf.

Teleia zuckte die Schultern. Es war eine vielsagende Geste und Babu entschied sich für die Deutung: *Es ist gesagt, was zu sagen war*. Er stieg mit einem Fuß ins leer gelaufene Becken und griff nach zwei Steinen. Dann reichte er sie der Quellhüterin der Wahrhaftigkeit und gemeinsam räumten sie sie allesamt zurück in den Ofen. Babu half Teleia Holz auflegen, das Feuer anfachen und folgte ihr schweigend im ersten Licht des neuen Tags zurück zur Mühle. Er sah kurz in den sich allmählich rötenden Himmel, aber der Falke war nicht zu sehen.

9

»Er hat die ganze Nacht mit mir verbracht, er schläft jetzt, oben in seiner Kammer. Wir haben gearbeitet. Reden tut er nicht gern.«

Teleia formte mit ihren geschickten Händen kleine Teiglinge und legte sie in sehr geraden Reihen und mit jeweils genau demselben Abstand auf lange Bretter. Felt hatte herausgefunden, dass der frühe Morgen, wenn sie im Ofenhaus war und buk, die beste Zeit war, um mit der Hüterin zu sprechen – sobald sie wieder nach nebenan in die Mühle ging, wurde es zu laut. Und auch zu gefährlich; Felt wollte sie nicht ablenken, wenn sie mit den Keilen hantierte oder vor dem schweren Mühlstein den Nussbrei zusammenschob. Sie würde erst wieder im Lendern ruhen, das wusste er inzwischen. Melrunden hatte erzählt, Teleia lege sich schlafen, wenn der Schnee schmelze, und erhebe sich erst wieder, wenn die Sedrowes sich belaubt hatten. Dann wanderte sie unter dem dichten Blätterdach umher und ihr Flüstern vermischte sich mit dem Rascheln der Bäume. Sie liebte ihre

Lindbäume und die Bäume liebten Teleia. Während die Nüsse reiften, war Teleia in einer besonderen Stimmung: einerseits sehr zugänglich und sanft, andererseits vorsichtig. Ganz so wie eine Frau, in der eine Leibesfrucht heranreift. Dies war die beste Zeit, um sie aufzusuchen, wenn man Rat wollte oder Hilfe nötig hatte. Teleia war dann etwas mitfühlender und nicht ganz so schonungslos mit ihren Wahrheiten. Direkt sei sie aber immer, damit müsse man eben zurechtkommen.

»Man kann nicht die Quellhüterin der Wahrhaftigkeit aufsuchen und Diplomatie erwarten«, hatte Reva Melrundens Ausführungen ergänzt. »Hier ist alles, wie es ist – es gibt keine Schleier und keinen doppelten Boden, keine Ausflüchte und keine Kompromisse. Und es ist bemerkenswert, wie rasch ein Mensch hier an seine Grenzen kommt. Teleias Nähe wird schnell unerträglich. Denn kein Mensch ist so eins mit sich, wie die Hüterin es ist – außer Melrunden.«

Die Alte hatte lachend abgewunken. Aber es stimmte natürlich: Melrunden verbarg ihr Gähnen nicht, wenn sie müde war, sie lächelte nicht aus Höflichkeit und sie hatte Felt direkt ins Gesicht gesagt, er sehe alt aus für seine vierzig Soldern und mit dem fehlenden Zahn auch nicht besonders gut. Das und seine verkrüppelte Hand würden es ihm nicht erleichtern, eine Frau zu finden – und wenn er eine hätte, sie zu halten. Er solle sich bloß nicht darauf verlassen, dass Frauen mehr auf das Wesen eines Mannes gäben, auf sein gutes Herz und einen aufrechten Sinn – das sei zwar so, aber es gäbe auch hübsche Männer mit gutem Charakter. Felt hatte dazu nichts sagen können. Estrid hatte sich von ihm getrennt oder, wie sie es sah, er sich von ihr. Denn er war gegangen, hatte sie verlassen. Sie konnte tun, was sie wollte. Es wäre sogar vernünftig, wenn sie sich einen neuen Mann suchte. Dennoch: Der Gedanke, dass Estrid sich von ihm abgewandt hatte, war quälend genug. Dass sie sich einem anderen zuwenden würde, war nicht auszuhalten. Natürlich hatte aber nicht nur Melrunden, sondern auch Teleia Felt genau darauf angesprochen.

»Was tust du, wenn du zurückkehrst und deine Frau hat einen neuen Mann?«, hatte die Hüterin ihn gefragt – ohne einen gehässigen Unterton, aber auch ohne Mitleid.

»Ich habe bisher nicht gewagt, darüber nachzudenken«, hatte Felt geantwortet und Reva hatte es übersetzt.

»Das ist doch keine Sache des Denkens«, hatte Teleia gesagt und wieder war es kein Tadel, sondern eine bloße Feststellung. Das änderte aber nichts an der Grausamkeit, die ihr innewohnte.

Heute früh aber ging es nicht um Felt, sondern um Babu. Was er sich angetan hatte, war ungeheuerlich. Warum hatte er sich derart verletzt? Was hatte es mit diesem schwarzen Auge auf sich? Das wollten sie von der Hüterin erfahren.

»Wenn Babu ihr nicht sagt, was ihn umtreibt, wem dann?«, meinte Felt mehr zu sich selbst, aber Reva übersetzte, was sich anhörte wie ein Echo.

Teleia unterbrach ihre Arbeit nicht. Sie bestrich die aufgereihten Teiglinge mit Wasser aus einem Krug.

»Ich verstehe Babu nicht und dennoch höre ich: Er lügt, sobald er den Mund aufmacht. Das geschieht aber nicht in böser Absicht. Er ist es so gewöhnt und kann nicht anders. Er bemerkt es nicht einmal, denn er belügt sich auch selbst. Die meisten Menschen achten kaum darauf, wie oft sie jeden Tag die Unwahrheit sprechen. Es macht die Gemeinsamkeit einfacher, wenn auch nicht leichter. Kleine Lügen sind ein Schmiermittel für das Zusammenleben; große Lügen aber verkleben und verdrecken jedes Gefühl füreinander. Zuletzt weiß man nicht mehr, was man vom anderen halten soll, und was man von sich selbst hält, das wird auch fraglich.«

»Du meinst also, er sagt nichts über sich, weil er nicht weiß, was er von sich selbst halten soll?«, fragte Felt. Teleia antwortete nicht gleich, sie stocherte im Ofen. Reva jedoch sprach weiter, nachdem sie Felts Frage übersetzt hatte, und gab ihm Antwort.

»Babus Welt hat nur aus Lügen bestanden, bis er das Lange Tal verlassen hat. Er hat mir erzählt, wie viel Verrat ihm in seinem jungen Leben bereits begegnet ist. Sein Onkel, der Thon, hat seinen eigenen Bruder, Babus Vater, ermorden lassen, damit ihm die Macht sicher war. Und er hat Babu beobachten lassen durch dessen besten Freund – Jator. Als nun die Szaslas zu den Merzern kamen, ist einiges in Bewegung geraten. Für Babu hat sich ein Unglück ans nächste gereiht, der ganze Betrug ist offenbar geworden. Er hat das Tal verlassen. Er hat seinen Freund erstochen. Und er wollte auch sich selbst das Leben nehmen.«

»Davon musste ich ihn auch schon abhalten«, sagte Felt. »Als wir durch den Boirad an den großen Steinbogen gelangt waren und Juhut einfach hindurch und nach Wiatraïn geflogen ist, da wollte sich Babu dem Falken hinterherstürzen. Aber das konnte ich sogar nachempfinden. Wir hatten beide etwas Wichtiges verloren; er den Falken und ich dich, Reva. Nun, ich habe dich wiedergefunden – auch wenn ich mich nicht erinnern kann, wie – und er hat Juhut wiedergefunden. Und alle gemeinsam sind wir auf den Kontinent zurückgekehrt. Wir wollten doch kämpfen, für die Menschen, für das Leben. Warum will er nicht mehr? Warum will er sich nun töten?«

»Weil das der einzige Ausweg ist.«

Alle fuhren herum. In der Tür stand Babu, die Haare wirr und ungebändigt: Nichts verbarg die hässliche rote Narbe über der Erhebung auf Babus Stirn. Es sah immer noch aus wie ein Auge, wenn auch nun wie ein geschlossenes.

»Babu, wir haben gedacht, du brauchst Ruhe«, sagte Felt

und machte einen Schritt auf den jungen Merzer zu. »Ich dachte, du schläfst.«

»Das habe ich auch«, sagte Babu. »Aber ich habe geträumt.«

10

»Ich habe dir vieles erzählt, Reva. Aber nicht alles.«

Babu war eingetreten und hatte sich nah beim großen Ofen auf einen dreibeinigen Hocker gesetzt. Er sah zu Teleia, die weiterhin ihre Brote formte. Sie würde nicht verstehen, was er sagte. Aber sie würde wissen, wenn er log.

Er wird die Wahrheit sagen, dachte Felt, er hält nichts mehr zurück. Babu wirkte sehr müde, aber entschlossen und ernst. Dieser junge Mann trug eine Bürde, die er nicht tragen sollte. Als er ihn so betrübt, aber gefasst dasitzen sah, erkannte Felt endlich, was er für Babu empfand. Es war nicht Freundschaft, sondern Fürsorge. Wer hatte dem Jungen bloß so viel aufgelastet?

»Was hast du verschwiegen, Babu?«, fragte Reva. Sie ging lautlos auf und ab; Felt lehnte an einer Wand. Er wollte der Hüterin bei der Arbeit nicht im Weg sein.

Babu seufzte.

»Ich weiß nicht, wo ich beginnen soll. Es ist so viel. Es ist so durcheinander. Ich verliere Juhut, ich spüre es. Und es wird nicht mehr richtig hell in meinen Gedanken.«

»Beginne einfach irgendwo«, sagte Reva. »Zum Beispiel bei Juhut. Was ist mit ihm? Er steigt hoch, höher als sonst. Wir bekommen ihn überhaupt nicht mehr zu Gesicht.«

»Er macht mir Angst«, sagte Babu mit einem Beben in der Stimme. »Und ich will nicht, dass er mich so sieht. So …« Er machte eine hilflose Geste, vollendete den Satz aber nicht.

»Babu, seit wann trägst du diesen schwarzen Stein in der Stirn?« Reva fragte sanft, aber nachdrücklich.

Wieder seufzte Babu und fuhr sich mit den Fingerspitzen über die Narbe. So oft hatte Felt diese Geste bei Babu gesehen. Aber immer war die Erhebung unter dem Stirnband verborgen gewesen.

»Das war …«, begann er zögernd, »ein ganz besonders dunkler Moment, ich erinnere mich vor allem an eines: Schmerz. Einen aus vielen Schichten bestehenden Schmerz, er rollt durch meinen Kopf wie eine schwere, mit Stacheln besetzte Kugel. Juhut hat mit diesem Schmerz zu tun, aber auch der Thon und Jator. Der Kern, der innerste, tiefste Schmerz, um den sich alles herumgeschichtet hat, der trägt den Namen meiner Mutter. Das ist mir aber erst jetzt klar geworden, jetzt, wo ich in meinen Träumen die Stimme einer Frau höre. Erst dachte ich, dir würde die Stimme gehören, Reva. Dann dachte ich an meine Mutter. Aber ihr beide seid es nicht. Sondern der Dämon. Sie ist es, die zu mir spricht: Asing.«

Reva war stehen geblieben, Felt stockte der Atem. Und sogar Teleia hielt kurz inne, als Babu den Namen aussprach.

»Sie hat es mir selbst gesagt«, fuhr Babu fort, seine Stimme brach nun beinahe. »Sie sagt, ich sei … das Tor, durch das sie zurück in die Welt gelangen könnte, und ich glaube, nein, ich *weiß* es: Der Splitter in meiner Stirn ist der Keil, der dieses Tor offen hält.«

Babus braune Augen waren weit aufgerissen, er war sehr blass.

»Ich verstehe nicht … ein Tor? Ein Keil? Was meinst du denn damit, Babu?« Felt wusste zwar nicht, noch nicht, auf was Babu hinauswollte, aber ihm war jetzt schon klar, dass es ihm nicht gefallen würde.

Ohne Felt anzusehen, sagte Reva: »Du solltest zuerst fragen: Ein Splitter? Wovon?«

»Blut«, sagte Babu leise.

»Blut?« Felt stieß sich von der Wand ab. Da begriff er. »Wolfsblut«, sagte er tonlos. Er starrte auf Babu, auf dessen Stirn, aber er sah in die Vergangenheit. Felt sah Gerder, der umringt war von großen schwarzen Schatten. Es waren Bestien, dämonische Kreaturen mit scharfen Zähnen, hartem Fell – und kochend heißem Blut. Felt sah Gerder schreien, sah, wie er sich vor Schmerzen wand, den Armstumpf umklammerte, und er hörte das Röcheln. Das Blut eines sterbenden Wolfs erstarrte auf Gerders Brust zu einem steinharten Panzer, der ihm die Luft nahm.

»Wir konnten Gerder nicht vom Boden lösen«, sagte Felt langsam, noch immer umfangen von der Erinnerung an das furchtbare Massaker vor der Höhle. »Er war ganz mit einer harten Blutkruste bedeckt ... Ist das wahr, Babu? Trägst du einen Splitter von diesem Blut in deiner Stirn?«

Er nickte kaum sichtbar, sah mit glänzenden Augen zu Felt auf. Dem kam ein weiterer Verdacht.

»Das war wohl gar nicht die erste Begegnung, dein erster Kampf mit diesen Bestien, als du mir das Leben gerettet hast?«

»Ich habe die Wölfe verfolgt, eine sehr lange Zeit. Schon da hatte ich das Gefühl, sie waren überhaupt nur da, *weil* ich sie verfolgte. Sie waren meine Rache und mein Hass, meine Wut und meine Verzweiflung. Die Wölfe sind durch mich in diese Welt gelangt, ich weiß nicht, wie ... Wenn es sich nicht so seltsam anhören würde, würde ich sagen, sie wurden in meinem Schmerz geboren.«

Teleia nahm den Wasserkrug und reichte ihn Babu. Während er trank, strich sie ihm über die Haare. Es war immer wieder berührend, welche Gewissheit in jeder von ihren Gesten war. Felt spürte einen heißen Kloß in seinem Hals.

»Das mag sich zwar seltsam anhören«, sagte Reva zu Babu,

»aber es kann dennoch wahr sein. Ich glaube, es ist nicht notwendig, den alten Schmerz in allen seinen Schichten zu erforschen, um zu verstehen, was dich heute quält. Nehmen wir hin, dass diese Wölfe durch dich in die Welt kamen.«

»Verzeiht mir, bitte. Felt, es tut mir so leid …«

Babu kämpfte gegen die Tränen, sah flehend zu Reva, zu Felt und dann zu Boden. Teleia legte ihm eine Hand auf den Rücken und blickte Felt an.

»Aber«, sagte der und räusperte sich. Der Kloß in seinem Hals wollte sich nicht recht auflösen. »Was gibt es denn zu verzeihen? Hier geht es doch nicht um Schuld, oder? Ich sehe nicht, dass du schuldig bist. Ich sehe, dass du benutzt worden bist, Babu. Du warst doch nicht derjenige, der diese Bestien heraufbeschworen hat – du hast sie bekämpft! Deshalb stehe ich doch überhaupt noch hier!«

Von Satz zu Satz war Felts Stimme fester geworden. Aber keiner antwortete. Teleia ging wieder zu ihren Broten und fuhr fort, Teiglinge zu formen. Zwischen ihren hellblonden Augenbrauen war eine senkrechte Falte aufgetaucht.

Reva schwieg.

Das Ofenhaus war mit einem Mal von einer angespannten Stille erfüllt, die Felts Versuch, Babu die Schuld abzusprechen, scheitern ließ.

Das waren keine Wölfe.

So klar und deutlich hörte Felt Wigos Stimme, dass er sich beherrschen musste, sich nicht nach ihm umzudrehen. Die Wölfe waren – ganz so, wie Babu gesagt hatte – Gestalten der Angst, der Wut, der Rache. Es waren Dämonen des Entsetzens. Das hatte Felt bereits in Wiatraïn begriffen, genau an diesem Punkt war er schon einmal angelangt, nachdem Reva aus Wigos Aufzeichnungen vorgelesen hatte. Der hatte beschrieben, wie in jedem Menschen viele Fähigkeiten wohnen konnten, und dass jeder Mensch sein Seelengebäude unterschiedlich einrichten würde. Manche stellten Herzlichkeit und Großmut hinein, andere Tapferkeit, Willensstärke oder Weisheit. Manche Menschen nähmen von allem etwas, andere von einem viel. Dann aber hatte Wigo die eine Kammer des Seelengebäudes angesprochen, in der Finsternis war. Jeder Mensch hatte eine solche Kammer. Sie müsse immer verschlossen bleiben, denn den Schrecken zu begegnen, die in einem selbst wohnten, das überstehe man nicht, das sei zu entsetzlich. Damals hatte Felt sich gefragt, wessen Grauen so groß gewesen war, dass es aus seinem Innern bis hinein in die Wirklichkeit gelangen konnte. Wer hatte die Kammer, in der die Schrecken wohnten, nicht sorgfältig genug verschlossen? An wessen Tür hatte Asing gerüttelt?

Nun wusste er es.

»Manchmal gibt es mehr als eine Wahrheit«, sagte Teleia. »Manchmal kann einer schuldlos schuldig werden. So gern die Menschen sonst nach Zwischenlösungen suchen, in Schuldfragen ist der Wunsch nach Klarheit groß. Wenn es keine Klarheit gibt, heißt es: Er mag zwar nicht schuld sein, aber die Verantwortung muss er dennoch übernehmen.«

Niemand sagte etwas darauf. Was gab es auch zu sagen? Hier war kein Richter, der Babu hätte verurteilen können. Aber auch kein Opfer, das Babu hätte freisprechen können, indem es ihm verzieh. Die Opfer waren alle tot. Es stand Felt nicht zu, anstelle der Dienerin Alba, der zerrissenen Soldaten, der zerfetzten Kaufleute, anstelle des erstickten Gerder oder des dem Fieber erlegenen Wigo den jungen Merzer von seiner Verantwortung zu befreien. Er wollte es gern, aber es war nicht möglich.

»Siehst du, Felt? Begreifst du nun?« Babu lächelte matt. »Durch mich sind die Wölfe in die Welt gelangt. In mir ist ein Riss, eine Wunde, die sich nicht schließen will. So fühlt es sich für mich an. Der Dämon sagt, dort hindurch würde auch er kommen. Das darf ich nicht zulassen. Habe ich nicht schon genug Unheil angerichtet?« Er stand auf. »Felt, du hast gefragt, warum ich mein Leben beenden will, wo wir doch beschlossen haben, für das Leben auf dem Kontinent zu kämpfen. Jetzt weißt du's. Wenn ich den Splitter nicht entfernen kann, dann muss eben ich aus dieser Welt entfernt werden. Wenn ich sterbe, schließt sich das Tor. Wenn ich sterbe, kann das Leben weitergehen. Und wenn ich auf diese Weise meine Schuld abtragen kann, dann komme ich günstiger weg, als ich es je verdient hätte.«

11

An Babus schwere Worte konnte man keine weiteren anknüpfen; auf das Gespräch am frühen Morgen musste erst ein Schweigen folgen. Babu war nicht wieder nach oben in seine Dachkammer in der Mühle gestiegen, sondern hinaus in den Tag getreten. Er ging um den Teich und dann den Bachlauf bergan – am Himmel folgte ihm Juhut, sehr weit oben, sehr fern. Felt stand in der Türöffnung des Ofenhauses und sah den beiden nach. Babu fürchtete sich also vor der Szasla? So seltsam das zunächst anmutete, Felt konnte es verstehen. Es war die Furcht, nicht zu genügen. In Babu war mehr dunkle, schwere Trauer, als Felt sich das hatte vorstellen können – im scharfen, erbarmungslosen Blick der Szasla musste diese Trauer besonders groß und finster erscheinen. Das Letzte, was Juhut tat, war Trost zu spenden. Aber vielleicht wäre es das, was Babu am dringendsten brauchte? Mit einem beklommenen Seufzen blickte Felt nach oben. Im Blau des Firstenhimmels war der Falke kaum noch erkennbar, aber umgekehrt sahen Juhuts Augen ganz sicher, was unter ihm vorging. Die Szasla hielt an Babu fest, mehr noch: Juhut war es zu verdanken, dass Babu noch nicht in den Abgrund gestürzt war, der sich in seinem Innern auftat. Der Falke war die Schutzmacht, die über Babu schwebte und den Dämon daran hinderte, von ihm Besitz zu ergreifen. Zwei, drei tiefe Atemzüge lang erschien es Felt, als sei er nur ein Spielstein, der von großen, unsichtbaren Mächten auf dem Spielbrett des Kontinents hin- und hergeschoben wurde. Weder er noch Babu noch irgendein Mensch konnten wirklich etwas ausrichten – die Spieler waren Dämonen und Szaslas, Undae und Hüter, vielleicht noch andere, größere, fremdere Mächte, die Felts Vorstellungskraft weit überstiegen und von denen er deshalb nie etwas wissen würde. All diese Mächte spielten ein großes Weltenspiel, das viele Menschenleben dauerte und erst zu Ende war, wenn alle Runden, alle Zeitalter durchlaufen waren.

Als Felt kaum noch Luft bekam, weil eine allumfassende, der Machtlosigkeit entspringende Furcht ihn umklammert hielt, trat Melrunden aus einem der Häuschen. In Decken gehüllt, steuerte sie die Bank am Wasser an. Ihr Hüftleiden ließ sie hinken, machte sie aber nicht übellaunig: Als sie Felt sah, hob sie den Arm und winkte ihm fröhlich zu. Sie wollte, dass er sich zu ihr auf die Bank setzte. Sie wollte einen Zuhörer. Und Felt wollte nur zu gern einer von Melrundens Geschichten lauschen und darüber wenigstens eine Zeit lang vergessen, wie ohnmächtig er sich fühlte.

»Der Junge mag sich wohl nicht zu uns setzen?«, fragte Melrunden vorsichtig hoffend, als Felt sich zu ihr gesellte.

Er schüttelte den Kopf.

»Na, macht ja nichts. Was soll er sich auch mit mir altem Weib abgeben. Ich kann zufrieden sein, dass du ein bisschen mit mir sitzen magst – auch wenn du nicht halb so gut aussiehst wie er.« Sie wackelte tadelnd mit dem Kopf. »Ich sollte nicht immer darauf herumreiten und es tut mir leid. Du musst denken, ich halte dich für ein Ungeheuer, dabei stimmt das überhaupt nicht. Ich sehe deinen Kummer und ich spüre, du hast ein gutes Herz. Ein ehrliches, warmes Herz. Es ist meine Schwäche, meine ganz allein, dass ich der Jugend hinterherseufze. Aber wenn du glaubst, es sei einfach, alt und gebrechlich zu sein, dann irrst du. Ich kann mich nur ganz schlecht damit abfinden, nicht mehr jung zu sein – dabei hatte ich wahrlich Zeit genug, mich an das Alter zu gewöhnen. Dennoch! Diese Hügel waren vor mir hier; sie werden hier sein, wenn ich nicht mehr bin. Die Lindbäume waren vor mir hier; sie werden hier sein, wenn ich nicht mehr bin. Was mache ich für einen Unterschied in der Welt? Was ist mein Leben wert gewesen? Das frage ich mich jeden Tag, jeden Tag ...«

Ihr Sprechen wurde zum unverständlichen Brabbeln, schließlich verstummte sie ganz. Felt hätte gern einige tröstende Worte gesagt, aber sie verstand ihn ja nicht. Dann dachte er, dass es ohnehin besser sei zu schweigen. Was sollte das für ein Trost sein – *einmal werden wir alle alt*? Erstens stimmte das nicht, Felt brauchte sich nur den kleinen Lerd in Erinnerung zu rufen, der in seinem Bett verhungert war. Zweitens nützte es nichts, ein Leben mit einem anderen zu vergleichen. Ja, sterben, das mussten alle. Hatte dieses Wissen je einem Sterbenden geholfen? Und was nützte es Felt, dass auch andere Soldaten Finger oder Zehen verloren hatten, weil sie ihnen während der Wache abgefroren waren? Seine Soldaten hatten gelitten, er hatte ebenfalls gelitten. Er konnte kaum einen Becher in der Rechten halten, so schwach und ungeschickt war die Hand nun. Der Gedanke, dass es irgendwo jemandem ganz ähnlich ging, verhinderte nicht, dass ihm hier und heute der Becher aus der Hand glitt. Melrunden fiel es also schwer, alt zu sein und bald sterben zu müssen? Je nun, warum auch nicht? Musste denn jede Greisin milde auf ihr Leben zurückblicken, durfte sie nur mit einem versöhnlichen Lächeln auf den dürren Lippen die Augen für immer schließen? Das war Wunschdenken. Melrunden hatte das Recht, ihr eigenes Sterben zu bedauern. Trotzdem wäre es Felt lieb gewesen, sie hätte ihn nicht auf diese Gedanken gebracht, sondern ihm einfach etwas erzählt. Er rieb sich die Oberarme; er hatte keine Decke dabei, und obwohl die Sonne nun über die Hügel stieg, war es in Hemd und Wams kalt auf der Bank. Felts Bewegung holte Melrunden aus ihrer Träumerei.

»Oh, ich dummes Nüsschen! Du frierst!«

Felt winkte ab. »Da bin ich ganz anderes gewohnt. Der Firsten hier ist wie ein kühler Lendern bei uns.«

»Hm!«, machte sie und der Schalk blitzte aus ihren kleinen Augen. »Das klang sehr nach einer Angeberei! Ein richtiger Mann friert nicht, niemals, nicht wahr?«

Felt musste lächeln.

»Dachte ich's mir doch.« Sie zog genüsslich ihre Decke bis zur Nasenspitze hoch und sagte gedämpft: »Geschieht dir recht! Jetzt musst du weiter ganz männlich so tun, als würdest du nicht frieren, während ich dir eine Geschichte erzähle! Und ich verspreche dir, sie ist nicht allzu kurz. Es ist die von den drei Schwestern und dem Jägersmann. Ganz so verstaubt ist mein Hirn noch nicht, ich weiß sehr wohl, ich habe sie noch nicht fertig erzählt.«

12

»Nun waren also die jüngste und die älteste Tochter im Wald verschwunden und die braven Leute waren sehr betrübt. ›Wer wird mir, wenn ich ganz klapprig geworden bin, die Stiefel von den Füßen ziehen?‹, fragte der Vater. ›Wer kocht mir, wenn ich keinen Zahn mehr im Mund habe, eine gute Suppe?‹, fragte die Mutter. Sie dachten beide nicht daran, dass die mittlere Tochter dies ja tun könnte. Denn die war zwar ein liebes Kind, aber eigen. Der Vater glaubte von ihr, sie sei zu etwas Höherem berufen, als auf einem Hof zu arbeiten. Die Mutter meinte, ihr sei großes Leid vorherbestimmt, denn das Mädchen war bei Neumond geboren. In jener finsteren Nacht waren zudem drei Schwälbchen aus dem Nest in der Scheune gefallen, und das war ein schlechtes Zeichen. Als nun die mittlere Tochter den Eltern ankündigte, sie wolle in den Wald gehen und nach den Schwestern suchen, da weinten sie zwar, hielten sie aber nicht zurück. So ging sie also. Sie hatte keine Angst vor dem Wald, denn mit den Bäumen verband sie eine innige Freundschaft. Sie stand nicht wie ihre Schwestern traurig zwischen den Stämmen, sondern spazierte umher. Mal strich sie bewundernd einem alten Baumriesen über die Borke, mal stupste sie aufmunternd einem jungen Wildling die grünen Blättchen. Schließlich traf auch die mittlere Schwester auf den Jägersmann, der, wie sich jeder inzwischen denken kann, ein Zauberer war. ›Du also hast meine Schwestern mit dir genommen‹, sagte das Mädchen. ›Aber nein‹, erwiderte der Jägersmann. ›Sie sind ganz freiwillig mit mir gekommen. Willst auch du mit mir kommen? Ich werde für dich sorgen und du musst nichts weiter tun, als mir eine Nacht von drei Nächten zu Diensten sein. Die andere Zeit hast du für dich.‹ – ›Ich glaube, du sagst nicht ganz die Wahrheit. Ganz freiwillig sind sie nicht mit dir gekommen. Auch ich gehe nicht ganz freiwillig mit dir mit, denn wenn ich meine Schwestern wiedersehen will, dann *muss* ich ja mit dir kommen.‹ Der Jägersmann lachte, ein solches Mädchen war ihm noch nicht begegnet. ›Du sollst außerdem wissen, dass ich dir nicht eine Nacht von drei Nächten zu Diensten sein werde‹, sagte das Mädchen noch. Aber der Jägersmann war so mit Lachen beschäftigt und sich seiner Überzeugungskraft zudem so sicher, dass er nicht hörte, was das Mädchen sagte. Er führte das Mädchen zu seinem Haus, das in einem Teil des Waldes lag, in dem es noch nie zuvor gewesen war. Hier kannte das Mädchen die Bäume nicht mehr und es hatte das Gefühl, alles um das Haus herum sei in einem tiefen Schlaf gefangen. Kaum ins Haus eingetreten, sperrte der Jägersmann das Mädchen in eine Kammer, drehte den Schlüssel dreimal im Schloss herum und sagte: ›Nun hast du, wie ich dir versprochen habe, deine Zeit für dich.‹ Das war niederträchtig, aber die mittlere Tochter hatte nichts Gutes von dem Jägersmann erwartet und blieb deshalb gefasst. Sie lauschte darauf, dass er das Haus verließ, dann rief sie nach ihren Schwestern. ›Hier bin ich‹, antwortete die ältere von einer Kammer nebenan. ›Und ich bin hier‹, tönte es von der jüngeren Schwester auf der anderen Seite. ›Wo verwahrt er den Schlüssel?‹, fragte die Mittlere. ›Über dem Kamin‹, sagte die Jüngere. ›Kannst du bis dort hinaufreichen?‹, fragte wieder die Mittlere. ›Aber ja!‹, sagte die Jüngere. Darauf lachte die Mittlere, denn sie hatte genau gehört, dass das gelogen war. Dennoch zweifelte sie nicht daran, dass die Jüngere schon einen Weg finden würde, den Schlüssel zu erreichen. Denn die war, wie schon erwähnt, sehr mutig und gewitzt. Nun aber besprachen die Schwestern, wie sie es anstellen könnten, aus den Kammern freizukommen. Alle drei auf einmal, das würde kaum gelingen. Aber dass die Zurückgebliebenen unter der Flucht zu leiden hatten, gar bestraft würden, das durfte auch nicht sein. Am Abend, als der Jägersmann wieder nach Hause kam, brachte er einen Hasen zum Essen mit. Er schloss die Kammer der Jüngeren auf und sagte: ›Bereite uns das Abendessen.‹ – ›Sehr gern‹, sagte die Jüngere, die noch ein Kind war. ›Aber für einen guten Hasenbraten brauche ich ein gutes Feuer. Geh und hol mehr Holz!‹ Das tat der Jägersmann und war voller Vorfreude auf den Braten und auf alles, was danach noch kommen sollte. Während er nun draußen das Holz holte, stieg die Jüngere auf einen Stuhl, langte nach dem Schlüssel über dem Kamin und schloss geschwind die Kammer der Mittleren auf. Gerade hatte sie den Schlüssel wieder zurückgehängt, da kam der Jägersmann mit dem Holz. Sie hatte keine Gelegenheit mehr, den Stuhl wieder an den Tisch zu rücken, also setzte sie sich einfach drauf. ›Was tust du denn da?‹, fragte der Jägersmann und blickte misstrauisch mit seinen schwarzen Augen umher. Aber der Schlüssel hing am Haken, wo er hängen sollte. ›Mir war so einsam und bang, als du aus dem Haus gegangen bist‹, log die jüngere Schwester. ›Da habe ich mir den Stuhl ans Feuer gerückt, damit es mich tröstet.‹ Das nun fand der Jägersmann so lieb und rührend, dass er den Schlüssel ganz vergaß. Die Jüngere bereitete das Essen und anschließend war sie in ihrer Kammer dem Jägersmann zu Diensten. Die Mittlere, die alles mit anhören musste, weinte währenddessen um die Unschuld ihrer jüngeren Schwester. Als er endlich fertig war, schloss er die Jüngere wieder ein mit den Worten: ›Nun hast du, wie ich dir versprochen habe, deine Zeit für dich.‹ Dann legte er sich schlafen. Da aber lief die Mittlere zum Kamin, holte den Schlüssel und befreite die Jüngere. Sie umarmten sich und die mittlere Schwester sagte: ›Lauf nach Hause und hab keine Angst im Wald. Sag nur immer diesen Vers vor dich hin:

Eins und zwei und drei mal drei
ein Stamm, ein Ast, ein Rabenei.
's war nur ein Traum, es ist nicht wahr –
von Baum zu Baum, gleich bin ich da.

Dann wirst du den Weg sicher finden.‹ Und die Jüngere lief davon. Ein besonders kluger Zuhörer wird sich nun fragen, warum um alles in der Welt sie nicht einfach die Kammer der Älteren ebenfalls aufschloss und sie alle zusammen wegliefen.«

Felt war so gefangen von der Geschichte, dass er einen Moment brauchte, um zu begreifen, dass Melrunden ihn angesprochen hatte. Er nickte.

»Ja, allerdings, das erscheint mir seltsam, dass die anderen bleiben.«

»Ha! Ich sagte es doch: Die Mittlere war ganz eigen.« Melrunden lehnte sich zu Felt und wisperte verschwörerisch: »Das Mädchen wollte den Jägersmann, der ein Zauberer war, für immer aus dem Wald vertreiben.« Sie richtete sich kerzengerade auf und aus den Decken erhob sich belehrend ein knochiger Finger. »Wenn sie nur einfach allesamt davonliefen, was hielte ihn ab, wieder in irgendeiner Gestalt zum elterlichen Hof zu schleichen und sie abermals wegzulocken?«

»Nichts«, sagte Felt und hoffte, dabei eine einsichtige Miene zu machen. Melrunden sah ihn aber gar nicht an, sondern nickte vor sich hin.

»Ja, ja«, sagte sie, »vorausschauend und klug war die Mittlere. So klug, dass sie der Jüngeren noch auftrug, die nun leere Kammer zu verschließen und auch sie selbst wieder einzuschließen, bevor sich das Kind endlich davonmachte. Es lief durch den dunklen Wald, aber es sagte immer laut vor sich hin:

Eins und zwei und drei mal drei
ein Stamm, ein Ast, ein Rabenei.
's war nur ein Traum, es ist nicht wahr –
von Baum zu Baum, gleich bin ich da.

So hatte es keine Angst und kam glücklich zu Hause an. Am Morgen erwachte der Jägersmann aus einem schlechten Traum, stürzte zu den Kammern der Schwestern und rüttelte an den Türen. Aber sie waren alle verschlossen und da vergaß er den Traum. Am Abend öffnete er die Kammer der Älteren. Dieses Mal hatte er einen Fasan zum Essen gebracht. ›Bereite uns das

Abendessen‹, sagte er. ›Sehr gern‹, sagte die Ältere. ›Aber für einen guten Fasanenbraten brauche ich ein gutes Feuer. Geh und hol mehr Holz!‹ Das tat der Jägersmann und war voller Vorfreude auf den Braten und auf alles, was danach noch kommen sollte. Wie am Abend zuvor schloss die Ältere in der Zwischenzeit die Kammer der Mittleren auf; wie am Abend zuvor weinte diese später um die Unschuld ihrer Schwester und wie am Abend zuvor wurde die Ältere befreit, als der Jägersmann sich schlafen gelegt hatte. Wieder wurden alle drei Kammern verschlossen, aber die Mittlere ging diesmal mit der Älteren mit. Nur ein kleines Stück, dann umarmten sie sich und die Ältere lief durch den dunklen Wald. Weil sie dabei immer laut das Eins-zwei-drei-mal-drei-Sprüchlein vor sich hin sagte, fürchtete sie sich nicht und kam glücklich zu Hause an. Die Mittlere blieb in der Nacht unter den Bäumen beim Haus, von denen sie immer noch den Eindruck hatte, sie würden schlafen. Am Morgen erwachte der Jägersmann aus einem schlechten Traum, stürzte zu den Kammern der Schwestern und rüttelte an den Türen. Aber sie waren alle verschlossen und da vergaß er den Traum. Er verließ das Haus und das Mädchen ging ihm nach. Der Jägersmann wanderte durch den Wald und blickte mit seinen schwarzen Augen umher. Und wie er so ging, da trat er nach einem Stein und wanderte weiter. Aber das Mädchen sah, dass es in Wahrheit kein Stein, sondern eine Kröte war, und als es bei der Stelle vorbeikam, sagte es: ›Sei kein Stein, sei die Kröte, die du in Wahrheit bist.‹ Und schon hüpfte der Stein davon, denn es war ihm wieder eingefallen, was er wirklich war. Da kam der Jägersmann an einem Dornendickicht vorbei und schlug danach. Aber das Mädchen sah, dass es in Wahrheit kein Dornendickicht, sondern Spinnentiere waren, und als es an der Stelle vorbeikam, da sagte es: ›Sei kein Dornstrauch, sei das Gewimmel von Spinnentieren, das du in Wahrheit bist.‹ Und schon krabbelte der Dornstrauch auf vielen Beinen davon, denn es war ihm wieder eingefallen, was er wirklich war. Schließlich traf der Jägersmann auf ein altes Weib, das mit krummem Rücken Reisig vom Waldboden aufklaubte. Er holte tief Luft und pustete aus und in dem Wind, den er so machte, flog der Alten aller mühsam zusammengetragene Reisig davon. Das sah das Mädchen und wurde zornig und rief: ›Sei das Wasser, das du in Wahrheit bist, und ertränke ihn!‹ Und schon sprudelte eine Quelle, wo eben noch die Alte gestanden hatte, und das Wasser schwoll an und spülte den Jägersmann fort. Und als er nun verschwunden war, verschwand auch sein Haus, denn es war nur Zauberwerk gewesen. Da erwachten auch die Bäume ringsum, denn er hatte sie schlafen gemacht, damit er in Ruhe seine bösen Taten vollbringen konnte und niemand ihn verriet. Die Bäume raschelten mit ihren Blättern und das Mädchen verstand, dass sie ihm dankten. Und wie es nun das Rascheln in den Bäumen und das Plätschern des Wassers hörte, da war sein Herz von einer Freude erfüllt, die es bisher nicht gekannt hatte. ›Niemals wieder möchte ich fort von hier‹, sagte es, und kaum hatte es das ausgesprochen, da standen drei Frauen um die Quelle. Eine war schön wie der Mond, die zweite zart wie ein Libellenflügel, und als die dritte sprach, war ihre Stimme rau wie Erz. Sie sagte: ›Dein Wunsch soll in Erfüllung gehen.‹ Die drei Frauen nahmen jede eine Handvoll Wasser aus der Quelle, und als das Mädchen aus der Hand der Schönen trank, sagte diese: ›So dies frisch ist, so das jung bleibt.‹ Als das Mädchen aus der Hand der Zarten trank, sagte diese: ›So dies fließt, so das geschäftig ist.‹ Und als es dann aus der Hand der Rauen trank, sagte diese: ›So dies klar bleibt, so das wahrhaftig ist.‹ Kaum hatte das Mädchen den letzten Schluck genommen, da waren die Frauen wieder verschwunden. Es selbst aber blieb von da an nicht nur bei der Quelle und unter den Bäumen, es blieb auch bis auf den heutigen Tag jung, geschäftig und wahrhaftig.«

13

Teleia holte Melrunden zum Mittagessen ins Haus und Felt begleitete die beiden Frauen. Wie jeden Tag gab es Suppe mit Nussbrot und selbst ein nicht so genügsamer Esser wie Felt wäre diese Speise nicht leid geworden. Der süßlich sanfte Geschmack der Sedrowes machte zufrieden und nach dem Essen war es jedes Mal so, als habe sich einem eine schnurrende Katze auf dem Bauch zusammengerollt. Melrunden brauchte ihr Nickerchen und Felt half Teleia, die Schüsseln abzuräumen und zu waschen, obwohl sie das nicht gern hatte und Felt mehr Unordnung stiftete, als dass er eine Unterstützung gewesen wäre.

»Du schaust mich so seltsam an«, sagte Teleia, »und dein Geklapper geht mir auf die Nerven. Du wirst noch das schöne Geschirr zerschlagen. Setz dich und ich beantworte die Fragen, die ich in deinem Gesicht sehe.«

Felt setzte sich wieder an den Tisch und sah dem blonden Mädchen zu, wie es Töpfe und Schüsseln wusch, das angeschnittene Brot in ein Tuch einschlug und mit geübten Handgriffen wieder Ordnung in die Stube brachte. Er suchte nach einer Ähnlichkeit zwischen Melrunden und Teleia. Nach der Ähnlichkeit von Schwestern. Aber sie war so jung und Melrunden so alt. War Teleia einmal älter gewesen als Melrunden? War sie die Mittlere und Melrunden die Jüngere gewesen? Es kamen ihm Überlegungen in den Sinn, die ihm schon bei Sardes gekommen waren: Wie war es zu ertragen, wenn alle Menschen, die einem etwas bedeuteten, nach und nach starben? Würde man sich mit der Zeit auf niemanden mehr einlassen können oder gewöhnte man sich an das Kommen und Gehen? Es war sicher so, wie Melrunden gesagt hatte, das Altern war eine schwierige Angelegenheit; Felt hatte davon längst eine Vorahnung. Aber wie war es, ein Quellhüter zu sein und nicht zu altern, nicht zu sterben? Vielleicht kam das nur auf die Sichtweise an. Der Vater hatte in der Geschichte seiner mittleren Tochter etwas Höheres zugetraut, als auf einem Hof zu arbeiten. Und die Mutter hatte ihr großes Leid vorausgesagt. Es konnte sein, dass beides zutraf. Dass es zwei Wahrheiten gab – oder sogar noch mehr. Vielleicht hatte jeder seine eigene Wahrheit und es kam nur darauf an, dass man dieser Wahrheit treu blieb.

»Nun, bisher hast du dir alle Fragen selbst beantwortet«, sagte Teleia, während sie mit kräftigen Schwüngen fegte. »So ist es mir natürlich am liebsten.«

Sie stellte den Besen weg, setzte sich Felt gegenüber an den gescheuerten Holztisch und verschränkte ihre roten, glänzenden Finger. Es war seltsam, ihre Hände ruhen zu sehen. Teleias Unterarme waren so kräftig wie die eines jungen Burschen.

»Ich muss in die Mühle und habe nur wenig Zeit. Deshalb werde ich dir ohne Umschweife sagen, was ich von der ganzen Sache halte. Ihr seid nun einmal im Firsten gekommen, da muss ich mahlen und backen und Öl machen und kann mich nicht groß um etwas anderes kümmern. Dennoch habe ich Babu gepflegt und gehört, was er im Fieber sprach. Ich konnte es nicht verstehen, aber ich habe große Angst und tiefe Verzweiflung gehört. Das hat mir sehr leid getan. Auch dich habe ich bedauert, denn du bist auf eine Art noch entwurzelter als er. Babu hatte seinen Platz noch nicht gefunden, du wohl. Nun musst du dich neu finden, und ob das gelingen wird, kann niemand wissen. Aber ich traue dir viel zu, Felt, denn dein Wille ist sogar noch stärker als dein Körper. Du warst sehr geschwächt, als du hier ankamst, und Babu war fast tot. Er lebt noch, weil du es so wolltest – verstehst du?«

Felt nickte. Teleias Augen waren von einem fast magischen Blau.

»Nun«, fuhr sie fort, »vieles wäre einfacher, wenn er gestorben wäre. Du hast ihn davon abgehalten; du musst nun mit den Folgen zurechtkommen. Babu selbst ist nicht schlecht, aber durch ihn kommt Schlechtes in die Welt. Das hat er erkannt und er will das nicht zulassen. Er ist ungestüm, er ist unvernünftig – er ist noch jung – und er ist sehr traurig. Mir ist niemals jemand begegnet, der eine solche Traurigkeit mit sich herumschleppt. Er ist ganz schwer von all der Traurigkeit. Es wird ihm aber nicht gelingen, sich selbst zu richten; der Falke hält ihn zurück und der Falke ist stark. Du jedoch kannst es tun. Wenn Babu also dich bittet, ihn zu töten, dann musst du wissen, dass es darauf keine richtige oder falsche Antwort geben kann. Es kann nur *deine* Antwort darauf geben.«

Sie stützte sich mit ihren kräftigen Armen auf und erhob sich. Felt war nicht in der Lage, sich zu rühren.

»Sei gewiss, Babu wird fragen. Deine Antwort, Felt, wird entweder sein Leben retten oder das vieler anderer.«

14

Felt hatte seine Rüstung angelegt, sein Schwert genommen und war den Bachlauf hoch bis zur Quelle gegangen. Seit zwei Zehnen hatte er weder Brustschutz noch Waffe angerührt, aber die Zeit des Wartens, Ruhens, Zuhörens war vorüber. Oberhalb der kleinen Badehütte sprang das Wasser zwischen großen Steinen hervor, von denen einer rund war wie ein krummer Rücken. Die Tage waren kurz geworden und die Sonne stand schon tief im Westen, obwohl es noch lange nicht Abend war. Die Unda ging langsam neben dem Bachlauf her, das gefrorene Gras knirschte über dem Glucksen des Wassers. Reva hatte die Kapuze in die Stirn gezogen und irgendetwas erinnerte Felt an das Höhenlager und wie die drei Undae dort in den Lendernbächlein gewandert waren. Es schien eine halbe Ewigkeit her zu sein. Hier gab es keine Sedrabras und auch die Landschaft war viel lieblicher als die Westflanke der Randberge – zudem verflachten diese Hügel nicht zu einer Aschewüste, sondern wurden zum Tal der Weißen Aelga, die schließlich in den Eldron mündete. Felt sah über die mit Raureif und Schnee bestäubten Hügelkuppen, sah in den Senken den Abend sich dehnen und sein Kommen vorbereiten. Er konnte gut nachfühlen, dass man diesen Ort niemals verlassen wollte. Nur war es nicht Felts Ort, sondern ganz allein Teleias. Er musste fort von hier, er war entwurzelt, sie hatte recht, und ob er je wieder nach Hause konnte, war fraglich.

»Wigo hat in vielem richtig gelegen«, sagte Reva, ohne Felt anzusehen. »Er muss sich lange mit der Bedrohung beschäftigt haben. Es stimmt, wir Undae wussten nicht, wo Asing ist und was sie geworden ist. Wir wussten nicht einmal, dass ihr Dämon der Grund für all das Übel ist. Das Feuer ist uns verschlossen. Sie konnte sich darin vor uns verbergen.«

Reva schob sich die Kapuze aus der Stirn und sah Felt mit ihren hellen Augen bekümmert an. Er setzte sich auf den runden Quellstein und Reva hielt kurz eine Hand in das eisige Wasser.

»Wahrhaftigkeit mag verzichtbar erscheinen, wenn Friedfertigkeit, Gerechtigkeit oder Liebe zu versiegen drohen. Die Fähigkeit zur Freundschaft ist bereits verloren und etwas sagt mir, dass auch die Selbstlosigkeit vergangen ist.«

»Sardes? Tot?«

Es war keine Überraschung, dennoch legte Trauer eine

schwere Hand auf Felts Brustbein. Er musste tief atmen, um den Druck loszuwerden.

»Ob Sardes tot ist, das lässt sich kaum eindeutig sagen. Er ist hinter den Stein gegangen und Prams Quelle ist versiegt. Ja, das ist geschehen und das kann man ›tot‹ nennen. Endgültig diese Welt verlassen wird er jedoch erst, wenn alles Wasser, das er gesammelt hat, wieder mit den Wassern des Kontinents vereint ist. Es wird aber immer unsicherer, ob das noch geschehen kann.«

Sie wandte sich wieder ab und schaute in die untergehende Sonne. Im sanften, rötlichen Licht wurden die Narbenranken auf Revas Gesicht fast unsichtbar.

»Du weißt, ich habe wenig Einsicht in die Zukunft«, fuhr sie fort. »Aber auch mir hat unser Aufenthalt in Wiatraïn einige Fähigkeiten vertieft. Ich ahnte, dass Babu etwas verbirgt, und ich wusste, diese Quelle hier würde die Wahrheit schneller hervorholen. Hier musste er es aussprechen.«

Wieder legte sich der Druck auf Felts Brust. Er rieb sich die Fingerstümpfe, dann umfasste er mit der gesunden die verkrüppelte Hand. Während der letzten Zehnen, als er sich um den so tödlich verwundeten Babu gesorgt hatte, war Felt immer wieder eine Erinnerung in den Sinn gekommen: Wie er im Morgenlicht aus der Höhle trat, erst geblendet war und dann den jungen Bogenschützen vom Rücken eines Pferdes springen sah. Was hatte Babu sich gefreut, als Felt ihm die Pferde geschenkt hatte. Alles war furchtbar gewesen, die dämonischen Bestien hatten alle getötet, Wigo war gestorben – und dennoch war alles einfacher gewesen als jetzt. Aus dem Nichts waren die Ungeheuer aufgetaucht, aus dem Nichts waren die Retter aufgetaucht, Babu und Juhut. Die Erkenntnis, dass sein Lebensretter gleichzeitig der Unheilstifter war und die Wölfe nur da gewesen waren, weil Babu da gewesen war, belastete Felt mehr, als er zugeben wollte. Er fühlte sich hintergangen.

»Er kommt«, sagte Reva, aber Felt schaute nicht auf. Er hatte sich Anda auf die Knie gelegt und stützte sich mit den Ellenbogen auf das Futteral seines Schwerts. Er wusste, was Babu ihn fragen würde. Und auch die Antwort kannte er bereits – *seine* Antwort.

15

»Nein.«

Babu sah ihn mit runden Augen an und Felt erwiderte ruhig den Blick des jungen Mannes.

»Felt! Du musst! Du musst mich töten!«

»Nein.«

Babus Blick flackerte zu Reva, aber die Unda schwieg.

»Aber wie …? Warum …?«

Babu legte die Fingerspitzen gegen die Stirn, schloss die Augen. Er versuchte, sich zu sammeln. Aber es sah aus, als ob er den Splitter in seiner Stirn um Beistand bitten würde. Felt war sich bewusst, dass er nicht nur zu Babu sprach. Hinter einer dünnen Haut lauerte eine Anwesenheit darauf, hervorzubrechen. Langsam zog er Anda aus dem Futteral, legte sich die blanke Klinge auf die Schenkel. Im schwarzen Stahl sah er sein Gesicht. Beinahe hätte Felt sich darüber gewundert, wie fest sein eigener Blick war.

»Dieses Schwert kann dich so schnell töten, Babu, dass du in einem Atemzug von dieser Welt in die andere gelangst. Als ich es bekam, hatte ich das Gefühl, einen Schlüssel zu erhalten. Einen Schlüssel, der mir die Vergangenheit aufschließt, die Zeit, in der ein Welse Ruhm erlangen konnte. Deshalb trägt es den Namen Anda. Inzwischen weiß ich, dass mich mein Gefühl nicht getrogen hat. Ich kann diesem Schwert eine Geschichte geben, ich kann es meinem Sohn überreichen, ich kann damit eine neue Zeit für unser Volk aufschließen. Aber nur, wenn der Kampf um den Kontinent gewonnen wird. Nur wenn die Menschheit überlebt, werde auch ich überleben; ich kann nur als Sieger nach Hause zurückkehren oder gar nicht.«

»Dann töte mich hier und jetzt«, zischte Babu. »Und kehre nach Hause zurück – als Sieger.«

»Du glaubst, wenn ich das Gefäß zerschlage, mache ich das Gift darin unschädlich?«

»Felt, dein Vergleich hinkt. Wenn du wüsstest, wie dunkel meine Gedanken werden, würdest du vielleicht anders reden. Ich habe dir schon einmal gesagt: Ich habe nicht deinen Willen. Ich kann mich nicht mehr lange gegen sie wehren. Es ist der Wille des Falken, der mich noch hier hält, nicht meiner. Und die Hüterin – auch ihre Anwesenheit hilft. Aber ich spüre es, ich sehe es, ich träume es: Das ist alles nur Aufschub. Der Dämon wird mich bald verführt und überwältigt haben!«

Babu wandte sich ab und stapfte einige Schritte davon. Wenn man ihn so sah, in seinem wollenen Kittel und mit wehenden, schwarzen Haaren, war er wieder ganz der einfache, von seinen Gefühlen überwältigte Hirte. Er trug weder einen Bogen und Pfeile auf dem Rücken noch die Falknerweste und den Handschuh. Und er war so jung. Welche Gefahr konnte schon von ihm ausgehen? Felt bräuchte nicht einmal ein Schwert, er war Babu weit überlegen, er konnte ihn mit der Kraft einer Hand und seiner Erfahrung im Kampf niederringen.

Aber dann drehte Babu sich um und aus dem Hirten wurde ein Gezeichneter. Einer mit einem Mal auf der Stirn. Ein Besessener. Im abnehmenden Licht glaubte Felt, das bösartige Auge erkennen zu können. Es öffnete sich und der Dämon blickte ihn an und einen Herzschlag lang war es nicht Blut, was durch Felts Adern strömte, sondern heißer, flüssiger Stahl. Felt stöhnte auf unter dem heftigen, plötzlichen Schmerz; seine Hand krampfte sich um den Schwertgriff. Dann war es vorüber, aber Felt wusste: Dies war eine Vorahnung dessen gewesen, was auf ihn, was auf alle zukam, wenn der Dämon Gestalt annahm. Wenn er Babus Körper und Seele besetzen würde, wäre es nicht mehr der junge Hirte, den es zu bezwingen galt. Wäre Asing erst zurück, würde es mehr brauchen als eine Hand, als Erfahrung – auch mehr als ein Schwert –, um sie zu überwinden. Felt nahm sich zusammen.

»Ist das, was du siehst, denn unbedingt das, was geschehen wird?«, fragte er. »Erinnere dich, Babu, als wir in die Ubid Engat gingen, kamen wir an eine Wegkreuzung. Es gab drei Möglichkeiten. Du warst sie in Gedanken bereits gegangen und wusstest deshalb, welche weiterführte, in die Höhle hinein. Erinnerst du dich?«

Babu nickte, aber seine Miene blieb skeptisch. Reva war den Bachlauf ein wenig hinabgegangen, aber Felt fühlte dennoch ihre Nähe als eine kühle Wand, an die er sich anlehnen konnte und die ihn stützte.

»Zwar hast du die Wege rechts und links gesehen«, sprach Felt weiter, »gegangen sind wir aber nur den einen. Das meine ich. Was in deinen Gedanken ist, was du voraussiehst, was die Zukunft ist: Das ist eine *Möglichkeit*. Du kannst einen Weg wählen. Es muss nicht alles eintreffen, was du voraussiehst.«

Babu lachte bitter auf.

»Ich sehe Dunkelheit, und wenn nicht das, dann sehe ich Feuer. Ich sehe Menschen an purer Verzweiflung sterben, ich sehe sie brennen oder ich sehe, wie sie sich wie Tiere aufeinanderstürzen und sich zerfleischen. Es muss nicht *alles* eintreffen, was ich sehe? Felt! Du begreifst einfach nicht, dass ich *nichts sehe als den Untergang*!«

Er war immer lauter geworden, während er gesprochen hatte.

Nun brach Babu ab und fiel vor Felt auf die Knie. Er bebte wie von Fieberkrämpfen geschüttelt, als er weitersprach.

»Sobald ich meine Augen schließe, sehe ich den Tod. Meine Verbindung zu Juhut … ein dünner Faden, an dem ich nicht mehr zu ihm aufsteigen kann. Ich hätte Wiatraïn nie verlassen sollen. Niemals.«

Babu senkte den Kopf auf die Brust und seine Haare berührten das gefrorene Gras. Inzwischen füllte der Abend alle Senken, stieg schnell bergan und der Tag verblasste am westlichen Himmel.

»Ich bitte dich nochmals«, kam es hinter dem Vorhang aus dunklem Haar hervor, »töte mich. Lass nicht zu, dass dieser Dämon mich verschlingt.«

»Nein.«

»Warum nicht?«

Felt erhob sich, das Schwert in der Linken. Der Abend hüllte ihn, den knienden Babu und Reva in sein blaues Licht.

»Ich bin die Wache«, sagte Felt.

Babu hob den Kopf, strich sich die Haare aus dem Gesicht. Seine braunen Augen glänzten dunkel, fast schwarz.

»Ich bin die Wache«, wiederholte Felt und wich Babus Blick nicht aus. »Ich stehe vor dem Tor und halte ein Schwert in der Hand und warte.«

Das Flehen in Babus Blick wandelte sich in Einsicht – und dann in Wut.

Er sprang auf.

»Dann wirst du mich also nicht gleich erschlagen – *sondern erst, wenn ich ein Dämon geworden bin*? Mir soll nicht vergönnt sein, als Mensch zu sterben?«

Felt schwieg. Nun liefen Tränen über Babus Wangen, aber er bemerkte es nicht. Mit zitternder Stimme sprach er weiter: »Du warst nie mein Freund, Felt; ich hatte nur einen, und der ist tot.

Aber du warst doch in vielem mein Vorbild. Ich habe dich bewundert. Und auch gefürchtet … deine Strenge. Aber vor allem habe ich dir bis jetzt *vertraut … mein Leben vertraue ich dir an*! Aber wem ich auch vertraue, immer werde ich getäuscht! Immer und immer wieder!«

»Der Kampf um die Menschlichkeit kann nicht gewonnen werden, indem Menschen einander erschlagen. Wenn ich dich jetzt töte, Babu, gebe ich mich auf, jede Idee von mir, dann gebe ich alles auf – verstehst du das denn nicht? Ich kann nicht!«

»Du bist grausam«, sagte Babu kalt. »Du lieferst mich aus. Du kennst keine Gnade.«

Er drehte sich abrupt um und lief den Hügel hinab Richtung Mühle. Erst jetzt nahm Felt den Falken wahr, dessen weißes Gefieder am Abendhimmel aufblitzte. War er es überhaupt? Juhut schien weiter entfernt zu sein als die Sterne.

Felt steckte das Schwert weg. Er taumelte, als die kühle Wand nachgab, und ihm wurde klar, dass Reva der Auseinandersetzung mit Babu nicht nur gefolgt war, sondern dass sie Felt unterstützt hatte. Sie kam nun zu ihm und auch ihre Augen hatten sich verdunkelt.

»Vielleicht sagt er die Wahrheit«, meinte Felt zu ihr und konnte nicht verhindern, dass seine Hände zitterten. »Vielleicht bin ich gnadenlos. Ich erschlage ihn nicht – aber rette ich sein Leben? Opfere ich ihn nicht vielmehr?«

Er setzte sich wieder auf den Stein. Es konnte keine richtige oder falsche Antwort geben. Es konnte nur seine Antwort geben. Und seine Wahrheit. Felt hatte nachgedacht und dann hatte er doch nur sein Herz entscheiden lassen. Er konnte Babu nicht töten. Selbst wenn der die Wölfe in die Welt gebracht hatte, selbst wenn er das die ganze Zeit verschwiegen hatte, selbst wenn er das Tor war – Felt konnte Babu nicht töten. Er konnte ihn nur bewachen.

»Du hoffst«, sagte Reva schlicht und Felt nickte.

»Ja, ich hoffe immer noch. Ich hoffe darauf, den Dämon zu besiegen *und* Babu zu retten. Ich hoffe darauf, *uns alle* zu retten und nach Hause zu gehen und meine Kinder zu umarmen. Meine Frau zu küssen. Ich sehe, wie mir alles entgleitet, und hoffe immer noch, dass ich es festhalten kann.«

Felt blickte auf und direkt ins Lächeln der Unda. Sie hatte die weiße Flamme entzündet und das diffuse, rhythmische Aufleuchten brachte das vereiste Gras zum Funkeln. Es sah aus, als hielte Reva ein kleines, klopfendes Herz in der Hand.

»Wer hätte gedacht, dass welsische Sturheit unserer Sache derart dienlich sein würde? Nun, Utate, Smirn und ich, wir waren immer davon überzeugt.« Sie kam noch einen Schritt näher und stieg dabei ins klare Wasser der Quelle. »Felt, hättest du ihn getötet, du hättest eine Tat begangen, die durch nichts wiedergutzumachen gewesen wäre. Du wärst den einen Weg gegangen und hättest mit einem Schlag aus allen anderen Möglichkeiten vertane Chancen gemacht.«

Felt nickte, aber in seinem Gesicht war keine Erleichterung zu erkennen.

»Reva, ich hoffe zwar. Aber ich zweifle auch.«

»Wir befinden uns an der Quelle der Wahrhaftigkeit. Hier zeigt sich, wer du bist und was du denkst. Alles wird offenbar.«

Felt erhob sich, nahm einen tiefen Atemzug der Nachtluft, die hier zwar ebenso klar und frisch war wie am Berg, aber lange nicht so schneidend kalt.

»Ich wünschte, ich müsste nicht fort von hier.« Er lächelte gequält. »Aber ich wünsche es nicht von ganzem Herzen, sondern nur, weil ich mich vor dem fürchte, was kommt. Mein Wunsch wird nicht in Erfüllung gehen.«

Er holte nochmals tief Luft.

»Ich habe Babu auch aus einem weniger edlen Grund nicht

erschlagen: Weil es widersinnig ist, das Tor zu zerstören, wenn man einen Eintritt verhindern will. Ich werde genau das tun, was ich gesagt habe, was ich immer schon getan habe: Ich werde die Wache sein. Ich werde ihm überallhin folgen und ich werde warten. Ich werde nicht auf das Tor einschlagen, sondern auf das, was hindurchkommt. Aber ich fürchte, es wird groß sein. Bei seinem Eintritt kann es das Tor niederreißen. Meine Schwäche ist, dass ich es darauf ankommen lassen muss, denn ich kann nur *ein* Tor bewachen und nicht viele. Babu glaubt, das Tor schließt sich, wenn er stirbt. Das glaube ich auch. Doch ein anderes wird sich öffnen, irgendwo, in irgendjemandem. Meine Gnadenlosigkeit ist, dass ich nichts unternehme – was auch immer das sein könnte –, um Babu vor dem Dämon zu schützen. Nein, denn ich zähle darauf, dass Asing Babu benutzen wird. Ihn kenne ich, ihn kann ich bewachen. Vielleicht wird er das sogar einsehen, wenn er sich etwas beruhigt hat. Jetzt sollte man ihn erst einmal in Frieden lassen, denke ich.«

Felt schaute kurz den Bachlauf hinab. Die Mühle war von hier aus nicht zu sehen und Babu war längst aus seinem Gesichtsfeld verschwunden. Immer mehr Sterne sprenkelten den Abendhimmel und Felt hatte die Vorstellung, sie blickten auf ihn und die Geschehnisse herab. Wie eine neugierige Menschenmenge kamen sie aus einer fernen, unbekannten Schwärze gelaufen, stellten sich an den Himmel und schauten mit grausamer Kälte auf die Katastrophe weit unter ihnen.

»Reva, ich weiß nicht, was geschehen wird, wenn der Dämon Gestalt annimmt. Nicht einmal Wigo wollte sich das vorstellen, er meinte, dem Grauen zu begegnen, *das in einem selbst wohnt,* sei zu entsetzlich. So hat er es aufgeschrieben, erinnerst du dich?«

Reva sagte nichts, nickte nicht. Sah nur Felt an und trug ihr Licht, das seit der Durchquerung der Ubid Engat pulsierte wie ein unhörbarer Herzschlag. Felt erinnerte sich nicht genau daran, wann das Pulsieren begonnen hatte, glaubte aber inzwischen, es müsse nach dem Abstieg durch die leuchtenden Becken der Kristallhöhle gewesen sein. Diese Unda erinnerte sich im Gegensatz zu Felt an alles sehr genau, daran konnte es keinen Zweifel geben, und auch an die Schriften des Chronisten aus Pram. Felt klopfte mit der Hand auf seine Brust. Er trug Wigos Buch stets bei sich.

»Lesen kann ich immer noch nicht, aber ich denke oft an Wigo in der letzten Zeit. Ich habe ihm lange nicht vertraut – jetzt gäbe ich viel für seinen Rat. Der Dämon will Mensch werden? Wigo wüsste vielleicht, wie die Menschen sich selbst besiegen sollen, ohne sich dabei auch gleich selbst zu vernichten.«

An der Schlingerfähre bei Gaspen,
Nors im Solder 107 tergde

Gelehrter Freund –

ich kann es kaum fassen: Bald werde ich zu Hause sein, sehr bald! Was war das für ein erhebendes Gefühl, als die Schleier zerrissen und wir endlich, endlich die Sonne wieder sehen konnten. Ich beherrsche mich und schreibe hier nichts von der Klarheit, vom beglückten Lächeln, das das Licht des Himmels auf unsere Gesichter rief und das auch der bald folgende Regenschauer nicht vertreiben konnte. Ein paar Tage später – heute – sind wir endlich bei der Fähre angelangt. (Das ist gut einen halben Tagesmarsch nördlich von Gaspen; wir mussten erst auf unserer Uferseite an der Stadt vorbeigehen. Auf die Entfernung, über den Fluss hinweg, schien alles wie immer zu sein. Aber seit ich die Umrisse der Hafengebäude meiner Heimatstadt wiedergesehen habe, pocht mir mein Herz ohne Unterlass im Hals!)

Ihr müsst wissen, dass diese Fähre nicht allen bekannt ist; insbesondere Ortsfremden wird diese Möglichkeit, den Eldron zu queren, tunlichst verschwiegen, und wenn man nichts von ihr weiß, kann man die Fähre kaum finden. Die erstaunlich kluge Konstruktion nutzt die Strömung des Flusses und war eigentlich nur das Ergebnis einer Wette, ich erzähle ein andermal, wie es dazu kam, ich erinnere mich lebhaft … Nun, jedenfalls können wir nicht alle gemeinsam hinüber und ich nutze die Wartezeit wieder für einen kurzen Brief.

Ich hatte viele wirre Gedanken während dieser nicht enden wollenden Wanderung in Flussrauschen und Nebeldunst, ich konnte nicht mehr schreiben, es hatte keinen Sinn. Jetzt, wo das Licht wieder in mein Gemüt gezogen ist, geht es besser. Aber nun sehe ich auch wieder Schatten …

Wigo, ich gestehe, ich habe Angst, nach Hause zu kommen. Ich war bald ein Solder fort. Was mag in der Zwischenzeit geschehen sein? Kennt Ihr dieses Gefühl, nach langer Krankheit und Bettruhe wieder in die Welt zu treten? Diese Freude und gleichzeitig diese Unsicherheit? So ergeht es mir, und in dieser Gemütslage ist es nicht weiter schlimm, als Letzter überzusetzen.

Ich habe diese lange Reise noch einmal durch meine Gedanken ziehen lassen und werde, wenn ich zu Hause bin, sicher einen ausführlichen Bericht verfassen. Ihr könnt Euch denken, ich habe nicht nur diese Briefe an Euch geschrieben, sondern mir außerdem viele Notizen gemacht. Dieser Bogen ist nun der letzte von meinem guten Schreibpapier. Ich wende mich jedoch nicht nur mit verschwommenen Abschiedsworten an Euch, Wigo, denn das hieße das Schicksal herausfordern und ich hoffe doch sehr, dass diesem Brief hier noch viele weitere folgen. Sondern ich möchte noch etwas von Belang mitteilen.

Die Tatsache, dass der Hohe Rat von Agen (niemand sonst kann etwas so Weitreichendes veranlassen) Söldner aus Nirwen angeworben hat, will mir nicht aus dem Kopf. Ich schrieb Euch das in meinem zweiten Brief. (Von dem ich nur hoffen kann, dass er Euch erreicht hat, wo er doch so viel Geld gekostet hat.) Nun, diese finsteren Gestalten aus den Bergen von Nirwen jedenfalls versperrten nördlich von Agen die Brücke über die Linrade. Agen und auch Gaspen, was ja viel näher liegt, haben seit jeher wenig mit Nirwen im Sinn. Nirwen gehört zu Segurien, ja, aber das sehen andere Völker fast enger als wir Seguren selbst. Die Stadt atmet nicht unsere Luft, sie atmet die bittersalzigen Winde der Marga, versteht Ihr? Leute aus Nirwen sind ein eigener Schlag; ich würde fast sagen, ein eigener Volksstamm. Bei uns nennt man Menschen aus der Gegend dort auch Swaguren – hinter vorgehaltener Hand natürlich, denn das ist wirklich eine üble Titulierung. (Schon wenn ich nur das Wort hier niederschreibe, komme ich mir schlecht vor.) Was aber veranlasst nun die Herrschenden, solche Gestalten vom Rande der Wüste nach Agen zu rufen, um die eigenen Bürger am freien Reisen zu hindern? Die Swaguren (Verzeihung!) haben bereits einen äußerst schlechten Ruf, nun wird er auch noch bestätigt. Eure Gedanken hierzu würden mich sehr interessieren; was politisches Taktieren angeht, seid Ihr als Pramer und dazu noch enger Vertrauter des Fürsten mir weit voraus.

Ich schließe diesen Brief nun trotz aller Angst mit einer gewissen Vorfreude auf mein Haus, mein Arbeitszimmer und meinen Schreibtisch, wo ich all mein Geschreibsel bündeln und als hübsches Päckchen an Euren Mittelsmann adressieren werde. Ich hoffe auch, daheim die ein oder andere Nachricht von Euch vorzufinden, Wigo!

Ihr hört bald mehr von Eurem Euch ergebenen

Helgend von Gaspen

ACHT

IM WESTLICHEN MEER

1

Sie hatten Marken ein Wachstuch übergeworfen, damit Wind und Wetter ihm nicht zu arg zusetzten. Ihm war völlig gleich, was mit ihm geschah. Aber Smirns Zustand bekümmerte Marken. Zwar rührte keiner der Seeleute die Unda mehr an – der junge Kerl, der ihr zu nahe gekommen war, machte nun sogar einen Bogen um Smirn. Aber nichts regte sich in ihrem Gesicht. Smirns Ausdruck war leer und ihre Haltung starr. Dennoch gab Marken sie nicht auf. Ein einziges Mal hatte er sie losgelassen, hatte die Totgeglaubte ins Wasser der Globa gleiten lassen. Um nur wenig später festzustellen, dass weder für ihn selbst noch für die Unda die Reise so schnell zu Ende ging. Das würde ihm nie wieder passieren, bis zu seinem letzten Atemzug würde er Smirn festhalten. Doch jetzt konnte er ihr seine Hoffnung nicht mehr einflößen, wie er es nach dem Tod Endhemones getan hatte – da hatte er ihr Torviks Beutelchen mit Quellwasser zwischen die Lippen gedrückt, und es gab nur das eine. Was also blieb nun zu tun? Das, was auch Smirn bei Endhemone versucht hatte, das, was man immer versuchen konnte: reden.

Marken erzählte Smirn von seiner Welt. Er erzählte ihr alles über Stahl, wie sie das Erz aufbereiteten, wie viel Kohlen sie brauchten, wie ausgerechnet der stete kalte Wind aus dem Berst heiße Feuer in den Öfen anfachte. Marken zählte alle Zuschläge auf, die er kannte, und stellte Vermutungen über jene Zusatzstoffe an, die von den Schmelzern als Geheimnis gehütet wurden.

»Bei uns Welsen werden die Toten verbrannt«, sagte er und blickte zur trüb vor sich hin starrenden Unda auf. »Ich erwähne das nur, falls du es vergessen hast.«

Marken hockte auf den rohen Brettern des Decks zwischen ein paar Kisten, Smirn stand neben ihm. Hier waren sie am wenigsten im Weg. Man hatte Marken die Hände vom Rücken gelöst und mit einer längeren Fessel vorn wieder verbunden, sodass er ohne Hilfe essen oder trinken konnte. Seine Füße waren ebenfalls von einem Dhurmmet zusammengeschnürt worden, daran hatte jedoch niemand etwas geändert. Marken hatte selbst die Knoten etwas gelockert, aber um Ärger zu vermeiden, entfernte er das Seil nicht. Fliehen konnte und wollte er ohnehin nicht – sie waren seit Tagen auf dem Meer und er sah die Küste nur noch ab und an als ungenauen, graugrünen Streifen am Horizont. Sich in die Fluten stürzen und ertrinken war keine Lösung mehr, denn selbst wenn Smirn ihn verlassen hatte, selbst wenn sie nur noch eine Hülle zu sein schien – er würde sie nicht allein lassen, niemals.

»Wir verbrennen also unsere Toten in den Öfen der Schmelzer«, fuhr Marken mit seiner Rede fort. »Aber es ist ein weit verbreiteter Irrglaube, dass wir den Stahl mit Toten kochen. Was für eine abscheuliche Vorstellung! Sicher hat Pram das in Umlauf gebracht, vielleicht sogar Kandor höchstpersönlich. Man soll uns für Wilde halten, es passt ins Bild, nicht wahr? Jedenfalls sind Tote kein Zuschlag zum Kelger – so heißt das

Schmelzofengemisch aus Erz, Kohle, Quarz oder Kalk, du erinnerst dich vielleicht nicht an das Wort –, sondern sie werden so würdevoll, wie es die Zustände in Goradt erlauben, durchs Feuer zu unseren Ahnen geleitet. Die Asche wird gesammelt und die Hinterbliebenen übergeben sie meist dem Wind. Ich kenne niemanden, der die Asche eines Verstorbenen aufheben würde ... Verständlich, nicht wahr, bei unserer Geschichte?«

Ein Seemann, der mit einem Knäuel Tampen vorbeikam, rief Marken etwas zu, und wer von der Mannschaft es hörte, lachte. Sie hielten den ohne Unterlass brabbelnden, bleichhäutigen großen Mann für irrsinnig. Es war also nichts dabei, sich über ihn lustig zu machen oder ihm aus Versehen und ganz ohne böse Absicht die Wasserration nicht zu reichen, sondern überzuschütten. Marken ertrug alles ohne Gegenwehr, er murrte nicht einmal. Er sah nur Smirn, er dachte nur an Smirn. Er sprach nur zu Smirn.

»Nein, das ist nicht ganz die Wahrheit, genau darauf wollte ich hinaus: Ich kenne sehr wohl jemanden, der die Asche von Verstorbenen aufbewahrt hat. Er heißt Dem und ist der Meister der Schmelzer. Ein hässlicher Mann – das Leben am Ofen hinterlässt Spuren.« Marken unterbrach sich, fuhr sich mit den gefesselten Händen über Wangen und Kopf. »Du musst nur mich anschauen, Smirn. Schau mich an, bitte, schau mich doch nur ein Mal kurz an ... Nun, inzwischen bin ich auch verbrannt, ich werde Dem recht ähnlich sein. Nur blind wie er bin ich nicht geworden, obwohl ich eine Zeit lang glaubte, das linke Auge zu verlieren. Die schweigenden Schwestern haben Wunder vollbracht. War die Heilkunst in Kwothien schon immer so weit fortgeschritten? Das musst du mir irgendwann einmal erklären, aber erst muss ich dir von der Asche, vom neuen Stahl und von dem Schwert erzählen. Vom Schwert für den König.«

Und Marken erzählte von Anda, das Borger und sein Sohn

Remled für Felt geschmiedet hatten und in dessen Stahl Dem die Asche eines Kindes, eines Mannes und eines Greises eingeschmolzen hatte. Marken beschrieb die Waffe in allen Einzelheiten und so genau, als habe er sie direkt vor Augen. Er wollte gerade noch sagen, dass er nicht nur das Schwert, sondern vor allem seinen Träger gern in dieser Welt wiedergesehen hätte, dass es aber auch in Ordnung sei, wenn es erst in der nächsten geschähe, als es an Bord des Segelschiffs laut und hektisch wurde. Marken richtete sich auf, um über die Reling schauen zu können. Weit entfernt sah er die Küste als graugrünen Streifen, genau wie an allen Tagen bisher. Aber davor waren jetzt Schiffe zu erkennen. In einem von Wolken über die grauen Wogen gehetzten Lichtflecken leuchteten die fernen Segel weiß auf. Marken kniff die Augen zusammen; doch ja, dort waren Schiffe.

2

Marken hatte sich nicht für den Kurs interessiert, für das Ziel ihrer Fahrt oder überhaupt für irgendetwas, das an Bord vor sich ging. Er war nie zuvor auf einem solch großen Segelschiff gewesen, war überhaupt nie draußen auf dem Meer gewesen. Wie und wohin die Männer segelten, ob der Wind stark oder schwach war – er hatte es nicht wahrgenommen. Einmal hatte es heftig geregnet, aber Marken hatte sich nur das Wasser abgewischt und gegen das Prasseln angeredet. Ganz kurz hatte er geglaubt, eine Regung in Smirns Gesicht zu bemerken. Aber er hatte sich wohl von dem Wasser täuschen lassen, das ihr über Stirn und Wangen strömte. Der Wolkenbruch war vorübergegangen und nichts hatte sich verändert. Was hatte der Dämonenkönig ihr bloß angetan? Wie hatte er Smirns Geist so verwirren können? *Unda ist verschlossen.* Marken wusste nicht, was er tun konnte, um sie wieder zu befreien.

Auch die fernen Segel und die ausbrechende Hektik drangen nicht zu ihr durch. Markens Aufmerksamkeit dagegen wurde zum ersten Mal seit Tagen von der Unda abgelenkt. Konnten das Nord-Kwother sein? Gab es etwa eine Aussicht auf Rettung? Er versuchte, sich an Teldens Karte zu erinnern. Jirdh lag am östlichen Ende der langen Bucht von Sarandh. Die Küste, die er immer wieder einmal gesehen hatte, musste zu Nord-Kwothien gehören. Ja, es war sogar sehr wahrscheinlich, dass diese Segler eine Patrouille waren und die nördliche Küste bewachten. Markens Herzschlag beschleunigte sich. Stand ein Gefecht bevor? Er hatte so wenig Ahnung von Kriegsführung zur See; er hatte so wenig Ahnung von fast allem, was in dieser Welt vorging. Doch das beschäftigte ihn nicht mehr in dem Maß wie zu Beginn dieser Reise, als er sich ständig unfähig und schlecht vorbereitet gefühlt hatte. Auf das, was bisher geschehen war, konnte man sich nicht vorbereiten. Das konnte man nur überstehen. Marken hatte im flammenden Blick des Dämonenkönigs gebrannt – er glaubte nicht mehr daran, dass diese Welt zu retten war. Seine Ziele waren bescheiden geworden: So lange wie möglich bei Smirn bleiben. So lange wie möglich Mensch bleiben. So aufrecht wie möglich untergehen.

Von diesem Schiff hinunter und auf die nord-kwothische Seite zu kommen würde nichts am großen Ganzen ändern – am Krieg, am Untergang der Menschheit –, aber immerhin würde es dem dämonischen Hardh ein wenig den Spaß verderben. Denn so würde Marken nicht nach seiner Verbannung als letzter Überlebender über die Schlachtfelder irren – als einer, den die Welt nicht mehr kannte. Sondern er könnte vielleicht kämpfen und gemeinsam mit anderen fallen, als Mensch unter Menschen.

Er stand auf.

Nun sah er es deutlich: Es waren drei Segelschiffe, kleiner als das Boot, auf dem Marken und Smirn waren. Aber auch schneller, denn die Verfolger kamen rasch näher. Er blickte den Hauptmast hoch, sah, wie die viereckigen Segel sich blähten. Die Segel der anderen waren Dreiecke, die Rümpfe der Boote schlanker. Aber was war eigentlich im Rumpf dieses Schiffs hier? Obwohl Marken nicht groß darauf geachtet hatte, so hatte er doch den Eindruck, die Seeleute blieben fast immer an Deck, auch nachts, auch bei Regen; und sogar die Ladung oder wenigstens ein Teil davon war hier oben vertäut. War das nicht ungewöhnlich?

»Was glaubst du, Smirn, sind wir schwerer und langsamer als die anderen? Wahrscheinlich hat unser Schiff alles Mögliche geladen und mit vollem Bauch schwimmt es sich nicht so schnell. Na, das scheint ihnen jetzt auch einzufallen, schau, wie sie auf den Kapitän einreden.«

Die Rangordnung an Bord hatte Marken ganz unbewusst aufgenommen; Zeit seines Lebens Soldat, war ihm gleich klar gewesen, wer wo einzuordnen war, obwohl niemand eine Uniform oder Abzeichen trug. Der Kapitän und der Mann, der meist das Steuerrad hielt, sowie zwei andere, die hauptsächlich mit Herumbrüllen beschäftigt waren, hatten Marken bisher keines Blickes gewürdigt. Die beiden dagegen, die ihm abwechselnd Essen und Wasser brachten, standen in der Hierarchie ganz unten. Dazwischen taten die anderen fünfzehn Männer ihre Arbeit und man hatte nicht den Eindruck, dass sie sich sehr anstrengen mussten. Dieses Schiff fuhr mit ausreichender Besatzung und nun wurde Marken auch klar, warum: damit man es im Notfall verteidigen konnte. Mehr als die Hälfte aller Seeleute an Bord des Schiffes trugen statt der üblichen kwothischen Äxte große Haumesser im Gürtel. Die groben Waffen entstammten nicht den Schmieden am Berg, aber die nach vorne hin sichelförmig aufgebogenen, breiten Klingen waren recht eindrucksvoll – nicht, was die Handwerkskunst anging, sondern die Wunden, die sich damit schlagen ließen. Einhändig am kurzen Holzgriff gepackt, konnte man mit einem solchen Haumesser ein dickes Tau durchschlagen. Oder einen Arm abhacken. Der Gedanke an sein verlorenes Schwert schmerzte Marken. Es hing nun am Gürtel des Dämonenkönigs; das Beste, was Welsiens Schmiede seit Generationen erschaffen hatten, war in die Klauen des Bösen geraten.

»Wenn nicht noch etwas passiert, haben sie uns bald eingeholt. Ich kann schon die Männer auf den anderen Schiffen erkennen. Sie sind in der Überzahl. Smirn, wenn sie entern, bleibst du einfach da stehen, wo du stehst, ja? Bleib immer hinter mir.«

Marken bückte sich und riss an seinen Fußfesseln. Er musste sie loswerden, er brauchte einen guten Stand. Das Schiff schwankte wenig, und auch wenn er es nicht gewohnt war, machte das Rollen des Meeres Marken nichts aus. Im Gegenteil: Die Luft und die Weite taten ihm gut. Salzig war dieser Wind und dabei weicher als der am Berg, er trug eine Sehnsucht mit sich. Wären es andere Zeiten gewesen, Marken hätte gern mehr über das Meer erfahren, über seine Endlosigkeit, über die fremden Geschöpfe, die in seinen Tiefen lebten. Er beobachtete nun, wie der Kapitän wütend die Arme hochwarf und aufschrie – er hatte sich von den anderen überreden lassen. Trotzig wandte er sich ab und blickte übers Heck zu den sie verfolgenden Schiffen. Der Steuermann packte entschlossen das Rad, zwei Seeleute griffen nach eisernen Ringen, die im Deck eingelassen waren. Sie hoben sie hoch und öffneten so eine große Luke. Mit ernsten Mienen und dem eigentümlichen kwothischen Stolz im Blick stiegen die beiden Männer hinab in den Bauch des Schiffes.

»Was denn, wollen die sich vor einem Angriff in Sicherheit bringen? Sich unter Deck verstecken? Das hat doch keinen Sinn.« Marken trat einen Schritt vor, um bessere Sicht zu haben. »Nein, da kommen sie schon zurück. Smirn! Sie bringen etwas an Deck – *was ist das*?«

3

An einer langen Stange, an der man auch einen Ochsen am Nasenring führen würde, zerrten die Seeleute etwas Dunkles und seltsam in sich selbst Verknäultes ans Tageslicht. Erst schien es über die Bretter des Decks zu fließen, dann ballte es sich zu einer zwei Mann hohen wogenden Masse zusammen. Es war wie aus dichtem schwarzem Rauch, wirkte aber nicht luftig, sondern so, als habe es einen Kern. Im Innern flackerte etwas unregelmäßig und blass wie weit entfernt in den Wolken aufflammende Blitzschläge. Und ganz wie eine dicke, dunkle Gewitterwolke wechselte auch das eigenartige Wesen ständig seine Form; es schien sich in- und übereinanderzurollen, sich zu verbreitern oder zu verlängern und an der Stange zu rütteln. Aber es zerfaserte nicht und löste sich nicht auf. Und es blieb völlig lautlos. Gerade dies, die Stummheit bei gleichzeitigem Toben, machte es unheimlich. Die Seeleute, die es mühsam an der Stange festhielten, riefen nach ihren Kameraden und zwei Männer mit Bootshaken sprangen ihnen bei. Furchtsam duckte sich die dunkle Kreatur unter den eisernen Spitzen weg, das innere Flackern beschleunigte sich wie ein Herzschlag. Gebannt beobachtete Marken, wie nun der Kapitän vortrat, einen kleinen, dreizackigen Wurfanker mit Seil in den Händen. Er wechselte einen Blick mit seinem Steuermann und der nickte. Der Rest der Mannschaft hing in der Takelage und verfolgte das

Geschehen von dort ebenso gespannt wie Marken. Das übliche Geschrei war verstummt, man hörte nur das Lied der See: das Rauschen des Winds in Segeln und Tauwerk, das Schlagen des Wassers gegen den Bug und das Knarzen im Holz. Der Kapitän drehte mit geübten Schwüngen den Anker an der Leine und warf ihn dann kraftvoll gegen das von den vier Männern im Zaum gehaltene Dunkelwesen.

Der Anker verfing, der Kapitän zog mit einem Ruck am Seil. Grell blitzte es im Innern auf, dann hatte der Anker ein Stück aus dem Wesen herausgerissen. Das dunkle Geschöpf wand sich und tobte in sich hinein. Aber es blieb, wo es war, gehalten von der Stange und bedroht von den zwei Bootshaken. Den herausgerissenen dunklen Fetzen jedoch schleuderte der Kapitän gleich mit dem nächsten kräftigen Schwung ins Großsegel. Dort zerfloss die schwarze, seltsam körperlose Masse und breitete sich wie ein rasend schnell wachsender Schimmelpilz über die gesamte Segelfläche aus. Da ging mit einem Mal ein solcher Ruck durch das Boot, dass Marken beinahe sein Gleichgewicht verlor; die Mannschaft johlte auf. Denn es war, als ob eine Sturmbö ins Segel gefahren wäre. Die dunkle Masse wogte darin und drückte hinein. Der Kapitän schwang wieder den Anker und warf ihn in die Kreatur, riss einen weiteren Fetzen heraus. Sie hatten bereits tüchtig an Fahrt zugelegt, und als nun noch mehr von dem Windwesen im Tuch landete, schien das Boot über die Wellen zu fliegen. Das Segel zog an den Leinen – und die Verfolger fielen zurück.

Die Kreatur jedoch litt offenbar Schmerzen oder wurde von Zorn geschüttelt; deshalb kam ein dritter Mann den beiden an der Stange zu Hilfe und hielt mit fest. Das Wesen verteilte sich als ein dunkler, wallender Nebel flach über das Deck, um so dem nächsten Wurf des Kapitäns auszuweichen. Der drehte wieder den Wurfanker, wartete aber darauf, dass seine Männer die Kreatur aufrichteten. Einer stieß mit dem Bootshaken zu; er hätte es nicht tun sollen. Denn auch dieser eiserne Haken löste einen Fetzen des Wesens ab und auch diese Masse zerfloss. Sie hing erst wie zäher Schleim an der Spitze des Bootshakens und lief dann so schnell, dass es das Auge kaum fassen konnte, von dort zur Hand des Seemanns. Er ließ den Haken zu spät los, schrie angstvoll auf – und die schwarze Masse huschte ihm bis in den Mund und erstickte seinen Schrei. Aber nicht nur der Seemann, alle hielten vor Schreck den Atem an. Der Kapitän ließ den Wurfanker aufs Deck fallen. Mit einem Geräusch, als würde ein großer Kübel Schmutzwasser auf die Gasse geleert, ergoss sich mit einem Mal der Inhalt von Magen, Blase und Darm des Seemanns auf die Planken. Die Männer in seiner Nähe, die das sich verknäulende Dunkelwesen nach wie vor in Schach halten mussten, verzogen angewidert die Gesichter und drehten sich weg. Ihrem gepeinigten Kameraden entströmte ein eigenartiges Pfeifen, seine Augen traten hervor. Dann kam das Blut. Er würgte es im Schwall heraus, krümmte sich, fiel auf die Bretter, krampfte weiter und blutete nun auch aus Augen, Nase, Ohren, sogar aus den Poren seiner Haut. Zwei Herzschläge später war er tot. Marken sah hoch zum Segel, dort wallte immer noch das Schwarz und trieb das Schiff so an. Wie auf dem Tuch musste es sich im Innern des Seemanns ausgebreitet haben. Und dann hatte es sich gegen die Wände jeder Körperhöhlung und jedes Gefäßes gedrückt. Marken schluckte. Das Wesen, der kleine, aus Versehen abgerissene Fetzen hatte den Mann von innen zerquetscht.

Die goldenen Augen von Panik geweitet, ließ der andere Seemann seinen Bootshaken aufs Deck fallen. Der Kapitän brüllte, die drei Männer, die nach wie vor die Stange festhielten, dabei wie beim Tauziehen in die Knie gingen, um der Kreatur standzuhalten, schrien den Feigling ebenfalls an. Er aber ging, den

Blick starr auf das Dunkelwesen gerichtet, unbeirrt rückwärts. Dann drehte er sich herum und rannte, an Marken vorbei, nach vorn zum Bug des Schiffes – nur weg von der seltsamen Kreatur. Die sah nun ihre Gelegenheit zur Flucht gekommen: Sie machte sich noch flacher, war nur noch ein Fingerbreit Schwärze über den Planken und reichte nun nah an die Füße der Männer an der Stange heran. Plötzlich und mit der unberechenbaren Kraft des Windes schoss das Wesen in einer dicken, schwarzen Rauchsäule nach oben. Hell blitzte es auf in seinem Kern und es hob die ersten beiden Seeleute an der Stange von den Füßen. Sie ließen los, fielen übereinander aufs Deck und allein konnte der letzte das Wesen nicht mehr halten. Jetzt hatte es sich gänzlich losgerissen, die lange Stange hing noch an ihm und schlug unkontrolliert umher. Weder die Schreie der Mannschaft noch die gebrüllten Befehle des Kapitäns und seiner Offiziere konnten das Dunkelwesen daran hindern, wie der Schatten einer Sturmfront über das Deck zu rasen und über den Toten und die Reling hinweg zu entschwinden.

Drei Atemzüge lang geschah nichts.

Bange Blicke suchten die Wasseroberfläche ab. Dann fiel mit einem peitschenden Knallen die lange Holzstange aufs Deck, die Lederschlinge daran war zerrissen. Alle Gesichter drehten sich nach oben. Über dem Schiff, ungefähr auf doppelter Masthöhe, hing das Dunkelwesen wie ein monströses schlechtes Gewissen. Der Kapitän fasste sich als Erster und gab mit grimmiger Miene seine lauten, rauen Befehle. Die Männer in der Takelage kamen in Bewegung, Marken hatte sie noch nie so schnell klettern sehen. Der Sinn dessen, was sie da taten, entzog sich ihm völlig. Männer erklommen über Strickleitern irgendwelche Positionen im Gewirr aus Leinen, Tauen, Rollen, Tuch und zogen an etwas oder auch nicht, wickelten etwas auf oder ließen

Leinen los, es wurden Segel gesetzt oder geborgen. Es nötigte Marken einigen Respekt ab, die Seeleute dort oben so hastig und doch so konzentriert arbeiten zu sehen – und dabei so nah am immer noch mit Düsternis gefüllten Segel, unter dem hoch oben dräuenden Dunkelwesen. Aber als das nun herabfuhr, begriff er, warum sie die Gefahr auf sich nahmen. Mit der Wucht einer abgehenden Lawine stürzte sich die Kreatur ins Großsegel. Im selben Augenblick, als es auftraf, kappten die Männer mit ihren Haumessern die Leinen. Das große Segel flog weg, schlug erst gegen und dann um den vorderen Mast, das Dunkelwesen umfloss das Hindernis zu beiden Seiten wie Wasser ein Schilfgras. Das gesamte Schiff ächzte und neigte sich zum Bug, Marken verlor den Halt. Er hörte nur das ungeheure Brausen über sich und dann den Lärm, den das schwere Segeltuch verursachte, als es den Mast hinabrutschte, sich in Tauen verfing. Marken rappelte sich auf; Smirn stand schwankend, aber teilnahmslos. Als er Richtung Heck blickte, sah er die Verfolger abdrehen. Warum das? Warum gaben die Nord-Kwother auf? Das Schiff war entschieden langsamer geworden, nun, wo sie nicht nur den Vortrieb, sondern gleich das ganze Segel verloren hatten. Marken drehte sich um, schaute nach vorn und sah den Grund: Vor ihnen stand eine hohe schwarze Wand.

Dort, wo sie das Wasser berührte, schäumten die Wellen weiß. Blitze zuckten hell durchs Dunkel. Von allen Zwängen befreit und wieder vereint mit dem, was der Anker ihm herausgerissen hatte, schien das Wesen nun nach allen Richtungen zu wachsen. Es wurde noch höher und breiter, hatte das Vielfache der Größe des Schiffs erreicht. Der Wellengang verstärkte sich, Marken musste sich an den Kisten festhalten. Nun nahm auch der Wind spürbar zu. Er hatte sich bisher keine Gedanken über den Wind gemacht? Er war bisher mit den wiegenden Bewegungen des Schiffs gut klargekommen? Marken verstand, warum er das Wetter hatte missachten können – es war gut gewesen. Nun aber zog ein Sturm auf. Oder besser: Nun wurden sie in einen Sturm hineingezogen, der mehr war als schweres Wetter. Dieser Sturm war zornig.

4

Erst kam es Marken noch so vor, als säße er im Sattel eines Riesenpferds, das mit großen, weiten Sprüngen über die Wellenkämme setzte, und obwohl sein Magen auch auf und nieder sprang, geschah dies in einem Rhythmus, der gut auszuhalten war. Es wurde dunkler und das Dröhnen in der Luft wurde lauter; das Brüllen des Windes übertönte zunehmend die rauen Stimmen der Seemänner. Marken sah im aufzuckenden Licht eines Blitzes, wie zwei Kameraden den Steuermann festbanden, und auch der Kapitän neben ihm sicherte sich mit einer Leine. Diese Männer wussten, was sie taten – genau wie Marken gewusst hätte, wann es ratsam war, sich anzuseilen, wären sie am Berg gewesen. Das Boot machte immer heftigere, längere Sätze und begann nun, auch seitwärts zu schwanken und sich unter dem starken, böigen Wind zu neigen. Das Deck unter Markens nackten Füßen kippte seitlich von ihm weg und schwankte gleichzeitig auf und ab. Die Leiche des zerquetschten Seemanns rutschte über die Planken. Marken brauchte unbedingt ein Seil, um auch sich selbst irgendwo festzubinden. Smirn stand immer noch in seiner Nähe. Während ihr Gesicht reglos blieb, glich ihr Körper das Rollen und Schlingern des Schiffes aus, mit grotesken Bewegungen, die an das Schlenkern einer Stoffpuppe erinnerten. Wenn sie fiel, würde sie genauso hilflos umherrutschen wie der Tote, überall anschlagen und sich verletzen. Marken riss an den Seilen, mit denen die Ladung gesichert war, sie waren steif und kalt vom Salzwasser. Endlich löste sich eines ein wenig, er versuchte, den Knoten zu öffnen. Es wurde noch dunkler und die Lichtblitze zuckten immer schneller durch die Luft, die nun von Gischt geschwängert war. Marken spürte die Wassertröpfchen wie feine Nadelstiche auf der Haut; mit aller Kraft zerrte er am Seil. Der Knoten löste sich, eine Kiste ebenfalls. Sie schlingerte über das nasse Deck, schlug gegen die Reling und zerbarst. Mit seinen großen Händen griff Marken nach Smirn. Sie mussten weg hier, die Ladung kam immer mehr ins Rutschen.

Das Schiff war mittlerweile in den Sturm gezogen worden, es war stockfinster und durch die Blitze gleichzeitig immer wieder taghell. Donner war keiner zu hören im ohrenbetäubenden Brüllen der Luft und im Tosen des aufgewühlten Meers. Marken schaffte einige schwankende Schritte über das schräge Deck, dann kippte das Schiff mit einem Mal fast lotrecht hinab in ein tiefes Wellental. Er schlug hin und schlidderte Richtung Bug, mit dem Kopf voraus und der Unda im Arm. Er konnte sich nirgendwo festhalten, alles war in unberechenbarer Bewegung, sie rutschten, rutschten immer weiter; die Kräfte, die das Schiff im Griff hatten und es herumwarfen, waren gewaltig. Da spürte Marken einen schmerzhaften Ruck im Knöchel – sein Fuß hatte sich irgendwo verfangen. Nun hing er beinahe kopfüber auf dem Deck, Smirn immer noch im Arm, während das Schiff wie ein lebensmüder Schwimmer immer tiefer hinab ins Wellental stieß. Dann schlugen sie auf. Das Schiff erbebte, ein krachendes Splittern drang durch den Sturm an Markens Ohr. Kurz darauf stürzte mit ungeheurem Gewicht das kalte Meerwasser auf sie. Das gesamte Deck wurde überspült, Marken war unter Wasser, sah nichts, hörte nur ein gurgelndes Saugen. Dann ging es wieder aufwärts, sein Körper wurde auf die Bretter gedrückt, das Reißen im Knöchel ließ nach und er kippte in eine aufrechte Position. Das Wasser floss ab, er bekam wieder Luft. Und Smirn? Er hielt sie umklammert. Nun rutschten sie auf dem sich aufbäumenden Schiff wieder zurück Richtung Heck, Holzsplitter bohrten sich in Markens Rücken. Er musste sich endlich festbinden – und zwar bevor sie ins nächste Tal hinabtauchten.

Im Rutschen, das fast ein Fallen geworden war, so steil stampfte das Schiff nun den Wellenberg empor, streckte Marken einen Arm aus. Aber er war noch gefesselt, beinahe entglitt ihm Smirn, er schlug irgendwo mit dem Kopf an. Im Licht eines Blitzes sah Marken einen bewusstlosen Seemann an ihm vorbei auf einem Wasserschwall die Bretter hinabgleiten und mit einem Überschlag über die Reling verschwinden. Marken schrie wütend auf – unhörbar gegen das Lärmen des Sturms. Das Schiff veränderte wieder seine Neigung, sie hatten den Wellenkamm erreicht, Marken sprang auf die Beine. Er hatte nur wenige Augenblicke Zeit, auf einem mehr oder weniger waagerechten Untergrund zu einer Stelle zu laufen, die ihnen Halt bot. Gleich würde es wieder hinabgehen. Dennoch blieb er einen Moment atemlos stehen. Über die Reling hinweg sah er staunend auf das von zitternden Blitzen erhellte Meer – und glaubte, die Heimat zu erblicken, so hoch türmten sich die steingrauen Wellenberge ringsum, die Gipfel weiß schäumend. Dann bemerkte Marken den angebrochenen vorderen Mast, griff nach Smirn und rannte. Er schaffte es noch hinter den Großmast, aber es gelang ihm nicht, sich und die Unda dort anzubinden, bevor es wieder abwärtsging. Das Schiff neigte sich vornüber, tauchte abermals in ein tiefes Wellental. Doch nun rutschten sie wenigstens nicht mehr, Marken lag mit dem Rücken auf dem dicken Mast, Smirn auf ihm, die Füße gegen eine himmelhohe Bretterwand gestemmt, die eigentlich das Deck war. Über ihnen wurde der Steuermann auf sein Rad gepresst, etwas dahinter – beziehungsweise darüber – hing der

Kapitän in den Seilen. Genau wie sein Steuermann blickte er geradewegs in die Tiefe des Wellentals und Marken sah im Zucken eines Blitzes das Entsetzen auf den dunklen, nassen Gesichtern der beiden Kwother. Als der Bug im Wellental aufprallte, glaubte Marken, das Schiff müsse auseinanderbrechen. Ächzend, beinahe schreiend, erhob es sich wieder aus dem Tal und die Wand vor Marken und Smirn kippte nach hinten weg. Diesmal musste er es schaffen, sie anzubinden, Marken fühlte deutlich, dass dies die letzte Gelegenheit sein würde. Aber als er stand, als die Bretterwand wieder das Deck geworden war, schwappte nicht nur das vom eintauchenden Bug aufgenommene Wasser übers Deck nach achtern, sondern ein weiterer Brecher erwischte das Schiff seitwärts und kippte es in eine scharfe Schräglage. Marken hatte keine Chance, auf den Beinen zu bleiben. Er wurde vom schäumenden, eiskalten Wasser weggespült, verlor im Toben der Elemente vollkommen die Orientierung. Auch in der anschwellenden Globa war er untergegangen, hatte nicht gewusst, wo oben und unten war, hatte sein Schwert verloren. Doch das war ein harmloses Bad gewesen im Vergleich zu dem, was hier geschah. Die Wassermassen prügelten auf Marken ein, er ergab sich. Es war weniger Kälte, Atemnot oder Schmerz, die ihn dazu brachten, alle Gegenwehr aufzugeben, als die alles verschlingende, alles zunichtemachende Gewalt des Meeres. Marken war ein Nichts im Wüten dieser entfesselten Kraft, inmitten der unermesslichen Tiefe und Weite des Ozeans. Er hatte etwas über das Meer erfahren wollen und begriff nun, wo es ihn sich nahm, mehr davon, als er Zeit seines Leben noch hätte lernen können. Marken verstand, dass das Meer ewig war, und er empfand die Gnade darin. Der Kontinent mochte im Zorn des Dämons verglühen. Das Meer blieb. Im Bewusstsein, nicht durchs Feuer zu gehen und niemals zu seiner Frau und seinem Volk gelangen zu können, stieß Marken in eine unbekannte, kalte Tiefe hinab.

Da fühlte er mit einem Mal den Luftzug im Gesicht, es war, als risse ihm der Sturm das Wasser ab wie eine Maske. Marken spürte: Er war eingeklemmt, wusste nicht wo, vielleicht zwischen Kisten. Er atmete und er lebte. Und in seinen Armen schrie die Unda gegen Wind und Wellen an, wie Marken noch nie jemanden hatte schreien hören.

5

Schon als der Sturm längst überstanden war, zitterte Smirn immer noch. Es war ein schwaches Echo der Krämpfe, die sie zuvor geschüttelt hatten.

Marken war mit der Unda zwischen noch halb vertäute Ladung und Reling gespült und dort eingeklemmt worden. Dort hatten sie gelegen wie in einem offenen Sarg. Wieder und wieder waren die Wellen über das Deck gebrandet, hatten den Welsen und die Schreiende überspült. Marken war schließlich so unterkühlt gewesen, dass er nichts mehr gespürt hatte. Aber Smirn, gefangen in seinen steifen, zu keiner Bewegung fähigen Armen, wand sich qualvoll unter jedem Guss, als sei es nicht Meerwasser, das über sie hinwegströmte, sondern Säure. Ihre Schreie brachten Marken beinahe um den Verstand. Unfähig, ihr zu helfen und über den Grund ihrer Qualen im Unklaren, fing Marken schließlich selbst an zu brüllen. Er schluckte Salzwasser, erbrach es, schluckte wieder welches, erbrach es abermals. Wieder und wieder schwappte es in das hölzerne Gefängnis, in dessen Enge sich die Unda auf dem großen, steif gefrorenen und verkrampften Leib des unter ihr liegenden Welsen herumwarf, blindlings in sein Gesicht und gegen die Kisten schlug und dabei schrie, schrie, schrie.

Kurz bevor Markens Verstand an der Situation zerbrechen

konnte, löste er sich vom kalten, eingeklemmten Körper und es war ihm, als schwebe sein Bewusstsein zwei, drei Armeslängen über ihm. Er schaute auf sie beide herab. Ganz unberührt von Sturm und Wellen hing Marken dort und sah Smirns Narbenranken taghell leuchten und ihre Augen ein Licht aussenden, das strahlender als die Sonne war. Es war gespenstisch und doch auf schreckliche Weise schön. Weiß schäumendes Meerwasser überspülte sie; ihre Augen und ihr Mund blieben geöffnet, sie schrie, sie glomm, auch unter Wasser. Marken sah, wie Marken unter ihr sich übergab. Ansonsten wirkte sein Körper bleich, wie durchscheinend und ganz unbeseelt, während von Smirn eine ungeheure Präsenz ausging. Der schwebende Marken ließ seinen Blick schweifen. Weder der Steuermann noch der Kapitän waren zu sehen, das unbemannte Steuerrad drehte sich mal in die eine, mal in die andere Richtung. Das Schiff war nun ganz Spielball der Elemente, ein einziges, zerrissenes Segel flatterte noch an seinen Leinen und der Vordermast war verschwunden. Im Gewirr der Takelage hingen wie vergessenes Laub die Körper von drei Männern. Alle anderen schienen über Bord gegangen zu sein – der körperlose Marken war umhergeschwebt, hatte überall nachgesehen, aber kein Leben entdecken können. Da war plötzlich eine Sehnsucht nach sich selbst in ihm aufgestiegen, nach dem Marken, der inzwischen ganz still unter der sich immer noch windenden Unda lag. Er wollte zu ihm zurück. Doch bevor er über einen Weg nachsinnen konnte, wie er wieder zu sich selbst finden konnte, wurde seine Aufmerksamkeit abermals von den Narbenranken der Unda angezogen, die in diesem finsteren Sturm so schrecklich-schön leuchteten. Da sah er, dass sie sich veränderten, dass sie wuchsen, sich neu verästelten. Mit jedem Schwall hinterließ das Meerwasser ein neues Bild auf Smirns Haut. Marken sah noch genauer hin, kam der Unda ganz nah, näher als je zuvor. Nein, es war kein neues Bild, es blieb das alte, wurde nur immer genauer, feiner, tiefer. Hatten sich vorher drei Linien in Smirns Augenwinkeln gerankt, waren es jetzt schon zehn oder zwanzig. Und es wurden immer mehr: Haarfein malten sich die neuen Linien zwischen die alten, kunstvoll miteinander verschlungen, fast verwebt. Das Schöne war dieses wachsende, sich verfeinernde Bild, das einem kostbaren Gewirk glich – das Schreckliche waren die Schmerzen, die Smirn deshalb erleiden musste.

Nun hatte es Marken mit einem Mal sehr eilig gehabt. Der Wunsch nach Rückkehr in seinen Körper war mächtig geworden. Und da hatte er wieder die Kälte gespürt, den Schmerz, das Schaukeln des Schiffs und die Bewegungen von Smirn auf seiner Brust. Sie war etwas ruhiger geworden und der Himmel über ihnen war heller. Die Unda hatte nicht mehr geschrien, und als endlich die Sonne durchkam, hatte Marken alle seine Kräfte gesammelt, mit den Füßen nach den Kisten getreten, bis eine zerbrach und er Smirn und sich selbst aus dem Gefängnis befreien konnte.

Smirns Augen waren nun nicht mehr leer, sondern voller Licht und ihr Blick huschte hin und her. Es war, als lese sie mit großer Geschwindigkeit etwas, das sich direkt vor ihrer Nase befand und das nur sie sehen konnte. Sie stand im Abendrot an Deck des vom Sturm schwer mitgenommenen Schiffs und Marken hätte bei Smirns Anblick gleichzeitig lachen und weinen mögen. Nach wie vor war sie nicht ansprechbar. Ihr Umhang war verschwunden, ihr silbriges Gewand zerrissen. Ein Ärmel fehlte ganz und man konnte die Ornamente auf ihrer dunklen Haut pulsierend leuchten sehen. Auch auf ihrem Kopf pulsten die Narbenranken. Es war, als liefen Lichtwellen durch Smirns Körper, ein eigentümlicher Anblick. Aber sie lebte und sie war ihm nicht verloren gegangen. Das war ein großes Glück, fast schon ein Wunder, denn außer Marken und Smirn hatte niemand das

Toben der Elemente überlebt. Nun, wo das Licht des Abends auf dem glatten Wasser schwamm, war kaum noch vorstellbar, was sie durchgemacht hatten. Sie hatten es beide überstanden. Doch weder ein Küstenstreifen noch ein anderes Boot waren zu sehen. Ohne Segel oder Steuermann, ohne die leiseste Ahnung, wo sie sich befanden, trieben Marken und Smirn in der Weite eines stillen Ozeans, den das rot glühende Licht der untergehenden Sonne in flüssigen Stahl verwandelte.

6

Tagelang trieben sie dahin, tagelang sah Marken nichts als bedeckten Himmel und graues Wasser. Die Sonne drang nur selten durch und ab und an kam ein scharfer Wind auf, begleitet von Regenschauern – es war Firsten. Aber kein Wetter war so schwer, wie der Sturm es gewesen war. Wohin mochte das Dunkelwesen, dieser lebendige Gewitterkern, gezogen sein? In den endlosen Raum, der immer gerade hinter dem Gesichtskreis begann, dort, wo man nie hinsehen konnte.

An Bord fand Marken alles, was er brauchte: scharfe, in Essig eingelegte Schoten in dickwandigen Tontöpfen und ein salziges, hartes Fleisch. Auch zwei Wasserfässer hatten das Unwetter überstanden. Von den toten Seemännern in der Takelage nahm Marken die Haumesser und das, was er an Kleidung brauchen konnte – Ärmel und Hosenbeine waren viel zu kurz, aber besser als nichts –, die Körper warf er über Bord. Ansonsten blieb nicht viel zu tun. Das Schiff wäre wahrscheinlich auch für jemanden, der sich auskannte, nur noch schwer zu navigieren gewesen. Marken rührte das Steuer nicht einmal an. Er richtete sich mit Smirn an Deck ein, so gut es ging, und ließ sich von unbekannten Strömungen und Winden treiben.

Als sie gemeinsam mit dem Treck Richtung Lagerstadt und Pram aufgebrochen waren, war er zutiefst beunruhigt gewesen von der Botschaft der Undae, von diesem *Etwas geht vor* und dem düsteren *Menschlichkeit versiegt und Bitternis steigt auf in den Seelen, dunkel und schwer.* Niemals aber hätte er gedacht, dass es so rasch und so gründlich in die Vernichtung ging. Als Welse hatte Marken wahrlich kein einfaches Leben gehabt, doch wie jeder Mensch hatte er sich dort eingerichtet, wo er war. Dann war er vom Zeitgeschehen herausgerissen worden. Und nun trieb er beinahe von einem Tag auf den anderen als Begleiter einer in sich verkapselten Hohen Frau auf einem führerlosen kwothischen Segelschiff im weiten Westlichen Meer. Wie die Geschichte des Kontinents zu Ende ging, würde er nicht mehr erfahren, denn er kam nicht mehr darin vor, er entfernte sich weiter und weiter. Markens Hand tastete nach dem Lederbeutel auf seiner Brust, aber er war nicht mehr da. Das Wasser aus Torviks Quelle war verloren, genau wie die Kristallphiole um Smirns Hals. Ja, sie beide hatten bis hierher überlebt – doch es war schon so vieles zugrunde gegangen: Kameraden und Freunde. Die Hüterin Endhemone und mit ihr die Quelle der Gerechtigkeit. Eine kostbare Phiole und ein Schwert. Obwohl Smirn noch bei ihm war, umfing Marken hier auf dem Meer eine Einsamkeit, die noch schmerzhafter war als jene der ersten Morgen nach dem Tod von Asta, seiner Frau. Nie hatte er der Überlebende sein wollen. Und immer wieder war er es. Marken kletterte über verknäulte Taue und steife Segeltuchfetzen, über das kleine, fest verzurrte Ruderboot, das wie ein schlafendes Kind nichts von der Katastrophe mitbekommen hatte, und stolperte über Deck bis ganz nach vorn zum Bug. Hier wurde er sanft auf und ab geschaukelt, schloss die Augen und atmete die Salzluft, bis sich die Klammer um seine Brust etwas löste. Er hörte ein vielstimmiges Kreischen über sich und öffnete die

Augen. Merren. Ein großer Schwarm der Zugvögel vollführte einen wiegenden, schlenkernden Tanz am Himmel und flog dann lärmend über Marken hinweg. Voraus, am gekrümmten Horizont, war Land zu sehen.

7

Die Wellen setzten das Schiff beinahe behutsam auf dem Riff ab. Marken stand an der Reling und schaute in die Brandung, das Flachwasser schäumte weiß. Vier Versuche machte das Meer, dann hatte es das Schiff in den schwarzen, zerklüfteten Felsen festgeklemmt. So wie es aussah, befanden sie sich zwischen zwei Inseln, deren Steilküsten rechts und links dunkel aufragten. Die Passage hindurch wäre sicher nur einem besonders talentierten Steuermann gelungen oder einem sehr waghalsigen, denn die Felsen, auf denen Markens Schiff festsaß, waren nicht die einzigen. Ob diese Inseln bewohnt waren? Falls ja, war dieser Ort sicher nicht der, an dem man üblicherweise anlandete. Markens Augen suchten die Klippen ab; er überlegte. Dann sah er wieder hinab in die Brandung: lange, langsame Wellen, die um die Felsen strudelten. Er musste eine Entscheidung treffen.

So klein das Beiboot auch war, Marken konnte es nicht allein über die Reling und hinunter in die Brandung heben; er musste sich irgendwie behelfen. Material war genug vorhanden, dennoch brauchte er einige Zeit, bis er mit Rollen und Seilen einen Flaschenzug gebaut hatte – es war lange her, dass er das Prinzip angewandt hatte. Während der Ausbildung waren sie oft in Zweierseilschaften geklettert und hatten die Selbstrettung üben müssen; zu der Zeit hatte sich Marken allein durch entsprechende Schlingen und Knoten sogar selbst am Seil hochziehen können. Ein Lächeln stahl sich auf seine Lippen; Marken war immer in einer Seilschaft mit Felt geklettert. Damals hatten sie das Gefühl gehabt, jeden Gipfel der ganzen Welt erklimmen zu können, nichts war ihnen zu hoch gewesen. Vielleicht konnte man nur so empfinden, wenn man jung war und nichts von der Welt wusste.

Endlich war er so weit, das Boot hing sicher und ließ sich problemlos heben, doch inzwischen war das Wasser verschwunden, das Schiff lag ganz auf dem Trockenen. Große, laut schreiende Vögel umkreisten es, einige landeten auch, watschelten auf gelben Füßen umher und sahen mit starren Augen zu, wie Marken verpackte, was er zu brauchen glaubte. Dem Großteil der Schreivögel jedoch war das zu langweilig; sie holten sich Getier von den nun freiliegenden Felsen oder das, was in den Meerwassertümpeln dazwischen gefangen war. Am Bewuchs der Felsen konnte Marken gut erkennen, wie hoch das Wasser gereicht hatte. Ob es zurückkam? Wann? Wenn er jetzt sofort aufbrach, könnte er es vielleicht zu Fuß bis zur Küste schaffen. Dort musste er dann ohnehin klettern. Er sah zu Smirn. Immer noch pulsten die Lichtwellen über ihre Haut, immer noch huschten die Augen hin und her. Nein. Er würde es nicht riskieren. Er selbst konnte nicht schwimmen, und so merkwürdig es war, er war sich ganz sicher: Dieser Unda sollte eine Berührung mit Wasser vorerst erspart bleiben. Marken hatte keine Eile, für diesen Tag war es ohnehin zu spät. Also wartete er den Tidenhub ab, und weil es Nacht war, als das Wasser wieder stieg, wartete er noch länger. Er wusste nichts von den Gezeiten, er beobachtete einfach das langsame Ein- und Ausatmen des Meers. Er überlegte, wo er an Land gehen wollte, erkannte im auf- und ablaufenden Wasser die Strömungen, prägte sich die Positionen der Felsen ein, die bei hohem Wasser zwar verborgen waren, aber gefährlich werden könnten. Als er schließlich das Ruderboot zu Wasser ließ und sich dann selbst mit dem Flaschenzug über die

Reling abseilte – die in Segeltuch gehüllte Smirn trug er wie ein Paket auf dem Rücken –, hatte er eine sichere Route durch die Brandungszone der beiden großen Eilande der Königsfluchten-Inseln im Kopf, um die ihn manch erfahrener Seemann beneidet hätte.

8

Die zerklüftete Steilküste ließ sich leichter überwinden als gedacht: Dank der stufenförmig ausgewaschenen Felsen war es eher ein kräftezehrendes Treppensteigen als ein echtes Klettern gewesen. Oben angekommen, sah Marken ein zunächst steiniges, in der Ferne dann bewaldetes Flachland vor sich. Auf der Anhöhe wehte ein kalter, böiger Wind. Die Luft war zudem feucht, Marken schmeckte Salz auf den Lippen. Er setzte sich in Bewegung. Smirn auf seinem Rücken war nicht schwer und auch das, was er an Vorräten und Nützlichem bei sich trug, fiel nicht groß ins Gewicht. Aber dass ihm die Kwother seine guten Stiefel abgenommen hatten und er nun barfuß laufen musste, war hinderlich und brachte ihm einige Blessuren bei. Endlich hatte er Steine und Schotter hinter sich und trat auf weicheren Boden zwischen die Bäume. Bisher waren ihm nur Vögel begegnet, aber nun, im unübersichtlichen Dickicht, nahm er das Haumesser in die Hand. Wie lächerlich sich das anfühlte im Vergleich zu einem Schwert. Um sich einen Weg durchs feuchtkalte Unterholz zu schlagen, war es allerdings bestens geeignet. Marken hieb rhythmisch gegen dicke Efeuranken und stachliges Gestrüpp und merkte schnell, wie gut ihm das tat. Er fing an, bestimmte Haue und Hiebe zu schlagen, gestattete sich sogar die ein oder andere Parade gegen junge Bäume oder tief hängende Äste. Er war nicht nur ein Schiffbrüchiger, ein Gefangener, Gefolterter und Verbannter – er war auch immer noch Offizier Marken, einer, der sich mit Waffen auskannte wie sonst keiner, und auch wenn er in der Kleidung der toten Kwother aussah wie ein zu groß geratener Seeräuber, war er doch immer noch ein welsischer Soldat. Schweiß trat ihm auf die Stirn, er ging weiter, schlug weiter und begleitete jeden Hieb nun mit einem wütenden Schrei, er brach durchs Unterholz wie ein wild gewordener Eber. Da rührte sich Smirn auf seinem Rücken und Marken hielt inne, schwer atmend. Als er sich etwas beruhigt hatte, hörte er es: Ein ferner, hoher Klang wie von Silberglöckchen wehte durch den Wald.

Er hatte Smirn abgesetzt und das erste Mal seit Langem trafen ihre Augen seine. Markens Herz machte einen solchen Sprung, dass ihm die Luft wegblieb. Die Narbenlinien auf dem kahlen Kopf der Unda glommen immer noch und auch ihre Augen leuchteten überhell, aber sie schienen wieder zu sehen, was in dieser Welt geschah.

»Smirn.« Marken sprach leise, musste sich räuspern. Seit dem Sturm hatte er kaum gesprochen. »Wie geht es dir?«

Sie schaute ihn an, blickte sich dann um. Sie sagte nichts. Marken half ihr aus dem Segeltuch, in das er sie gewickelt hatte.

»Smirn, erkennst du mich? Weißt du, wer ich bin?«

Sie legte einen Finger an die Lippen, um ihn zum Schweigen aufzufordern. Sie lauschte. Da war es wieder, das Klingeln ferner Glöckchen. Smirn wandte sich zum Gehen und Marken wollte schon vorauseilen, um ihr den Weg freizuschlagen. Da sah er, dass unter den bloßen, seitlich vorgestreckten Händen der Unda die Pflanzen nachgaben und wegknickten; es war, als würde ein Wind Smirn begleiten oder als schöbe sie eine zwar unsichtbare, aber große und mächtige Bugwelle vor sich her. Marken folgte staunend, das Haumesser in der Faust.

Das Klingeln wurde lauter und schließlich kamen sie an eine Lichtung, die, wie Marken schnell feststellte, eigentlich ein Platz war. Der Wald hatte begonnen, sich diesen Freiraum zurückzuholen, aber unter dem Moos und zwischen Unkräutern und Schösslingen lagen Steinplatten. Sie gingen weiter und Marken bemerkte, dass von diesem Platz eine Schneise durch den Wald führte. Das war ehemals eine breite Straße gewesen. Erst als sie fast davorstanden, erkannte Marken die großen, überwucherten Gebäude links und rechts dieser schnurgeraden Straße. In einer vergleichbaren Stadt war er mit Smirn schon einmal gewesen und Marken wusste, dass er hier keine Waffe brauchen konnte: Sie waren in einer Nadhina-Mmet, einer kwothischen Totenstadt. Ein Rascheln im Gebüsch ließ ihn zusammenfahren. War da etwas Kleines, Helles davongesprungen? Marken hatte zwar an Proviant gedacht, an Wasser, Waffen, Seile, an Feuerstein und Zunder, sogar an einen Mantel für Smirn – wonach er an Bord des Schiffs aber nicht gesucht hatte, war Geld. Das hatte er völlig vergessen, er hatte einfach keine rechte Beziehung dazu. Falls es hier Ghajels gab, war er ihnen wehrlos ausgeliefert. Allein die Erinnerung an die zierlichen Rehe mit den hinterlistigen schwarzen Augen genügte, um Marken den tödlichen Gestank ihres Auswurfs wieder in die Nase zu treiben.

9

Ohne Zögern war Marken Smirn in das Totenhaus gefolgt, in dessen hohem Portal ein ganzer Strang kleiner Glocken hing. Obwohl das quaderförmige Gebäude überwuchert war, konnte man doch die ehemalige Pracht sehen. Marken war schon bei seinem ersten Besuch einer Nadhina-Mmet von den in der Abendsonne glitzernden Fassaden beeindruckt gewesen. Hier aber wurde der Aufwand mit dem Tod noch viel weiter getrieben. Der Raum war riesig, die Wände mosaikgeschmückt, die hohe Decke wurde von wuchtigen, augenscheinlich goldverkleideten Säulen gestützt. Kurz flammte die Erinnerung an den Thronsaal des Dämonenkönigs in Markens Kopf auf, aber hier brannte kein Feuer. Es war kühl in diesem mit schummrig grünem Licht gefüllten Raum. Durch die viereckigen Deckenöffnungen rankten sich Pflanzen hinab und man konnte die Baumkronen sehen, deren Blätter bereits starben und sich von den Zweigen lösten. Es raschelte, als Smirn durch altes, trockenes Laub zu dem einzigen, um einige Stufen erhöhten Steinquader ging, den dieses Haus beherbergte. Das Rascheln ihrer Schritte strich als wisperndes Echo über die Wände des Raums und verwebte sich mit dem silbrigen Klang der Glöckchen zu einem melancholischen Lied über die Vergeblichkeit allen menschlichen Strebens. War das so? War wirklich der Tod der Herrscher über das Leben? Obwohl alles an diesem Ort darauf ausgelegt war, einen Besucher das glauben zu machen, sträubte sich in Marken etwas gegen diesen Gedanken. Ihn jedenfalls hatte der Tod bisher im Stich gelassen. Er musste sich wohl um den Rest des Kontinents kümmern.

Smirn stieg die Stufen empor und beugte sich über den Steinsarg. Marken dachte erst, sie wolle auch diesmal die Grabinschrift lesen. Aber Smirn strich nur ein paar Blätter und Staub von der Oberfläche und legte dann ihre Arme, ihren Oberkörper und ihre Wange auf den Stein, schloss die Augen und verharrte in dieser ruhenden, fast zärtlichen Stellung. Marken wartete. Sie blieb so. Was tat sie, trauern? Konnte eine Unda das überhaupt? Was immer es war, Marken war erleichtert, dass sie überhaupt etwas tat, auch wenn er es nicht verstand. Er legte die Taschen und Bündel ab, wartete noch eine Weile. Smirn rührte sich nicht, nur die Linien auf ihrer Haut pulsten, langsam, wie die tiefen Atemzüge eines Schlafenden. Es war wohl angeraten, sich hier auf die Nacht einzurichten.

Als Marken mit Brennholz ins Totenhaus zurückkehrte, lag Smirn immer noch so über den Stein gebeugt, wie er sie verlassen hatte. Lange war er nicht weg gewesen, Holz gab es genug und Marken hatte sich beeilt. Er wollte Smirn nicht länger allein lassen und jede mögliche Begegnung mit einem Ghajel vermeiden. So unangenehm es war, er musste einsehen, dass er eine echte Furcht vor den kleinen Rehen entwickelt hatte. Aber das machte nichts, denn wer sollte je von dieser Schwäche erfahren?

»Ich nehme an, es stört die Toten nicht, wenn ich hier zu ihren Füßen ein kleines Feuer entzünde? Mir jedenfalls täten ein wenig Licht und Wärme gut.«

Er bekam keine Antwort, hatte aber auch nicht damit gerechnet. Erst hatte der Dämonenkönig die Unda völlig verändert und dann noch einmal das Meer. Das Schweigsame hatte immer zu Smirn gehört, solange Marken sie kannte. Doch nun war sie stumm geworden. Und dass sie ruhig auf dem Stein lag, vielleicht sogar schlief, war ebenfalls neu.

»Ich kann es mir zwar nicht vorstellen, aber falls du etwas essen möchtest, es ist genug da. Noch. Wenn wir hierbleiben – und ich wüsste nicht, wohin wir sonst sollten und wie –, werde ich allerdings Wasser suchen müssen. Und jagen. Ich bin ein sehr schlechter Jäger. Ich bin überhaupt kein Jäger, um ehrlich zu sein.«

Marken schichtete die Holzstücke auf und machte sich daran, sie zu entzünden. Er ließ sich auf dem Steinboden nieder, streckte seine Beine aus und legte seinen Kopf auf die unterste Stufe des Podests. Auf einem Stück salzigem Fleisch kauend, schaute er zu Smirn auf.

»Wo sind wir hier? In einer Nadhina-Mmet, so viel ist mir klar. Aber warum ist hier alles so … verlassen? Man hat den Eindruck, hier war schon seit mehr als hundert Soldern niemand mehr. Ich habe jedenfalls nicht das Gefühl, dass ich mich vorsehen muss oder dass wir in Gefahr wären. Wir sind die einzigen Lebenden hier, oder?«

Marken nahm einen Schluck Wasser. Es schmeckte faulig.

»Weißt du, Smirn, ich finde es sogar passend, in einer Totenstadt gestrandet zu sein. Immer und immer wieder wollte ich sterben, es ist mir nicht gelungen. Nun bin ich hier. Ich lebe zwar noch, aber es ist nicht mehr wichtig. Ich bin gescheitert. Wir konnten keine einzige Quelle beleben, die der Gerechtigkeit nicht und auch nicht die der Liebe … Eigentlich ist mein ganzes Leben ein fortgesetztes Scheitern – nicht einmal der Tod gelingt mir so, wie ich es mir vorgestellt habe. Seit Asta gestorben ist, wollte ich folgen. Aber ich bin Welse, ich bin Offizier, ich kann mich nicht einfach umbringen. Alle am Berg kämpfen um ihr Leben, jeder fragt sich, warum er das alles erdulden muss, und jeder denkt ab und an daran, sich zu erlösen. Aber niemand tut es, denn was würde eine solche Tat den anderen erzählen, die weiterkämpfen wollen oder müssen? Nein. Wir gehen stattdessen zu euch, zu den Hohen Frauen. In den ersten Soldern nach Astas Tod bin ich oft in der Grotte gewesen. Ich glaube nicht, dass du das bemerkt hast; ich hatte nie den Eindruck, eine von euch bemerkt einen Besucher. Es hat geholfen, euch bei diesen langsamen Wanderungen durch das stille, dunkle Wasser zuzusehen. Ich war sehr einsam damals, aber in der Grotte habe ich mich in der Gesellschaft der Welt gefühlt. Ich weiß nicht, wie ich es ausdrücken soll … ich war ein Teil eines großen Ganzen, unwichtig zwar, aber ich war aufgehoben. Letztendlich waren es die Undae, die mich davon abgehalten haben, mir den Fuß zu vertreten und in eine tiefe Felsspalte zu stürzen, ganz aus Versehen. Und heute ist es wieder eine Unda, heute bist du es, Smirn, die mich abhält.«

Er setzte sich auf, rieb sich seine geschundenen Füße. Jetzt, wo das Feuer sie wärmte, begannen sie zu schmerzen.

»Wenn Schwester Essig hier wäre, sie hätte keine Gnade mit mir, sie würde meine Füße schrubben, bis all der Dreck und das Blut herunter wären … Ach, Smirn, ich komme mir vor wie ein alter Mann. Ich rede mit mir selbst und sehne mich nach einer jungen Frau, die mich pflegt.«

Marken lachte kurz auf. Dann verfiel er in Schweigen und seine Miene wurde finster. Er starrte in die Flammen des kleinen Lagerfeuers und bemerkte nicht, dass er schließlich im Sitzen einschlief.

Es war ein kühler Hauch, der ihn aufweckte. Das war kein Luftzug gewesen; er schaute hoch zu den Deckenöffnungen, ein hinter Wolken verborgener Mond sandte gerade genug Licht über den Nachthimmel, dass die Äste der Bäume sich schwarz davor abzeichnen konnten. Nichts rührte sich und auch kein Glöckchen klirrte. Das Feuer war heruntergebrannt. Smirn?

Marken kam hoch, so schnell es seine steifen Beine erlaubten, drehte sich um. Und erschrak.

Smirn stand auf dem Podest und schaute ihn an mit ihren lichtgefüllten Augen. Im schwachen Mondschein und unter den glimmenden Narbenranken war ihre dunkle Haut mattschwarz. Sie sah so fremd aus, so wenig menschlich, wie Marken es nie zuvor empfunden hatte. Ganz zu Anfang waren die Undae sehr unnahbar gewesen, aber dann hatten sie ein Band zwischen sich und den Männern geknüpft. Marken hatte sich nach der Flucht aus dem Uferstützpunkt am Eldron, wo sie ihn das erste Mal wirklich angeschaut hatte, so rasch an Smirns Gegenwart gewöhnt, dass er seine Zugehörigkeit zu ihr niemals mehr infrage stellte – nicht einmal, als der Dämonenkönig seine Seele entzündet hatte.

Als sie nun sprach, war ihre Stimme immer noch rau, hatte aber einen sehnsüchtigen, fast träumerischen Beiklang bekommen. Marken würde diese ersten Worte, die sie nach so langer Zeit sagte, niemals vergessen.

»Ich habe Dinge gesehen, die sich die Menschen nicht einmal vorstellen können. Ich sah Schiffe den Fluss der Zeit hinauffahren, die Segel entflammt von Entdeckerlust. Sie sanken, während ich hinabtauchte. Ich sah die erste Quelle, den Anfang aller Anfänge, und dahinter sah ich im Dunkel Wahrscheinlichkeiten glitzern. Ich machte Rast im ewigen Hafen und sah ganze Welten wie Inseln im Strom der Zeit auftauchen. Und ich sah, wie sie untergingen, sich in der Unendlichkeit verloren wie Tränen im Regen. Ich war nichts. Und ich habe alles gesehen.«

Sie lächelte. Sie, die Strenge, die Ernste, neigte den Kopf und lächelte Marken an.

»Smirn … wie?«, stammelte er. Marken wusste nicht, was er sagen sollte. Menschen nahmen sich in solchen Augenblicken in den Arm, wenn Worte versagen und die Körper besser ausdrücken können, was in ihnen vorgeht. Aber Smirn war kein Mensch.

»*Smirn*?«, wiederholte sie und dachte einen langen Moment nach, ließ ihren Namen wie einen süßen Duft im dunklen, kühlen Raum hängen. »Ich erinnere mich an Smirn. Aber ich kenne sie nicht. Ich weiß nur von ihr. Das ist alles.«

10

»Kersted, hier, kau noch ein wenig Singivera.«

Nendsing schnitt eine dünne Scheibe von der gelblichen Wurzel ab und reichte sie ihm. Kersted war so übel – und das seit Tagen –, dass er am liebsten gestorben wäre. Er lag entweder nutzlos herum oder hing über der Reling, was ihn derart beschämte, dass er sich nur zu gern hinab in die grauen, wogenden Fluten fallen gelassen hätte. Doch ihm fehlte die Kraft dazu. So elend, so schwach hatte er sich in seinem ganzen Leben noch nicht gefühlt.

»Du bist seekrank, und zwar schwer«, hatte Nendsing gnadenlos diagnostiziert und dabei sehr frisch ausgeschaut. Der Wind plusterte ihr die Haare auf und die kühle, salzige Luft rötete ihre Wangen. Niemandem an Bord machte der Seegang etwas aus. Nur Kersted litt. Er kaute auf der Wurzelscheibe und schloss die Augen. Sie füllten sich mit Tränen, denn die Singivera war scharf; man hatte das Gefühl, sie öffne einem den Kopf. Ein kalter Luftzug trat durch die Nase ein, wehte durch den Schädel, fuhr dann hinab in die Eingeweide und beruhigte den Aufruhr dort so, wie das Pusten der Mutter die Schmerzen vom aufgeschlagenen Knie wegbläst. Kersted atmete erleichtert ein. Etwas besser. Er öffnete die Augen, lächelte Nendsing an.

»Es wird bald vorbei sein, irgendwann hat sich dein Körper an die Schaukelei gewöhnt.«

»Dies ist der erste und letzte Ausflug aufs Meer, das schwöre ich. Ich gehöre nicht aufs Wasser, ich will festes Felsgestein unter den Stiefeln haben.«

Auch das Erdbeben hatte Kersted mehr mitgenommen als die anderen – so schien es ihm wenigstens. Wenn die Welt ins Wanken geriet, verlor Kersted zu schnell den Halt. Er richtete sich auf.

»Möchtest du ein wenig an Deck kommen?«, fragte Nendsing hoffnungsvoll. »Die Nacht hat ihr allerschönstes Sternenkleid angelegt. Ich könnte dir den Himmelsnehmer zeigen und auch erklären, wie er funktioniert; die Kwother haben ein prächtiges Exemplar hier an Bord.«

»Dir gefällt diese Seereise, nicht wahr?«

»O ja! Man hat einen so weiten Blick.«

»Also gut«, ächzte Kersted und erhob sich, stand gebeugt und mit eingezogenem Kopf in der kleinen Koje; dieses Schiff war nicht für einen Mann seiner Größe gebaut. »Zeig mir deine schöne Nacht und den prächtigen Himmelsnehmer. Vielleicht kann ich doch noch etwas lernen, bevor ich sterben muss.«

Nachdem sie sich von Dern und seinen Männern, den Freien Söhnen, getrennt hatten, waren sie den Naryn hinabgefahren. Der Unterlauf des Flusses war unberührt und so, wie Utate ihn beschrieben hatte. Er verbreiterte sich zu einem See, dessen seichte Ufer mit wahren Schilfwäldern bewachsen waren. Dass hier zu Beginn des Lenderns viele Vögel brüteten, war leicht vorstellbar. Aber nun war der Lendern zu Ende und das Rascheln des kalten Winds im Schilf hatte Frost angekündigt. In langen Ketten oder spitzen Keilen waren große Vögel über sie hinweg Richtung Süden geflogen. Die Dhungänse zögen nun übers Meer nach der Südlichen Herkunft, hatte Utate erzählt, und wenn sie einmal in der Luft wären, würden sie bis zum Ziel nicht rasten. Glaron bedauerte nur, dass es zu spät war, um welche zu fangen: Vor dem Flug seien die Gänse schön fett und lecker – nun aber waren sie unerreichbar. Der Koch hatte sich auf seine unauffällige Art gut in die Reisegruppe eingefügt und kümmerte sich, wenn er keine Mahlzeiten zubereitete, schwarzen Tschai aufbrühte, aufräumte, abwusch oder Vorkehrungen für das nächste Essen traf, vor allem um Nendsing. Kersted sah die väterliche Zuneigung des mehr als doppelt so alten Mannes zu der Segurin und war ihm dankbar für diese Fürsorge. In diesen schweren Zeiten war eine aus einer Rübe geschnitzte Blüte, die in der Suppe schwamm, wertvoller als Gold. Glaron gelang es jeden Tag, ein Lächeln auf Nendsings Gesicht zu zaubern. Er war nie unterwürfig oder darauf aus, ein Lob einzuheimsen; sich in den Dienst anderer zu stellen war ihm ein natürliches Bedürfnis, sein Lebensinhalt. Kersted hatte als Offizier zwar viel mit Untergebenen zu tun gehabt, aber kaum mit Bediensteten. Der Einzige war Temmer gewesen, der alte Diener in der Lorded, der entsetzlich schwachen Gansetee kochte und den frierenden Männern wässrige Zwiebelsuppe hinstellte. Temmer hatte ein gutes Herz, in Goradt musste das genügen. Glaron dagegen war gebildet und mitfühlend, dabei zäh und mit einem Lebenswillen ausgestattet, der so groß war, dass er kaum in seine drahtige Gestalt hineinzupassen schien. Es war ein unwahrscheinliches Glück, aber vielleicht kein Zufall, dass ausgerechnet die zierliche Sternenleserin und der pramsche Koch überlebt hatten. In beiden steckte mehr, als man auf den ersten Blick erkennen konnte.

Fander hatte – noch unterwegs auf dem Naryn – die Frage gestellt, nach welcher Quelle man am *Ende* eines Flusses suchen sollte, und Kersted hatte sie daraufhin Utate gestellt. Die hatte auf ihre unnachahmliche Weise gelächelt und gesagt: »Jeder Fluss hat mindestens eine Quelle. Aber nicht aus jeder Quelle wird ein Fluss. Wir suchen eine *Beridh Oroda,* eine Kalte Quelle. Sie entspringt am Meeresboden, im Mündungsgebiet von Naryn und Dhonst. Dort steigt das Quellwasser auf und schwimmt auf dem salzigen Meerwasser, denn es ist leichter. Wir suchen einen kleinen Süßwassersee im unendlichen Ozean.«

Und genau das taten sie nun seit einigen Tagen: Sie kreuzten draußen vor der Küste und die Firstenwinde wühlten das Meer auf. Kurz bevor der Naryn sich ins Westliche Meer verabschiedete, buchtete er sich südwärts zu einem natürlichen Hafenbecken aus. Dort hatten die Nord-Kwother einen Stützpunkt und die Gruppe hatte das Schiff gewechselt. Der Segler, auf dem sie sich nun befanden, war größer als das Flussschiff und schien dabei schnell und wendig zu sein. Kersted verstand wie jeder Welse nur sehr wenig von Schiffen, aber er wusste, dass die Nord-Kwother mit diesen Segelbooten die Küste entlangfuhren und sie bewachten. Kaum waren sie jedoch aufs offene Wasser gefahren, hatte er nichts mehr mitbekommen und nicht mehr denken können, weil die Seekrankheit ihn fest im Griff hatte.

In dieser Nacht jedoch war die See recht ruhig und Kersted bereute nicht, Nendsing an Deck gefolgt zu sein. Seit sie seinen Blick immer wieder nach oben lenkte, begann er die kalte und ehrfurchtgebietende Schönheit der Sterne zu begreifen. Wer den Himmel verstand, hatte in der Welt einen großen Vorteil, denn er kannte Zeit und Raum. Mit wenigen Hilfsmitteln konnte Nendsing bestimmen, wie spät es war und wo sie sich befanden. Und das mit einer Genauigkeit, die Kersted verblüffte. Der Kapitän tat zwar noch so, als ob er den Kurs angeben würde, in Wahrheit hatte aber längst Nendsing die Navigation übernommen. Dennoch war es ungleich schwieriger, hier draußen auf See eine Quelle zu finden als an Land. Immer wieder nahmen sie Proben aus dem Wasser. Es blieb salzig.

»Die Seeleute kennen die Quelle«, sagte Nendsing. »Sie ist eine willkommene Gelegenheit, um Süßwasser aufzunehmen, ohne dass man einen Hafen ansteuern muss. Die Stelle ist auf den Seekarten verzeichnet. Wir müssen ganz in der Nähe sein. Aber wir finden sie einfach nicht.«

»Vielleicht hat sich eine Strömung verändert«, meinte Kersted und schaute über das dunkle Deck nach vorn. Utate stand als im Sternenlicht glänzender Schemen am Bug. Ihr schönes Gesicht verfinsterte sich von Tag zu Tag und sie sprach nur noch wenig. Alle einte die Sorge, dass die Quelle bereits versiegt sein könnte, doch niemand sprach es aus. Auch Nendsing nickte nur und lächelte schwach.

»Also, willst du wissen, wie spät es ist?«, fragte sie und hielt den kleinen Himmelsnehmer hoch, den sie an einer Kette bei sich trug. »Die ehrwürdige Gilmen hat ihn mir geschenkt – sie leitet die Hama, du erinnerst dich –, als ich meine erste größere Abhandlung über den Fürsten des Ostens verfasst hatte.«

»Welchen Fürsten?«

»Des Ostens – ein Sternbild.« Sie schaute hoch. »Das übrigens an den Welsenkönig Farsten erinnert und an seine Familie. Es sind drei Sterne, in einer Linie. Farsten ist der hellste. Da! Siehst du ihn?«

Kersted versuchte, ihrem Fingerzeig zu folgen.

Sie erklärte weiter: »Dort siehst du einen Haufen kleiner, schwacher Sterne, das sind die Lykorien, man braucht ein Fernglas, um sie genauer zu betrachten. Nun, nicht so wichtig; etwas darunter strahlt jedenfalls Farsten, in kurzer Entfernung die Sterne Efrid und Farled. Das ist der kleinste, dort.«

Kersted strengte sich sehr an und sah in der Masse funkelnder Lichtflecken dennoch nicht, was sie meinte. Dabei verstärkte das Starren auf einen Punkt am Himmel, während es unter ihm sanft schwankte, die Übelkeit wieder. Er senkte den Blick.

»Dein Himmelsnehmer«, lenkte er ab, »wie funktioniert der nun? Ich dachte immer, das sei ein Schmuckstück.«

Nendsing lachte auf.

»Ja, das ist er – auch. Eine schöne Arbeit.« Sie hielt den metallenen runden Gegenstand auf Augenhöhe. »Er muss lotrecht hängen und sollte möglichst nicht pendeln … Das ist an Land einfacher oder mit dem großen, den die Kwother hier an Bord haben. Der ist viel schwerer und sehr genau. Wie auch immer: Um die Zeit zu bestimmen, suche ich mir einen Stern am Himmel, der hell ist und den ich gut kenne, beispielsweise Panope. Ich drehe diesen Zeiger am Himmelsnehmer, und zwar so, dass ich, wenn ich ihn ans Auge halte, darüber den Stern sehe. Ich peile ihn also an. Dann lese ich auf der Skala den Winkel ab und weiß, wie hoch er steht. Dabei muss ich nur im Kopf haben, ob der Stern in der östlichen oder westlichen Hälfte des Himmels liegt; ob er also gerade aufsteigt oder sinkt. Dann drehe ich diese wie ein verschnörkeltes Gitter gearbeitete Scheibe so, dass Panope, der durch diesen kleinen Zacken dargestellt wird, an der richtigen Stelle ist – nämlich auf der Linie, die in die Hintergrundscheibe eingraviert ist und dem Winkel entspricht, den ich im ersten Schritt gemessen habe. Dann kann ich auf der Skala am Rand ablesen, welche Stunde wir haben. Das wär's, ganz einfach!«

Sie strahlte ihn an. Kersted musste sich gut überlegen, was er nun sagte.

»Nen, du wirst mir das noch viele Male zeigen müssen, das ist dir bewusst, nicht wahr?«

»Ich bin keine gute Lehrerin. Es tut mir leid.«

Sie ließ das messingglänzende Gerät sinken.

»Was hältst du davon, wenn wir zum Schiffsführer gehen?«, fragte Kersted. »Dort kannst du mir das noch einmal am großen Himmelsnehmer vorführen. Und mir auch die Seekarten erklären oder den Sechsteiler, den Nordweiser und was es dort noch alles gibt. Wir haben die ganze Nacht Zeit – ich bin sehr ausgeruht und zudem glaube ich, dass ich heute doch noch nicht sterben muss.«

Nendsing lächelte und im schimmernden Licht der allerschönsten Nacht war Kersted sich ganz sicher, dass sie ihn auch liebte.

11

Der folgende Morgen brachte frischen Wind und einen von schnell ziehenden grauen Wolken verhangenen Himmel. Erst als es bereits dämmerte, hatte Kersted eine Ahnung davon bekommen, wie der Himmelsnehmer zu gebrauchen war. Man konnte viel mehr mit dem Instrument tun, als lediglich die Zeit zu bestimmen. Die Voraussetzung für all die faszinierenden Anwendungsmöglichkeiten war aber, dass man ein tiefes Verständnis für den Himmel und die Welt darunter entwickelte. Es kam darauf an zu begreifen, wie beide aufeinander Bezug nahmen. Das war das eigentliche Geheimnis des Himmelsnehmers und eigenartigerweise das, was Kersted als Erstes verstand. Nendsing hätte zu Beginn nur sagen müssen: Dies hier verbindet dich mit dem Himmel und der Erde. Hiermit kannst du die Sterne in der Hand halten und hast gleichzeitig den Beweis, dass in unserer Welt alles zueinander passt.

Der Himmelsnehmer brachte Ordnung in ein Chaos, das keines war, sondern nur als solches empfunden wurde. Die Gesetzmäßigkeiten, denen die Welt folgte, waren für einen Menschen nicht ganz leicht zu durchschauen. Kersted verstand Nendsings Wissensdurst nun besser und auch ihm selbst wurde wohler zumute bei dem Gedanken, dass alles Sinn und Zusammenhang hatte. Obwohl das Schiff in der kräftigen Morgenbrise wieder heftiger schwankte, war Kersteds Übelkeit fast verschwunden. Er war endlich bereit, sich an der Suche nach der Quelle zu beteiligen.

Kersted stand neben Utate am Bug und blickte über die bis zum Horizont ineinanderrollenden Wellen. Ein paar laut schreiende Vögel umkreisten das Schiff, und obwohl im Augenblick kein Land zu sehen war, wusste Kersted, dass welches in der Nähe war, nur einen halben Tag entfernt. Er hatte endlich gelernt, die Seekarten zu lesen.

»Wir werden sie bald finden«, sagte er zu der Unda. »Die Quelle auf irgendeine Weise … erspüren kannst du nicht, oder?«

»Nein«, sagte Utate und wandte sich ihm zu. »Es mag sich widersinnig anhören, aber das Meer verhindert das.«

»Und der Hüter? Könnten wir nicht nach ihm Ausschau halten?«

»Dafür müsstest du unter Wasser suchen, Kersted. Wir sind ganz auf Nendsings Künste angewiesen.«

»Sie gibt sich größte Mühe.«

»Ich weiß.«

Die beiden schwiegen, während zwei der nord-kwothischen Seeleute einen Blecheimer ins Wasser hinunterließen. Sie zogen ihn wieder hoch, einer schöpfte daraus, trank. Und spuckte das Wasser sofort wieder aus. Salzig. Also mussten sie weitersuchen.

»Ob Dern zurück in Gham-Sarandh ist? Ob Marken und Smirn endlich die Quelle des Naryns erreicht haben?«

Utate antwortete nicht auf Kersteds Fragen und in ihrem Schweigen wurden seine Befürchtungen immer lauter. *Drei gehen, nur zwei bestehen.* Die düstere Prophezeiung des Steppenläufers und der Szasla ließ seine Sorge um Marken und Smirn wachsen wie ein wiederkehrendes Unkraut. Immer wieder versuchte Kersted sich einzureden, das sei eine seltsam dramatische Mahnung zur Vorsicht gewesen, mehr nicht. *Wer weiter als die anderen geht, der stirbt allein.* Aber immer wieder wucherte seine Besorgnis, wenn ihm die Sätze in Erinnerung kamen. Ob er Utate nicht doch davon berichten sollte? In ihrem Gesicht stand tiefe Sorge. Nein, er würde sie nicht auch noch mit den dunklen Worten des Läufers belasten. So oder so stand fest: Die Quelle des Naryns, die Quelle der Liebe, durfte nicht versiegen. Und auch die Quelle der Friedfertigkeit, die sie hier auf dem Meer suchten, war in diesen Tagen noch wichtiger geworden als zuvor. Denn wie sollte in Kwothien jemals wieder Frieden einziehen, wenn sie versiegte? Gut möglich, dass der Krieg inzwischen voll entbrannt war. Wann würde diese Nachricht Pram erreichen? Und wann Goradt? Frühestens im nächsten Solder. Kersted schauderte bei dem Gedanken, dass ein zum Großteil aus welsischen Kindern bestehender Treck im Uferschlamm des Eldrons steckte und sich vollkommen unvorbereitet in einer Welt wiederfand, in der Dämonen regierten.

Das Schiff änderte den Kurs; Nendsing und der Kapitän suchten systematisch, konnten aber die Windrichtungen nicht einfach vernachlässigen. Heute wollten sie ein Gebiet abfahren, das sie zwar schon mehrfach durchkreuzt, aber aufgrund von ungünstigem Wind noch nicht erschöpfend untersucht hatten. Die Gischt spritzte nun über die Reling und Utate trat vom Bug zurück, um dem Wasser auszuweichen. In Kersteds Begleitung wanderte sie zum Heck.

»Kannst du mir nicht ein wenig vom Meer erzählen?«, bat er. »Jetzt, wo mir nicht mehr so furchtbar übel ist, fängt es an, mich zu interessieren.«

»Das kann ich gut verstehen, Kersted, und es hätte mich verwundert, wenn es anders wäre. Der Größe und Weite des Meeres kann sich kein beseeltes Wesen entziehen und die Menschen hatten schon immer ein besonderes Verhältnis zum Meer. Denn selbst wenn sie es nicht wissen, sie ahnen es: Der uns umfließende Weltenstrom birgt alles, was jemals war, vom ersten Anbeginn an. Es ist eine gewaltige, faszinierende Geschichte.« Sie blickte hinaus aufs Wasser und ihre Stimme wurde dunkler. »Aber es ist keine, die ich lesen kann. Das Epos der Weltmeere ist zu groß, als dass eine Unda es fassen könnte – wir sind das Gedächtnis des Kontinents, aber nicht das aller Welten und aller Zeitalter. Es gibt auch für die Undae Grenzen, die sie nicht überschreiten können, ohne dass es Konsequenzen hat.«

»Wie meinst du das? Welche Konsequenzen denn?«

Utate sah ihn nicht an, blickte weiter übers Wasser und antwortete nicht. Dann, endlich, drehte sie sich zu Kersted. Aber gerade als sie sprechen wollte, rief einer der Nord-Kwother laut aus.

Triumphierend hielt er die Schöpfkelle hoch. Sie hatten die Quelle gefunden.

12

Aber sie zu erreichen war nicht so einfach. Zunächst mussten sie ankern. Ein Manöver, das aufwändiger war, als Kersted es sich vorgestellt hatte, und das die gesamte Mannschaft in Anspruch nahm. Er versuchte, so wenig wie möglich im Weg zu sein, und sprach wieder Utate an, die ihren Blick nicht vom Wasser lösen wollte und deshalb seltsam abwesend wirkte.

»Nun wird alles gut werden«, sagte er und merkte selbst, wie hohl das klang. Er meinte es dennoch ehrlich; Kersted glaubte fest an die Kraft der Quellen. Die Unda starrte reglos und stumm in die Fluten, was den jungen Offizier zunehmend bedrückte.

»Hohe Frau«, sagte er schließlich und die förmliche Anrede entlockte Utate ein zuckendes Lächeln. »Welche Konsequenzen musst du fürchten? Welche Grenze darfst du nicht überschreiten?«

»Der Weltenstrom birgt alles, was jemals war, von Anbeginn an«, wiederholte sie mit beinahe träumerischem Unterton. »Eine Unda muss sich in der Unendlichkeit der Geschichte, die der Weltenstrom weiterträgt, für immer verlieren. Im Meerwasser vergisst sie sich.«

Sie sah nun Kersted an, dessen Herzschlag sich beschleunigte. Aber Utate sprach ganz ruhig weiter: »Wenn ich ins Meer tauche, wenn ich mich in den Weltenstrom begebe, werde ich vergehen wie der Schaum, der nur kurz die Wellen krönt und verschwindet, sobald das Wasser wieder ruhig wird.«

»Ich verstehe nicht.«

Er wollte es nicht. Er wollte nicht verstehen und nicht einmal mehr Genaueres wissen.

Aber Utate fuhr fort: »Ich weiß viel, Kersted, meine Erinnerung reicht weit zurück. Dabei bin ich die Jüngste von uns, wusstest du das? Ich bin die Jüngste und Letzte der Undae, ich wurde ins Ende der Alten Zeit hineingeboren. Nun, darauf kommt es nicht an oder doch nur insoweit, als ich sagen möchte: Ich weiß viel, aber bei Weitem nicht alles. Mein Geist könnte noch vieles festhalten, er ist lange noch nicht müde. Kersted, ich könnte noch über viele Soldern hinweg, viele hundert Soldern, die Geschichte des Kontinents in mich aufnehmen.«

»Aber?«

Er flüsterte fast.

»Aber wenn ich mich in die unendliche Geschichte des Ozeans begebe, bin ich für diese Welt verloren. Unsere Welt ist nur eine von vielen in der Ewigkeit aller Welten, die waren, und derer, die noch kommen werden. So viel kann ich nicht fassen. Doch ich kann mich der Geschichte, dem Epos, auch nicht verschließen. Ich *muss* lesen. Mein Inneres wird überlaufen und mich hinwegschwemmen.«

»Dann darfst du eben nicht hinein! Muss das denn überhaupt sein?« Kersted beantwortete die eigene Frage sogleich mit Kopfschütteln. »Was hast du dir denn gedacht, Utate, dass ich dich einfach so in den Tod springen lasse?«

»Kersted, mich in der Geschichte des Weltenstroms zu verlieren empfinde ich nicht als sterben, im Gegenteil. Aber wenn du damit meinst, dass ich nicht mehr als Utate in diese Welt zurückkehren kann, sobald ich einmal ins Meerwasser getaucht bin, dann hast du recht.«

Ihre Gelassenheit machte ihn zornig. Nein, Utate war nicht gelassen: Sie war überheblich. Ein Ruck ging durch das Schiff,

Kersted schwankte und die Mannschaft gab knappe Meldungen an den Kapitän weiter – der Anker war erfolgreich ausgebracht.

»Hast du das von Beginn an im Sinn gehabt?«, fragte Kersted so ruhig, wie es ihm möglich war. »Wolltest du nur diese eine Quelle aufsuchen und dabei ... *vergehen*?«

»Nein, das habe ich nicht vorgehabt. Es ist nicht meine Art, die zu quälen, die mir wohlgesonnen sind.«

Sie sah ihn geradeheraus an. Kersteds Zorn – oder besser sein Trotz – verflüchtigte sich. Utate war weder überheblich noch hinterlistig. Sie hatte nur eine Absicht: die Quelle zu retten und somit den Frieden. Sie sah den großen Zusammenhang und stellte sich in den Dienst der Sache – etwas, das Kersted als Soldat gut verstehen konnte. Und wonach auch er, immerhin welsischer Offizier, ebenfalls handeln sollte. Nach dem ersten Schreck begann nun sein Hirn zu arbeiten und Auswege zu suchen.

»Du musst doch überhaupt nicht ins Meer ... oder mit dem Meerwasser in Berührung kommen. Es steigt doch hoch, das Quellwasser, es ist wie ein ... Trichter, nicht wahr?« Kersted blickte hoffnungsvoll zu Utate, sie ließ ihn ruhig ausreden. »So habe ich das wenigstens verstanden: Eine Beridh Oroda entspringt am Meeresgrund, das Wasser steigt in einem Strom auf und schwimmt dann als See auf den Wogen.«

»Das stimmt, so ist es«, sagte Utate. »So ist es, wenn alles in Ordnung ist. Aber, Kersted, du weißt es: Nichts ist mehr in Ordnung.«

»Sie ist schon zu schwach«, sagte Kersted tonlos und setzte sich auf ein zu einer dicken Rolle zusammengelegtes Tau. »Die Quelle versiegt. Deshalb haben wir so lange gebraucht, um sie zu finden.«

»Das Feuer fließt nicht nur unter dem Kontinent, es fließt auch unter dem Ozean. Die Urkräfte wirken überall, zu jeder Zeit.«

»*Ich* werde gehen.«

Nun war Utate überrascht. Sie wurde sogar ärgerlich; etwas, das Kersted bei ihr noch nie erlebt hatte.

»Kersted, mach dich nicht lächerlich. Du willst selbst sterben, um mich vorm Tod zu erretten?«

Er sprang auf.

»Warum nicht? Du bist doch viel wichtiger als ich!«

Mit einem Blick auf die mittschiffs stehende Nendsing, die an den Rädchen des Sechsteilers drehte und ihre Position bestimmte, sagte Utate: »Diese Meinung wird nicht jeder teilen. Außerdem solltest du die Haltung der Undae inzwischen kennen, Kersted: Jedes Leben ist die Mühe wert. Deine Existenz gegen meine zu stellen ist nicht im Sinne dessen, weswegen wir aufgebrochen sind. Aber abgesehen von all dem – du kannst es nicht schaffen, Kersted, du kannst nicht bis zur Quelle vordringen. Es ist zu tief.«

Sie trat nah zu ihm und ihre kühle Schönheit rührte ihn wie so oft. Er verehrte diese Unda, er würde alles für sie tun, sie war ihm Mutter und Schwester, Herrin und Freundin – alles. Das Band, das sie zwischen sich und Kersted gespannt hatte, war tief verankert. Es war undenkbar, dass sie sich von ihm lösen würde. Das durfte nicht sein. Er schluckte, konnte nichts sagen.

»Du musst mir glauben, Kersted: Ich hatte gehofft. Ich bin zwar nicht unvorbereitet auf das, was nun kommt. Es war mein Entschluss und mein Wunsch, diese Quelle aufzusuchen; die anderen Undae haben nach langem Zweifeln zuletzt eingewilligt. Aber ich hatte gehofft, es würde genügen, vom Boot aus einige Tropfen ins Wasser zu geben – allenfalls kurz ins aufsteigende Quellwasser zu tauchen, um den Hütern zu begegnen, die niemals an die Oberfläche kommen. Sie hätten mich geführt und beschützt. Ich fürchte jedoch, sie sind fort. Sie haben die Quelle bereits verlassen. Im Salzwasser können sie nicht lange überleben.«

»*Die* Hüter?«, fragte Kersted rau.

»Ja, erstaunliche Wesen. Sie sind ein Schwarm. Sie sind lebendige Harmonie.«

Utate lächelte und Kersteds Seele schwankte. Ihm wurde wieder übel, das war schlimmer als die Seekrankheit, er musste sich wieder setzen. Es war wirklich wahr, es geschah jetzt, in diesem Moment: Utate verließ ihn. Ihn und die Welt, sie alle. *Der Tod ist groß*. Smirn hatte es gesagt und jedes Mal, wenn er sich an die Worte der strengen Unda erinnerte, begriff Kersted eine neue Dimension dieses kurzen, schlichten Satzes. Aber Smirn war nicht die Einzige gewesen, die ihn auf einen solchen Moment hatte vorbereiten wollen. Kersted sprach leise die Worte des Szasrans vor sich hin:

»*Drei gehen,*
nur zwei bestehen.
Drei wurden auserwählt, das Schicksal zu wenden,
nur zwei vollenden.«

13

»Wenn doch die Quelle ohnehin schon versiegt, dann muss … dann kann …« Nendsing beendete den Satz nicht, machte eine hilflose Geste und drehte sich weg.

Ihr waren unmittelbar die Tränen in die Augen gestiegen, als Kersted mit heiserer Stimme verkündet hatte, Utate müsse ins Wasser tauchen und werde wahrscheinlich nicht zurückkehren. Nicht nur Nendsing, auch Glaron und Fander waren erschüttert, ebenso die gesamte Mannschaft. Es war ganz still an Bord geworden und die goldenen Augen der Kwother sahen überall hin, nur nicht auf die Unda. Kersted war wütend geworden und beinahe hätte ihn Eifersucht übermannt; er hatte seinen

Schmerz ganz für sich allein haben wollen. Litt er denn nicht am meisten? Aber er sah ein, dass diese Neuigkeit alle entsetzen musste. Die Unda würde sie verlassen – er selbst konnte es ja auch immer noch nicht glauben.

Er fasste nach dem Beutel mit Quellwasser um seinen Hals. Es gab immer noch ein wenig Hoffnung, dass Utate zurückkehren konnte. Vielleicht konnte sie sich widersetzen, gegen den Weltenstrom schwimmen oder sich doch wenigstens nicht vollends von ihm davontragen lassen. Daran hielt sich Kersted fest. Als letzten Versuch hatte er noch vorgeschlagen, Utate eine Leine umzubinden, damit sie sie herausziehen konnten. Es war unwürdig, aber wen kümmerte das? Eine Leine konnte Leben retten; Kersted war im Gebirge aufgewachsen und wusste, was eine gute Seilschaft zu leisten vermochte. Utate hatte nur gefragt: »Und was willst du dann mit meiner Hülle anfangen?«

Entweder es gelang und sie tauchte selbst wieder auf. Oder sie blieb. Den Versuch aber, die Quelle zu retten, den *musste* Utate unternehmen. Und nachdem sie so lange gebraucht hatten, um sie zu finden, gab es nun keine Zeit mehr zu verlieren. Der Wind hatte nachgelassen, der Tag näherte sich seiner Mitte, die Wogen glätteten sich zusehends. An der Oberfläche wurde nun sogar das Quellwasser sichtbar – beinahe spiegelglatte große Flecken im kabbeligen, grüngrauen Meerwasser. Es war aber kein Süßwassersee im Salzwasser, an dessen Ufer sie gewissermaßen ankerten; da gab es nur noch kleine, versprengte Tümpel.

Kersted nickte knapp und vier Männer, die dunklen Gesichter zu Masken erstarrt, ließen das Beiboot hinab. Kersteds Herz begann heftig zu pochen. Es kam ihm vor, als wohne er einer Hinrichtung bei. Und er hatte so viel Zeit ungenutzt verstreichen lassen! Tausend Fragen sprangen Kersted nun durch den Kopf, die er Utate stellen wollte, und tausend Themen, die sie noch besprechen mussten. Er bereute keine Nacht, die er mit

Nendsing verbracht hatte – aber hätte er nicht die ein oder andere Stunde der Unda widmen sollen? Hunderte Soldern lang und noch länger hatten die Hohen Frauen geschwiegen. Er war nach all dieser Zeit einer von drei Auserwählten, die sie begleiteten. Kersted war elend, er fühlte die vertane Chance.

Und konnte es doch nicht ändern.

Das Boot schlug mit einem lauten Klatschen auf der Wasseroberfläche auf. Die Seeleute warfen Strickleitern über die Reling. Utate löste die Schließe ihres Umhangs am Hals und zog ihn aus. Sie reichte ihn Nendsing, die Utate mit tränennassen Augen verstört ansah.

»Verwahre ihn oder trage ihn, das überlasse ich ganz dir. Er schützt dich vor Unbill und wird dich warm halten in der Kälte und kühl, wenn die Sonne brennt.«

Nendsing öffnete den Mund, aber es kam nur ein Schluchzer heraus. Nun nahm Utate die Kette mit der Kristallphiole ab und legte sie Nendsing um.

»Öffne sie bitte und gib etwas Wasser in meine Hand.«

Die Finger der Segurin zitterten, aber sie zog den glitzernden Stöpsel heraus und gab drei Tropfen Wasser in die ausgestreckte Hand der Unda. Sie gefroren sogleich zu eisigen Perlen und Utate schloss die Faust darüber. Die Narbenlinien glommen hell auf.

»Glaron, Fander – und Kersted: Gebt gut auf Nendsing acht. Denkt daran: *Drei mal drei sollen gehen und dreimal eine begleiten, die Quellen aufzusuchen.*«

Sie lächelte und strich der nun hemmungslos weinenden Nendsing flüchtig über die Haare. Es lag mehr Abschied als Trost in der Geste. Dann, nach einem kurzen Zögern, hob Utate Nendsings Kinn und fuhr ihr mit zwei Fingerspitzen sanft über die Stirn, malte rasch einen kleinen Kreis darauf. Zurück blieb ein schnell verblassender roter Fleck und nach einem kurzen

Augenblick, in dem die Segurin ihren Kummer zu vergessen haben schien, weinte sie genauso herzzerreißend weiter wie zuvor.

Kersted sah es auch in Glarons Augen verdächtig glänzen und hoffte nur, dass es ihm selbst gelingen würde, Haltung zu bewahren. Aber als Utate ihn direkt ansah, wurde es schwer. Er schluckte, der Kloß in der Kehle saß fest.

»Kersted.«

»Ja, Hohe Frau?« Er räusperte sich.

»Ich möchte, dass ihr weiterfahrt. Hörst du? Du wirst nicht warten, ob ich womöglich doch wieder auftauche. Das wird nicht geschehen. Es ist wichtig, dass ihr weitersegelt. Ihr müsst die nächste Quelle finden. Ihr *müsst*! Verstehst du?«

»Ja, Hohe Frau.«

»Offizier Kersted, du wirst tun, was ich sage: Du wirst, sobald das Beiboot eingeholt ist, unverzüglich den Anker hieven lassen. Ihr müsst nordwärts, zur Quelle der Merz. Sie ist der Grund dafür, dass der Mut diese Welt noch nicht verlassen hat. Sie darf nicht versiegen, denn Mut wird vonnöten sein, wenn der Dämon sein Haupt erhebt. Nendsing wird den Weg finden und auch die Quelle – sie trägt nun das Wasser. Ich weiß, du wirst gut auf sie achtgeben, Kersted. Noch einmal: Ihr müsst nordwärts, aber ihr könnt das Küstengebiet der Grauen Wange nicht durchwandern, niemand kann das, und ihr müsst euch eilen, denn die Firstenstürme werden es bald unmöglich machen, die Nordwestspitze des Kontinents auf dem Seeweg zu erreichen.«

Kersted blickte Utate an, nahm jedes Wort von ihr wie eine Kostbarkeit auf und schloss es in sich ein. Antworten konnte er nicht. Mit unverhohlener Ungeduld wandte sich Utate an den nord-kwothischen Kapitän. Die Art, wie er betroffen und zugleich folgsam nickte und heisere Bestätigungen murmelte, machte Kersted klar, dass sie zur Sicherheit ihm die gleichen Instruktionen nochmals gab.

Kersted nahm alles wahr wie im Traum: sehr fühlbar, sehr wirklich und dabei unfassbar. Es war ihm mit einem Mal ein völliges Rätsel, wie es dazu hatte kommen können, dass er an Bord eines Schiffes stand und das Wichtigste und Wertvollste, was ihm je anvertraut worden war, verloren geben musste. Nendsing hatte ganz recht – wozu etwas retten, das nicht mehr zu retten war? Sie mussten *jetzt gleich* den Anker hieven und *jetzt gleich* Kurs auf die nächste Quelle nehmen – und zwar *alle gemeinsam, zusammen mit der Unda.*

Utate wandte sich ihm wieder zu, sah ihn an und Kersted wusste: Es war vergebens. Sie würde gehen, er konnte es nicht verhindern. Er würde sie verlieren.

Fander trat vor.

»Herr Offizier, ich rudere, wenn Ihr es wünscht.«

Kersted hätte ihm am liebsten mit der Faust ins Gesicht geschlagen. Dann bemerkte er, dass er am ganzen Leib zitterte und dass ihm nicht Gischt, sondern kalter Schweiß auf der Stirn stand. Er konnte sich nur ungefähr ausmalen, was für ein Bild er abgeben musste. Er straffte die Schultern, biss die Zähne zusammen.

»Wegtreten, Soldat. Das tue ich selbst.«

14

»Ich kann es nicht, Utate. Ich schaffe es einfach nicht.«

Sie stand vor ihm im schwankenden kleinen Boot und Kersteds Hände krampften sich um die Riemen. Wie ein Blitz durchzuckte ihn die Erinnerung an den Morgen nach dem Besuch von Torviks Quelle. Sie waren den kleinen Waldfluss hinuntergefahren und er war mit jedem Paddelschlag mürrischer geworden. Kersted hatte sein Ruder ausgehakt, ins Boot geworfen und seinen Kameraden verkündet, dass er nicht mehr mitmache.

Hätte er sich nur daran gehalten! Wie einfach war die Lage damals gewesen, verglichen mit heute! Aber auch damals war er bereits an Utate gebunden gewesen: Er hatte es nicht ertragen können, dass sie sich immer wieder von ihm zurückzog, es hatte geschmerzt. Und heute wollte sie ihn ganz verlassen. Das ging über jeden Schmerz hinaus. Weit darüber hinaus.

»Ich kann es nicht. Ich kann es nicht zulassen, dass ... dass du dort hineintauchst.«

Er konnte kaum sprechen, kaum noch einen Gedanken fassen, denn alles in Kersted wurde überstrahlt von heller Panik. Etwas zu verlieren, woran man mit ganzer Seele hing, war grausam – und wie viele Menschen konnten den Tod eines nahen Angehörigen nicht verwinden? Kersted hatte sie gesehen, in Goradt, die Mütter ohne Kinder, die immer nur eine Frage stellten, nämlich die, warum nicht ein Leben für das andere eingetauscht werden konnte. Aber diese Mütter hatten wenigstens um ihr Liebstes kämpfen dürfen, hatten hoffen dürfen, hatten alles, alles versucht und waren besiegt worden. Kersted durfte nicht einmal das; er musste sich fügen, musste aus eigener Kraft im Boot sitzen bleiben, während Utate in den Fluten versank, und dann sollte er davonsegeln, sie zurücklassen.

Er konnte nicht. Er weinte.

»Kersted, es tut mir leid. Bitte verzeih mir. Ich weiß sehr gut, was die Nähe einer Unda in der Seele eines Menschen bewirken kann. Und ich habe nicht damit gerechnet, dass es so enden muss; ich kann die Zukunft nicht sehen. Unsere Verbindung war dazu gedacht, Gutes zu stiften in einer Welt, die sich verdunkelt: So konnte ich dich stärken, und ich hätte dich schützen können vor den düsteren Stimmungen und finsteren Abgründen, in die der Dämon dich hinabzuziehen vermag. Auch das tut mir leid, dass ich dich nun alldem allein aussetzen muss.«

»Dann bleib«, flehte er.

Sie schwieg, sah Kersted mit sich ringen, und ihre Augen waren dunkel vor Traurigkeit.

»Ich kann das Band nicht mehr lösen, Kersted. Nicht ohne dir sehr zu schaden. Es würde dir den Abschied erleichtern, aber wenn ich mich und deine Erinnerung an mich aus dir herausreiße, kannst du nicht mehr Kersted sein. Und das wiederum kann *ich* nicht zulassen. Ich vertraue darauf, dass du es schaffst. Ich habe dir immer vertraut, Kersted. Ich war es, ich habe dich angesprochen, damals, vor der Grotte – erinnerst du dich?«

Kersted konnte nicht zu ihr aufsehen, aber er hörte das Lächeln in Utates Stimme, und das war das Schlimmste. Wie sollte er denn weitermachen? Es war doch völlig unmöglich, ohne die Unda weiterzumachen. Nichts hatte einen Sinn ohne Utate.

Da sprang sie.

Ohne ein weiteres Wort, ohne einen echten Abschied, ohne dass Kersted reagieren und sie festhalten konnte, war Utate aus dem Boot gesprungen.

Er schrie, erschrocken, zornig. Verzweifelt. Stand dabei ruckartig auf, das Boot schwankte heftig, er verlor das Gleichgewicht, fiel. Auf den Knien hockte er, den rissigen Holzrand des Rumpfs gepackt und weit übers Wasser gebeugt.

Er sah sie, sie leuchtete. Immer heller, je tiefer sie tauchte. Erst konnte Kersted im sich schnell beruhigenden Wasser Utates Umrisse sehen, ihre Gestalt wie aus Licht geformt.

Dann verschwamm die Kontur, sie wurde kleiner, strahlte heller, eine weiße Kugel.

Dann nur noch ein gleißender Punkt. Ein aufblitzender Stern zuletzt.

Dann nichts mehr.

15

»Was habe ich dir gesagt? Keiner an Bord.«

»Und was habe ich dir gesagt? Nichts an Bord, was der Mühe wert war.«

Rigl, der ältere der beiden Seeleute, drückte sich seine lederne Kappe fest auf den Kopf. Es hatte aufgefrischt und ihn drängte es, von dem Wrack herunterzukommen und die Fahrt fortzusetzen.

»Hätten wir deiner Meinung nach also nicht nachsehen sollen?«, fragte Saiph, ein stämmiger Mann in den Dreißigern mit blondem Haar und fast ebenso hellgelben Augen.

Rigl antwortete nicht. Das war auch nicht nötig, denn es war ohnehin klar: Kein Seemann fuhr einfach an einem aufgelaufenen Schiff vorbei. Und auch wenn es sich um ein kwothisches Schiff handelte und die Kwother nun nicht mehr wirklich zu den Freunden der ingrischen Seefahrer zählten. Sie waren gerade noch aus dem Hafen von Gham-Sarandh herausgekommen, hatten sogar schon die Segel der Schiffe aus Jirdh am Horizont erkennen können. Der Krieg zwischen dem Norden und dem Rest Kwothiens war ausgebrochen; vorläufig würde es keinen Handel mehr geben zwischen den schon so lange befreundeten Küstenstädten Gham-Sarandh und Irpen im Süden. Dennoch hatten sie nicht an dem Wrack vorbeifahren können, sondern nachsehen müssen. Ob jemand Hilfe brauchte. Oder ob es etwas gab, das nun herrenlos geworden war und das man noch gebrauchen oder besser: verkaufen konnte. Die Irpener brachten selbst in der Regel keine Schiffe auf, sie waren Händler, keine Seeräuber. Aber ein Wrack zu plündern war etwas anderes und der *Keire Bhrahin*, der große Strudel zwischen den Königsfluchten-Inseln und dem Festland, brachte seit jeher die vom Kurs ab, die diesen Seeweg nicht so gut kannten wie Kapitän Rigl und sein erster Steuermann Saiph. Ein wenig die Augen offen zu halten und auch mal rechts und links der Route zu schauen hatte sich für beide oft mehr gelohnt als die Geschäfte, die sie in Gham-Sarandh machen konnten. Nun aber war Krieg und Rigl hätte sein Schiff, seine Mannschaft, seine Ladung und vor allem die Passagiere lieber so schnell wie möglich in sichere Gewässer gebracht. Die Inseln gehörten zu Kwothien und waren zudem verbotenes Terrain. Hier ruhten die kwothischen Könige und ein Fremder sollte, wenn ihm sein Leben lieb war, diese heiligen Stätten besser nicht betreten. Ihm war einfach nicht wohl bei der Sache.

»Hilf mir mal, Käpt'n«, sagte Saiph und zog an einem der ins Deck eingelassenen Ringe. Rigl trat hinzu und gemeinsam wuchteten sie die Klappe hoch.

»Eine Lampe wär gut«, meinte Rigl.

»Ich geh schon«, sagte Saiph und stieg die steile Treppe in den Schiffsbauch hinab. Seine Augen waren nicht nur ungewöhnlich hellgelb, sondern auch ungewöhnlich anpassungsfähig und er musste nicht, wie viele andere Seeleute, eine Augenbinde tragen. Unter einer solchen Binde verbarg sich meist nicht etwa eine leere Augenhöhle – wieso und wobei sollten auch so viele Seeleute ein Auge verlieren? –, sondern eines, was durchaus gesund war, aber immer abgedunkelt wurde, damit man sich schnell zurechtfand, wenn man vom Hellen ins Finstere unter Deck kam: Man nahm einfach die Binde weg und kniff das andere Auge zu.

»Käpt'n! Das musst du dir ansehen! Hab ich's mir doch gedacht, dass die Kwother was Wertvolles dabeihatten! Hab ich's mir doch gedacht!«

»Was denn? Was ist es denn?«, fragte Rigl, schon auf der Stiege.

»Musst du selbst sehen, glaubst du mir sonst nie!« Saiphs Stimme war gesättigt mit Triumph.

Nur langsam schälten sich die Umrisse einer großen, fest vertäuten Kiste aus dem Dunkel. Sie war so hoch, dass Saiph aufrecht darin stehen konnte, eine Seitenwand war heruntergeklappt. Der Steuermann wedelte offenbar mit den Armen, Rigl hörte das dicke, gewachste Tuch seines Mantels in der Dunkelheit knarren. Der Kopf mit den hellen Haaren schien in den Schatten zu schweben.

»Na, erkennst du's?«, fragte Saiph aufgeregt. »Ist dir klar, was das ist? Alles mit Leder verkleidet, die ganze Kiste ist ausgeschlagen. Wenn du die Seitenwand da hochklappst, ist alles dicht.«

»Du meinst also, sie hatten einen Euler dabei?«

»Todsicher.«

Rigl hatte sich inzwischen so weit an die Dunkelheit gewöhnt, dass er sehen konnte, wie Saiph seine eigenen Worte mit heftigem Nicken bestätigte. Er trat näher, stolperte über etwas am Boden und fiel beinahe in die große Kiste. Rigl tastete. Ja, dickes, glattes Leder; er roch es jetzt auch.

»Hm, und was, glaubst du, ist passiert?«, fragte er seinen Steuermann. Rigl wusste genau, dass Saiph darauf brannte, seine Spekulationen zum Besten zu geben. Das tat er immer; zu jedem erdenklichen Thema, Problem oder Phänomen – und sei es auch nur ein Wölkchen am Himmel, wo kurz vorher noch keins gewesen war – wusste Saiph etwas zu sagen.

»Nun.« Er machte eine gewichtige Pause. »Da gibt es mehrere Möglichkeiten. Zuerst ist festzuhalten, dass die Kiste nicht beschädigt ist. Überhaupt ist hier nur wenig Wasser eingedrungen, der Rumpf hat kaum Schaden genommen. Der Euler ist also nicht ausgebrochen und auch nicht zufällig freigekommen durchs Auflaufen auf die Felsen.«

»Sie haben ihn hoch an Deck geholt, weil sie Vortrieb brauchten.«

»Zum Bespiel, ja.«

»Und dann haben sie die Kontrolle verloren, er hat sich befreit. Und nebenbei dieses Schiff hier zerstört. Euler können extrem nachtragend sein.«

»Ich weiß, ich weiß.« Saiph machte eine wegwerfende Geste, Rigls Augen hatten sich nun ganz ans Dämmerlicht gewöhnt. »Aber vielleicht war es auch anders.«

»Und wie? Komm zum Punkt, Saiph! Wir müssen hier weg sein, bevor die Ebbe uns trocken legt.«

»Ja, weiß ich auch, weiß ich auch – aber: Was, wenn nicht der Euler der Grund für das Unglück hier war? Was, wenn's ein paar überlebt und den Euler an Land geschafft haben? *Nach* dem Sturm, *nachdem* sie aufgelaufen waren? Sie haben ihn mitgenommen. Wäre doch möglich?«

»Hast du das Ruderboot also auch gesehen …« Rigl seufzte. Außer mit roher Gewalt wäre Saiph nun nicht mehr daran zu hindern, auch auf der Insel herumzustöbern. Und wenn Rigl etwas verabscheute, dann war es Gewalt.

16

»Es ist natürlich nicht sicher, dass da einer ist«, schränkte Saiph ein. Aber die Gesichter der Männer an Bord der Auriga leuchteten bereits. Ein Euler! Die Windwesen waren nur mit sehr alter Magie einzufangen und die beherrschte in Ingrien schon lange niemand mehr. In den Besitz einer solchen Kreatur konnte man nur kommen, indem man sie jemand anderem wegnahm.

»Das Beste wird sein, wir stimmen ab«, sagte Rigl. Er mochte keinen Streit. Außerdem hatte er als Kapitän fünf Stimmen. Die Besatzung bestand aus sechs Männern, Saiph eingeschlossen; sie müssten sich alle einig sein, um ihn zu überstimmen.

Hätte die Mannschaft aus zehn Männern bestanden, hätte der Kapitän neun Stimmen gehabt – in Ingrien hielt man viel von Mitbestimmung, aber auch die hatte Grenzen.

»Ich sage: Wir fahren weiter.« Rigl blickte seine Männer ernst an. »Dies ist nicht die Zeit für Wagnisse. Der Krieg ist nah und unsere Passagiere haben schon genug Angst ausstehen müssen. Wir sollten zusehen, dass wir nach Hause kommen, die Fahrt ist lang genug.«

»Und ich sage«, warf Saiph rasch ein und seine gelben Augen strahlten hypnotisch, »wer nicht wagt, der nicht gewinnt! Sie hatten einen Euler, das steht fest. Jemand hat überlebt, das steht auch fest. Kein noch so verrückter Kwother würde einen Euler einfach so freilassen. Außerdem ist er zu wertvoll, um ihn zurückzulassen. Und wir alle wissen: An Land schwächt er sich ab. Ich glaube: Er ist da, auf der Insel. Wir müssen ihn im Grunde nur abholen.«

»Freiwillig werden die den nicht rausrücken!« Kinnig, der Bootsmann, war aus Prinzip auf der Seite seines Kapitäns. Rigl verschränkte die Arme. Saiph hatte im Grunde keine Chance, sich durchzusetzen.

»Das wäre sehr unwahrscheinlich«, musste Saiph beipflichten. Dabei grinste er allerdings fröhlich in die Runde. Ihr Schiff ankerte in sicherer Entfernung zu den schwarzen Felsen, auf denen das kwothische Wrack nun wieder fast trocken lag.

»Ja, was denn nun?«, fragte Kinnig an Saiph gerichtet. »Willst du den Euler holen gehen oder nicht?«

»Kinnig, was sind das für Inseln dort?«, fragte Saiph zurück.

»Na, die Königsfluchten-Inseln«, antwortete der mit gerunzelter Stirn. Worauf wollte Saiph hinaus?

»Und was ist auf den Königsfluchten-Inseln?«

»Na, nichts. Gräber. Die Gräber der kwothischen Könige.«

»Ganz genau«, sagte Saiph zufrieden, sprach aber nicht weiter.

»So langsam ist auch meine Geduld erschöpft«, warnte Rigl.

Saiph hob entschuldigend die Arme. Er und Rigl fuhren seit vielen Soldern gemeinsam zur See; er wusste, wie sanftmütig sein Kapitän war. Aber auch Rigl konnte streng werden und man verscherzte es sich besser nicht mit ihm. Denn Rigl hätte in kürzester Zeit einen neuen Steuermann auf seinem Schiff – kein Seemann war beliebter, kein Schiffsführer erfolgreicher als er. In Rigls Mannschaft zu sein war eine Ehre. Und außerdem sehr lukrativ.

»Es ist doch sonnenklar, was ich meine«, beeilte sich Saiph zu sagen. »Das sind arme Schweine, die da Schiffbruch erlitten haben. Auf der Insel ist nichts, nur Gräber und Bäume. Paar Vögel noch. Die, die überlebt haben, wissen genau: Den Firsten können sie dort ohne Hilfe nicht überstehen. Das ist keine Insel zum Leben. Sondern eine für den Tod.«

Mit erwartungsvoll aufgerissenen, strahlenden Augen schaute er seine Kameraden an. Die kleine, im auffrischenden Wind dicht zusammengedrängte Gruppe der Passagiere beobachtete aus einiger Entfernung die Unterhaltung der Seeleute.

»Die kommen freiwillig mit«, sagte Rigl endlich und Saiph nickte heftig. »Wird wohl kaum einer nach ihnen suchen, bei der momentanen Lage. Wir retten die überlebenden Kwother und streichen dafür einen Euler als Bergelohn ein. Nicht schlecht.«

»Was ist also nun?«, fragte Saiph mit vor Aufregung vibrierender Stimme. »Wer ist dafür, dass wir uns den Euler holen?«

Die Arme der Männer schnellten hoch.

Rigl lächelte seinem Steuermann zu und nahm ihn beiseite.

»Deine Beweisführung steht auf sehr wackligen Füßen, Saiph, das wissen wir beide. Aber auch ich sehe die Gelegenheit. Dennoch: *Du* wirst den Landgang durchführen; *du* hast die Verantwortung. Die Verzögerung, einen Tag, ziehe ich dir von der Heuer ab, so oder so. Und du wirst auch unseren Passagieren erklären, warum wir sie nicht – wie vereinbart und wofür wir eine Menge kassiert haben – so schnell wie möglich so weit wie möglich von diesem Krieg wegbringen. Sondern warum wir ihre Feinde an Bord holen und sie ihnen vor die Nase setzen.«

Saiph schloss kurz die Augen und seufzte. Rigl klopfte ihm aufmunternd auf die Schulter. Er sah nicht zu den nord-kwothischen Frauen und Kindern, die vom Heck aus die Abstimmung der Seeleute aufmerksam verfolgt hatten und mit großen, fragenden Augen herübersahen. Diese Beschimpfungen konnte sein Steuermann sich selbst abholen.

17

Saiphs Aufregung nahm zu, als er die umgeknickten und abgeschlagenen Äste sah. Er drehte sich um und grinste: Wenn das kein Euler gewesen war, was dann? An der Stange hatten sie ihn hinter sich hergezogen wie einen tollwütigen Hund, Saiph konnte es sich lebhaft vorstellen. Kinnig, der Saiph folgte, grinste zurück und fuhr mit der Zungenspitze in seine Zahnlücke. Eine regelrechte Schneise war ins Unterholz des dichten Walds geschlagen. Der Euler war stark, aber an Land besser zu kontrollieren als draußen auf See. Wenn sie ihn doch schon hätten! Saiph, Kinnig und zwei junge, kräftige Matrosen folgten der Spur ohne Mühe, aber mit Vorsicht. Sie wussten nicht, wie viele Kwother sich hierher gerettet hatten und in welcher Verfassung sie waren. Kämpfen konnten sie in jedem Fall besser als die Ingrier, die nicht viel von bewaffneten Auseinandersetzungen hielten – als ein zu den Seguren gehörender Volksstamm zogen sie sich am liebsten auf ihre Neutralität zurück. Auf diese Neutralität hatte Saiph auch gepocht, als er den Nord-Kwotherinnen – dass man das nun immer betonen musste, *nord*-kwothisch! – den Beschluss mitgeteilt hatte, nach den Schiffbrüchigen suchen zu wollen. Die Antwort der Frauen war Geschrei und Geschimpfe. Sie wollten keine Männer aus Jirdh an Bord dulden. Sie behaupteten, alle Nur-Kwother seien Dämonen. Alle *Nord*-Kwother hingegen waren in ihren Augen Helden. Nun, es war schwierig genug, die Heimat, den Bruder, den Ehemann, den Vater zu verlassen. Vielleicht musste man sich die Welt dann etwas einfacher machen, um nicht zu verzweifeln. Saiph spekulierte nur, selbst hatte er nie einen Krieg erlebt. So sollte es auch bleiben, er wollte nicht hineingezogen werden. Dass er nun möglicherweise den Krieg an Bord holte, war ein hoher Preis, aber so ein Windwesen schien es ihm unbedingt wert.

Saiph wusste alles über Euler, was es zu wissen gab, und hatte in seiner Jugend auch schon einmal einen gesehen – an Deck eines Schiffes, das bei Flaute an ihnen vorbeirauschte. Er war noch ein einfacher Schiffsjunge gewesen und das erste Mal in Gham-Sarandh. Auf dem Rückweg nach Irpen waren sie zehnenlang vor der trostlosen Küste der Marga gedümpelt, der Proviant wurde knapp, und was noch da war, verdarb unter der sengenden Sonne; das Wasser stank und war von langen Algen durchzogen. Der junge Saiph hatte abwechselnd Todesangst ausgestanden und Heimweh gelitten. Als dann das Schiff mit seinen schwarz gefüllten Segeln an ihnen vorbeifuhr und der damalige Steuermann »Ich würde töten für einen Euler« zischte, wusste Saiph: Er wollte einen haben. Irgendwann hätte er ein eigenes Schiff und auf diesem Schiff hätte er einen Euler – er wäre unabhängig von allem. Er wäre der freieste Mann der Welt.

Genug Geld für ein eigenes Schiff würde er bald zusammen haben. Und ein Windwesen war in greifbarer Nähe; er würde schon mit Rigl einig werden. Im Grunde wusste er, dass sein Kapitän so ein gefährliches Wesen ohnehin nicht auf seinem

Schiff haben wollte. Früher oder später würde es ganz allein Saiph gehören. Der Steuermann musste achtgeben, dass er es nun nicht vermasselte. Er biss sich fest auf die Lippen, ohne es zu bemerken, und hörte erst auf, als er den salzigen Geschmack von Blut im Mund hatte.

»Was war das?«

Kinnig hatte nur geflüstert, aber alle blieben sie wie vom Donner gerührt stehen. Und lauschten.

»Totenglocken«, raunte Saiph. »Wir müssen nah der Stadt sein.«

»Tote gehören ins Meer, nicht in Städte«, grummelte Kinnig leise. Seine Furcht war dennoch hörbar.

Saiph packte seinen kurzen Säbel fester. Er hatte ihn in seinem ganzen Leben noch nie benutzt und wollte das auch heute nicht tun. Er würde reden, das konnte er. Sein Kwothisch war leidlich gut, zum Handeln mehr als ausreichend und besser als das vieler anderer ingrischer Seefahrer. Saiphs Ehrgeiz hatte ihm die schwierige Sprache von Kindesbeinen an eingebläut. Die Freundschaft der beiden so unterschiedlichen, so weit voneinander entfernt liegenden Städte Gham-Sarandh und Irpen währte schon lange, und hier am Rande des Kontinents, fernab von allen kriegerischen Verwicklungen hatte sie in vielen hundert Soldern kaum etwas stören können. Nun aber trug Saiph eine Waffe in der Hand, während er ein paar arme, schiffbrüchige Kwother suchte. Irgendetwas lief hier falsch, er spürte es. Er hatte nur keine Ahnung, was es war.

Da stand plötzlich eine riesenhafte Gestalt vor ihm, schlug ihm mit der bloßen Hand den Säbel aus der Faust und packte ihn mit der anderen an der Gurgel. Hob ihn hoch. Hielt ihn am ausgestreckten Arm. Saiph blickte in ein von Narben entstelltes Gesicht. Der Riese hatte einen zottigen Bart, seine Haare waren kurze Stoppeln und er stank bestialisch. Er sah Saiph nicht an, drückte aber zu, immer fester, und Saiph fühlte seine Sinne schwinden. Er nahm noch wahr, wie Kinnig und die anderen beiden sich auf den Angreifer stürzten, und dachte: Bootshaken, die haben nur Bootshaken. Dann war es mit einem Mal stockfinster.

18

Nein, das war kein Euler.

Das war nicht einmal ein Kwother.

Saiph versuchte, unter seinen hellen Wimpern hindurch zu blinzeln, ohne dass es auffiel. Es war schummrig hier, aber er sah die beiden Matrosen, wie Trunkenbolde gegeneinandergelehnt, an einer Wand sitzen. Ihre Gesichter waren blutverschmiert und Saiphs klopfendes Herz hoffte, dass sie nur ohnmächtig waren. Kinnig? Den konnte er nicht sehen, denn er wagte nicht, den Kopf zu bewegen. Der Riese, barfüßig, in zu kurzen Hosen und einem zerlumpten Hemd, ein kwothisches Haumesser im Gürtel, blickte auf die Matrosen hinab. Drehte sich um, sah zu Saiph. Und bemerkte sofort, dass er wach war. Dieser Mann hatte Instinkte wie ein Tier. Er kam nun mit schnellen Schritten auf den am Boden Liegenden zu, Saiph wollte aufspringen, wegrennen, doch er war gefesselt.

Der grobschlächtige Mann schlug nicht wie erwartet zu, sondern sprach ihn an, mit tiefer, voller Stimme. Was war das denn für eine Sprache? Saiphs Hirn kam nur langsam in Gang.

Der Riese sagte wieder etwas. Saiph meinte, eine Frage zu hören. Das klang entfernt wie Pramsch, wie ein altertümliches, hartes Pramsch. Die Sprache des Handels und des Geldes beherrschte Saiph nur in Grundzügen; das war etwas für Binnenschiffer und Leute, die auf dem Rücken übel riechender Huftiere gemächlich über Land zogen.

Welsisch! Das war ein Welse.

Saiph riss die Augen auf, der große Mann wich einen Schritt zurück. Nun starrten sie sich beide an – der eine völlig fassungslos darüber, auf der verbotenen Toteninsel der Kwother einen sehr lebendigen Vertreter eines ebenso legendären wie eigentlich ausgerotteten Volks anzutreffen. Und der andere, weil er noch niemals in derart durchdringende gelbe Augen geblickt hatte.

Saiph kramte in seinem Gedächtnis, aber es fielen ihm nur ein paar Zahlwörter ein, die Jahreszeiten und die Namen einiger Manoren, von denen er sicher wusste, dass sie aus dem Welsischen stammten. Nein, das hatte keinen Sinn. Außerdem war es viel wichtiger herauszufinden, was dieser Wilde hier tat. Ob er den Euler hatte. Ob er mit den Kwothern hier gestrandet war – oder ob er sie am Ende alle erschlagen hatte. Saiph bemerkte, wie er den Welsen anstarrte, und senkte den Blick. Wenn er hier wieder heil herauskommen wollte, musste er ganz behutsam vorgehen.

Er richtete sich langsam auf, stöhnte dabei vorsichtshalber mitleiderregend. Schmerzen hatte er keine, nur ein heftiges Kratzen im Hals. Jetzt war er ganz sicher: Sie befanden sich in einem der Totenhäuser. Schon immer hatte er diese nur dem Tod gewidmeten Gebäude unheimlich gefunden – unter Seeleuten war es eine furchtbare Vorstellung, in einem steinernen Sarg langsam zu verfaulen, anstatt in die kühlen Tiefen des Meeres zu sinken und dort wieder in den Kreislauf des Lebens zurückzukehren. Er räusperte sich.

»Hättet Ihr vielleicht einen Schluck Wasser für mich?«, fragte Saiph auf Kwothisch – ein Versuch.

Der Welse schüttelte den Kopf und wies dabei auf sein Ohr, trotzdem hielt er Saiph einen Wasserbeutel an die Lippen. Also gut, der Mann verstand ihn nicht, aber dumm war er nicht und dazu wohl einigermaßen mitfühlend. Saiph schöpfte Hoffnung, trank, blickte sich um.

Und sah den toten Kinnig. Er verschluckte sich, hustete. Kinnigs Körper war mit einem Tuch abgedeckt, die mit Silber beschlagenen Stiefel, sein ganzer Stolz, ragten hervor.

»Du ... du hast ihn erschlagen! Warum? *Was tust du überhaupt hier?*« Saiphs Kehle war rau, er brüllte dennoch – aus Angst und vor Entsetzen. »*Du hast hier nichts verloren! Ich wollte nur einen Euler!*«

Falls er das hier überlebte, würde Rigl ihn umbringen. Er und Kinnig waren Freunde gewesen. Saiph fluchte. Die Matrosen rührten sich, sein Gebrüll hatte sie wohl aufgeweckt. Immerhin lebten sie noch.

»Wieso hast du mich gefesselt, hm? Glaubst du, ich will mit dir kämpfen? *Glaubst du, ich will mich umbringen?* Ich will nur diesen verdammten Euler, alles andere ist mir egal!«

Saiph zerrte an seinen Fesseln, warf sich hin und her. In diesem Moment war ihm wirklich fast alles egal. Kinnig war tot. Alles lief schief. Es war Krieg. Der Kontinent würde sich verändern und Saiphs Welt würde sich wandeln.

Er wollte das nicht. Er hatte einen Plan für sein Leben gemacht, und den wollte er umsetzen. Nein: Er wollte ihn *durchsetzen*. Er hatte bisher immer erreicht, was sein Ziel gewesen war, und bekommen, was er gewollt hatte. Und nun hatte ein hässlicher, stinkender Hüne eines vergessenen Volkes ihn einfach festgesetzt, ihm den Wind aus den Segeln genommen, die Kehle zugedrückt. Saiph atmete tief ein, hustete, atmete wieder. Er musste seinen Gedankenstrom eindämmen; er konnte sich leicht in etwas hineinsteigern.

Der Welse kniete sich zu ihm und sprach ihn an. Es klang entschuldigend. Aber Saiph verstand ihn nicht. Nun machte der Mann ein paar Gesten, wies auf sich, die Matrosen, Saiph. Er wollte sich ihnen anschließen? Aber ja!

»Du willst also hier weg?«

Saiph wollte auch gestikulieren, aber das ging nicht. Er knurrte verärgert. Schneller als er gucken konnte, hatte der Welse die Fesseln durchtrennt. Er erhob sich, das schartige Haumesser in der Hand, und auch Saiph stand auf. Er reichte ihm nicht einmal bis zur Brust.

»Also ... du bist hier gestrandet. Ich nehme an, wenn irgendwelche Kwother überlebt hätten, wären sie auch hier.« Jetzt, wo er stehen und reden konnte, ging es Saiph gleich viel besser. »Du hast die Kleider gestohlen, wahrscheinlich einem Toten – dir sind sie viel zu klein. Gehen wir zu deinen Gunsten und meiner Beruhigung davon aus, dass du den nicht auch erschlagen hast. Nun, einen Handel mit dir abzuschließen ist schwieriger – du verstehst mich nicht –, aber nicht unmöglich ... Ich frage dich zuerst: Wo ist der Euler?«

Der Welse schaute aus grauen Augen gelassen auf Saiph herab. Der Steuermann wollte nicht einmal daran denken, dass es kein Windwesen auf dieser Insel gab. Sondern nur diesen Riesen. Er fuhr mit den Händen durch die Luft, zeichnete eine Wolkenkontur nach, blies die Backen auf, pustete aus.

»*Euler*?«, fragte der Riese.

»Ja! Ein Eu-ler! Er war an Bord eures Schiffes!«

Saiph imitierte das Stangehalten und Zerren der Kreatur. Das Gesicht des Welsen verfinsterte sich. Er schüttelte den Kopf.

»Weg? Entkommen?« Saiph machte eine wegwerfende Handbewegung.

Der Welse wiederholte sie. Malte dann noch einen großen Wirbel und Wellenbewegungen in die Luft. Saiph schloss die Augen. Umsonst. Was hatte Rigl gesagt? *Deine Beweisführung steht auf sehr wackligen Füßen, Saiph, das wissen wir beide.* Es war so gewesen, wie Kapitän Rigl es vermutet hatte. Der Euler hatte den Sturm verursacht, dem die Kwother zum Opfer gefallen waren. Dieser Welse hatte überlebt, kein Wunder, bei dieser Gestalt. Den brachte wahrscheinlich nichts um. Aber wieso sollten sie ihn mitnehmen? Den Mörder von Kinnig? Saiph öffnete seine Augen wieder und sein Blick fiel sogleich auf die Leiche. Er hatte sich in eine komplizierte Situation manövriert. Wie kam er hier weg, gemeinsam mit den Matrosen und dem toten Bootsmann – aber ohne den Riesen?

Als Saiph unvermittelt einen Stoß gegen die Brust bekam, sodass er auf dem Hosenboden landete und mit offenem Mund atemlos zur Türöffnung starrte, wurde ihm bewusst, dass die Situation noch viel komplizierter war als gedacht. In den Welsen war eine Spannung gekommen, er nahm eine Haltung an, die Saiph sehr streng, fast soldatisch vorkam. Und dann trat eine Frau in den Raum, wie Saiph nie zuvor eine gesehen hatte. War das überhaupt eine Frau? Sie sah entfernt kwothisch aus, aber ihre Augen waren nicht golden, sondern gleißend hell. Über ihre dunkle Haut floss Licht in Wellen. Sie kam langsam auf ihn zu, hob beruhigend eine Hand gegen den Welsen, der das Haumesser auf Saiph gerichtet hatte. Aber der konnte sich ohnehin nicht rühren, war gebannt vom Anblick.

»Es ist Zeit zu gehen«, sagte sie lächelnd mit rauer Stimme und in bestem Ingrisch zu Saiph.

Er wusste unmittelbar, dass dieser eine Satz alle seine bisherigen Lebenspläne und Ziele, ja, seine ganze bisherige Existenz wegspülte wie eine auslaufende Welle eine Spur am Strand.

19

Eine Unda. Es war tatsächlich eine leibhaftige Unda, er hatte es erkannt. Denn obwohl Saiph gern geistreich tat, gab es Dinge, von denen Kapitän Rigl mehr Ahnung hatte als sein Steuermann. Saiphs Interesse galt – das musste Rigl bei aller Zuneigung zu dem Jüngeren eingestehen – vor allem sich selbst. Nun, sie alle waren Seguren genug, um für den Ehrgeiz eines anderen Verständnis aufzubringen. Nur hatte Saiphs Ehrgeiz den Bootsmann das Leben gekostet, und das war bitter. Unbedingt hatte er einen Euler haben müssen. Gebracht hatte er schließlich einen Toten, einen welsischen Kämpfer – und eine Unda.

Die beiden Ruderboote waren durchs schäumende Wasser langsam auf die ankernde Auriga zugekommen und Rigl hatte seinen Augen nicht getraut. Immer wieder hatte er das Fernglas heruntergenommen, gestarrt, es wieder angesetzt. Zwei Boote. Und was da wie festgenagelt am Bug des kleineren stand, war zwar dunkel und fremdartig, aber ganz sicher kein Euler. Als er das schaukelnde, verschwommene Bild im Fernglas endlich erfasst und scharf gestellt hatte, wäre ihm das kostbare Stück beinahe vor Schreck aus der Hand geglitten. Eine leibhaftige Unda – und sie sah noch viel geheimnisvoller aus als in den alten Geschichten beschrieben.

In den Schriften, die Kapitän Rigl mit Vorliebe las, wurden die Undae nur am Rande erwähnt. Neben allem, was es über Navigation und Wetter, Wellen und Strömungen, über die Seefahrt auf dem offenen Meer im Allgemeinen und über Küstenschifffahrt im Besonderen zu lesen gab, verschlang Rigl besonders gern Geschichten über Wesen, die im Dunkel der Tiefsee verborgen waren oder in den Weiten des Himmels hausten. Er fuhr lange genug zur See, um das meiste davon für wahr zu halten. Die Undae wurden in einigen ingrischen Büchern auch *Gewesene* genannt, womit darauf angespielt wurde, dass sie einmal menschlich gewesen sein sollten. Sie entstammten der Alten Zeit und waren dem Wasser eng verbunden. Aber, und das war der Punkt, an dem Rigls Interesse schwand, nicht dem Wasser, aus dem seine Welt hauptsächlich bestand. Er hatte beim Lesen über die Undae sogar eine milde Abneigung gegen diese Gewesenen gefühlt; aus demselben Grund, aus dem er sich auch jedem Binnenschiffer überlegen fühlte: Das Süßwasser brachte zwar das Leben für die Menschen. Aber die wahre Ehrfurcht musste dem Salzwasser gelten. Denn es barg noch viel mehr Leben als das Wasser des Landes, und es barg gleichzeitig den Tod. Den Ozean zu befahren erforderte großen Mut. Jeden Tag rang das Meer Kapitän Rigl Respekt ab und er wusste, würde er diesen Respekt auch nur einen Augenblick vergessen, wäre das sein Ende. Das Meer war alles, forderte alles – und gab alles zurück. Wer konnte je Erhabenheit empfunden haben, der nicht am Bug eines schnellen Seglers wie der Auriga gestanden hatte, das Tosen des Winds in den Ohren, brennendes Salz in den Augen und das Herz so groß, so weit wie das Meer ringsum? Ein Flussschiffer auf dem Eldron, der sich stromaufwärts von Pferden oder armen Kerlen an einer Leine ziehen lassen musste? Nein. Wer nicht das Meer befuhr, der wusste nichts vom Wasser. Gar nichts.

Das dachte er, aber dann blickte aus der Ferne und durch das Glas gleichzeitig ganz nah eine Unda in Rigls Auge und dahinter bis hinab in seine Seele. Dort sah sie, gut verpackt in ein sanftes Gemüt, seine Überheblichkeit schlummern. Sie tippte sacht an Rigls heimlichen Hochmut gegenüber all denen, die nicht das taten, was er tat, nicht wussten, was er wusste, und er ließ das Glas sinken. Setzte es nicht mehr an, sondern wartete geduldig, bis alle an Bord waren.

Er fühlte Scham. Denn was wusste er wirklich? Wenig. Und als er schließlich auf die Gewesene zuging, um sie an Bord willkommen zu heißen, war er ganz erfüllt von etwas, das er lange nicht empfunden hatte: Demut.

In Gaspen,
Kerst im Solder 107 tergde

Verehrter Kollege,

wenn es nicht so traurig wäre, würde ich mich freuen, endlich auch einmal recht gehabt zu haben. In meinem letzten Brief berichtete ich von meiner Furcht, nach Hause zu kommen, erinnert Ihr Euch? (Ihr erinnert Euch sicher, Ihr lest die Briefe schließlich hintereinander weg, das vermute ich wenigstens und das muss ich mir beim Schreiben immer wieder in Erinnerung rufen.)

Nun, Gaspen hat sich seit meiner Abreise sehr verändert. Zuerst: Es wimmelt von Swaguren und ich schäme mich nicht mehr, diese üble Titulierung zu verwenden, denn kein Name kann finster genug sein für diese Leute. Stellt Euch vor, Wigo, sie haben mir mein Haus genommen!

Mein Haus!

Das Wüstenpack hat mir mein Zuhause weggenommen. Es mehr oder minder besetzt und mir selbst nur eine kleine Kammer gelassen. Ich kam zurück und fremde Leute saßen in meiner Stube, fremde Kinder spielten mit meinen Gerätschaften, ach, was sage ich: Sie zerschlugen meine kostbaren Instrumente. Verzeiht, mir zittert die Hand so sehr, ich kann kaum schreiben und muss mich kurz fassen, auch um meiner seelischen Gesundheit willen. Die Zustände hier zu beschreiben erschöpft mich, daher will ich nur einige wenige Stichpunkte festhalten.

Die Einwohnerzahl unseres Städtchens hat sich verdoppelt.

Den Söldnern aus Nirwen sind gewöhnliche Leute gefolgt.

Nirwen vertrocknet und versandet, heißt es, ein Leben dort sei kaum mehr möglich.

Die Swaguren bitten nicht um Hilfe oder um Asyl – sie nehmen sich einfach, was sie brauchen können. Sie sind über Gaspen gekommen wie eine Plage.

Und es kommen jeden Tag mehr, die Lage verschlechtert sich zusehends. Nach Süden, nach Agen ausweichen ist nicht möglich – ich komme sozusagen gerade von dort und es wird dort unten inzwischen kaum besser geworden sein.

Was geschieht nur mit dieser Welt? Ich habe kaum die Kraft, darüber nachzudenken; ich versuche lediglich, durch den Tag zu kommen.

So ist es nun also. Ich sitze in meiner kleinen Kammer, eingepfercht zwischen Büchern und den Gerätschaften, die ich vor den schmutzigen Fingern dieser unverschämten Bälger habe retten können, und friere. Nicht nur, weil inzwischen der Firsten Einzug gehalten hat, sondern auch, weil es so kalt zwischen den Menschen geworden ist. (Meine treue Wirtschafterin und ehemalige Hüterin dieses Hauses hat mich verlassen. Sie war nicht mehr da, als ich zurückkehrte. Sie ist einfach verschwunden – nach über vierzig Soldern in meinen Diensten! Und hat mein Heim diesem Pack ausgeliefert …)

Was mich aber beinahe noch mehr betrübt: Ich war bald ein Solder fort – und in der Zwischenzeit ist kein einziger Brief von Euch hier eingetroffen. Ich habe gründlich nachgeforscht, das könnt Ihr mir glauben: Andere Post ist sehr wohl durchgekom-

men. Aber nichts, keine Zeile von Herrn Wigo von Pram. Ich vermute daher, dass Ihr das Interesse an dieser Sache verloren habt. Und ebenso das Interesse an unserer Freundschaft. Das nehme ich zur Kenntnis und werde Euch in Zukunft nicht mehr mit meinen Briefen belästigen. Dieses Bündel hier gebe ich noch auf, denn ich halte mich an meine Versprechen. Tut damit, was Ihr wollt, nehmt sie meinethalben als das Dokument eines Zeitzeugen, der mit eigenen Augen gesehen hat, wie eine Zivilisation zerfällt.

Gehabt Euch wohl,

Helgend von Gaspen

NEUN

AUS DEM FERNEN SÜDEN ZORN

1

Babu war einfach weitergegangen. Es gab nichts mehr zu sagen, nichts zu fragen. Er konnte um nichts mehr bitten. Was sollte noch kommen nach der Bitte um den eigenen Tod? Also war Babu von der Quelle aus dem Bachlauf hinab gefolgt, war an der Mühle und dem Teich vorbeigelaufen. Und einfach immer weitergegangen. Er war nicht in seine Kammer gestiegen, sondern hatte den Falknerhandschuh und die Weste dort zurückgelassen, sogar den Dolch. Was wollte er mit all dem noch anfangen? Babu war kein Falkner, war kein Szasran mehr und war es nie gewesen. Hatte je eine Zeit durch ihn gesprochen, die Alte Zeit oder eine andere, irgendeine? Nein. Alles war nur Schmerz und Unglück – so war es schon in Babus Kindertagen gewesen und so war es heute noch immer. Vielleicht war das seine Bestimmung? Vielleicht sollte er leiden, vielleicht gab es nicht einmal einen Grund dafür? Denn was für einen Sinn konnte eine solch jämmerliche Existenz schon haben?

Babu ging in die Nacht hinein, und wie damals, als er auf seinem Pony in den Regen geritten war, war seine Stimmung so finster wie die Umgebung. Es war, als ob er immer nur im Kreis lief; egal, wie weit er ging, letztlich tappte er doch immer wieder in seine eigene Dunkelheit. Die Dinge wiederholten sich, war das vielleicht ein Zeichen? Babu hatte geglaubt, das Lange Tal wäre sein Platz, seine Heimat, und Hirte zu sein, das wäre sein Leben. Er hatte sich getäuscht. Er hatte das Lange Tal verlassen. Dann hatte er gehofft, die Freiheit bei den Nogaiyern zu finden und in Nuru die erste Liebe. Aber auch dies war ein Irrtum gewesen. Ob Nuru noch wartete – und ihr Bruder ebenfalls, mit einem Pfeil auf der Sehne seines Bogens, um ihr Unglück zu rächen? Es war egal, Babu würde nicht zurückkehren. Ein ganzer Kontinent lag nun zwischen ihnen, so weit flog kein Pfeil, so lang hielt keine Verliebtheit. Und schließlich, es war erst einen Tag her, hatte er gemeint, zur rechten Zeit am rechten Ort und in Gesellschaft von guten Menschen, vielleicht sogar in der Gegenwart von Wundern zu sein. Aber das war die größte Täuschung von allen gewesen. Denn nun ging er allein durch die Nacht, nun verließ er alles – abermals. Wenn sich die Dinge wiederholten, war das nicht ein Zeichen?

Also erkennst du endlich die Zwangsläufigkeit.

Babu blieb kurz stehen, erschrocken. Ging dann aber gleich mit klopfendem Herzen weiter. Sie hatte bisher niemals im Wachen zu ihm gesprochen. Doch er hatte ihre Stimme gehört, ganz deutlich. Es war, als ob sie direkt hinter ihm ginge. Sie war es, sicher.

Er hatte einen Hügelkamm erreicht, Teleias Tal lag inzwischen weit hinter ihm. Über schneebestäubte Hügelkuppen blickte er in eine weitere sanfte Senke. Nach allen Richtungen war das Land im Mondlicht vor ihm ausgebreitet, nichts verbarg sich vor Babu, weder Himmel noch Erde. Es war, als ob das offenherzige Wesen der Quellhüterin noch bis hierher wirkte und sich in der Landschaft abbildete. Babu brauchte sich nicht zu sorgen, dass ihm, unbewaffnet, wie er war, irgendetwas auflauerte. Denn der wahre Schrecken, das größte Ungeheuer versteckte sich nicht in einem Dickicht oder hinter einem Stein und es kauerte auch nicht in einer Bodensenke. Es verbarg sich in Babu selbst. Er trug es bereits die ganze Zeit über mit sich. Und in dieser Nacht, gerade eben, war es aus ihm heraus- und hinter ihn getreten und hatte zu ihm gesprochen.

2

Es gab kein Ziel. Babu wollte nirgends ankommen, er wollte nur weggehen. Er streifte umher, wanderte durch die spärlich mit kahlen Bäumen und froststarren Sträuchern bewachsene Hügellandschaft. Denn wo sollte, wo konnte Babu noch hin? Die große Gelegenheit war vertan: Er hatte den Kontinent bereits ein Mal verlassen. Was genau hatte ihn eigentlich dazu gebracht, zurückzukehren?

Juhut.

Unwillkürlich legte Babu den Kopf in den Nacken. Dort oben war er, zog seine Kreise und hielt Babu fest. Welch ein Gefühl von Freiheit hatte es ihm früher gegeben, den Falken am Himmel kreisen zu sehen. Wie weit war sein Herz geworden – *zwei Herzen, das eine so groß wie das andere, beide schlagen gleich.* Ja, und sogar der Name des Falken entsprang diesem Gefühl: Juhut-ras, zweites Herz. Aber stimmte das denn? War das Gefühl wirklich so frei, groß und verbindend? Oder war auch das nur eine Täuschung gewesen, eine Einbildung, weil er es sich so sehr gewünscht hatte? Hatte der Falke ihm nicht vielmehr Kummer gebracht und Schmerz? Von dem Augenblick an, als er das Ei in Empfang genommen hatte, war Babus Leben zerbröckelt. Erst hatte er seine Herde aufgeben müssen, danach seine Heimat. Schließlich seinen Freund.

Babu senkte das Kinn auf die Brust. Er hakte die Daumen in den schmalen Ledergürtel, mit dem er den wollenen Kittel enger um seinen immer noch mageren Leib gebunden hatte. Da spürte er etwas unter dem filzigen Stoff. Babu griff sich in den Ausschnitt des Kittels und holte den Zweispat hervor. Er wog den großen Kristall in der Hand. Wann hatte er den denn dort hineingesteckt? Es gab kaum etwas weniger Sinnvolles, das er hätte mitnehmen können – einen hölzernen Löffel vielleicht.

Wirf ihn fort.

Sie war bei ihm. Auch Juhut war noch bei ihm – aber sie war Babu näher. Viel näher. Wenn er ganz still stand, konnte er ihren warmen Atem in seinem Nacken spüren. Er kämpfte den Wunsch nieder, sich blitzschnell umzuwenden, den Zweispat vorm Auge. Er wusste: So einfach war es nicht, so einfach ließ sie sich nicht überlisten. Sie würde dort bleiben, hinter ihm, immer gerade außerhalb seines Blickfeldes. Und ihm Dinge zuflüstern. Aber sehen könnte er sie erst, wenn er sich dazu durchränge, sie sehen zu *wollen*. Es ging nicht darum, sich kurz einmal umzuwenden. Er müsste sich ihr *zuwenden,* und zwar ganz.

Wirf ihn doch fort. Du brauchst ihn nicht mehr.

Babu zögerte, obwohl er den Kristall eigentlich nicht mehr haben wollte – dieses in der Tat nutzlose Geschenk eines Mannes, dem er vertraut hatte. Dem er sein Leben anvertraut hatte und der ihn, wie alle anderen auch, enttäuscht hatte. Eine einzige Bitte hatte Babu an Felt gerichtet und er hatte sie ihm verwehrt. Er war ohne Gnade und seine Weigerung hatte Babu den allerletzten Anstoß gegeben, sich von allem Menschlichen abzuwenden und die Einsamkeit zu suchen. Sie hatte recht: Auf wen sollte er den Zweispat richten, wessen wahre Gestalt sollte er erkennen? Hier war niemand. Außer einem Dämon, der ihm im Genick saß. Dennoch konnte Babu den Kristall nicht wegwerfen, noch nicht. Er wollte nicht so schnell klein beigeben und folgsam sein. Der Stein war nicht schwer, er belastete ihn nicht. Babu schloss die Faust um den Kristall und ging weiter.

Da sah er den Wolf.

Er saß einfach da, keine zwanzig Schritt entfernt, ganz ruhig, und im dichten schwarzen Fell auf seiner Brust hingen Eiskristalle. Die Wolken seines heißen Atems schlugen sich dort nieder und gefroren in der kalten Luft. Seine Augen glühten und sie hatten Babu fest im Blick. Babu wusste: Dieser Wolf hatte Hunger und er selbst hatte keine Chance. Nein, so sollte es nicht zu Ende gehen! Babu wollte nicht zerrissen werden von der eigenen Angst, die Gestalt angenommen hatte. Er wollte als Mensch sterben, nur das, mehr nicht.

Der Dolch! Nimm den Dolch.

Ja, das war schon ein Mal gelungen. Juhut hatte es ihm eingegeben, damals, in den Galaten, im Zwischenreich der Welten von Leben und Tod, als er dem Rudel das erste Mal begegnet war. Doch heute erhielt Babu keine solchen Eingebungen von der Szasla mehr und er hatte auch keinen Dolch.

Aber auch wenn der Faden zwischen dem Falken und dem jungen Merzer dünn geworden war, aufgegeben hatte die Szasla Babu noch nicht. Juhut war zwar fern, aber noch da und nun stürzte er aus dem Himmel wie ein fallender Stern. Das weiße Gefieder leuchtete auf; so schnell kam der große Falke herabgeschossen, dass der Wolf ihn spät bemerkte. Gerade noch rechtzeitig duckte er sich weg, wich den tödlichen Klauen aus, jaulte erschrocken auf und sprang davon. Die Flugkünste des Falken waren atemberaubend, Babu hatte das beinahe vergessen. Er beobachtete staunend, wie geschickt Juhut den Fall abbremsen konnte und scheinbar mühelos, mit nur drei Schlägen der breiten Schwingen, die Richtung wechselte und einen Baum ansteuerte. Als er sich auf einem tiefen Ast niederließ, stob trockener Schnee auf.

»Du …«

Babu räusperte sich, denn seine Stimme brach weg. Er hatte das Gefühl, seit Langem nicht mehr gesprochen zu haben. Er ging ein paar Schritte auf den Falken zu. Die Nähe war ihm vertraut und gleichzeitig fremd geworden.

»*Du* warst es, der zurückwollte, du wolltest Wiatraïn wieder verlassen. Felt hat mich zwar gefragt, ob ich mich ihm anschließen wolle, ob ich mitmachen wolle bei diesem irrsinnigen Vorhaben – der Rettung der Welt! Aber geantwortet habe ich in deinem Sinne. Ich konnte nicht mit deiner Stimme sprechen. Aber mit meiner eigenen auch nicht. Ich konnte kein Szasran sein – und auch nicht ich selbst. *Ich* wäre geblieben!«

Juhut drehte nur seinen Kopf, saß sonst reglos.

»Du bist nicht mein zweites Herz, wir schlagen nicht gleich. Auch darin habe ich mich getäuscht. Aber was bist du wirklich?«

Babu war nun auf doppelter Armeslänge an Juhut herangetreten, der nach wie vor ruhig auf dem Ast saß, auf Babus Augenhöhe. Lange blickte der junge Mann den großen weißen Vogel an. Dann hob er eine Hand, den Kristall zwischen Daumen und Zeigefinger.

Babu hielt ihn nicht direkt vors Auge, sondern zwischen sich und den Falken. Klein erschien ein Bild, ein einziges nur, im glasklaren Stein. Babu kniff ein Auge zu, konzentrierte sich. Der Juhut auf dem Ast wurde unscharf – und der im Stein deutlich. Und wahrhaftig: Das Abbild der Szasla entsprach ganz genau der Wirklichkeit. Es konnte höchstens sein, dass die Verkleinerung im Kristall noch klarer, noch schärfer war als der leibhaftige Falke. Alles an ihm war tödlich, war Waffe – der Schnabel, die Klauen, sogar seine Augen, diese alles sehenden, stechenden Augen. Babu fühlte sich aufgespießt von diesem Blick. Keine Wärme, kein Gefühl war in dem Auge, das im Kristall immer größer zu werden schien. Sondern nur eine schneidende Intelligenz.

»Ich will kein Werkzeug sein«, sagte Babu halblaut. »Ich will nicht benutzt, ich will *gebraucht* werden. Verstehst du den Unterschied?«

Juhut starrte ihn an, durch den Stein hindurch.

»Natürlich verstehst du den Unterschied. Du verstehst alles. Aber du empfindest nichts. Du kennst keine Angst und keine Trauer – und keine Liebe, keine Freude.«

Keine Regung beim Falken.

»Ich bin nicht mehr bereit, schuld zu sein. Ich bin nicht mehr bereit, Schmerzen zu haben. Ich will nicht mehr von dir wie ein Kalb am Strick herumgezerrt werden!«

Juhut schüttelte sich, er zitterte. Nein. Was da zitterte, war nur Babus Hand. Noch immer hielt er den Zweispat zwischen sie. Da, plötzlich, ertönte der hohe Ruf des Falken und Babu zuckte erschrocken zusammen; um ein Haar hätte er den Kristall fallen gelassen. Bis Babu die Umgebung wieder vollständig wahrnahm, hatte Juhut bereits die Schwingen entfaltet und war dabei abzuheben. Noch einmal rief er. Noch einmal erschütterte dieser Ruf Babu bis ins Mark.

»Hör auf!«, schrie er. »Lass mich endlich in Ruhe! Hau ab! Flieg! *Flieg und komm nie wieder!*«

Und dann, ohne dass er wusste, was er tat, schleuderte Babu den Stein gegen den auffliegenden Falken. Er traf. Kurz hing Juhut schräg in der Luft, den Hals seltsam aufwärts gebogen, aber nur einen Flügelschlag später hatte er sich wieder gefangen. Er stieg schnell höher und war bald aus Babus Sicht entschwunden.

Und dann war Juhut fort. Ganz fort. Stille legte sich über die in der kühlen Umarmung des Firstens schlafende Landschaft. Und eine wachsende Leere erfüllte Babus Kopf, ein sich stetig vergrößernder Krater, in den er zu stürzen drohte. Es war der Schmerz, der verging. Dort, wo der Wille der Szasla in Babu verankert gewesen war, war nun nichts mehr.

Babu atmete schluchzend ein; das Geräusch seines eigenen Kummers überraschte ihn. Er hatte doch gewusst, wie es sein würde – er hatte das schon einmal durchgemacht. Damals, vor einer gefühlten Ewigkeit, war der Falke durch den großen Steinbogen und gegen den ungeheuren Atem des Bersts zur Stadt in den Wolken geflogen. Juhut hatte Babu, das nutzlose Werkzeug, das stumme Sprachrohr, zurückgelassen, und diese Einsamkeit war quälender gewesen, als ein noch so heftiger Kopfschmerz es jemals sein konnte. Dieses Mal hatte sich das Werkzeug gegen den Meister gewandt, hatte sich weiterer Benutzung verweigert. Dieses Mal hatte Babu Juhut verlassen. Die Qual blieb dieselbe.

Wieder holte Babu Luft und versuchte so, die Tränen zu unterdrücken. Und da erst wurde ihm klar, dass nicht nur er die Gestalt des Falken durch den Zweispat hatte sehen können. Sondern dass auch Juhut ihn gesehen hatte. Babus wahre Gestalt. Es musste ein wahrhaft scheußlicher Anblick gewesen sein. Was daraus folgte, war vollends niederschmetternd. Denn wieder einmal war Babu einem Irrtum aufgesessen: Es war mitnichten seine eigene Entscheidung gewesen; nicht er hatte sich gegen Juhut gewandt. Bis zum Schluss, bis gerade eben, war er dem Willen der Szasla unterworfen gewesen. Juhut hatte *ihn* verlassen, abermals, hatte ihn endgültig aufgegeben, nachdem er im Zweispat gesehen hatte, wer Babu wirklich war. Wenn sich die Dinge wiederholten, waren sie dann einfacher zu begreifen, leichter zu ertragen?

Nun hast du nur noch mich.

Babu sackte auf die Knie und weinte.

3

Der weit gereiste und vor nicht allzu langer Zeit noch hochgeachtete Gelehrte Helgend saß in seiner Kammer, fror und bemitleidete sich selbst. Er verließ den kleinen Raum nur noch, um Essen zu besorgen – und um auszutreten. Dazu musste er die schmale Stiege hinunterklettern, mit steinerner Miene die verwahrloste Stube durchqueren, die ehemals sein Laboratorium beherbergt hatte, und durch die Hintertür in den Hof gehen. Natürlich war auch der Abtritt inzwischen völlig verdreckt, aber die Hinterlassenschaften der Besatzer wegzuräumen kam absolut nicht infrage. Helgend musste sich eingestehen, dass es ihm sogar Vergnügen bereitete, seine Notdurft auf der des Packs zu verrichten. Er schämte sich gleichzeitig dafür, kam sich schlimmer vor als ein Hund, der auch immer dorthin pinkeln muss, wo vorher schon ein anderer seine Duftmarke gesetzt hat. So erniedrigt von seinen menschlichen Bedürfnissen und seinen unmenschlichen Empfindungen, stieg er dann wieder hinauf und kroch unter die Decken auf dem schmalen Lager in der eisig kalten, vollgestopften Kammer. Er las nicht, er schrieb nicht. Er dämmerte dahin und wartete auf das Rütteln. Jedes Mal, wenn dann der Erdstoß kam, bebte er mit seinem Haus um die Wette und hoffte, es möge endlich über ihm zusammenstürzen. Diesen Gefallen tat es ihm jedoch nicht. Es hatte eine derart solide Substanz, dass es ein ums andere Beben überstand. Es zeigten sich zwar Risse in den Wänden, aber das war kein Grund zur Sorge. Nur der über dem Mauerwerk verstrichene Lehm hielt den Spannungen nicht stand; die Steine darunter saßen fest aufeinander. Helgend vermutete, das Haus würde nicht aufgeben, bevor nicht der Kontinent selbst auseinanderbrach.

Die Besatzer – drei Frauen, wahrscheinlich miteinander verwandt, und ihre Kinder – flohen bei jeder kleinen Erschütterung ins Freie. Sie hätten Helgend leidtun können, wie sie da auf der Gasse standen, zerlumpt und heimatlos, schreiende Blagen im Arm, weitere heulend am Rocksaum, und mit angstvoll aufgerissenen Augen die Fassaden hochschauten. Aber die Frauen begegneten ihm mit einer solchen Verachtung, dass jedes Mitleid erstickt wurde. Was hatte er ihnen denn getan? *Sie* hatten ihm doch das Haus weggenommen! Helgend ahnte, dass die Verachtung der Swagurinnen älter war, dass sie ganz allgemein alle Einwohner Gaspens betraf und sogar alle Seguren südlich von Nirwen. Diese Verachtung war die Antwort auf Hunderte von Soldern Überheblichkeit gegenüber den Menschen der Wüste, die in ihrem Denken, ihrer Lebenseinstellung und ihren Werten nicht mit dem Rest Seguriens fortgeschritten waren. Sondern einfach dort stehen geblieben waren, wo sie alle, die über die Südliche Herkunft auf den Kontinent gekommen waren, einmal angefangen hatten. War das nun schlecht? War diese Art zu leben nicht die einzig mögliche in der Marga? Ach, was kümmerte ihn das, was theoretisierte er hier herum – Helgend musste sich etwas zu essen besorgen, seine Zeiten als Denker waren vorbei. Unter der Last seines Schicksals stöhnend, erhob er sich und griff seinen Umhang; ein seit Tagen anhaltender Schneeregen verschlimmerte die Kälte mit einer Nässe, die einem bis in die Knochen kroch.

4

Die Beben hatten zwar Helgends Haus bisher nicht viel anhaben können – noch waren sie nicht verheerend heftig –, aber sie hatten die Stadt vollkommen verändert. Denn die Erdstöße rüttelten nicht nur an den Gebäuden, sondern vor allem an den Menschen. Das lebendige und gleichzeitig beschauliche Gaspen, durch den Eldron mit den großen Städten des Kontinents, Agen und Pram, zwar verbunden, aber frei von deren Dekadenz, war zu einem Ort des Jammers und der Angst geworden. Die Straßen waren voller Menschen ohne Ziel – jeden Tag kamen noch mehr aus Nirwen, den Bergen und den Weiten der Wüste. Es war kaum zu glauben, dass sie dort unter Wassermangel litten, wo man doch hier durch den Matsch stapfen musste.

Helgend hatte noch Geld, sein Versteck hatten die Eindringlinge nicht gefunden, aber er hatte schnell feststellen müssen, dass ihm die Münzen nicht mehr viel nützten – und auch nicht lange reichen würden: Ein Stück Brot kostete inzwischen so viel wie früher ein halbes Rind, an einen Apfel war nicht zu denken. Wer einen Hof hatte oder auch nur ein paar Hühner hielt, war besser dran als er, Helgend, der drei Sprachen mit ihren diversen Dialekten sprach und die Hauptwerke Barmdens des Älteren auswendig aufsagen konnte. Wissenschaft und Gelehrsamkeit, die hohen Werte der Seguren, die wahren Schätze dieses Landes, galten nichts mehr. Helgend musste um sein Essen betteln.

Er war nicht der Einzige, den die Nahrungssuche umtrieb, aber immerhin kannte er noch ein paar wohlhabende Leute und so klapperte er erst die Stellen ab, wo er hoffen konnte, dass man ihm etwas vom Wenigen abgezweigt hatte. Heute jedoch war das nicht der Fall, der Regen machte die Menschen noch übellauniger; man schickte ihn weg wie einen räudigen Streuner. Als Helgend am östlichen Marktplatz ankam, dem größeren der beiden Versammlungsorte der Stadt, bebte der Boden das erste Mal an diesem Tag. Um den Brunnen herum hatte sich ein Zeltlager gebildet, und obwohl ein zusammenfallendes Zelt keine besondere Gefahr darstellt, stürzten die Menschen heraus. Als ob der Blick in den grau verhangenen Himmel etwas wiedergutmachen könnte. Das war ihm schon vor Längerem aufgefallen: Entweder kauerten sich die Menschen wimmernd zusammen, Arme über dem Kopf, oder starrten nach oben und rannten dann meist los, panisch, über den zitternden Untergrund. Kaum jemand blieb einfach stehen oder sitzen und wartete ab.

Er schon. Er hielt es aus, stand ruhig, ließ sich schubsen und im Vorbeilaufen beschimpfen, hörte zu, wie die Erde rumorte, die Gebäude ächzten und die Kinder weinten. Er sah, wie Tränen und Regen sich vermischten und wie sich tiefe Risse im Pflaster binnen kürzester Zeit mit Schlamm füllten. Und er sah hier einen Krug, unbeaufsichtigt, und dort ein Säckchen, angebunden an eine Zeltstange und auf die Art geschützt vor der Nässe und den Ratten. Aber nicht vor den klammen Fingern des hungrigen alten Mannes. Wenn die unruhige Erde die Menschen durcheinanderbrachte, stahl Helgend alles, was er kriegen und tragen konnte. Und dann erst rannte auch er, so gut er konnte – zum Hafen, zum Ufer des Eldrons, dessen Anblick das Einzige war, das ihn dieser Tage noch beruhigen und manchmal sogar trösten konnte.

5

Am Hafen war es vergleichsweise menschenleer, insbesondere die Swaguren schienen die Nähe des Wassers eher zu scheuen und kamen selten hierher. Wer ein Boot besaß, sei es als Händler oder Fischer, hatte sich samt Familie dorthin zurückgezogen. So ein Boot ließ sich besser verteidigen und bewachen als ein Haus – außerdem konnte es nicht einstürzen und schaukeln tat es ohnehin. Unter den Bootsleuten hatte sich so etwas wie eine verschworene Gemeinschaft gebildet. Man half sich, man achtete aufeinander. Der Hafen, früher die fragwürdigste Gegend der Stadt, war nun der Ort, an dem es geradezu gesittet zuging.

Helgend tappte, die Kapuze des Umhangs tief ins Gesicht gezogen, langsam über die glitschigen Planken eines Anlegestegs. Er wusste, dass man ihn von den festgemachten Booten aus beobachtete, aber er wusste auch, dass man ihn in Ruhe lassen würde, wenn er einfach weiterging. Am Ende des Stegs gab es einen Schuppen oder besser gesagt eine Art Unterstand, wo alte Netze und Seile vor sich hin rotteten – dies war Helgends Ziel. Denn das Dach bot immerhin etwas Schutz und er konnte auf den Eldron schauen, während er seine Beute inspizierte. Nachdem ihm anfangs ein Stück Pökelfleisch gleich wieder aus der Hand gerissen worden war, als er es noch im Gehen aus dem Tuch gewickelt hatte, packte er nun erst aus, wenn er im Hafen angelangt und in seinem Schuppen allein war. Fast allein, denn auch heute schauten ihm große grüne Augen aus dem Gewirr der Netze erwartungsvoll entgegen.

»Na, bist du auch schon wieder da«, sagte Helgend mit unterdrückter Freude. »Ich frage mich ernsthaft, wer dich derart verwöhnt hat, dass du hier jeden Tag auf mich wartest, statt dir ein paar Ratten zu fangen. Gibt doch genug.«

Die Katze strich ihm mit hocherhobenem Schwanz um die nassen Hosenbeine. Sie war sehr schlank, fast zierlich, und auch wenn sie etwas mitgenommen wirkte mit ihrem angebissenen Ohr, so sah man noch ihre edle Abstammung. Gesicht, Brustlatz und Vorderpfoten waren weiß, der Rest des Fells von einem bläulichen Grau. Diese Katze hatte in ihrem bisherigen Leben höchstens ein paar Mäuschen oder einen kleinen Vogel gefangen, und auch das nur zum Spaß. Mit einer Ratte konnte sie es nicht aufnehmen. Sie kam im Grunde genauso wenig mit der neuen Situation zurecht wie Helgend.

Er setzte sich auf ein zusammengehäuftes, zerfranstes Netz; sie sprang ihm sofort in den Schoß. Die Katze schnurrte so laut, dass sie vibrierte.

»Dann wollen wir mal sehen … Oh, das ist was für mich!«

Brot, nur wenig angeschimmelt, das konnte man wegschneiden.

»Oho! Und das erst recht! Heute ist ein Glückstag.«

Helgend schob sich eine kleine, fettig glänzende Teigkugel in den Mund und kaute bedächtig. Die Speise war zwar schon altbacken, aber dennoch eine köstliche Leckerei, gefüllt mit süßem Pfirsichmus – ein echtes Meussel, wie die Seguren es liebten. Es gab noch fünf Stück davon, der Bestohlene würde sich sehr ärgern. Helgend schluckte.

»Nun, ist denn nichts für dich dabei, Kätzchen?«

Er fand noch einen Beutel Mehl, einige Zwiebeln und sogar ein kleines, festes Leinensäckchen mit Salz, für das er viel würde eintauschen können. Aber der Katze konnte er nichts geben.

»Hm«, machte er und strich ihr über den Kopf. Sie genoss es mit geschlossenen Augen und immer noch schnurrend; er beneidete sie um ihre Geduld und die Fähigkeit, immer genau das willkommen zu heißen, was ihr gerade angeboten wurde. Natürlich nur, solange sie es wollte.

»Ich könnte gleich hier am Hafen versuchen, ein Tauschgeschäft zu machen. Oder wir probieren, ein paar Fische zu fangen.«

Helgend blickte flussabwärts zu den Anglern am Pier, reglose Schemen im steten Schneeregen. Zu dieser Zeit des Solders bissen die Fische immer schlecht und es sah nicht so aus, als ob dort drüben ein großer Fang gemacht würde.

»Hm«, machte er wieder, hörte aber nicht auf, die Katze zu streicheln. Helgend fürchtete, sie würde nicht mehr kommen, wenn er sie nicht mit ein wenig Futter bestach. Das geschmeidige, verwöhnte Tier war sein Verbündeter in diesem Elend. Er wandte den Kopf, blickte flussaufwärts.

Und erschrak so heftig, dass er froh war, bereits zu sitzen.

Helgends plötzliches Zusammenzucken verschreckte allerdings auch die Katze; mit einem Fauchen schoss sie davon und war verschwunden. Doch er bemerkte es kaum, sondern blieb wie gelähmt sitzen und blickte auf den Eldron. War das, was er sah, wirklich wahr? Konnte das sein oder war er, ohne es recht wahrzunehmen, in ein Delirium geglitten?

Helgend beobachtete, wie die schmale Gestalt am Bug eines flachen, langen Boots ein weißes Licht entzündete und es hochhielt; der große, schwarz gekleidete Mann an den Rudern steuerte den Steg an. Nein, das war keine Einbildung. Das war eine Unda, eine leibhaftige Unda! Helgend erkannte ihr narbenverziertes Gesicht nun deutlich im weißen Schein. Er wuchtete sich hoch, stand mit zitternden Knien. *Was für ein Glückstag,* dachte er nur, *was für ein Glückstag.*

6

Er hatte es beinahe geschafft: Babu war allein, dem Auge des Falken entronnen – er war ganz auf sich gestellt und bereit für den Tod. Und immer noch widerstand er dem Dämon. Was hatte die Quellhüterin gesagt? *Alles ist leicht, wenn man wiedergeliebt wird.* Das konnte schon sein. Babu aber war schwermütig, war es immer gewesen. Denn alle Liebe, die man ihm entgegengebracht hatte, war letztlich Lüge gewesen.

Und das nimmst du einfach so hin?

Ja, das tat er. Das war seine wahre Leistung, Babus Heldentat, von der nie jemand erfahren würde: Er wollte es hinnehmen. Er wollte aus freien Stücken und ohne dass ihn jemand führte, ohne dass jemand ihn rettete, ohne dass ihm jemand die Tat abnahm, einfach sterben. Er wollte erfrieren und verhungern in einer entlegenen Ecke des Kontinents. Er wollte als Mensch sterben, und weil Felt ihm diese Gnade verwehrt hatte, musste er es selbst schaffen. Weil auch Juhut ihn vom Sterben abhielt, immer wieder, hatte er ihn verjagen müssen. Oder sich der Szasla in seiner ganzen Scheußlichkeit offenbaren, sodass diese ihn fallen ließ. So war es doch, nicht wahr? Babu war abgewiesen und fallen gelassen worden. Ach, es war im Grunde gleich, wer wen enttäuscht hatte, wenn das Ende kam. Und es kam, bald.

Ich bin auch enttäuscht worden. Und betrogen – wusstest du das?

Babu hatte nicht mehr die Kraft, die Stimme des Dämons zu ignorieren. Er hörte sie klar und deutlich und ebenso deutlich spürte er Asings Nähe, ihren Atem. Aber er zwang sich, nicht zu sprechen. Er hatte die Befürchtung, dass dann die Dämme brächen: Wenn er ihr antworten würde, so, wie man jemandem antwortet, der vor einem steht, mit dem man sich unterhält – dann würde es wahr werden. Dann würde *sie* wahr werden.

Sie lachte leise, bitter.

Ich habe ihn so sehr geliebt. Er hat mich nur benutzt. Ich weiß, wie du leidest. Niemand versteht dich so gut wie ich, Babu.

Babu lehnte sich gegen einen Baumstamm. Die Rinde war glatt und kalt, die nackten Äste dürr. Mit steif gefrorenen Fingern strich er zitternd über die Erhebung auf seiner Stirn, über das entstellende Mal, das nicht mehr von dem Stirnband verborgen wurde. Seine Fingerspitzen waren vor Kälte so taub, dass er nichts fühlte.

Wir beide, du und ich, wir teilen das gleiche Schicksal.

Bald war es vorbei. Bald hätte er es geschafft, ganz allein.

Ach, Babu. Du bist doch nicht allein. Ich bin hier, ich bin bei dir, lange schon. Hör auf zu jammern, hör auf, dich in deinem traurigen Schicksal zu wälzen. Werd endlich wach und sieh der Wahrheit ins Auge: Die Welt ist ungerecht. Die Menschen sind schlecht. Dein Onkel ist ein Mörder, dein bester Freund hat dich hintergangen. Deine Mutter hat dich nie geliebt.

Babu schloss die Augen. Lehnte am Baum, versuchte einfach nur, zu stehen und zu schweigen.

Ich verstehe sehr gut, dass du misstrauisch geworden bist. Ich verstehe es, weil ich ebenso empfinde wie du. Wir sind uns so ähnlich! Beide sind wir zutiefst enttäuscht worden, beide sind wir belogen worden. Warum, glaubst du, habe ich ausgerechnet deine Nähe gesucht?

Babu hatte den Eindruck, sie sei neben ihn getreten und ginge nun langsam um ihn herum, ganz nah war ihr Körper dem seinen. Er hielt die Augen geschlossen, bemühte sich, den kalten Baumstamm an seiner Seite zu spüren. Aber viel mehr noch spürte er ihre Wärme. Heiße Hände strichen ihm sanft über die Brust, griffen in seinen Nacken und Arme schlangen sich um seinen Hals. Ihre Worte waren ein lauer Hauch in seinem eisigen Gesicht.

Ich verlange nicht, dass du mir einfach so glaubst. Ich will dir beweisen, wie viel unsere Verbindung mir bedeutet. Ich lasse dich nicht allein. Ich will dir helfen. Mach die Augen auf.

Niemals. Das durfte er nicht.

Babu fühlte plötzlich einen kalten Luftzug. Als wäre sie schnell beiseitegetreten. Verschwunden.

»Nein!«

Nicht weggehen! Er sprach diese Worte nicht aus. Er hatte sich beherrscht, hatte nur *Nein* gesagt. Und dabei die Augen aufgerissen. Sie war nicht da.

Sondern der Wolf.

Er war zurück und saß hechelnd zwanzig Schritt entfernt. Er blickte Babu an, erhob sich, lief ein Stück voraus. Wandte sich um, schaute Babu wieder an mit seinen rot glühenden Augen. Sollte Babu ihm etwa folgen? Der Wolf kam wieder ein Stück zurückgelaufen, hielt sogleich an, als Babu sich vom Baumstamm löste. Wie eigenartig, Babu fühlte kein Grauen und keine Angst. Der Wolf blieb auf Abstand, war gleichermaßen scheu und fordernd in seinem Verhalten: Er wollte, dass Babu ihm folgte, ganz sicher.

Und warum auch nicht? Was hatte er noch zu verlieren? Ob er einfach so weiterging und erschöpft zusammenbräche oder ob er der Spur des Wolfs folgte – was machte das schon für einen Unterschied?

Ein entstellendes Lächeln verzerrte Babus aufgesprungene Lippen, als er an den Satz der alten Szasla dachte: *Der Hirte wird die Spur finden, der Jäger der Beute folgen bis zum Ende, wo der Kreis sich schließt.*

Bald. Bald war es zu Ende.

7

Er hörte Hufschlag und vor Schreck machte sein Herz einen schmerzhaften Satz. Lange war er dem Wolf hinterhergetrottet. Wie lange? Es war gleich, Babu wartete nur noch darauf, zu straucheln, zu fallen – und dann liegen zu bleiben. Wenn er einfach nichts sagte oder tat, sich aber auch nicht widersetzte oder in ein Gespräch mit dem Dämon verwickeln ließe, dann müsste es gelingen. Dann müsste ein stilles Ende möglich sein, eines ohne Gefühle und Gedanken und somit eines, bei dem das Tor geschlossen bliebe. Dann könnte es ihm gelingen, als Mensch zu sterben.

So hatte es Babu sich zusammengereimt: Es kam auf seine Regungen an. Aus seinem Hass auf den Thon waren damals die Wölfe geboren worden; Babus Rachlust hatte Gestalt angenommen. Immer schon hatte er seinen Gefühlen, vor allem den schlechten, so wenig entgegensetzen können. Nun, kurz vor dem Ende, wollte er sich keinen Empfindungen mehr hingeben. Sondern nur dahindämmern, auf kaltem Boden, und ins Sterben hineinschlafen wie in einen neuen, frischen Tag. Babu konnte die Welt ganz sicher nicht retten, aber er wollte auch nicht schuld sein an ihrem Untergang. Das Tor musste geschlossen bleiben. Oder sollte sich doch wenigstens nicht weiter öffnen, es war schon genug Schlimmes geschehen. Wenn er sich dem Dämon nicht zuwandte, wenn er nicht zornig würde, nicht haderte, sich nicht verführen ließe – was sollte sie dann tun? Wo sollte Asing hin? Sie war da, hinter ihm, und wartete auf eine Gelegenheit. Er wollte sie ihr nicht bieten. Babu wollte den Dämon mit Gleichgültigkeit besiegen und Asing allein in ihrer Halbwirklichkeit zurücklassen, schwach und gestaltlos. Er hatte keine Schmerzen mehr, Juhut war fort. Seine Kräfte waren begrenzt, sein Körper schwach. Er war kurz davor, sich fallen zu lassen. Alles, alles loszulassen.

Da hörte er den Hufschlag.

Konnte das Felt sein? Hatte er ihn etwa gefunden? Wie? Wo war Babu überhaupt?

Die Gegend war immer noch hügelig und nur spärlich bewaldet, ein weitgehend leeres Niemandsland im Frostschlaf. Babu folgte nach wie vor dem Wolf, der weit vorauslief und manchmal von einer Bodenwelle verschluckt wurde, wobei seine Pfotenabdrücke im reifweißen, kurzen Gras oder auf der gefrorenen Erde aber jederzeit sichtbar blieben. Sie waren wie mit heißen Eisen in den Untergrund eingeprägt. Aber wo war das Pferd, dessen Hufschlag Babu hörte und dem sein Herz wie ein Echo antwortete?

Babu drehte sich um, doch da war nichts. Als er wieder nach vorn sah, trabte es geradewegs auf ihn zu. Mit hängenden Zügeln, gesattelt. Babu blieb stehen und Tränen traten ihm in die Augen. Denn es war nicht irgendein Pferd, das nun die Gangart verlangsamte, eine kleine weiße Wolke ausschnaubte und schließlich sein weiches Maul gegen Babus eiskalte Wange presste. Es war der Braune. Der schöne, große Braune, der am Morgen nach dem Massaker an der Quelle zu ihm gekommen war und auf dessen Rücken Babu ein längst verloren geglaubtes Glück aus Kindertagen wiedergefunden hatte. Im Nebelwald war ihm das Pferd abhanden gekommen. Nun war es zurück. Babu fragte nicht, wie das sein konnte. Er schlang dem Tier die Arme um den Hals, und ohne weiter darüber nachzudenken, schwang er sich in den Sattel; es war das Natürlichste der Welt. Er nahm die Zügel auf und spürte, wie alles wieder richtig war. Eine wärmende Freude durchströmte Babu, ein Gefühl, das durch nichts einzudämmen war. Denn diese Freude war die Bewegung einer sich endlich wieder öffnenden Seele, und als sie sich ganz entfaltet hatte, als Babu das Kinn hob, lächelnd, seinen Blick schweifen ließ und tief Luft holte, da griff der Dämon sich diese Seele und krallte seine Finger hinein wie Eisenhaken in ein Stück Fleisch.

8

Ich habe dir doch gesagt, ich würde dir meine Zuneigung beweisen, und ich halte meine Versprechen. Ich kann so viel für dich tun, Babu, so viel … Ich kann dir jeden Wunsch erfüllen.

Sie saß hinter ihm im Sattel. Er spürte ihren warmen Körper an seinem Rücken, ihre Arme um seine Brust, ihre Schenkel an seinen.

»Ich habe keinen Wunsch außer einen«, sagte er leise vor sich hin. »Ich wünsche mir, dass du mich in Frieden lässt. Dass du verschwindest.«

Es war ein letzter, nur noch halbherziger Versuch zu widerstehen. Sie nahm seine Worte ernst. Ein Schlag wie mit einer

Peitsche traf Babu ins Gesicht. Erschrocken fasste er sich an die Wange, der Braune drehte nervös die Ohren.

Niemand sagt so etwas zu mir. Niemand darf mich einfach wegschicken. Nie wieder.

Babu schwieg. Er spürte die Macht des Dämons wachsen, während seine Schwäche zunahm. Es war ähnlich wie damals bei den Wölfen – indem er das Rudel verfolgt hatte, indem er den Gedanken der Jagd nicht loslassen konnte, hatte er die Bestien am Leben gehalten. Wie schwierig es doch war, an etwas *nicht* zu denken! Babus Gedanken ruhten nicht, immer schleppten sie sich in seinem Geist weiter wie alte, schwerfällige Männer, müde und mürrisch. Nein, sie ruhten nicht – aber sie kamen auch nicht voran. Babu fühlte, wie haltlos er war, wie sehr ihm ein Ziel fehlte oder eine echte innere Überzeugung. Alles, was er angefangen hatte, hatte sich irgendwann als falsch herausgestellt. Er hatte sich immer nur an etwas angehängt, an die Idee, ein Hirte zu sein, genauso wie an die Szasla – oder an Felt und Reva, an Nuru. Nicht einmal ein rechter Merzer war er gewesen – sondern immer schon der, den sie »Kieselauge« genannt hatten wegen seiner runden Augen, der zu groß geratene Sohn des Friedens.

Du bist noch so jung, Babu, warum blickst du immer nur zurück, warum nicht ein Mal nach vorn?

»Ich habe keine Zukunft. Ich darf keine haben. Ich hätte in Wiatraïn bleiben sollen.«

Ich darf nicht! Ich hätte! Babu! Ich verliere wirklich langsam die Geduld mit dir. Du bist noch keine zwanzig Soldern alt, dein ganzes Leben liegt ausgebreitet vor dir – du musst nur hinschauen.

Babu blickte über die erstarrte, leere Landschaft und im Gegenlicht einer tief stehenden, blassen Sonne sah er den schwarzen Wolf, der ihn führte. Er lachte bitter auf. Ein wahrhaft prächtiges Leben lag da vor ihm. In der Ferne, genau über dem

Horizont, nahm er ein Glänzen wahr. Sie bewegten sich darauf zu.

Der Eldron. Du musst hinüber, wenn du etwas Neues anfangen willst. Hier, auf dieser Seite, gibt es nichts mehr für dich.

Babu zog die Zügel an, der Braune stand still.

»Ich sagte doch: Keine Zukunft. Nichts Neues.«

Ach, Babu. Ich habe meine Hand an deinem Herzen, ich muss nicht auf deine Worte hören. Unterschätze die Kraft deiner Jugend nicht, glaube mir: Du willst nicht sterben. Du willst leben. Endlich richtig leben. Endlich dein echtes, wahres Leben finden.

»Und du kannst es mir zeigen? Das soll ich dir glauben? Dir, dem hinterlistigsten Wesen, das je diesen Kontinent heimgesucht hat?«

Wieso sagst du so etwas, Babu? Warum musst du mich so verletzen? Gerade du solltest doch wissen, wie es ist, verkannt zu werden. Wie es ist, enttäuscht zu werden. Ungeliebt zu sein.

Babu sagte nichts darauf; es war schädlich, mit dem Dämon zu sprechen. Aber in einer entfernten Ecke seines Herzens wuchs die Zustimmung. Es war ungerecht – empörend ungerecht –, dass Babu hier am Rande des Kontinents verrecken sollte, allein. Während zu Hause im Langen Tal der Thon, dreimal so alt wie Babu und sicher immer noch kraftvoll genug für weitere zwanzig Soldern, ganze Clans niedermetzelte, um seine Macht zu sichern. Eine Macht, die ihm nicht zustand.

Er schluckte. Der Gedanke an den Vatermörder war ein Funke, der Babus Weltschmerz aufs Neue entzündete. Ja, ungerecht war diese Welt, ungerecht und lieblos.

Du kannst weiterjammern, Babu. Oder du handelst endlich. Es gibt keine unsichtbare Kraft, die dir Gerechtigkeit widerfahren lässt. Nicht mehr. Du selbst musst dafür sorgen. Du willst den Thon vom Thron holen, du willst Gerechtigkeit für deinen Vater? Dann nimm sie dir!

»Aber wie? Was soll ich denn ausrichten?«

Du musst Macht erlangen, Babu. Du brauchst Macht, um die Dinge in deine Richtung zu wenden. Denn so geht diese Welt: Nur wer Macht hat, kann auch etwas bewirken. Wir beide haben das bereits am eigenen Leib erfahren; beide hat uns die Macht eines anderen zerstört und vertrieben.

Sie wusste so gut, wie es um ihn stand. Sie verstand so genau, was ihn quälte. Wäre es nicht möglich, dass alles, was über sie erzählt wurde, verfälscht war? Dass die Macht sie nicht nur zerstört und vertrieben, sondern auch Lügen über sie verbreitet hatte? Was würde man wohl über Babu erzählen – im Langen Tal, bei den Nogaiyern und sogar an der Mühle? Ganz sicher nichts Gutes und, ob gewollt oder ungewollt, auch nicht unbedingt die Wahrheit.

Babu ließ den Kopf hängen, sah auf seine Hände, die die Zügel hielten. Der Braune stand ganz still, wartete. Der Wolf war ein Stück zurückgelaufen und saß nun, sich die Lefzen leckend und ebenfalls wartend, in einiger Entfernung auf seiner eigenen Spur.

»Ich weiß nicht«, sagte Babu nur.

Es ist gut, Babu. Ich verstehe das. Was hältst du davon, wenn wir eine Abmachung treffen? Du überlässt eine Zeit lang mir die Führung – nur einige Tage. Ich werde dir Macht verschaffen. Nicht viel natürlich, nur so viel, dass du eine Ahnung bekommst, und eben so viel, wie ich in einigen Tagen erreichen kann. Und wenn du dann nicht überzeugt bist, verlasse ich dich. Ich verspreche: Ich verlasse dich und kehre niemals wieder. Denn glaube mir: Ich mag nicht mit jemandem zusammen sein, der mich verachtet. Der mich nicht will. Es ist zu erniedrigend und ich habe in meinem Leben genug Schmach erleiden müssen.

Babu nickte. Auch er verstand sie gut. Er verstand ihren Zorn und ihre Trauer – er verstand ihre Eigenheit. Warum sollte er hart gegen sie und sich selbst sein? Hatten sie beide nicht schon genug Härte erlitten?

»Also gut: drei Tage.«

Oh, das ist sehr wenig. Wir müssen über den Fluss und dann weiter südwärts. Ich bitte dich um eine Zehne – dann ist dieses Solder zu Ende. Dann kannst du entscheiden, ob du mit dem neuen Zeitabschnitt auch ein neues Leben beginnen möchtest.

»Abgemacht: Eine Zehne, bis zum Ende des Solders. Und was wirst du nun tun?«

Warte ab, Babu. Es wird dir gefallen.

Er glaubte, einen Kuss auf seiner Wange zu spüren, und ihre Dankbarkeit durchströmte ihn wie ein Schluck heiße Milch. Babu nahm die Zügel wieder auf, der Wolf gab ein kurzes, heiseres Kläffen von sich. Dann sprang er mit langen Sätzen voraus, ein schwarzer Schatten vor dem entfernten Silberglanz des großen Stroms.

9

Der alte Mann war durchgefroren, aber seine Augen leuchteten, als er ihnen auf dem Steg entgegenging, die Leine fing und das Boot festmachte. Felt und Reva hatten es von Teleia geliehen; sie käme ohnehin nicht dazu, in die Stadt zu fahren, hatte sie gemeint. Und Melrunden war nun zu alt, besonders für den Rückweg, der zu Fuß bewältigt werden musste, weil die Weiße Aelga stromaufwärts nicht befahrbar war.

Ein wenig wie früher sei das, hatte Teleia lächelnd gesagt, während sie Brot und Öl ins Boot lud, früher hätten ihre Schwestern das jeden Lendern gemacht: den Teil von dem, was die Sedrowes ihnen schenkten und was sie in einem Solder nicht selbst brauchten, an die Menschen von Gaspen weitergegeben. Zum

Dank hätten sich immer einige junge Männer gefunden, die die Schwestern auf dem Rückweg zur Mühle mit Pferden begleiteten und dabei das Boot wieder hinauftrugen. Ein ganz besonderes Boot sei das, hatte Teleia weiter erzählt, ein Boot, dessen Bauch genauso oft im kühlen Dunkel des Wassers gewesen sei wie im warmen Licht der Sonne. Und schöne Zeiten seien das gewesen für ihre Schwestern, leichte Zeiten, in denen sie lachen konnten und in den Armen junger Männer träumen. Dieses Boot war auch ein Bett für Liebende; es hatte in Lendernwiesen gelegen, von oben war Sternenlicht hineingefallen. Aber wenn das Boot, die jungen Männer und die Schwestern dann bei der Mühle angekommen seien, sei es mit der Liebe bald wieder vorbei gewesen. Denn sie hielt immer nur einen Lendern lang, sie wuchs nicht weiter und blieb unfruchtbar. Kinder hätten ihre Schwestern nämlich nicht mehr empfangen können, nachdem sie dem Jägersmann hatten zu Diensten sein müssen. Schlussendlich konnten sich die Schwestern doch nur aufeinander verlassen und so blieben sie ihr Leben lang beisammen.

Nun aber würde Teleia bald ganz allein sein, denn die Ältere war bereits vor vielen Soldern gestorben und auch Melrundens langes Leben ging zu Ende. Als Felt sich von der Hüterin verabschiedete, hatte er dennoch keine Trauer in dem runden, rosigen Gesicht bemerkt.

»Sorge dich lieber um dich selbst, Felt«, hatte sie ihm in ihrer direkten Art gesagt. »Überlege dir, wie du es überstehen willst, wenn andere vor dir gehen. Ich habe mir diese Gedanken bereits vor langer Zeit gemacht. Und ich weiß, auch du hast schon darüber nachgedacht. Aber nicht gründlich genug.«

Dann hatte sie ihn umarmt und ihm gesagt, dass sie ihn sehr gern habe. Ein solcher Satz aus Teleias Mund rührte Felt zutiefst. Er hatte schwer mit sich zu kämpfen, seit er Babu dem Dämon überlassen hatte, und dass der junge Merzer noch in derselben

Nacht verschwunden war, hatte ihn kalt erwischt. Er hatte es ihm einfach nicht zugetraut. Ein Fehler, sicher verhängnisvoll. Als er Babus Abwesenheit bemerkt hatte, war der schon so weit voraus, dass eine Verfolgung sinnlos war. Wo hätte er suchen sollen? Es gab keine Spuren auf dem gefrorenen Boden und Juhut war ebenfalls fort. Felt wollte die Wache sein, die Wache vor dem Tor, durch das der Dämon in die Welt treten würde? Nie hatte er gründlicher versagt.

»Du musst vertrauen«, hatte Reva ihn zu beruhigen versucht. Immer wieder verlangte sie das von ihm, aber nur selten gelang es ihm auch. »Nicht alles liegt allein in deiner Verantwortung, Felt. Du hast Verbündete. Die Szasla kämpft um seine Seele, Juhut gibt nicht auf. Das liegt nicht in seiner Natur.«

»Und wenn doch?«, hatte Felt gefragt, aber Reva hatte nicht geantwortet und Felt hatte sich denken können, warum: Wenn die Szasla Babu aufgab, wäre er nicht mehr zu retten. Er nicht und der Kontinent auch nicht. Dann wäre es für alles zu spät.

Aber sich zu sorgen brachte nichts; es blieb nur, Babu zu finden, und zwar schnell. Es war so grausam wie einfach: Entweder er erfror und verhungerte in der Einsamkeit des Hügellandes zwischen den Ubid Engat und den Ufern des Eldrons – oder Babu schaffte es zurück in die bewohnte Welt. Dort wollten sie suchen: erst in Gaspen und dann Richtung Agen. Reva hatte mit einer seltsamen Müdigkeit von den beiden Quellen der segurischen Hauptstadt gesprochen – so, als seien sie bereits in eine unerreichbare Ferne gerückt – und Felt war das Gefühl nicht losgeworden, dass auch die Unda allmählich die Hoffnung verlor. Er hatte immer noch den Beutel mit Quellwasser um seinen Hals hängen; notfalls würde er ihn ihr geben, denn er selbst konnte auch ohne Hoffnung weitermachen. Felts Wut auf sich selbst und seine Verzweiflung über Babus Flucht hatten sich auf der Flussfahrt die Weiße Aelga hinab zu einer grimmigen

Entschlossenheit verdichtet. Viel hatte sich verändert, aber die welsische Sturheit hatte Felt nicht abgelegt. Er war immer noch der Offizier, den allein sein Wille gegen einen eisigen Wind anmarschieren lassen konnte. Felt *wollte* Babu finden. Also würde er ihn finden. Der Zweifel war von ihm abgefallen und darunter kam das hervor, was Felt wirklich war: ein Mann mit einer Aufgabe – und einem Schwert. Ein Kämpfer.

Felt stieg aus dem Boot und half auch Reva auf den von der Nässe glatten Steg. Vielleicht wusste dieser Alte hier von einem Fremden, einem jungen Mann mit langen schwarzen Haaren und einem sehr großen weißen Falken. Eine Szasla konnte nun wirklich niemand übersehen. Der Mann streifte Felt nur mit einem Blick, er war ganz hingerissen von der Unda.

»Ich ahnte es schon früher«, sagte er ehrfürchtig und fuhr sich mit zwei Fingern über die Stirn. »Aber nun, wo ich Euch sehe, Hohe Frau, da weiß ich es sicher: Mein ganzes Leben habe ich nur auf diesen einen Moment gewartet, in dem ich Euch gegenübertreten darf.«

»Wohl gesprochen, alter Mann.« Felt war mit einem großen Schritt vor Reva. »Aber Zeit, diesen Moment zu genießen, kann ich dir keine gewähren.« Er zog sein Schwert. Und sogleich hatte er die volle Aufmerksamkeit des Mannes.

»Bitte! Nicht! Schlagt mich nicht!«

Der Alte hob flehend die Hände. Felt hatte vergessen, wie schmächtig die Seguren waren beziehungsweise wie groß er selbst war.

»Wie ist dein Name? Ist dir ein junger Mann mit einem ungewöhnlich großen Falken begegnet oder hast du von einem solchen gehört? Antworte schnell – und sag die Wahrheit, ich rate es dir.«

Er drehte sich zu Reva um, wollte sie um eine Übersetzung

bitten. Da hörte er den alten Mann schon eine Antwort stammeln.

»Ich bin Helgend, Gelehrter, Schreiber – nun, das bin ich gewesen … und nein, weder ist mir ein solcher Mann begegnet noch habe ich von ihm gehört. Ein ungewöhnlich großer Falke … etwa eine Szasla? Eine Unda … *und* eine Szasla?«

Die dunklen Augen des Mannes waren weit geworden. In seinem Staunen sah er, obwohl alt, wie ein Kind aus. Felt steckte das Schwert weg.

»Ihr versteht Welsisch«, bemerkte er.

Helgend nickte und winkte ab, als ob es selbstverständlich sei, die Sprache eines fast ausgestorbenen Volks zu sprechen, das sich zudem nicht gerade durch seine Schriften ins Gedächtnis der Welt gebrannt hatte. Der Alte machte den Versuch, an Felt vorbei nach der Unda zu sehen. Felt spürte Revas Kühle in seinem Rücken.

»Nun, Helgend, ich suche diesen jungen Mann und ich bin in Eile. Wer steht dieser Stadt vor und wo kann ich ihn finden?«

»Niemand, ich meine: Das hat keinen Sinn, diese Stadt ist … Es geht etwas vor, nicht wahr? Etwas Großes, Schlimmes.«

Er kam einen zögerlichen Schritt auf Felt zu, sah zu ihm auf. Der nasse Schnee fiel in sein Gesicht, schmolz sogleich und lief als Wasser über die gefurchte Stirn. Felt sah, wie Helgend mit sich kämpfte: Er fürchtete sich vor dem Krieger und seinem Schwert, aber die Unda zog ihn magisch an. Er wollte sie sehen, sie sprechen – und es war nicht Körperkraft, die ihm helfen konnte, den vor ihr stehenden Welsen zu überwinden.

»Ich war in Agen, diesen Lendern erst«, sagte er schließlich und seine Stimme gewann an Festigkeit. »Ich kann Euch vielleicht Dinge berichten, die von Interesse für Euch sind. Ganz bestimmt sogar, ganz sicher wird Euch interessieren, was ich erlebt habe. Aber wollt Ihr mir nicht ins Trockene folgen, Ihr und die Hohe Frau? Bitte kommt mit mir; das ist kein Zufall, dass wir uns hier begegnet sind, das kann keiner sein. Der Fluss hat uns zusammengeführt, der Eldron sorgt für seine Kinder, das habe ich immer schon gewusst.«

10

Im wieder heftiger werdenden Schneeregen folgten sie dem Mann durch die überfüllte Stadt. Reva ging mit gesenktem Kopf, die Kapuze tief hinabgezogen, Felt dicht hinter ihr. Sie wollte nicht gesehen werden und so erschien sie denen, die ihre Gestalt mit Blicken streiften, nur wie ein verirrtes Kind, wie eine weitere Bettlerin oder ein gebrechliches altes Weib, dessen Verstand mit dem Zuhause zusammengestürzt war. Reva hätte eine Einwohnerin des von Erdbeben erschütterten Gaspen sein können; sie verschmolz mit der Menschenmenge. Felts Größe hingegen zog Aufmerksamkeit auf sich. Aber auch das nur flüchtig. Die Menschen waren zu sehr mit sich selbst und ihrem Elend beschäftigt, um sich Gedanken über einen anderen zu machen. Einzig die Männer aus Nirwen, die in der Hoffnung hierhergekommen waren, sich als Söldner verdingen zu können, fürchteten beim Anblick des Welsen eine überlegene Konkurrenz. Dabei waren sie ohnehin längst zu spät. Anfang des Lenderns waren die ersten Anwerber aus Agen nach Nirwen gekommen – ungebeten, aber nicht unwillkommen, denn es war das dritte Solder, in dem der Firsten ohne einen Tropfen Regen vergangen war. Felder zu bestellen hatte keinen Sinn mehr und das Vieh, das zwar schon immer mager, aber ansonsten genügsam gewesen war, verendete Stück um Stück. Die Schnellentschlossenen waren bald in Agen, bewachten dort die Stadt und das Tor oder die Brücke über die Linrade.

Felt musste nicht fragen, was das für Männer waren, die hier nun in kleinen Gruppen in Hauseingängen lungerten oder durch den Regen eilende Menschen anhielten, ihnen die Taschen abnahmen und sie durchwühlten. Er sah auf einen Blick: Diese Männer waren Verlierer, waren haltlos. Gerade das machte sie gefährlich. Sie hatten Waffen, aber sie hatten keine Aufgabe und niemanden, der sie anleitete. Je länger das so bliebe, je größer der Hunger und die Not würden, desto heftiger würde sich die Gewalt Bahn brechen. In Goradt hatten sie nur überlebt, weil sie strenge Regeln befolgt hatten und weil sie als Ausgestoßene zusammenhielten. Er sah die schmalen Schultern der vor ihm gehenden Unda. Und weil ihr da wart, immer schon, dachte er. Diese Stadt hier hatte niemanden, der über sie wachte. Sie war dabei unterzugehen.

»Verzeiht die Unordnung«, sagte der alte Mann und drehte sich, schon auf der Türschwelle, zu Reva und Felt um. Seine Nasenspitze war rot von der Kälte. »Wir in Gaspen mussten in letzter Zeit etwas zusammenrücken.«

Der Wohnraum des kleinen Stadthauses war karg und überfüllt zugleich: Zwei Kinder spielten unter einem verschmutzten großen Holztisch auf dem nackten Fußboden mit einer schweren eisernen Kugel; ein weiteres Kind saß daneben und heulte, warum, war nicht klar. Vielleicht durfte es nicht mitspielen. Ein etwas älterer Junge war dabei, die dicken Seiten eines Buchs in feine Streifen zu reißen; zwei Frauen schälten irgendwelche Knollen und warfen sie in einen Topf über der Feuerstelle, eine dritte stillte ihren Säugling. Drei oder vier weitere kleine Kinder schliefen auf einem Lager am Boden, es war ein Wust aus Decken und Lumpen.

Weder Frauen noch Kinder zeigten eine besondere Regung, als Helgend mit Reva und Felt eintrat. Aber den abweisenden Stolz, der ihm hier entgegenschlug, kannte Felt nur zu gut: Es war der Trotz unschuldig Verarmter. Er wusste, dass man sie aus den Augenwinkeln und unter gesenkten Lidern genau beobachtete. Der alte Mann forderte sie mit einer Geste auf, ihm zu einer steilen Treppe zu folgen; auch er versuchte, Frauen und Kinder nicht zu beachten. Doch Felt hatte längst begriffen, dass es so nicht ging: Seine Mitmenschen zu missachten war wie dem Dämon zu huldigen. Er war zwar in Eile, aber so viel Zeit hatte er doch, so viel Zeit musste er haben. Also stellte er das Bündel, das er auf dem Rücken trug, auf dem Tisch ab und begann es aufzuknoten. Unter dem Tisch war es still geworden, keiner heulte, keine schwere Kugel rollte. Ein Lächeln zuckte über Felts schmale Lippen. Dann brach er ein Stück Brot ab, hielt es ohne hinzusehen unter die Tischplatte. Vorsichtig nahmen kleine Finger es ihm ab. Nun stand eine der Frauen auf.

»Spuck das aus!«, sagte sie scharf.

Felt hielt noch ein Stückchen Brot hin, diesmal wurde es ihm gleich aus der Hand gerissen.

»Kannst du nicht hören?« Sie kam einen Schritt auf Felt zu, zögerte dann aber. Allmählich verbreitete sich der süße Duft des Lindnussbrots im Raum, die dunklen Augen der Frau flackerten unsicher. Reva streifte ihre Kapuze ab; der Frau entfuhr ein erstaunter Laut, sie senkte den Kopf, fuhr sich über die Stirn.

»Lass die Kinder etwas essen«, sagte die Unda. »Ihr alle solltet von dem Brot essen, es wird euch guttun. Und du, mein Junge, lässt jetzt das Buch zufrieden und hilfst deinen Tanten Ordnung schaffen. Bloß weil alles schlimm ist, muss es nicht auch noch schlimm aussehen.«

Wie vom Donner gerührt saß der Junge da und starrte Reva an. Dann nickte er.

»Nun denn, führt uns nach oben, Helgend«, sagte Reva und Felt folgte den beiden.

11

Felt musste in der Tür stehen bleiben, in der Kammer war kein Platz mehr für ihn. Helgend fuhr sich nervös durch die Haare, die weiß, spärlich und feucht waren und ihm deshalb wie Stacheln vom Kopf abstanden. Dann, noch bevor der alte Mann etwas sagen konnte, begann das Haus mit einem Mal zu schwanken. Es war Felts erstes Erdbeben und er erschrak, hielt sich am knirschenden Holz des Türrahmens fest. Helgend umarmte einen großen Glaskolben, als sei dies seine Geliebte, und schützte das Gefäß vor herabfallenden Büchern. Reva stand ganz ruhig und nach wenigen Atemzügen war es vorbei.

»Das war nicht das erste«, sagte Helgend und raffte Papiere zusammen, versuchte, mit fahrigen Bewegungen so etwas wie eine Ordnung herzustellen. Es gelang nicht, er gab auf. Plötzlich füllten seine Augen sich mit Tränen. »Und es wird nicht das letzte Beben gewesen sein. Alles bricht zusammen … verzeiht, ich bin … « Mit zitternden Händen wischte er sich über die Augen.

»Was könnt Ihr uns berichten?«, fragte Felt. »Fasst Euch kurz.« Wenn Babu nicht hier war, durften sie sich nicht weiter aufhalten. Felt spürte die Wut über sich selbst in seinen Eingeweiden rumoren.

»Ja, ja sicher.«

Helgends gerötete Augen huschten von Felt zu Reva, die aufmunternd lächelte.

»Ich bin zu Beginn dieses Lenderns also nach Agen gereist, weil ich Nachforschungen anstellen wollte im Auftrag … eines Kollegen. Ich bin aber nicht in die Stadt hineingekommen: Agen ist verschlossen. Ganz und gar abgeriegelt. Nichts und niemand kommt dort hinein – aber vor allem gelangt nichts nach draußen. So etwas gab es noch nie.«

Aus dem fernen Süden Zorn: Wütendes Brodeln und Kreischen in Gefangenschaft.

Felt atmete langsam aus, als er sich an diesen Teil der Botschaft erinnerte, ließ sich aber sonst nichts anmerken. Mit der Erinnerung brandete jedoch auch die Woge der Angst durch Felt. Wieder hörte er den Chor der Undae: *Etwas geht vor! Eile!* Es hatte so dringlich geklungen, dass die Offiziere damals am liebsten gleich aus der Grotte gestürmt wären. Hier und jetzt ruhig stehen zu bleiben kostete Felt noch unvergleichlich viel mehr Überwindung als am Ufer des dunklen Sees.

»Redet weiter«, sagte er gepresst.

»Es war … schlimm«, fuhr Helgend fort. »Es gab Gerüchte über ein großes Feuer in der Stadt und es hieß, dass sich dort der Erdboden aufgetan habe. Im Umland mehrten sich Angriffe von Wölfen, von besonders großen Wölfen – aber das habe ich nicht selbst gesehen, zum Glück, sondern nur gehört. Und die Swa… ich meine, die Menschen aus Nirwen, Söldner, die haben die Brücke über die Linrade gesperrt. Es war kein Durchkommen, von Süden lassen sie niemanden passieren. Ich bin dann den Eldron entlang zu Fuß wieder bis nach Hause gelaufen, auf der anderen Flussseite. Ja, und als ich endlich hier ankam, war es bereits Firsten und diese Frauen waren im Haus mit ihren Blagen und mein ganzes Laboratorium … ach, das ist ja unwichtig.«

»Helgend, ganz ruhig«, sagte Reva. Der Alte kämpfte schon wieder mit den Tränen.

»Bitte verzeiht! Ich bin ein weinerlicher alter Mann geworden! Aber Ihr ahnt nicht … Obwohl es immer mein Traum war, hätte ich nicht zu hoffen gewagt, einer Unda zu begegnen – und nun *spreche* ich mit einer, hier, in dieser Kammer, diesem Durcheinander, diesem Elend. Es ist so fantastisch und zugleich so beschämend, so unwürdig …«

»Was für Nachforschungen waren das? Was genau war der Anlass Eurer Reise?«, fragte Felt nach und bemerkte das Zucken in Helgends Gesicht.

»Nun, wir Seguren haben schon immer einen gewissen Preis für unseren Forschergeist zahlen müssen«, sagte der Gelehrte vorsichtig.

»Das können wir abkürzen«, erwiderte Felt abweisend. »Ich weiß, dass die Seguren bereits seit Langem Probleme mit Dämonen haben. Deshalb sind so viele damals nach Pram gekommen: Sie sind geflüchtet, in Agen geschah Furchtbares und sie wollten eine Lösung finden. Das ist nicht gelungen, oder?«

Helgend hörte Felt mit unverkennbarem Staunen zu. Anscheinend hatte er geglaubt, dies alles sei nicht allgemein bekannt – und erst recht nicht einem Welsen. Das war es normalerweise auch nicht, aber Wigo hatte es Felt erzählt, damals, im Theater. Zu einer Zeit, in der Felt noch nicht an Dämonen glauben wollte. Inzwischen war er eines Besseren belehrt worden. Er trat nun doch von der Tür her in die Kammer und sogleich wurde es beklemmend eng. Helgends Gesicht, von der Kälte gerötet, erblasste.

»Ich kann verstehen, dass die Hohe Frau Euch beeindruckt, Helgend«, sagte Felt und blickte auf den Gelehrten hinab. »Aber wir reisen nicht zum Vergnügen und wir müssen weiter. Wenn Ihr uns nichts wirklich Neues zu berichten habt, dann solltet Ihr uns nicht länger aufhalten.«

Helgend öffnete den Mund, doch es kam nichts heraus. Seine Lippen bebten, seine Augen waren aufgerissen. Und endlich erkannte Felt, wie groß die Furcht des Alten vor ihm war. Dabei lag ihm gar nichts daran, diesen armen alten Mann zu ängstigen. Aber es konnte einfach nicht sein, dass sie auf der Suche nach Babu noch mehr Zeit verloren, nur damit Helgend in den Genuss von Revas Anwesenheit kam. Felt spürte, wie der Druck in seinem Innern stieg – und wie einfach es wäre, das Schwert zu ziehen und sich mit ein paar Hieben Erleichterung zu verschaffen.

Er beherrschte sich. Wandte sich zum Gehen, trat wortlos aus der Kammer in den schmalen Gang.

»*Wigo!*«, rief der Alte krächzend. Er räusperte sich und Felt drehte sich um, war mit einem Schritt wieder bei Helgend.

»Was?«

»Wigo von Pram war es, in dessen Auftrag ich nach Agen reiste. Er … er war sich nicht sicher …«

»Worüber? Worüber war er sich nicht sicher?«

Felts Stimme war ein so drohendes Grollen, dass sogar Reva irritiert zu ihm aufsah. Seine Linke klammerte sich um den Schwertgriff, wollte die Waffe ziehen.

»Helgend, mach endlich den Mund auf und rede, oder ich bringe dich für immer zum Schweigen.«

Der Alte war der Ohnmacht nahe. Felt ging wieder auf Abstand, schloss kurz die Augen und nahm die Hand vom Schwert. So kam er nicht weiter. Doch er musste nun unbedingt mehr erfahren. Wigo hatte also Nachforschungen anstellen lassen? Agen war verschlossen? Wigo war sich nicht sicher gewesen? *Worüber?*

Felt griff sich ins Wams unter dem Brustschutz und holte das in weiches Leder gebundene Buch heraus. Er blätterte, fand, was er suchte, hielt es Helgend hin.

»Ihr seid ein Gelehrter, ja? Dann könnt Ihr mir das hier vielleicht erläutern.«

Der Alte nahm das Buch und blickte auf eine Zeichnung: Ein Punkt, eine zittrige Linie und wieder ein Punkt. Darüber der Schmier von mit schweißfeuchten Fingern verwischten Kohlebröckchen, wie eine dunkle Wolke. Oder wie der Rauch eines großen Feuers. Es war Wigos letzte Aufzeichnung, die kein Satz mehr hatte werden wollen. Das, was er notiert hatte im Glauben, alles verstanden zu haben. Felt versuchte, den Anblick des sterbenden Wigo – schweißüberströmt, bleich, mit großen fiebrigen Augen – zurück Richtung Vergessen zu schieben. Es war zwecklos. Er sah ihn unter dem Tuch liegen, am steinernen Ufer des Bachs, dessen Quellhüter verschwunden war und dessen Quelle versiegte.

Helgend betrachtete die Zeichnung lange, blätterte dann einige Seiten zurück und las, seine Augen schienen über die Zeilen zu fliegen.

»Das ist ... ich kenne die Handschrift. *Er* hat das geschrieben ... Ihr kennt ihn? Wigo! Das sind seine Aufzeichnungen!«

Felt wollte das Buch wieder an sich nehmen, aber Helgend hielt es fest umklammert. Die Erinnerung an Wigos letzte Stunden kam nun mit Macht zurück – auch er hatte das Buch nicht hergeben wollen. *Meins*, hatte er gesagt, *mein Buch, mein Werk.* Er hatte auch gesagt: *Ich habe Angst.*

»Wigo von Pram«, sagte Helgend leise. »Er war sich nicht sicher, ob sie in Agen zurückkehren würde ... oder in Pram.«

Beinahe scheu blickte er zu Felt auf. Felt spürte, wie ein Entsetzen, dessen Ursprung er noch nicht verstand, ihm nach und nach die Muskeln verkrampfte. Er starrte stumm auf den alten Mann hinab, der dies als Aufforderung verstand, das Gesagte genauer zu erläutern.

»Nun da ich weiß, dass Ihr mit ihm bekannt seid, muss ich nicht länger ein Geheimnis hüten ... Es kommt ohnehin nicht mehr darauf an, das Unglaubliche geschieht, und Wigo selbst legt, wie es scheint, auch keinen Wert mehr auf meine Verschwiegenheit. Mein Auftrag war: Ich sollte nach Zeichen suchen, nach Hinweisen, ob der Dämon Asing seine Rückkehr in Agen vorbereitet. Wigo selbst ist ja in Pram und stellt dort seine eigenen Nachforschungen an. Er hat überall herumgefragt, müsst Ihr wissen, in allen Weltgegenden beantworten die Gelehrten seine Fragen oder versuchen es zumindest. Doch nur wenigen hat er anvertraut, was er mir gegenüber geäußert hat: *dass sie wiederkehrt.* Ihr wisst, von wem ich rede, nicht wahr? Ihr wisst von den Dämonen, die uns heimsuchen … und vom Dämon Asing, vom Schlimmsten, was vorstellbar ist. Ihr wisst es von Wigo selbst.« Er hielt kurz das Buch wie einen Beweis hoch, wurde nachdenklicher. »Ihr Welsen habt so gelitten … Die Welsen sind so vernichtend geschlagen worden. Und nun: Ein Welse und eine Unda … das Unglaubliche geschieht, es hat längst begonnen. Kommt der Untergang so schnell?«

Helgends Stimme war brüchig geworden, er blätterte fahrig einige Seiten um, las aber nicht mehr. Felt konnte nur noch steif danebenstehen; das Entsetzen hatte sich wie ein lähmendes Gift in seinem gesamten Körper ausgebreitet – gleich würde es sein Bewusstsein erreichen.

»Dieser letzte Eintrag hier«, fuhr Helgend heiser fort, »diese Linie und diese Punkte, das hat selbstverständlich eine Bedeutung. Aber … Wie kommt Ihr überhaupt an diese Aufzeichnungen? Hat er denn nichts dazu gesagt? Hat Wigo Euch denn nicht … Ach, was ist bloß geschehen?«

Reva fing das Buch auf, das dem Alten aus den Fingern glitt.

»Er ist tot«, sagte sie ohne Umschweife. »Die Wölfe, von denen Ihr gehört habt, Helgend, die gibt es wirklich.«

»Tot? Das kann doch nicht sein! Und ich habe geglaubt, er hätte das Interesse verloren … Ich habe ihm Briefe geschrieben … und keine Antwort bekommen. Er hat mir überhaupt nicht mehr geschrieben, das ganze Solder über nicht! Wie konnte ich nur so dumm sein, so schlecht von ihm denken! Tot!«

Er schlug die Hände vor den Mund.

»Helgend, hört mir zu.«

Reva legte ihm kurz die Hand auf den Arm und der alte Mann starrte sie an, war ganz Ohr, atmete nicht einmal mehr.

»Die Quellen versiegen, Helgend, das Misstrauen zwischen den Menschen wächst. Die Seelen füllen sich mit Bitterkeit. Ihr müsst versuchen, Euch zu wehren. Einen anderen Rat habe ich nicht. Ihr müsst das Gute sehen *wollen,* Ihr müsst vertrauen *wollen,* versteht Ihr?«

Helgend nickte. Er schluckte. Dann nahm er das Buch aus den Händen der Unda, vorsichtig, wie eine Kostbarkeit. Mit einem kurzen Blick auf Felt, der wie versteinert dastand, schlug er wieder die letzte, mit der Kritzelei versehene Seite auf. Er schluckte abermals, sein Adamsapfel hüpfte, er kämpfte gegen die Trauer an – und gegen die Reue, den Freund derart verkannt zu haben. Schließlich hatte er sich so weit gefasst, dass er sprechen konnte.

»Also, ich glaube, die Zeichnung bedeutet, dass Wigo selbst die Antwort auf seine Frage gefunden hat. Wo wird Asing zurückkehren? Wo beginnt der Untergang: in Agen oder Pram? Darüber hat er nachgedacht, das wollte er herausfinden. Hier sieht man *zwei* Punkte, also *zwei* Städte, aber nur *eine* Linie. Ich denke, er wollte damit sagen: Es gibt kein Entweder – Oder. Beide Städte werden untergehen, ihr Schicksal ist untrennbar miteinander verknüpft: zwei Punkte, eine Linie … und alles ist in Rauch gehüllt. In Agen brennt ein Feuer, das nicht natürlich ist. Pram wird auch brennen – vielleicht tut es das schon jetzt.«

Nun war es da. Das Entsetzen flutete Felts Bewusstsein, schwemmte jeden Gedanken weg bis auf einen: Estrid. Estrid und die Kinder. Estrid und die Kinder, im Feuer verbrennend. Er hörte kaum, was Helgend sonst noch sagte, geschweige denn, dass er es begriff.

»… und jetzt, wo ich es mir so überlege, hat es durchaus Sinn: In der einen Stadt wurde Asing geboren, in der anderen starb sie. Beide Städte setzten große Hoffnungen in die begabte Adeptin, beide Male ist sie schließlich verleugnet und vertrieben worden. Die Legenden um ihr Ende sind zahlreich; Asings

Anfänge sind weit weniger bekannt, selbst ich weiß nicht viel darüber, aber –«

Er brach ab. Felt hatte auf dem Absatz kehrtgemacht, war schon auf der Treppe nach unten. Fragend schaute Helgend die Unda an. Ihre hellen Augen hatten sich verdunkelt.

»Was macht er denn?«

»Er macht sich daran, ein Feuer zu löschen«, sagte sie.

12

Seit sie den Eldron überquert hatten, lief der Wolf nicht mehr voraus, sondern trabte neben dem Braunen und Babu her. Ausgestattet mit unbekannten dämonischen Instinkten, hatte der Wolf eine seichte, strömungsarme Stelle gefunden und der Braune war ins eiskalte Wasser gegangen und schließlich sogar geschwommen, Babu auf dem Rücken. Das Pferd scheute die große schwarze Bestie nicht und auch Babu spürte keine Angst – im Gegenteil: In der Nähe des Wolfs fühlte er sich sicher. Er wusste, dieses unheimliche Tier stand ihm dieses Mal zur Seite, würde ihn verteidigen und war nicht ohne Weiteres zu überwinden. Es sei denn, man war ein welsischer Kämpfer mit einem eisernen Willen und einem ungeheuer scharfen, langen Schwert. Doch selbst Felt hätte damals vor der Höhle ohne Juhuts und Babus Hilfe die Wölfe nicht besiegen können. Babu stieß verärgert die Luft aus. Er wollte nun nicht mehr so viel an die Vergangenheit denken, sondern nach vorn sehen.

Der Braune machte einen stolpernden Seitwärtsschritt und riss Babu damit aus seinen Gedanken. Der Wolf blieb stehen, legte die Ohren an und knurrte tief. Der Erdboden antwortete ihm mit einem Grollen, als gehöre er zu seinem unsichtbaren Rudel. Also wieder ein Beben. Auf der anderen Seite des Flusses hatte Babu nichts gespürt; hier erzitterte der harte Boden mehrmals täglich. Die Stöße waren nicht heftig – kleine Steine rollten ein Stück oder hüpften ein wenig wie träge Frösche. Der Eldron schlug einige größere Wellen ans Ufer und dann war es vorüber. Das machte Babu keine Angst. Aber was machte ihm überhaupt noch Angst? Er schnalzte mit der Zunge und sein Pferd setzte sich wieder in Bewegung. Voraus, nicht mehr weit entfernt, sah Babu ein Feuer.

Offensichtlich ein Nachtlager von Reisenden bei der Straße. Den ganzen Tag lang hatte Babu niemanden zu Gesicht bekommen und war einfach der Straße gefolgt, die wie der Fluss von Nord nach Süd verlief. Drüben verschwand das andere Ufer des Eldrons immer mehr im Dunst und Babu vermutete, dass sich dort zu seiner Linken die Schleierfelder ausbreiteten. Wo er genau war, das wusste Babu nicht und es scherte ihn auch nicht; vermutlich weit im Süden. Als er nun aber Menschen sah, als er ein Lachen hörte, da zog es ihn dort hin. Auch weil der Hunger an ihm nagte und ihm schon mehrfach der eingebildete Duft von Lindnussbrot in die Nase gestiegen war.

Steig ab und vertrau mir, ich bin bei dir.

Babu tat es und legte dem Wolf kurz die Hand auf den großen Kopf. Das Fell war hart, beinahe scharf wie aufgesplitterter Knochen. Der Wolf setzte sich. Es war besser, wenn er etwas zurückblieb – dieses Tier war nicht hilfreich, wenn man in der Dämmerung zu Fremden an ein Lagerfeuer treten wollte.

Es waren vier Männer, deren wenig vertrauenerweckende, geradezu finstere Ausstrahlung vor allem daher rührte, dass sie dunkle Tücher um Kopf und Hals gewickelt hatten. Bei einem waren sogar Mund und Nase mit Tuch bedeckt und man konnte nur die schwarz glänzenden Augen sehen. Alle Männer waren mit kurzen Schwertern bewaffnet, die auf Babu keinen besonderen Eindruck machten. Aber er sah lange Bögen gegen einen

Felsblock lehnen, die Sehnen ausgehängt und deshalb an verzierte Stöcke erinnernd. Wie lange hatte er schon keinen Bogen mehr in der Hand gehabt?

Babu neigte zum Gruß leicht den Kopf und hielt seine Hände seitlich ausgestreckt, um zu zeigen, dass er nur sein Pferd am Zügel führte, aber keine Waffe trug.

Einer der Männer trat ein paar schnelle Schritte vor und fragte: »Was willst du? Wer bist du? Bleib da stehen!«

Natürlich verstand Babu den Mann, obwohl er ganz sicher nicht die Sprache der Merzer sprach. Viel erstaunlicher aber war, dass Babus Antwort prompt und ohne das leiseste Zögern aus ihm herauskam. »Ich bin ein Adept auf der Reise zu meinem Meister. Stellt Euch vor: Man hat mich ausgeraubt! Nur mein nacktes Leben ist mir geblieben – und mein treuer Hund. Ihm habe ich zu danken, dass sie nicht auch noch meine Kleider und mein Pferd genommen haben. Ich bitte Euch, lasst mich an eurem Feuer sitzen.«

So glatt, so überzeugend war Babu noch nie eine Lüge über die Lippen gekommen, und dazu auch noch in einer ihm völlig fremden Sprache. Er meinte, ein leises, sehr vergnügtes Kichern zu hören, und spürte einen Hauch an seinem Ohr.

Der Mann warf einen Blick über seine Schulter; seine Kameraden zuckten die Achseln. Er winkte Babu und lud ihn ein, näher zu kommen – eine Hand aber behielt er am Schwertgriff. In dieser Gegend hier schien man nur bedingt gastfreundlich zu sein.

Babu setzte sich zu den vieren ans Feuer und nahm dankend den Becher mit einem goldbraunen Gebräu, das wie heißes, gewürztes Bier schmeckte – scheußlich, aber wirksam wie Medizin. Schon nach wenigen Schlucken fühlte Babu sich erwärmt und entspannt. Schweigend reichte ihm einer der Männer eine hölzerne Schale mit gerösteten Fischchen, wahrscheinlich die

Reste der Abendmahlzeit. Babu verschlang sie mit Kopf und Schwanz, ohne groß zu kauen, und glaubte in den schwarzen Augen der schweigsamen Männer eine gewisse Belustigung zu erkennen.

»Wann seid Ihr beraubt worden?«, fragte schließlich einer.

»Ah«, machte Babu, »das ist schon einige Tage her. Kurz hinter Gaspen war es wohl.«

Was redete er denn da? *Gaspen*? Davon hatte er noch nie gehört. Die Männer verstanden es aber offensichtlich, denn sie nickten.

»Schwere Zeiten«, kommentierte der Wortführer. »Und seither ist Euch niemand begegnet?«

Babu schüttelte den Kopf. »Nein, niemand.«

Scheller als eine Echse von einem Stein huscht, hatte der Mann sein Schwert gezogen und es Babu an die Kehle gesetzt. Nun war Babu doch beeindruckt von der Waffe.

»Wer bist du?«, fragte der Mann zwischen den Zähnen. »Du lügst. Denn wenn du wirklich aus Gaspen kämst, wärst du jemandem begegnet. Überall sind Posten. Und mein Bruder und seine Männer folgen uns von Gaspen, sind nur einen Tagesritt hinterher. Wir erwarten sie morgen.«

»Ach ja, wirklich?«

Seine Frechheit verwunderte Babu angesichts seiner Lage. Und was er dann tat, nicht minder: Mit der bloßen Hand griff er sich einen kurzen, glühenden Ast aus dem Feuer, entwand sich dabei der drohenden Klinge und rammte, halb im Liegen, dem überraschten Mann den Ast wie einen Dolch unters Kinn. Der schrie röchelnd auf; seine Kameraden versuchten, auf die Füße zu kommen und gleichzeitig ihre Schwerter zu ziehen. Davon aber hielt sie ein tiefes, bedrohliches Knurren ab. Der Wolf stand mit glimmenden Augen, die langen Zähne gebleckt, das schwarze Fell gesträubt, am Rande des Feuerscheins. *Luk-sir*, dachte Babu, *Wolfstöter*. Ja, er war einer gewesen; als Knabe im Langen Tal, der ein Hirte sein wollte, dann in den schneebedeckten Galaten und später nochmals, als Helfer eines fremden Schwertkämpfers. *Luk-sir* konnte aber auch genauso gut *tötender Wolf* heißen. Babu grinste.

»Gut so, Luksir, gut so; behalt sie im Auge. Und du: Steh auf.«

Den vor Schmerzen wimmernden Mann immer noch auf den Ast gespießt, erhob Babu sich langsam. Er war größer, wobei der andere sehniger, kräftiger wirkte.

»Ich sage dir: Ich bin tatsächlich ein Adept auf dem Weg zu meinem Meister und ihr seid tatsächlich die ersten Menschen, die mir seit einiger Zeit begegnen«, sagte Babu kalt. »Und ich muss leider feststellen: Ihr seid nicht sehr freundlich.«

Der Mann gurgelte hilflos und verdrehte die dunklen Augen. Er hatte den Mund weit geöffnet und Babu konnte die Spitze des Asts im blutigen Rachenraum glimmen sehen. Sie hätte nicht mehr glühen dürfen, sondern sollte eigentlich vom Blut gelöscht worden sein. Aber dann schien sich sogar die ganze Mundhöhle des Mannes mit Glut zu füllen; Babu spürte die Hitze, die ihm entgegenschlug, und sah das unwirkliche Leuchten. Mit einem erstickten Schrei kippte der Mann nach hinten und Babu zog den Ast heraus, warf ihn ins Feuer, das hell aufloderte. Gebannt und voller Angst starrten die Männer auf ihren Freund, der sich, beide Hände an Kinn und Kehle gepresst, im kalten Schlamm des aufgetauten Bodens neben dem Lagerfeuer wand. Babu erinnerte sich an Jator. Aber dies hier war nicht Jator, dieser Mann hatte ihn tatsächlich mit blanker Klinge angegriffen. Jator dagegen hatte nur so getan, er hatte einen Stein in der Faust gehalten, er war sein Freund gewesen. Der hier nicht. Babu spürte keine Reue.

Die Bewegungen des Mannes wurden langsamer, sein röchelndes Jammern leiser. Starb er? Nein, Babu glaubte es nicht. Er streckte die Hand aus. Wie unter einem besänftigenden Zauber wurde der Mann ganz ruhig, nahm die Hände von Kinn und Hals. Er ergriff Babus Hand und ließ sich aufhelfen. Sein Gesichtsausdruck hatte sich völlig verändert: Tiefste Bewunderung glomm nun in den Augen, der blutverschmierte Mund stand staunend offen. Die anderen drei Männer wichen zurück – das Ganze wurde ihnen zu unheimlich. Das anschwellende Grollen des Wolfs ließ sie eng zusammenrücken.

»Ihr seid … Ihr könnt …«, stammelte der Mann mit belegter Stimme und schwerer, von der Verletzung anschwellender Zunge. Er wies auf Babus Stirn, wo die Narbe rot über der Erhebung leuchtete. Dann wandte er sich seinen Kameraden zu, die nur noch das Knurren des Wolfs davon abhielt, vor Grausen schreiend in die Nacht zu rennen.

»M-müsst keine Angst haben … *aber solltet ihn fürchten!*« Er schluckte, er lallte, schien aber keinen Schmerz zu fühlen. Seine Augen waren groß und starrten Babu mit einer solchen Verzückung an, dass man sich fragen musste, was er in ihm sah. Mit gurgelnder Begeisterung sprach er weiter: »Dieser Mann … ein wahrer Adept! Es gibt sie noch … die Kundigen, die Syllenks! An der ausgestreckten Hand … so! … hat mich übers F-feuer gehalten, ich hatte … Tod vor Augen. Aber dann … mich verschont … mich errettet …« Er brach ab, spuckte dunkles Blut und lächelte dabei so selig, dass es selbst Babu zu viel wurde.

»Wie ist dein Name?«, fragte er streng.

»Olph … Olphrar mein Name. Wie … Eurer, Herr?«

Babu zögerte einen Augenblick. Sah in das wie irrsinnig strahlende Gesicht des Verletzten, drehte sich zu dessen eingeschüchterten Kameraden um. Die Männer waren noch recht jung, nicht viel älter als er selbst. Ob sie aus diesem Gaspen stammten? Es spielte keine große Rolle. Denn von nun an waren es *seine* Männer.

»Du darfst mich Badak-An nennen, Olphrar«, sagte er, ohne ihn anzusehen. »Und ihr, kümmert euch um ihn, verbindet ihn, gebt ihm zu trinken, und zwar ordentlich. Und versorgt auch mein Pferd. Aber leise, ich bin weit gereist und muss nun ruhen. Um eine Nachtwache braucht ihr euch nicht kümmern – die übernimmt mein Hund. Gib gut auf uns acht, Luksir, hörst du? Gib gut acht.«

13

Badak-An, was so viel hieß wie *erster Glanz* oder *erster Schimmer* und das flimmernde, noch nicht erkennbare Bild eines entfernten Ponys, Kafurs oder eines Reiters im sonnendurchfluteten Grasland des Langen Tals beschrieb, war nach kurzem, tiefem Schlaf früh auf den Beinen. Seine Mutter hatte ihm den Namen Badak-An gegeben, denn sie hatte nicht wie die anderen Mütter des Langen Tals im Gesicht ihres neugeborenen Sohnes dessen Lebensweg bereits vorausahnen können. So war sein Name unbestimmt geblieben und Badak-An musste allein herausfinden, wer er war. Er griff sich einen Bogen und einen Köcher mit Pfeilen; einer der Männer beobachtete ihn dabei, sagte aber nichts und blieb liegen. Im Morgendunst, der vom Fluss herüberkroch, saß der Wolf reglos wie ein Standbild.

»Bleib«, sagte Badak-An zu ihm und entfernte sich vom Lager, den Fluss und den beginnenden Tag im Rücken.

Das Land erhob sich in der noch nachtblauen Ferne zu einer Hügelkette, undeutlich waren dunklere Flecken kleiner Wäldchen oder Buschwerk und die helleren Einsprengsel von Häusern und Höfen zu erkennen – es lebten also Menschen in der Nähe dieser Straße, aber ein Dorf oder gar eine Stadt sah Badak-An nicht. Er atmete die feuchtkalte Luft, fühlte sich erfrischt und ausgeruht wie lange nicht. Und er hatte eine Lust zu jagen wie noch nie zuvor. Er stellte einen Fuß aufs Holz, hakte die Sehne ein, spannte den Bogen. Die Waffe war eine wunderschöne Arbeit und besser als die Bögen der Merzer. Sie hatten dort oben einfach nicht so gutes Holz wie dieses hier. Auch die Sehne schien nicht aus Grasfasern und Darm gedreht, sondern aus einem besonderen Material gefertigt zu sein – was ein großer Vorteil war, besonders in dieser feuchten Luft.

Wie ein Schatten, wie eine Vorahnung, sprang ein Rehbock durch Badak-Ans Gedanken. Er erschrak, blickte sich um. Nichts, nur das schnarrende Rufen eines einzelnen Vogels, der aber unsichtbar blieb. Einen Rehbock hatte Badak-An in Wirklichkeit nie gesehen; Nuru hatte ihm ein Mal einen beschrieben. Aber er war nicht lange genug bei den Nogaiyern geblieben, um sich an der Jagd auf einen solchen Bock zu beteiligen. Einer Intuition folgend, schloss Badak-An die Augen. Da! Dahinten sah er das Tier, fahl, auf langen, schlanken Beinen, den Kopf mit dem kurzen Geweih erhoben und umsichtig witternd. Mit geschlossenen Augen und dennoch den Bock fest im Blick nahm Badak-An einen Pfeil vom Rücken, legte ihn ein, zielte. Er kannte diesen Bogen nicht, das Ziel war weit entfernt – und er hielt die Lider geschlossen, sah stattdessen wie durch seine Stirn hindurch. Er konnte unmöglich treffen.

Er schoss dennoch und sah den Pfeil fliegen, mehr noch: Er war der Pfeil, war sein Flug. Was er empfand, könnte das auch ein Pfeil empfinden, auf dem Weg ins Ziel? Würde er zerbrechen oder würde er sein Ziel zerschmettern?

Er traf auf, er zerbrach nicht. Er stieß durch Fell, durch Haut, bohrte sich in Fleisch. Er hörte das Blut rauschen, das harte Pumpen eines verschreckten Herzens. Er drang noch tiefer ein, erreichte das große Gefäß, zerriss es und wurde überschwemmt vom Blutschwall. Welche Wonne! Das war Lust und Befriedigung zugleich. Das war die Jagd, wie Badak-An sie noch nicht erlebt hatte.

Er öffnete die Augen.

Immer noch früher Morgen, aber der Vogel war verstummt. Badak-An ging einfach los in die Richtung, in der er gestanden hatte.

Er fand das getötete Tier, den Pfeil in der Schulter, im nassen Gestrüpp nah eines Waldstücks. Die Distanz, über die hinweg er es erlegt hatte, war unfassbar. Badak-An sah hinüber zu den Baumwipfeln. Es war Teleias Schuld, dass er nun auf Bäume achtete. Solche wie diese hier waren ihm bisher unbekannt gewesen, sie waren sehr hoch und schlank, fast spitz, und an den beweglichen Ästen hing sogar jetzt, im Firsten, ein dunkles Grün. Etwas rührte ihn an, aber Badak-An wusste nicht, ob es die Erinnerung an Teleias rosiges Gesicht war, die sanft sich wiegenden, winkenden Baumriesen oder der Tod dieses schönen Tiers.

Er kniete sich hin, zog den Pfeil heraus. Legte dann seine Finger in die Wunde und spürte die schwindende Wärme des Lebens, das er beendet hatte.

14

Mit der Hilfe der drei jungen Männer hatte Badak-An den Rehbock aufgebrochen und noch dort, am Waldrand, abgezogen und zerteilt. Der Wolf fraß die Gedärme und Knochen, leckte das erstarrende Blut vom kalten Boden. Bedrückt und furchtsam schweigend wickelten die drei das Fleisch in Tücher und banden es an die Sättel; Badak-An nahm nur Fell und Kopf des Bocks mit dem Gehörn. Der verletzte Olphrar war im Lager bei der Straße geblieben. Am Morgen hatte er zu fiebern begonnen und war verwirrt gewesen, hatte unentwegt nach seinem Bruder verlangt. Als sie endlich mit der Beute zurückkehrten, ging es gen Mittag und eben jener Bruder war bereits eingetroffen. Mitgebracht hatte er zehn Männer, die bis an die Zähne mit Kurzschwertern, Dolchen und Bögen bewaffnet waren und noch finsterer aussahen als die, die Badak-An begleiteten. Sie saßen noch in den Sätteln, während der Bruder versuchte, den verwirrten Olphrar wieder auf sein Lager beim erloschenen Feuer zu zwingen. Als er die Reiter kommen sah, trat er ihnen aufgebracht entgegen.

»Was ist hier los? Was tut ihr denn? Was ist mit meinem Bruder geschehen?«

Er sah den Wolf, griff zum Schwert. Seine Männer zu Pferd spannten ihre Bögen, die Tiere wurden unruhig. Wieder streifte Badak-An eine seltsame Wehmut. Etwas an dieser Situation erinnerte ihn an Jator. Daran, wie er und seine Vettern am frühen Morgen das Zeltlager der Nogaiyer überfallen hatten. Vielleicht waren es nur die gespannten Bögen der Reiter, die Pfeilspitzen, die auf ihn und Luksir zeigten. Hier war kein Juhut mehr, der schwirrende Pfeile abfangen konnte. Hier waren nur abermals Feindschaft und Misstrauen, die Badak-An entgegenschlugen. Er sprang aus dem Sattel.

»Setz dich und bleib«, sagte er zum Wolf.

Olphrar machte ein paar taumelnde Schritte auf ihn zu, er lächelte irr und glühte im Fieber. Das dunkle, getrocknete Blut an Kinn und Hals sah aus wie ein schauriger Bart. Sie hatten ihren Kameraden mehr als dürftig versorgt.

»Herr, mein Bruder ... ist a-angekommen. Phrigol ... sein Name. Er glaubt nicht, will nicht glauben ...«

»Was will er nicht glauben?«

»Olphrar behauptet, du bist ein Syllenk«, sagte Phrigol und kniff die Augen zusammen. Er war der ältere der beiden. Das Tuch um seinen Kopf war zerschlissen und schmutzig. »Einer, der mit dem Feuer sprechen und mit seinen Gedanken sehen kann.«

Badak-An spürte, wie der andere auf seine Stirn starrte. »So. Und du glaubst das ganz offensichtlich nicht.«

Phrigol lachte hämisch auf; zwei Vorderzähne glänzten golden. Er drehte sich zu seinen Männern um, die wie auf Befehl ebenfalls zu grinsen anfingen. Kein schöner Anblick. Diese Männer lachten nicht aus Herzlichkeit oder aus Freude – niemals. Badak-An spürte die Brutalität der Fremden so deutlich, wie man einen Geruch wahrnimmt oder ein Geräusch. Er musste auf der Hut sein; diese hier waren von einem andern Schlag als Jators Vettern.

Er schloss die Augen, als wolle er sich kurz besinnen.

Und er sah Phrigol in Flammen stehen wie eine menschliche Fackel.

Badak-An öffnete die Lider wieder, lächelte mild und streckte eine Hand nach Olphrar aus, fürsorglich, helfend, und der Kranke nahm sie. Seine Finger waren glühend heiß, das Fieber war weiter gestiegen und nun lebensbedrohlich. Badak-An fühlte, wie die Hitze von Olphrars Hand in seine überging, den Arm hinauflief und sich dann gleichsam in seine Brust ergoss. Es war schmerzhaft und beängstigend, aber auch so, als würde er von einer großen Kraft durchströmt. Er hielt den fiebernden Olphrar weiter fest, bückte sich, streckte die andere Hand nach einem angekohlten, aber erkalteten Ast aus und berührte ihn kurz. Beinahe augenblicklich entzündete sich der Ast und wenig später brannte das Lagerfeuer wieder lichterloh. Badak-An richtete sich wieder auf und noch immer mild lächelnd wandte er sich nun zu Phrigol, dessen Augen sich vor Staunen geweitet hatten.

Und dann packte er zu. Griff mit einer schnellen Bewegung Phrigols Handgelenk und hielt ihn fest. Nun stand Badak-An zwischen den Brüdern, hatte jeden an einer Hand, und die Hitze, das glühende Fieber, floss durch ihn hindurch. Auf Phrigols Oberlippe erschienen Schweißperlen und er stöhnte.

»Sie sollen die Bögen herunternehmen«, sagte Badak-An leise drohend. »Oder ihr Anführer zerfällt zu einem Häufchen Asche, hier, vor ihren Augen.«

Phrigol schrie auf, Badak-An hörte das Zischen und roch verbrannte Haut.

»*Waffen runter*«, kreischte Phrigol, krümmte sich vor Schmerzen, konnte sich aber nicht aus der glühenden Fessel um sein Handgelenk herauswinden.

Badak-An ließ los. Beide Männer rechts und links von ihm sackten zusammen. Luksir umkreiste die Gruppe der zehn Reiter mit federndem Tritt. Gestern hatte Badak-An vier Männer gehabt. Heute waren es bereits fünfzehn. Es waren nur noch wenige Tage und dieses Solder wäre zu Ende. Er begann zu verstehen, was es hieß, Macht zu erlangen.

15

»Aber ich kenne mich aus hier im Süden«, protestierte Helgend und reichte die Ölflaschen an einen jungen Fischer weiter, der sie an eine rundliche Frau gab. Sie waren am Hafen und entluden Teleias Boot, denn Felt wollte weiter, sofort. »Ich kenne auch überall Leute; wichtige Leute, die uns vielleicht helfen könnten ... Ach, was ich weiß, wen ich kenne – das alles spielt wohl kaum noch eine Rolle.«

Er drehte sich weg, trat aus der Reihe und unterbrach so die Kette. Felt achtete nicht auf ihn. Teleia hatte ihnen aufgetragen, Brot und Öl zu verschenken, ein letztes Mal – und das taten sie nun. Die Hüterin hatte nichts Näheres wissen wollen vom Dämon und vom Abgrund, in den der Kontinent zu stürzen drohte. Sie hatte gesagt: *Ich weiß alles, was ich wissen muss. Solange die Sedrowes mir ihre Früchte schenken, so lange werde ich sie annehmen, und wenn es vorbei ist, dann ist es eben vorbei.*

So schicksalsergeben war Felt nicht – nicht mehr. Denn es ging nicht um die Welt, die Menschheit. Es ging mit einem Mal nur noch um seine Familie. Die Gefahr, in der Estrid und die Kinder schwebten, ließ ihn nicht etwa verzweifeln, sie lähmte ihn auch nicht. Sondern machte ihn noch entschlossener – und wütend. Überaus wütend. Der duldsame Mann, der Tag um Tag, Solder um Solder den Wall seiner Stadt entlangmarschiert war und seiner Frau immer wieder gesagt hatte, sie müsse ihr Leben annehmen, wie es nun einmal sei, schien nur eine Hülle gewesen zu sein. Felt hatte sein geduldiges Selbst abgeworfen, wie ein Krebs bei der Häutung seinen Panzer abstreift, damit er wachsen kann, und gab seiner Wut nun Raum.

Es war unbedacht, aber vielleicht auch nur menschlich, dass Felt Estrid in Sicherheit gewähnt hatte. Natürlich konnte es nirgendwo auf dem Kontinent einen sicheren Ort geben, aber dennoch: Sie und die Kinder in Pram zu wissen, dieser großen, reichen und überaus zivilisierten Stadt, hatte Felt beruhigt. Dabei hatte er sich selbst betrogen. Er hatte sich wie ein Kind die Augen zugehalten und geglaubt, weil er nichts mehr sehen konnte, könnte auch die Sorge ihn nicht sehen und vor allem nicht finden. Sie hatte ihn gefunden, sie war entsetzlich hartnäckig.

Helgend kam zurück, drängte sich wieder in die Reihe und griff zwei Ölflaschen. Es war ihm anzusehen, wie sehr es in seinem Innern arbeitete. Seine Lippen bewegten sich, als ob er im Geiste etwas formulierte. Dann brach es einfach aus ihm heraus, er flehte Felt an: »Lasst mich nicht hier zurück. Bitte! Mein Haus, meine Forschungen, mein ganzes Leben, alles ist dahin. Ich habe nichts mehr, was mich hier hält. Vielleicht kann ich nicht von großem Nutzen sein … aber ich verspreche, ich werde niemandem zur Last fallen. Seht mich doch an! Ich bin alt, für mich geht es ohnehin bald zu Ende. Es wäre das größte Geschenk für mich, die Zeit, die noch bleibt, in der Nähe der Hohen Frau zu sein.«

Felt blickte nur kurz auf, bückte sich dann nach den letzten beiden Säcken mit Brot. Für sich selbst behielt er nur wenig. Genau das war auch Estrids Bitte gewesen: sie nicht zurückzulassen. Doch er hatte es für seine Pflicht gehalten zu gehen, ohne seine Familie. Und nun? Nun war Estrid in Pram, in der Stadt, die untergehen sollte, die brennen sollte und es vielleicht schon tat. Felt kämpfte gegen einen zunehmenden Hass auf sich selbst und auf jeden, der das Wort an ihn richtete. Dabei war ihm bewusst: Dies war der Dämon, der an ihm rüttelte – dort, wo Felts Seele am dünnsten war, drohte sie zu reißen.

»Ihr sagt, beide Städte sind verbunden, sind durch das Schicksal Asings verknüpft?«

Helgend nickte eifrig. Er konnte nicht verbergen, wie erleichtert er war, dass Felt wieder mit ihm sprach.

»Ja, so deute ich Wigos Zeichnung und so setzt sich auch alles andere zusammen, was er über die Soldern hinweg an Informationen … nun, das könnte ich Euch auch unterwegs erzählen.«

Dieser ungeschickte Versuch, sich wichtig zu machen, um mitgenommen zu werden, hätte Felt beinahe ein Lächeln entlockt. Er blickte zu Reva. Sie überließ ihm die Entscheidung, und das gab den Ausschlag. Felt nickte. Sollte der Alte doch mitkommen. Es wäre hartherzig, ihn einfach hier am Hafen stehen zu lassen, und in diesen Zeiten war ein hartes Herz noch eher als sonst dazu geeignet, einen zum Unmensch zu machen. Man musste das Gute wollen. Denn sonst verschwand es ganz.

»Wenn die Städte also miteinander verbunden sind«, sagte Felt und gab die letzten beiden Säcke mit einem kurzen Kopfnicken an den jungen Fischer, »dann brennt die eine, wenn die andere brennt.«

»So muss es sein«, bestätigte Helgend. Auch er nickte dem Fischer zu, der sich genau wie die anderen nun trollte. Er verstand nichts von der Unterhaltung, Felt und Helgend sprachen Welsisch. Der Fischer verstand nur, dass er zu essen hatte, dass sie alle beschenkt worden waren, und das machte ihm an diesem Tag alles leicht.

»Und wenn die eine gerettet wird«, sagte Felt und sah dem jungen Mann nach, »dann ist auch die andere in Sicherheit.«

»Was genau habt Ihr vor?«, fragte Helgend.

»Ich kann nicht an zwei Orten gleichzeitig sein. Ich kann nicht die ganze Welt retten. Aber vielleicht muss ich das auch nicht. Vielleicht muss ich nur einen Jungen einfangen, der mir entwischt ist. Vielleicht kann ich ihn retten – und gleichzeitig alle. Ich will nach Agen, Helgend. Ich will hinein. Es war unsere Absicht, die beiden Quellen dort aufzusuchen und neu zu beleben. Daran halten wir fest, und auch wenn mir das alles immer sinnloser erscheint: Die Unda will nach Agen reisen und ihr Wunsch ist mir Befehl. Das allein wäre Grund genug, aber mir geht es noch um mehr als das. Ich will ein Feuer löschen und einen Dämon besiegen – genau das habe ich vor.«

Der Alte schluckte. Nach Agen, wirklich dorthin? Hinein in die verschlossene Stadt? Ins tobende Feuer? Eigentlich wollte er nicht ganz so nah an den Abgrund herantreten. Aber sein Forschergeist hatte ihn noch nicht verlassen: Was auch immer er sehen würde, wenn er dort hineinblickte – *sehen* wollte er es. Helgend wollte wissen, wie diese Geschichte ausging, und dazu musste er mitfahren. Auch wenn das die letzte Reise seines Lebens sein würde.

Aber noch war sein Leben nicht vorbei, es hielt sogar noch ein Geschenk für ihn bereit: Er durfte mit der Unda reisen. Sie blickte ihn mit ihren hellen Augen vom Heck des Boots aus an und Helgend wollte schon die Leine lösen und einsteigen, als ihm noch etwas einfiel. Er wusste zwar, dass er Felts Geduld über Gebühr beanspruchte; Helgend sah die Wut im Blick des Welsen. Dennoch musste er es riskieren, es kam ihm mit einem Mal vor, als sei dies das Wichtigste von der Welt. Er lief, so schnell es die glatten Planken erlaubten, zum Ende des Anlegestegs. Er suchte. Er hoffte.

Und dann hatte er sie gefunden, zwischen den alten Netzen. Erleichtert, beinahe beglückt, schnappte Helgend die verdutzte Katze und lief wieder zurück, entschlossen, sie gegen jeden Widerspruch zu verteidigen.

Aber das musste er gar nicht. Felt stand weit vorn im flachen, offenen Boot und schaute den Fluss hinab, hatte den Blick starr nach Süden gerichtet. Die rechte Hand, an der zwei Finger fehlten, ruhte auf dem Schwertknauf. Seine Miene war wie versteinert, das Profil gemeißelt. Er sah Helgend nicht und auch keine kleine, nasse Katze. Felt sah nur noch sein Ziel.

Helgend warf die Leine ins Boot und stieg ein. Mit klopfendem Herzen drehte er sich um zur Unda, die, den Umhang eng um den schmalen Körper gewickelt, auf der Bank am Heck saß. Sie lächelte ihm zu. Dann tauchte sie eine Hand ins Wasser, und als habe der Fluss auf dieses Zeichen gewartet, nahm der Eldron sich das Boot und trug es für immer fort aus Gaspen.

DU BIST DAS TOR

Und, wie gefällt es dir, ein Syllenk zu sein und eine Gefolgschaft zu haben, mein lieber Badak-An?

»Mein Ruf ist die lange Schleppe eines Gewands: Gesindel bleibt daran haften wie Schmutz am Saum. Es sind inzwischen mehr als dreihundert Mann, schätze ich. Und einer ist schlimmer als der andere.«

Du musst wissen, Badak-An, diese Männer waren nicht immer schlecht. Missachtung hat sie zu dem gemacht, was sie heute sind: Gesindel, du hast recht. Sie klammern sich an uralte Legenden von mächtigen Zauberkundigen, denn sie haben sonst nichts. Sie glauben, in vergangenen Zeiten sei alles besser gewesen.

»Und, war das so?«

Aber ja, es war besser. Und: Nein, das war es nicht. Es kommt immer darauf an, auf welcher Seite man steht. Ob man das Glück findet. Und ob man es behalten kann, wenn man es findet.

»Ich weiß, was du meinst. Ich habe mein Glück schon lange verloren. Ich habe es verloren, noch bevor ich geboren wurde: in dem Augenblick, in dem Kank meinen Vater erstach – im Auftrag meines Onkels. Ich bin müde.«

Wir haben es bald geschafft, wir sind fast da. Wir sind schnell vorangekommen.

»Ja, denn wir haben alles umgebracht, was uns hätte im Weg sein können.«

Wer nicht für dich ist, ist gegen dich, Badak-An. Das ist eine sehr einfache, aber gültige Wahrheit. Du kannst nicht nach der Macht greifen und dabei saubere Hände behalten. Es klebt immer Blut an der Macht. Frag deinen Onkel, wenn du mir nicht glaubst.

»Aber ich glaube dir ja. Bisher bist du die Einzige, die mich nicht verraten hat.«

Und so soll es bleiben. Dich zu verraten wäre mich selbst zu verraten. Dein Herz ist mein Herz – und was ich empfinde, das empfindest auch du, nicht wahr? Was ich sehe, kannst auch du sehen, ich verheimliche dir nichts.

»Ja. Und ich sehe mehr als früher. Es ist, als wäre ich blind gewesen, obwohl ich mit offenen Augen durch die Welt gegangen bin. Wenn ich aber nun die Augen schließe, schrumpft die Welt zusammen, so scheint es, denn ich kann viel weiter sehen als sonst. Das verwirrt mich, ehrlich gesagt. Ich sehe mit geschlossenen Augen. Ich finde keine Ruhe mehr.«

Was siehst du, wenn du die Augen geschlossen hältst?

»Vieles. Ich sehe, wie der Erdboden sich öffnet, und ich sehe das Feuer, das darunter ist. Es fließt in den Abgründen wie heißes Blut durch die Adern eines Riesen. Gegenüber, auf der anderen Seite des tiefen Spalts, steht ein Mann, gerüstet. Seine Haut ist dunkel, sein Blick brennt und mit tiefer Stimme ruft er mir etwas zu. Ich verstehe es nicht, aber ich glaube, es ist ein Gruß oder vielmehr ein Schwur. Ich fühle mich dem Mann verbunden, als würden wir uns lange kennen, als hätten wir eine gemeinsame Vergangenheit. Er hebt den Arm, er hält eine Axt. Hinter ihm sehe ich ein Heer aufmarschieren, es sind Tausende, Abertausende Kämpfer. Sie sind dunkelhäutig wie ihr Heerführer, in ihren Augen brennt ein Feuer wie in seinen. Ich weiß, sie ziehen für mich in die Schlacht, sie streiten für meine Rache. Ich sehe außerdem eine ferne Stadt, ich erblicke die zwei Türme – ich habe schon einmal von ihnen geträumt, ich erinnere mich aber nur schlecht – mit ihren goldglänzenden Kuppeln. Die Türme stürzen ein, werden aufgefressen von Flammen. Und schließlich sehe ich ein Tor, es ist verschlossen. Ich kann nicht erkennen, was dahinter ist, aber ich stelle mir vor, dass sich dort das Lange Tal auftut. Wenn ich zurückkehren könnte, würde ich für Gerechtigkeit sorgen. Ich würde die Unschuldigen rächen, die der Thon gemordet hat. Ich würde ihn von seinem Thron reißen und die Clans befreien. Wir würden die Stadt niederbrennen und die Zäune eintreten. Dann käme die Freiheit zurück ins Lange Tal. Endlos ist das Grasland und der Himmel ist so weit wie nirgends sonst auf dem Kontinent. Durch dieses Gras würden wir reiten, unter diesem Himmel würden die Merzer wieder mit ihren Herden umherziehen. Frei, wie früher. Denn es ist wahr: In vergangenen Zeiten war es besser. Ich habe das immer gewusst und ich habe daran festgehalten – auch wenn alle versucht haben, es mir auszureden.«

Und du glaubst, wenn du durch das Tor gehen könntest, wenn du es öffnen und hindurchgehen könntest, dann kämst du nach Hause?

»Ja.«

Dann wird es auch so sein. Aber diesen Wunsch kann ich dir nicht erfüllen – sondern nur du dir selbst.

»Wie meinst du das?«

Ich sagte dir doch, dass es deine Entscheidung ist, deine allein. Das Solder ist zu Ende, eine neue Zeit beginnt. Öffne das Tor und dahinter wirst du dein neues Leben finden. Es wird genau das Leben sein, das du dir wünschst. Wenn du also ins Lange Tal zurückkehren willst, wenn du dich rächen willst, wenn du dein Volk befreien willst, wenn du den Thon stürzen willst – dann tu es!

»Einfach so? Mehr verlangst du nicht von mir?«

Aber was sollte ich noch verlangen? Du hast doch schon so viel für mich getan, Badak-An, weißt du das nicht? Du hast mich bis hierher gebracht, bis vor das Tor. Jetzt musst du es nur noch öffnen. Öffne das Tor, für dich und für mich. Öffne das Tor und mit uns wird die ganze Welt in ein neues Zeitalter eintreten. Bist du bereit dazu?

»Ja, das bin ich. Ich bin bereit.«

Viele Augen waren Zeugen des Moments, in dem eine Zeit endete und eine neue begann. Aber nicht alle sahen dasselbe.

Olphrar, erster und eifrigster Gefolgsmann des Syllenks, sah seinen Meister vom Pferd steigen und den Wolf nah zu sich befehlen. Es war Nacht, die letzte des Solders, und in der Ferne glommen rot die Flanken der Berge, die Seguriens Hauptstadt Agen umschlossen. Auch das hohe Stadttor in der Mauer vor ihnen glänzte blutrot. Auf dem Weg hierher hatte die Gefolgschaft das Umland in Brand gesetzt und der Widerschein der Feuer tanzte im Goldbeschlag des Tors. Es galt: Brennen oder Asche – entweder die Seele entflammte für den Meister oder sie musste zerfallen. Wer, wie Olphrar, das Feuer annahm und sich ganz in den Dienst des Syllenks stellte, der spürte das Leben wie nie zuvor. Heiß brannte der Funke in seiner Brust und nur der Meister selbst würde diesen glühenden Lebenswillen auslöschen können. Aber das tat er nicht, im Gegenteil: Er schenkte ihnen weitaus mehr als ein neues Leben – der Meister schenkte ausgerechnet ihnen, den vom Rest des Landes verachteten, den verschmähten Finsterlingen, den Vertriebenen, den Dürstenden eine neue Heimat. Sie brauchten nicht mehr in der Wüste zu sitzen und auf das Wasser zu hoffen, das doch nicht kam. Sie sollten das Blut der gestürzten Machthaber zu trinken bekommen und das prachtvolle Agen sollte ihre Wohnstätte sein. So lautete das Versprechen des Meisters. Olphrar sah, wie der Syllenk und sein treuer Wolf sich dem Tor näherten und wie alle Pfeile, Schwerter und Speerspitzen auf sie wiesen.

Einer, der einen Speer hielt, sah etwas ganz anderes.

Er sah eine schmale Gestalt mit langen, wehenden Haaren auf sich zukommen. War das ein Mann oder eine Frau? Er konnte es nicht entscheiden. Der Mann oder die Frau wurde begleitet von einem schwarzen Untier, das der Speerträger nun als riesigen Wolf erkannte. Sogleich wurde er von einem solchen Grauen gepackt, dass er die Waffe fallen lassen und wegrennen wollte. Aber das konnte er nicht, er war wie gelähmt. Er spürte den Blick des Wolfs auf sich und etwas Eigenartiges geschah: Heiß schoss dem Speerträger die Schamesröte ins Gesicht. Ja, er schämte sich. Denn er hatte sich kaufen lassen. Er, der Mann aus der Wüste, hatte seine Herkunft verraten und seine Heimatstadt Nirwen verlassen, um ein fremdes Tor zu bewachen. Aber wozu? Seine Landsleute dort, dreihundert waren es mindestens, sie folgten diesem Mann oder dieser Frau nicht für Geld, sondern aus Überzeugung. Er warf den Speer von sich. Doch er rannte nicht fort, sondern ging der schmalen Gestalt entgegen.

Oben auf der Mauer sah ein Bogenschütze, wie die Wachen vor dem Tor ihre Speere wegwarfen und die Schwerter einsteckten.

Sie gingen einer ausgemergelten Frau mit schwarzen Haaren entgegen, deren Alter nicht zu schätzen war. Der Wolf, der neben ihr lief, war von der gleichen unheimlichen Art wie jene, die die Gegend seit Längerem unsicher machten – nur noch größer. Den Schützen schauderte es bei dem Anblick, er konnte seine Hand nicht ruhig halten, und so nahm er den Bogen herunter. Die Frau war nun beinahe beim Tor angelangt. Als sie hinaufblickte, flackerte rotes Licht über ihr Gesicht. Wie befremdlich –

sie hielt die Augen geschlossen, aber der Schütze hatte dennoch das Gefühl, als blicke sie ihn an. Ihm brach der Schweiß aus. Er hatte Angst, gleichzeitig konnte er nicht wegsehen, musste hinunterblicken und der Frau in ihr ernstes, schmales Gesicht schauen. Sie hob die Arme, machte eine Geste, als drücke sie eine schwere Flügeltür auf. Verlangte sie Einlass in die Stadt? Er würde ihn ihr gewähren, wenn er es zu entscheiden hätte! Sie erschien ihm immer schöner, immer begehrenswerter, je länger er sie ansah. Hatte er denn wirklich mit einem Pfeil auf sie gezielt? Undenkbar! Nun strich sich die Frau die langen Strähnen ihres dunklen Haares aus der Stirn und der Bogenschütze sah eine rote Narbe, eine kurze Linie, quer darüberlaufen. Die schöne Frau legte die Fingerspitzen einer Hand zwischen die Brauen, die der anderen an den Haaransatz. Dann zog sie an der Haut, nach oben und unten, als wolle sie ihre Stirn gleichsam aufklappen. Erste Blutstropfen erschienen, dann riss die Narbe mit einem Mal auf. Und hervor kam ein Auge, schwarz wie Obsidian und so voller Bosheit, dass der Schütze auf der Mauer das Atmen vergaß. Ihn traf der erste Blick des Auges, und noch bevor es ein Mal gezwinkert hatte, war der Schütze zu einem Haufen Asche verbrannt. So hatte er zwar viel gesehen und sogar das Böse selbst geschaut, aber er konnte nicht mehr erleben, wie Asing, meist gefürchtete Tochter Agens, in ihre Heimatstadt zurückkehrte.

Es gab nur ein Wesen auf dem gesamten Kontinent, das bereits lange und tief in die boshafte Schwärze geschaut hatte und doch unbeschadet geblieben war.

Juhut hatte die Doppelgestalt im Zweispat erblickt und gesehen, wer hinter dem jungen Mann stand, der sich da noch Babu genannt hatte. Der weiße Falke hatte sich nicht gefürchtet, denn das konnte er nicht. Er war auch dem machtvollen Einfluss des Dämons nicht erlegen, denn er war unempfindlich gegen jeden Zauber und jede Verführung. Juhut hatte Asing hinter Babu stehen sehen, die Arme um ihn geschlungen, ihre Hand an seinem Herzen. Er hatte den traurigen, einsamen Jungen gesehen, der Babu in Wahrheit war und um dessen Seele er schon so lange rang. Und dann hatte er gesehen, was aus der einst so betörend schönen und klugen Adeptin Asing geworden war.

Verbrannt war sie aus der Feuerschlacht zum Fürsten zurückgekehrt, die Füße zu Stümpfen verkohlt, die Haare in Flammen. Zerfallen war sie zu Aas, mitten in Pram, vor aller Augen, weil sie ihre Menschlichkeit aufgegeben hatte und deshalb auch ihre menschliche Gestalt nicht mehr behalten konnte. Als glühender Funkenregen war sie über die Stadt hergefallen und schließlich endgültig vertrieben worden von Sardes, dem mächtigen Beschützer Prams. Sie war in den Himmel gefallen, wo sie von den Sternen nicht mehr zu unterscheiden gewesen war.

Nun war sie zurück. Juhut hatte eine Gestalt im Kristall erblickt, die von nichts anderem als Bosheit geformt war. Er sah schuppiges Schwarz, wo man menschliche Haut hätte vermuten können, er sah glimmendes Schwarz, wo Augen hätten sein können, und er sah wucherndes Schwarz, wo die Hände des Dämons an dem Körper des Jungen hafteten. Wie ein Geschwür prangte das Schwarz Babu auf der kindlich schmalen Brust, wuchs in ihn hinein und vergiftete sein Herz.

Da hatte Juhut erkannt, dass er den Kampf verloren hatte, und war davongeflogen. Er war verletzt vom Steinwurf und das weiße Brustgefieder färbte sich rot, doch er flog weiter. In großer Höhe überquerte er den Eldron, flog in nördlicher Richtung, ließ Gaspen und schließlich sogar Nirwen hinter sich. Immer noch rastete er nicht, sondern wandte sich nun nach Westen und flog am Rande der Berge immer tiefer hinein in die Marga. Schier endlos wellten sich unter dem Falken die Sanddünen und die Leere und Weite der Landschaft erinnerte an den Berst. Für das scharfe Auge des Falken aber war das Land nicht leer; er sah das Licht der Fackel und er sah die Zelte. Und in der Nacht, der letzten des Solders, sah Juhut schließlich auch den Arm mit dem Lederhandschuh, der sich ihm entgegenreckte und auf dem er landete.

Der Mann war, wie üblich für die Menschen der Wüste, in dunkle Stoffgewänder gehüllt. Behutsam strich er dem weißen Falken über die blutverklebten Federn. Drei weitere große Falken hatten Juhuts Ankunft aufmerksam beobachtet; sie saßen auf schlichten Stöcken, die in den Sand gerammt waren, und drehten die Köpfe.

»Er hat den jungen Merzer aufgegeben«, sagte der Mann halblaut. Dann wandte sich der Falkner Asshan zu den beiden anderen Männern um, die aus einem der Zelte ins Freie traten.

»Wir sind weit gereist«, fuhr er fort, »und haben getan, was wir konnten, um dieses Schicksal abzuwenden. Aber nun ist es doch so gekommen: Der Dämon ist zurückgekehrt, diese Zeit ist zu Ende. Der Krieg hat begonnen.«

ANHANG

PERSONEN

In Kwothien

Marken, welsischer Offizier und ehemaliger Waffenmeister, circa 45 Soldern alt
Strommed, welsischer Soldat
Mellon, pramscher Soldat
Unda Smirn
Hauptmann Ormn, Dhurmmet, ein kwothischer Veteran der Feuerschlacht
Endhemone, Quellhüterin
Drugh, nord-kwothischer Soldat
Arghad, nord-kwothischer Soldat
Die schweigenden Schwestern, drei Heilerinnen in Jirdh
Hardh, Sohn des Horghad, Dämonenkönig in Jirdh

In Nord-Kwothien

Kersted, welsischer Offizier und ehemaliger Pfadmeister, circa 20 Soldern alt
Fander, welsischer Soldat, ehemals aus Offizier Felts Trupp
Unda Utate
Nendsing, segurische Astronomin aus Pram, circa 20 Soldern alt

Glaron, ein Koch aus Pram, circa 40 Soldern alt
Dern, Sohn des Silhad, Führer der Nord-Kwother
Steppenläufer, ein Szasran, der Dern begleitet

In Pram

Estrid, ehemalige Ehefrau von Felt, Mutter von *Ristra* und *Strem,* circa 35 Soldern alt
Belendra, ehemalige Frau von *Kandor,* circa 40 Soldern alt
Gilmen, Adeptin, Vorstand im Rat der Hama
Telden, Kartograf, Vertrauter Gilmens
Mendron, Fürst von Pram, circa 35 Soldern alt
Sardes, Quellhüter, sterbend
Samirna, genannt *Mirna, die Tausendfache,* pramsche Schauspielerin, circa 30 Soldern alt
Kandor, Waffeneinkäufer, circa 50 Soldern alt

Im Süden

Felt, welsischer Offizier und ehemaliger Wachmeister, circa 40 Soldern alt
Unda Reva
Babu, eigentlich Badak-An-Bughar Bator, circa 17 Soldern alt, früher Hirte, nun Szasran, und seine Szasla *Juhut*
Teleia, Quellhüterin
Melrunden, eine alte Frau
Helgend, ein Gelehrter aus Gaspen und Brieffreund von Wigo aus Pram, circa 70 Soldern alt
Olphrar und *Phrigol,* zwei Brüder aus Nirwen
Asshan, Szasran, mit zwei weiteren Szasrans und ihren Szaslas

Auf dem Meer

Rigl, ingrischer Seefahrer, Kapitän, circa 45 Soldern alt
Saiph, sein Steuermann, circa 35 Soldern alt

KALENDER, SPRACHEN, WÄHRUNG

Solder, Manor, Zehne

Die Welsen kennen nur zwei Jahreszeiten, *Lendern* und *Firsten*. Das Jahr (*Solder*) hat zwölf Monate (*Manor*) mit jeweils dreißig Tagen. Die Monate werden gedrittelt in *Zehnen*, so ergibt es sich, dass jeder Monat eine erste, zweite und dritte Zehne hat. Diese Einteilung wurde von allen zivilisierten Völkern, allen voran den Pramern, mehr oder weniger übernommen und hat auch nach dem Sturz der Welsen noch Bestand.

Die Differenz zum Sonnenjahr wird ausgeglichen durch die *Haf*, eine Spanne von vier zusätzlichen Tagen, die an den letzten Lendernmonat angehängt wird.

Trotz der Haf addiert sich eine Diskrepanz zum Sonnenjahr. Alle fünf bis sieben Soldern wird deshalb (vor allem in Pram) die *Kremlid* begangen, ein sieben Tage dauerndes Feuerfest, das an die Niederwerfung der Welsen erinnert.

Jahreszeiten und Monate

Lendern	wörtlich *eisfrei*; Frühling und Sommer; umfasst die Monate März bis August
Martis	März

Nist	April
Erst	Mai
Siran	Juni
Weslan	Juli
Weld	August

Firsten	wörtlich *überkrustet*; Herbst und Winter; umfasst die Monate September bis Februar
Temrest	September
Parsten	Oktober
Nors	November
Kerst	Dezember
Genner	Januar
Felt	Februar

Zeitrechnung

Die neue Zeitrechnung beginnt mit dem wichtigsten historischen Ereignis: der großen Feuerschlacht, die den Untergang des Welsenreichs zur Folge hatte. Sie markiert das Jahr null. Alles, was vor der Schlacht war, wird mit *anda* datiert, alles danach mit *tergde.*

Die Sprachen

Welsisch war *anda* die meistgesprochene Sprache der zivilisierten Welt und viele Begriffe und Wörter haben sich, ebenso wie der Kalender, bis heute erhalten oder sind »eingepramscht« worden.

Mit dem Aufstieg von Pram zum Handels- und Machtzentrum wurde Pramsch die wichtigste Sprache des Kontinents. Kwothisch und ganz besonders dessen Aussprache ist für Nicht-Kwother nur schwer erlernbar.

Eine Gemeinsprache gibt es nicht – aber eine »Alte Sprache«. Diese wird heute, bis auf wenige Ausnahmen, nur noch von den Undae verwendet; Begriffe wie *Gam Orodae (Die Großen Drei,* also die wichtigsten Quellen), *Ubid Engat (die Ungezählten Schluchten)* oder *Beridh Orodae (die Kalten Quellen)* entstammen der Alten Sprache.

Die Währung
Fürst Palmon von Pram war es gelungen, die Kwother zu überzeugen, den *Dus* als Währung zu akzeptieren. Heute werden alle (seriösen) Handelsgeschäfte des Kontinents in *Dus* und *Petten* abgewickelt beziehungsweise gegengerechnet.

Dus (Plural: *Duro*)	Feingoldmünze
Tes (Plural: *Tessel*)	1/3 Dus; tatsächlich eine dreieckige Münze
Sed (Plural: *Sedra*)	Silbermünze; 75 Sedra sind ein Dus
Petten (Plural: *Petten*)	1/4 Sed; quadratische, gelochte Silbermünze
Rellies (nur Plural)	Gelochte Kupfermünzen ohne großen Wert. Als Zahlungsmittel nur akzeptiert zusammengebunden zu *Schnüren.*

Der Kontinent

~ im Solder 107 tergde ~

NÖRDLICHE
HERKUNFT
LANDE DER
NOGAIYER
Der Boirad
(Nebelwald)
Pram-
see
Bahnde
PRAM
Bosre
Lager-
stadt
Lathe
RAND BERGE
Wandt
Berstfälle
GORADT
Wiatraïn
Hal
ASCHEN-
LANDE
(ehemals
WELSIEN)
Gem-Enedh
Eldron
Gelbe Aelga
Ubid Engat
(Die ungezählten Schluchten)
rwen
Weiße Aelga
Gaspen
Schleierfelder
EGURIEN
Linrade
AGEN
Der Berst

ANMERKUNGEN UND DANK

Die Erzählung von Melrunden und Teleia wurde vom dänischen Volksmärchen *Das Schwein* (zum Beispiel in: *Diederichs Märchen der Weltliteratur, Dänische Volksmärchen,* Rowohlt 1994) inspiriert, nimmt aber einen gänzlich anderen Verlauf.

Smirns kurzer Bericht von dem, was sie im Meer gesehen hat (S. 447, *»Ich habe Dinge gesehen ... «*), stellt einen Bezug zu einem Zitat aus dem auf einer Erzählung von Philip K. Dick basierenden Film *Blade Runner* her.

Mein Dank gilt: Dieter und Ulrike Balkow, Hannelore Hartmann, Dr. Marcellus Jakobus Henricus Linssen, Beate Schäfer, Philipp Laurids Schultze.

Ein ausführlicheres Glossar, eine kommentierte Karte sowie Informationen zur gesamten Trilogie von *Zwölf Wasser* finden Sie unter **www.12wasser.de.**

E. L. Greiff